DER TOTE IM VULKAN

Margarete von Schwarzkopf, geboren in Wertheim am Main, studierte in Bonn und Freiburg Anglistik und Geschichte. Sie arbeitete zunächst für die Katholische Nachrichtenagentur, dann als Feuilletonredakteurin bei der »Welt« und viele Jahre beim NDR als Redakteurin für Literatur und Film. Heute ist sie als freie Journalistin, Autorin, Literaturkritikerin und Moderatorin tätig.

MARGARETE VON SCHWARZKOPF

DER TOTE IM VULKAN

Kriminalroman

emons:

Bibliografische Information der Deutschen Nationalbibliothek
Die Deutsche Nationalbibliothek verzeichnet diese Publikation
in der Deutschen Nationalbibliografie; detaillierte bibliografische
Daten sind im Internet über http://dnb.d-nb.de abrufbar.

© Emons Verlag GmbH
Alle Rechte vorbehalten
Umschlagmotiv: shutterstock.com/Wirestock Creators
Umschlaggestaltung: Nina Schäfer, nach einem Konzept
von Leonardo Magrelli und Nina Schäfer
Umsetzung: Tobias Doetsch
Gestaltung Innenteil: DÜDE Satz und Grafik, Odenthal
Lektorat: Hilla Czinczoll
Druck und Bindung: CPI – Clausen & Bosse, Leck
Printed in Germany 2024
ISBN 978-3-7408-2257-6
Originalausgabe

Unser Newsletter informiert Sie
regelmäßig über Neues von emons:
Kostenlos bestellen unter
www.emons-verlag.de

Für meine Familie und insbesondere für meine Enkel

My hand is weary with writing;
my sharp great point is not thick;
my slender-beaked pen juts forth
a beetle-hued draught of bright blue ink.

A steady stream of wisdom springs
from my well-coloured neat fair hand;
on the page it pours its draught of ink
of the green-skinned holly.

I send my little dripping pen unceasingly
over an assemblage of books of great beauty,
to enrich the possessions of men of art –
whence my hand is weary with writing.

Irland, um 1100, Trinity College

Prolog

Um ihn Dunkelheit. Aber er wusste, was sich in dieser Schwärze verbarg. Steile, glatte Wände in schimmernden Farben, schwarz, ockergelb, dunkelrot. Und dahinter ein Abgrund, der bis zum Mittelpunkt der Erde zu führen schien. Er kam langsam wieder zu sich. Aber er konnte sich nicht bewegen. Seine Hände und Füße waren gefesselt. Mühsam sammelte er Speichel in seinem Mund, um seine Stimme benutzen zu können. Er brachte nur ein leises Krächzen zustande. War es schon Mittag, Nachmittag, Abend? Die undurchdringliche Dunkelheit gab nichts preis. Seine Armbanduhr hatte keine Leuchtziffern. Und an sein Handy kam er nicht heran.

Er erinnerte sich vage, dass er leise fluchend über feuchte Steine geschliddert war. Immer wieder rutschte er aus. Der Weg über das Lavafeld entwickelte sich zum Hindernislauf. Mehrmals blieb er mit seinen Sneakers in einer der schmalen Spalten in der rauen Oberfläche hängen und stolperte. Fast wäre ihm dabei das in billiges Packpapier eingewickelte Buch aus den Händen gefallen. Warum hatte er es nicht in einen Beutel oder eine größere Tasche gesteckt? Warum musste er so töricht sein und zu dieser Uhrzeit über glitschige Steine wandern?

Glücklicherweise war er nicht im Finstern umhergetappt. Die Sonne stand zu dieser nächtlichen Stunde noch immer als verwaschene Scheibe dicht über dem Horizont und spendete ausreichend Licht, sodass er keine Taschenlampe benötigte. Schon bald würde es wieder taghell sein. Warum überhaupt hatte er sich auf diesen Deal eingelassen und nicht darauf bestanden, dass die Übergabe bei Tageslicht an einem neutralen Ort in der Stadt stattfinden sollte?

Er versuchte seine aufsteigende Panik zu unterdrücken. Wieder geriet er auf dem stellenweise mit Moos bewachsenen Gestein ins Schliddern. Um einem drohenden Sturz vorzubeugen, bemühte er sich, die Balance zu halten. Dabei entglitt ihm das Paket und fiel zu Boden. Verärgert hob er es auf und überlegte kurz, ob er nicht besser umkehren und einen neuen Termin an einem zivilisierteren Ort verabreden sollte. Am frühen Nachmittag wollte er zu einer Wanderung aufbrechen. Zur Not würde er das um einige Stunden verschieben. Letztlich war es egal, wann er die Stadt hinter sich ließ. Je unauffälliger er sich benahm, desto besser. Aber ohnehin würde kein Mensch ihn verdächtigen, ein Bücherdieb zu sein. Schon gar nicht, wenn es sich dabei um den Diebstahl eines alten Werkes aus der Nationalbibliothek handelte. In die Abteilung mit mittelalterlichen Schriften kam fast nie jemand.

Erst kürzlich hatte ihm die Bibliothekarin Birgit Gunnardottir anvertraut, sie bedauere die ungehobenen Schätze in diesem Teil der Bibliothek. Wer interessierte sich außer ihm und anderen Fachleuten für die Schriften von seit Urzeiten verstorbenen Autoren? Dass diese Werke unter Liebhabern hoch gehandelt wurden und bei den Auktionen, an denen er als Experte teilgenommen hatte, astronomische Preise erzielten, spielte für die ehrwürdige Sammlung der Bibliothek keine Rolle. Dort lagen und standen diese Schätze seit vielen Jahren fast unter Ausschluss der Öffentlichkeit.

Er hatte das Buch kurz vor der offiziellen Mittagspause an sich genommen, als er sich allein in der Abteilung glaubte, und das Gebäude durch einen Nebeneingang verlassen. Unbemerkt.

Falls das Fehlen des Buches in den nächsten Tagen entdeckt werden würde, dann gäbe es sicherlich zunächst einige andere Theorien dazu. Jemand könnte das Buch an einem falschen Ort platziert oder zum Restaurieren in die Werkstatt gebracht haben. Und wenn sich dann herausstellen sollte, dass das Buch tatsächlich verschwunden war, würde ihn gewiss niemand verdächtigen. Immerhin war er ein international renommierter Wissenschaftler. Erst vor wenigen Tagen hatte er einen Vortrag über nordische Mythologie im Vergleich mit den Götterwelten der Antike gehalten. In den Räumen der Deutschen Botschaft. Ein großer Erfolg, und er hatte dreißig

Exemplare seines jüngsten Sachbuches »Als Zeus mit Odin sprach« signieren müssen.

Wahrscheinlich würde man ihn, geschockt über den Verlust dieses frühmittelalterlichen Meisterwerks, sogar informieren und um Rat bitten. Denn niemand kannte sich mit den Schriften irischer Mönche im Island des 11. und 12. Jahrhunderts so gut aus wie er. Seine Doktorarbeit »Christliche Mythen in Island um 1000« war in zehn Sprachen, darunter auch ins Isländische, übersetzt worden. Doch nun hatte er alle Regeln von Moral und beruflicher Ethik gebrochen und sich durch brutale Erpressung zwingen lassen, dieses Meisterwerk jemandem auszuliefern, der ihn in der Hand hatte.

Die Erpressung ging anonym vonstatten, sodass er keinen Namen kannte. Und er ahnte nicht, woher dieser Unbekannte die intimen Informationen über ihn hatte. Sosehr er auch grübelte, es fiel ihm niemand ein. Doch er konnte nicht wählerisch sein oder diesen Handel ablehnen. Er würde dem Fremden das literarische Kleinod übergeben und dafür im Gegenzug das kompromittierende Material erhalten, das seine Zukunft zerstört hätte. Danach würde er sich wieder der Wissenschaft widmen und dieses dunkle Kapitel seines Lebens abschließen. Zumindest versuchte er sich das einzureden. Manchmal spürte er so etwas wie Furcht in sich aufsteigen, wenn er daran dachte, wie viele Menschen er ausgenutzt und gedemütigt hatte. Aber jetzt war keine Zeit, dies zu bedauern.

Der Vulkankegel tauchte aus dem leichten Dunst auf, der sich über diese archaische Landschaft gelegt hatte. Sein Ziel lag nur noch knappe einhundert Meter entfernt: der kleine Kiosk in der Nähe des Aufzugs, der Touristen ins Innere des seit Tausenden von Jahren erloschenen Vulkans brachte. Doch in Island konnte man sich nie sicher sein. Hier erwachten selbst Totgeglaubte wieder zum Leben, und angeblich inaktive Vulkane spuckten wieder Feuer. Weshalb ausgerechnet an diesem Ort die Übergabe erfolgen sollte, war ihm ein Rätsel.

Inzwischen war die kurze Halbdämmerung wieder dem starken nordischen Licht gewichen. Wenn jetzt alles rasch über die

Bühne ging, dann wäre er rechtzeitig zu einem späten Frühstück zurück in seinem Hotel in Reykjavík und könnte tatsächlich am frühen Nachmittag zu seiner Wanderung aufbrechen. Ausgecheckt hatte er schon am Abend zuvor, sein Gepäck lag im Kofferraum des Mietwagens. Sein Rückflug nach Frankfurt war in vier Tagen. Ein harmloser Tourist auf der Suche nach Entspannung und dem Genuss der herrlichen Natur auf dieser faszinierenden Insel. Er näherte sich dem um diese frühe Stunde verlassenen Kiosk. Die rasch zunehmende Helligkeit ließ ihn blinzeln. Nur schemenhaft konnte er die Männer sehen, die auf ihn zukamen. Er blinzelte heftiger. Geschockt glaubte er einen von ihnen zu erkennen. Einen Mann, mit dem er vor einigen Jahren bei einem Kongress in Boston über das keltische Erbe Islands diskutiert hatte. Aber dieser Mann, dessen Name ihm partout nicht einfallen wollte, wirkte nicht freundlich, als er sich ihm näherte, und seine Begleiter erinnerten ihn an Bodyguards aus Gangsterfilmen. Eine Gänsehaut lief ihm über den Rücken.

Für eine Umkehr war es zu spät. Er kam nicht mehr dazu, etwas zu sagen. Die beiden bulligen Begleiter des Mannes, dessen Name ihm plötzlich wieder einfiel, nahmen ihm das Paket ab. Keiner sprach ein Wort. Und er fragte nicht nach dem Material, das ihm im Gegenzug übergeben werden sollte. Der Mann in der Mitte nickte kurz, und die beiden Kerle packten ihn.

Und nun lag er auf dem schartigen Felsenboden im Inneren des Kraters. Verängstigt, verloren. Aber sie hatten ihn nicht getötet. Und vielleicht hatte er Glück, und eine weitere Gruppe von Touristen würde in den Krater einfahren, so wie er vor wenigen Tagen, und ihn finden. Er spürte, wie er langsam zu Kräften kam und die Hoffnung zurückkehrte. Es gelang ihm, sich in eine halb sitzende Position zu begeben.

Die Dunkelheit wich, als ihn jäh ein Lichtstrahl blendete. Nahte die Rettung? Mühsam rief er: »Hilfe!« Die Stimme, die ihm antwortete und deren Besitzer er hinter dem grellen Schein der Taschenlampe vage zu sehen glaubte, entlockte ihm einen tiefen Seufzer der Erleichterung. Doch dann schob sich ein

Schatten zwischen ihn und das Licht. Aber egal, was in den nächsten Minuten geschehen würde, ein letzter Triumph blieb ihm. Er hatte den Erpresser gelinkt.

Der dumpfe Aufschlag eines Körpers in der Tiefe des Kraters echote von den Felswänden wider, deren Farben im Licht der Taschenlampe wie Gemälde von Jackson Pollock aufglühten.

Dann erlosch das Licht, und das Innere des Vulkans versank in pechschwarzer Nacht.

Begegnung in der Wüste

Die Mauern des Wüstenschlosses schimmerten in der Mittagssonne rötlich. Unser Reiseleiter, ein vielseitig interessierter und gebildeter Vertreter seiner Zunft, war ein Stück hinter meiner Gruppe von achtzehn Teilnehmern dieser Reise nach Jordanien zurückgeblieben. Er unterhielt sich lebhaft mit einem älteren Mann, der eben gerade mit einer weiteren Schar von Touristen aus einem Bus gestiegen war. Offenbar ein Kollege. Ich wollte rasch meiner Truppe folgen, die bereits durch das große Tor des Gemäuers im schattigen Innern verschwunden war, als ich eine schwere Hand auf meiner Schulter spürte und eine tiefe Stimme in mein Ohr dröhnte: »Wenn das nicht eine wunderbare Überraschung ist! Anna, du hier in der Wüste! Großartig!«

Diese Stimme hätte ich unter Hunderten erkannt. Sie gehörte Heinz Kröger, oder besser Winston Stevens. Denn unter diesem Namen veröffentlichte Kröger seit gut zehn Jahren erfolgreiche Kriminalromane. Jedes Jahr erschien ein neuer Stevens, und jedes Jahr schickte er mir eine signierte Ausgabe seines jüngsten Werkes, zuletzt »Tod im Farn«. Sein Protagonist Mortimer Rascal ermittelte vor allem in Yorkshire, woher Krögers Mutter stammte.

Über seine Bücher waren wir seit etlichen Jahren in Verbindung geblieben, aber persönlich hatte ich ihn schon längere Zeit nicht mehr gesehen. Kennengelernt hatte ich ihn nach einer seiner Lesungen und mit ihm lange über seine Bücher geredet. Danach waren wir uns einige Male über den Weg gelaufen und freuten uns über jede Begegnung. Gelegentlich schrieben wir uns Mails. Unsere Treffen wurden seltener. Meist befand er sich auf Leserreisen oder auf Recherche in England, und ich war ebenfalls oft unterwegs. Dabei lebte er in Norddeutschland, also nicht auf einem anderen Stern.

Ehe ich antworten konnte, umarmte er mich so heftig, dass ich fürchtete, er würde mir die Rippen brechen. »Mein Gott,

Heinz!«, brachte ich atemlos hervor. »Was treibst du denn hier?«

»Das könnte ich dich auch fragen!« Heinz Kröger überragte mich um Haupteslänge. Er war inzwischen fast sechzig Jahre alt, sein noch immer dichtes Haar schneeweiß, aber seine hellbraunen Augen blitzten überraschend jugendlich. Sein Verlag druckte im Klappentext seiner Bücher immer noch ein Foto von ihm, auf dem er knapp Mitte vierzig war. Doch er hatte sich seit unserem letzten Treffen kaum verändert. Ein freundlicher Riese, dem der Erfolg mit seinen Rascal-Thrillern nicht zu Kopf gestiegen war. Auch die inzwischen vier Fernsehadaptionen hatten ihm zwar gewiss gutes Geld, aber keine Allüren beschert. Ich mochte ihn.

Er ergriff meine Hand. »Ich bin mit einem Mietauto hier und besuche diese Gegend auf eigene Faust. Für mich bitte keine Reisegruppen.« Er lachte. »Ich mag keine Massenansammlungen, wie du ja weißt.« Damit spielte er auf die gemeinsame Tour vor einigen Jahren an, als ich ihn zufällig wiedersah und er sich meist von uns anderen Sterblichen fernhielt. Da wir uns kannten, plauderte ich nach den Ausflügen am Abend als Einzige mit ihm, wissend, dass er trotz seiner herben Art ein Gemütsmensch war. Das lag gut vier Jahre zurück. Mein Freund Richard wurde fast eifersüchtig. Seltsamerweise hatte ich in letzter Zeit öfter an Heinz gedacht und mir fest vorgenommen, ihn anzurufen. Wir hatten uns damals so gut verstanden, dass er mehr als nur ein Bekannter für mich war. Eher ein Freund, den ich zu selten traf.

Heinz sah sich um und runzelte die Stirn. »Komm, Anna, lass uns rasch aus der Sonne gehen. Im Schloss ist es angenehm kühl. Ich war vor zwei Jahren hier, ein faszinierender Ort.«

Widerstand war zwecklos. Heinz zog mich durch den säulengeschmückten Eingang in einen kleinen Innenhof, von dem zahlreiche Türen abgingen. »Spätes 18. Jahrhundert«, murmelte er. »Eine Art Jagdschloss, erbaut von Scheich Ahmed al-Moudi. Die Wände der Räume waren mit Fresken bedeckt, aber sie sind zum großen Teil entweder verblichen oder mit weißer Farbe abgedeckt worden. Für seine Epoche und seine Religion teils gewagte Darstellungen.«

Er führte mich zu einer steinernen Bank in einer schattigen Ecke des Hofes. Obgleich es erst Anfang Mai war, stiegen die Temperaturen mittags bis auf dreißig Grad.

»Wo hast du denn Richard gelassen?«, fragte Heinz, als wir uns gesetzt hatten.

Ich erwiderte: »Er musste für zehn Tage in die USA, nach Boston zu einem internationalen Symposium zum Thema Kunst und Schwarzmarkt, eines seiner Spezialgebiete. Er hält dort als Antiquitätenhändler einen Vortrag über seine Erfahrungen mit dem Schwarzmarkt. Auch wenn er selbst sich davon fernhält, bekommt er noch immer obskure Angebote. Und die Polizei schätzt seine Expertise auf diesem Gebiet. Sie möchte ihn gerne als eine Art Undercoveragenten einsetzen. Richard verspürt wenig Lust, sich zu exponieren.«

Ich war heilfroh, dass sich mein Freund, der sich nicht immer genau an gesetzliche Vorschriften gehalten hatte, inzwischen zu einem fast braven Bürger mauserte.

Ehe Heinz weiterfragen konnte, fügte ich rasch hinzu: »Keine Angst, wir sind noch zusammen. Aber ich hatte mehr Lust auf Jordanien als auf Boston. Und Richard möchte danach zudem in Maine eine Cousine besuchen, die er nie zuvor gesehen hat.«

Irrte ich mich, oder schien Heinz meine Antwort zu bedauern? Für einen Moment legte sich ein Schatten auf sein Gesicht. Aber dann nickte er.

»Ich habe einiges über deine Abenteuer in den vergangenen Jahren gehört, Anna, und dein Buch darüber gelesen. Hättest du mir ruhig signiert schicken können, als Gegengabe für all die Krimis, die ich dir immer zusende.« Er sah mich einen Augenblick streng an, lächelte dann aber breit. »Was soll's! Schön, dich wiederzusehen. Wir sollten intensiver in Kontakt bleiben. Ich lebe seit zwei Jahren nicht mehr in Hamburg, sondern in Cuxhaven. Aber das hast du sicher mitbekommen. Reizvolle Ecke und ein Katzensprung nach Helgoland, eine Insel, die ich sehr mag.«

Unser Reiseleiter Ansgar Meyers war inzwischen auch in den Hof getreten. Er ging geradewegs auf Heinz zu. »Du meine Güte, Winston Stevens persönlich!«, rief er zu meiner Überraschung. »Ich kenne alle Ihre Rascal-Romane und habe mir sogar die Verfilmungen angesehen. Sind Sie aus Vergnügen oder beruflich hier?« Ansgar Meyers konnte sehr direkt sein.

Heinz schmunzelte. »Wegen beidem. Mein neuer Roman ist keine Rascal-Story mehr. Ich habe die Reihe erst mal beiseitegelegt. Acht Bücher reichen. Ich habe eine neue Serie begonnen, diesmal mit Fällen, die auf wahren Ereignissen beruhen, also so eine Art True Crime als Basis haben. Zurzeit sehr beliebt. Der erste Band erscheint im August und spielt in Jordanien, aufgehängt an dem Fall von dem deutschen Geschäftsmann, den man vor einigen Jahren tot in diesem Wüstenschloss entdeckt hat. Das gab einen ziemlichen Aufruhr in den Medien.«

Ansgar Meyers unterbrach Heinz. »Ja, das war vor sechs Jahren. Ich war damals das erste Mal mit einer Reisegruppe hier, fast zur selben Zeit, als der Mord geschah. Der Ermordete stammte aus Köln, und bis heute ist der Fall meines Wissens nicht gelöst worden.«

»Nein, der Mörder oder die Mörderin läuft frei herum. Ein typischer Altfall. Erwin K. war ein Düsseldorfer Immobilienhändler mit Wohnsitz in Köln«, ergänzte Heinz. »Tatsächlich hat man bis heute nur zwei Verdächtige, seine Frau Karin, die kurz nach seinem Tod Erwins Partner heiratete, und seinen Stiefsohn Mike, den Karin aus ihrer ersten Ehe hatte. Beide waren damals mit auf der Reise, hatten aber ein Alibi. Während er in aller Frühe vor der Tageshitze einen Ausflug zu diesem Schloss machte, wollen sie und ihr Sohn noch geschlafen und den Rest des Tages am Swimmingpool des Hotels in Amman verbracht haben.«

»Da hast du wirklich gründlich recherchiert!«, warf ich ein.

Heinz ließ sich von mir nicht stören. »Erst gegen Abend meldeten sie dem Hotelchef, Erwin sei von einem Ausflug nicht zurückgekommen. Wenig später wurde seine Leiche in dem Schloss von einem Busfahrer entdeckt. Da seine Brieftasche, sein Handy und seine Rolex fehlten, ging man von einem Raubmord aus. Dennoch kam es zu einem Prozess, bei dem Karin K., ihr Sohn und auch Erwins Partner vorgeladen wurden. Aber irgendeine Beteiligung an dem Verbrechen konnte Karin nicht nachgewiesen werden. Der Staatsanwalt versuchte ihr zu unterstellen, ihren Mann mit Hilfe eines gedungenen Mörders beseitigt zu haben, da ihre Ehe schon lange im Argen lag, Erwin sich aber nicht scheiden lassen wollte. Karin soll zudem schon geraume Zeit eine Affäre gehabt haben. Aber der Prozess versandete, im wahrsten Sinne des Wortes. Karin und Mike kamen davon. Auch Erwins Partner, der mit ihm öfter Streit hatte, konnte nichts nachgewiesen werden. Er war zum Zeitpunkt von Erwins Tod tatsächlich kurz in Amman gewesen, aber auch er hatte ein Alibi. Ein Jahr später haben Karin und er geheiratet. Sie ist eine gute Partie.«

Ansgar Meyers ergänzte: »Eine bildhübsche Frau, ich habe sie damals kurz im Hotel gesehen.« Damit ließ er Heinz und mich wieder allein.

»Und du nimmst jetzt diese Geschichte als Ausgangspunkt für dein neues Buch?« Ich sah Heinz fragend an.

Er nahm einen großen Schluck aus einer Wasserflasche, die er aus einem Jutebeutel mit der Aufschrift »Forever young« gefischt hatte. »Ja, in der Tat. Mein neuer Ermittler ist …«, hier pausierte er für einige Sekunden, ehe er fortfuhr: »… ein Privatdetektiv, der als Reiseleiter getarnt vor Ort recherchiert. Er war mal Polizist, aber nach einem Fall traumatisiert und deshalb einige Jahre tatsächlich hauptberuflich als Reiseleiter unterwegs.«

»Aber nun findet er zurück in seinen alten Beruf und verbindet ihn geschickt mit seinem Job als Reiseleiter?«, fragte ich.

»Ganz genau. Beauftragt wird er von der Tochter des Toten aus erster Ehe, die sich mit ihrer Stiefmutter und ihrem Stiefbruder nicht gut versteht und den beiden zutraut, den Mord initiiert zu haben. Da setzt die Fiktion ein. Erwin hatte aus seiner ersten Ehe keine Kinder, und seine geschiedene erste Frau Margot lebt heute in Neuseeland und ist mit einem Weinbauern verheiratet.«

»Und wo treibt sich Erwins Witwe herum?«

Heinz grinste.»Karin und ihr Sohn Michael alias Mike wohnen inzwischen in Berlin, und sie besitzt ein Haus auf Gran Canaria. Karin ist seit zwei Jahren wieder geschieden. Das Gerücht hält sich, sie habe während ihrer Ehe mit Erwin und auch während ihrer Ehe mit Erwins Partner, Christian Frieling, einen Lover gehabt.«

Heinz ließ seinen Blick über den Innenhof schweifen.»In meinem Roman nehme ich starke Veränderungen vor. Sonst könnte Karin unangenehm werden. Da sie über Mittel verfügt, wäre ihr zuzutrauen, mir einen Anwalt auf den Hals zu hetzen. Sie gilt als kalt und geldgierig.«

Heinz nahm noch einen Schluck aus seiner Wasserflasche. »Ich glaube, dass sie Erwin tatsächlich loswerden wollte. In meinem Buch heißt Karin Else, und ihr Sohn Michael heißt Johann. Aus Erwin K. ist Albert Meurer geworden. Im Roman werden Else und Johann zwar auch verdächtigt, aber dann wird ein anderer der Tat überführt.«

Er bemerkte meinen gespannten Blick.»Ich verrate dir nicht, wer in meinem Roman der Mörder ist, allerdings weder der Butler noch der Gärtner. Wobei ich bis heute glaube, dass in der Realität Karin hinter der Ermordung von Erwin K. steht, ihn zwar nicht selbst getötet, aber einen Mörder verdingt hat.«

»Wie soll das Buch heißen?«, fragte ich.

Heinz lächelte.»Ganz simpel, ›Der Tote im Wüstenschloss‹. Ich habe nur noch mal den Tatort sehen wollen, um bei den letzten Korrekturen ein paar Details einzufügen. Es soll alles möglichst authentisch wirken. Im Juli geht das Buch in Druck.«

Heinz sah plötzlich nachdenklich aus.

»Ist was?«, fragte ich ihn. Sein freundliches Lächeln war einem leicht melancholischen Ausdruck gewichen.

Er starrte auf die gegenüberliegende Mauer des Innenhofes. Dann gab er sich einen kleinen Ruck.»Weißt du, Anna, auf diese Idee mit den Krimis, die auf wahren Begebenheiten beruhen, bin ich eigentlich durch ein Ereignis gekommen, das uns beide betrifft.«

»Wie das?« Ich kramte in meinem Gedächtnis, konnte aber nichts entdecken, worauf diese Behauptung gründete. Heinz schmunzelte. »Ich kann mir denken, dass dich meine Aussage verwirrt.« Er ergriff erneut seine Wasserflasche. Nach einem langen Schluck erklärte er: »Man sollte öfter neue Wege beschreiten. Rascal fing an mich zu nerven. Und Yorkshire ist zwar wunderschön, doch vorläufig reicht es mir.« Über dem Schloss kreiste ein riesiger Raubvogel. Sein Ruf lenkte mich ab. Fasziniert starrte ich hinauf zu dem Vogel, der unter dem tiefblauen Himmel seine Bahnen zog. Die Stimmen meiner Mitreisenden klangen gedämpft aus unterschiedlichen Räumen des Gebäudes, und nur die Stimme von Meyers übertönte gelegentlich das Gemurmel.

Heinz stieß mich an. »Also, die Idee zu dieser neuen Reihe kam mir vor zwei Jahren, als ich mir Fotos von der Reise angesehen habe, die wir vor gut vier Jahren gemeinsam unternommen haben. Weißt du noch, wie wir uns wiedergetroffen haben?«

Schlagartig kehrte die Erinnerung zurück. Island. Dahin war ich im Juli jenes Jahres gereist, mit einer Reisegruppe für knapp acht Tage, zwischen zwei Aufträgen. Mehr Zeit hatte ich nicht, doch diese Tage in Island hatten sich in mein Gedächtnis eingebrannt. Obwohl das Wetter nicht sehr sommerlich war und ich am dritten regnerischen Morgen eine leichte Sehnsucht nach Italien verspürte, gefiel es mir dort sehr. Vor allem mochte ich die Helligkeit und schlief auch ohne geschlossene Vorhänge ganz wunderbar, erschöpft von den vielen Eindrücken und Begegnungen. Richard war erst gegen Ende der Reise aufgetaucht, für knapp drei Tage.

Heinz schob sich die Sonnenbrille über die Augen. Die Mittagssonne hatte die Mauer zum Innenhof erklommen und schien bis in seine dunklen Ecken. Ich holte ebenfalls meine Sonnenbrille hervor.

Heinz blickte hinüber zu einer halb zerbrochenen Säule auf der gegenüberliegenden Seite und sagte: »Da drüben hat man Erwin gefunden. Er lag damals hinter einem Säulenstück, mit eingeschlagenem Schädel. In meinem Buch wird der tote Albert

Meurer im oberen Stockwerk entdeckt. Hinter einem zertrümmerten Mauerteil.«

Mich überlief ein leichter Schauer. Das klang so nüchtern und herzlos. Auch ich hatte schon einiges auf dem Gebiet der Kriminalität erlebt, konnte mich aber nach wie vor nicht emotional davon distanzieren. Und schon gar nicht ohne jede Empathie über Morde sprechen. Heinz war wesentlich abgebrühter, zumal ihm das alles nur Mittel zum Zweck bot, spannende Bücher zu schreiben.

Er erkannte mein Unbehagen, nickte und sagte freundlich: »Entschuldige. Aber ich bin manchmal wie ein Arzt, der zwischen sich und seine Fälle eine gewisse Distanz legen muss. Das klingt für fremde Ohren pietätlos. Okay, jetzt zurück zum Trigger für diese Reihe.«

In diesem Moment tauchte Meyers auf. »Frau Bentorp, wollen Sie sich uns nicht wieder anschließen? Die anderen sind im oberen Stock, wo es noch Reste von Fresken zu sehen gibt. Wir wollen in einer Viertelstunde weiterfahren.«

Er wirkte höflich, hatte aber einen strengen Unterton, der mir missfiel. »Ja, gleich«, antwortete ich deshalb kurz angebunden.

Meyers kehrte um und verschwand wieder im Schloss. Heinz grinste. »Meyers würde sich nicht als Vorbild für meinen Reiseleiter in der neuen Reihe eignen«, flüsterte er. »Nun gut, ich fasse mich kurz. Erinnerst du dich noch an unseren Ausflug in den Vulkankrater?«

Und wie ich mich erinnerte! Der Abstieg in die Tiefe, die grell beleuchteten Kraterwände, deren Farben an Gemälde von Jackson Pollock erinnerten, und die beklemmende Atmosphäre zwischen den zackigen Felsen der steinernen Halle. An der einen Seite ging es ein Stück tiefer hinunter in den Vulkan. Ein am Rand langführendes gelbes Seil mit Warnschild sollte Neugierige abhalten, sich zu dicht an den gefährlichen Abgrund zu wagen. Nur eine junge Hamburgerin trotzte dem Verbot und machte ein Selfie direkt an der Gefahrenzone. Unser Begleiter Thorinn, ein freundlicher Isländer, ermahnte sie zweimal, wurde dann deutlicher, pfiff sie zurück und schickte sie mit dem

Aufzug kurzerhand nach oben. Ich fand dieses Erlebnis zwar aufregend und beeindruckend, war aber erleichtert, als wir nach einer Stunde wieder hinauffuhren und am Fuße des Vulkans in einem kleinen Kiosk heißen Kaffee und Zimtschnecken serviert bekamen.

Heinz lächelte. »Ich sehe, du erinnerst dich sehr gut daran. Wir hatten doch in unserer Gruppe diesen ein wenig sonderbaren Dozenten dabei, der natürlich alles besser wusste als Thorinn. Er hieß Markus Hannemann. Er war ein noch größerer Eigenbrötler als ich. Erstaunlicherweise redete er aber mit mir und gestand mir, dass er als Erholung zwischen seinen wissenschaftlichen Arbeiten gerne mal Krimis lese. Und er hatte meinen ersten Roman der Rascal-Reihe ›Der Tote im Torf‹ gelesen und sogar meinen allerersten Thriller ›Gletschermorde‹, der in den Dolomiten spielt. Allerdings war das eine kurzlebige Reihe. Nach Band drei habe ich sie abgebrochen.«

An sich las ich selbst gerne Krimis, aber die Werke von »Winston Stevens« waren recht blutrünstig. Seine ersten drei Bücher wimmelten von Serienkillern. Sein britischer Ermittler Mortimer Rascal dagegen wurde mit weniger bluttriefenden Morden konfrontiert. Diese Bücher empfand ich als spannend und sogar an manchen Stellen humorvoll. Ich bedauerte, dass Rascal nach der Lösung seines letzten Falls, in dem es um eine geraubte Originalausgabe von »Jane Eyre« ging und den Mord an dem Besitzer dieses Werkes, einem Pfarrer, beschloss, seine Jugendliebe Eve zu heiraten und fortan nur noch seinen Hobbys, darunter Malen und Angeln, zu frönen. Ein trauriger Abgang für diesen geschätzten Ermittler. Aber man soll nie nie sagen. Vielleicht gab es die Chance einer Rückkehr des wackeren Streiters für Recht und Gerechtigkeit ins »wahre Leben«.

»Wo bist du mit deinen Gedanken? Lass mich schnell weitererzählen, ehe der Reiseleiter wieder dazwischenfunkt.« Heinz stupste mich.

»Nun, Hannemann stieg mit uns in den Krater, erzählte mir von seiner Arbeit, darunter ein Werk über christliche Mythen auf Island und ein Buch über den Vergleich zwischen den antiken und den nordischen Göttern, und meinte, im Grunde seien das auch Krimis. Viele Tote, Verrat, Neid, Gier und gekränkte Seelen. Wir verabredeten uns am nächsten Tag zum Frühstück. Das sagte er in letzter Minute wegen irgendwelcher Gründe ab, und zwei Tage darauf war er verschwunden. Er wollte länger als wir in Island bleiben. Wie er mir erklärte, kannte er das Land von seinen Recherchen gut und wollte eine Wanderung ohne Begleitung unternehmen. Wir haben unsere Adressen ausgetauscht. Aber er ist nie wieder nach Deutschland zurückgekehrt. Nach Aussagen offizieller Stellen verschollen bei seiner Wanderung, mutmaßlich in eine Gletscherspalte gefallen und buchstäblich vom Erdboden verschluckt. Sein vakanter Lehrstuhl in Münster soll in diesem Herbst wieder besetzt werden.«

Davon hatte ich nichts gewusst. Nach meiner Rückkehr aus Island war ich mit beruflichen Fragen beschäftigt gewesen und erneut in eine meiner vielen brenzligen Situationen geraten, die allmählich zur Gewohnheit wurden. Nach Moormännern und geheimnisvollen Höhlen im Ith und einem mysteriösen Keltenschatz waren es diesmal Gemälde aus der Renaissance gewesen, die mich in Atem hielten.

In all dem Trubel während des restlichen Jahres hatte ich nicht mitbekommen, dass das Verschwinden von Hannemann für einigen Wirbel gesorgt hatte. Aber ich hatte mich nicht besonders für diesen arroganten Mann interessiert, der mir ständig von seinen ungeheuer wichtigen und großartigen Forschungen über Mythen und Sagen erzählen wollte und dabei stets von Hölzchen auf Stöckchen kam. Mit Heinz mochte er ein Gespräch geführt haben, mich wollte er belehren. Ich erinnerte mich, dass ich zwischendurch seine Studenten in Münster bedauerte, die sich diese Monologe in den Vorlesungen anhören mussten.

Irgendwann hatte er mich als hoffnungslosen Fall aufgegeben und sich einer jungen Dame zugewandt, die sich an seine Fersen heftete, was ihm zu schmeicheln schien.

»Und wie hat dich Hannemanns Verschwinden zu deiner neuen Reihe animiert?« Ich sah Meyers in einer der Öffnungen des Schlosses im oberen Stock gegenüber auftauchen und meinte seinen tadelnden Blick zu spüren.

Heinz schaute zu Meyers und lachte. »Lass dich doch nicht von dem guten Mann einschüchtern! Okay, als ich von Hannemanns Fall hörte, kam mir die Idee, in Zukunft Thriller zu schreiben, die auf einem wahren Fall basieren. Falls ich Rascal je wieder aktiviere, wird er mit Eve nach Cornwall oder Essex auswandern. Jetzt habe ich erst einmal diese Story vom Toten im Wüstenschloss geschrieben, dann folgt meine fiktive Aufarbeitung von Hannemanns Fall. Zwar gibt es bisher keine Leiche, aber ich habe meist einen untrüglichen Instinkt. Ich glaube, dass unser lieber Professor in etwas hineingeraten ist, das ihn das Leben gekostet hat. Er hat in unserem Gespräch Anmerkungen fallen lassen, die man als Besorgnis interpretieren könnte. Genau weiß ich das nicht mehr. Zu Hause habe ich einige Aufzeichnungen dazu. Ich werde mich nach dieser Reise intensiv damit befassen und wohl zu weiteren Recherchen nach Island fahren.«

Er stand auf. »Ich bleibe mit dir in Kontakt. Da du damals bei dieser Gruppe dabei warst, interessiert dich sicher, was ich herausfinde. Und ohnehin scheinst du Fälle magisch anzuziehen.«

Er nahm meine Hand. »Schade, ich fahre gleich zurück nach Amman, habe dort morgen im Goethe-Institut eine Vorab-Lesung aus dem Wüstenschloss-Buch und eine anschließende Diskussion über Fakten und Fiktion im Krimi. Und dann fliege ich zurück nach Deutschland.« Er umarmte mich. »Du bist ja noch etwas länger hier. Melde dich bitte nach deiner Rückkehr. Wir sollten uns demnächst bei einem guten Essen treffen.«

Er grinste verschmitzt. »Ich würde dich auch gerne mit nach Island nehmen. Du hast den Ruf, eine Art Miss Marple zu sein. Du wärst mir sicherlich nützlich!«

Verlegen erwiderte ich: »Nein, das ist vorbei. Ich werde mich in Zukunft um meine eigenen Angelegenheiten kümmern. Richard und ich möchten im November für einen Monat nach Neuseeland reisen, und im nächsten Jahr werde ich ein Angebot annehmen, an der Universität Hannover vier Vorträge pro Semester zu unterschiedlichen Kunstthemen zu halten.«

Heinz schmunzelte. »Wir werden sehen! Auf jeden Fall beziehe ich dich in meine Recherchen ein und halte dich auf dem Laufenden. Und wenn nur, um deine Meinung zu hören. Das nächste Buch werde ich dir widmen.« Damit verabschiedete er sich und verließ pfeifend den schattigen Innenhof des alten Wüstenschlosses.

Ich trollte mich wieder zu meiner Reisegruppe, über die Ansgar Meyers streng, aber gerecht wachte. Er gestattete mir, »trotz der Zeitknappheit« einen Blick auf die Fresken im oberen Stockwerk zu werfen, ehe er uns alle wieder im Bus versammelte. Ich fühlte einen leichten Stich des Bedauerns, als ich Heinz in seinen Mietwagen steigen und in einer Staubwolke verschwinden sah.

Ich vermied es bis zu unserer Abfahrt, in die Ecke des Hofs hinüberzusehen, wo vor einigen Jahren der Tote im Wüstenschloss gelegen hatte. Manchmal bin ich sehr abergläubisch.

Die verlorene Schrift

»Anna, wir müssen uns bald treffen! Ich bin noch in Island und recherchiere für meinen zweiten Band mit meinem Reiseleiter Martin Grosse, dem Ex-Polizisten. Ich habe dir ja in Jordanien vor zwei Monaten davon erzählt.« Heinz Krögers Stimme auf der Mailbox klang ein wenig verwaschen.

Ich war gerade von einem kurzen Ausflug zu meiner Mutter in Köln zurückgekommen und saß im Wohnzimmer meiner kleinen Wohnung in Hannover. Meine Mutter näherte sich ihrem neunzigsten Geburtstag und hatte mit mir ihre Feier planen wollen. Doch dann drohte ein Bahnstreik, und ich fuhr früher als gedacht wieder zurück, da ich am nächsten Tag in der Universität Hannover zum Semesterende einen Vortrag über »Mythen vom Moor« halten sollte.

Heinz stockte einen Moment und fuhr dann fort: »Du wirst es nicht glauben, was ich für interessante neue Erkenntnisse zu Hannemann gewonnen habe. Ich bin mir inzwischen fast sicher, dass er damals nicht bei seiner Wanderung verunglückt ist, sondern ermordet wurde. Warum, wo und wie, weiß ich noch nicht. Ich muss da noch einigen Spuren nachgehen. Morgen treffe ich Birgit Gunnardottir, die Hannemann vor vier Jahren betreut hat, als er in der Nationalbibliothek für einen Vortrag Material gesucht hat.«

Ein lautstarkes Niesen dröhnte an mein Ohr. »Entschuldigung. Ich bin leicht erkältet. Ich habe mich mit unserem Begleiter in die Unterwelt, Thorinn Björnson, verabredet. Er leitet heute ein kleines Museum zur isländischen Vulkanologie in der Nähe der Blauen Lagune, begleitet aber immer noch Reisegruppen. Lass uns einen Termin verabreden.«

Wieder ein kräftiger Nieser. Heinz lachte. »Isländischer Schnupfen, ein weniger schönes Andenken. Also, Anna, wie wäre es am Donnerstag in einer Woche bei ›Il Mezzogiorno‹, diesem neuen Italiener in der Nähe des Alten Rathauses? Wäre zwanzig Uhr okay? So, ich bin jetzt zum Mittagessen mit einem Typen verabredet, der Hannemann auch gut kannte, sein früherer Assistent Bernd Zabel, der hier ein paar Tage lang alte Dokumente sichtet und den vakanten Lehrstuhl an der Uni Münster im Wintersemester übernimmt. Sein Fachgebiet sind nordische Heldensagen. Alles Liebe, bis bald!«

Typisch Heinz. Wenn er anfing zu reden, hörte er immer nur schwer auf. Ich beschloss, ihn am nächsten Tag anzurufen. Heute war Mittwoch, der 17. Juli. Er wollte mich am 25. Juli treffen. Am 26. Juli wollten Richard und ich nach Spiekeroog fahren. Fünf Tage ohne jeglichen Kontakt zur weiten Welt, einfach Ruhe und Abgeschiedenheit. Mit Mühe war es uns gelungen, über Beziehungen eine kleine Ferienwohnung zu ergattern. Harald Frostauer, mein alter Bekannter und Besserwisser-Freund, kannte Hinz und Kunz und hatte es geschafft, uns in der Nähe eines Hotels einzuquartieren, in dem er schon einige Male gewohnt hatte. »Du brauchst mal Ruhe«, hatte er gönnerhaft gesagt und mir auf die Schulter geklopft. Nervig wie immer, aber auch nützlich und hilfsbereit.

Richard war, wie oft, nicht zu erreichen. Er arbeitete zum x-ten Mal an einem neuen Konzept für die von ihm mitgestaltete Fernsehshow »Gutes für Geld«. Und saß sicher abgeschottet mit dicken Kopfhörern auf den Ohren in seinem Arbeitszimmer, während ich darauf wartete, dass mir ein paar zündende Ideen für meinen Vortrag zum Thema Moor-Mythen kamen. Keine Chance. Lieber hörte ich mir die Mailbox-Nachricht von Heinz das zweite Mal an und überlegte, ob ich ein klares Bild von Markus Hannemann vor Augen hatte. Aber ich erinnerte mich nur an einen eher kleinen Mann mit Halbglatze und lauter Stimme, dessen Monologe mich gestört hatten. Am meisten hatte mich seine intensive Frage gestört, ob ich mich für illuminierte Bücher interessierte, und ehe ich antworten konnte, hatte er zu einem Vortrag über altirische Buchkunst angesetzt.

Weshalb sollte irgendjemand Interesse daran haben, ausgerechnet Markus Hannemann zu ermorden?

Ich setzte mich an meinen Schreibtisch und googelte ihn. Viel gab es nicht über ihn. Geboren 1960 in Würzburg, 1965 mit seinen Eltern nach Westberlin gezogen, Vater Lehrer für Latein und Griechisch an einem Berliner Gymnasium, eine ältere Schwester, die Medizin studierte. Hannemann belegte Altnordische Sprachen und Keltische Philologie, promovierte über einen irischen Mönch, der im 12. Jahrhundert auf Island eine Chronik zur Situation von Klöstern und Kirchen zur Wikingerzeit verfasste, und habilitierte sich 1997 schließlich mit einer Arbeit über heidnische Wurzeln irischer Heiligenlegenden. Alles sehr speziell, aber für mich als bekennenden Irlandfan durchaus interessant.

Allerdings dann doch nichts für Laien, wie ich feststellte, als ich versuchte, seine Habilitationsschrift aufzurufen. Altirische Wörter, frühes Isländisch, zahllose Fußnoten und endlose Zitate auf Latein.

Hannemann übernahm ein Lehramt an der Universität Köln, dann in München und landete vor acht Jahren in Münster. Er hielt häufig Vorträge in Dublin und in Reykjavík. Der letzte Eintrag stammte aus dem Jahr 2020. Da hieß es: »Verschollen im Frühsommer 2020 bei einer Wanderung auf Grímsey, Island. 2023 für tot erklärt.« Als Angehörige wurde nur seine vier Jahre ältere Schwester Hilde erwähnt.

Ich beendete das Programm. Weshalb war sich mein alter Bekannter Heinz so sicher, dass Hannemann ermordet worden war? Weil er sich in seiner lebhaften Phantasie einen Fall zusammenreimte, um einen Plot für seinen neuen True-Crime-Fall zu haben? Alles nur *wishful thinking*? Oder hatte er tatsächlich handfeste Hinweise auf ein Verbrechen?

Obgleich ich eigentlich nichts mehr mit Verbrechen zu tun haben wollte und dies letztens auch meinem guten Freund Polizeihauptkommissar Hans Schumann erklärt hatte, der darauf nur mit einem leichten Lächeln reagierte, juckte es mich doch, mehr zu erfahren. Von Haus aus bin ich neugierig und seit meinem ersten Abenteuer im Moor von Bresterholz vor acht Jahren, als ich Schumann, Richard und Harald Frostauer erstmals begegnete, leider allzu anfällig für *criminal elements*. Wie sagte einst die berühmte Schriftstellerin Dorothy Parker? »Die Heilung für Langeweile ist Neugier. Es gibt kein Heilmittel für Neugier.« Sie hatte stets nach diesem Motto gelebt, auch wenn es ihr auf Dauer kein Glück brachte und sie 1967 mit dreiundsiebzig Jahren vereinsamt in New York starb.

War Langeweile tatsächlich die treibende Kraft dafür, dass ich immer wieder in neue Kriminalfälle geradezu hineinstolperte? Eigentlich führte ich ein recht abwechslungsreiches Leben mit einem interessanten Beruf, guten Freunden, selbst wenn mein sogenannter Lebensgefährte Richard sich manchmal als recht unzuverlässiger Zeitgenosse erwies, schönen Reisen, einer hübschen Wohnung in Hannover, einem ererbten Haus in Köln in der Nähe meiner trotz ihres fortgeschrittenen Alters noch rüstigen Mutter und dazu spannenden Erinnerungen, von denen ich zehrte.

Seufzend versuchte ich erneut, Richard anzurufen. Aber er hatte sein Handy ausgeschaltet. Mal wieder. Dann eben nicht. Inzwischen war ich überzeugter denn je, dass es eine gute Entscheidung gewesen war, nicht auf Richards Angebot für ein gemeinsames Domizil einzugehen. Er besaß ein sehr hübsches Häuschen am Kanal mit viel Platz. Aber ich wusste, dass das Zusammenleben auf Dauer nicht gut gehen würde. Er und ich waren beide Individualisten. Am besten vertrugen wir uns bei der Recherche für Kriminalfälle, was aber nach meiner neuen Lebenssicht keine Zukunftsaussichten bot. Ich wollte meine Ruhe und keine weiteren Fälle mehr.

Ein wenig melancholisch machte ich mich bettfertig, obgleich es erst einundzwanzig Uhr war. Als ich unter die Decke kroch und nach einem der Bücher griff, das in dem stetig wachsenden Stapel auf meinem Nachttisch steckte, begann der Stapel zu wanken, und mit einem lauten Poltern prallten die zehn Bücher auf den Boden. Verärgert hob ich sie wieder auf und sortierte sie neu. Dabei stieß ich auf die Biografie von Reginald Fitzgibbon, über den seine Urururenkelin Deirdre geschrieben hatte. Ich war nur bis zur Hälfte des Buches vorgedrungen und legte es oben auf den Stapel.

In diesem Moment ertönte die »Star Wars«-Fanfare meines Handys. Der Name auf dem Display überraschte mich. Gerade hatte ich an sie gedacht, als ich die Bücher neu ordnete, und jetzt war sie am Telefon – meine irische Freundin Deirdre, die ich vor einigen Jahren das erste Mal traf, als sie in Deutschland für die Biografie ihres Vorfahren Reginald Fitzgibbon recherchierte. Dieser Vorfahre hatte im Dienste des Königs Georg III. als Kartograf in der Nähe des Ortes Bresterholz in einer damals von Mooren geprägten Landschaft gearbeitet. Dabei widerfuhren ihm diverse Abenteuer, verknüpft mit Sagen rund um das Moor und einem legendären Moormann, dem Hüter verlorener Schätze. Mir war Reginald erstmals begegnet, als ich in der Gegend von Bresterholz ein Häuschen gemietet hatte, um in Ruhe an einem Katalog zu einer Ausstellung mit Landkarten aus dem späten 18. Jahrhundert zu arbeiten. Sein Schicksal hat mich seitdem stets begleitet.

Seine Nachfahrin Deirdre war inzwischen mit einem Kurator am Dubliner Nationalmuseum verheiratet und Mutter zweier Kinder. Ich war die Patentante des älteren Kindes. In dem Jahr, in dem Deirdre ihren späteren Mann David kennengelernt hatte, besuchte ich sie in Dublin und geriet wieder einmal in eines meiner Abenteuer, in dem es um kostbare Druidenmasken und einen irischen Geheimbund ging, dessen Aktivitäten bis nach Niedersachsen ausstrahlten.

»Deirdre! Wie schön, von dir zu hören!« Ich plante schon längere Zeit, sie wieder einmal zu besuchen. Seit Kurzem lebte sie mit ihrer Familie in Malahide, nördlich von Dublin, in einem alten Haus, das Deirdre von einer entfernten Cousine geerbt hatte. Ihre Stimme klang wie immer ein wenig rau und atemlos.

»Anna, wir haben uns viel zu lange nicht gesprochen. Ich möchte dich nach Dublin einladen. Am 3. August stelle ich in der Bibliothek von Trinity College ein neues Buch von mir vor. Darin geht es um ein phantastisches Projekt, das sich mit den Schriften eines irischen Mönches befasst, der im 11. Jahrhundert auf Island lebte, aber in Irland starb. Leider gilt sein Hauptwerk, das in der Nationalbibliothek in Reykjavík aufbewahrt wurde, als verschollen. Wahrscheinlich gestohlen. Dieses Werk von ihm war wohl zunächst in Irland und gelangte im 16. Jahrhundert nach Island, kam dann zurück nach Irland und schließlich als Geschenk wieder nach Reykjavík.«

Auch Deirdre besaß die Eigenschaft, ähnlich wie Heinz, ohne Punkt und Komma reden zu können. Manchmal fragte ich mich, ob sie überhaupt atmete.

»Wir haben hier in Dublin eine sonderbare Zusammenstellung seiner Aufzeichnungen gefunden, die Ende des 18. Jahrhunderts von einem Bibliothekar am Trinity verlegt wurde. Darüber habe ich ein kleines Buch geschrieben, das vor allem ein Licht auf die frühen Arbeiten mehrerer Mönche aus der Zeit zwischen 1000 und 1200 wirft. Unser legendäres ›Book of Kells‹ ist wesentlich älter, aber dieser Corran aus dem 11. Jahrhundert klingt faszinierend.« Deirdre wirkte sehr aufgeregt.

»Das ist großartig«, antwortete ich. »Du wirst mir aber jetzt nicht sagen, dass dein Vorfahre Reginald irgendwie mit diesem Mönch zu tun hat.«

Deirdre lachte laut. »Genauso ist es aber! Wir haben dieses Buch aus dem 18. Jahrhundert im Nachlass meiner Cousine gefunden, die mir das Haus samt einer umfangreichen Bibliothek vererbt hat. In einem der Regale habe ich uralte Bücher aus einem Sammelsurium von ramponierten Bänden hervorgekramt. Ich wollte sie zum größten Teil wegwerfen, da die meisten Wasserflecken und Schimmel aufweisen.«

Im Hintergrund hörte ich plötzlich Kindergeschrei. »Entschuldige, Anna. Ich melde mich gleich wieder.« Deirdre unterbrach ihren Anruf. Doch nur zwei Minuten später klingelte mein Handy erneut.

»So, das war kurz und schmerzlos. Meine lieben Monster haben sich um einen Plüschhund gestritten. Jetzt sitzt Mobby bei mir auf dem Schoß, und die beiden haben sich mit ihren Kuschelbären ins Bett verzogen.«

Ich musste lachen. Deirdre meisterte alle Probleme, wie es schien, mit Humor.

Sie kicherte. »Ach je, wer hätte gedacht, dass ich als Mutter

jemals zu Potte kommen würde.« Es knackte in der Leitung.
»Also, zurück zu dem Buch, das unter diesem Haufen halb
vergammelter Werke lag. Es ist kein Original. Dann wäre das
ein illuminiertes Werk von ungeheurem Wert. Aber es ist eine
bearbeitete Ausgabe einer der wichtigsten Schriften des Mönchs
Corran McSlaughty, gedruckt im Jahr 1799.«
»Deirdre, mach mal langsam. Ich komme nicht mehr mit!«
Mein Kopf dröhnte. Deirdre nahm keine Rücksicht.
»Du wirst es nicht glauben, aber darin sind Kapitel einer
Chronik über ein kleines Kloster an der Südwestküste von Is-
land, dazu biografische Notizen des Mönchs über sein Leben
in Irland nach seiner Rückkehr von Island nach dreißig Jahren
und Angaben zu seinem Hauptwerk. Das meiste ist aus dem
Lateinischen ins Englische übersetzt.«
    Wieder unterbrach ein lauter Schrei unser Gespräch. Aber
Deirdre ließ sich diesmal nicht stören. »Das kann Daddy jetzt
übernehmen«, meinte sie und fuhr fort: »Der Kurator der
Trinity-Library hat sich meinen Fund gründlich angeschaut.
Neben der Wiedergabe dieser meist persönlichen Daten aus
Corrans Leben befinden sich darin eingestreut Anmerkungen
zum Einfluss irischer Heiligenlegenden und des Aberglaubens
auf die isländische Literatur jener frühen Epoche. Der Titel
dieses Konglomerats lautet ›Stories from the Land of Ice and
Fire‹.«
    Ich wunderte mich wieder einmal über die Duplizität der
Ereignisse. Die Verbindung zu Island. Und auch Hannemann
hatte über einen irischen Mönch jener Zeit promoviert und sich
mit den heidnischen Wurzeln von Heiligenlegenden beschäftigt.
»Und was hat es nun mit diesem verschollenen Buch auf sich?«,
fragte ich.
    »Das illuminierte Original seiner großen Schrift, das 1820
zurück nach Dublin gelangte, wurde um die Mitte des 19. Jahrhunderts von Königin Victoria der damaligen Nationalbibliothek von Reykjavík gestiftet. Island gehörte damals zu Dänemark. Das Buch lag seitdem gut behütet in der Bibliothek,
seit 1994 in deren Neubau in einer speziellen Abteilung für

illuminierte Werke. Aber, wie gesagt, es ist seit einigen Jahren nicht mehr auffindbar. Unser Kurator Timothy Halloran sagte mir, dass Corrans ›Book of Thor‹ 2020 zum Mittelpunkt eines Forschungsprojekts werden sollte, in das die Universität Münster involviert ist. Aber da das Buch verschwunden ist, liegt das Forschungsprojekt auf Eis.«

Das Kindergeschrei, das inzwischen die Lautstärke eines Gewitters angenommen hatte, beeindruckte meine Freundin nicht im Geringsten. Sie fuhr fort:

»Man weiß nur, dass es in dem Werk um nordische Mythen geht und um ihre Beziehung zum Christentum. Ich hoffe, dass diese Ausgabe von 1799 mehr Aufschluss geben wird. Ich lese es gerade noch. Zwei kleinere Dokumente, deren Autor Corran gewesen sein könnte, liegen im Trinity und handeln von den irischen Kirchenreformen im 11. Jahrhundert und vom Nutzen isländischer Pferde.« Sie lachte.

»Wie kommt dein Urururugroßvater Reginald dabei ins Spiel?«, fragte ich.

Deirdre nieste. Allerdings weniger laut als mein Freund Heinz. »Kinderschnupfen«, kommentierte sie. »Reginald? Der besaß eine sehr beeindruckende Büchersammlung. Und die hat er seinem Sohn vererbt. Der wiederum seinem Sohn und so weiter. Irgendwann hat dann eine spätere Nachfahrin die Bücher an eine Cousine weitergegeben, und sie sind hier in dem Haus in Malahide gelandet. Das steht alles in meiner Biografie über Reginald, die du endlich zu Ende lesen solltest. Ob Reginald ein Nachfahre dieses einstigen Mönchs war, weiß ich nicht. Am liebsten würde ich nach Island fliegen, um mir anzuschauen, wo Corran einst gelebt hat. Angeblich hat sich die Landschaft dort trotz Erdbeben und Vulkanausbrüchen in all den Jahrhunderten kaum verändert.«

»Ich werde versuchen, zu deinem Vortrag zu kommen. Schon längst wollte ich mein Patenkind wiedersehen.« Eine bleierne Müdigkeit hatte mich überfallen. Mit Deirdres Temperament mitzuhalten war stets eine Herausforderung.

Das Thema ihres geplanten Vortrags interessierte mich ehrlicherweise nicht rasend. Ein mittelalterlicher Mönch auf Island? Nordische Mythen? Eher etwas für Experten wie den verschollenen Professor Markus Hannemann. Der hätte sicher sofort alle Einzelheiten zur Biografie von Corran McSlaughty heruntergerasselt. Aber ich wollte Deirdre nicht verletzen. Mit einem fröhlichen »*Nighty night*« beendete sie unser Gespräch.

Am nächsten Vormittag versuchte ich Heinz zu erreichen. In Island war es, genau wie in Irland und Großbritannien, eine Stunde früher als bei uns. Tatsächlich nahm er nach mehrmaligem Läuten an. »Ach, Anna, gut, dass du zurückrufst. Ich bin auf dem Weg zur Halbinsel Grímsey, wo Hannemann angeblich bei seiner Wanderung verunglückt und seither unauffindbar ist.«

»Wie lief dein Essen mit diesem Zabel?«, fragte ich.

Heinz seufzte. »Ach, das war ein Flop. Zabel war gerade mal ein Jahr Assistent von Hannemann, lehrte dann in Berlin, geht aber demnächst nach Münster. Er konnte mir wenig Konkretes sagen. Nur, dass Hannemann kurz vor seiner Abreise nach Island in dem Sommer nervös gewirkt habe. Aber Zabel meinte, das könnte auch an Hannemanns Lampenfieber gelegen haben, da er an der Deutschen Botschaft einen Abend mit illustren Gästen machen sollte. Zudem saß er an einer Arbeit über einen irischen Mönch, der lange auf Island lebte. Zabel war zwar gleichzeitig mit Hannemann auf Island, sah ihn aber selten, da er an einem Aufsatz über die Darstellung nordischer Gottheiten in Hollywood schrieb. Stichwort ›Avengers‹. Er glaubt, dass Hannemann tatsächlich bei seiner Wanderung verunglückt ist. Zwei Tage hatte er für diese Wanderung eingeplant und danach einen Tag in Dalvík, wo es Wikingergräber und ein Museum gibt, ehe er dann zurück nach Deutschland fliegen wollte.«

Heinz wirkte frustriert. »Man hat seinen Wagen auf dem Parkplatz zu der Fähre gefunden, die von Dalvík nach Grímsey übersetzt. Diese Insel liegt am Polarkreis, und Hannemann hatte darauf gehofft, dort die Mitternachtssonne zu sehen. Der Fährmann erinnerte sich damals zwar nicht an ihn, aber er gab zu, dass sich an dem Tag Touristen aus zwei Bussen auf der Fähre drängten. Er habe nicht weiter auf die Passagiere geachtet, die dann am Abend wieder zurückwollten. Übrigens glaube ich nicht, dass Hannemann in eine Felsspalte gestürzt sein könnte. Im Innern der Insel gibt es viele Wanderwege durch Moore und Tundra, keine Felsenklüfte.«

»Was hat man in seinem Auto gefunden?« Ich war nun doch neugierig geworden.

»Ein paar Landkarten, seinen Koffer und ein paar andere Kleinigkeiten. Er hatte wohl nur einen Rucksack dabei samt einem kleinen Zelt. Bis heute ist davon nichts wieder aufgetaucht, was schon seltsam erscheint. Aber vielleicht ist er mit Sack und Pack im Moor versunken.« In der Stimme von Heinz lag Zweifel. »Und warum man immer behauptet hat, er sei wahrscheinlich in einer Felsspalte verschwunden, verstehe ich nicht. Man hat damals die Suche nach ihm rasch aufgeben. Ich treffe nachher den Ermittler von damals, Erik Péturson. Der ist pensioniert und wohnt unweit der Universität in Vesturbær, einem schicken Stadtteil. Sein Nachfolger ist Ranulf Eriksson. Den spreche ich auch noch an. Er war 2020 bei der Suche vor Ort.«

»Du meinst also, dass er nach diesen Erkenntnissen Opfer eines Verbrechens geworden ist? Jemand hat ihn auf Grímsey ermordet und im Moor versenkt?« Meine hörbare Skepsis irritierte Heinz offensichtlich.

»Na ja, Hinweise gibt es, die Beweise fehlen mir noch. Als Basis für einen fiktiven Plot würde es schon fast reichen, wobei ich noch rätsele, was das Motiv gewesen sein könnte. Ich bin noch drei Tage vor Ort und spreche mit ein paar Leuten, die auch mit Hannemann zu tun hatten. Ich habe neben den Personen, die ich dir schon genannt habe, einen isländischen Kollegen von Hannemann aufgetrieben, der ein ähnliches Spezialgebiet hat. Könnte sein, dass er mehr über Hannemanns angedachte Forschungen damals weiß. Vielleicht erweist sich meine Theorie als unhaltbar, aber ich bastele aus all diesen Details am Ende einen Fall für meinen neuen Helden.« Sein Lachen klang sehr zuversichtlich.

»Also vielleicht kein authentischer True Crime?«, wagte ich zu fragen.

»Du ewige Zweiflerin«, erwiderte er. »Aber diesmal musst du nicht als Miss Marple dabei sein. Das ist allein meine Story. Und Fiktion setzt da ein, wo die Fakten schwächeln.«

»Dann viel Glück! Übrigens hat mich gestern meine irische Freundin Deirdre angerufen und mir auch etwas über die verlorenen Schriften eines irischen Mönchs erzählt, der vor gut tausend Jahren in Island lebte. Sie hält demnächst einen Vortrag über ihn.«

Heinz klang nicht besonders interessiert. »Ach, diese junge Frau, deren Vorfahre im Moor von Bresterholz gearbeitet hat? Und mit der du dieses Druidenmasken-Abenteuer hattest? Na ja, Mönche gab es reichlich auf Island, von denen viele aus Irland stammten, sogar schon in frühester Besiedlungszeit. Ab 1000 wurde Island christianisiert, und immer wieder tauchen irische Mönche auf. Das meiste ihrer Schriften ist verloren gegangen. Aber ich schaue mich mal um, ob ich etwas finde oder höre über diesen Mönch. Wie heißt er?«

»Corran McSlaughty. Sein Hauptwerk hieß ›Das Buch von Thor‹, das aber aus der Nationalbibliothek gestohlen wurde. Mehr weiß ich nicht.«

»Der Bursche hat einen komischen Namen. Na ja, ich werde mir das merken können und in der Bibliothek danach fragen. Sehr nette Bibliothekarin, diese Birgit Gunnardottir. Ich melde mich bald wieder mit mehr Details. Und lass uns kommende Woche tatsächlich im ›Mezzogiorno‹ zusammen essen. Dann können wir über meine Ergebnisse in Ruhe sprechen.«

Ich setzte mich an meinen Computer, um mit den Aufzeichnungen für den Katalog zu der Ausstellung über christliche Kunst im Heiligen Land zu beginnen, als der Handyklingelton meine Gedanken unterbrach. Irland. Deirdres Nummer im Display.

Sie klang hektisch. »Anna, du wirst es nicht glauben! Bei mir wurde letzte Nacht eingebrochen. Sehr sonderbare Einbrecher! Mein Laptop ist noch hier, und es wurden nur ein paar Bücher gestohlen, die nicht einmal besonders wertvoll sind. Der Einbrecher hatte es eilig, denn er hat in seinem Eifer einen Haufen Bücher von meinem Schreibtisch gefegt. Dieses Poltern hat mich im oberen Stock geweckt. Und dann ist er durch die Verandatür auf und davon. Die Polizei ist ratlos, und ich kann mir darauf keinen Reim machen.«

»Und diese bearbeitete Ausgabe der Schriften von Corran McSlaughty, die du entdeckt hast?«, fragte ich.

»Ach so, ja, das Buch von Sean Bradley mit den Aufzeichnungen von Corran fehlt auch. Das Buch ist per se nicht wertvoll, da eher simpel gebunden, kein Golddruck und ein bisschen vergammelt. Das wird dem Dieb wenig Geld bringen.« Deirdre schniefte. »Welcher Idiot klaut so ein Buch?«

Darauf wusste ich keine Antwort und war froh, dass ich nicht weiter in dieses Drama involviert war. Glaubte ich jedenfalls.

Verschlungene Wege

»Anna, ruf mich bitte sofort zurück! Es ist wichtig!« Die Stimme von Heinz auf meiner Mailbox. Ich hatte mein Handy an diesem Abend zu Hause gelassen. Es war kurz vor Mitternacht, als ich in meine Wohnung trat. Nach meinem Vortrag über »Mythen im Moor«, den ich glücklicherweise trotz meiner knappen Vorbereitungszeit mit Hilfe nur weniger Stichworte absolvieren konnte, hatte ich mit dem Organisator der Veranstaltung an der Universität Hannover und einigen seiner Kollegen in einem kleinen Restaurant gesessen. Ein launiger Abend ohne aktuelle Probleme, und selbst mein Polizistenfreund Hans Schumann und mein Freund Richard, die später dazugestoßen waren, vermieden es, über gemeinsam erlebte Fälle zu reden. Ein Abend ohne Mord und Totschlag – das tat gut.

Schumann bemerkte zufrieden, als wir das Restaurant verließen, er habe derzeit weniger Arbeit als gewohnt und plane deshalb, sich in zwei Wochen einen Urlaub auf Sizilien zu gönnen. »Mal ein Sommer ohne Mord, das wäre mein Traum«, sagte er und grinste mich an. »Was denkst du darüber? Zu langweilig für dich?«

»Nein, mir reicht's!«, erwiderte ich. »Ich habe in den letzten Jahren zu viel Zeit mit obskuren Kriminalfällen verbracht.«

»Recht hast du«, sagte Schumann. »Und derzeit ist wirklich nichts los.«

Richard verdrehte die Augen. »*On verra*«, sagte er nur und brachte mich nach Hause.

»Sorry, wenn ich mich verabschiede«, murmelte er. »Ich muss morgen früh nach Köln, das überarbeitete Konzept für ›Gutes für Geld‹ präsentieren.« Er drückte mir einen flüchtigen Kuss auf die Wange, und einmal mehr fragte ich mich, was für eine Beziehung wir eigentlich hatten.

Seine Fernsehshow lag ihm am Herzen. Obgleich er mir

gegenüber häufig geäußert hatte, er habe keine Lust mehr »auf dieses Kasperletheater«, liebte er die Sendung, die ein breites Publikum ansprach. Ich hatte manchmal das Gefühl, dass er an »Gutes für Geld« inzwischen mehr hing als an seinem Geschäft in der Nähe der hannoverschen Marktkirche und, vielleicht, sogar an mir. Waren es Eitelkeit, der Drang nach Ruhm, Ehrgeiz, die ihn beflügelten? Demnächst sollte er sogar eine Abendsendung konzipieren. »Gutes für Geld XXL« an einem Samstagabend zur Primetime. Mit Mitte fünfzig hatte er damit den Zenit erreicht.

Mir wurde bewusst, dass unser Verhältnis eindeutige Ermüdungserscheinungen aufwies, und plötzlich überkamen mich wehmütige Erinnerungen. An unsere Anfänge vor sieben Jahren, unsere erste Begegnung im kleinen Ort Bresterholz, unsere späteren gemeinsamen Abenteuer, unsere wachsende Freundschaft, die selten gleichförmig verlief, uns aber immer wieder zusammenführte.

Zugleich tauchte ein anderes Gesicht vor meinem inneren Auge auf. Deirdres entfernter Cousin Desmond Casey, seit fünf Jahren aus meinem Leben verschwunden. Um ihn rankten sich viele Gerüchte. Angeblich lebte er in den USA, war verstrickt in die Pläne illegaler Gruppierungen, die sich für eine Loslösung Nordirlands vom Vereinigten Königreich starkmachten, war angeblich tot, angeblich Farmer in Minnesota, angeblich Eremit in Donegal. Viele Legenden, seit er vor ein paar Jahren nach dem Tod seines Bruders Eamon und dem dramatischen Geheimnis um einige kostbare Druidenmasken, verknüpft mit dem Schicksal eines irischen Flüchtlings in einem kleinen Kloster am Steinhuder Meer im 19. Jahrhundert, verschwunden war und nicht mehr gesehen wurde. Selbst meine Freundin Deirdre wusste nicht, was aus Desmond geworden war. Und ich trauerte ihm nach. Er war charmant, intelligent und witzig gewesen, dazu gut aussehend und gebildet. Aber das war vorbei – Desmond existierte nicht mehr in meinem Leben, und das war sicherlich besser so. Ich dachte gelegentlich an ihn und hoffte, dass er noch lebte. Auch wenn die meisten der Gerüchte einen Schatten auf ihn warfen.

Meine Wohnung wirkte trostlos an diesem späten Abend. Gedankenverloren hörte ich die Mailbox ab. Meine Mutter hatte angerufen, um mir zu berichten, dass sie dringend meinen Rat »in einer delikaten Angelegenheit« bräuchte und zudem ein Paket für mich abgegeben worden sei. »Soll ich es nach Hannover schicken, oder holst du es bei mir ab?«

Die nächste Nachricht stammte von meinem Freund Harald Frostauer, der in einem Wortschwall über ein neues Projekt schwatzte, an dem er arbeitete. Wie immer war er der festen Überzeugung, dass ich daran interessiert sein müsste. »Einmalig, großartig! Es wird dir gefallen. Bitte melde dich.«

Harald war zu Beginn unserer Bekanntschaft in meinen Augen nur ein Besserwisser und eine Nervensäge gewesen. Aber allmählich erkannte ich seine guten Seiten. Und eines musste man ihm lassen: Keiner konnte so gut recherchieren und Rätsel lösen wie er.

Auch Heinz hatte mehrmals versucht mich anzurufen. Bei seinem letzten Versuch, mich zu erreichen, klang er fast zornig. Aber ich war zu müde, um ihn jetzt noch zu kontaktieren. Durch mein geöffnetes Fenster drangen ferne Stimmen, das Hupen eines Autos und die Sirene eines Krankenwagens. Mein Bett schien mich magisch anzulocken, und ich folgte der Verführung.

Meine Augen fielen zu. Als ich davondriftete, schrillte mein Festnetztelefon, das ich kaum mehr benutzte, da häufig Trickbetrüger anriefen, um mir weiszumachen, meine Tochter (die ich nicht hatte) habe einen Unfall verursacht und ich müsse Kaution stellen. Vor einer Woche meldete sich ein falscher Polizist, der mir riet, ihm mein Bargeld auszuhändigen, da in meiner Nachbarschaft Einbrecher ihr Unwesen trieben. Und letztens verkündete mir eine Automatenstimme, ich hätte eine Million Euro gewonnen, müsse aber rasch meine IBAN angeben, damit das Geld überwiesen werden könne. Zudem hasste ich Telefonanrufe nach zweiundzwanzig Uhr und erst recht das Klingeln des Telefons kurz nach Mitternacht. Denn meist verbarg sich dahinter nichts Erfreuliches.

Aber da ich immer insgeheim fürchtete, meine Mutter habe einen Unfall gehabt, stand ich auf und trottete zu meinem Telefon. Verschlafen griff ich nach dem Hörer.

»Na endlich, Anna!« Es war Heinz.

Ein wenig unwirsch brummte ich: »Heinz, was soll das? Es ist hier nach Mitternacht, und ich bin hundemüde. Hat das nicht Zeit bis morgen?«

Heinz ließ sich nicht beirren. »Nein, Anna, ich muss es dir gleich sagen. Außerdem bin ich morgen nur schlecht erreichbar, da ständig unterwegs. Ich bin dem Beweis, dass Hannemann ermordet worden ist, heute ein großes Stück näher gekommen. Da es hier noch hell ist, kann ich ohnehin nicht schlafen, sondern notiere alles eifrig, um dir nächste Woche den fast vollständigen Plot meines Buchs präsentieren zu können.«

Ich gähnte demonstrativ. »Ja, und? Was hast du heute erfahren?« Mit Mühe hielt ich meine Augen offen. Das Festnetztelefon stand auf meinem Schreibtisch, und ich konnte nicht einmal bequem sitzen. Mein Bürostuhl war alt und schief, und ich saß völlig verkrampft darauf.

»In Kürze, Anna, damit du deinen Schönheitsschlaf antreten kannst: Es scheint, als ob Hannemann in eine unangenehme Sache verwickelt gewesen ist. Die Leiterin der Bibliothek in Reykjavík glaubt, dass er vor vier Jahren in den Diebstahl einer wertvollen Schrift aus dem frühen 11. Jahrhundert involviert war. Das Fehlen dieses Werkes fiel längere Zeit nicht auf, da es in einer speziellen Abteilung der Bibliothek stand. Einer der Letzten, die sich diese Schrift angeschaut haben, war Markus Hannemann am 11. Juli 2020. Er hat sich ordnungsgemäß eingetragen. Verschwunden ist Hannemann zehn Tage später, und die Bibliothekarin Birgit Gunnardottir erinnert sich, dass er um den 18. Juli noch zweimal in der Bibliothek war, aber nicht vermerkte, was er aus dem Regal genommen hat.«

Mein lautes Gähnen kommentierte Heinz nur mit einem kurzen »Bin gleich fertig« und setzte seine Schilderung fort: »Jeder Besucher trägt sich mit seinen Wünschen in einer Art Gästebuch ein. Und das letzte Mal kam er kurz vor Toresschluss mit der Entschuldigung, er müsse den genauen Titel eines Werkes nachsehen. Den bräuchte er als Quellenangabe für einen Essay. Keiner hat sich weiter um ihn gekümmert. Er war ein häufiger Gast in der Bibliothek, deshalb erinnert sich Birgit Gunnardottir an ihn.«

»Das heißt noch lange nicht, dass Hannemann dieses Werk gestohlen hat.« Ich fand, dass Heinz um jeden Preis einen Fall konstruieren wollte, und das nervte mich. »Wahrscheinlich hat er gar nichts damit zu tun!« Ich gähnte erneut.

Heinz schnalzte mit der Zunge. »Niemand hat sich in den Wochen davor mit diesem uralten Buch beschäftigt. Aber Hannemann zeigte daran großes Interesse.«

Ich unterbrach ihn. »Warum sollte er es denn stehlen? Er hatte doch jederzeit Zugang zur Bibliothek und konnte es vor Ort studieren. Das ist doch alles an der Haaren herbeigezogen. Ich gehe jetzt ins Bett. Lass uns morgen telefonieren.«

Ehe Heinz etwas erwidern konnte, legte ich auf. Er begann mich allmählich zu verärgern. Sollte er doch irgendetwas erfinden und daraus eine Geschichte um Hannemann basteln! Fakten, Fiktion, es würde ein weiterer Roman werden. True Crime! So ein Blödsinn.

Es dauerte lange, bis ich in den Schlaf fand, und das machte mich übellaunig. Deirdre und ihr gestohlenes Buch mit den Zitaten und Zusammenfassungen einer alten Schrift und nun auch noch Heinz mit seinen isländischen Phantasien – mir reichte es. Ich hatte in den letzten Jahren genug alte Bücher, verschlüsselte Dokumente, rätselhafte Landkarten und Geheimcodes erlebt. Dazu Morde im Moor, in Klöstern, im Museum, während Filmfestivals, und ich selbst wäre dabei mehrmals fast umgekommen. Ich verkroch mich unter meine Decke. Was ging es mich an?

Am nächsten Tag plagte mich mein schlechtes Gewissen, und ich rief Heinz an, um mich bei ihm für meine Unfreundlichkeit zu entschuldigen.

Er klang distanziert. »Ich verstehe, Anna, wenn du deine Ruhe haben willst. Und es tut mir leid, wenn ich dich mit meinen Recherchen belästige. Ich bin später mit einem isländischen Kollegen von Hannemann verabredet, der mir spannende Informationen versprochen hat. Aber ich werde dich damit nicht behelligen.«

Mir stieg die Schamesröte ins Gesicht, und ich war dankbar, dass ich mit Heinz nicht per Zoom telefonierte. »Nein, nein, Heinz! Falls du etwas Wichtiges erfährst, sage es mir bitte! Ich bin neugierig geworden. Es ist seltsam, dass du von obskuren frühmittelalterlichen Schriften berichtest und Deirdre fast zeitgleich anruft und mir von einem Mönch erzählt, der auch auf Island gelebt hat. Und dass bei ihr eingebrochen und ausgerechnet dieses Buch mit einigen Aufzeichnungen aus den Schriften des Mönchs mitgenommen wurde.«

Heinz schwieg eine Sekunde. Dann sagte er: »Ja, sehr seltsam. Ich fange an, mich für Deirdres Mönch zu interessieren. Bitte frage deine Freundin nach Details zu dem Buch. Ich habe leider nicht nach dem Titel des gestohlenen Buchs aus der Bibliothek gefragt. Und die Angaben in dem Gästebuch erwähnen nur, dass Hannemann mehrfach ein altes illuminiertes Werk angeschaut hat. Davon gibt es einige in der Bibliothek, alle zwischen eintausend und siebenhundert Jahre alt. Das schönste, das ich mir angesehen habe, heißt ›Legenden der Vulkane‹ oder so ähnlich. Landschaften und Flora, die man auf Island nicht erwarten würde. Ich mache mich jetzt auf den Weg zu unserem damaligen Krater-Führer und dann zu Hannemanns Kollegen. Aki Stefansson gilt als führender Experte zum Thema frühchristliche Schriften auf Island. Bis später!«

Nach der dritten Tasse Kaffee fühlte ich mich wach genug, um mein Glück bei Deirdre zu versuchen.

»Schön, dass du anrufst!«, rief sie. »Das Buch ist wieder aufgetaucht. Eine Nachbarin hat es in einer Mülltonne gefunden. Allerdings fehlen ein paar Seiten. Bei denen geht es, soweit ich mich nach meiner nur flüchtigen Lektüre erinnere, um Felder in der Nähe des heutigen Malahide, also in unserer Nähe. Wahrscheinlich hat Corran sich nach seiner Heimkehr dort niedergelassen. Wie ich schon sagte, ist dieses Buch ein völliges

Durcheinander von Beispielen aus Corrans schriftlicher Hinterlassenschaft.«

Diesmal kein Kindergeschrei, das unser Gespräch unterbrach, sondern die Haustürklingel. Deirdre öffnete mit dem Handy am Ohr die Tür. Sie sagte kurz »Danke« und wandte sich wieder mir zu.

»Wie gesagt, ein sonderbares Gemisch: Beschreibungen von Island, seinem dortigen Kloster, dann Eindrücke von Irland nach seiner Rückkehr, Zitate aus seinem großen Werk über isländische Gottheiten und Sagengestalten und Bemerkungen über einen gewissen Oláfur Einarsson, der wohl ein reicher und einflussreicher Mann gewesen sein muss und ein spendabler Förderer des Klosters.«

»Wie schön, dass das Buch wieder da ist, wenn auch verstümmelt«, gelang es mir einzuwerfen. »Wer war dieser Sean Bradley, der die Exzerpte aus den Werken von Corran zusammengestellt hat?«

»Das war ein Bibliothekar, der ein Faible für Sagen und die einstige Verbindung zwischen Irland und Island hatte. Ich habe im Archiv von Trinity College etwas über ihn gefunden. Er lebte von 1750 bis 1812, war lange Jahre für große Teile der Handschriften in der Bibliothek von Trinity College zuständig. Offenbar hat er als eine Art Hobby Versatzstücke aus Corrans Werken zusammengefügt. Die Originale sind im 19. Jahrhundert verloren gegangen. Brand im Archiv. Nach Bradleys Tod kam das Hauptwerk von Corran zurück nach Irland und ging einige Jahrzehnte später als Schenkung nach Island. Man wollte wohl anerkennen, dass Corran dieses Werk auf Island geschaffen hat, auch wenn er bis zu seinem Tod in der Nähe von Malahide lebte. Die letzte Spur von ihm, laut Bradleys Nachwort, reicht in das Jahr 1084. Er habe nach seiner Heimkehr seinen Orden verlassen und auf einer Farm gelebt, heißt es da. Was danach passiert ist, weiß auch Bradley nicht, vermerkt aber, dass Corran 1084 gestorben sei. Das ist alles vage.«

Ich glaubte schon, damit wäre die Sache für Deirdre erledigt. Doch sie fügte hinzu: »Dieser Corran wird immer interessanter.

Ich schicke dir einige Ausschnitte aus dem Buch zu. Schade, dass seine Notizen über sein Ackerland fehlen. Er wurde tatsächlich Farmer, als er das Kloster in Island verlassen hatte. Corran lebte in unruhigen Zeiten für Irland, damals aufgeteilt in viele kleine Königreiche, dazu die letzten Raubzüge von Wikingern an den Küsten, das Schicksal des von Wikingern gegründeten Teilkönigreichs Dublin bis zu der Eroberung durch die Normannen 1170, die Umstrukturierung in der Kirchenhierarchie, begründet auf neuen Gesetzen aus Rom zu kirchlichen Fragen. Interessant, dass Corran zurück in seine Heimat wollte und dort dann nicht länger als Mönch lebte. Irgendetwas muss in Island geschehen sein, was ihn dazu brachte, sein Kloster zu verlassen, und irgendetwas hat ihn zu Hause motiviert, ein neues Leben als Laie zu beginnen. Vielleicht stoße ich noch auf die Gründe.«

»Die Polizei hat den Einbrecher bisher nicht aufgespürt?«, fragte ich und rührte meine vierte Tasse Kaffee um.

Deirdre lachte. »Nein, sie wird auch nicht weitersuchen. Die wenigen Bücher, die nicht wieder aufgetrieben wurden, sind das Aufsehen nicht wert. Wobei ich schon gerne wüsste, wer sich die Mühe macht, wegen einiger eher unbedeutender Bücher einzubrechen, und dann einen Teil der Beute in der Mülltonne entsorgt. Und warum hat der Dieb ausgerechnet diese Seiten aus dem Buch getrennt? Was ist spannend am Farmleben in Irland um 1080? Dazu gibt es inzwischen Untersuchungen renommierter Historiker, die jüngste Ergebnisse der Ausgrabungen in Connemara und Meath verarbeiten.«

Ich leerte meine Tasse und sagte: »Das klingt alles sonderbar. Aber vielleicht weißt du mehr bis zu meinem Besuch im August.«

»Super!«, rief Deirdre. »Du wohnst bei uns. Melde dich bitte, wann du ankommst. Ich hole dich am Flughafen ab.«

Ich blieb noch an meinem Küchentisch sitzen und versuchte mir einen Reim auf Deirdres Schilderung zu machen. Das Ganze klang eher nach einem bösen Streich als nach einem Verbrechen. Aber ich hatte weder Zeit noch Lust, mich damit ausführlich zu beschäftigen. Der Katalog zu der Ausstellung über christliche

Kunst im Heiligen Land hatte Vorrang, und der Rest des Tages, abgesehen von einer Mittagspause mit einem langweiligen Salat und einem kurzen Telefonat mit Richard, der darüber klagte, er müsse in Köln trotz aller Zusagen des Fernsehsenders einmal mehr die Show »Gutes für Geld« retten, verlief ruhig und angenehm produktiv.

Gegen Abend bekam ich ein PDF von Deirdre mit dem kurzen Vermerk: »Das sind ein paar Seiten aus dem Buch. Alles übersetzt aus dem Lateinischen. Ein paar Passagen sind auf Altnordisch und Irisch. Die hat Bradley im Original gelassen. Sein Englisch ist etwas altmodisch und nicht einfach zu verstehen, aber du schaffst das!«

Eigentlich wollte ich einen Krimi im Fernsehen anschauen, doch dann reizte mich der Text aus Irland zu sehr. Verweht waren meine guten Vorsätze, Deirdres Geschichte auf Distanz zu halten. Ich lud den Text herunter und druckte ihn aus, da ich ungern am Bildschirm lese. Mein alter Drucker ratterte und brummte so laut, dass ich erst einmal mein Handy nicht hörte. Es lag auf dem Küchentisch. Aber dann drang die »Star Wars«-Fanfare an mein Ohr. Überrascht war ich nicht, als ich den Namen auf dem Display sah. Was trieb Heinz jetzt schon wieder um?

»Anna, du solltest sofort herkommen! Ich weiß, dass das nicht geht, aber es passiert so viel. Und du könntest mir helfen. Dieser isländische Kollege von Hannemann hat mir erzählt, Hannemann sei bei seinen Kollegen sehr unbeliebt gewesen, da sein Ehrgeiz grenzenlos war. Er hat Aki dazu benutzt, ihm Dokumente aus dem Isländischen für eines seiner größeren Essays zu übersetzen, hat ihm danach aber weder gedankt noch ihn in der Schrift erwähnt. Und Aki Stefansson ist einer der größten Experten für Alt-Isländisch, ein wahrer Gentleman. Er hätte in meinen Augen ein Motiv gehabt, Hannemann zu verabscheuen. Doch ist er über jeden Verdacht erhaben und war zur Zeit von Hannemanns Verschwinden in Grönland. Sicher gibt es noch einige mehr, die der ehrenwerte Professor gekränkt hat!«

Heinz sprach so laut, dass meine Ohren schmerzten. »Morgen solltest du einige Infos von mir haben. Ich schicke sie gleich los. Am Nachmittag bin ich wieder im Hotel. Melde dich bitte!«

Er ließ mich nicht zu Wort kommen. Das ersparte mir Argumente. Und so zog ich mich in meinen Lesesessel zurück und begann den Text zu studieren. Sehr rasch merkte ich, dass sich dahinter mehr verbarg als der triviale Alltag eines Mönchs aus dem 11. Jahrhundert.

Der Heimkehrer

Ich habe die Insel von Eis und Feuer, wie sie genannt wird, hinter mir gelassen. Ein schmerzlicher Abschied, aber es musste sein. Mein Kloster ist bis auf die Grundmauern niedergebrannt, Abt Harald wurde erschlagen, meine Brüder haben sich in alle Winde verteilt. Es nützte nichts, dass die Siedler im Umland wussten, dass unser Kloster stets unter dem Schutz des mächtigsten Landbesitzers dieser Gegend, Oláfur Einarsson, gestanden hatte. Sie wagten es nicht, uns gegen Knut Oláfursson zu verteidigen, den verlorenen Sohn, der aus seinem Exil heimgekehrt war und nun das Erbe seines Vaters gewaltsam an sich riss. Seine Helfer waren gedungene Mörder, die für einige Münzen alles taten, was Knut ihnen befahl. Eine Bande von Brandstiftern, Viehdieben und Räubern.

Meinem Mitbruder Athelred und mir gelang es, hinunter zum Hafen zu kommen und ein Boot zu finden, das stark und seetüchtig genug erschien, uns von der Insel fortzutragen. Der Skipper, ein Mann mit feuerrotem Bart, forderte von uns nur wenige Münzen. Er sei selbst Christ und wolle uns deshalb heil nach Irland bringen. Vor uns lag eine sehr lange Reise über ein unberechenbares Meer. Glücklicherweise waren die ersten Frühjahrsstürme vorüber, und der gewaltige Atlantik wirkte fast zahm.

Vor mehr als dreißig Jahren war ich als Junge von Irland nach Island gebracht worden. Damals in Begleitung von Abt Declan, der mich auserwählt hatte, unter seiner Obhut in dem neu gegründeten Kloster Saint Columban eine religiöse Erziehung zu erfahren und dem Kloster beizutreten. Declan war viele Jahre Prior im Kloster von Glendalough und später in einem Kloster nahe der aufblühenden ehemaligen Wikingersiedlung Dublin gewesen. Er hatte mich entdeckt, als ich in unserer kleinen Dorfkirche lateinische Texte vorlas. Damals suchte er Schüler für das Kloster auf Island, das er als Abt übernehmen sollte. Die meisten irischen Mönche hatten Island damals bereits verlassen, aber noch gab es eine Tradition, die Declan fortführen wollte.

Und jetzt kehrte ich, inzwischen ein älterer Mann Mitte vierzig, heim auf meine Insel. Immer wieder waren die Küstenregionen Irlands in früheren Jahrhunderten von den Wikingern erstürmt worden, die ihre Raubzüge ins Landesinnere ausdehnten. Brian Boru besiegte zwar die Normannen 1014, starb aber während der Schlacht bei Clontarf, und seinen Nachfolgern gelang es nicht, unser in viele kleine Königreiche zerstückeltes Land zu einen.

Unsere Kirche, die seit einem halben Jahrtausend besteht, muss sich großen Umwälzungen stellen. Das Bistum Dublin gehört seit Kurzem zum Erzbistum Canterbury, viele unserer alten Traditionen sollen neueren Regeln, die Rom bestimmt, weichen. Dazu zählt die Simonie, schon immer ein Stein des Anstoßes, bei der es unter anderem um den Verkauf von kirchlichen Ämtern und Reliquien geht. Unsere Klöster, seit dem ersten Missionar in Irland, Bischof Palladius, dem der heilige Patrick folgte, wichtige Zentren des Glaubens, werden durch diese Reformen neu aufgestellt. Unsere Mönche haben seit Jahrhunderten auch auf dem Festland Europas eine bedeutende Rolle gespielt. All das scheint nicht mehr zu zählen.

Als Kind hatte ich einen Priester als Lehrer, der aus Köln stammte und mich nicht nur in Latein unterrichtete, sondern auch in der deutschen Sprache, wie sie in Köln gesprochen wird. Ambrosius hieß dieser freundliche Kölner. Sein Lehrer wiederum war ein Mönch namens Brendan gewesen, der aus meiner Heimatgegend stammte. Allerdings fiel es Ambrosius schwer, Gälisch zu sprechen, sodass wir uns meist auf Latein unterhielten. Die von ihm übernommenen deutschen Sprachbrocken halfen mir später auf Island, die dortige Sprache schneller zu verstehen. Und da mit der Einführung des Christentums auf der Insel einige Jahrzehnte vor meiner Ankunft das lateinische Alphabet die Runen ersetzte, konnte ich gut mit den Texten umgehen und wurde schon bald von Abt Declan gebeten, längere Schriften zu verfassen.

Wie Declan nicht müde wurde zu erzählen, hatten schon vor einigen hundert Jahren irische Mönche, papar *genannt, auf Island gelebt. Die meisten waren wieder fortgegangen, verschreckt, wie man sagt, durch die rauen Gebräuche der Wikinger, die damals noch keine Christen waren. Declan aber meinte, die vielen Vulkane, die oft Feuer spucken, seien für diese gelehrten Männer der Inbegriff satanischer Kräfte gewesen, die auf dieser Insel walteten. Auf Dauer sahen sie deshalb hier keine Zukunft. Aber immerhin hatten ein paar irische Wörter Einzug in die Landessprache gehalten, da die Wikinger bei ihren früheren Raubzügen Iren als Sklaven auf die Insel brachten. Um 1010 hatte dann ein aus Norwegen stammender Mönch namens Stepan unser kleines Kloster gegründet, und einige irische Mönche waren zurückgekommen. Sie hatten den Ruf, Meister der Buchkunst zu sein. Unser Kloster wurde geschätzt wegen seines Skriptoriums, und schon früh lernte ich die Kunst des Schreibens und des Illuminierens.*

Unser Förderer war von jeher Oláfur Einarsson, dem alles Land um unser Kloster gehörte. Als ich ihn das erste Mal traf, war ich erst wenige Monate auf der Insel, von Heimweh geplagt, unglücklich über das kühle Wetter, die Stürme und die unruhige Erde. Denn manches Mal war tief unter der Oberfläche ein Zittern zu spüren, als wolle von unten eine Kraft sich ihren Weg nach oben bahnen.

Oláfur zeigte Interesse an meinen Gaben. Er sprach ein seltsames Gemisch aus Isländisch, Latein und irischen Brocken, lud mich in sein Haus ein und präsentierte mir voller Stolz seine kleine Sammlung von Büchern, die er von irischen Mönchen erworben hatte. Er ging auf die vierzig Jahre zu, ein hochgewachsener Mann mit rötlichem Haar und hellgrünen Augen. Seine Frau Birthe war klein und zierlich, und wie Oláfur mir anvertraute, war sie die Enkelin einer irischen Sklavin, die in den Diensten von Oláfurs Vetter gestanden hatte. Gemeinsam hatten sie drei Kinder, darunter Knut, der gleichaltrig mit mir war. Ich mochte ihn auf Anhieb nicht. In seinen Augen glaubte ich Grausamkeit zu erkennen, und er behandelte seine beiden jüngeren Schwestern Helga und Margrét mit Kälte und Hochmut.

Drei Jahre nach meiner Ankunft wurde ich als Mönch ins Kloster aufgenommen. Mit Abt Declan verband mich ein enges Vertrauensverhältnis. Eines Tages rief er mich zu sich. Declan zählte inzwischen an die siebzig Jahre. Sein schlohweißer Bart hing bis auf den Gürtel seiner Kutte, seine noch immer leuchtend blauen Augen kniff er häufig zusammen, um besser sehen zu können. Längst ersetzte ihn sein Adlatus Harald, Sohn eines Isländers und einer Norwegerin, beim Zelebrieren der Messe. Doch noch immer war er der Abt unseres Klosters und lenkte unser Tagwerk. Wir waren damals insgesamt zwölf Mönche, drei davon beinahe so alt wie Declan, Harald um Mitte dreißig, die übrigen in meinem Alter, also Ende zwanzig.

Declan wirkte besorgt. Ich bemerkte an diesem Tag im Juni des Jahres 1059, wie viele Furchen sich in sein hageres Gesicht gepflügt hatten. Auch sein Gang war schleppend geworden, doch sein Lächeln hatte nichts von seiner Strahlkraft eingebüßt. Obgleich er lächelte, spürte ich dahinter etwas Dunkles, das andere Gefühle widerspiegelte und sein Lächeln künstlich erscheinen ließ.

»Corran«, sagte er mit sanfter Stimme, »mein lieber Junge! Seit bald fünfzehn Jahren lebst du nun auf dieser Insel, kennst aber nur die Umgebung unseres Klosters. Es gibt in dieser Gegend etliche Höfe wie den von Oláfur, doch auch im Norden der Insel siedeln Menschen. Ich selbst bin früher, wie du weißt, oft mit dem Pferd durch das Land gereist, in dem es heiße Quellen, Vulkane und einsame Landstriche ohne Bäume und voller Felsen und Wasserfälle gibt. Ich möchte, dass auch du diese Insel besser kennenlernst. Und vielleicht triffst du auf Menschen, die abgeschieden leben und sich deshalb besonders über deinen Besuch freuen, dich gastlich in ihr Heim aufnehmen und dir Geschichten anvertrauen. Die Menschen hier lieben Geschichten und vertreiben sich vor allem die langen dunklen Winter mit Erzählungen.«

Declan hustete, und seine Stimme klang belegt, als er fortfuhr:

»Wenn du zurückkehrst, werde ich dich mit einer besonderen Aufgabe betrauen. Aber allzu viel Zeit bleibt nicht. Denn Oláfur ist nicht mehr der Jüngste, und sein Sohn lauert darauf, dem Vater nachzufolgen. Von ihm können wir nichts Gutes erhoffen. Er ist kalt und grausam und verachtet zudem unsere christliche Lehre.«

Wenige Tage darauf bestieg ich ein Pferd mit dem Namen Freya und verließ das mir vertraute Kloster und die Umgebung, die mir längst zur Heimat geworden war. Nie hätte ich gedacht, welche Magie von dieser Insel ausgeht. Und ich dankte Declan dafür, dass er mich fortgeschickt hatte.

Fast ein Jahr streifte ich über die Insel, kam bis nach Akurery hoch im Norden, sah mächtige Vulkane, gewaltige Wasserfälle, Fontänen mit heißem Wasser und einsame Strände, übernachtete in kleinen Gehöften und saß mit den Bauern am Feuer. Sie erzählten mir von Göttern und Elfen, von Riesen und Ungeheuern und füllten meinen Kopf mit Sagen und Märchen.

Diese Erzählungen verknüpften die Göttermythen mit Fabelwesen und machten aus den Göttern menschenähnliche Helden, die Schmerz, Glück, Leid, Tod und Erlösung kennen. Und immer spielte die gewaltige Natur dieser Insel eine Rolle, in der Elfen unter Hügeln, Riesen im Geröll der Berge hausten. Vor allem die Riesen hatten es mir angetan. Inzwischen sah ich in jedem Felsen ein steinernes Gesicht, spürte ihren Atem im Wind und glaubte, dass sie verantwortlich waren für die vielen kleineren Erdstöße. In den Tiefen der Vulkane schmiedeten sie ihre Waffen im ewigen Feuer der Krater, Höllenschlunde, die immer wieder glühende Lava ausspuckten. Diese Riesen waren Vettern des antiken Gottes Hephaistos, der im Inneren des Ätna auf der fernen Insel Sizilien Waffen für die Götter in der Vulkanglut schuf. Diese Wunderwelt der Sagen, Mythen und Märchen berauschte mich, und fast unwillig kehrte ich von dieser Reise zurück.

Als ich nach elf Monaten ins Kloster zurückkam, fand ich Abt Declan schwer krank wieder. Ein nicht enden wollender Husten hatte ihn auf sein Lager gezwungen, und Harald übernahm nun alle seine Aufgaben. Auch von Oláfur hörte man keine guten Nachrichten. Sein Sohn Knut hatte versucht, ihn zu ermorden. Nicht er selbst hatte den Dolch gegen Oláfur gerichtet, als dieser allein in seiner Schlafkammer lag, in der erst vor Kurzem seine Frau einem unbekannten Leiden erlegen war. Ein gedungener Mörder war in die Kammer eingedrungen, wurde aber von Oláfurs treuem Diener Joern gefasst und überwältigt. Der Mordgeselle gestand, dass Knut, der an diesem Abend zu seinem Freund Padraic auf eines der Gehöfte in der Nähe von Reykjavík geritten war, ihm den Auftrag gegeben und dafür zwanzig Goldmünzen versprochen hatte.

Der Spießgeselle wurde am nächsten Morgen hingerichtet, aber Oláfur verschonte seinen Sohn gegen den Rat seiner Vertrauten. Allerdings vertrieb er Knut von seinem Hof und enterbte ihn. Der älteste Sohn seiner Tochter Helga, der gerade sieben Jahre alt geworden war, sollte einst der Nachfolger seines Großvaters werden. Helga sollte ihn in diesem Sinne erziehen. Sie war eine starke Frau, die auch mit dem Schwert umzugehen verstand.

Declan winkte mich an sein Lager. »Gut, dass du wieder hier bist. Meine Zeit geht zu Ende. Doch einen letzten Wunsch habe ich. In unserer Heimat Irland, die ich nicht mehr sehen werde, gibt es in der Grafschaft Meath, aus der ich stamme, eine Abtei mit Namen Kells. Dort wird ein Buch von großer Schönheit gehütet. Dieses Buch wurde einmal geraubt, dann wiedergefunden und wird jetzt als Schatz bewahrt. Es enthält alle vier Evangelien mit wunderbaren Abbildungen. Dieses Meisterwerk der Buchkunst wird die Zeiten überdauern.«

Der Abt richtete sich mühsam auf seinem Lager auf. »Corran, mein Wunsch ist es, dass du ein ähnliches Buch erschaffst, das unserem Kloster zur Ehre gereicht. Nicht mit biblischen Texten, sondern mit den Sagen und Märchen, die du auf deiner Reise gehört hast. Thor, der hammerschwingende Gott, soll darin eine Rolle spielen, aber nicht nur seine Geschichte und die der nordischen Götter sollten in diesem Buch auftauchen, sondern auch die Fabelwesen, die in den Geschichten der Inselbewohner lebendig sind.«

Declan griff nach einem Becher mit Wasser und trank hastig. »Oláfur hat mich gebeten, dich für diese große Aufgabe auszuwählen. Aber nicht nur das. Er vertraut uns zudem seine Schätze an, die er nicht mehr auf seinem Hof aufbewahren möchte. Denn er fürchtet, dass Knut, der nach Norwegen geflüchtet ist, wiederkommen und erneut versuchen wird, an das Erbe seines Vaters zu gelangen. Deshalb wird der kleine Olaf, Helgas Sohn, ständig bewacht. Sein Vater Björn ist vor zwei Jahren an derselben Krankheit gestorben wie Oláfurs Frau, und seither erzieht Helga ihren Sohn und dessen jüngere Schwester Sigrun allein.«

Ich kniete neben Declans Lager. »Ich weiß nicht, ob ich dieser Aufgabe gewachsen bin. Ein solches Buch zu erschaffen ist eine gewaltige Herausforderung und braucht sehr viel Zeit.«

Declan lächelte. »Zeit sollst du bekommen, aber nicht die Ewigkeit. Du wirst, außer von Gebeten und religiösen Feiern, von allen anderen Pflichten im Kloster entbunden. Das Skriptorium ist nunmehr dein Reich. Beginne gleich morgen. Ich möchte den Anfang dieses Werkes noch miterleben.« Damit entließ er mich.

Am nächsten Tag begann ich mit der Niederschrift all der Sagen um Thor und Loki, Baldur und Odin, die ich auf meiner Reise gehört hatte, und verband sie mit den Geschichten über Zauberwesen und Fabeltiere. Dies alles miteinander zu verknüpfen war eine überwältigende Arbeit, die alle meine Kräfte und mein Können forderte. Bis tief in die Nächte stand ich an meinem Schreibpult. Seltsamerweise freute ich mich an diesem Werk und schöpfte Kraft daraus. Vor allem die wundersamen Fabelgeschöpfe, die ich in den großen Mythen um die Götter der alten Religion zum Leben erweckte, beglückten mich.

Manchmal drohte meine Phantasie mit mir davonzugaloppieren und von den Erzählungen abzuweichen, da meine eigenen Erfindungen mich mehr erfreuten als die vorgegebenen Geschichten. Das Illuminieren war der wunderbarste Teil meiner Arbeit, und vor allem Drachen und fliegende Pferde regten mich zu meinen schönsten Bildern an. Ich möchte nicht prahlen, denn ich glaube, dass meine Schaffenskraft gottgegeben war, doch ich fühlte einen leichten Stolz, wenn ich die Abbildungen betrachtete.

Abt Declan starb drei Monate später, und Harald wurde unser neuer Abt. Ein guter, fleißiger, ehrlicher Mann, der sich vor allem auf Kräuterkunde verstand. Aber ihm fehlten das Visionäre seines Vorgängers, die Begeisterungsfähigkeit und die Herzlichkeit. Er ließ mich weiter gewähren, führte das Kloster großzügig und gerecht und stand in bestem Einvernehmen mit Oláfur, der in der Tat seine Reichtümer in einer großen Kiste in unseren Klosterkeller brachte.

Sein Sohn Knut hatte inzwischen in Norwegen geheiratet und einen Sohn namens Kjell. Ich war mir sicher, dass Knut irgendwann nach Island zurückkehren würde, um für sich und seinen Sohn das Erbe seines Vaters zu beanspruchen. Dieser Gedanke beunruhigte mich zutiefst, sodass ich unermüdlich an meinem Buch arbeitete, getrieben von der Furcht, die Zeit liefe mir davon. Denn wenn Knut tatsächlich wieder auftauchte, würde er gewiss seiner Schwester Helga, die wieder geheiratet und einen zweiten Sohn zur Welt gebracht hatte, den Krieg erklären. Und das Kloster würde auch zu einem Zankapfel werden. Knut war kein Christ, und er hatte häufig geäußert, dass er Klöster und Kirchen auf seinem Territorium nicht dulden werde.

Noch war alles friedlich. In den letzten Monaten waren zwei der älteren Mönche gestorben, dafür aber vier neue gekommen, darunter ein Norweger und ein junger Mann aus England namens Athelred. Er erwies sich als große Hilfe für mich, da er es vorzüglich verstand, Farben anzurühren und Pinsel zu säubern. Zudem sprach er Irisch, da seine Mutter aus der Gegend von Dublin stammte. Bald wurde er nicht nur mein Gehilfe, sondern auch mein Vertrauter.

Eines Abends kam Oláfur ins Kloster. Längst war sein Haar ergraut, seine Augen wirkten trübe, und er bewegte sich mit Hilfe eines Stocks. Er musste an die siebzig Jahre zählen. Ich war nunmehr auch schon jenseits der vierzig, aber gesund und kräftig. *Nur meine Augen litten unter dem steten Dämmerlicht des Skriptoriums. Doch noch konnte ich an dem Buch arbeiten, das sich seiner Vollendung näherte.*

Oláfur setzte sich auf einen Schemel gegenüber meinem Schreibpult. Er schwieg eine Weile, ehe er sagte: »*Corran, seit geraumer Zeit verfolge ich deine Arbeit an diesem Buch, das ich in Auftrag gegeben habe. Declan, mein guter Freund, war sich von Anfang an sicher, dass du dafür geeignet bist, dieses Werk zu erschaffen. Und du erfüllst diese Herausforderung, unsere alte Götterwelt durch wunderbare Fabelwesen zu ergänzen, deren Ursprung zum Teil in deiner Heimat Irland liegt, auf das Schönste.*«

Ich lächelte erfreut. Fast zehn Jahre arbeitete ich nun schon an diesem Buch und vermisste oft meinen Freund und Mentor Declan. Oláfurs Lob tat mir gut.

Er rückte sich auf dem harten Schemel zurecht und sagte dann: »*Du weißt, dass ich meine Schätze, darunter Münzen und Schmuck, der Obhut dieses Klosters anvertraut habe. All diese Güter liegen im Kellergewölbe verborgen. Aber nun fürchte ich, dass sie dort nicht mehr lange sicher sein werden. Aus Norwegen bekam ich die Kunde, dass mein Sohn Knut darauf wartet, dass ich wie ein zahnloser Wolf bald das Meine nicht mehr schützen kann. Er will seinem Neffen, dem Erstgeborenen seiner Schwester Helga, meinem ältesten Enkel, das Erbe entreißen. Und leider hat Knut hier schon im Geheimen eine Bande Gesetzloser für seine Zwecke gewonnen. Noch bin ich stark genug, für meinen Enkel das Land zu verteidigen. Aber der Tag wird kommen, da ich nicht mehr bin. Helgas zweiter Mann ist kein Kämpfer. Er spielt lieber die Laute und trägt Heldengedichte vor, als selbst zum Schwert zu greifen. Ein sanfter Träumer, der Knut nicht gewachsen sein wird.*«

Oláfur blickte hinüber zu dem kleinen Feuer im Kamin, das kaum den Raum wärmte. »*Corran, ich bitte dich um eines. Wenn ich sterbe, dann veranlasse, dass Helga und ihre Familie diese Gegend verlassen. Sie könnten bei der Verwandtschaft von Helgas erstem Mann im Norden unterkommen. Was nützt all* der Reichtum, wenn darum blutige Kämpfe entstehen? Diese Insel hat schon zu viel Gewalt erlebt. Irgendwann mag es sein, dass Helgas Sohn Olaf doch noch das Erbe seiner Vorväter antritt. Ich habe das schriftlich verfügt. Knut wird sich nicht daran halten, doch auch er wird nicht ewig leben. Was aus Kjell wird, zeigt die Zeit.«

Das Feuer flackerte und malte Schatten auf Oláfurs müdes Gesicht. Er räusperte sich. »Und nun zu dir und meiner größten Bitte an dich. Du sollst den Schatz an dich nehmen und damit von hier fortgehen. Segle zurück nach Irland und bewahre ihn dort auf. Helga wird derweil gut versorgt sein, da ich längst einen weiteren Teil meines Hab und Guts zu ihren Verwandten habe bringen lassen. Das sind ehrliche Bauern. Ich möchte nicht, dass meine Reichtümer Knut in die Hände fallen. Du magst diesen Schatz eines Tages zurück nach Island bringen, und wenn das nicht mehr geschehen kann, dann stifte damit etwas Gutes in deiner Heimat. Vielleicht eine Kirche oder ein Kloster in meinem Namen. Ich vertraue dir. Und nimm das Buch mit. Helga möchte ich es nicht anvertrauen, da sie wenig mit dieser Kunst anfangen und selbst weder lesen noch schreiben kann. Und meine jüngere Tochter ist allzu leichtsinnig und würde das Buch verkaufen oder gar in irgendeiner Ecke verschimmeln lassen. Sie ist nun schon das vierte Mal verheiratet. Drei ihrer Männer sind gestorben, die stets sehr viel älter als sie waren. Und nun hat sie im Alter von vierzig Jahren mit ihrem sehr viel jüngeren neuen Mann eine Tochter bekommen. Sie leben an der Ostküste, und er ist Fischer, brav, aber töricht.«

Oláfur schüttelte den Kopf. »Töricht ist Margrét auch, aber gutherzig. Auch sie erhält einen Anteil. Aber meine große Furcht ist, dass Knut das Buch vernichten wird. Es mag zwar keine Bibeltexte enthalten, aber er wird alles zerstören, was mit diesem Kloster oder mit mir zu tun hat. Zu groß ist sein Hass auf mich, zu tief sein Abscheu vor allem, was ich vollbracht habe.«

Ich sagte: »Aber das Buch gehört hierher. Es ist eure Geschichte, es sind eure Sagen und Zauberwesen.«

Oláfur lächelte schmallippig. »Das mag sein. Doch nimm

es einstweilen an dich. In Irland, das weiß ich, werden Bücher geschätzt. Bei euch gibt es schon lange die Tradition der Schriftkunst. Eines Tages kannst du es selbst zurückbringen oder es jemandem anvertrauen. Ich hätte es gerne dem Kloster von Reykjavík vermacht, aber ich fürchte, dass es nicht mehr dazu kommen wird.«

Mit diesen düsteren Worten verließ Oláfur mich. Ich blieb erschüttert und verwirrt zurück. Es verging ein weiteres Jahr, in dem ich das Buch fertigstellte und es endlich Oláfur zeigen konnte. Da lag er aber schon danieder, von einem quälenden Husten und Schmerzen geplagt, gegen die keines unserer Kräuter mehr half. Es war das Jahr 1074, als dieser gütige und wohltätige Mann starb.

Er hatte das Land rings um das Kloster den Mönchen vermacht. Aber das half nichts. Einige Monate nach seinem Tod kehrte Knut aus Norwegen zurück, inzwischen verwitwet und mit einer jungen Geliebten an seiner Seite und seinem Sohn Kjell. Ihm eilte der Ruf voraus, ein bösartiger Junge zu sein, der Tiere quälte und Menschen niederer Herkunft verachtete. Die Geliebte seines Vaters stand ihm in nichts nach. Sie wurde später nur noch »banshee« oder »norn« genannt, Hexe auf Irisch und auf Isländisch. Ich hörte, dass Knut sie eigenhändig erwürgte, als er einige Jahre später erfuhr, dass sie einen Geliebten hatte. Das Kind aus dieser Beziehung, ein Mädchen namens Eva, verschonte er, ließ die Kleine aber nach Norwegen bringen. Ich habe nie erfahren, was aus dem Mädchen wurde.

Es kam, wie Oláfur prophezeit hatte, schon kurz nach Knuts Rückkehr zu blutigen Auseinandersetzungen. Knut und seine Bande von Gesetzlosen versetzten das umliegende Land in Angst und Schrecken. Helga gelang die Flucht mit ihren beiden Kindern zu Verwandten, ihr liebenswert friedlicher Mann starb bei dem Versuch, sich Knut entgegenzustellen. Er war nie ein Kämpfer gewesen. Das Duell zwischen den beiden entschied Knut als erfahrener Krieger rasch für sich. Unser Abt Harald wurde hinterrücks erschlagen, als er die Messe zelebrierte, die Kapelle geplündert. Die anderen Brüdern flohen, einige ent-

kamen nach Norwegen, andere versteckten sich auf Island und fanden Unterschlupf in anderen Klöstern.

Athelred und ich packten den Inhalt der Kiste, die im Keller Jahre überdauert hatte, in mehrere Säcke. Jeder trug zwei Säcke mit Münzen und Schmuck, goldenen Bechern und Tellern mit sich. Ich hatte mein Buch sorgsam in mehrere Tücher gewickelt und mir um den Leib geschnallt. Und so verließ ich nach dreißig Jahren Island, während hinter mir die letzten Mauern unserer Kapelle in einem Flammenmeer zusammenstürzten, und begab mich auf eine lange, mühevolle Seefahrt. Als Island hinter uns im Morgennebel versank, trauerte ich um mein dortiges Leben in Ruhe und Frieden. Schweren Herzens kehrte ich zurück nach Irland, in meine mir fremd gewordene Heimat.

Der verschollene Professor

Damit endete der Text, den Deirdre mir geschickt hatte. Gern hätte ich mehr gelesen. Ich schrieb ihr eine WhatsApp mit der Bitte um mehr Seiten. Das Schicksal des Mönchs hatte mein Interesse geweckt. Deirdres Antwort kam nach wenigen Minuten. »Ich schicke dir morgen das nächste Kapitel. Aber leider ist das alles nicht chronologisch, sondern ein buntes Sammelsurium. Weshalb das Kapitel über das Farmleben gestohlen wurde, ist mir nach wie vor unklar.«

Eine Stunde später meldete sich Hans Schumann telefonisch bei mir und fiel mit der Tür ins Haus. »Anna, kanntest du einen Markus Hannemann?«

Überrascht von dieser Frage antwortete ich: »Das ist merkwürdig, Hans. Ein Freund von mir recherchiert gerade in Island über das Schicksal Hannemanns. Wir haben ihn während einer Islandreise vor vier Jahren getroffen. Wie kommst du jetzt auf diesen Namen?«

»Aha, du kennst ihn also«, konstatierte mein schlauer Freund.

Ich erwiderte: »Kennen wäre zu viel gesagt. Wir haben zusammen einen Ausflug in den Krater eines schlafenden Vulkans unternommen. Danach hatte ich nichts mehr mit ihm zu tun. Er soll wenig später bei einer Wanderung verschollen sein, und seine Leiche wurde bis heute nicht entdeckt.«

Schumann lachte leise. »Du bist, wie immer, gut informiert! Ja, es geht um diesen Hannemann. Seine Schwester Hilde Klein, die in Hannover lebt und bis vor Kurzem als Hautärztin praktizierte, hat sich bei uns gemeldet. Sie erzählte mir, dass ein gewisser Heinz Kröger wohl offenbar auf Island Fragen zum Verbleib ihres Bruders stellt. Mein isländischer Kollege Ranulf Eriksson hat sie angerufen und gefragt, ob sie jemanden beauftragt habe, den Fall ihres Bruders aufzurollen. Hilde Klein wohnt noch in dem elterlichen Haus der Hannemanns in Herrenhausen, wo Hannemann mehrere Zimmer hatte. Er lehrte zwar in Münster, war aber immer noch in Hannover gemeldet, und deshalb hat sich damals mein Kollege Günter Schneider mit seinem Verschwinden befasst. Er war sogar damals in Reykjavík. Aber dabei kam nichts heraus. Hannemann ist bei einer Wanderung verschwunden und nie wieder gesichtet worden. Günter Schneider lebt inzwischen als Pensionär in Potsdam bei seinem Sohn. Aber ich wollte ihn wegen dieser Sache anrufen, um Hilde Klein zu beruhigen. Er wird bestätigen, dass man Hannemanns Verschwinden als Unfalls betrachtet hat. Wer ist denn Heinz Kröger, der in diesem Altfall herumschnüffelt?« Er klang misstrauisch.

»Falls du wissen willst, ob ich Heinz Kröger kenne, lieber Hans: Ja, das tue ich. Er ist vielleicht sogar dir unter seinem Pseudonym Winston Stevens bekannt. Du liest doch gerne Krimis. Er hat diese Bücher rund um einen Ermittler aus Yorkshire, Mortimer Rascal, geschrieben.«

»Ach so, ja, da habe ich zwei Bücher gelesen. Irgendetwas mit einem Toten im Farn und dann ein zweites, das so ähnlich hieß wie ›Moorglühen‹.« Schumanns Stimme klang plötzlich lebhaft. »Total unrealistische Geschichten, aber spannend.«

Dann wurde er wieder ernst. »Und was treibt dieser Kröger alias Stevens genau in Island? Weshalb löchert er Leute über Hannemanns Schicksal? Das jedenfalls hat Eriksson so ausgedrückt und damit Hilde Klein nervös gemacht. Sie hat ihren Bruder vor geraumer Zeit für tot erklären lassen. Und jetzt diese Nachfragen. Sie empfindet Krögers Neugierde als taktlos und übergriffig.«

Ich musste Schumann beziehungsweise Hannemanns Schwester recht geben. Begeistert war ich auch nicht von Heinz und seinen Methoden. Als ich Schumann den Hintergrund der Recherchen von Heinz zu erklären versuchte, hörte er zwar zu, unterbrach mich dann jedoch etwas rüde:

»Das ist alles gut und schön. Aber dein Krimi-Freund bastelt sich da eine ziemlich krude Story zusammen. Dieser Tote im Wüstenschloss mag ja noch auf einem realen Fall basieren. Ich kenne den Fall aus Jordanien um Erwin Karlsson. Bis heute läuft sein Mörder frei herum. Doch Markus Hannemann hat nach allen bisherigen Erkenntnissen einen Unfall gehabt. Da er auf eigene Faust nach Grímsey aufgebrochen ist und wohl nur in seinem Hotel eine Andeutung dazu gemacht hatte, wurde er nicht gleich vermisst. Dann meldete sich seine Ex-Frau, mit der er in Hannover verabredet war. Als sie nichts von ihm hörte, hat sie sich an uns gewandt, und Schneider hat dann die Kollegen in Reykjavík informiert. Sie wusste auch nur, dass er ›auf einer Insel‹ wandern wollte.«

Schumann kratzte sich deutlich hörbar am Kinn. Bei ihm immer ein Zeichen von Unsicherheit. »Die isländische Polizei hat intensiv nach ihm gesucht. Allerdings war er da schon gut eine Woche verschwunden. Man hat ein paar Sachen von ihm gefunden, ihn selbst aber nicht. Schneider hat damals zusammen mit seinem isländischen Kollegen Erik Péturson einen abschließenden Bericht verfasst. Alles eindeutig, kein Anzeichen für ein Verbrechen. Dein Freund Kröger alias Stevens verstrickt sich in seiner Phantasie. Er sollte sich lieber an Tatsachen halten. Mit True Crime hat das nichts zu tun, was er sich zusammenreimt.«

Schumann konnte sehr heftig werden. Hilde Klein hatte ihm sicher die Hölle heißgemacht. Doch so simpel lag der Fall in meinen Augen nicht, selbst wenn ich den Eifer von Heinz, aus Hannemanns Verschwinden einen Mord zu konstruieren, auch für gewagt hielt. Deshalb widersprach ich ebenso heftig:

»Mach mal halblang, Hans. Heinz hat bei seinen Recherchen einige wenig erfreuliche Eigenschaften Hannemanns herausgefunden und dass er offenbar in eine undurchsichtige Affäre verstrickt war. Heinz trifft derzeit eine Reihe von Leuten, die vor vier Jahren irgendwie involviert waren. Dazu gehören unser Reiseleiter, mit dem wir in den Krater hinuntergefahren sind, Hannemanns isländischer Kollege Aki Stefansson, Hannemanns Assistent Zabel und die damalige Bibliotheksdirektorin. Heinz macht sich das nicht leicht, und leichtfertig ist er allemal nicht. Er wird wahrscheinlich irgendwann zu dem Schluss kommen, dass Hannemann tatsächlich einen Unfall hatte. Dennoch traue ich ihm zu, daraus einen Krimi zu machen, der einige True-Crime-Elemente enthält. Er ist noch lange nicht fertig mit seinen Recherchen.«

»Hört, hört!« Schumann lachte. »Dieser Winston Stevens scheint es dir angetan zu haben. Wenn du das nächste Mal mit ihm sprichst, erzähle ihm bitte, dass Hilde Klein durch Ranulf Erikssons Nachfrage aufgeschreckt wurde, und er soll auf jeden Fall mit ihr reden. Ich verstehe nicht, weshalb er bisher weder mit ihr noch mit Hannemanns Ex-Frau Beate Karlsson gesprochen hat. Beate hatte sich zwar 2015 von Hannemann getrennt, aber die beiden hielten weiterhin Kontakt. Immerhin hat sie damals die Polizei alarmiert. Hilde hat ihren Bruder zuletzt am Abend vor seiner Abreise nach Island gesehen. Er soll vergnügt gewesen sein, sagt sie. Wie immer vor seinen Reisen.«

Bei dem Namen Karlsson war ich zusammengezuckt. »Hannemanns Ex-Frau heißt Beate Karlsson? Hast du nicht gerade gesagt, dass der Tote im Wüstenschloss Erwin Karlsson hieß? Ich kannte ihn bisher nur unter Erwin K. Ist Hannemanns frühere Frau mit ihm verwandt?«

Schumann zögerte kurz. »Ich bin nicht sicher, doch ich glaube, sie ist Erwins Cousine. Zumindest erinnere ich mich, dass sie damals gegen Erwins zweite Frau Karin Stellung bezogen hat. Beim Prozess, der im Freispruch von Erwins Frau und ihrem Sohn endete, behauptete sie, Erwin habe ihr als seiner nächsten Verwandten anvertraut, dass er um sein Leben fürchte. Diese Aussage schmetterte der Anwalt der Witwe Karlsson ab. Damals war Beate von Hannemann frisch getrennt und hatte wieder ihren Mädchennamen angenommen. Sie hatte Erwins zweite Frau stets abgelehnt, sodass der Anwalt ihr Subjektivität unterstellte. Aber Details weiß ich nicht mehr. Der Prozess fand in Köln statt. Es gab einigen Medienrummel, hat mich aber nicht weiter interessiert.«

»Merkwürdig«, dachte ich laut. »Erst stirbt Erwin Karlsson unter mysteriösen Umständen, dann verschwindet sein angeheirateter Cousin.«

»Das eine hat sicher nichts mit dem anderen zu tun. Es soll

auch Zufälle geben. Und Erwins Witwe hat sicher nichts mit Hannemann zu tun«, wandte Schumann ein.

Ich aber fügte hinzu:»Und in beiden Fällen recherchiert Heinz Kröger. Weiß er, dass Hannemanns Ex-Frau mit Erwin K. verwandt ist?«

»Ach, Anna, jetzt mach mal einen Punkt! Frag doch deinen Krimi-Freund einfach selbst. So, ich werde mich jetzt mit der schwierigen Schwester von Hannemann beschäftigen müssen. Und wenn du mit Heinz alias Winston sprichst, sag ihm bitte, er soll etwas weniger auffällig herumfragen. Der Fall gilt als abgeschlossen.« Schumann wirkte für seine Verhältnisse kurz angebunden.

»Ich spreche mit Heinz«, versprach ich ihm.

Heinz antwortete nach dem fünften Klingelton. Ich berichtete ihm kurz von Schumanns Anruf und von Hannemanns Schwester Hilde Klein.

»Ja, die Dame wollte ich ohnehin nach meiner Rückkehr befragen und ihr mein Interesse an diesem Altfall erklären. Tut mir leid, wenn sie düpiert ist«, sagte er.

Ich sagte:»Ich warte immer noch auf deine Notizen, lieber Heinz.«

Er grunzte.»*Mea culpa, mea culpa!* Ein paar Stichworte bekommst du, den Rest werde ich erst zu Hause ordnen können. Einen Teil des Buches habe ich bereits fertig. Ich bin hier weitgehend mit meinen Recherchen durch, werde aber morgen zusammen mit unserem Vulkan-Guide von damals nach Grímsey fahren. Er hat dort auch schon Führungen gemacht. Eigentlich ist er studierter Kunsthistoriker und Geologe. Sein kleines Museum ist recht informativ. Allerdings ist es nur dreimal in der Woche für fünf Stunden geöffnet. Viel verdienen wird er nicht damit. In Island gibt es oft Menschen mit mehreren Berufen. Thorinn war sogar mal Schauspieler an einem Theater in London. Übermorgen fliege ich zurück. Auf dem Weg nach Keflavík zum Flughafen gönne ich mir eine Stippvisite in der Blauen Lagune, die wieder in Betrieb ist nach ihrer Schließung im Frühling. Ein erholsames Bad vor dem Rückflug.«

Eines musste ich schnell loswerden: »Wusstest du, dass Hannemanns Ex-Frau Beate Karlsson eine Cousine deines Toten im Wüstenschloss ist?«

Heinz murmelte etwas Unverständliches und sagte dann laut: »Entschuldigung, das war gerade der Zimmerservice, der meinen Kühlschrank checken wollte. Nein, ich habe mich mit Hannemanns Ex-Frau bisher nicht intensiv beschäftigt. Ich kannte sie nur als Beate Hannemann. Aber das ist natürlich sehr interessant, zumal in meinem Buch ›Der Tote im Wüstenschloss‹ eine Zeugin auftritt, die ich Käthe Schilling nenne. Sie gibt an, mit dem toten Albert Meurer verwandt zu sein, und nährt energisch den Verdacht, die Ehefrau habe bei Erwins beziehungsweise Alberts Tod die Hand im Spiel gehabt. Das basiert auf einer Meldung in der Zeitung, dass eine Verwandte Erwins, deren Namen anonym blieb, gegen Erwins Frau ausgesagt hat.«

Heinz verdeckte offenbar sein Handy und rief: »Nein, ich brauche nichts mehr.« Dann zu mir: »Etwas nervig, dieser Room Service. Also, Käthe wäre dann die Beate im wirklichen Fall. Nur am Rande, denn alles andere ist fiktiv. Wenig später stirbt Käthe Schilling in meinem Buch bei einem Unfall mit Fahrerflucht. Dahinter steckt ein Komplott. Mehr sage ich nicht dazu. Das ist reine Fiktion. Ich hoffe nicht, dass der Ex von Hannemann so etwas nach all diesen Jahren passiert.«

»Vielleicht wäre dein Buch dann daran schuld«, scherzte ich und hörte mit Erstaunen, wie Heinz daraufhin seufzte und erwiderte: »Mal bitte nicht den Teufel an die Wand! Aber ich glaube nicht, dass von dem Buch eine Gefahr ausgeht. Frau und Sohn Karlsson wurden in der Realität freigesprochen, im Roman wird der Täter gefasst. Also Happy End. True Crime hin oder her, ich bin halt doch eher ein Autor halbwahrer Geschichten, und der Fall wird, da bin ich mir inzwischen sicher, nicht wieder aufgerollt.«

Auf meinem Display tauchte Deirdres Namen auf. Deshalb kürzte ich mein Gespräch mit Heinz ab. »Denk an deine Notizen!«

»Sind auf dem Weg. Schön, dass du dich für meine Geschichte so sehr interessierst!«

»Und ich erzähle dir bei unserem Treffen von Deirdres irischem Mönch«, erwiderte ich.

Er lachte. »Okay, das wird unterhaltsam!« Ich verabredete mit ihm ein weiteres Telefonat am späteren Abend, ehe er morgen früh nach Grímsey aufbrach.

Deirdre kam schnell zur Sache. »Die nächsten Seiten habe ich gescannt. Darin geht es um Corrans großes Buch. Er berichtet zwar nicht sehr ausführlich darüber, aber für dich ist das sicherlich recht interessant. Alte Buchkunst und so weiter. Breaking News: Die Polizei hat den Einbrecher gefasst. Ein Junkie, der offenbar Geld von einem ihm Unbekannten für den Einbruch bekam. Er hat diesem Anonymus die gestohlenen Bücher in der Nähe unseres Hauses übergeben, wo der Typ in einem Auto auf ihn wartete. Dunkler Passat, schwarze Wollmütze, schwarze Jacke, Schal übers halbe Gesicht. Mehr weiß er nicht, und er würde den Mann, der ihn am Abend zuvor am Bahnhof in Dublin in derselben Aufmachung angesprochen hat, nicht wiedererkennen. Behauptet er wenigstens. Der Mann hat ihm dreihundert Euro zugesagt, wenn er in unser Haus einbricht und mehrere Bücher stiehlt. Sozusagen als Camouflage für den Titel, den er eigentlich im Sinn hatte, ›Stories from the Land of Ice and Fire‹, Sean Bradleys Sammlung mit Textpassagen aus Corrans Büchern. Wobei der Auftraggeber offensichtlich nur an den Seiten über Corrans Farm interessiert war. Den Rest des Buchs hat er ja entsorgt. Die Polizei hat nur die Fingerabdrücke von diesem Junkie auf dem Buch identifizieren können. Er hat schon ein paar Vorstrafen.«

»Wie wurde der Junge denn gefasst?«

»Durch einen Informanten, dem auffiel, dass dieser Mickey Flannegan plötzlich ziemlich viel Geld hatte und ein goldenes Feuerzeug benutzte. Wir haben gar nicht gemerkt, dass dieses Feuerzeug fehlt. Keiner von uns raucht mehr, und es lag auf dem Regal herum. Aber es hat das Monogramm meiner Cousine darauf, die bis zu ihrem Tod mindestens zwanzig Zigaretten pro Tag rauchte.«

»Aber woher wusste Mickeys unbekannter Auftraggeber, dass dieses Buch bei euch in der Bibliothek liegt? Und warum ausgerechnet dieses eine Buch? Das klingt abstrus.« Mir kam die Sache »*curious and curiouser*« vor, wie es in »Alice im Wunderland« heißt.

»Keine Ahnung«, meinte Deirdre. »Vielleicht war das alles ein böser Streich oder die späte Rache eines Verehrers meiner Cousine. Allerdings kann der dann nicht mehr taufrisch sein.« Sie kicherte.

»Ist denn die Ankündigung für deinen Vortrag schon publik und der Titel des Bradley-Buchs dabei angegeben?«, fragte ich, verzweifelt nach einer Lösung des Rätsels suchend.

Ein Moment Stille. Dann sagte Deirdre: »Oje, du hast recht. Der Titel steht im Programmheft. Mein Vortrag ist dort angekündigt mit: ›Basierend auf einem sensationellen Fund aus dem Jahre 1799. ›Stories from the Land of Ice and Fire‹, jüngst wiederentdeckt, beruht auf den Schriften eines frühmittelalterlichen Mönchs, herausgegeben und kommentiert von Sean Bradley (1750 bis 1812), Bibliothekar am Trinity College‹. Es ist leicht, meine Adresse in Malahide herauszufinden. Trotzdem kommt mir das kurios vor. Ausgerechnet dieses Buch.« Deirdre wirkte niedergeschlagen.

»Ich verstehe nicht, woher Mickeys Auftraggeber gewusst haben kann, wo das Buch zu finden ist. Es hätte auch in deinem Schlafzimmer oder im Wohnzimmer liegen können. Kann man von außen erkennen, in welchem Raum sich eure Bibliothek befindet?«

Vor meinem inneren Auge sah ich einen hell erleuchteten Raum mit Bücherregalen bis zur Decke, vollgestopft mit Büchern aller Art und aller Epochen. In der Umgebung meines Hauses in Köln gab es alte Gebäude, an denen ich manchmal abends vorbeiging und dabei in die Arbeitszimmer und Bibliotheken schauen konnte.

»Vorhänge gibt es nicht«, erwiderte Deirdre. »Aber wen interessieren normalerweise Bücher? Meine Cousine hat ewig in dem Haus gewohnt, und die Bibliothek war immer im selben

Zimmer und immer gut einsehbar. Nie zugezogene Vorhänge. Sie meinte ohnehin, dass Malahide der sicherste Ort Irlands sei. In all den Jahren gab es keinen einzigen Einbruch in der Gegend. Das hat mir die Polizei bestätigt. Gruselig ist allerdings die Vorstellung, dass Mickey, falls er in der Bibliothek nicht fündig geworden wäre, in anderen Räumen gesucht hätte.« Deirdre versprach, mich auf dem Laufenden zu halten. Ich hatte auch schon einige Einbrüche miterlebt, bei denen die Diebe etwas Bestimmtes suchten, zuletzt in der Maremma in der südlichen Toskana. Aber ich schwieg. Deirdre wirkte schon nervös genug.

Die von ihr gescannten Seiten tauchten auf meinem Computer auf. Ich druckte sie aus. Sean Bradleys englische Bearbeitung des Originaltextes war nicht einfach zu lesen. Aber gerade diese Herausforderung reizte mich. Den ersten Teil hatte ich auch gemeistert.

Ich machte mir eine Kanne Tee und verzog mich in meinen Lesesessel mit seinen abgeschabten Lehnen. Am liebsten hätte ich das ganze Buch gelesen, nicht immer nur Häppchen. Aber Deirdre behielt sich vor, bestimmte Kapitel für mich auszusuchen. Dieses begann mit einer Einführung von Bradley, in der er bedauerte, nie Corrans »Buch von Thor« in den Händen gehalten zu haben. Als er diese Zeilen schrieb, ahnte er nichts von dem ewigen Hin und Her des Buches, das wieder kurz nach Irland kam und zuletzt erneut in Island landete:

Das Buch gelangte einst mit Corran und seinem treuen Begleiter nach Irland. Nach Corrans gewaltsamem Tod im Jahre 1084, der in der Kirchenchronik von Saint Mary in Malahide erwähnt wird, brachte Athelred das Buch nach Dublin, später gelangte es nach der Auflösung aller irischen Klöster unter Heinrich VIII. im Jahre 1539 zurück nach Island, wo es einst entstand. Der Mönch, der das Buch rettete und damit nach Island flüchtete, ist unbekannt. Aber es gibt ein Dokument in unserer Trinity College Library, das davon berichtet. Seither ist das Buch auf der Insel von Eis und Feuer. Ich selbst habe nicht dorthin reisen können, doch die kleineren Schriften, die Corran hinterlassen hat und die sich in unserer Bibliothek befinden, gaben mir die Gelegenheit, mein Buch als eine Art von Verbeugung vor Corran zusammenzustellen und auf ihn aufmerksam zu machen. Ein vergessener Mönch, der offensichtlich ein Buchkünstler war und ein geborener Geschichtenerzähler. Und ich bin mir sicher, dass sein »Book of Thor« in Island ebenso geehrt wird wie bei uns »The Book of Kells«.

Die wiedergefundene Heimat

Die grünen Wiesen und Felder weckten zwar Erinnerungen in mir, doch Irland war mir fremd geworden. Von meiner Familie lebte niemand mehr, der mich liebevoll hätte begrüßen können. Meine beiden Schwestern waren lange schon gestorben, die eine als Nonne, die andere verheiratet mit einem Farmer. Doch sie hatte keine Kinder, und auch ihr Mann war tot. Ein wehmütiges Gefühl überkam mich, als ich zusammen mit Athelred bei Dublin an Land ging und wir mit einem Pferdekarren nach Norden aufbrachen. Der Weg in mein Heimatdorf war nicht weit. Nach vier Stunden erblickte ich mein Dorf, in dessen Mitte eine kleine Kirche steht. Einige Häuser und weit verstreute Höfe liegen in der Umgebung. Uns bot sich ein friedlicher Anblick. Kühe, Schafe und Pferde grasten auf den saftigen Weiden. Man hätte nicht glauben mögen, dass einst die Wikinger hier in der Nähe an Land gingen und auch mein Dorf plünderten.

»Wo möchtest du hin?«, fragte mich Athelred.

Ich fühlte mich plötzlich hilflos. Drei Jahrzehnte hatte ich im Schutz der Klostermauern gelebt, eingebunden in alltägliche Abläufe und beschäftigt mit dem Buch. Nun war ich ungebunden und in eine mir fremde Welt hineingeworfen, die ich nicht mehr kannte und mich mit Furcht erfüllte. In der Tat, wohin sollte ich gehen? Ins nächstliegende Kloster oder nach Kells, wo das große Buch lag und mein »Buch von Thor« gewiss auch einen Platz gefunden hätte? Zurück nach Dublin? Eine Woge der Sehnsucht nach Island überflutete mich. Meine Kehle brannte, und Tränen füllten meine Augen. Während der Reise hatte ich all diese Gefühle verdrängt, doch nun brachen sie aus mir heraus.

Das kleine Kloster neben der Kirche in meinem Dorf hatte es schon in meiner Kindheit gegeben. Dort lebten nur wenige Mönche. Dorthin wollte ich mich zunächst wenden. Athelred zeigte sich einverstanden.

»Diese Gegend erinnert mich an mein Zuhause im Süden Englands«, sagte er. In sein Dorf nahe Canterbury hatte er aber nicht zurückkehren wollen. Sein Vater war zum dritten Mal verheiratet, Athelreds acht Geschwister waren über ganz England verstreut, und er selbst war nach dem frühen Tod seiner Mutter bei der Geburt seines jüngsten Bruders bei einem Onkel aufgewachsen, einem hartherzigen Krämer in Canterbury. Ihn zog nichts mehr zurück, und so beschloss er, an meiner Seite zu bleiben.

Im Kloster trafen wir drei Mönche. Es gab keinen Abt mehr. Der älteste Mönch, Bruder Dominic, berichtete, dass dieses Kloster geschlossen und er nach Glendalough ziehen würde. »Unser Abt ist vor einem Jahr gestorben, vier unserer Mitbrüder haben uns damals verlassen. Wenn du möchtest, dann schließe dich uns an. In Glendalough ist Platz für uns alle.«

Ich dachte kurz nach. »Nein«, erwiderte ich. »Ich werde in kein Kloster mehr eintreten. Gerne würde ich ein Stück Land bearbeiten, Früchte anbauen und meine restlichen Jahre in meinem Heimatdorf verbringen.«

Bruder Dominic nickte. »Ich verstehe dich. Derzeit durchläuft unsere Kirche Reformen, die vielen von uns nicht schmecken. Aber ich werde mir in Glendalough ein neues Aufgabengebiet suchen. Dort gibt es eine große Bibliothek. Hier war ich für unseren Kräutergarten verantwortlich. Bücher reizen mich mehr als Blumen und Kräuter. Viele Jahre bleiben mir nicht mehr. Und die möchte ich nutzen.«

Er sah mich freundlich an. »Wenn du Land bewirtschaften möchtest, dann gehe zur Witwe vom Schwarzen Sean. Er ist vor einem halben Jahr gestorben und hat seiner sehr viel jüngeren Frau einen hübschen kleinen Hof hinterlassen. Dort lebt sie allein, nur unterstützt von ihrem Sohn, der gerade vierzehn Jahre zählt. Sie braucht Hilfe, und vielleicht möchte sie den Hof verkaufen.« Dominic lächelte verschmitzt. »Eine reizende Frau, die sicher bald viele Verehrer haben wird.«

»Dann werde ich mich sputen müssen«, sagte ich.

Dominic erwiderte: »Meinen Segen hast du, Corran. Ich

habe dich gleich erkannt. *Du siehst aus wie dein Vater, der vor zwanzig Jahren starb. Deine Mutter folgte ihm wenig später. Ich kam in dieses Kloster, nachdem du wenige Wochen zuvor mit Abt Declan nach Island gereist bist. Deine Eltern haben immer auf deine Rückkehr gehofft, aber irgendwann haben sie die Hoffnung aufgegeben.«*

Mich durchfuhr ein scharfer Schmerz. *»Ich habe ihnen immer wieder geschrieben. Meine Eltern konnten nicht lesen, aber unser Priester hätte ihnen die Briefe vorlesen können.«*

Dominic blickte mich traurig an. *»Deine Briefe sind nicht hier angekommen. Vater Gregorius hätte sie sicher gerne vorgelesen. Auch unser Abt Michael wäre bereit dazu gewesen. Aber es traf keine Kunde vor dir ein.«*

Mir schwirrte der Kopf. *Eine dumpfe Trauer überkam mich. Da ich nie eine Nachricht von meinen Eltern bekommen und von ihrem Tod und dem Tod meiner Schwestern durch einen Mönch erfahren hatte, der unser Kloster für wenige Wochen besucht hatte, glaubte ich, meine Familie hätte mich vergessen. Als den verlorenen Sohn gesehen.*

Der freundliche Mönch legte seine Hand auf meinen Arm. *»Du musst dich nicht schuldig fühlen. Einige Monate, ehe dein Vater erkrankte und starb, erreichte deine Eltern die Nachricht, dass du wohlauf bist und auf Island eine neue Heimat gefunden hast. Ein Mönch eures Klosters, Benedict, kam damals hier vorbei und zog weiter in den Süden. Deine Eltern waren versöhnt mit ihrem Schicksal. Deine beiden Schwestern sind vor fünf und drei Jahren von uns gegangen.«*

Dieser Wandermönch Benedict hatte sich noch einmal einige Jahre später wenige Wochen in unserem Kloster in Island aufgehalten. In dieser Zeit hatte ich ihn selten gesehen, da er sich weitgehend zurückhielt und uns andere Brüder mied. Er übermittelte mir die Todesnachricht von meinen Eltern, ohne Gefühle zu zeigen. Ein seltsamer Mensch, den wir nicht vermissten, als er uns wieder verließ.

Die Trauer um meine Familie hatte nicht lange angehalten, da ich sie als Kind zuletzt gesehen hatte und manche Erinnerung an sie weitgehend verblasst war. In meinen Träumen erblickte ich manchmal meinen Vater, groß, laut und herzlich, meine zarte Mutter und meine Schwestern, lachende Kindergesichter und fliegende Zöpfe.

Seltsamerweise spürte ich nun, da Dominic davon sprach, einen Hauch von Kummer, und ich sah plötzlich wieder meine Eltern vor mir und meine beiden jüngeren Schwestern, deren Heranwachsen ich nicht mehr erlebt hatte.

Ich verabschiedete mich von Dominic und den beiden anderen Mönchen, die sich nach Clonmacnoise aufmachen wollten, und ging geradewegs zum Hof der Witwe des Schwarzen Sean. Mari war eine schöne Frau von Mitte dreißig. Ich war nicht mehr an meine Gelöbnisse gebunden und verliebte mich in sie. Und so geschah es, dass ich seitdem auf unserem Hof zusammen mit Mari, ihrem Sohn Dougal und unseren Zwillingen Finn und Deirdre, die in diesem Jahr 1082 fünf Jahre alt sind, lebe. Das Glück meines Lebens.

Ich bearbeite mein Feld gemeinsam mit meinem getreuen Gefährten Athelred. Auch er wollte nicht mehr in ein Kloster. Und auch er hat eine Frau gefunden, die mit ihm in einem Cottage am Rande des Dorfes lebt. Ihre Tochter Fiona ist zwei Jahre alt. Alles könnte wunderbar sein. Den Schatz, den mir Oláfur anvertraut hat, habe ich an einem besonderen Ort verborgen, und mein Buch liegt wohlbehütet in der Dorfkirche, in der Vater Brendan es in einen Schrein gelegt hat.

Doch aus Island kommt keine gute Kunde. Knut treibt weiterhin sein Unwesen, knechtet die Menschen, die für ihn arbeiten, treibt gnadenlos Steuern ein, und er sucht offenbar nach dem Schatz, den sein Vater einst unserem Kloster anvertraut hat. Zunächst glaubte er, diesen Schatz im Umfeld des zerstörten Klosters zu finden, und ließ die Erde dort durchwühlen. Aber dann sandte er Männer aus, die Erkundigungen einziehen sollten, wo Oláfur das Gold versteckt haben könnte. Sie hatten keinen Erfolg.

Knuts Sohn Kjell steht ihm in nichts nach. Seit sieben Jahren lebe ich nun schon weit entfernt von Knut und seiner Räuber-

bande, aber sein Schatten lastet immer noch auf mir. Und ich vermag es nicht, die Furcht zu besiegen. In meinen Träumen erscheint Knut mir oft und bedroht nicht nur mich, sondern meine Familie. Dann wache ich schreiend auf, und Mari versucht vergeblich, mich zu beruhigen.

Wir haben mit einer Familie Freundschaft geschlossen, die von Wikingern abstammt und dereinst von Island hierherzog. Die beiden haben Verwandte in der Nähe von Reykjavík, und über Sigurd und Ingibjörg erfahren wir von all diesen Geschehnissen und vor allem von Knuts Treiben. Vor wenigen Wochen besuchte uns ein Vetter von Sigurd. Er kam aus Island, wollte einige Wochen in unserem Dorf, danach in Dublin bleiben und von dort nach England weiterreisen, wo seit nunmehr fast zwei Jahrzehnten die Normannen herrschen. Dieser Vetter berichtete, dass Knut einige enge Vertraute um sich gesammelt habe und offenbar seine Schatzsuche bis nach Irland ausdehnen wolle.

Er sagte zu mir: »*Knut hat erkannt, dass seine Schwestern nicht wissen, wo der Reichtum Oláfurs aufbewahrt ist. Helga und Margrét konnten erfolgreich seine Kundschafter abwehren. Helgas Sohn Olaf ist ein kluger junger Mann, der darauf wartet, das ihm zugesagte Erbe anzutreten. Aber selbst wenn Knut, der, wie man sagt, nicht gesund ist, bald sterben sollte, wird Kjell versuchen, das Land um jeden Preis zu behalten. In dieser Familie hat es schon so viel Gewalt gegeben, und das wird nicht mit Knuts Tod enden. Knut hegt nun den Verdacht, dass du damals nach der Zerstörung des Klosters Oláfurs Gold mitgenommen hast.*«

Um diesen Schatz zu schützen, den ich oder meine Nachfahren eines Tages seinem rechtmäßigen Besitzer, Oláfurs Enkel Olaf, zurückbringen sollen, habe ich ihn so gut verborgen, dass man ihn nur mit Hilfe von verdeckten Hinweisen in meinen Aufzeichnungen und auf der letzten Seite meines »*Buchs von Thor*« *finden kann. Doch noch sind meine eigenen Kinder zu jung dafür. Maris Sohn Dougal wird eines Tages den Hof übernehmen, ein freundlicher Junge, der aber keinerlei Interesse an dem Erlernen von Latein zeigt und auch nicht lesen und* schreiben kann. *Er findet das unnötig, und ich kann ihn nicht zwingen. Deshalb wird er mein Buch auch niemals studieren können. Als Bauer, meint er, muss er in der Natur lesen können, nicht in Büchern. Meine Zwillinge dagegen sind trotz ihres jungen Alters bereits des Lesens und Schreibens mächtig.*

Während ich dies schreibe, verschwindet im Westen die Sommersonne für einige Stunden. Auch hier sind die Sommertage lang und die Nächte kurz. Aber oft denke ich an die endlosen Sommertage auf Island, wenn sich im Juli das Licht kaum verabschiedet. Im Winter dagegen kämpfte ich gegen den Mangel an Helligkeit und musste Tag und Nacht das Skriptorium mit Kerzen erleuchten. Meine Augen haben darunter gelitten. Ich zähle jetzt zweiundfünfzig Jahre, doch manchmal fühle ich mich älter. Kraft gibt mir meine Frau Mari, und die Zwillinge erfüllen mich mit Dankbarkeit.

Bruder Dominic hatte mir eine Nachricht zukommen lassen, dass er auf dem Sterbebett liegt und mich um einen letzten Besuch bittet. Der Ritt nach Glendalough dauerte länger, als ich geglaubt hatte. Als ich endlich das Kloster erreichte, war er in der Nacht zuvor gestorben. Er hatte mir zum Abschied einen Brief geschrieben und eine Landkarte vermacht, deren Sinn ich zunächst nicht begriff. Traurig ritt ich zurück und zeigte Athelred die Karte. Der erkannte sofort, was darauf zu sehen war: ein kleines Tal in der Nähe meines Hofes mit einem Bach. An dessen Ufer stehen die Ruinen eines Klosters.

Erst verstand ich nicht, was Dominic damit bezweckte. Doch in seinem Brief schrieb er: »Lieber Corran, ich glaube, dass dieser Ort für das Gut, das dir, wie du mir in einem Schreiben anvertraut hast, Oláfur in gutem Glauben übergeben hat, sicherer sein wird als das Versteck auf deinem Hof. Es kommen wieder unruhige Zeiten. Das kleine Kloster wurde vor einhundert Jahren von Wikingern geplündert und nie wieder aufgebaut. Deshalb erregt es keine weiteren Begehrlichkeiten mehr. Es scheint mir ein guter Ort zu sein.«

Doch ich zögerte. Oláfurs Gold lag gut versteckt, und alle Rätsel, die zu seinem Fundort führten, hatte ich in meiner klei-

nen Chronik über mein Leben als Bauer verarbeitet. Ich mag keine Veränderung. *Und so steckte ich den Brief und die Karte unter meine Kleider und ging meinem Alltag nach, bis mich erneut eine furchtbare Kunde aus Island aus meinem gemächlichen Leben riss: Knut war gestorben, sein Sohn Kjell herrschte jetzt über Lofgrithir, und er hatte seinem Vetter Olaf den Krieg erklärt. Schlimmer aber als diese Nachricht war die Warnung, die mir Thorn, der Vetter unserer Nachbarn, sandte. Er war wieder auf Island und schickte mir ein kurzes Schreiben, das er sechs Wochen zuvor einem Fischer anvertraut hatte, der nach Dublin aufgebrochen war:*

»Sei behutsam und vorsichtig! Kjell hat einen Mörder ausgeschickt, der auf dem Weg nach Irland ist und dort nach dem Schatz von Oláfur suchen soll. Kjell hat erfahren, dass du in der Nähe von Malahide lebst, und er wird gewiss versuchen, dich zu finden. Dieser Mordgeselle ist Kjells engster Vertrauter, wie auch schon sein Vater Padraic Knuts rechte Hand war. Sein Name ist Birkir. Bleibe wachsam, denn ich fürchte, dass dein friedliches Dasein schon bald in Gefahr sein wird.«

Todesboten

Als ich die Seiten auf meinem Nachttisch ablegte, dämmerte mir, weshalb jemand ausgerechnet die Teile des Buchs entfernt hatte, die sich mit Corrans Landleben befassten. Wahrscheinlich waren in diesem Kapitel Hinweise auf Oláfurs Gold versteckt, das Corran irgendwo auf seinem Acker vergraben hatte. Die Rätsel, von denen er geschrieben hatte, glichen von der Idee her den Aufgaben einer Schnitzeljagd, wie ich sie selbst als Kind bei Geburtstagen erlebt hatte. Die Frage war, ob Corran den Schatz im Acker gelassen oder ihn, Dominics Rat folgend, an anderer Stelle vergraben hatte. An einem Platz, den nur er kannte. Dann musste er die Hinweise noch einmal verändert haben. Er allein wusste, wo Oláfurs Gold lag, nicht aber seine Nachkommen.

Offenbar hatten Kjells Todesboten den Schatz auf Corrans Land nicht gefunden, denn er schien nie wieder nach Island zurückgekehrt zu sein. Dass sie ihn gefunden und selbst behalten hatten, glaubte ich nicht.

Auf jeden Fall starb Corran im Jahr 1084, sicherlich durch Mörderhand, wie Bradley vermerkte. Leider erwähnte Bradley nicht, was aus Mari, den drei Kindern und aus Athelred geworden war. Dass es noch uralte Kirchenchroniken oder Kirchenbücher gab, in denen das Schicksal von Corrans Familie festgehalten war, bezweifelte ich. Viel Schrifttum war unter der Herrschaft Heinrich VIII. vernichtet worden, als er Kirchen und Klöster in Irland zerstören ließ. Und gute einhundert Jahre später folgten die Truppen Oliver Cromwells, die es der Armee Heinrichs gleichtaten.

Derjenige, der Mickey, diesen armen Kerl in Dublin, angeheuert hatte, um bei Deirdre einzubrechen, musste nicht nur von Bradleys Textsammlung gewusst haben, sondern auch von dem Schatz. Aber woher hatte der Unbekannte dieses Wissen? Hatte er das Buch im Schnelldurchgang gelesen und entschieden, dass er eventuelle Hinweise auf das Versteck nur auf den

Seiten über Corrans Beschreibung seines alltäglichen Landlebens finden konnte, und den Rest des Buches entsorgt? War er bei seiner offenbar hastigen Lektüre auch auf die Bemerkungen über das »Buch von Thor« gestoßen? Doch das Buch war verschwunden. Angeblich hatte jemand es vor gut vier Jahren aus der Bibliothek in Reykjavík entwendet. Falls das zutraf, war es gewiss längst auf dem Schwarzmarkt gelandet und teuer verkauft worden. An den Unbekannten? Ich musste Richard bitten, diesbezüglich Nachforschungen anzustellen.

Ob es Nachfahren von Corran gab, würde man nach so langer Zeit kaum mehr feststellen können. Ich googelte »McSlaughty« – das Mc steht für Sohn, O' für Enkel, verbunden mit Vornamen wie bei McDonald oder O'Brian –, stieß jedoch auf keinen einzigen Treffer. Was aber nicht unbedingt etwas bedeutete, zumal ich feststellte, dass Nachnamen im Irland im 11. Jahrhundert kaum existierten und McSlaughty eher wie ein Phantasiename klang. Die Namenssuche erwies sich als eine Sackgasse.

Ich musste unwillkürlich lächeln bei der Vorstellung, dass Mickeys Auftraggeber sich nun zur nächtlichen Stunde als Schatzsucher betätigte und Scholle für Scholle absuchte. Die Landschaft hatte sich seit damals kaum verändert, Corrans alte Felder wurden noch immer bewirtschaftet. Heute hieß Corrans kleines Dorf Kirksfield, hatte fünfhundert Einwohner und lebte wie eh und je von der Landwirtschaft. Es lag fünf Kilometer von Schloss Malahide, einst Besitz der Familie Talbot, entfernt. Deirdre würde feststellen können, wem das Ackerland heute gehörte, das vor eintausend Jahren McSlaughtys Besitz war. Und vielleicht fand sie auch mehr über den Namen heraus. Er kam mir immer mehr wie ein Scherz vor. Entweder hatte Corran gar keinen Nachnamen gehabt oder sich einen skurrilen Namen zugelegt, vielleicht sogar als Tarnung.

Heinz hatte mir endlich seine eher kargen Notizen geschickt, sprach darin aber immer nur von dem »alten Buch«, dessen Titel er entweder noch nicht erfragt hatte oder für nebensächlich hielt. Viel Neues enthielten seine Unterlagen nicht. Er hatte inzwischen eine Reihe von Menschen interviewt, die alle Markus Hannemann getroffen hatten. Heinz versteifte sich auf das Gerücht, dass Hannemann das kostbare Werk aus der Bibliothek gestohlen habe. Allerdings hielt sein Assistent Bernd Zabel das »für eine sehr gewagte Behauptung«. Und auch Hannemanns Kollegen Silvius Petersen und Aki Stefansson wehrten sich energisch gegen die »Verleumdung« ihres hochgeschätzten Kollegen.

Selbst der ermittelnde Kommissar Ranulf Eriksson, der vor vier Jahren zusammen mit seinem älteren Kollegen mit der Suche nach Hannemann betraut gewesen war, meinte, er halte dies für eine kühne These. Hannemann galt als renommierter Experte, ein Mann, der von Institutionen und Universitäten zu Vorträgen eingeladen wurde und Zugang zu allen Bibliotheken hatte. Warum sollte er dieses Buch stehlen? Um es zu verkaufen? Schumanns früherer Kollege Günter Schneider hatte damals gewiss Hannemanns Konten überprüft. Ich würde Schumann danach fragen. Aber nichts schien auf Hannemann als Täter hinzuweisen, außer der Aussage der Bibliothekarin, er sei öfter in der Bibliothek gewesen und habe das Buch studiert.

Weshalb sollte irgendjemand, aus welchem Motiv auch immer, den Professor bei seiner Wanderung ermordet haben? Heinz äußerte sich dazu nicht. Aber er hielt an seiner Vermutung fest, dass Hannemann Opfer eines Gewaltverbrechens geworden sei.

»Ich habe jetzt schon ausreichend Stoff für mein nächstes Buch«, schrieb er mir. »Ich bin gerade dabei, die Namen zu ändern. Es wird bei aller Anlehnung an die wahre Geschichte des rätselhaften Verschwindens von Hannemann und auch dieses Buches aus der Bibliothek ein Roman. Ich gebe die Suche nach Fakten aber noch nicht auf. In meinem Buch heißt Markus Hannemann Jakob Johannsen, der Name meines Lateinlehrers, der vor zehn Jahren gestorben ist. Ich hoffe nicht, dass seine Enkel protestieren.«

Seine Notizen enttäuschten mich. Aber eine andere Tatsache

fand ich spannend und schrieb Heinz eine kurze E-Mail. Man musste kein »Nudnik«, Besserwisser, wie Harald Frostauer sein, um zu erkennen, dass es sich bei dem gestohlenen Buch um Corrans »Buch von Thor« handelte. Zu viele Parallelen, die Heinz entdeckt hatte, und zudem gab es kein anderes Werk eines irischen Mönchs, das vergleichbar gewesen wäre.

Das von Heinz zitierte »Legenden der Vulkane« war vierhundert Jahre später entstanden, und sein Schöpfer war Gunnar Gilbrandson, ein Historiker und Forscher, der aus Dänemark stammte und um 1500 nach Island gelangte. Er befasste sich mit der Natur und den Legenden des Landes und veröffentlichte 1512 sein Hauptwerk. Also kein illuminiertes Buch aus dem frühen Mittelalter. Ich hatte diese Angaben rasch im Internet entdeckt. Das Buch stand seit vielen Jahren in der isländischen Nationalbibliothek und war inzwischen mehrfach als Faksimile gedruckt worden. Ich wunderte mich, dass Heinz nicht längst den Hintergrund des gestohlenen Werks erkundet hatte. Das passte nicht zu ihm.

Seine Antwort per WhatsApp kam schnell: »Bin gerade auf Grímsey. Eher trostlos hier. Ja, ich wusste den Titel des Buchs schon länger, wollte Dir davon bei unserem Treffen in Ruhe erzählen. Morgen Rückflug. Ich habe Dir nur eine kleine Auswahl an Notizen geschickt. Keine Zeit für mehr. Der Rest folgt in Deutschland. Würde Dich gerne schon früher als geplant treffen. Ich melde mich gleich nach meiner Ankunft. Liebe Grüße!«

Das war mir recht. »Ich freue mich, Dich bald zu sehen. Ich bin in Hannover«, antwortete ich ihm.

Es war schon verrückt, wie oft ich es in den vergangenen Jahren mit gestohlenen Büchern zu tun gehabt hatte! Täglich grüßt das Murmeltier, dachte ich. Weshalb werde ich immer in Dramen involviert, in denen alte Kunst oder mysteriöse Bücher eine Rolle spielen, egal, ob es sich um verschollene Druidenmasken, Schätze im Moor, den Diskos von Phaistos, Tagebücher eines in einem Kloster am Steinhuder Meer exilierten Iren, Filme oder kostbaren Schmuck handelte?

Erst kürzlich hatte ich im Ith eine alte Freundin meiner Mutter, Carola von Rödelshausen, besucht, die, inzwischen fast Mitte neunzig, noch immer in ihrem Schloss lebte, in dem ich vor einigen Jahren den Spuren von Gemälden und eines Colliers nachgegangen war. »The Star of Scotland« und ein Gemälde von Gainsborough hatten mich damals in Lebensgefahr gebracht. Alles im Rückblick aufregende und anregende Ereignisse, aber in mir wuchs dennoch immer stärker der Wunsch, mich von all diesen ungewollten Abenteuern zurückzuziehen und in mein altes Leben zu schlüpfen, das vor acht Jahren im Brester Moor mit Reginald Fitzgibbon und dem Moormann geendet hatte. Seither stolperte ich von Verbrechen zu Verbrechen, und mir blieb kaum mehr die Muße für meinen eigentlichen Beruf.

Deshalb beschloss ich, Heinz bei unserem Wiedersehen zu erklären, dass ich zwar gern weiterhin seine Bücher lesen würde, aber nicht in seine Recherchen involviert werden wollte. Hans Schumann, der mich stets spöttisch, wenn auch mit liebevollem Unterton »Miss Marple« genannt hatte, musste in Zukunft ohne mich auskommen. Adieu, Miss Marple! Ein neuer Lebensabschnitt begann!

Anfang August würde ich nach Dublin reisen, um Deirdre und ihren Mann David zu besuchen und einige Ausflüge in der Umgebung von Dublin zu unternehmen: Glendalough, das Schloss von Malahide, Powerscourt Gardens, Newgrange und Clonmacnoise. Und natürlich wollte ich die Museen besuchen. Aber auf Schatzsuche würde ich nicht gehen, und das verschollene Buch von Corran über Thor war mir egal. In diesem kurzen seligen Moment glaubte ich das tatsächlich.

Am Nachmittag trudelten noch zwei Seiten mit Auszügen aus Bradleys Exzerpt-Sammlung ein, die ich erst gar nicht mehr lesen wollte. Aber dann druckte ich sie aus. Eher als Geste der Höflichkeit gegenüber Deirdre als aus eigenem Antrieb. Vorweg standen ein paar Sätze in Deirdres schwer zu entziffernder Handschrift:

»Ich bin dabei, in Dublin in Archiven nach dem Stammbaum beziehungsweise Nachfahren von Corran zu suchen. Ich bin inzwischen sicher, dass er nicht McSlaughty hieß. Slaughty ist kein Vorname, und zu seiner Zeit waren Nachnamen ohnehin rar und standen stets im Zusammenhang mit den Vornamen der Väter oder Großväter. Ich nehme an, McSlaughty war eine Art Pseudonym. Aber lies bitte diese beiden Textstellen. Die Geschichte nähert sich ihrem tragischen Ende.«

Nun gut. Da Richard noch immer in Köln um die zukünftige Finanzierung von »Gutes für Geld« rang und Schumann einer Bande von Geldautomatenknackern auf der Spur war und »leider keine Zeit« für mich hatte, verfügte ich über genügend Muße. Schumann war zudem schlecht gelaunt, da sein lang geplanter Urlaub storniert worden war. Die Geldautomatensprenger hatten ihm dieses Vorhaben versalzen. Und mir stand nicht der Sinn nach einem Kaffeeklatsch mit alten Freundinnen, die mich ständig löcherten mit der Frage, wann ich denn »endlich meinen entzückenden Freund Richard« ehelichen würde.

Die beiden Seiten wirkten auf den ersten Blick aus dem Zusammenhang gerissen. Aber dann erkannte ich, trotz Sean Bradleys erratischer Textzusammenstellung, dass sie aus dem Schlussteil des Buches stammten. Wie Deirdre bemerkt hatte, nahte das Ende.

Frühjahr, 1084 A. D.

Der Feind ist gelandet. Birkir Patrickson ist in Dublin. Ein Vetter von Mari, der das Gasthaus »The Hound« in Hafennähe betreibt, wurde vor einigen Tagen von einem Mann angesprochen, der gerade mit dem Schiff gelandet war und in das Gasthaus kam. Er fragte Maris Vetter Cochran, ob er etwas über einen Mönch wüsste, der vor einigen Jahren aus Island kommend in Dublin Station gemacht habe. Cochran verneinte, da ihm der junge Mann unsympathisch war. Vor zwei Tagen besuchte Cochran uns und berichtete von dieser Begegnung. »Dieser Mann sucht dich, und er wird nicht nur im ›Hound‹ nach dir gefragt haben.« Cochran beschrieb den Fremden als groß, sehr blond, mit hellblauen, kalten Augen. Mich schauderte. Meine Alpträume schienen wahr zu werden. Dieser Mann, Padraics Sohn Birkir, würde nicht rasten, bis er mich gefunden hatte.

Da Knuts verkommene Familie keinerlei Sinn für Bücher hatte, ging es Kjells Burschen allein um den Schatz, nicht um mein Werk. Ich musste handeln. Mari wusste nichts von Oláfurs Nachlass, auch wenn die Münzen für den Kauf ihres Hofes Teil davon gewesen waren. Der Hof stand gut da, doch noch warf er nicht genug ab, um meine Schulden bei Oláfur abzugelten. Für mich ist dieser Schatz noch immer Oláfurs Besitz, selbst wenn er seit etlichen Jahren nicht mehr lebt. Doch eines Tages soll dieses Erbe an seinen Enkel oder dessen Nachfahren zurückgehen. Am Abend traf ich mich mit Athelred, und gemeinsam planten wir ein neues Versteck. Ich zögerte aber noch, den Plan durchzuführen.

Ich überlegte, ob ich nicht mit Mari und den Kindern in den Norden flüchten sollte, bis Birkir seine Suche aufgab. Aber ich scheue mich vor diesem Gedanken. Ich möchte nicht als Feigling gelten. Dougal bewundert mich und sieht in mir einen würdigen Ersatz für seinen Vater, den er mit zehn Jahren verlor. Ich wusste, ich wäre Birkir bei einem Kampf nicht gewachsen. Knut und jetzt sein Sohn hatten Männer um sich geschart, die mit der Waffe geschickt umzugehen verstanden. Als einstiger Mönch und Bauer wäre ich verloren in einem Waffengang.

Die Tage vergingen. Aus Dublin kam keine weitere Kunde von Kjells Abgesandtem. Schon begann ich aufzuatmen, als an einem Sonntagmittag meine kleine Tochter Deirdre während des Essens plötzlich sagte: »Vater, da war ein fremder Mann in der Kirche, der mich angesprochen hat. Er sagte, dass er dich kennt und ob du heute auf dem Feld arbeitest, weil du nicht in der Messe warst. Ich mochte ihn nicht. Er hatte böse Augen. Also habe ich ihm nicht geantwortet und bin weggelaufen.«

Mich überlief ein eiskalter Schauer. Wenn Birkir heute in unserer kleinen Dorfkirche war, dann würde er auch bald hier sein. Mein Hof liegt eine Meile außerhalb unseres Sprengels. Mit leiser Stimme befahl ich Mari, sofort mit den Kindern das Haus zu verlassen und mit unserem Pferdewagen zu ihrem Bruder aufzubrechen, der sechs Meilen nördlich als Schmied im nächsten Dorf wohnt. Er hat weder Frau noch Kinder, ein freundlicher Riese mit einem großen Haus. »Frage nicht, warum, aber bitte beeilt euch«, rief ich.

Mari gehorchte. Sie stellte keine Fragen, denn sie ahnte, worum es ging. Ich hatte ihr zwar nicht von dem Schatz, aber von Oláfur und Knut erzählt und angedeutet, dass Knuts Sohn Kjell vielleicht eines Tages hierherkommen und mich suchen würde. Sie hatte mich nie gefragt, woher die Münzen stammten, mit denen ich ihr den Hof abkaufte, und ich wollte sie nicht mit in den Abgrund ziehen. Aber sie hatte das »Buch von Thor« gesehen und seine Schönheit erkannt.

»Sollte mir etwas geschehen«, hatte ich ihr vor wenigen Wochen gesagt, »dann hüte dieses Buch und bewahre es für uns. Eines Tages sollte es zurück auf die Insel von Eis und Feuer. Doch bis dahin lass es in der Kirche.«

Mari nahm nur das Nötigste mit, bestieg mit den Kindern den Karren, gezogen von unserem einzigen Pferd, und umarmte mich. In ihren Augen standen Tränen. Dann schnalzte sie mit der Zunge, und der schwerfällige Wagen ruckelte los. Ich blickte ihnen betrübt nach, bis der Karren im Staub der Landstraße verschwand. Dougal war nicht dabei. Er half einem Onkel bei der Heuernte und lebte derzeit auf dessen Hof bei Dublin.

Mein Herz tat mir weh, denn ich ahnte, dass dies mein letzter Blick auf Mari und die Zwillinge gewesen sein könnte. Ich fühlte mich hilflos und schwach, erfüllt von Furcht und Trauer. Athelred hätte mir zur Seite gestanden, doch er war mir gegenüber in letzter Zeit zurückhaltender geworden, besuchte uns nur noch selten und ritt alle vier Wochen nach Dublin, um, wie er sagte, Kunde von den Ereignissen in der weiten Welt einzuholen. Da er und seine Frau ihr zweites Kind erwarteten, sah ich darin den eigentlichen Grund, sich bei mir rarzumachen.

Vor einigen Wochen hatte er mich gefragt, ob es denn wirklich meine Absicht sei, Oláfurs Gold eines Tages zurück nach

Island zu bringen. »Keiner außer Kjell denkt noch daran. Olaf, Oláfurs Enkel, rechnet sicherlich nicht mehr mit diesem Erbe.«

Ich antwortete heftig: »Nein, Athelred, dieser Schatz muss eines Tages zurück zu seinen wahren Besitzern. Kjell darf er nicht in die Hände fallen.«

Athelred schwieg betroffen ob meiner Reaktion und ritt wenig später zurück zu seinem Hof. Danach hatte ich ihn drei Wochen nicht mehr erblickt. Ich beschloss, den Schatz ohne ihn umzubetten.

Da ich von Athelred keine Unterstützung erwartete und auf mich allein gestellt war, hätte ich natürlich mit Mari und den Kindern zusammen fliehen können. Es widerstrebte mir aber, widerstandslos das Feld zu räumen. Im Innersten hoffte ich, dass ich mit Birkir reden könnte, ihn davon überzeugen, uns in Frieden zu lassen. Ihm Oláfurs Vermächtnis auszuliefern, mich damit seiner zu entledigen kam mir nicht in den Sinn.

Ich sah schnell ein, dass sich meine Wunschvorstellung nie erfüllen würde. Birkir war Kjells Todesbote, und ob mit oder ohne das Gold, würde er mich töten. Ich gab mir einen Ruck. Tatenlos zu bleiben war keine Hilfe. Stattdessen holte ich aus meinem Schuppen eine Sense und schärfte sie. Ein Schwert besaß ich nicht.

Ich möchte mich nicht mit Einzelheiten aufhalten. Birkir tauchte am nächsten Tag auf. Er ritt auf einem struppigen Gaul vor mein Haus und forderte mich mit lauter Stimme in Isländisch auf, ihm Kjells Gold auszuhändigen, das ich gestohlen hätte. »Gibst du es mir freiwillig, werde ich Gnade walten lassen!«, dröhnte er.

Ich glaubte ihm kein Wort und trat ihm mit meiner Sense entgegen. Bei meinem Anblick lachte er laut auf, aber unser ungleicher Zweikampf währte nur kurz. Er starb rasch, denn meine Sense trennte seinen Kopf mit einem einzigen Schlag vom Körper. Seine letzten Worte waren ein Fluch und das Versprechen, dass Kjell ihn rächen werde. Leid tat mir nur, dass ich mit meiner Sense auch sein Pferd tödlich verletzte.

Seitdem sind zwei Monate vergangen. Es ist Sommer ge-

worden, meine Kinder spielen auf der Wiese hinter dem Haus, Dougal hat beschlossen, Pferde zu züchten, und verhandelt mit einem Züchter in Newgrange, Mari scheint glücklich zu sein. Seit ihrer Rückkehr umsorgt sie mich mehr denn je. Sie hat Birkirs Leiche nicht gesehen. Er liegt am Rande des Feldes unter Erde und Geröll vergraben. Mich schaudert noch immer bei dem Gedanken, dass ich ihn enthauptet habe. Sein höhnisches Lachen und dann sein entsetzter Aufschrei hallen in meiner Erinnerung nach. Wenig später rollte sein Kopf über den staubigen Hof. Heute habe ich Kunde erhalten, dass zwei Männer in Dublin nach mir gefragt haben. Ich stehe an meinem Pult und schreibe diese letzten Sätze meiner Erinnerungen. Mein Blick schweift in die Ferne. Dorthin, von wo sich gewiss in Bälde zwei Reiter meinem Hof nähern werden, um mir meine wiedergefundene Heimat für immer streitig zu machen. Diesmal werde ich nicht mehr kämpfen. Ich bin müde. Morgen schicke ich meine Familie fort und erwarte mein Schicksal. Mein Leben war gesegnet und reich an Glück. Ich füge mich in Gottes Willen.

Corrans Vermächtnis

Heinz müsste inzwischen wieder in Deutschland sein. Das ging mir am übernächsten Abend durch den Kopf. Ich hatte den Gedanken an ihn für anderthalb Tage verdrängt, da ich keine weiteren Nachrichten mehr von ihm bekam. Auch Deirdre hatte offenbar andere Dinge im Kopf, als sich mit mir ständig über Corran und Bradleys Buch auszutauschen. Neben ihrem Beruf als Redakteurin einer Kunstzeitschrift, den sie erst seit dem vergangenen Jahr innehatte, waren zwei Kinder und ihr Mann ein »Fulltime-Job«.

David, inzwischen Chefkurator seines Museums, war freundlich und gebildet, aber auch grüblerisch und skeptisch. Er lachte selten, wie mir Deirdre gestand, und zog sich gerne in sein Arbeitszimmer zurück. Besuch schätzte er nur mit Ausnahmen, seine große Familie mit sechs Geschwistern und dementsprechend vielen kleineren Kindern mied er, seine Eltern kamen nur dreimal im Jahr vorbei, und er besuchte sie nur zu ihren Geburtstagen. Sie lebten in Cork. Ich mochte ihn, doch verstand ich manchmal nicht, wie die lebhafte, lebensfrohe Deirdre es mit ihm aushielt. »Er ist ein liebevoller Vater«, sagte sie einmal, als ich sie fragte, wie denn ihr Familienleben aussehe. Mehr wollte sie nicht dazu sagen.

Ich versuchte meinerseits nicht, Deirdre zu erreichen. Sicherlich brauchte sie ihre Ruhe, da sie gewiss für ihren Vortrag recherchierte. Dass mir beim Lesen des letzten Satzes von Corrans Erinnerungen eine Träne die Wange hinunterrann, hatte mich selbst überrascht. Ich neige nicht zur Sentimentalität.

Mehr beschäftigte mich die Frage, weshalb Heinz nichts von sich hören ließ. Keine SMS, kein Anruf. Aber vielleicht erwarteten ihn zu Hause in Cuxhaven zu viel Post und wahrscheinlich haufenweise Nachrichten auf der Mailbox. Dazu ein Berg schmutziger Wäsche, den er wegschaffen musste.

Mich beruhigte der Gedanke, dass Heinz seit zehn Jahren

eine Haushilfe beschäftigte, Silke Gerjets. Kurz nach der Scheidung von seiner Frau Christl, mit der er fünfzehn Jahre verheiratet gewesen war, aber zu seinem Bedauern keine Kinder hatte, stellte er Silke ein, damals Mitte fünfzig. Sie bemutterte Heinz und kümmerte sich aufopferungsvoll um seinen Haushalt und den Garten. Silke wohnte drei Straßen von seinem Haus entfernt, ebenfalls in Duhnen, wo Heinz in Strandnähe ein schmuckes ehemaliges Kapitänshaus besaß. Das hatte er von seiner Großmutter geerbt und sich nach einigen Jahren Pendelei entschlossen, dauerhaft von Hamburg nach Cuxhaven zu ziehen. Ohnehin hatte er nach seiner Scheidung mehr in seinem Haus in Cuxhaven verbracht als in seiner schönen Altbauwohnung in Harvestehude. Silke übernachtete in seinem Haus, wenn er auf Reisen war.

Mehrmals versuchte ich Heinz auf seinem Handy zu erreichen. Immer nur Mailbox. Gern hätte ich gewusst, wann wir uns im »Mezzogiorno« treffen sollten. Ich rief dort an und erfuhr, dass Heinz für den übernächsten Abend einen Tisch reserviert hatte.

Das beruhigte mich zunächst, aber dann sagte der Mann: »Signora, Herr Kröger hat die Reservierung vor einer Woche gemacht, die er noch mal bestätigen wollte. Er meinte, dass er vielleicht schon einen Tisch zu einem früheren Termin haben möchte, nämlich für morgen. Doch leider hat er sich nicht mehr gemeldet, und wir haben vergeblich versucht, ihn anzurufen. Wissen Sie, ob der Tisch für morgen oder den nächsten Abend reserviert bleiben soll? Wir sind derzeit sehr ausgebucht …«

Etwas verlegen antwortete ich: »Wahrscheinlich eher für übermorgen. Aber ich frage noch mal nach und melde mich. Falls Sie etwas von Herrn Kröger hören, können Sie mich gerne unter meiner Handynummer informieren.«

Ich gab ihm meine Nummer und war nun erst recht beunruhigt. Warum meldete sich Heinz nicht? War er noch auf Island, gar auf Grímsey, und dort wegen schlechter Wetterbedingungen hängen geblieben? An manchen Tagen ging die Fähre nicht. Oder hatte er sein Flugzeug verpasst, weil er sich auf seinem

Weg nach Keflavík zu lange den Badefreuden in der Blauen Lagune hingegeben hatte?

Die sagenumwobene Blaue Lagune, ein geothermisches Heilbad, ist nur fünfzehn Autominuten vom internationalen Flughafen Keflavík und rund dreißig Autominuten von Reykjavík entfernt. Ich selbst war bei meinem Ausflug zur Lagune vor vier Jahren nicht ins Wasser gestiegen. Mir war der Ort, der seit 1987 eine Touristenattraktion ist, zu überfüllt, und das heiße Wasser lockte mich nicht, zumal es völlig undurchsichtig ist. Das regt meine Phantasie zu sehr an, und ich fürchte gruselige Wesen, die sich in der Tiefe tummeln. Teiche und kleinere Seen meide ich deshalb auch. Im Frühjahr war die Lagune längere Zeit abgesperrt gewesen – Islands Vulkane spuckten Feuer.

Ich suchte im Internet nach der Festnetznummer von Heinz in Cuxhaven, fand aber keine Angaben. Dann googelte ich Silke Gerjets. Tatsächlich fand ich den Namen und eine Nummer. Doch kein Erfolg. Nach zehnmaligem Klingeln gab ich auf. Nicht mal eine Mailbox. Was konnte ich noch unternehmen? Mich beschlich ein dumpfes Gefühl. Sollte Heinz ein Unglück zugestoßen sein? Auf Grímsey, ähnlich wie angeblich bei Markus Hannemann? Auf dem Weg zum Flughafen? Nach der Landung?

Er hatte seinen Wagen im Parkhaus des Frankfurter Flughafens abgestellt. Heinz fuhr leidenschaftlich gern Auto, und die rund fünfhundertsiebzig Kilometer vom Flughafen nach Hause hätten ihn nicht geschreckt. Knappe fünf Stunden Fahrzeit. Da seine Maschine am späten Nachmittag landen sollte, hätte er es am späten Abend bis nach Hause schaffen können. Vielleicht aber hatte er unterwegs übernachtet und war erst heute Mittag in Cuxhaven angekommen. Das erklärte jedoch nicht, dass immer nur seine Mailbox ansprang.

Besorgt rief ich Hans Schumann an. Aber der war nicht in seinem Büro, und sein Handy schien ausgeschaltet zu sein. Nervös tigerte ich in meiner Wohnung hin und her. Sie erschien mir auf einmal wie ein winziger Käfig. Rilkes Gedicht vom »Panther« kam mir in den Sinn: »Ihm ist, als ob es tausend Stäbe gäbe und hinter tausend Stäben keine Welt.« Der Vergleich hinkte zwar, aber ich fühlte mich in meiner Hilflosigkeit ebenso gefangen wie das Raubtier im Gedicht.

Ich versuchte Richard anzurufen. Und tatsächlich nahm er das Gespräch an. »Mach dir keine Sorgen«, erwiderte er, als ich ihm von meiner Unruhe erzählte. »Heinz hat sicherlich viel zu tun nach dieser Reise, und vielleicht sitzt er an seinem Computer und will beim Schreiben nicht gestört werden.«

»Er wollte sich aber bei mir gleich nach seiner Rückkehr melden. Wir sind für morgen oder übermorgen verabredet!«, rief ich.

»Das allerdings ist nicht sehr höflich. Doch reg dich nicht auf. Heinz wird sich melden, sich lautstark entschuldigen, und du wirst nett mit ihm essen. Ins ›Mezzogiorno‹ lade ich dich demnächst auch ein. Sobald ich mit dem Konzept für ›Gutes für Geld‹ durch bin und wieder Licht am Ende des Tunnels sehe. Wahrscheinlich in drei Tagen sind wir durch mit den Planungen und den finanziellen Überlegungen. Leider geht es mal wieder um Sparmaßnahmen.«

Damit ließ mich Richard allein, und einmal mehr spürte ich, dass es bei uns nicht rundlief. Vielleicht sollte ich mich bei ihm mehr einbringen, doch wann immer ich ihm anbot, ihn mit meinen Kenntnissen zum Thema Kunst zu unterstützen, lehnte er dankend ab. »Diese Show ist unter deinem Niveau«, meinte er, und ich vermochte nicht einzuordnen, ob er das sarkastisch meinte. Inzwischen glaubte ich, dass ihm diese Fernsehauftritte wichtiger waren als unsere Gemeinsamkeiten. Vanitas vanitatis! Eitelkeit der Eitelkeit!

Der Tag verging, keine Nachricht von Heinz. Schon wollte ich seine Ex-Frau Christl anrufen, die bei Bremen wohnte und, wie ich wusste, durchaus noch Kontakt zu Heinz hatte. Sie war freie Mitarbeiterin beim Radio mit dem Spezialgebiet Literatur. Ich kannte nur ihre Stimme und ein Bild von ihr, das Heinz mir vor einigen Jahren gezeigt hatte. Eine freundliche Frau um die fünfzig mit einer auffallend großen Brille. Doch ich zögerte. Falls Heinz bis zum nächsten Tag immer noch unauffindbar sein sollte, würde ich Christl kontaktieren. Wahrscheinlich wusste sie nicht mehr als ich.

An dem Abend trudelten noch drei weitere Seiten aus Irland ein. Diesmal nicht von Corran verfasst, sondern vom Herausgeber Sean Bradley. Deirdre schrieb dazu: »Vieles bleibt rätselhaft. Aber nach eintausend Jahren werden wir die Geheimnisse nicht mehr enthüllen können. Sean Bradleys Nachwort lässt manche Frage offen. Ich muss Dich in den nächsten Tagen wegen etwas anderem sprechen. Bitte nimm Dir etwas Zeit. Ich melde mich wieder!«

Ich nahm Bradleys Nachwort zur Hand. Heute war Dienstag, der 23. Juli. Heinz wollte mich ursprünglich am Donnerstag treffen. Langsam begann ich zu zweifeln, dass er seine Verabredung einhalten würde, und ich zweifelte auch, dass die mit Richard gemeinsam geplanten Tage auf Spiekeroog klappten. Er hatte nichts von einer Rückkehr aus Köln gesagt. Sollte ich damit rechnen, allein zu fahren? Oder den Inselaufenthalt ganz absagen? Ich brauchte dringend einige ruhige Tage, denn für den Herbst sollte ich eine Vortragsreihe zu »Kunst und Verbrechen« ausarbeiten, mit der ich an zwei Universitäten unter Vertrag stand, an der Humboldt in Berlin und an der Universität Leipzig. Köln und Münster hatten auch schon angefragt, und Bonn hatte mir eine freie Dozentur für das Wintersemester des kommenden Jahres angeboten. Auch deshalb sah ich meine Zukunft nicht mehr als »Miss Marple« an der Seite von Schumann.

Mir lief die Zeit davon. Es fiel mir schwer, mich zu konzentrieren. Aber dann studierte ich Bradleys Finale seines Buches »Stories of the Land of Ice and Fire«. Gern hätte ich die Antwort auf die quälende Frage bekommen, ob Corran damals tatsächlich von Kjells Todesboten umgebracht worden und was aus seiner Familie und aus Athelred, seinem offenbar abtrünnigen Freund, geworden war. Inzwischen hatte ich mich an Bradleys weitschweifenden Stil und sein antiquiertes Englisch gewöhnt, das mich an Laurence Sternes »Tristram Shandy« erinnerte, einen meiner Lieblingsromane der englischen Literatur. Wobei der Stil von Bradley nicht wirklich mit Sternes geschliffener Sprache konkurrieren konnte.

Dublin, im März 1799

Nachdem ich mit Sorgfalt und Liebe die Textstellen aus dem Nachlass des früheren Mönchs Corran ausgewählt habe, komme ich nun zu meinen eigenen Schlüssen. Ich habe die Schriften Corrans durch Zufall in unserer Bibliothek entdeckt und sie als spannende Zeugnisse der irisch-isländischen Verbindung im frühen Mittelalter mit Genuss und Erstaunen gelesen. Das war vor sieben Jahren. Ich beschloss, einige der Textstellen für die Nachwelt zusammenzutragen und zu redigieren, aber nicht den vollständigen Inhalt der kleineren Bücher wiederzugeben.

Manches scheint für heutige Zeiten nicht mehr interessant zu sein, anderes war nur mühsam einzuordnen und zu übersetzen, zumal Corran einige Passagen im Isländisch jener Epoche niedergeschrieben und Sätze auf Altirisch eingefügt hat. Der größte Teil seiner hinterlassenen Schriften ist aber, dem Geist seiner Zeit entsprechend, auf Latein verfasst. Es dauert mich, dass ich das von ihm immer wieder zitierte »Buch von Thor« nicht ansehen kann. Es liegt auf Island, und dorthin werden mich meine Wege nicht mehr führen.

Doch vor allem seine biografischen Aufzeichnungen aus dem Werk »Zwischen zwei Welten« haben mich fasziniert. Darin beschreibt er sein Leben als Mönch und später als Bauer. Was ich allerdings nicht glaube, sind seine zahlreichen Hinweise auf einen Goldschatz, den er im Jahre 1075 aus Island mitgebracht haben will. Ich habe im Umfeld des Dorfes, in dessen Nähe Corran lebte, geforscht, aber nichts entdeckt, was darauf hinweist. Die zerstörte Kirche, die ihm Bruder Benedict als Versteck empfohlen hat, existiert seit Cromwells Ära nicht mehr. Und keine der Kirchenchroniken, die Heinrich VIII., Cromwell und Wilhelm von Orange nach der Schlacht an der Boyne im Jahre 1690 überlebt haben, künden von irgendwelchen Schatzfunden in der Umgebung von Kirksfield. Vielleicht aber hat es Oláfurs Erbe tatsächlich gegeben, und Kjells Männer haben das Gold mitgenommen. Also lohnt es nicht, sich der Illusion hinzugeben, eine Schatzsuche hätte heute noch Sinn.

Die Fragen, die mich, da ich nun mein Buch beende, vor allem umtreiben, sind: Was wurde aus Corran, was geschah mit seiner Familie, und welche Rolle hat Athelred gespielt? Die letzte Aufzeichnung von Corran scheint auf sein nahendes Ende hinzuweisen. Er legt sein Schicksal in Gottes Hand.

Ich habe in unseren Archiven die alten Chroniken von Kirksfield, das früher Coilledubh, Dunkelwald, hieß, gründlich durchforstet. Einige dieser alten Bücher haben die Vernichtung von Klöstern und Kirchen überlebt und wurden gerettet. Und siehe da! In einem Kirchenbuch aus dem Jahr 1115 wird die Hochzeit einer jungen Frau namens Moira Ni Rune, Tochter von Eva Knutsdottir und Rune Magnusson, mit Dougal McSean, Sohn von Mari und Sean Dubh, erwähnt. Moira stammte aus Dublin, Rune aus Coilledubh. Das bedeutet, dass Dougal, Corrans Stiefsohn, im Jahre 1084 nicht gestorben ist. Er heiratete ausgerechnet eine Enkelin von Knut, wohl aus dessen Beziehung mit seiner Geliebten. Wie diese Tochter nach Irland gelangte, entzieht sich meiner Kenntnis. Doch welch seltsamer Zufall!

Und vielleicht hat auch Corran damals überlebt. Aber sosehr ich suchte, fand ich keine Antwort. Auch Maris Schicksal konnte ich nicht ergründen. Allerdings stieß ich bei der Sichtung einer späteren Chronik aus Coilledubh, das seit der Eroberung durch die Normannen unter der Herrschaft Heinrichs II. um 1172 in Kirksfield umbenannt wurde, auf den Namen Finn McCorran. Er wird im Zusammenhang mit dem Kauf von einem Stück Land in der Gegend des heutigen Malahide erwähnt, das er seinem Sohn Corran McFinn im Jahre 1160 übertrug. Die Chronik stammt aus dem Jahr 1165. Danach habe ich keine weiteren Erwähnungen von Corran oder seinen Nachfahren gefunden. Für uns heutige Menschen sind diese Namen kompliziert, da immer die jeweiligen Väter Teil des Namens sind. Sean Dubh wird zu McSean, Corrans Nachfahre trägt den Namen McCorran.

Ich glaube also, dass Corran seine Familie rettete, selbst aber im Sommer 1084 umkam. Über Athelred habe ich nichts weiter erfahren können. Seltsamerweise bin ich der Überzeugung, dass er mit den Männern von Kjell gemeinsame Sache gemacht hat. Er war wohl nie glücklich, dass Corran den Schatz eines Tages an Olaf, Oláfurs Enkel, zurückgeben wollte.

In seinen Notizen zum Landleben vermerkt Corran an einer Stelle: »*Immer wieder spreche ich mit Athelred darüber, dass uns der Schatz nicht auf ewig zusteht, wir vielmehr die Hüter dieses Erbes sind, bis bessere Zeiten kommen, bis Olaf oder seine Nachfahren wieder auf Lofgrithir leben können und ihnen von Knuts Brut keine Gefahr mehr droht. Ich fürchte, Athelred würde ins feindliche Lager überlaufen, wenn er dafür einen Judaslohn bekäme.*« *Das hat Corran im Frühsommer 1084 vermerkt, als er seine letzten Worte über sein Leben auf dem Hof schrieb, ein Kapitel, in dem es auch um die Zukunft seiner Familie und um Oláfurs Erbe geht. Falls Athelred zum Verräter wurde, dann wird er Corran gewiss überlebt und sich an einem anderen Ort niedergelassen haben.*

Ich hoffe, dieses kleine Buch erfreut den einen oder anderen Leser, der, so wie ich, die Vergangenheit für einen Teil unserer Gegenwart hält und unsere Geschichte als ein großes Kapitel im Buch der Ewigkeit sieht.

Es war schon später Abend, als ich beschloss, mich für heute genug mit alten Geschichten befasst zu haben. Von Heinz immer noch keine Nachricht. In mir stieg ein sonderbares Gefühl auf, eine Mischung aus Angst und Ärger. Und da klingelte mein Handy. Schumann! Das verhieß nichts Gutes. Meine Hand zitterte, als ich den Anruf entgegennahm.

»Anna, ich möchte nicht lange um den heißen Brei herumreden. Man hat deinen Freund Heinz Kröger heute Morgen tot aus der Blauen Lagune gefischt. Wahrscheinlich hat er einen Herzinfarkt beim Schwimmen in diesem heißen Wasser erlitten. Es tut mir sehr leid. Mein Kollege Ranulf Eriksson hat mich gerade angerufen. Du bist die Erste, die es erfährt. Ich rufe jetzt seine Ex-Frau an. Lass uns morgen weitersprechen.«

Die Blaue Lagune

Ich konnte und wollte es nicht glauben. Heinz tot! Meine dunkle Ahnung hatte sich bewahrheitet. Die Nacht verbrachte ich schlaflos und las mehrere Male seine Notizen. Stand darin irgendetwas, das ihn in Gefahr gebracht hatte? Denn es wollte mir nicht einleuchten, dass Heinz, der sportlich und fit wirkte, beim Baden in der Blauen Lagune so plötzlich einem Herzinfarkt erlegen war. Oder hatte er insgeheim gesundheitliche Probleme, über die er, typisch Mann, nicht sprach? Vielleicht hatten die neununddreißig Grad Wassertemperatur in der Blauen Lagune zum Kreislaufversagen geführt.

Wie auch immer, ich war erschüttert und traurig. Gerade erst hatte ich Heinz Kröger wiedergefunden, den ich vor geraumer Zeit kennen- und schätzen gelernt hatte. Nun hatte ich diese alte Beziehung wiederbelebt, mich in seine Recherchen hineinziehen lassen, mich auf weitere gemeinsame Stunden mit ihm gefreut, und jetzt lebte er nicht mehr.

Ich saß wie gelähmt in meinem Lesesessel. Draußen rauschte ein nach mehreren Wochen der Trockenheit lang ersehnter Sommerregen. Wie passend zu meiner Stimmung! Schumanns versprochener Anruf ließ auf sich warten. Meinerseits verspürte ich keine Energie, um irgendjemanden anzurufen, weder Richard noch meine Mutter noch Harald Frostauer, der sich bei all seinen nervenden Eigenschaften in den vergangenen Jahren als verständnisvoller Freund erwiesen hatte.

Die Minuten schlichen dahin. Schon wollte ich Schumanns Nummer doch eingeben, als mein Handy klingelte. Wobei »klingeln« der falsche Begriff ist. Seit Jahr und Tag ertönte die »Star Wars«-Fanfare, was ich schon längst hatte ändern wollen.

»Anna, es ist wirklich schrecklich, dass ich der Überbringer dieser furchtbaren Nachricht war«, sagte Schumann. Er klang sanft und fast etwas schüchtern. »Ranulf Eriksson hat mich gestern am späten Nachmittag informiert. Zwei Kurgäste, die in einem Hotel an der Blauen Lagune wohnen, sind bei ihrem Bad in dem trüben Wasser gegen etwas gestoßen, was sie erst für ein Stück Holz hielten. Doch dann wurde ihnen klar, dass eine Leiche im Wasser treibt. Ihr Entsetzen kann man sich vorstellen. Die Polizei hat Heinz Kröger schließlich geborgen. Der herbeigerufene Arzt konstatierte Herzinfarkt als Todesursache, wobei dieser Herzanfall nur ursächlich schuld an seinem Tod war.«

»Was soll das denn heißen?« Ich unterbrach Schumann heftig. Schumann schwieg einige Sekunden, ehe er mir antwortete: »Du weißt, dass ich dir nicht alles sagen darf. Aber es sieht so aus, als ob Heinz einen Herzanfall erlitt, bewusstlos wurde und ertrunken ist. Aber wir haben noch kein Obduktionsergebnis. Christl Thiedemann, die geschiedene Frau von Heinz, besteht darauf, seine Leiche herbringen und hier obduzieren zu lassen. Ich fliege morgen mit ihr und meinem Kollegen Holger Jansen aus Cuxhaven nach Island, um das zusammen mit der deutschen Botschaft zu arrangieren.«

Er fragte mich nicht wie bei unserem letzten gemeinsamen Fall, ob ich mitkommen wollte. Da waren wir gemeinsam nach Kreta gereist. Ein deutscher Journalist und Dozent mit Wohnsitz Hannover war in der Samaria-Schlucht ermordet worden, und ich begleitete Schumann als »moralische Unterstützung«. Es stellte sich heraus, dass ich dem Mordopfer früher begegnet war, und damit begann die Lawine zu rollen. Dass der Fall geklärt wurde, hatte Schumann vor allem mir zu verdanken. Doch das kehrte er erfolgreich unter den Teppich.

Es juckte mich, ihn zu reizen. »Mich möchtest du nicht dabeihaben? Ich war mit Heinz befreundet, und er hat mich über seine Recherchen auf Island auf dem Laufenden gehalten. Wir haben mehrmals telefoniert.«

»Zu diesen Informationen werde ich dich ausführlicher befragen. Aber erst einmal müssen wir die Bürokratie hinter uns bringen. Man hat seinen Leihwagen gefunden. Im Kofferraum war sein Koffer. Mehr weiß ich nicht. Wie ich dich kenne, liebe Anna, vermutest du, dass Heinz ermordet worden ist. Natürli-

che Todesursachen gibt es in deiner Welt weniger als in meiner.«
Er lachte leise.

Pikiert reagierte ich auf Schumanns Lachen heftiger als sonst und fuhr ihm ins Wort: »Du sagst mir nicht die ganze Wahrheit! Warum fliegen zwei deutsche Ermittler nach Island, um die Leiche eines angeblich eines natürlichen Todes verstorbenen deutschen Staatsbürgers nach Deutschland zu holen? Es scheint nicht so eindeutig zu sein, wie du sagst. Sei ehrlich, Hans, besteht der Verdacht, dass Heinz ermordet worden ist?«

Der Kommissar druckste herum, bis er leise sagte: »Da ist sie wieder, meine Miss Marple. Es könnte sein, dass du recht hast. Aber darüber darf ich nicht sprechen. Wenn ich zurück bin, dann weiß ich schon mal mehr, und die Obduktion in der Rechtsmedizin Hannover ist für nächsten Montag anberaumt.«

Nach kurzer Pause fügte er hinzu: »Ich hoffe, wir finden keine Anhaltspunkte für Mord. Heinz kann dann bald beerdigt werden, und ich werde mit einiger Verspätung in Urlaub fahren können. Der Bankautomatenfall ist gelöst. Jugendbande aus Hildesheim.« Er räusperte sich. »Und du? Fährst du übermorgen nach Spiekeroog?«

»Weiß nicht«, knurrte ich. Ein wenig freundlicher fügte ich hinzu: »Ich wünsche dir eine gute Reise. Schade, dass du wenig von Island sehen wirst. Aber immerhin die Blaue Lagune und Reykjavík. Und lass mich bitte nicht im Ungewissen. Heinz war mein Freund. Er hat mir vertraut, und du kannst es auch.«

»Ach, Anna, was, glaubst du, tue ich seit Jahren? Du bekommst als Außenstehende stets viel zu viele Informationen von mir. Ich muss aber zugeben, dass du mir schon oft geholfen hast. Doch diesmal geht es wahrscheinlich nicht um ein Verbrechen, selbst wenn der Tod deines Freundes unerwartet und tragisch ist. Und falls es dich interessiert: Statt meiner hätte eigentlich Staatsanwalt Pauly mitfliegen sollen, doch der ist krank. Mach's gut!«

Das Ende unseres Telefonats klang versöhnlich. Ich stritt mich sehr ungern, und vor allem vermied ich es, mich mit Schumann zu zanken. Er war ein liebenswürdiger, ruhiger Mensch, besonnen, manchmal meiner Meinung nach zu grüblerisch und unentschlossen. Doch ich mochte ihn sehr, und das beruhte auf Gegenseitigkeit. Wenige Minuten später rief mich Richard aus Köln an. Er wusste noch nichts vom Tod meines Freundes Heinz. Er wirkte verlegen und nervös. »Anna, es ist dumm gelaufen. Ich schaffe es nicht, mit dir am Freitag nach Spiekeroog zu fahren. Wir haben ein paar weitere Sitzungen wegen dieser leidigen Sparmaßnahmen. Wenn alles gut geht, können wir am Sonntag los.«

In meiner Reaktion spiegelte sich auch der Ausdruck meines Kummers um Heinz wider. »Dann fahre ich allein, und du kannst ja sehen, ob du noch nachkommst!«, schnauzte ich und beendete das Gespräch.

Ich verspürte keine Lust, ihn über den Tod von Heinz zu informieren. Richard kannte ihn nur sehr flüchtig von unserem Kraterbesuch und las grundsätzlich keine Krimis. Er versuchte mehrmals, mich zu erreichen. Jedes Mal drückte ich seinen Anruf weg.

Eine Welle von Emotionen überrollte mich. Ich brach in Tränen aus und heulte mir alles von der Seele – die Trauer um Heinz, den Zorn auf Richard, die Enttäuschung über Schumann, der mich plötzlich behandelte, als hätten wir in den vergangenen Jahren nicht etliche schwere Fälle gemeinsam gelöst. Mein Tränenstrom war noch nicht versiegt, als erneut meine Fanfare ertönte. Auf dem Display zeigte sich die Nummer von Harald Frostauer. Zögernd nahm ich seinen Anruf an.

Wie immer fiel er mit der Tür ins Haus. »Anna, ich habe es gerade gelesen! Das ist furchtbar! Heinz Kröger tot! Winston Stevens! Ich mag seine Rascal-Romane, und nun das! Gestorben in der Fremde. Auf Island. Ertrunken in der Blauen Lagune. Das klingt nach einem schlechten Drehbuch!« Seine Stimme überschlug sich fast.

»Halt, stopp, Harald! Mach mal eine Pause! Woher weißt du von Heinz Krögers Tod?« Ich fühlte mich heute Haralds Redestrom nicht gewachsen. Die alte Weisheit »In der Kürze liegt die Würze« traf auf ihn nicht zu, was mich immer noch auf die Palme bringen konnte.

Er legte wieder los: »Anna, es steht online unter den neuesten Meldungen im Internet, und auf Instagram ohnehin. Du hältst nichts von Instagram, ich weiß, ich weiß. Doch in den Nachrichten kannst du es lesen. ›Deutscher Bestsellerautor stirbt bei Badeausflug auf Island. Heinz Kröger (56) alias Winston Stevens wurde tot aus der Blauen Lagune bei Keflavík geborgen. Todesursache ist wahrscheinlich Herzversagen.‹ Und dann folgt seine Biografie. Mein Gott, Anna, ich bin richtig erschüttert. Erst vor knapp vier Monaten war ich bei einer seiner Lesungen beim Krimi-Frühling in Erfurt. Der Moderator der Veranstaltung, Moritz Bierstein, ist ein guter Freund von mir.«

Letzteres interessierte mich gar nicht. Haralds Worte enervierten mich zunehmend. Er musste immer wieder übertreiben und herauskehren, wen er kannte und mit wem er angeblich befreundet war. »Nett, dass du dich meldest, Harald«, sagte ich mit deutlicher Distanz, die Harald jedoch erfolgreich ignorierte. »Ich kann nichts dazu sagen, außer dass ich sehr traurig bin. Doch ich warte noch auf mehr Infos von Hans, der morgen nach Island fliegt, um sich um die bürokratischen Angelegenheiten zu kümmern.«

»Wie, und du bist nicht dabei? Ich habe seit Längerem das Gefühl, dass du und Richard euch nicht mehr ganz so nahesteht wie früher. Aber jetzt auch Schumann? Dich hat er doch immer mitgenommen. Habt ihr Streit?«

Typisch Harald, dieser leicht hämische Unterton. Und seine Bemerkung war maßlos übertrieben. Schumann hatte mich gebeten, ihn nach Kreta zu begleiten, aber das war eine Ausnahme gewesen.

Harald versuchte empathisch zu klingen. »Wenn alle anderen dich im Stich lassen, so kannst du immer auf mich zählen, kommt Regen, kommt Sonnenschein.«

Ich merkte, wie er sich im Grunde bei dem Gedanken freute, ich hätte Ärger mit Hans und Richard. Denn er sah in Hans Schumann und in Richard Bernhard Konkurrenten, wobei ich

gehofft hatte, seine Verehrung für mich wäre einem rein freundschaftlichen Gefühl gewichen. So kann man sich irren!
»Harald, es tut mir leid, aber ich muss unser Gespräch beenden«, erwiderte ich, ohne auf seine Bemerkungen einzugehen.
»Ich erwarte einen Anruf von Deirdre.«
»Grüß deine entzückende Irin von mir!« Harald kicherte.
»Schade, dass sie diesen Langweiler David Gregson geheiratet
hat.«
Harald kannte David nicht, was ihn aber nicht daran hin-
derte, gehässige Bemerkungen zu machen. Ich hatte keine Lust
mehr, sein Geschwätz zu ertragen, sagte kurz »Bis dann!« und
zückte ein Taschentuch, um meine Tränen abzuwischen und
mich lautstark zu schnäuzen. Heute hatte Harald wieder die
Eigenschaften hervorgekehrt, deretwegen ich ihn früher gemie-
den hatte. Er konnte aber auch anders sein. Und das begründete
meine eher unlogische Zuneigung zu ihm.
Ich war durch Haralds Hinweis auf die Medien neugierig geworden und suchte nach Meldungen über den Tod von Heinz.
In einem der vielen Online-Boulevard-Blätter wurde ich fündig:

*Tragischer Tod in Island. Der Autor Heinz Kröger, der unter
seinem Pseudonym Winston Stevens zu Deutschlands erfolg-
reichsten Thriller-Schreibern gehörte, wurde Opfer der Blauen
Lagune. Kröger ist bereits der zweite Tote innerhalb eines Jahres.
Im vergangenen Jahr ertrank Knut Svensson beim Baden, ein
angesagter Kunsthändler. Auch er erlitt einen Herzanfall mit
tödlichen Folgen. Und nun Heinz Kröger alias Winston Stevens,
dessen Bücher in bisher zwölf Sprachen übersetzt wurden.
Die isländische Polizei geht von einem natürlichen Tod aus.
Wir fragten seine Ex-Frau Christl T. zum plötzlichen Tod ihres
früheren Mannes. Sie erklärte uns, Heinz sei für sein Alter erstaunlich fit gewesen, und sie könne sich seinen Tod deshalb
nicht erklären. »Aber die Obduktion wird darüber Aufschluss
geben«, fügte sie hinzu. Christl T. arbeitet bei Radio Bremen
als freie Literaturkritikerin.
Die Polizei in Cuxhaven, wo Kröger seinen Wohnsitz hatte,*

hält sich mit Informationen zurück. Wie aus sicherer Quelle zu erfahren war, unterstützt das Kommissariat in Hannover die dortigen Kollegen. Kröger soll in Island für ein Buch seiner neuen, auf »True Crime« basierenden Reihe recherchiert haben. Wie sein Verlag auf Anfrage mitteilte, erscheint der erste Band der Reihe, die ursprünglich auf fünf angedacht war, Ende August. Der zweite Band beschäftigt sich mit dem mysteriösen Verschwinden des deutschen Wissenschaftlers Markus H., der seit einer Wanderung auf Island vor vier Jahren verschollen ist. Dessen Schwester Hilde K. hat bisher jeden Kommentar zu diesem Fall verweigert. Wir bleiben am Ball.

»Der Tote im Wüstenschloss« würde sicher ein Bestseller werden. Das Drama um den Tod des bekannten Autors beflügelte die Neugier der Menschen. Das war schön für den Verlag und gut für die Erben von Heinz, aber wenig tröstlich für mich, die Heinz ins Herz geschlossen hatte!

Seufzend setzte ich mich in meinen Lesesessel. Sollte ich meinen Koffer packen und am übernächsten Tag meinen Kurzurlaub auf Spiekeroog allein antreten? Auf jeden Fall würde ich am 3. August in Dublin bei Deirdres Vortrag dabei sein.

Ich suchte nach Flugverbindungen nach Irland und buchte einen Hinflug für Freitagvormittag ab Düsseldorf. Dann hätte ich einen guten Grund, am Donnerstag in Köln Station zu machen, meine Mutter zu besuchen und am Freitagmorgen mit dem Zug von Köln zum Düsseldorfer Flughafen zu fahren. Ich sandte Deirdre meine Ankunftszeit und fühlte mich etwas wohler. Harald hatte ich gesagt, dass ich ihren Anruf erwartete, der aber auf sich warten ließ. Ich ergriff die Initiative. Geduld ist nicht eine meiner Stärken, und tatenlos herumzusitzen zählt nicht zu meinen Steckenpferden.

Deirdres Stimme wirkte, wie so oft, ein wenig atemlos. »Gut, Anna, dass du anrufst. Danke für deine Nachricht. Wir freuen uns auf dich. Ich hoffe, du musst nicht gleich am Sonntag wieder zurück.«

»Nein, aber es kann sein, dass in der Woche darauf die Beerdigung meines Freundes Heinz Kröger ist. Deshalb werde ich nicht ewig bleiben können.«

»Ich habe davon gelesen. Seine Krimis sind ins Englische übersetzt worden. Er ist auch in Irland erfolgreich. Es tut mir sehr leid.« Ihr Mitgefühl klang ehrlich.

Ich schniefte und sagte:»Danke, es ist sehr traurig. Gerade erst hatte ich ihn wiedergefunden. Ich wollte euch beide zusammenbringen und hatte mir überlegt, ihn nach Dublin mitzunehmen. Denn offenbar seid ihr mit demselben Mönch befasst, diesem Corran. Ein überaus merkwürdiger Zufall. Ihr hättet euch gut ergänzt. Aber das ist ja nun zu spät.« Wieder schniefte ich.

Deirdre schwieg einen Augenblick. Dann sagte sie:»In der Tat ein seltsamer Zufall, und ich werde dir bei deinem Besuch einiges dazu erzählen. Aber jetzt erst einmal der Grund, weshalb ich dich dringend sprechen wollte.«

Sie holte tief Luft.»Anna, es scheint, dass Desmond Casey aufgetaucht ist. Eine Freundin von mir, die in der Trinity Library arbeitet, will ihn gestern gesehen haben. Unverändert gut aussehend, wie sie sagt. Er hat sich die Seite im ›Book of Kells‹ angeschaut, die in diesem Monat ausgestellt wird. Als Claire ihn ansprechen wollte, ist er rasch verschwunden. Sie hat ihn aus den Augen verloren, ist sich aber hundertprozentig sicher, dass es Desmond war. Wir haben seit den Ereignissen vor fünf Jahren nichts mehr von ihm gehört. Und er galt sogar als tot. Aber, Anna, Desmond lebt, und ich bin mir sicher, er ist nicht nur aus einer Laune heraus im Trinity gewesen.«

Da konnte ich Deirdre nur zustimmen. Die Rückkehr von Deirdres entferntem Cousin Desmond Casey unter die Lebenden konnte nichts Gutes bedeuten. Nach den Ereignissen im Zusammenhang mit den Druidenmasken und einem Geheimkult war er damals abgetaucht. Obgleich ich es hätte besser wissen müssen, verspürte ich neben dem Schock über diese Neuigkeit das seltsame Bedürfnis, ihn wiederzusehen. *Come hell or high water!*

Die Geister von Malahide

Es dämmerte, als ich beschloss, einen kleinen Spaziergang in der Nähe von Deirdres Haus zu machen. Gegen Mittag war ich in Dublin angekommen. Deirdre holte mich am Flughafen ab, und nach einem vergnüglichen Mittagessen mit ihren beiden kleinen Kindern, von denen das jüngere mich grinsend mit Karottenbrei bespritzte, legte ich mich zu einem kurzen Nachmittagsschlaf hin. Mein Patenkind hatte mir ihr Lieblingskuscheltier anvertraut, einen Bären namens Brian mit abgeküsster Schnauze und eingetrockneten Milchflecken am Bauch. Gerührt von so viel kindlicher Fürsorge, versuchte ich mit Hilfe des dicken Plüschtiers meine quälenden Gedanken an Heinz, meine Beziehungskrise mit Richard und Schumanns wachsende Distanz zu verdrängen. Der Bär sah mich aus seinen freundlichen Glasaugen verständnisvoll an, einschlafen konnte ich dennoch nicht.

Die letzten Tage gingen mir nicht aus dem Sinn. Tatsächlich war ich allein nach Spiekeroog gefahren und hatte Richard verkündet, ich könne auf seine Begleitung verzichten. Er schrieb mir daraufhin, dass ich mich kindisch verhalte und mir die Rolle der »beleidigten Leberwurst« nicht gut zu Gesicht stehe. Darauf antwortete ich nicht mehr, packte meinen Koffer und landete auf der schönen kleinen ostfriesischen Insel mit der festen Absicht, mich für vier Tage um nichts mehr zu kümmern. Schlafen, Spaziergänge am Meer, lesen und Tee trinken. Mehr wollte ich nicht.

Ursprünglich hatte ich geplant, mein Handy in Hannover zu lassen. Doch da es meiner Mutter seit einigen Tagen nicht gut ging und sie an heftigen Blutdruckschwankungen litt, nahm ich es mit. Noch zu Hause änderte ich den Handyklingelton nach zehn Jahren in milde Celloklänge. Als sie kurz darauf das erste Mal ertönten, reagierte ich nicht. Zu sehr war ich noch auf die »Star Wars«-Fanfare fixiert. Eher zufällig warf ich einen Blick auf das Display und sah Schumanns Nummer.

»Neuigkeiten zu Heinz?«, platzte es aus mir heraus. »Nichts fürs Telefon«, erwiderte Schumann. »Ich bin noch in Island. Wir fliegen am Dienstag zurück. Es gibt hier einiges zu erledigen, Papierkram und so weiter. Ich habe Heinz in der Pathologie gesehen. Er sieht aus, als schlafe er. Und bisher haben die Ärzte vor Ort keine Anzeichen für einen unnatürlichen Tod entdeckt. In Hannover soll aber eine gründlichere Untersuchung folgen.«

Meine Kehle brannte, und einige Tränen tropften auf das Handy. »Hast du denn sein Gepäck gecheckt? Laptop, Handy?« »Liebe Miss Marple«, sagte Schumann. »Nein, kein Laptop. Das Handy ist da. Aber leider völlig demoliert. Ich habe kurz mit dem jungen Mann sprechen können, der mit Heinz auf Grímsey war und tief erschüttert von seinem Tod ist. Er erzählte mir, dass Heinz bei der Rückfahrt auf der Fähre ausgerutscht und das Handy aus seiner Tasche geflogen und auf den Boden geknallt sei. Dabei ist das Glas zersprungen und offenbar auch das Innere beschädigt worden. Heinz hat sich dann das Handy von seinem Begleiter Thorinn für einige Anrufe ausgeliehen. Da ging es um Autoverleihung, Check-in für den Rückflug, Buchung eines Tickets für einen Abstecher zur Blauen Lagune, einen Anruf bei seiner Haushälterin, um ihr zu sagen, wann er wieder zu Hause sein würde, und zuletzt einen fehlgeschlagenen Anruf an dich, Anna. Das konnten wir alles auf Thorinns Telefonliste feststellen. Nichts Verdächtiges also.«

»Könnt ihr das Handy von Heinz wiederbeleben?« Während ich Hans diese Frage stellte, überlegte ich, weshalb ich den Anruf von Heinz nicht entgegengenommen hatte. Stimmt, auf meinem Handy war vor zwei Tagen eine mir unbekannte Nummer aufgetaucht, die ich gelöscht hatte im Glauben, es habe sich jemand verwählt. Die isländische Vorwahl +354 hatte ich nicht registriert.

Hans hüstelte, ein Zeichen von Unsicherheit. »Ich weiß nicht. Unsere Experten werden sich des Handys annehmen. Aber es sieht tatsächlich geschrottet aus.«

Er verabschiedete sich mit dem Versprechen, sich wieder zu

melden, was mich ihm gegenüber versöhnlich stimmte. Noch ein Grund, mein Handy auf die Insel mitzunehmen. Ich wollte seine Informationen auf keinen Fall verpassen. Meinen Laptop ließ ich zu Hause, packte dafür den Roman von Jussi Adler-Olsen, »Verraten«, und John Banvilles »The Singularities« ein, den jüngsten Roman meines Lieblingsautors aus Irland.

Obgleich der Ärger und die Enttäuschung an mir nagten, ohne Richard auf Spiekeroog zu sein, genoss ich meine Freizeit sehr. Frische Luft, gutes Essen, sogar ein Bad in der Nordsee, Muße zum Lesen, Entspannung. Von Hans keine Nachricht, und Richard schmollte.

Harald schickte mir noch mehrere Nachrufe auf Heinz und eine Ankündigung des Verlags, das Buch »Der Tote im Wüstenschloss« groß herauszubringen und den berühmten Schauspieler Klas Bermann damit auf Lesereise zu schicken.

»Klas Bermann hat alle Hörbücher der Romane von Winston Stevens eingelesen und kennt wie kein anderer das Werk unseres verstorbenen Spitzenautors«, begründete der Verlag diese Entscheidung. Die Route der Tour lag bereits fest: Hannover für die Premiere, danach Hamburg, Cuxhaven, Köln, Stuttgart, München, Erfurt, Berlin. Falls ich mich fit genug fühlte, wollte ich zur Premierenlesung in Hannover gehen. Selbst wenn mir Heinz bitter fehlen würde. Klas Bermann war eine gute Wahl.

Ende Juli kehrte ich ausgeschlafen nach Hannover zurück, musste aber am nächsten Tag, früher als geplant, nach Köln. Schon morgens fuhr ich mit der Bahn los. Meine Mutter hatte einen Schwächeanfall erlitten und lag in der Klinik. Ich versuchte gar nicht, mit Schumann, geschweige denn Richard Kontakt aufzunehmen.

Glücklicherweise ging es meiner wunderbar zähen, lebenslustigen Mutter bei meiner Ankunft besser, und am Nachmittag brachte ich sie nach Hause. Inzwischen wohnte eine Pflegerin bei ihr, eine freundliche Polin mit großartigen Kochkünsten. In meinem Haus wenige Straßen entfernt hatte sich ein Assistenzarzt eingemietet, der zwei Zimmer bewohnte und im kommenden Jahr seinen Facharzt in Augenheilkunde machen sollte. Ein eher stiller junger Mann, dessen Hobby Reisen war. Er reiste quer durch die Welt und war sogar in Neuseeland gewesen. Nur Island kannte er nicht, wie er mir erzählte. Das würde eines seiner nächsten Ziele sein.

Den Abend verbrachte ich bei meiner Mutter. Da sie sich schwach fühlte, verließ ich sie früh mit dem von ihr avisierten Paket. Ein Buch. Warum es in Köln gelandet war, verstand ich nicht sofort. »Heinz Kröger, Cuxhaven«, stand als Absender darauf. Ein kurzes Begleitschreiben lag dabei:

Liebe Anna, dies ist ein Leseexemplar vom »Toten im Wüstenschloss«. Ich bin auf eine Besonderheit gestoßen, als ich die Fahnen kurz nach unserem Jordanienbesuch überarbeitet habe. Der Reiseleiter an dem Tag, als Erwin K. im Wüstenschloss tot aufgefunden wurde, hieß Ansgar Meyers! Und mit dem warst Du ja in diesem Frühling unterwegs, als wir uns trafen. Allerdings gehörte Erwin K. nicht zu seinen Kunden.

Ich habe Meyers recherchiert und entdeckt, dass er zuvor auf Island gearbeitet hat und Mitarbeiter der Agentur war, die damals die Kratertouren organisiert hat. Wenige Tage nach unserem Besuch im Inneren dieses angeblich erloschenen Vulkans musste der Krater geschlossen werden. Angeblich hatten Unbefugte sich an dem Aufzug des Kraters zu schaffen gemacht. Ansgar Meyers wurde entlassen, als sich herausstellte, dass er einige Male neben seinem Job seine Begleitung bei »Freifahrten« in das Innere des Vulkans für private Kreise angeboten hatte. Ein guter Nebenverdienst! Meyers verließ Island, war zwei Jahre arbeitslos und bekam dann wieder eine Anstellung bei dem Reiseunternehmer, mit dem Du in Jordanien warst.

Hätte ich das schon bei meinem Besuch in Jordanien gewusst, wäre er mir wahrscheinlich für meine Islandrecherchen nützlich gewesen. Er kennt sich hier aus und hat inzwischen einen Ruf als tüchtiger Reiseleiter.

Der Krater soll demnächst wieder für Touristen freigegeben werden. Allerdings wird vorher ein vulkanologisches Gutachten eingeholt, ob in der Tiefe dieses Kraters nicht doch etwas grummelt. Er blieb seit damals geschlossen, da ein Vulkanologe behauptete, der Vulkan schlafe zwar schon seit mehreren Jahrhunderten, was sich aber jederzeit ändern könnte. Diese Insel besteht aus Vulkanen, die immer wieder zum Leben erwachen, und Erdbeben sind leider auch häufig, wie man gerade in diesem Jahr wieder erleben konnte.

Viel Spaß an meinem Buch. Du bist die Erste.

Dein Heinz alias Winston

PS: Ich schicke das Buch nach Köln. Falls Du wieder unterwegs bist, landet es wenigstens in sicheren Händen. Die Adresse Deiner Mutter habe ich von Carola von Rödelshausen, bei der ich vor Kurzem für Band drei meiner neuen Serie recherchiert habe. »Der Tote im Ith« soll im übernächsten Jahr herauskommen – und darin verarbeite ich einige Ereignisse, in die Du auch verwickelt warst!

Da hätte ich aber ein Wörtchen mitgeredet! Diese Geschehnisse sollten lieber in Frieden ruhen. Und wahrscheinlich wäre dieses angebliche True-Crime-Buch von Heinz eine wilde Geschichte geworden, mit feindlichen Agenten, die in den Höhlen des Ith lauern, mit finsteren Ganoven, die der alten Baronin das Leben zur Hölle machen, und einem Schatz im Weinkeller. Sicherlich amüsant, aber weit weg von »True«. Mit der alten Baronin hielt ich immer noch Verbindung. Wie meine Mutter scheint sie unverwüstlich zu sein.

Ich legte das Buch beiseite. Schon verrückt, dass Ansgar Meyers, der gebildete, ein wenig ruppige Reiseleiter, damals ebenfalls in Island war. Dass ich ihm in Jordanien begegnete, war aber wirklich ein Zufall. In Island hatte ich ihn nicht bewusst erlebt, selbst wenn er zur selben Zeit da war.

Interessant war die Anschuldigung, Meyers habe »Unbefugten« den Zugang zum Krater ermöglicht. Für Partyspäße? Wer hatte Lust, nachts in einen solchen dunklen Schlund hinabzufahren? Tagsüber war das bereits ein haarsträubendes Erlebnis. Sein »Nebenjob« war zwar kein Verbrechen, doch ethisch nicht einwandfrei. Das hätte ich Meyers nicht zugetraut.

Da es meiner Mutter am nächsten Tag wieder recht gut ging, konnte ich meine Reise nach Dublin antreten. Es war Freitag, und Schumann sollte schon seit drei Tagen von seiner Mission in Island zurück sein. Aber kein Sterbenswort von ihm. Das wurmte mich. Richard ging auch nicht mehr an sein Handy. Ich fühlte mich wie eine Ausgestoßene.

Trotz meiner mehr als fünfzig Jahre neige ich zu Trotz wie eine Jugendliche in der Pubertät. Dann eben nicht, dachte ich, als das Flugzeug an Höhe gewann und ich unter mir den Düsseldorfer Flughafen verschwinden sah.

Während des kurzen Fluges begann ich »Der Tote im Wüstenschloss« zu lesen. Heinz verstand sein Handwerk. Vor allem die Art, wie er Verdächtige aufbaute und in den Plot verwickelte, gefiel mir. Was er an Tathergang und Motiven schilderte, klang sehr realistisch, auch wenn er die Namen der Protagonisten geändert hatte und vieles seiner eigenen Vorstellung entsprungen war.

Als ich bei dem Verhör der Ehefrau von Erwin K. alias Albert Meurer anlangte, ging das Flugzeug in den Sinkflug, wackelte einige Male kräftig und landete elegant. Der Dubliner Flughafen liegt beim Örtchen Collinstown, nur sieben Kilometer entfernt von der Hauptstadt. Da ich nur einen Handkoffer bei mir trug, war ich schnell durch die Kontrollen durch und freute mich, in der Ankunftshalle Deirdre zu sehen.

Das von Deirdres Cousine geerbte Haus entpuppte sich als ein großflächiges Gebäude mit zwei Stockwerken. Es lag nahe an einer Straße ohne viel Durchgangsverkehr. Als Erstes warf ich einen Blick auf die Fensterfront. Tatsächlich sah ich direkt hinein in die Bibliothek mit Bücherregalen bis zur Decke. Hinter dem Haus erstreckte sich ein großer Garten mit zahlreichen Beeten und Rhododendronbüschen. Dort standen eine Rutsche, eine Schaukel und ein Sandkasten.

»Es ist alles ziemlich üppig«, erklärte Deirdre mit einem Anflug von Verlegenheit. »Wir hätten uns so ein Haus nie leisten können. Die kosten hier ab anderthalb Millionen Euro aufwärts.

Wir haben sechs Schlafzimmer und drei Badezimmer, dazu ein riesiges Wohnzimmer, ein Esszimmer, eine große Landhaus-Küche, die Bibliothek und zwei Garagen. David findet es protzig. Aber ich mag das Haus, das ich seit meiner Kindheit kenne. Schulen und Kindergärten liegen in der Nähe, und ich kann mit dem DART nach Dublin fahren.« Mit dem Nahverkehrszug DART erreicht man aus den umliegenden Vororten rasant Dublins Stadtmitte.

Sie lachte plötzlich auf. »In dieser Gegend hätte meine Cousine das Haus, so schön es ist, gar nicht leicht verkaufen können. David hat einen Immobilienmakler gefragt, weil er daran dachte, das Haus loszuwerden. Aber es heißt, dass in diesem Haus, das zweihundert Jahre alt ist und immer wieder restauriert und saniert wurde, ein grausiger Mord geschehen sein soll. Details kenne ich nicht. Das soll vor einhundert Jahren gewesen sein. Meine Cousine hatte dieses Haus von ihren Eltern übernommen und jagte mir bei meinen Besuchen als Kind höllische Angst ein, indem sie mir von einem Geist im Haus erzählte. Ich habe geglaubt, nachts Geräusche und Wimmern zu hören und weiße Wesen an meinem Bett sitzen zu sehen. Deshalb wollte ich nicht gern bei ihr übernachten.«

Deirdre blickte hinauf zu den vier Schornsteinen des Hauses. »Die Bewohner in der Umgebung erzählen sich mit Vergnügen Gruselgeschichten. Einer will eine bucklige Gestalt auf einem dieser Schornsteine gesehen haben, ein anderer behauptet, aus einem Schornstein sei eine schwarze Wolke mit Fratze gequollen. Seit wir hier wohnen, sind diese Gerüchte verstummt. Nur David, dessen Großmutter aus dem fahrenden Volk stammt und angeblich wahrsagen konnte, meint, dass irgendetwas in der Atmosphäre des Hauses liegt, das ihn beunruhige.« Sie sah mich an. »Glaubst du an Geister?«

»Ja, gelegentlich schon«, antwortete ich. »Aber ich fürchte die Lebenden mehr als die Toten.«

»Dann ist ja alles okay«, meinte Deirdre und führte mich ins Haus.

Mein Schlafzimmer gefiel mir gut. Geblümte Chintz-Vorhänge, ein breites Bett, ein alter Schrank aus dunklem Walnussholz, ein Schreibtisch und zwei gemütliche Sessel, dazu eine Kommode und ein kleines Regal mit Büchern. Irische Märchen, Werke berühmter Autoren wie Liam O'Flaherty, Joseph O'Connor, Claire Keegan, Tana French, Hugo Hamilton, Roddy Doyle, Sebastian Barry und Graham Norton, eine wunderbare Mischung. Am liebsten hätte ich mich gleich in einen der Sessel gesetzt und gelesen.

Das Badezimmer lag Tür an Tür. Ich fühlte mich sofort zu Hause und wünschte, ich könnte länger bleiben. Meinen Rückflug hatte ich noch immer nicht gebucht. Ich war hundemüde, aber als mir selbst Bär Brian nicht den Schlaf brachte, da ich mich ständig mit Schumanns vagen Andeutungen und Richards distanziertem Verhalten beschäftigte, beschloss ich, weiter in dem Leseexemplar von »Der Tote im Wüstenschloss« zu lesen. Und schlief dabei ein.

Deirdre lachte, als sie mich zum Tee weckte. »Dieser Kuschelbär hat schon vielen in den Schlaf geholfen. Wir nennen ihn Magic Brian.«

Eher hatte mir Heinz beim Einschlafen geholfen, wobei sein Buch durchaus spannend war. Wie gern hätte ich ihn angerufen und ihm gesagt, dass ich ihm natürlich bei seiner Arbeit an künftigen Büchern helfen würde. Aber wie so oft im Leben kam diese Einsicht zu spät.

Nach dem Abendessen, an dem David wegen einer Sitzung in seinem Dubliner Museum nicht teilnahm, zog sich Deirdre mit den Kindern zurück. Noch war es draußen nicht dunkel, und ich beschloss, frische Luft zu schöpfen.

Das Haus lag am Stadtrand von Malahide. Es war sehr ruhig in dieser Gegend. Kaum Autos, kaum Geräusche, obgleich Freitagabend, in der Ferne Hundegebell und einzelne Stimmen, die gedämpft an mein Ohr drangen. Am unteren Ende der Straße ragte ein Kirchturm auf. Dorthin zog es mich. Eine kleine Kirche mit geöffnetem Portal. Einige Kerzen flackerten vor der Statue einer mir unbekannten Heiligen. Ich nahm aber an, dass es die heilige Bridget war, da die Kirche St. Bridget hieß.

Seit jeher ist es mir eine liebe Gewohnheit, in Kirchen Kerzen aufzustellen, Erinnerungen an meine katholische Kindheit. Für Heinz zündete ich drei Kerzen an. Das Halbdunkel des Raums wirkte tröstend. Ich setzte mich auf eine Bank und dachte an ihn. Trauer kommt und geht oft in Wellen. Eigentlich war er kein enger Freund gewesen, bis wir uns in den letzten Wochen näherkamen. Wie gern hätte ich ihm all das gesagt!

Ich wollte mich gerade erheben, um die Kirche zu verlassen, als ich ein leises Knarren vernahm. Es schien aus dem Beichtstuhl zu kommen. Die Kerzen warfen zuckende Schatten auf die Wand. Ein Schauder überlief mich. Gleichzeitig beschimpfte ich mich als Feigling. Wer sollte mir in dieser Kirche Böses tun wollen? Sicherlich irrte ich mich, und niemand außer mir befand sich hier. Oder war es ein Dieb, der sich vor mir im Beichtstuhl versteckte und es auf den Opferstock abgesehen hatte?

Zu meinen Fehlern gehört meine überbordende Phantasie, die mir selbst oft das Leben erschwert. Meine Knie zitterten, als ich aufstand. Wieder das leise Knarzen. Ich raffte meinen kaum vorhandenen Mut zusammen. »Hallo, ist hier jemand? Wer immer da ist, ich gehe jetzt!« Alberner ging es wohl kaum.

Wenn ich heute an diese Szene zurückdenke, schäme ich mich noch immer. Wie peinlich! Sich feige aus der Kirche zu stehlen und sie einem potenziellen Dieb zu überlassen.

Trotz meines schlechten Gewissens trat ich rasch vor die Tür. Sollte ich die Polizei anrufen? Ich verwarf den Gedanken und hastete die Straße hinunter. Hinter mir glaubte ich ein leises Lachen zu hören. Das gab mir den Rest. Ich sprintete in die Richtung von Deirdres Haus. Inzwischen war es stockdunkel, kein Mond am Himmel, keine Sterne. Ich meinte sehr leise Schritte wahrzunehmen. Während ich die Straße hinunterrannte, versuchte ich meinen Kopf zu drehen, um meinen Verfolger zu sehen. Da ich aber keine Eule bin, misslang mir das.

Endlich tauchte das Haus vor mir auf. Die hell erleuchteten Fenster erfüllten mich mit Erleichterung. Ich stürmte zur Haustür und steckte mit zitternden Händen den Schlüssel ins Schloss. In diesem Moment vernahm ich deutlich Schritte auf dem Asphalt. Zaghaft drehte ich mich um. Auf der Straße tauchte für Sekunden eine dunkle Gestalt auf. Aber ich erblickte sie nur vage aus dem Augenwinkel, und schon verschwand sie wieder wie ein Phantom. Doch irgendetwas kam mir an der Gestalt bekannt vor, wobei ich es nicht benennen konnte. Vielleicht auch nur Einbildung, dachte ich.

Von innen hörte ich ein Klirren. Es war Deirdre, die mir mit einem Glas in der Hand die Tür öffnete. »Anna, wie siehst du denn aus? Haben dich die Geister von Malahide verfolgt? Dann ist es Zeit für einen tüchtigen Schluck Whiskey.«

Dubliner Geschichten

Deirdre fuhr am nächsten Tag früh nach Dublin. Ich sollte mit David am späten Nachmittag nachkommen. Er hatte sich nach dem Frühstück in sein Arbeitszimmer zurückgezogen, um ein Konzept für eine Ausstellung mit keltischen Artefakten im kommenden Jahr zu erstellen.

David war noch nie ein gesprächiger Mann gewesen. Jetzt aber fand ich seine introvertierte Art fast verletzend. Sie balancierte haarscharf am Rande der Unhöflichkeit. Deirdre war Davids ruppiges Schweigen, das schlimmer war als sonst, wie sie sagte, auch aufgefallen. Sie kompensierte das mit übertriebener Fröhlichkeit.

Seit einigen Monaten betreute ein junges Mädchen aus Galway die Kinder. Siobhan wohnte in der Nachbarschaft bei ihrer Schwester, da David nur ungern Fremde im Haus duldete. Er entpuppte sich immer mehr als schwieriger Zeitgenosse. Ich hatte ihn gemocht, als Deirdre und ich ihn vor einigen Jahren im Museum trafen und er uns bei dem Geheimnis um die Druidenmasken unterstützte. Damals verliebten sich die beiden und heirateten im Jahr darauf. Da man im Zweifel immer für den Angeklagten sein soll, überlegte ich, ob ihn irgendetwas belastete. Vielleicht tat ich ihm unrecht, und er versuchte mit einem Problem fertigzuwerden, mit dem er Deirdre nicht belasten wollte.

Ich nutzte meine freie Zeit für einen Besuch in Malahide Castle, erbaut um 1174. Die Tour, der ich mich anschloss, bestand aus Japanern und Amerikanern, die mit großen Augen und stets gezückten Kameras das Schloss durchwanderten. Angeblich beherbergte das Schloss zwei Geister. Aber weder The White Lady noch der Hofnarr, der sich aus Liebeskummer von der Balustrade hinunter in den Speisesaal gestürzt hatte, waren zu sehen. An diesem warmen Sommertag wimmelte es von Besuchern vor allem in dem großen Garten mit seiner exotischen

Pflanzensammlung aus dem viktorianischen Zeitalter. Als ich ein wenig erschöpft das Anwesen verließ und in der Nähe in einem Freiluft-Café ein Sandwich und Wasser bestellte, meldete sich mein Handy mit den für mich immer noch gewöhnungsbedürftigen Celloklängen. Schumann. An einem Samstagmittag. Mir schwante Unheil.

»Anna«, sagte er, »entschuldige, dass ich mich nicht gleich nach meiner Rückkehr gemeldet habe. Es gab viel zu tun, und die Obduktion hat erst am Donnerstag stattgefunden.«

»Ja, und?« Ich haderte manchmal mit Schumanns Neigung, Sachverhalte in Schüben wiederzugeben. Mein drängender Ton irritierte ihn hörbar.

»Nerv mich nicht mit deiner Ungeduld«, schnaubte er. »Also, zunächst schien sich die Diagnose vom natürlichen Tod zu bestätigen. Herzanfall, Ertrinken. Ich darf und kann dir, wie du weißt, nicht viel verraten. Doch dann hat unser neuer Rechtsmediziner, Professor Jürgen Schneyders, genauere Untersuchungen angestellt. Offenbar war Heinz kerngesund, hatte wenige Wochen zuvor mehrere Belastungstests absolviert. Deshalb vermutet Schneyders, dass Heinz durch eine Droge ausgeknockt wurde. Das führte zum Bewusstseinsverlust im Wasser und zum Ertrinken. Sicherlich hat er dieses Zeug nicht willentlich zu sich genommen, sondern es ist ihm verabreicht worden.«

»Dann ist Heinz also ermordet worden«, unterbrach ich Schumann.

Er räusperte sich. »Leider lässt sich der Stoff nicht mehr im Blut nachweisen. Aber es sieht so aus, als sei er getötet worden. Schneyders tippt auf K.-o.-Tropfen, die Heinz vielleicht in einem Getränk zu sich genommen hat. Wir suchen nach Zeugen, beziehungsweise Ranulf Eriksson befragt die Kellner in dem Restaurant und im Hotel an der Lagune, ob Heinz mit einer anderen Person gesehen wurde. Schneyders ist sich sicher, dass Heinz keinen Herzanfall hatte. Aber er macht noch weitere toxikologische Untersuchungen.«

Ich saß erstarrt auf dem Stuhl. Leute strömten vorbei, eine Möwe schrie, Busse hupten, ein Herr am Nebentisch rief dröhnend nach dem Kellner. All das nahm ich verschwommen wahr. Schumanns Nachricht überraschte mich nicht, da ich eine dumpfe Ahnung gehabt hatte, Heinz sei etwas zugestoßen. Im Grunde hatte ich gehofft, mich zu irren.

Warum sollte ihn jemand umbringen? War er der Lösung der Frage nach dem Verschwinden von Hannemann zu nahe gekommen? Hatte er damit Leute verunsichert, die eine Wiederaufnahme des Falls zu verhindern versuchten? Aber wer kannte Details, wann und wie Heinz nach Deutschland zurückfliegen wollte? Mit wem hatte er darüber geredet? Wem hatte er anvertraut, auf seiner Fahrt zum Flughafen eine Pause in der Blauen Lagune einlegen zu wollen?

Schumann riss mich aus meiner Trance. »Anna, wir sind noch am Anfang unserer Ermittlungen. Der tragische Tod deines Freundes wird nun als Mordfall behandelt. Gemeinsam mit meinem Kollegen Holger Jansen aus Cuxhaven übernehme ich die Ermittlung. Ich habe eine Bitte an dich. Da du mit Heinz in Kontakt standest, weißt du vielleicht etwas, das uns weiterhelfen könnte. Weder seine Haushälterin noch seine Ex-Frau Christl können viel beitragen. Er hat sie nur vage informiert, weshalb er diese Reise unternimmt. Wann kommst du wieder zurück?«

Dahin flogen meine Träume, einige Tage länger in Irland zu sein. Aber ich würde auf jeden Fall noch die Bibliothek von Trinity College besuchen. Die meisten der rund zweihunderttausend Bücher wurden derzeit restauriert und digitalisiert. Aber vielleicht hatte ich Glück und fand in dem Ausstellungsraum zur Geschichte des »Book of Kells« Hinweise auf Corrans Werk. Ich spürte, dass der Tod von Heinz mit dem Schicksal dieses Buchs zu tun hatte. Das sagte mir mein Bauchgefühl, dem ich oft mehr vertraute als meinem Verstand.

Falls das Gerücht stimmte, Hannemann habe das Buch des irischen Mönchs entwendet, stellte sich die Frage, was damit geschehen war. Wollte er es selbst besitzen oder es verkaufen? Ich grübelte, bis mir der Kopf dröhnte. Und wenn er es nicht auf dem Schwarzmarkt angeboten hatte, dann musste es noch irgendwo in Island sein. Hannemann hatte Island nicht mehr verlassen. Das jedenfalls war die gängige Meinung. Oder sollte er sein Verschwinden nur vorgetäuscht haben und mit seiner kostbaren Beute heimlich aus Island geflüchtet sein?

Es gab einige Fälle in den vergangenen Jahren, bei denen Menschen für tot gehalten wurden, in Wahrheit aber lebten und versuchten, eine neue Identität aufzubauen. Ein prominentes Beispiel war der frühere britische Postminister John Thomson Stonehouse, der 1974 nach finanziellen Misserfolgen, politischen und privaten Affären in Miami angeblich Selbstmord beging. In Wahrheit war er nach Australien geflüchtet und nahm einen anderen Namen an. Bereits nach sechs Wochen flog der Schwindel auf, er wurde verhaftet und nach Großbritannien zurückgebracht. Er starb 1988, nachdem er einige Jahre im Gefängnis gesessen hatte, aus dem er aber wegen seines schlechten Gesundheitszustandes vorzeitig entlassen wurde, und versuchte bis zu seinem Tod mit zweiundsechzig Jahren, in ein normales Leben zurückzufinden. 1981 hatte er seine langjährige Geliebte geheiratet.

Ich bemühte mich allerdings vergeblich, mir Hannemann als einen Mann zu vorzustellen, der ein wertvolles Buch raubte, um sich mit dem Geld aus dessen Verkauf in Australien oder anderswo mit einer Geliebten eine zweite Existenz aufzubauen. Diesem vertrocknet wirkenden neunmalklugen Langweiler traute ich weder den Diebstahl des »Buchs von Thor« noch ein geheimes Leben am Rande der bewohnten Welt zu.

Doch ich kannte Hannemann nicht wirklich, hatte ihn nur als anstrengenden Schwätzer erlebt. Wie meine kluge Mutter stets zu sagen pflegte: »Das Gesicht eines Menschen erkennst du bei Licht, seinen Charakter im Dunkeln.« Sie war ein wandelndes Zitatenlexikon, und Konfuzius zählte zu ihren Lieblingen. Der Hannemann im Dunkeln konnte ein anderer sein als der Mann, der mit uns am hellen Tag in den Krater hinabgefahren war.

Schumann fasste mein Schweigen als Unentschlossenheit auf. Er riss mich aus meinen Gedanken mit der erneuten Frage, wann ich zurückkommen würde. Ich antwortete: »Ich werde am Dienstag wieder in Hannover sein. Am frühen Abend.«

»Dann sollten wir uns gleich am Mittwochmorgen treffen.«
»Geht klar, Hans. Komm zum Kaffee zu mir. Bitte nicht vor
zehn Uhr.« Mir lag etwas anderes auf der Seele. »Kannst du mir
sagen, ob der Beerdigungstermin feststeht?«

Schumann murmelte etwas Unverständliches, sagte dann
aber mit deutlicherer Stimme: »Soweit ich weiß, frühestens am
12. August in Cuxhaven.«

Ich ging mit schweren Schritten zu Deirdres Haus. Glücklicherweise lenkten mich die beiden Kinder für einige Stunden
ab, und ich verdrängte meine trübe Stimmung.

Eine Stunde vor Deirdres Vortrag parkte David in der Nähe
der O'Connell Street. Auf der Fahrt von Malahide in die Stadt
hatte er eisern geschwiegen. Sein hübsches Gesicht zeigte keine
Regung. Meine Versuche, mit ihm ins Gespräch zu kommen,
scheiterten. Demonstrativ machte er das Radio an, und so fuhren wir zu den Songs von Taylor Swift, Beyoncé und Adele die
kurze Strecke, und ich versank in meinen Gedanken, die um
Heinz' Recherchen auf Island, das gestohlene Buch des Mönchs
und Deirdres Vortrag über Corran kreisten.

Ich hatte erneut seine Notizen in meinem Mailaccount studiert. Aber ich entdeckte auch beim vierten und fünften Lesen
nichts, was mir einen *clue* gab. Hatte Heinz Feinde gehabt, die
ihn beseitigen wollten? Doch warum ausgerechnet auf Island?
In der Hoffnung, dass man dort Spuren besser vertuschen
konnte? Deshalb dieses Ertrinken in der Blauen Lagune als
Folge eines angeblichen Herzanfalls? Der Täter hatte sicher
nicht damit gerechnet, dass ein Experte wie Jürgen Schneyders
dem offiziellen Ergebnis misstrauen und gründlichere Untersuchungen anstellen würde.

Obgleich ich gern länger geblieben wäre, drängte es mich
andererseits, möglichst bald nach Hannover zurückzureisen.
Wenn ich zuvor keine verwehten Spuren von Corran in der
Trinity Library finden sollte, die Deirdre nicht schon entdeckt
hatte, dann würde ich wenigstens einmal mehr das »Book of
Kells« anschauen.

Deirdre begrüßte uns am Eingang zum Universitätsgelände. Sie trug ein tannengrünes Kleid, das wunderhübsch zu ihren dunklen Haaren passte. Neben ihr stand ein hagerer, hochgewachsener Mann von etwa sechzig Jahren mit einem schmalen Gesicht, lichtem grauem Haar und auffallend blauen Augen.

»Professor John Blackville«, stellte mir Deirdre den Unbekannten vor. »Lehrstuhlinhaber für irische und nordische Mythologie. Ich habe bei ihm zwei Semester studiert.«

Blackville schüttelte meine Hand und lächelte freundlich. »Wie schön, Sie endlich kennenzulernen«, sagte er mit tiefer Stimme und leichtem Dubliner Akzent. »Sie haben damals das Geheimnis der Druidenmasken zu lösen geholfen. Diese wunderbaren Masken sind seither eine Zierde für unser National Museum.«

David trat heran und nickte Blackville zu. Irrte ich mich, oder wirkte Deirdres Mann noch reservierter als zuvor?

Blackville dagegen reichte David ebenfalls seine Hand und sagte: »David, welche Freude, Sie heute Abend begrüßen zu dürfen!« Er wandte sich an Deirdre. »Ich nehme Sie jetzt mit in den Vortragssaal. Einlass fürs Publikum ist in zwanzig Minuten. Drinks gibt es in der Eingangshalle.«

Deirdre wirkte unruhig. Wahrscheinlich Lampenfieber, dachte ich. Verständlich. Immerhin hatten sich einhundert Zuhörer angesagt.

Blackville nahm Deirdres Arm und sagte: »Wir müssen jetzt leider los.«

Aber sie zögerte. »Ich komme gleich. Einen Augenblick nur. Ich muss Anna etwas sagen.« Sie zog mich in eine Ecke.

»Anna«, flüsterte sie. »Ich habe dir von meiner Freundin erzählt, die angeblich Desmond gesehen hat. Das war keine Freundin, das war ich. Ich glaube, ihn in dem Raum mit der Vitrine des ›Book of Kells‹ entdeckt zu haben. Nur für wenige Sekunden, dann war er schon wieder fort. Verzeih mir meine Lüge, doch ich bin mir sicher, er ist zurück.«

Sie strich sich nervös über ihr Haar. »Aber ich sage David nichts. Er wird meinen, es sei entweder ein Doppelgänger oder ein Phantom gewesen. Was hätte Desmond hier verloren? Es heißt, er sei in Boston oder Umgebung. Keiner weiß Näheres. Tot ist er sicher nicht, was mich letztlich freut. Solange er nicht wieder hier auftaucht!« Sie drückte meine Hand. »Bitte verrate mich nicht!«

Sie ging zu David. »So, jetzt lasse ich euch allein. Bis gleich!« David nickte nur. Als die beiden in Richtung des Vortragssaals in einem der Nebengebäude auf dem riesigen Universitätsgelände gingen, bemerkte er kurz: »Blackville ist eine Kapazität auf seinem Gebiet. Er hat Deirdres Vortrag heute Abend organisiert.«

John Blackville erinnerte mich an Alexander Freeling, einen englischen Kunstexperten, mit dem ich im Fall eines gestohlenen Gemäldes von Paolo Uccello zu tun bekam, ein faszinierender Mann, hochgebildet und distanziert, mit ähnlich kalten hellblauen Augen. »Scheint ein interessanter Mann zu sein«, erwiderte ich.

David sah seiner Frau und Blackville hinterher, bis sie um eine Ecke bogen. »Ja, interessant ist er allemal, dazu sehr ehrgeizig«, sagte er mit einem Unterton, den ich nicht deuten konnte. »Komm, lass uns hineingehen. Ich brauche einen Drink.«

Ich auch, denn was Deirdre mir anvertraut hatte, ging mir unter die Haut. Ich fühlte mich benommen. Ein Schluck Whiskey bewirkt manchmal Wunder.

David nahm mich beim Ellenbogen und führte mich zum Veranstaltungsort. Im Vorraum hatten sich schon viele Menschen versammelt, die auf den Einlass warteten. David stürzte einen Whiskey hinunter, ich begnügte mich mit einem winzigen Schluck, der in mir wohltuende Wärme verbreitete, und trank danach ein großes Glas Mineralwasser.

Ich wurde nicht schlau aus David. Als wir wenig später unsere Plätze einnahmen, wirkte er noch angespannter als zuvor. Ich saß in der dritten Reihe am Rand, in den ersten zwei Reihen waren die Plätze reserviert. David flüsterte mir zu: »Einige für Dozenten, ein paar für Förderer des College und natürlich für die Presse. Ich bin gespannt, ob sich jemand von den Presseleuten zeigt.«

Tatsächlich setzten sich ein schlaksiger Jüngling und eine Dame mittleren Alters auf zwei der Stühle. David lächelte zum ersten Mal seit Langem. »Mike Connell ist Volontär bei der ›Irish Times‹, die Dame daneben ist Bertha O'Neill, freie Kulturjournalistin, die für diverse Zeitungen und Zeitschriften arbeitet. Ich kenne beide. Sie tauchen immer zusammen auf. Ich glaube, sie bemuttert ihn.«

Der Saal füllte sich rasch, und ein Gong verkündete den Beginn der Veranstaltung. John Blackville sprach ein paar einleitende Worte und hob hervor, dass Deirdre Gregson-O'Brien vielen Zuhörern gewiss durch ihre »wundervolle Biografie« ihres Ahnen Reginald Fitzgibbon bekannt sei. Kurz fasste Blackville Fitzgibbons Arbeit als Kartograf unter Georg III. zusammen und seine Unterstützung in späteren Jahren für Daniel O'Connell, der sich für die Gleichberechtigung der Katholiken um 1800 starkgemacht hatte.

David ruckelte auf seinem Sitz hin und her. Er verzog das Gesicht, als wären Blackvilles Worte eine Zitrone, auf die er gebissen hatte. Offensichtlich mochte Deirdres Mann den Professor nicht. Ich würde ihn später nach den Gründen für seine Ablehnung fragen.

Blackville schloss seine kurze Einführung mit den Sätzen: »Durch Zufall hat Deirdre in einem alten Buch Hinweise auf einen Mönch namens Corran gefunden. Dieser Mann, der viele Jahre auf Island lebte, hat ein großes Werk hinterlassen. Es wurde in Irland, später in Reykjavík aufbewahrt, jedoch ist es seit einiger Zeit spurlos verschwunden. Glücklicherweise zeugen kleinere schriftliche Hinterlassenschaften Corrans von seinem Leben als Mönch und später als Bauer in der Nähe von Malahide. Deirdre hat einige ihrer Recherchen für ein Büchlein zusammengestellt, das unter dem Titel ›Der Bauer, der ein Mönch war‹ in der kommenden Woche erscheinen wird.«

Donnernder Applaus, und Bertha O'Neill zückte einen Block. Ihr junger Kollege dagegen holte sein Handy heraus, um Deirdres Vortrag aufzunehmen.

Deirdres Schilderungen der Entdeckung des Buchs von Sean

Bradley, der vor mehr als zweihundert Jahren am Trinity College tätig war, und ihrer eigenen Recherchen zu Corran, der, wie sie inzwischen herausgefunden hatte, nicht McSlaughty – »sein Name wurde falsch geschrieben und demnach falsch überliefert« –, sondern McSeamair hieß, klangen unterhaltsam, boten mir aber keine neuen Informationen. Dennoch hörte ich mit Spannung zu und wartete darauf, dass sie den Diebstahl des Buches von Bradley aus ihrem Haus und das Wiederauffinden in einer Mülltonne erwähnen würde. Aber das unterließ sie. Entweder hielt sie es für unwichtig, oder sie scheute sich, diesen Einbruch zu thematisieren, da der Fall ungeklärt war.

Ich würde sie später fragen, wie dieser Namensirrtum hatte passieren können und woher sie den echten Namen Corrans wusste. Auf jeden Fall würde der ihr bei späteren Recherchen zu Corran helfen.

Während des Vortrags überkam mich das seltsame Gefühl, beobachtet zu werden. Es saßen einhundert Leute im Raum, weshalb ich diesen Eindruck zunächst als Einbildung negierte und stattdessen versuchte, mich stärker auf Deirdres Ausführungen zu konzentrieren. Sie erwähnte gerade das Drama von Oláfur und seinem Sohn Knut, als ich ein mir vertrautes Prickeln im Nacken spürte. Jemand saß in einer der Reihen hinter mir und fixierte mich. Ich war mir plötzlich sicher.

Vorsichtig drehte ich mich um, lächelte die zwei Frauen in der Reihe hinter mir entschuldigend an, und ließ meinen Blick über die gefüllten Sitzreihen gleiten. Ich entdeckte nichts Auffälliges. Als ich mich erneut umdrehte, sah ich flüchtig, wie sich eine Gestalt zehn Reihen hinter mir von ihrem Platz erhob und an den Zuhörern vorbei zum Ausgang schob. Mein Atem stockte für einen Augenblick. Ich glaubte in diesem Mann, dessen Gesicht ich nicht sehen konnte, das Phantom zu erkennen, das mir gestern Abend von der Kirche zu Deirdres Haus gefolgt war.

Der Rest von Deirdres Vortrag ging in Herzrasen und meiner wachsenden Panik unter.

Abschied

Die Andacht in der kleinen Friedhofskapelle des Friedhofs Berensch in Cuxhaven war vorbei. Inmitten einer Gruppe von annähernd hundertfünfzig Trauergästen ging ich zum Grab. Vom Meer kam ein kühles Lüftchen, das die Hitze dieses Augusttages milderte. Über den graublauen Himmel segelten winzige Wolken.

Der Pfarrer hatte schöne Worte für Heinz gefunden, dessen Krimis er, wie er zugab, gern las. »Da das Gute am Ende immer siegt, vor allem in den Mortimer-Rascal-Büchern, halte ich diese Krimis für ethisch und moralisch vertretbar«, sagte er mit einem leisen Lächeln. Ich saß in der letzten Reihe in der kleinen Kapelle, vor deren Tür viele Menschen ausharrten, die keinen Platz mehr im Innenraum gefunden hatten. Auch Hans Schumann war gekommen.

Richard dagegen hatte sich entschuldigt. Nach meiner Rückkehr aus Dublin waren wir essen gegangen, und ich sagte ihm meine Meinung über den Zustand unserer Beziehung ins Gesicht. Zunächst versuchte er es schönzureden, aber dann knickte er ein und gab zu, er sei derzeit mit sich selbst nicht im Reinen. Wir beschlossen deshalb, einige Wochen zu pausieren und dann weiterzusehen. »Aber wenn du mich brauchst, bin ich immer für dich da«, sagte Richard zum Abschied. Er klang genauso wehmütig, wie ich mich fühlte.

Ich erzählte ihm weder von Dublin noch von meinem Gespräch mit Schumann am Morgen nach meiner Heimkehr, bei dem er mir bruchstückhaft seine Erkenntnisse zum Tod von Heinz mitgeteilt hatte. Schumann vermutete, Heinz habe sich bei seinen Recherchen wissentlich oder unwissentlich in Gefahr gebracht.

Nun stand Schumann neben mir am Grab, und gemeinsam warfen wir zwei Rosen auf den Sarg. Er legte den Arm um meine Schulter und führte mich in den Schatten einer Linde. Ich kannte einige der Trauergäste. Ein wenig erstaunt erkannte ich Hilde Klein unter der am Grab versammelten Schar, die Schwester von Markus Hannemann.

Hilde Klein war zu ihrer Zeit eine Koryphäe an der hannoverschen Uniklinik für Dermatologie gewesen und hatte sich mit der Erforschung von Ursachen des schwarzen Hautkrebses ohne Sonneneinwirkung einen Namen gemacht. In einem Zeitungsinterview erklärte sie ihr Interesse an diesem Gebiet mit ihrer Begeisterung für Bob Marley, der 1981 im Alter von erst sechsunddreißig Jahren an Hautkrebs gestorben war. Ihr Gesicht kannte ich von Zeitungsfotos. Hilde war vier Jahre älter als Markus. Man sah ihr nicht an, dass sie die Mitte sechzig überschritten hatte. Warum war sie heute hier?

Christl, die Ex-Frau von Heinz, war eine große, sehr schlanke Frau mit kunstvoll gefärbten blonden Haaren. Sie trug eine überdimensionale Sonnenbrille und klammerte sich während der Beerdigung an einen Mann, der durch eine zum Anlass nicht passende dunkelrote Krawatte auffiel.

»Der Immobilienmakler Lothar Post, ihr neuer Lebensgefährte. Schicke Villa bei Bremerhaven«, flüsterte mir Schumann zu. »Heinz' Verleger und sein Lektor sind auch hier. Und seine Agentin. Da drüben steht Jochen Gelling, dessen Bücher auch im Steinholz-Verlag erscheinen. Allerdings ist er nicht halb so erfolgreich wie Heinz.«

»Wie kommt's, dass du so gut informiert bist?«

Schumann zwinkerte. »Detektivarbeit.«

Gelling blinzelte in die Sonne, ein schmächtiger Mann von Ende vierzig mit schütterem Haar. Ich hatte vor Jahren eines seiner Bücher gelesen, »Die Hexen vom Westerwald«, eine Pseudo-Horrorgeschichte. Alle seine Krimis spielten im Westerwald und in der Gegend von Limburg, wie ich wusste. Inzwischen vierzehn Bände, immer mit der Polizistin Emma Tragegut in der Hauptrolle, verheiratet mit dem Bäckermeister des fiktiven Ortes Lomfeld.

Nach dem Begräbnis wurden wir zu Kaffee und Kuchen in ein strandnahes Café gebeten. Kaum saß ich an einem der weiß eingedeckten Tische, trat ein älterer Herr auf mich zu und stellte sich als »Gebhard Steinholz« vor.

»Der Verleger von Heinz alias Winston«, sagte er überflüssigerweise. »Ich habe von Ihnen gehört, Frau Bentorp. Heinz hat von Ihnen erzählt. Ich muss gleich auf Christls Wunsch ein paar Worte zu diesem traurigen Anlass sagen. Deshalb nur rasch die Frage, ob Sie etwas über seine Island-Recherchen zu dem neuen Buch wissen, das ja nun leider nicht erscheinen wird. Aber vielleicht können wir als Werbung für den ›Toten im Wüstenschloss‹ den für sein nächstes Projekt geplanten Inhalt erwähnen.«

»Leider habe ich nur ein paar Notizen von Heinz bekommen«, wiegelte ich ab.

Steinholz lächelte. »Seine Grundidee für das Buch kennen wir natürlich. Es geht um diesen verschollenen Professor aus Münster, Markus Hannemann. Heinz hatte uns versprochen, nach seiner Rückkehr eine detaillierte Synopsis zu schicken. Wie gesagt, vielleicht finden Sie etwas, das uns nützt.«

Ich nickte und trank hastig einen Schluck Kaffee. Die Situation erschien mir unangenehm. Steinholz griff nach dem Mikrofon, das ihm ein Kellner überreichte. Seine Ansprache war angenehm kurz und freundlich. Als er am Ende sagte: »Wir werden Heinz Kröger alias Winston Stevens nicht nur als Autor, sondern vor allem als einen höflichen, zugewandten und humorvollen Menschen vermissen«, klatschten alle frenetisch.

Steinholz setzte sich ein Stück entfernt von mir an den Tisch, an dem Christl Thiedemann saß. Lothar Post hielt ihre Hand. Ihr Mascara sah verschmiert aus. Ich überlegte gerade, ob ich noch ein zweites Stück von dem hervorragenden Käsekuchen essen sollte, als der Lektor von Heinz, Otto Reiners, auf mich zusteuerte und mich begrüßte.

Heinz hatte mir anvertraut, dass er Reiners als Lektor schätzte, ihn privat aber mied. Auch er fragte mich nach eventuell »erhellenden« Hinweisen zu dem geplanten Buch. Höflich, aber bestimmt sagte ich: »Es tut mir leid, ich weiß kaum mehr als der Verlag. Heinz hat etliche Leute getroffen und interviewt, doch er wollte erst nach seiner Rückkehr das Material sichten.

Ob er mir seine Ergebnisse anvertraut hätte, kann ich nicht beurteilen.«

Sichtlich enttäuscht zog der Lektor davon. Kaum war er weg, trat die Agentin von Heinz auf mich zu. Sisi Alford, jung, dynamisch und zu stark geschminkt. Auch ihr gab ich eine ähnliche Antwort wie den beiden Herren und ärgerte mich, dass Heinz ihr gegenüber offenbar meinen Namen ins Spiel gebracht hatte.

Sie ließ sich nicht beirren. Mit einem phänomenalen Augenaufschlag, der ihre endlos langen künstlichen Wimpern betonte, säuselte sie: »Falls Sie aber doch feststellen, dass Heinz Ihnen Details zugesandt hat, könnte ich mir vorstellen, dass Sie, dank Ihrer Beziehungen zur Polizei«, wobei sie Schumann anstrahlte, »das Buch im Sinne von Heinz weiterschreiben könnten. Sollten Sie noch tiefer in die Materie einsteigen müssen, wie zum Beispiel zu weiteren Recherchezwecken nach Island reisen, wäre ich bereit, mit dem Verlag eine Unterstützung für Ihre Reisekosten auszuhandeln. Überlegen Sie es sich bitte!«

Sie stöckelte auf zehn Zentimeter hohen High Heels davon und ließ sich neben Gebhard Steinholz nieder.

Schumann schnaubte. »Was für ein Weib! Obwohl ihr Starautor unter der Erde liegt, will sie aus ihm noch Profit schlagen. Ich brauche einen Schnaps!« Er stand auf und ging zur Theke.

Und plötzlich stand Jochen Gelling neben mir. Als Erstes fiel mir sein Geruch auf: Ihn umgab der »Duft« eines wenig angenehmen Aftershaves. Dann bemerkte ich seine Hände, die für einen Mann sehr klein wirkten. »Jochen Gelling«, sagte er mit einer Fistelstimme, die mir durch Mark und Bein ging.

Künstlich lächelnd erwiderte ich: »Ich weiß, wer Sie sind, Herr Gelling. ›Die Hexen vom Westerwald‹ habe ich gelesen.« Verzweifelt kramte ich in meinem Gedächtnis nach einem zweiten Titel.

»Wenn Ihnen das Buch gefallen hat«, erlöste mich Gelling, »dann müssen Sie unbedingt mein jüngstes Buch lesen. Emma Tragegut setzt sich darin mit Aberglauben und einem Fluch auseinander. ›Der Dämon von Lomfeld‹ ist aber nichts für schwache Nerven!« Er lachte und zeigte blendend weiße Zähne.

Ich überlegte, wie ich Gelling rasch wieder loswerden könnte. Doch da fuhr er schon fort: »Ich war mit Heinz eng befreundet, obgleich wir Konkurrenten waren. Ich gebe offen zu, dass seine Rascal-Romane höhere Auflagen haben als meine Westerwald-Krimis. ›Der Dämon von Lomfeld‹ ist das letzte Buch meiner Reihe um Emma Tragegut. Der Verlag hat mich gefragt, ob ich eventuell die True-Crime-Bücher betreuen könnte. Der erste Band von Heinz erscheint in diesen Tagen, und der zweite sollte ja im kommenden Jahr publiziert werden. Einen dritten hätte ich in petto. Ein Mord im Westerwald an einem Wanderer.«

Sein stechender Blick gefiel mir gar nicht. Er entblößte erneut seine schneeweißen Zähne und fuhr mit gedämpfter Stimme fort: »Wie wäre es, wenn wir gemeinsam an der Island-Story arbeiten? Offensichtlich verfügen Sie über Infos zu der wahren Geschichte, die dahintersteckt, und Heinz soll Ihnen seine Erkenntnisse anvertraut haben.« Gelling lächelte über das ganze Gesicht. Seine bernsteingelben Augen erreichte das Lächeln nicht.

Ich schüttelte den Kopf. »Ihr Angebot ist schmeichelhaft. Die Agentin von Heinz, Sisi Alford, hat mir bereits einen ähnlichen Vorschlag gemacht. Aber Heinz ist gerade erst unter der Erde, und ich denke nicht daran, in seine Fußstapfen zu treten.«

Gelling grinste. Der Anblick seiner Zähne irritierte mich zunehmend. »Wissen Sie, liebe Frau Bentorp, in unserer Branche lässt sich nicht gut mit allzu viel Pietät leben. Es ist sehr traurig, dass Heinz auf so tragische Weise umgekommen ist. Aber es wäre schade, wenn all die Mühe, die er sich mit diesem Projekt gemacht hat, vergebens gewesen wäre. Sisi war bis vor einem Jahr auch meine Agentin. Jetzt bin ich bei einer größeren Agentur gelandet. ›Freudl und Partner‹ ist eine gute Adresse, und sicherlich wären die dort auch an der Island-Geschichte interessiert. Sie arbeiten viel mit dem Steinholz-Verlag zusammen. Überlegen Sie es sich bitte noch mal. Hier sind meine Kontaktdaten.«

Sprach's, drückte mir eine Visitenkarte in die Hand und ging davon. Ich steckte die Karte zwar ein, dachte aber nicht daran, mit Jochen Gelling in Verbindung zu treten.

Ich sah mich um, ob ich bekannte Gesichter unter den Trauergästen entdeckte. Ein großer, schlanker Mann von etwa Anfang vierzig fiel mir auf. Er unterhielt sich lebhaft mit Schumann, der mit ihm an meinen Tisch trat. »Das ist Bernd Zabel, Hannemanns früherer Assistent, demnächst Inhaber des Lehrstuhls für Nordistik in Münster«, stellte Schumann den Mann vor.

Aus der Nähe betrachtet wirkte er nicht mehr so jugendlich. Er hatte Fältchen um die Augen, deren Farbe zwischen Braun und Grün changierte, und erste graue Haare in seinem dichten Haarschopf.

Zabel lächelte mich freundlich an und sagte: »Ich hatte in letzter Zeit einige Begegnungen mit Heinz. Wir haben uns in Reykjavík getroffen, wo ich an einem Forschungsprojekt gearbeitet habe. Es tut mir in der Seele weh. Er war ein liebenswerter Mensch, und er ist der einzige Krimi-Autor, dessen Bücher ich neben den Klassikern wie Sayers, Chandler oder P. D. James gelesen habe.«

»Und Sie kannten Hannemann gut?«, fragte ich.

»Ja, er war mein Chef und mein Mentor. Wir haben gemeinsam auf Island an einem Buch gearbeitet. Ich hatte einen Großteil der Recherchen übernommen, das Schreiben wollte er sich vorbehalten. Leider wird aus diesem Buch nichts, da ich keine Zeit mehr dafür aufbringen kann. Mein eigenes Forschungsprojekt und meine kommenden Verpflichtungen an der Uni Münster lassen mir keine Chance dazu.«

Mit einem Kopfnicken verabschiedete sich Zabel. Mir fiel ein, dass er zu den letzten Interviewpartnern von Heinz gehört hatte. Aber ich wollte ihn heute nicht darauf ansprechen.

Schumann flüsterte mir zu: »Nicht nur Zabel ist zur Beerdigung gekommen. Auch mein alter Kollege Günter Schneider, der damals den Hannemann-Fall untersucht hat. Heinz hatte sich mit ihm zu einem Treffen in Berlin nach seiner Islandreise verabredet. Schneider hat mir vorhin gesagt, er hatte Heinz einige Zusatzinformationen über die Ermittlungen von damals geben wollen.«

Schneider saß an einem Tisch weit hinten, ein kleiner Mann

mit einem weißen Haarkranz. Schumann winkte ihm zu, Schneider hob die Hand. »Er kann doch dir alles zum Altfall Hannemann verraten«, meinte ich.

Schumann schüttelte den Kopf. »Das meiste steht in den Akten. Ich glaube nicht, dass Schneider mehr weiß. Er war schon immer ein Wichtigtuer. Wahrscheinlich schmeichelte die Idee, von einem prominenten Autor interviewt zu werden, seiner Eitelkeit.«

Schumanns Urteil schien mir sehr hart zu sein. Es klang nicht, als ob er seinen ehemaligen Kollegen schätzte. Aber ich kommentierte seine Aussage nicht. Langsam wurde ich müde. Schumann und ich wollten heute Abend zurück nach Hannover. Aber ich musste wenigstens Christl Thiedemann meine Aufwartung machen.

Ihr Lebensgefährte hatte sich an einen anderen Tisch gesellt. Christl saß inzwischen neben Hilde Klein und einer robusten Dame von etwa sechzig Jahren mit sorgfältig ondulierten weißen Haaren. Christl begrüßte mich sehr freundlich, Hilde Klein sagte kurz: »Guten Tag«, die mir unbekannte Dame neben ihr betrachtete mich mit einem misstrauischen Blick.

»Ich weiß, wer Sie sind«, sagte Christl. »Heinz hat Sie oft erwähnt und mir Ihr Buch über Ihre Abenteuer geschenkt. Sie hatten ja oft Kontakt mit ihm in letzter Zeit.«

»Ich mochte Heinz sehr«, antwortete ich. »Sein Tod tut mir unendlich leid. Zumal die Umstände so furchtbar sind.«

Christl lächelte zaghaft. »Es ist eine grausame Ironie des Schicksals, dass er, der erfolgreiche Krimi-Autor, wohl nun selbst Opfer eines Anschlags wurde, und dies ausgerechnet bei Recherchen zu einem realen Fall für sein neues Buch.«

Sie starrte auf ihre krampfhaft gefalteten Hände, entspannte sich dann und griff nach einem Glas Wasser. »Wissen Sie, Heinz und ich standen uns immer noch nahe, aber ich habe ihn nie in Cuxhaven besucht. Wir haben uns damals nicht im Streit getrennt, und ich hätte ihm eine neue Frau an seiner Seite gewünscht. Er wurde immer mehr zum einsamen Wolf.«

Hilde Klein hatte aufmerksam zugehört. Sie wandte sich

an mich. »Ich sehe Ihnen an, dass Sie über mein Erscheinen hier erstaunt sind. Ich habe Heinz Kröger nur flüchtig gekannt, aber immerhin kenne ich einige seiner Krimis. Er hat mich kontaktiert, ehe er nach Island aufbrach, und vor seiner Abreise in Hannover zum Tee besucht. Ein sehr angenehmer Mensch, obgleich ich von seinem Vorhaben nicht begeistert war, einen Krimi auf der Basis des Verschwindens meines Bruders zu schreiben. Er versprach mir aber, einen Teil der Fakten in Fiktion umzuwandeln, die Namen auszutauschen und höchste Sorgfalt walten zu lassen. Ich habe ihm vertraut. Nach seiner Rückkehr hatte er vor, noch einmal vorbeizukommen und zu schauen, ob er vielleicht weiteres Material in den alten Unterlagen von Markus findet. Ich habe einiges aufgehoben. Wir hatten dafür einen festen Termin verabredet.«

Hilde Klein trank einen Schluck Tee. Ihre Stimme klang belegt: »Dass er so tragisch ums Leben gekommen ist, schmerzt mich. Dann wird sein Projekt wohl auf Eis gelegt. Ich wüsste gerne, ob er etwas über das mysteriöse Verschwinden meines Bruders herausgefunden hat, was nicht in den offiziellen Berichten steht. Als er zum verabredeten Termin nicht auftauchte, habe ich mich nur gewundert, dass er sich nicht meldet.« Sie zückte ein Taschentuch und wischte sich eine Träne aus dem Augenwinkel. »Ich habe mir zunächst nichts dabei gedacht, wobei ich es seltsam fand, ihn nicht auf dem Handy erreichen zu können.«

Sie sah Christl mitleidig an. »Sie haben Ihren Ex-Mann verloren, ich meinen Bruder. Diese Insel scheint uns nur Unglück zu bringen.«

Sie erhob sich. »Ich muss jetzt nach Hannover zurück. Obwohl ich nicht mehr als Ärztin aktiv bin, arbeite ich noch für eine Stiftung zur Erforschung von schwarzem Hautkrebs. Ihr Stifter ist selbst daran gestorben, ich verwalte seinen Nachlass und halte häufig Vorträge zum Thema Prävention.« Sie drehte sich kurz zu mir um. »Besuchen Sie mich doch mal in Hannover. Ich wohne in Herrenhausen. Sie finden meine Nummer oder die der Heribert-Holm-Stiftung im Telefonbuch.«

Christl und ich blickten Hilde Klein nach. »Imposante Frau«, meinte Christl, »aber irgendwie kalt. Ihr Bruder hat bei ihr gewohnt, wenn er in Hannover war. Sie hat ihn recht schnell für tot erklären lassen.«

»Das geht gar nicht«, sagte ich. »Fünf bis zehn Jahre ist doch die Frist.«

»Nicht in diesem Fall. Hannemann war allen polizeilichen Untersuchungen zufolge im Juli 2020 bei seiner Wandertour auf Grímsey ums Leben gekommen. Sie hat eine Sonder-Dispens erhalten, und so wurde Hannemann 2023 offiziell für tot erklärt.« Christl wirkte erschöpft. »Heinz wird mir fehlen. Unsere Telefonate waren immer sehr anregend. Ich fahre kurz bei seinem Haus vorbei. Silke Gerjets wird mich begleiten.« Sie deutete auf die robuste Dame neben sich. »Sie war die Haushälterin von Heinz.«

Silke Gerjets wirkte mir gegenüber inzwischen weniger misstrauisch. Sie rang sich sogar ein Lächeln ab und sagte: »Ich habe Herrn Kröger sehr geschätzt. Ein höflicher Mann und sehr korrekter Arbeitgeber. Hier hält mich nichts mehr.«

Sie lächelte traurig. »Ich ziehe jetzt zu meiner Tochter und meinen Enkeln nach Leer. Das war meine letzte Stelle. Herr Kröger hat mir etwas Geld vermacht. Meine Tochter möchte in Leer ein kleines Restaurant aufmachen. Das Geld wird ihr dabei nützen, und ich habe noch eine Aufgabe.«

Sie kramte in ihrer Handtasche und fischte einen Zettel heraus. »Falls Sie, Frau Bentorp, etwas Zeit erübrigen könnten, würde ich Sie bitten, mit uns in das Haus zu kommen. Dann müsste ich das dicke Kuvert für Sie nicht per Post schicken.«

Silke Gerjets deutete auf den Zettel. »Er hat mich einen Tag vor seiner geplanten Rückreise nach Deutschland angerufen und mir gesagt, er würde mir ein Paket schicken. In dem Päckchen waren noch zwei Bücher und eine Mappe mit Zeitungsartikeln in einer mir fremden Sprache. Wahrscheinlich Isländisch. Er sagte, er wolle das nicht alles in seinem Gepäck mitschleppen. Der Umschlag in dem Paket sollte zügig an Sie weitergeleitet werden. Aber das Päckchen ist erst vor einer

Woche angekommen. Es ist ein langer Weg von Island nach Cuxhaven!«

Das Haus von Heinz lag nicht weit von der Strandpromenade in Duhnen. Ein vollständig renoviertes Kapitänshaus, drei Schlafzimmer, ein großer Wohn-Ess-Bereich, eine ultramoderne Küche, drei Bäder, im Souterrain eine Sauna, nach hinten hinaus eine große Terrasse und ein kleiner Garten mit einem Schwimmbecken, das die Hälfte des Gartens einnahm.

»Heinz hatte es nie so mit Blumen«, sagte Christl ein wenig wehmütig, als uns Silke Gerjets durch das Haus in den Garten geführt hatte. Ein paar Rhododendronsträucher, ein vom Wind zerzauster Apfelbaum und ein Beet mit Rosen – mehr Flora wuchs hier nicht. Ein sorgfältig getrimmter Rasen umgab das Schwimmbecken, dessen Wasseroberfläche in der Augustsonne türkis glitzerte. Im Wohnzimmer standen vier gemütliche Sessel, ein Biedermeiersofa mit dazu passendem Tisch, eine Barockkommode und ein Piano. Das aufgeschlagene Notenblatt zeigte Mozarts Klaviersonate Nummer 16, die »Sonata facile«, eines meiner Lieblingsstücke.

Silke Gerjets bemerkte meinen Blick. »Ja, Herr Kröger hat seit einem Jahr Klavierunterricht genommen. Er sagte, dass dies Entspannung fürs Gehirn sei, und nach täglich vier Stunden Arbeit an seinen Büchern brauche er dringend Mozart.«

Es gab vieles, was ich an Heinz nicht gekannt hatte. Und wieder wurde mein Herz schwer. Ich ging zurück auf die Terrasse und lauschte dem Meer, das nur zweihundert Meter entfernt gleichmäßig rauschte. Ebbe, Flut, Ebbe, Flut.

Schumann würde mich gleich abholen. Deshalb bat ich Silke Gerjets, die mir ein Glas mit Limonade brachte, um den Umschlag. Es war ein recht dickes braunes Kuvert, das sicher mehr als fünfhundert Gramm wog. »Für Anna Bentorp«, stand darauf mit Filzstift geschrieben.

Ich bedankte mich. Silke Gerjets druckste ein wenig herum und fragte dann: »Wenn das stimmt, dass Herr Kröger ermordet worden ist, sollte ich der Polizei melden, dass hier, während er auf Island war, mehrfach abends spät ein dunkler Wagen langsam am Haus vorbeifuhr und ein paarmal das Festnetztelefon klingelte, ohne dass sich jemand gemeldet hat?«

»Das sollten Sie unbedingt!«, meinte ich. »Wer wohnt in diesen Tagen in dem Haus? Bleiben Sie hier, oder geht es gleich nach Leer?«

Silke Gerjets schüttelte den Kopf. »Nein, ich wickele hier erst einmal alles ab. Und dann warte ich auf die offizielle Testamentseröffnung. Meine Tochter rechnet erst im Oktober mit mir.«

Christl mischte sich ein. »Falls Heinz mir das Haus vererbt hat, werde ich es bald verkaufen.« Sie lächelte. »Mein neuer Lebensgefährte ist Immobilienmakler. Das sollte schnell über die Bühne gehen.«

Silke Gerjets sah sich um. »Ein schönes Haus. Ich werde es vermissen.«

»Ich nicht«, sagte Christl. »Heinz hat mich kein einziges Mal hierher eingeladen. Deshalb fällt es mir nicht schwer, es auf den Markt zu bringen.«

Ich verabschiedete mich von den Damen, wünschte Silke Gerjets alles Gute und lud Christl ein, mich in Hannover zu besuchen.

»Ich werde zur Lesung von Heinz' Buch da sein«, versprach sie. »Dann sehen wir uns!«

Schumann winkte den beiden Frauen zu, als ich in sein Auto einstieg. »Du siehst fix und alle aus«, sagte er.

»Das bin ich. Die letzten Tage waren nicht ohne.«

»Tut mir leid«, antwortete Schumann. »Auch das mit Richard. Ich hoffe, ihr schafft es, wieder zusammenzukommen. Schlaf ein bisschen. Die Fahrt nach Hannover dauert gute zwei Stunden.«

Als ich die Augen schloss, sah ich plötzlich wieder diese dunkle Gestalt vor mir, die mir von der Kirche aus gefolgt war und die ich unter den Zuhörern in der Trinity Library wiedererkannt zu haben glaubte. Und meine Erinnerung katapultierte mich zurück nach Dublin.

Das Phantom

Jener Abend in Dublin war seltsam gewesen. Ich verließ die Bibliothek zusammen mit David und sah mich insgeheim nach dem Mann im dunklen Mantel um, der den Vortragsraum vorzeitig verlassen hatte. Ein dunkler Mantel an einem milden Dubliner Sommerabend ohne Wind und Regen? Dieser Umstand gab mir zu denken.

Ich ging mit David zu dem kleinen Restaurant im Temple Bar District, wo wir Deirdres Erfolg mit einem guten Essen feiern wollten. Ihr Vortrag war auf sehr viel Zustimmung gestoßen, die beiden Pressevertreter hatten mit ihr danach ein kleines Interview gemacht. Für uns, ein Kreis von nur acht Menschen, war ein Tisch reserviert. Neben Deirdre und David waren es John Blackville, zwei Freundinnen von Deirdre, ihre Männer und ich. Dass David John Blackville nicht mochte, wurde mit jeder Minute des Abends deutlicher. Was war das zwischen den beiden?

Das Essen verlief dennoch in heiterer Stimmung, obgleich ich die Gestalt nicht aus dem Kopf bekam, die kurz vor Ende des Vortrags den Saal verlassen hatte. War es derselbe Mann, der mir am Abend zuvor gefolgt war? Oder bildete ich mir das ein? Wer sollte mich verfolgen? Es musste Einbildung sein, beschloss ich und bestellte mir ein zweites Glas Wein.

Blackville interessierte sich für meine Abenteuer, vor allem für meine Begegnung mit dem Moormann und die Geschichte von Deirdres Vorfahren Reginald Fitzgibbon, auf dessen Spuren ich im Moor von Bresterholz gestoßen war. Doch noch mehr faszinierte ihn das Rätsel der Druidenmasken, die im National Museum in einem besonderen Raum ausgestellt wurden.

»Sie sind damals den Brüdern Casey begegnet?«, fragte er.

»Ja, leider wurde Eamon getötet, von seinem Bruder Desmond habe ich seit jener Zeit nichts mehr gehört. Ich hatte vermutet, dass er entweder in den USA lebt oder gestorben ist.

Doch Deirdre hat mir gesagt, er sei kürzlich in Dublin gesehen worden.«

Blackville schüttelte den Kopf. »Ich glaube nicht, dass Desmond Casey je wieder hierherkommt. Es wird jemand gewesen sein, der ihm ähnelt.«

Deirdre äußerte sich nicht, David schwieg, und Loona, Deirdres beste Freundin, die einige Zeit mit Desmonds Bruder Eamon liiert gewesen war, meinte: »Hoffentlich ist es ein Aufnimmerwiedersehen! Er soll bleiben, wo er ist.«

»Darauf trinken wir!«, sagte Deirdre, die bei der Erwähnung von Desmond blass geworden war.

Der restliche Abend verging mit fröhlichem Plaudern. Nur David starrte meistens vor sich hin.

Es war kurz nach Mitternacht, als wir in Deirdres Haus ankamen. David verschwand sofort im Schlafzimmer, »Bin müde« murmelnd.

Deirdre sah ihm mit einem seltsamen Ausdruck nach. »Ich weiß nicht, was mit ihm los ist«, sagte sie leise. »Seit drei Wochen benimmt er sich merkwürdig.«

»Und was ist das zwischen ihm und Blackville? Keine große Zuneigung, würde ich behaupten.«

Deirdre zuckte mit den Achseln. »Blackville hat David letztens vorgeworfen, seine für nächstes Jahr geplante Ausstellung mit keltischen Artefakten sei nicht divers genug. Er habe nicht den Mut, über den üblichen Rahmen hinauszugehen. Aber die beiden waren sich noch nie grün. Davids Masterarbeit wurde vor zehn Jahren von Blackville schlecht benotet, und es ist nur dem eigentlichen Gutachter Chris Loughlin zu verdanken, dass die Note dann doch gut genug ausfiel, um David den Weg ins Berufsleben zu ebnen. Kein Wunder, wenn David ihn nicht mag. Aber ich verdanke Blackville eine Menge. Er unterstützt meine Arbeit und gibt mir Tipps zu irischen Mythen. Einige davon will er für Kinder aufbereiten und mit mir zusammen publizieren.«

Am nächsten Tag machten wir einen Ausflug nach Powerscourt in den Wicklow Mountains. Wir hatten herrliches Wetter, und selbst David schien gut gelaunt. Ohnehin wirkte er zusammen mit seinen Kindern immer wesentlich entspannter. Als Deirdre an diesem Sonntagabend die Kinder ins Bett brachte, saß ich auf der Terrasse und trank einen Aperol Spritz. David setzte sich zu mir.

Nach einigen schweigsamen Minuten sagte er plötzlich: »Anna, ich muss mit jemandem reden. Und da du Deirdres Freundin und Vertraute bist, wäre ich dir dankbar, wenn ich dir etwas beichten darf. Aber bitte behalte es für dich. Deirdre darf nicht erfahren, was ich dir verrate. Doch es muss heraus.«

Ich starrte ihn an. Wollte er mir gestehen, dass er eine heimliche Geliebte hatte? Dass er seine Familie verlassen würde? Oder dass er seine Anstellung im Museum verloren hatte?

David beobachtete mein Mienenspiel. Er lachte. »Ach, Anna, ich kann mir denken, was dir durch den Kopf geht. Aber Deirdre ist mein Leben, und meine Kinder sind das Beste, was mir je geschehen konnte. Nein, es geht um etwas anderes.« Er wurde wieder ernst. »Du hast gemerkt, dass ich Blackville nicht mag. Und das ist milde ausgedrückt.«

Er lehnte sich im Gartensessel zurück und holte tief Luft. »John Blackville ist ein von Ehrgeiz zerfressener Intrigant. Er hatte durch eine unvorsichtige Bemerkung Deirdres von dem Buch von Sean Bradley gehört. Er selbst forscht seit Jahren über das Leben und Werk einiger irischer Mönche aus dem frühen Mittelalter. Er bat deshalb Deirdre, ihm das Buch zu überlassen. Deirdre weigerte sich. Er reagierte daraufhin, wie ich behaupte, mit geheucheltem Verständnis. Dann sprach er mich an. Ich sollte Deirdre überzeugen, ihm das Buch wenigstens zu leihen. Ich lehnte ab. Ich weiß, wie wichtig, dieses Buch für meine Frau ist. Und ganz sicher möchte sie nicht, dass es Blackville in die Hände fällt. Als ich ihm sagte, er solle doch Deirdre lieber noch einmal direkt fragen, wohl wissend, sie würde den Bradley erneut nicht hergeben, wurde er unangenehm und zeigte sein wahres Gesicht.«

David zog ein Taschentuch hervor und fuhr sich damit über die Stirn. »Anna, ich habe vor einigen Jahren einen dummen

Fehler gemacht. Bei einer Ausstellung mit keltischen Waffen verschwand ein Bronzedolch. Blackville hatte mit Hilfe einer von ihm ins Leben gerufenen Institution namens ›Irish Past is Future‹ diese Ausstellung gesponsert. Kurz nach der Eröffnung bemerkte er das Fehlen dieses Dolches und warf mir vor, ich hätte die Objekte nicht gut genug gesichert. Der Dolch lag in einer Vitrine, die zu meinem Entsetzen nicht verschlossen gewesen war. Der Dieb stellte sich eine Woche später selbst, ein Student, der als Assistent bei mir arbeitete und gehofft hatte, dies uralte Artefakt würde ihm genügend Geld für sein Studium bringen. Doch er hatte Pech, als er den Dolch einem angeblich dubiosen Händler verkaufen wollte. Denn der rief die Polizei. Der junge Mann entkam zwar, ließ den Dolch bei dem Händler liegen, meldete sich aber einige Tage später bei der Polizei. Der Richter war gnädig, und er bekam ein Jahr auf Bewährung. Doch gab er bei der Verhandlung an, ich sei an dem gewissen Tag nur wenige Stunden vor Ort gewesen und hätte nicht kontrolliert, ob diese Vitrine abgeschlossen war.« David wirkte zerknirscht. »Blackville hat diesen Vorgang, der jetzt sieben Jahre zurückliegt, herausgekramt und mir gedroht, unsere für nächstes Jahr geplante große Ausstellung nicht mehr zu unterstützen, falls ich ihm das Buch verweigere.«

»Warum ist er so sehr gerade auf dieses Buch erpicht?«, fragte ich.

»Das weiß ich nicht. Und dann kam dieser Einbruch. Ich werde das Gefühl nicht los, dass Blackville dahintersteckt, vielleicht auch im Auftrag von jemand anderem. Blackville scheint immer noch an dem Buch interessiert zu sein, obwohl ich ihm gesagt habe, es sei wegen der fehlenden Seiten stark beschädigt. Er ist ein übler Nationalist, und seine Organisation ›Irish Past is Future‹ ist auch schon mal ins Visier der Polizei geraten. Damals hieß es, sie sammele Gelder für eine Gruppe von Männern, die in den USA einer Geheimorganisation zur Befreiung Nordirlands angehören. Dabei sind alle dankbar, dass derzeit Ruhe im Land herrscht. Das Karfreitagsabkommen von 1998 war ein Segen.«

»Und Blackvilles ›Irish Past is Future‹ wurde nicht verboten?«

David lachte auf. »Nein, er konnte beweisen, dass es bei dieser Stiftung nur um die Pflege kultureller Traditionen geht. Er ist zudem sehr prominent, und seine Forschung ist durchaus bewundernswert.«

»Kannst du ihm nicht einfach sagen, dass der Vorfall von damals dich nicht mehr tangiert und seine Drohung damit ins Leere läuft?«

»So einfach ist das nicht. Es geht um viel Geld«, erwiderte David. »Wenn er mir den Geldhahn zudreht, stehe ich dumm da.«

Ich sah Davids Dilemma. »Weiß Deirdre davon?«

»Nur von seinem Interesse an dem Buch, nicht von seiner Drohung.«

»Du musst mit ihr reden«, sagte ich. »Der Mann scheint ein verschlagener Typ zu sein.«

»Er ist nicht ungefährlich«, antwortete David. »Ich möchte Deirdre da raushalten. Zudem ist sie ziemlich nervös, seit sie glaubt, Desmond im Trinity gesehen zu haben.« Er sah mich direkt an. »Du kennst Desmond auch, ein äußerst charmanter, aber unberechenbarer Mann. Wir haben alle geglaubt, er werde sich nie wieder nach Irland trauen. Er galt sogar als tot.«

»Vielleicht war es gar nicht Desmond«, meinte ich. »Jeder Mensch hat einen Doppelgänger. Blackville meint, Desmond würde sich nicht mehr hierherwagen. Ich halte das auch für wahrscheinlich. Zu viel verbrannte Erde.« Ich versuchte David zu beruhigen, doch während ich dies sagte, nagte ein leiser Zweifel an mir.

Er stand auf. »Danke, Anna. Ich muss diese Last loswerden. Du hast recht. Morgen rede ich mit Deirdre. Zur Not wende ich mich an die Presse und stelle Blackville bloß. Nur fürchte ich, wird mir, dem kleinen Kurator, niemand glauben. Er hat einen Ruf zu verlieren. John Blackville ist ein Jemand, ich nicht. Du solltest sein Haus in Ballsbridge sehen! Er selbst hat viel Geld, geerbt von seinem Vater, der eine Bierbrauerei besaß. Der alte

Harry Blackville hat sie seinerzeit an Guinness verkauft. Dazu hat John Blackville eine reiche Frau und einen einzigen Sohn, der seit zehn Jahren in New York lebt und mit seinem Vater gebrochen hat. Das jedenfalls munkelt man.«

Ich legte meine Hand auf Davids Arm. »Mach dir nicht so viele Sorgen! Deirdre ist klug und wird sicherlich mit dir gemeinsam eine Lösung finden. Aber du solltest diesen Erpresser nicht gewähren lassen!«

Um es kurzzufassen: Deirdre fand tatsächlich eine Lösung. Sie kopierte den Inhalt des Buches von Bradley gleich nach Davids Geständnis am nächsten Morgen, das sie mit der ihr eigenen Ruhe und Toleranz anhörte, beruhigte ihren Mann, schien sogar erleichtert zu sein, endlich den Grund für seine depressive Stimmung zu kennen, fuhr zum College und überreichte Blackville die knapp einhundertzwanzig Seiten als offiziellen Beitrag für seine Forschung. Ihre vorherige strikte Ablehnung überdenkend, erklärte sie ihm, habe sie nach ihrem Vortrag erkannt, dass er Bradleys Textsammlung für seine Forschung sinnvoll nutzen könne. Sie heimste, wie sie mir nachmittags beim Tee berichtete, dafür seinen überschwänglichen Dank ein. Das Original hinterlegte sie in einem Banktresor.

Damit schien das Problem erst einmal beseitigt. Allerdings quälte sie der Gedanke, dass sie, allen Argumenten zum Trotz, Desmond Casey gesehen hatte. Ich glaubte inzwischen auch, das nächtliche Phantom und den Besucher ihrer Veranstaltung erkannt zu haben.

Zwar kam ich mir feige vor, als ich Dublin nach einem ausführlichen Besuch der Bibliothek von Trinity College und einer leider vergeblichen Suche nach weiteren Hinweisen zu Corrans Leben verließ, ohne mich auf weitere Diskussionen über Desmond einzulassen. Aber ich wollte auf keinen Fall noch einmal mit diesem Teil meiner Vergangenheit konfrontiert werden. Desmond Casey war nach wie vor ein Stachel in meinem Herzen.

Tanz auf dem Vulkan

Die Fahrt von Cuxhaven nach Hannover zog sich an diesem Spätnachmittag endlos hin. Die Beerdigung verfolgte mich. Und auch der Besuch in dem Kapitänshaus. Silke Gerjets wirkte verloren, als sie mir nachwinkte. Ich hielt meine Augen geschlossen und dachte an Schumanns Besuch am Morgen nach meiner Rückkehr aus Dublin. Das war vor zehn Tagen. Wenn ich mir aufklärende Informationen über seinen Aufenthalt in Island erhofft hatte, wurde ich enttäuscht. Ohnehin konnte und durfte der gute Mann mir nicht viel über seine Ermittlungen sagen.

Nach der zweiten Tasse Kaffee war Schumann immerhin ein wenig gesprächiger geworden. »Heinz hat eine Menge Leute befragt. Aber meine Liste ist unvollständig. Ich konnte mir mit Hilfe von meinem isländischen Kollegen einiges zusammenreimen. Die üblichen Verdächtigen wie Hannemanns Kollegen in Reykjavík, die Bibliothekarin und Hannemanns früherer Assistent Zabel, der gerade wieder vor Ort ist. Über seine Tour nach Grímsey als den letzten Termin von Heinz haben wir mit diesem Thorinn gesprochen. Ein sehr seltsamer Typ, den du von deinem Ausflug in den Krater kennst.«

Er nippte frustriert an der dritten Tasse mit extrastarkem Kaffee, den ich ihm an diesem Morgen zubereitet hatte. »Du hast damals von ihm geschwärmt. Das konnte ich aber nicht nachempfinden. Er wirkte verschlossen und schlecht gelaunt. Er knurrte beim Reden, und selbst mein isländischer Kollege entlockte ihm nur ein paar Bemerkungen über diesen Ausflug. Heinz hat offenbar gut dafür gezahlt. Thorinn gab zu verstehen, sie hätten dort nichts Interessantes gefunden, und das Ganze sei überflüssig gewesen. Für ihn aber lukrativ. Wenn du mich fragst, nimmt der Bursche jede Krone, die man ihm bietet. Er unterhält ein kleines Museum, was kaum etwas abwirft.«

Er setzte die Tasse ab und fuhr fort: »Wesentlich freundlicher reagierten Aki Stefansson, der frühere Kollege von Hannemann, und sein einstiger Assistent Bernd Zabel, der seit drei Monaten an seiner Habilitation in Reykjavík arbeitet. Irgendwas mit Göttern und Riesen. Was er genau recherchiert, habe ich nicht verstanden. Er war entsetzt über die Nachricht vom Tod des, wie er sagte, einzigen deutschen Krimi-Autors, den er akzeptiert. Zabel hat zwei Tage vor Heinz' geplanter Rückreise mit ihm gesprochen und ihm einige Details zu Hannemann geben können. Er sei in den Tagen vor seinem Verschwinden vergnügt gewesen und habe erzählt, dass er an einem größeren Forschungsauftrag beteiligt sei. Schleierhaft ist nach wie vor das Motiv für Hannemanns Verschwinden und auch für den Mord an Heinz.«

Schumann erlaubte sich ein Lächeln und sagte: »Vielleicht war es ein neidischer Schriftstellerkollege!«

Ich fand diese Bemerkung nicht komisch.

Schumann leerte beschämt seine Tasse, räusperte sich und berichtete, sichtlich ernüchtert, von dem Interview mit dem Inhaber des Hotels in Reykjavík, in dem Heinz eingecheckt hatte. Der sprach zu Schumanns Freude sehr gut Deutsch: »Herr Kröger war den ganzen Tag unterwegs. Er verabschiedete sich morgens stets sehr höflich vom Portier, und nur einige Male kam er tagsüber zurück und ging auf sein Zimmer. Wir sind ein altmodisches Hotel und haben noch Schlüssel aus Metall und keine Keycards. Deshalb können wir gut sehen, ob ein Gast im Haus ist oder nicht.«

Heinz sei immer allein gewesen, und nur einmal habe er nach Nachrichten für sich gefragt. Da war ein Umschlag für ihn abgegeben worden. Einen Tag, bevor er nach Grímsey zu seiner Tagestour aufgebrochen war. Am Abend nach seinem Ausflug in den Norden sei er spät zurückgekommen und morgens früh in Richtung Keflavík losgefahren.

In dem Mietwagen, der auf dem Parkplatz an der Blauen Lagune stand, hatte man nur einen Koffer gefunden, das demolierte Handy, dessen Zustand der grimmige Guide Thorinn Björnson für die Folge eines Unfalls hielt, allerdings keinen Laptop, wie man gehofft hatte. Und keinen Umschlag. Vielleicht hatte Heinz ihn weggeworfen. Als die Polizei sein Hotelzimmer durchsuchte, war das Zimmer aber längst gründlich gereinigt und der Papierkorb geleert worden.

»Sehr ärgerlich, dass das Handy irreparabel ist. Ärgerlich auch, dass sein Laptop verschwunden ist und sich niemand an der Blauen Lagune an ihn erinnert. Wir haben uns gründlich umgehört, wobei wir natürlich keine Touristen befragen konnten. Die bleiben selten länger in der Region, sondern sind, wie Heinz, auf der Durchreise zum Flughafen. Die Mitarbeiter der umliegenden Gastronomie wussten nichts. Nur ein Kellner glaubt, sich an Heinz zu erinnern. Ein Herr habe allein an einem Tisch gesessen, so dieser Kellner, und unruhig auf ihn gewirkt, immer wieder auf seine Armbanduhr geschaut und drei Tassen Espresso hintereinander bestellt. Er schien auf jemanden zu warten. Da der Befragte wenig später Feierabend hatte, verlor er diesen Gast aus den Augen.«

Schumann stand auf und ging zum Fenster. Mit auf dem Rücken verschränkten Händen stand er da und blickte hinaus. Dann wandte er sich jäh um. »Ich fürchte, dass wir hier nicht weiterkommen. Wir warten das Ergebnis der Obduktion in Hannover ab. Unser isländischer Kollege führt vor Ort weitere Befragungen durch. Vielleicht hast du noch ein paar Namen in petto, die Heinz dir genannt hat. Ich kann derzeit nichts mehr unternehmen. Wir kennen kein Motiv, wir haben keinen Verdächtigen, wobei dieser Thorinn mir suspekt vorkommt. Aber er hat ein Alibi für den Tag von Heinz' Tod. Er gehört zu der Expertengruppe, die diesen Krater untersucht. Thorinn meinte, dass die schlafenden Riesen selbst nach vielen Jahrtausenden wieder erwachen können. Zurzeit untersuchen Geologen und andere Experten das Innere, und auch der Aufzug für die Beförderung der Besucher muss technisch überprüft werden. Das geschieht zwar in regelmäßigen Abständen, doch diesmal besonders gründlich, da der Krater ab dem 17. August wieder für Touristen zugänglich sein soll.«

Mehr erfuhr ich nicht von Schumann, und seitdem hatte ich keinerlei neue Informationen zu Heinz bekommen. Bis heute.

Ein lauter Fluch von Schumann riss mich nun aus meinem Zustand zwischen Tag und Traum. Wir standen im Stau kurz vor der Autobahnabfahrt nach Hannover. Weiter vorn stand ein Lastwagen quer, und dahinter bildete sich eine lange Schlange hupender Autos.

Schumann griff in seine Jackentasche und holte daraus eine Tafel Schokolade. »Leicht geschmolzen, aber als Nervennahrung immer noch gut genug«, meinte er und biss hinein.

»Hans, du hast mir nicht gesagt, was Schneyders bei der Obduktion entdeckt hat«, sagte ich mit leichtem Vorwurf in der Stimme.

»Das tut nichts zur Sache«, wiegelte er mit vollem Mund ab. »Heinz hatte heute ein würdiges Begräbnis, und damit scheint der Fall erledigt, außer die isländischen Kollegen finden einen Zeugen, der ihn mit einem Verdächtigen an der Lagune gesehen hat. Kein Badeort für mich! Diesig und schwül durch die vom Wasser aufsteigende Wärme. Nein, nichts für mich.«

Ich ließ es nicht auf sich beruhen. »Lasst ihr das alles so durchgehen? Hatte er denn K.-o.-Tropfen im Blut?«

»Du weißt, dass man das schon nach wenigen Stunden nicht mehr nachweisen kann«, erwiderte Schumann und biss das nächste Stück Schokolade ab. Er lächelte mich an. »Willst du auch ein Stück?«

»Lenk nicht ab!«

Schuldbewusst reichte er mir dennoch die Schokolade. Ich hakte nach. »Was war denn nun die endgültige Todesursache? Schneyders gilt als Koryphäe auf seinem Gebiet.«

»Was du alles weißt.« Schumann versuchte sich an Ironie. Als er meinen ungnädigen Blick wahrnahm, zuckte er mit den Achseln. »Okay, du lästiges Wesen! Schneyders ist sich nach einer zweiten toxikologischen Untersuchung sicher, dass Heinz irgendein Mittel intus hatte, das erst während des Bades in der Lagune seine Wirkung entfaltete und ihn außer Gefecht setzte. Kein Herzinfarkt. Ob er ins Wasser gezerrt wurde oder freiwillig in diese Brühe ging, lässt sich nicht mehr feststellen. Er trug Badesachen. Nur fand man am Ufer weder ein Handtuch noch einen Bademantel. Mehr kann und darf ich nicht sagen. Schneyders ist noch nicht am Ende seiner Untersuchungen. Er hat eine Idee, die er beweisen möchte.«

»Dann könnt ihr den Fall gar nicht ad acta legen! Ihr geht davon aus, dass Heinz ermordet wurde. Deshalb ermittelt ihr weiter, oder?«

Schumann antwortete nicht gleich. Dann seufzte er. »Natürlich machen wir weiter. Du hast recht. Auch wenn wir nichts in der Hand haben, geben wir nicht auf. Das schulden wir seiner Ex-Frau und seinen Freunden.« Er wirkte gedrückt.

Ich reichte ihm das letzte Stück Schokolade. »Seelennahrung!«

Schumann schmunzelte und steckte die Schokolade in den Mund. Offenbar war dies genau das richtige Mittel, um ihn aufzuheitern.

Der Stau löste sich auf, ich döste weg und wachte erst auf, als Schumann vor meinem Wohngebäude hielt. »Wenn du heute Abend nicht allein bleiben möchtest, dann komme ich gerne zu dir«, sagte er empathisch. »Heinz ist tot, Richard und du seid derzeit getrennt. Du hast ziemlich viel zu verkraften.«

»Danke, lieber Hans. Doch ich bin froh, heute Abend allein zu sein. Außerdem werde ich in Ruhe sehen, was in dem Umschlag ist, den mir die freundliche Haushälterin gegeben hat. Falls der Inhalt für deine Ermittlungen relevant sein sollte, melde ich mich.«

Ich umarmte ihn, nahm den dicken Umschlag vom Rücksitz und ging in meine Wohnung. Mein Kopf schmerzte, meine Beine fühlten sich zittrig an. Schumann hatte recht: Es war alles ein bisschen zu viel für mich. Doch nicht nur der Tod von Heinz und meine Auszeit mit Richard bekümmerten mich. Die Begegnungen mit dem Verleger, dem Lektor, der Agentin und vor allem Jochen Gelling machten mir zu schaffen. Niemals würde ich versuchen, in Heinz' Fußstapfen zu treten und sein Buch weiterzuschreiben. Selbst wenn er mir alle seine Recherchen anvertraut hätte! Dennoch nagte etwas in meinem Innern. Reizvoll wäre es schon!

Nach dem Trubel des Tages tat mir die Stille in meiner Wohnung gut. Den Umschlag legte ich erst einmal auf den Wohnzimmertisch. Ich fühlte mich zu erschöpft, um ihn gleich zu öffnen.

Im Fernsehen liefen, welche Überraschung, auf drei Sendern Krimis, auf zwei Sendern Talkshows mit immer denselben Verdächtigen und auf einem weiteren die Wiederholung einer Quizshow. Da ich Quizsendungen mag, schaltete ich das Programm ein und dämmerte schon bald weg. Doch dann riss mich eine Frage, die der Moderator der Sendung seinen Kandidaten stellte, aus meinem Halbschlaf: »In welchem dieser Länder gibt es ein Amt für Elfen beziehungsweise einen Beauftragten für Elfen? A: Irland, B: Frankreich oder C: Island?«

Beide Kandidaten, ein Schauspieler und eine Mode-Bloggerin, loggten Irland ein. Der Moderator lächelte freundlich und erklärte: »Könnte sein, da es in Irland viele Sagen mit Kobolden und Elfen gibt. Nein, in diesem Fall ist Island die korrekte Antwort. Dort haben die Elfen oder auch das *Huldafólk* ihre eigene Lobby. Der Sage nach leben sie unter Steinhügeln, die beim Straßenbau berücksichtigt werden müssen.«

Der Schauspieler lächelte ungläubig, die Bloggerin kicherte. Und ich war mit einem Schlag hellwach. Corrans Buch über die Götter, Riesen und Zauberwesen Islands kam mir in den Sinn. Und der Vortrag von Deirdre, der erst zwei Wochen zurücklag. Seit meiner Abreise hatte ich nur noch eine SMS von ihr bekommen: »David ist wieder mit sich im Reinen. Ich halte Blackville auf Distanz. Aber er gibt sich friedlich.«

War Blackvilles Interesse an Bradleys Buch wirklich nur seiner Arbeit an dem Forschungsprojekt über frühes Schrifttum geschuldet? Oder verfolgte er die Idee, es gebe in Malahide einen verborgenen Schatz? Das Gerücht war schon lange im Umlauf, und Corrans Memoiren konnten der Schlüssel dazu sein. Ich konnte mir jedoch nicht vorstellen, dass in der Umgebung des Schlosses aus dem 12. Jahrhundert ein Goldhort lag. Vielleicht hatte ihn jemand schon vor langer Zeit gefunden, aber nicht gemeldet. Schatzfunde sind keine Seltenheit.

Lieber wollte ich mich mit dem Gedanken beschäftigen, was aus Corrans Meisterwerk geworden war, das offensichtlich erst vor wenigen Jahren gestohlen wurde.

Ich holte den dicken Umschlag, den ich ein wenig achtlos auf meinem Wohnzimmertisch deponiert hatte. Darin befand sich ein zweiter, mit Klebeband verschlossen, das ich mit einer Schere durchtrennte. In diesem Umschlag steckte zu meiner Überraschung das Notebook von Heinz, das die Polizei vergeblich gesucht hatte. Daran klebte ein Zettel mit dem Passwort »Walkürenritt2024«. Sehr passend, dachte ich mit einem Schmunzeln.

Ich suchte nach einem geeigneten Ladegerät und fand im Chaos meines Schreibtischs tatsächlich ein nagelneues. Ich selbst besaß kein Notebook, dafür aber Ladegeräte für mindestens fünf verschiedene Laptops. Dabei galt meine Sammelleidenschaft eher Bechern. Aber irgendwann hatte ich mich eingedeckt mit Technik. Man kann ja nie wissen, um Kurt Schwitters zu zitieren. Ich lud das Notebook auf.

Offenbar hatte Heinz die meisten Daten gelöscht, und ich war nicht die IT-Expertin, um diese zu reaktivieren. Übrig geblieben war eine Datei mit dem Titel »Island«. Ich rief sie auf. Der Text begann mit einer kurzen Botschaft an mich:

Liebe Anna, ich habe das Gefühl, dass ich seit einigen Tagen verfolgt werde. Nach meiner Rückkehr aus Grímsey heute Abend hatte ich den Eindruck, es sei jemand in meinem Zimmer gewesen. Irgendetwas machte mich nervös. Glücklicherweise befinden sich alle meine Notizen auf meinem Notebook, das ich stets bei mir habe. Ich lösche den Inhalt bis auf diese Seiten. Leider waren fast alle meine Fotos auf meinem Handy, das total demoliert ist. Ist aber nicht so wichtig.

Ich werde den Umschlag mit diesen Notizen morgen früh dem Concierge übergeben mit der Bitte, ihn per Post an Silke Gerjets zu schicken. Sie soll ihn an Dich weiterleiten. Erstens muss ich das Notebook dann nicht mitnehmen, wenn ich morgen nach Hause fliege. Die Kontrolle am Flughafen nervt mich jedes Mal, und zweitens landet es dann hoffentlich wohlbehalten bei mir zu Hause. Dies ist eigentlich nur zur Absicherung, denn ich hoffe, dass ich Dir in wenigen Tagen alles persönlich erzählen kann. Und dann sollten wir überlegen, wie wir weiter verfahren.

Nach meiner Tour zur Insel Grímsey bin ich überzeugter als zuvor, dass Hannemann ermordet worden ist, aber nicht dort, obgleich man seine Utensilien da entdeckt hat. Wahrscheinlich wird man seine Leiche nie finden.

Ich frage mich, ob dieses Material für ein echtes True-Crime-Buch überzeugend genug ist. Für einen Roman reicht es allemal. Es gibt zwar noch ein paar gravierende Fragen, die ich nicht beantworten kann. Ich habe sehr viele Leute befragt, aber zu viele Antworten blieben vage. Deshalb hoffe ich auf Deine Hilfe! Du hast vielleicht noch ein paar zündende Ideen. Bis bald – in Liebe, Heinz!

PS: Ich werde meine Haushilfe bitten, Dir den Umschlag zu übersenden, sollte ich nicht wie geplant zurückkehren. Aber ich gehe davon aus, dass wir uns beim Italiener sehen! Mein Motto lautet in diesem Fall: Sicher ist sicher. Das habe ich von meinem Ermittler Mortimer Rascal gelernt.

Es waren knapp zehn Seiten mit Notizen, den ersten entnahm ich nicht viel Neues. Doch ab Seite acht wurde es spannend. Da hatte Heinz, wie eine Zwischenüberschrift andeutete, »neueste Erkenntnisse« aufgeführt. Nach seinem Ausflug nach Grímsey mit Thorinn. Er schrieb: »Der Ausflug war zwar ein wenig frustrierend, aber nicht sinnlos.«

Das widersprach Thorinns Aussage, Grímsey sei »ein Schlag ins Wasser« gewesen. Diese letzten Seiten wollte ich noch lesen, ehe ich zu müde wurde. Ich sah, wie der Morgen dämmerte, und die ersten Vögel stimmten ihr Konzert an. Es waren weniger Sänger als im Frühling, aber das Vogelzwitschern war auch an diesem Morgen ein tröstliches Geräusch. Ich machte mir einen Kaffee und las weiter:

Grímsey halte ich nicht für den Ort, an dem Hannemann gestorben ist. Die Landschaft hier ist nicht so unwirtlich, dass ein Wanderer auf Nimmerwiedersehen verschwinden könnte. Als ich Thorinn darauf ansprach, druckste er erst herum, gab dann zu, dass er eher glaube, Hannemann sei irgendwo in den Bergen verschollen. Grímsey habe er wohl nicht als sein endgültiges Ziel angesehen. Thorinn meinte: »*Hannemann hat mich gefragt, welche Route auf dem Südteil der Insel interessant ist.*« *Deshalb nimmt er an, dass Hannemann seinen Plan kurzfristig änderte. Er ist aber nach wie vor der Meinung, dass der Professor verunglückt ist. Die Vorstellung von Mord hält er für lächerlich. Warum sollte jemand Hannemann umbringen? Aus Leidenschaft, Eifersucht, Gier? Thorinn jedenfalls meint, ich hätte mich verrannt.*

Mich beschäftigt nach meinen Erkenntnissen aus diesem Ausflug jetzt vor allem das Rätsel des verlorenen Buchs. Wo könnte es sein? Sicher hat Hannemann es nicht auf seine Wanderung mitgenommen. Hat er es irgendwo versteckt, um es nach seiner Rückkehr von der Wanderung zu verkaufen? Kommissar Ranulf Eriksson hat mir erklärt, in Hannemanns Kofferraum in dem Mietwagen, den man auf dem Parkplatz an der Fähre nach Grímsey entdeckt hat, befand sich alles Mögliche, aber kein eintausend Jahre altes Buch.

Allerdings hat Hannemanns Assistent Zabel mir im Vertrauen gesagt, ihm sei aufgefallen, dass sein Chef in den letzten Tagen sehr unruhig gewesen sei. Er ist mehrfach in der Bibliothek gewesen und war nach dem letzten Mal vor seiner geplanten Wanderung längere Zeit nicht zu erreichen. Wenn Du mich fragst, hat Hannemann tatsächlich Corrans Buch gestohlen, um es auf dem Schwarzmarkt anzubieten. Die Polizei hätte sein Konto überprüfen müssen. Dazu ist es jetzt zu spät. Und als sie keine Leiche auf Grímsey gefunden haben, wäre es fast logisch gewesen, die Suche zu erweitern, zum Beispiel ins Hochland in die Gegend um den Kverkfjöll oder den Vatnajökull. Aber man hat sich nur auf Grímsey fokussiert. Vielleicht findet man Hannemann irgendwann als eine Art isländischen Ötzi im Gebirge.

Ich werde meiner Figur den Diebstahl eines alten Buches unterschieben, was ja der Realität entsprechen könnte. Den Mörder und das genaue Motiv verrate ich Dir nicht und auch nicht den von mir erdachten Fundort der Leiche. Ich habe in meiner Version des Falles vier Verdächtige, entfernt basierend auf realen Vorbildern. Doch irgendwie glaube ich, dass noch etwas anderes hinter dieser ganzen Sache steckt. Deshalb muss ich dringend mit Dir sprechen.

Ich habe von einer sehr netten Kollegin Hannemanns, Sigrún Alvardottir, erfahren, dass Hannemann mit dem Trinity College wegen einer Vortragsreihe in Verhandlungen stand. Sein Ansprechpartner dort war ein Mann, der so ähnlich wie Backham heißt. Da Du gute Verbindungen zu Dublin hast, könntest Du das für mich recherchieren.

So, nun werde ich erst einmal Schluss machen. Wahrscheinlich brauchst Du dieses iPad gar nicht, weil ich Dir in wenigen Tagen alles persönlich erzählen werde.

Alles Liebe
Dein Freund Heinz alias Winston
PS: Heute Nachmittag bekam ich eine Mail von meiner Agentin. Die ersten drei Rascal-Romane sollen verfilmt werden. Aus Sparsamkeitsgründen werden sie Landschaftsaufnahmen von Yorkshire einblenden, aber in Köln drehen. Die Hauptrolle soll der Sprecher der Hörbücher übernehmen, Klas Bermann. Du könntest als Statistin auftreten. Wäre das nicht ein Spaß?

Ich schaltete das Notebook aus. Dublin, Trinity College, ein Mann namens Backham oder so ähnlich? Steckte hinter dieser Verballhornung etwa John Blackville, der auf demselben Gebiet wie Hannemann forschte? Gut möglich. Diese Spur würde ich verfolgen. Doch mein Gewissen riet mir, das Notebook so schnell wie möglich an Schumann weiterzureichen. Ich durfte diese Informationen nicht für mich behalten.

Ich schickte Schumann eine kurze Nachricht: »Notebook von Heinz bei mir. Gebe es Dir morgen.« Plötzlich fühlte ich mich hundemüde. Und schlief in meinem Sessel ein.

Schon wenig später fuhr ich aus meinem Schlaf auf. Das Handy spielte verrückt. Ärgerlich sah ich auf das Display. Natürlich wieder Hans Schumann. »Ja?«, krächzte ich.

Er redete sehr laut und schnell. »Anna, entschuldige meinen frühen Anruf. Man hat in dem Vulkankrater, der an diesem Wochenende wieder für kleine Touristengruppen zugänglich gemacht werden sollte, ein Skelett gefunden. Die Frage ist: Sind das die sterblichen Überreste von Markus Hannemann?«

Der Tote im Vulkan

Der Tag entwickelte sich chaotisch. Schumann hatte gleich nach diesen wenigen Worten seinen Anruf beendet. Ich ging erst einmal unter die Dusche, um meine Müdigkeit wegzuspülen. Langsam sickerte diese Nachricht in mein schläfriges Gehirn. Und dann war ich schlagartig wach. Ein Skelett im Vulkan? Vier Jahre lang war er für den Publikumsverkehr geschlossen gewesen. Aber offensichtlich hatten die Wissenschaftler bei früheren Expeditionen in das Vulkaninnere nichts Auffallendes gefunden. Und nun ein Skelett, das jahrelang übersehen worden war! In welchem Teil des Kraters hatte man es entdeckt? Wieso hatte man es erst jetzt gefunden?

Schumann war nicht zu erreichen, nur sein neuer Assistent ging ans Telefon. Ich erinnerte mich nicht mehr an seinen Namen, da ich immer noch Hartmut Brink vermisste, der vor zwei Jahren nach Oldenburg gewechselt war. Sein Nachfolger war nicht lange geblieben. Jetzt also wieder ein Neuer. Er versprach, Schumann zu bitten, mich zurückzurufen. »Ich heiße Claudius Gerstorff«, sagte er kurz angebunden.

Konnte der Tote im Vulkan Markus Hannemann sein? Allerdings fragte ich mich, wieso seine sterblichen Überreste ausgerechnet in diesem Vulkan liegen sollten. Alle Welt hatte doch geglaubt, er sei auf Grímsey verschwunden und tödlich verunglückt. Wenn er der Tote im Vulkan war, hatte Heinz recht mit seiner Vermutung, Hannemann sei nicht bei der Wanderung auf Grímsey verschwunden. Jahrelang wären die Ermittlungen von falschen Prämissen ausgegangen. Und Heinz' Verdacht, Hannemann sei ermordet worden, hätte sich bewahrheitet. Man landet nicht einfach tot in einem Krater.

Markus Hannemann war mit uns damals gemeinsam hinunter in den Vulkan gefahren, der wenige Tage später aus Sicherheitsgründen für die Öffentlichkeit gesperrt wurde. Die Gründe dafür lagen in der Annahme, die Fahrt in die Tiefe mit dem alten Aufzug sei zu gefährlich und zu viele Besucher seien allzu risikofreudig am Rande der Felsen herumgeturnt, hinter denen ein unübersichtlicher Abgrund lauerte. Und ein Experte hatte behauptet, der Vulkan sei zwar offiziell seit vielen Jahren erloschen, doch angesichts der zahlreichen Erderschütterungen und Vulkanausbrüche auf Island dürfe man sich nicht in Sicherheit wiegen. »Auch dieser Vulkan könnte ein Schläfer sein«, meinte er.

Im vergangenen Winter und im Frühjahr war es zu mehreren Vulkanausbrüchen im Südwesten gekommen, und Lavaströme bedrohten Dörfer und Landschaften. Sogar die berühmte Blaue Lagune war für längere Zeit für Besucher gesperrt geblieben. Doch offenbar schlief der Berg weiter, und der Riese, der in seiner Tiefe hauste, rührte sich nicht.

Claudius Gerstorff hatte sein Versprechen gehalten und meine Nachricht an Schumann weitergegeben. Gegen Mittag meldete er sich. »Wir wissen jetzt ein paar Einzelheiten«, sagte er. »Einiges davon darf ich dir verraten. Ein Vulkanologe hat sich weiter in die Tiefe abgeseilt als seine Vorgänger in den letzten Jahren, um Gesteinsproben zu sammeln. Man will das genaue Alter des Vulkans überprüfen und ob er dauerhaft erloschen ist. Auf einem Felsvorsprung in etwa zehn Metern Tiefe stieß der Wissenschaftler auf das Skelett. Es lag quer über diesem Stück Felsen, bekleidet mit Resten eines Regenmantels. Der arme Kerl hat einen gewaltigen Schrecken bekommen, war aber geistesgegenwärtig genug, um ein zur eigenen Sicherheit mitgenommenes zweites Seil um das Skelett zu winden. Er ließ sich wieder hinaufziehen, und ein Trupp von Helfern hat dann die Überreste geborgen.«

Mich überlief es eiskalt. Schumann fuhr fort: »Und nun die Frage aller Fragen: Wer ist der Tote? Markus Hannemann? Das würde alle bisherigen Theorien über seinen Verbleib über den Haufen werfen. Das Skelett wurde nach Reykjavík in die Gerichtsmedizin überführt. Es wird noch etwas dauern, bis wir ein Ergebnis haben. Wenn Heinz das noch miterlebt hätte!«

Genau derselbe Gedanke schoss mir durch den Kopf. Das wäre für sein Buch das i-Tüpfelchen. Ein Toter im Vulkan!

Schumann sagte mit einem leicht ironischen Unterton: »Falls du daran denkst, die Arbeit von Heinz fortzuführen, hättest du jetzt das ultimative Puzzleteilchen. Wobei wieder mehr Fragen aufgetaucht als beantwortet sind. Aber erst einmal muss durch einige Untersuchungen, darunter ein DNA-Test, festgestellt werden, ob das tatsächlich unser Verschollener ist. Jedenfalls ist es eindeutig ein Mord. Der Schädel, das hat man sofort gesehen, weist eine Bruchstelle am Hinterkopf auf, die nicht durch den Sturz verursacht wurde. Falls es Hannemann ist, müsste ich demnächst wieder auf die Insel. Der Fall betrifft uns dann direkt. Markus Hannemann hat zwar in Münster unterrichtet, aber sein Erstwohnsitz war zuletzt bei seiner Schwester in Hannover. Auch wenn er offiziell für tot erklärt wurde, sind wir für diesen Altfall zuständig.«

»Vielleicht sind diese Überreste aber sehr viel älter als aus dem Jahr 2020. Ötzi wurde auch ermordet. Vielleicht ein Uraltfall!«, wagte ich einzuwerfen.

Schumann unterbrach mich. »Nein, den ersten Ergebnissen zufolge sind diese Überreste höchstens fünf bis sechs Jahre alt. Das sagt jedenfalls der Gerichtsmediziner.«

Das klang überzeugend. Dennoch spielte ich weiter den Advocatus Diaboli. »Und wenn es Hannemann sein sollte, könnte er nicht gegen alle Regeln auf eigene Faust nach unserer gemeinsamen Expedition in den Krater gefahren und dabei verunglückt sein, ohne von seinem Plan im Vorfeld etwas zu verraten?«

Schumann reagierte unwillig. »Was ist das denn für eine blödsinnige These? Warum sollte der gute Mann eigenmächtig in den Krater eingefahren sein? Zu welchem Zweck? Und sich selbst auf den Hinterkopf geschlagen haben? Zudem hätte er diesen schweren Lift kaum allein in Gang bekommen. Nein, meine Liebe, dieses Skelett ist ein Mordopfer, egal, ob Hannemann oder John D. Also versuche deine wilden Phantasien zu zügeln.« Zu meiner Überraschung lachte er. »Du solltest wirklich Romane schreiben!«

Mit der wilden Phantasie hatte er recht. Ich schwieg einige Sekunden. Schumann wollte auflegen.

Mit zitternder Stimme fragte ich:»Rufst du Hilde Klein an?«
Die arme Frau! Selbst wenn sie ihren Bruder schon für tot erklärt
hatte, war dies gewiss ein Schock, zumal bei einem Fund unter
so dramatischen Umständen.

Schumann antwortete nicht gleich. Dann sagte er:»Das steht
mir noch bevor. Ich werde zu ihr fahren. Telefonieren finde ich
nicht angemessen. Ich nehme Claudius mit und eine nette junge
Polizistin, die mich beide unterstützen können. Ich würde es
gerne rasch hinter mich bringen.«

Ich nickte, was Schumann natürlich nicht sehen konnte, und
sagte:»Viel Glück! Solche Besuche gehören zu den wahren Trau-
mata deines Berufs.«

Schumann seufzte.»Da hast du leider recht. Du wirst dich
fragen, wie es jetzt weitergeht.« Noch ein Seufzer.»Mein Kollege Ranulf, den ich immer mehr zu schätzen lerne, wird in den
älteren Unterlagen nachforschen, ob andere Personen im Zeit-
raum von Hannemanns angeblicher Wanderung auf Grímsey
als vermisst gemeldet wurden. Etwa ein Jahr vor Hannemanns
Verschwinden bis zum Versiegeln des Kraters. Aber das braucht
alles seine Zeit. Viel kann ich nicht tun. Mal sehen, wie das Unter-
suchungsergebnis aussieht. Nach Hilde Klein muss ich ja dann
auch Hannemanns Ex-Frau informieren.«

Er räusperte sich.»Danke für deine Nachricht. Du kannst
mir das Notebook bei nächster Gelegenheit geben. Falls du
den Notizen von Heinz Informationen entnommen hast, die
relevant sind, sage es mir. Viel Hoffnung mache ich mir leider
nicht.«

Obgleich ich Richard derzeit aus meinem Alltag heraushalten
wollte, schrieb ich ihm eine kurze Nachricht über den Leichenfund im Krater.»Es gibt bisher keine hundertprozentige Bestätigung, aber fast siebzig Prozent«, wagte ich zu mutmaßen.
»Ich schätze, der Fall Hannemann wird wieder aufgerollt.«

Ich wartete noch auf eine Reaktion von Richard, als Harald
Frostauer anrief.»Liebe Anna, was für aufregende Neuigkeiten,
ein Toter im Vulkan! Und leider erst nach dem Tod unseres
Hobbydetektivs Heinz entdeckt!« Harald klang ekstatisch.

»Woher weißt du das denn schon wieder?« Ausgerechnet dieser »Nudnik« war wieder bestens informiert.

Er lachte freundlich. »Liebste Anna, ich kenne Hilde Klein. Vor Urzeiten habe ich sie bei Bekannten getroffen, und sie hat mich wegen einer Hautproblematik gut beraten. Seitdem hielten wir Kontakt. Sie hat mich gerade angerufen. Aber es ist bisher nicht eindeutig erwiesen, ob dieses Skelett ihr Bruder ist. Schumann hat sie angerufen und ihr seinen Besuch angekündigt. Hilde ist völlig durch den Wind und musste mit jemandem sprechen. Mit der Ex von Hannemann steht sie nicht so gut, deshalb war ich ihre erste Wahl.«

Ehe ich antworten konnte, fuhr er fort: »Jetzt ist aus der Theorie deines Freundes Heinz ein realer Fall geworden. Was für eine grandiose Idee, eine Leiche in einem Krater abzulegen! Heinz hätte daraus Zündstoff für sein Buch gemacht.«

Er holte Luft. »Anna, du solltest sein Werk fortführen. Hoffentlich springt nicht der furchtbare Langweiler Gelling in diese Lücke. Seine Bücher können mit Winston Stevens nicht Schritt halten. So, ich muss weg. Mittagessen mit einem Journalisten wegen meines neuen Projekts. Davon erzähle ich dir bald, am besten beim Mittagessen im ›Tutto bene‹, meinem Lieblingsitaliener.« Und schon hatte er das einseitige Telefonat beendet.

Dann hatte Schumann sich nicht an sein Vorhaben gehalten, Hilde Klein nicht am Telefon zu informieren. Eigentlich wollte er das Obduktionsergebnis abwarten, ehe er die arme Frau konfrontierte. Manchmal agierte er allzu überstürzt, was gar nicht zu seiner sonst bedächtigen Art passte. Dass Harald bereits von dem makabren Fund im Vulkan wusste, gefiel mir nicht. Er war ein Plappermaul.

Ich nahm mir noch einmal die Notizen von Heinz vor. Wie es jetzt aussah, hatte er mit seiner Meinung richtiggelegen, dass Hannemann ermordet worden war. Der Krater lag weit entfernt von Grímsey im Norden Islands. Aber vielleicht irrten wir uns, und Hannemann war nicht der Tote im Vulkan.

In Gedanken konstruierte ich einen Plot, in dem Hannemann finsteren Schurken zum Opfer gefallen war. Ich malte mir aus, dass er für eine isländische Mafia das Buch von Corran entwendet hatte und dann von einem eiskalten Killer beseitigt worden war. Meiner Theorie nach hatte Hannemann Schulden und versuchte sie durch den Verkauf des wertvollen Buches zu tilgen. Aber die Bösewichter sahen in ihm einen gefährlichen Mitwisser, dem sie nicht vertrauten und den sie deshalb ermordeten. Das Buch war längst an einen millionenschweren Sammler aus Dubai verkauft worden und für immer verloren.

Das wäre eine tolle Geschichte für Heinz gewesen! Deutscher Professor stiehlt isländisches Kulturerbe, um seinen Geldsorgen zu entkommen, wird jedoch selbst zum Opfer. Wie schade, dass Heinz diese Entwicklung nicht mehr erleben durfte. Ein gefundenes Fressen für jeden Autor von True-Crime-Büchern!

Bei all meinen phantasievollen Überlegungen fehlte mir nur noch ein Täter. Ein gedungener Mörder in Diensten einer isländischen Mafia war gut und schön, aber unbefriedigend. Den würde man nicht dingfest machen können. Und das Buch blieb leider verschwunden, da der reiche Sammler es für immer in seiner Privatbibliothek verstecken würde. Ein Happy End war nicht in Sicht. Bei mir musste am Ende jedes Krimis die Welt wieder in Ordnung sein. Fall gelöst, Täter gefasst. Alle glücklich. Danach sah es derzeit nicht aus.

Ich lud mir aus dem Internet Bilder des Vulkans herunter. Meine eigenen Aufnahmen von dem Ausflug in den Krater damals zeigten nur diese bunten Wände, die an Gemälde von Jackson Pollock erinnerten. Ich hatte leider keine Fotos von der umliegenden Landschaft oder dem Äußeren des Vulkans gemacht. Es war auf den ersten Blick kein sehr imposanter Berg. Er ragte nur knapp dreihundert Meter über dem Lavafeld auf, das zum Teil dicht mit schleimigem Moos bewachsen war, teils aus dunklem, rissigem Gestein bestand.

Die Internetbilder vom Inneren, die meine laienhaften Fotos bei Weitem übertrafen, beeindruckten mich. Schroffe Steine und dahinter ein tiefer Abgrund, der bis zum Mittelpunkt der Erde zu reichen schien. Unheimlich und faszinierend. Man durfte sich nur eine halbe Stunde im Krater aufhalten. Thorinn hatte uns vierzig Minuten zugestanden, ehe wir wieder in dem knarrenden Lift hinauffahren würden. Schweigend hatten wir eng beieinandergestanden, während unter uns der Krater in der Dunkelheit versank, die nur an manchen Stellen von einigen Neonleuchten spärlich durchbrochen wurde.

Zu gern hätte ich Schumann gebeten, mich zu seinen Ermittlungen nach Island mitzunehmen. Auf Kreta hatten wir vor Kurzem zusammen an der Aufklärung des Mordes an einem Journalisten und der Auflösung eines Geheimnisses aus der Geschichte der Archäologie gearbeitet. Ich fürchtete, dass er mich diesmal nicht mit ins Boot holen würde.

Loyal, wie ich war, würde ich ihm die Notizen von Heinz überlassen. Doch hasste ich den Gedanken, nicht involviert zu sein. Und das, obgleich ich mir geschworen hatte, mich nunmehr von Verbrechen fernzuhalten. Prompt fiel mir dazu ein Zitat meiner Mutter ein: »Wankelmütig sein im Leben heißt dem Unglück in die Arme streben.« Ausnahmsweise kein Ausspruch eines Philosophen oder Schriftstellers, sondern eine Volksweisheit.

Wer konnte mir verübeln, dass ich durch die Notizen von Heinz, meine Erlebnisse in Dublin und den Leichenfund neugierig geworden war und mich einmal mehr in die Ermittlungen einbringen wollte? Das wäre dann das allerletzte Mal, schwor ich mir. Aber wie sagte Martin Luther so treffend: »Hohe Schwüre zeigen tiefe Lügen an.«

Ich machte mir selbst etwas vor. Seit meinem ersten Abenteuer im Brester Moor vor bald acht Jahren hatte der Abgrund, in den ich damals geblickt hatte, immer wieder zurückgeschaut. Das korrekte Zitat von Friedrich Nietzsche lautete: »Wer mit Ungeheuern kämpft, mag zusehen, dass er nicht dabei zum Ungeheuer wird. Und wenn du lange in einen Abgrund blickst, blickt der Abgrund auch in dich hinein.« Daran hatte ich häufig in den vergangenen Jahren gedacht und die Weisheit dieses Spruches immer deutlicher erkannt. Dennoch überlegte ich, wie ich Schumann überzeugen könnte, mich dabeihaben zu wollen. Sollte er mich ruhig die Miss Marple vom Krater nennen!

Am frühen Abend hatte ich noch immer nichts von Richard gehört. Und plötzlich fehlte er mir. Diese Zwangspause, die vielleicht sogar die Ouvertüre zu unserem letzten Akt war, gefiel mir gar nicht mehr. Auch wenn ich ihn im Alltag nicht ständig traf, war er Teil meines Lebens geworden. Er bedeutete mir als Gesprächspartner viel, und ich genoss unsere oft unterschiedlichen Ansichten und seine Unterstützung bei Problemen und Sorgen und die vielen schönen gemeinsamen Erlebnisse. Weder Schumann noch Harald Frostauer konnten Richard das Wasser reichen.

Ich gelte seit meiner Jugend als verschlossen, wenn es um Gefühle geht. Nur selten ließ ich jemanden an mich heran. Ein Manko, wie ich an diesem Abend schmerzlich spürte. Einige Male hatte ich kurz davorgestanden, mich anderen Menschen zu öffnen. Als ich daran dachte, tauchte Desmond Casey vor meinem inneren Auge auf, der Ire, den ich vor einigen Jahren unter dramatischen Umständen kennen- und fast lieben gelernt hatte. Rasch verdrängte ich diese Erinnerung.

Ein freudloser Abend, dachte ich. Würde ich Alkohol besser vertragen, hätte ich mir jetzt ein großes Glas Weißwein gegönnt. Alkohol bot zwar weder eine Lösung noch eine Erlösung, aber für einige Momente fand ich den Gedanken verführerisch. Ich blieb standhaft. Stattdessen kochte ich mir einen Tee und überarbeitete einige Texte für meinen neuen Katalog. Abgabetermin war in einer Woche. Ich war nicht recht bei der Sache. Immer wieder fragte ich mich, was mit Hannemann wirklich geschehen war und ob Heinz bei seinen akribischen Recherchen zu einem mutmaßlichen Mörder in ein Hornissennest gestoßen hatte und der Wahrheit zu nahe gekommen war. Ich legte die Arbeit am Katalog beiseite und rief die Notizen von Heinz auf.

Beim besten Willen vermochte ich ihnen keinerlei konkrete Hinweise auf einen Verdächtigen zu entnehmen. Gut, dieser Thorinn schien dubios zu sein, doch das machte ihn nicht automatisch zu einem Mörder. Ich erinnerte mich an ihn als einen freundlichen, wenn auch zurückhaltenden Mann, der sich bei unserem Ausflug in den Vulkan mit Heinz angeregt über Elfenhügel und Riesen unterhalten und ein wenig mit der hübschen jungen Frau geflirtet hatte, die von Hannemanns großspurigem Reden fasziniert gewesen war. Kurz hatte er heftig mit Hannemann diskutiert, als dieser auf den Rand des Kraters zusteuerte. Die junge Frau mischte sich ein, und wenige Minuten später fuhren wir zurück ans Tageslicht. Ich wollte die junge Frau ansprechen, doch sie eilte davon und lief behände über das Lavafeld, während ich mit Heinz und einem ältlichen Ehepaar aus Deutschland hinterhertrottete. Am Rande des Geländes wartete ein Bus auf uns. Ich spürte damals große Erleichterung, nicht noch länger über diese Steinwüste marschieren zu müssen.

Hannemann dagegen schloss sich uns nicht an. Er wolle, verkündete er lautstark, noch das Umfeld des Vulkans erkunden und später zu Fuß zurückwandern. Eine beträchtliche Strecke, dachte ich damals. Da er aber herumposaunt hatte, dass er demnächst eine größere Wanderung plane, hielt ich das für eine sportliche Übung.

Thorinn zwinkerte mir zu und flüsterte: »Der nächste Bus kommt in einer Stunde mit einer nächsten Gruppe. Ich wette, dass er mit dem Bus nach Reykjavík zurückfährt und uns im Glauben lässt, er sei zehn Kilometer marschiert. Aber falls er bis heute Abend nicht im Hotel auftaucht, schicke ich die berittene Polizei los.« Dazu kam es nicht. Hannemann hatte um zwanzig Uhr in der Hotellobby gesessen und ein großes Bier getrunken.

Nein, Thorinn hielt ich nicht für einen kaltblütigen Mörder. Die junge Frau sah ich nicht wieder und erfuhr auch nie ihren Namen.

Alles nur vage Erinnerungen, die mich an diesem Abend überfluteten. Die »Tagesschau« war gerade vorbei, als mein Handy brummte. Eine Nachricht von Richard.

»Tut mir leid, dass ich mich erst jetzt melde. Es gab heute einige Probleme im Geschäft. Deine Info hat mich erschüttert! Könnte dieser Tote im Vulkan Markus Hannemann sein? Das wäre der Wahnsinn. Bitte halte mich auf dem Laufenden. Ich muss morgen in aller Frühe für drei Tage nach Köln. Wir produzieren neun Shows in Folge. Das wird hart, aber wegen der

Sparmaßnahmen reduzieren wir die Drehtage. Deine Mutter hat mich zum Tee eingeladen. Vielleicht besuche ich sie. Liebe Grüße«.

Immerhin hatte er reagiert. Lieber hätte ich mit ihm telefoniert. Zwischen uns lagen auf einmal Meilen und nicht die knapp zwei Kilometer von meiner Wohnung zu seinem Haus in der Regenbogensiedlung am Mittellandkanal. Mein Stolz verbot es mir, ihn anzurufen. Oder war es eher kindischer Trotz?

Meine Mutter ahnte nichts von unserer Trennung. Da sie ihn sehr mochte, wollte ich ihr nicht die tristen Fakten unter die Nase reiben. Also schrieb ich nur zurück: »Alles Gute!« Danach beschloss ich, mich mit einem Klassiker ins Bett zu begeben. »Oliver Twist« von Charles Dickens lenkte mich von meinem Kummer ab.

Ich war beim vierten Kapitel mit der Überschrift »Oliver findet eine Stelle und macht den ersten Schritt ins Leben« angelangt, als es an meiner Wohnungstür klingelte. Fast zweiundzwanzig Uhr. Keine gute Stunde für Besucher. Und wenn vor der Tür ein Mensch mit finsteren Absichten lauerte? Egal, ich schlüpfte in meinen alten, ausgeleierten dunkelgrünen Bademantel und öffnete die Tür einen Spaltbreit.

»Keine Angst, Anna! Ich bin es!«, hörte ich Schumanns vertraute Stimme. Erleichtert ließ ich ihn herein. Er sah erschöpft aus. Seine Haare waren wirr, sein Hemd zeigte Spuren von Tomatensoße. »Ich habe gerade zum Abendessen Ravioli aus der Dose gegessen«, entschuldigte er sich, als er mein leichtes Stirnrunzeln bemerkte.

»Ist doch Wurst, Hans! Was gibt es denn?«, beruhigte ich ihn.

»Anna, ich wollte es dir unbedingt gleich persönlich mitteilen. Ranulf hat mich angerufen. Und ich habe Hilde Klein und Hannemanns Ex bereits informiert. Der Tote im Vulkan ist nicht Markus Hannemann, sondern ein bisher nicht identifizierter Mann von höchstens dreißig Jahren.«

Von Bergen und Riesen

In dieser Nacht verfolgten mich in meinen wirren Träumen Desmond Casey und Markus Hannemann, der als Skelett vor mir her durch eine finstere Landschaft lief. Das Klappern seiner Knochen klang sehr realistisch und weckte mich auf. Totenstille. Es war stockdunkel. Drei Uhr morgens, die Stunde des Wolfs, wenn das Gehirn Kapriolen schlägt, alle Sorgen sich wie Berge vor einem aufhäufen und aus Mücken Elefanten werden. An das, was Desmond in meinem Traum trieb, erinnerte ich mich nur schemenhaft. Er stand am Rande eines Feldes und sagte irgendetwas über Riesen, die in Bergen leben. Dann löste er sich in gelben Nebel auf. Ich konnte nicht mehr einschlafen, wanderte einige Minuten sinnlos durch meine Wohnung, legte mich aufs Bett, machte den Fernseher an, in dem eine uralte Show lief, und las dann weiter in »Oliver Twist«.

Meine Gedanken kehrten immer wieder zu Schumanns kurzem abendlichen Besuch zurück. »Weiß man denn, wer der Mann im Krater sein könnte?«, hatte ich gefragt.

»Nein, er ist bisher der große Unbekannte«, erwiderte Schumann. Er bat um ein Glas Wasser. »Interpol ist eingeschaltet. Wenn das nicht Hannemann ist, dann taucht die Frage wieder auf, ob der Professor noch lebt oder wo seine Leiche ist. Ein verwirrender Fall. Ranulf meint, dass er sich nach diesem Ereignis doch noch einmal auf Spurensuche begibt und ein Team organisiert.«

Ich goss auch mir ein Glas Wasser ein und sagte: »Irritierend ist, dass man Gegenstände auf Grímsey gefunden hat, die eindeutig Hannemann gehörten. Es wäre denkbar, dass er ganz woanders gewandert ist, nicht auf Grímsey, sondern zum Beispiel im Nationalpark Thingvellir oder noch weiter südöstlich um den Vulkan Katla herum. Und vielleicht liegt sein Leichnam an einem dieser Orte.«

Schumann nickte. »Und sein Mörder hat, um eine falsche

Fährte zu legen, Sachen von ihm auf Grímsey deponiert. Du bist und bleibst meine Miss Marple. So, ich lasse dich jetzt mit deinen grauen Zellen allein und fahre nach Hause.«

»Die grauen Zellen gehören zu Hercule Poirot, nicht zu Miss Marple«, verbesserte ich ihn.

Er lachte. »Oh weh, du fängst an, deinem lieben, aber nervigen Freund Harald Frostauer zu ähneln. Immer alles besser wissen!«

Das saß!

Nach zwei Stunden in der Gesellschaft von Oliver Twist schlief ich wieder ein. Ein lautes Hupen auf der Straße weckte mich. Es war kurz vor zwölf Uhr mittags. Montagmittag. Ich hatte total verschlafen. Um sechzehn Uhr hatte ich einen Massagetermin, am Abend ein Date mit meinem Filmclub. Ich sprang aus dem Bett und checkte als Erstes meine Mails.

Deirdre hatte mir geschrieben. Sie und David vertrugen sich wieder blendend, und Blackville versuchte, mit Deirdre freundschaftliche Kontakte zu knüpfen. Sie blieb reserviert, war aber dankbar, dass der Streit um das Bradley-Buch beendet war. Blackville schrieb an einem Aufsatz über Bradleys Recherchen und versprach Deirdre, ihn ihr zu widmen. Zudem bot er ihr an, aus einem Fundus für Forschung einige tausend Euro zu überweisen, da ihr Geschenk ein Segen für das Trinity College und für seine eigenen Forschungen sei. Viel Aufheben um ein kleines Buch, fand ich. Blackville benahm sich zusehends eigenartig. Deirdre nahm das Geld dankend an, hielt sich den Mann jedoch weitgehend vom Leibe. »Man muss nicht mit den Wölfen heulen«, meinte sie.

Mich beschäftigte mehr als dieser sonderbare irische Wissenschaftler die Frage, was aus Desmond geworden war, der sich nachts in meine Träume drängte. Ich antwortete Deirdre, ging nicht weiter auf ihr Verhältnis zu Blackville ein, sondern stellte die für mich wichtige Frage: »Weißt Du inzwischen mehr über Desmond Casey? Es gibt viele Gerüchte um ihn, aber Du willst ihn ja vor einigen Wochen in Dublin gesehen haben. Hast Du etwas Neues erfahren?« Nach wie vor verriet ich ihr nichts von dem »Phantom« in Malahide und in Trinity College. Ihre Antwort trudelte eine halbe Stunde später ein:

Seit jenem Tag habe ich ihn nicht mehr zu Gesicht bekommen, bin mir auch nicht mehr sicher, ob er es wirklich war. Da Desmond aufgrund seines Geburtsortes Boston, wo seine Eltern damals einige Jahre lebten, auch die amerikanische Staatsbürgerschaft besitzt, schätze ich, wird er meistens in den USA sein. Also ist er weder tot noch auf einer einsamen Insel gestrandet, wie manche bösen Zungen behaupten. In Irland müsste er sich, obgleich das Ereignis einige Jahre her ist, einer polizeilichen Befragung wegen der genauen Umstände des Todes seines Bruders Eamon stellen. Er wurde zwar damals am Steinhuder Meer bei dieser Schießerei, bei der Eamon starb, in der verfallenen Burg selbst schwer verletzt, aber er könnte zum genauen Hergang wahrscheinlich einige noch offene Fragen klären. Du warst ja auch dabei, konntest aber wenig zu den Vorgängen beisteuern. Desmond ist seit 2019 verschwunden. In seinem Dubliner Haus wohnt eine Familie aus Polen. Eamons wenige Hinterlassenschaften gingen an eine Cousine. Desmond wird sich gewiss auch in den USA weiterhin für ein vereintes Irland einsetzen. Mehr kann ich nicht dazu sagen. Ich könnte aber John Blackville fragen, der Desmond kannte und mit ihm einen literarischen Zirkel leitete, der sich auf irische Literatur spezialisierte und bei dessen Veranstaltungen Werke auf Gälisch im Mittelpunkt standen. Zudem ist Blackvilles Fachgebiet keltische Mythen und ihre Verbindung zu nordischen Sagen, und das war auch eines von Desmonds Interessengebieten, wie Du Dich erinnern wirst.

Und wie ich mich erinnerte! Auch an unsere Gespräche zu diesem Thema, an seine spannenden Ausführungen, an seine Begeisterung. Gern hätte ich mehr über diese Verbindung zwischen Blackville und Desmond gewusst. Ärgerlich auf mich selbst, dass ich wieder einmal in die Vergangenheit abtauchte, versuchte ich, diese Erinnerungen zu verdrängen. Es gab Kapitel, die ich nicht aufschlagen wollte. Deshalb ärgerte es mich, dass ich von Desmond träumte.

Schumann meldete sich am späten Nachmittag, als ich mir gerade eine Lasagne in den Ofen schob. Spätes Mittagessen oder sehr frühes Abendessen, wie man's nimmt. Die Massage hatte mir gutgetan, und ich verspürte Heißhunger. In einer Stunde würde ich mich mit meinem Filmclub treffen und gemeinsam die Verfilmung des Romans von Delia Owens, »Der Gesang der Flusskrebse«, anschauen. Zu meinem Club gehörten zwei ehemalige Kommilitoninnen von mir, so alt wie ich, die beide Mütter mehrerer Kinder waren, dazu eine Kollegin, geschieden, frisch verliebt in einen Neurochirurgen, und zwei Freunde aus alten Tagen, die zusammenlebten. Ich hatte versucht, Richard und Schumann für den Club zu gewinnen. Aber die beiden waren viel zu beschäftigt, um sich vorstellen zu können, ihre Zeit mit Filmen »zu verplempern«. Richard streamte lieber, als im Kino zu sitzen. Harald Frostauer kam einige Male mit, doch er meinte, die »Mitglieder« meines Clubs seien ihm zu wenig intellektuell, da wir auch Filme wie »Dune«, »Spiderman« und »Avengers« anschauten. Für mich bedeuteten diese gemeinsamen Kinoabende pure Entspannung.

»Hans, ich bin auf dem Weg ins Kino«, sagte ich ein wenig unfreundlich zu Schumann.

Er wirkte nervös. »Ich will dir nur sagen, dass Ranulf mich über einen neu zusammengestellten Suchtrupp informiert hat. Die Männer sollen das Gebiet des Nationalparks Thingvellir unter die Lupe nehmen. Sie gehen jeder Möglichkeit nach, Hannemanns Leiche aufzuspüren. Thingvellir ist voll mit Geröllspalten, nicht ungünstig für die Entsorgung von Leichen. Und dann steht auch das Gebiet um Katla, dieses gletscherreiche Vulkanmassiv, auf ihrer Agenda. Man geht inzwischen definitiv von Mord aus und davon, dass der Täter mit den Gegenständen aus Hannemanns Besitz auf Grímsey eine falsche Spur gelegt und Hannemanns Leiche woanders deponiert hat. Es besteht zwar wenig Hoffnung, seine Überreste zu finden, da sowohl der Nationalpark als auch die Region um Katla unübersichtlich und riesig groß sind. Aber es soll ein letzter Versuch unternommen werden.«

Da hatte ich mit meiner Vermutung wohl richtiggelegen.

»Gut«, sagte ich, »nur gibt es auf Island Hunderte von Möglichkeiten, eine Leiche zu verstecken.«

Schumann erwiderte: »Das stimmt natürlich. Aber vor einigen Jahren wurde schon einmal die Leiche eines Vermissten in der Nähe des Vulkans Katla entdeckt, in diesem Fall wirklich das Opfer eines Unfalls, ein renommierter Bergwanderer aus England. Thorinn Björnson hat eine Andeutung gemacht, dass Hannemann ihn nach dem Vulkanausflug nach weiteren Optionen für Wandertouren gefragt habe. Er hat ihm Thingvellir und Katla genannt. Das lässt wieder viele Optionen offen. Der Täter muss von Hannemanns Änderungen seiner Pläne gewusst haben. Leider alles nur graue Theorie, nichts Handfestes.«

Schumann wirkte geknickt. »Wenn die Suche erfolglos bleibt, was ich befürchte, wird die Akte Hannemann endgültig geschlossen. Dann konzentriert sich das Team um Ranulf auf Heinz Kröger, und ich werde wohl oder übel in den nächsten Tagen wieder nach Island fliegen, um bei den Ermittlungen zu helfen. Natürlich steht oben auf der Liste auch die Frage nach der Identität des Skeletts.«

Ich erwiderte etwas ungehalten: »Warum sagst du ›wohl oder übel‹? Island ist doch ein herrliches Land!«

»Für Touristen, aber nicht für mich«, entgegnete Schumann schroff. Manchmal war der ansonsten sanftmütige Kommissar schwer zu ertragen.

Leicht eingeschüchtert fragte ich: »Habt ihr denn schon irgendwelche Hinweise zum Toten im Vulkan?«

Er klang wieder freundlicher. »Bisher hat man nichts in den Datenbanken gefunden, und es gibt keinen Vermissten, auf den die Beschreibung passt. Etwa dreißig Jahre alt, knapp eins neunzig groß, dunkle Haare, von denen einige am Schädel klebten, lückenhaftes Gebiss und Anzeichen von verheilten Brüchen an der linken Hand und dem rechten Fußknöchel. So, das war's für heute, viel Spaß im Kino!«

Während ich meine Lasagne verspeiste, googelte ich unter dem Stichwort Katla nach Informationen. Katla, im Süden gelegen, ist einer der aktivsten Vulkane Islands, umgeben von riesigen Gletschern. Man vermutet Ausbrüche unter dem Eis. Er ist größtenteils vom Mýrdalsjökull bedeckt, einer der größten Gletscherkuppen Islands. In der Region gibt es diverse Eishöhlen, vor deren Betreten intensiv gewarnt wird. Die für diesen Vulkan zuständige Vulkanologin erklärt in einem Interview, Katla befinde sich stets auf einer Art Intensivstation der Vulkanabteilung und hänge an allen möglichen Messinstrumenten. Ein beeindruckendes Bild.

Und wie vieles auf Island war auch dieser Vulkan Stoff für eine Sage. Nach einer Überlieferung besaß Katla, eine für ihr bösartiges Temperament berüchtigte Haushälterin im Augustinerkloster Þykkvabæjarklaustur, Wunderhosen, die ihren Träger befähigten, niemals zu ermüden. Ein Hirtenjunge namens Barði lieh sich die Hosen ohne die Erlaubnis Katlas aus, um verlorene Schafe in den Bergen zu suchen. Als er mit den Tieren zurückkam, tötete Katla ihn und versteckte seine Leiche in einer Tonne mit Skyr, einem isländischen Magerquark. Als gegen Ende des Winters die Molke fast ausgetrunken war, sprach Katla: *»Senn bryddir á Barði«* (Bald kommt Barði zum Vorschein), zog ihre Hexenhose an, rannte in Richtung Gletscher und verschwand in ihm. Kurz darauf stürzten Wassermassen unter dem Eis hervor und begruben das Kloster. Es geht die Sage, dass die Region erbebt, wenn die böse Hexe im Bergesinnern von ihrem stetig lodernden Zorn übermannt wird.

Eine aufregende Gegend, ideal, um dort eine Leiche zu verstecken, dachte ich.

Die nächsten Stunden im Kino lenkten mich von meinem Hamsterraddenken an Heinz und Hannemann ab. Das dramatische Schicksal von Kya Clark, dem Mädchen aus dem Marschland von North Carolina, entführte mich in eine andere Welt. Auch hier gibt es eine Leiche, auch hier ein Opfer und eine Verdächtige.

Doch über alles triumphiert die Allmacht der Natur. Eine

völlig andere Natur als auf Island, doch ebenso beeindruckend und unbarmherzig.

Wie immer nach einem gemeinsamen Filmbesuch saßen wir danach in einem kleinen Restaurant in der Nähe des Kinos. Angeregt unterhielten wir uns über die Verfilmung des Bestsellers. Einer meiner beiden Freunde, Sebastian, sagte plötzlich:»Ich bin sehr betroffen vom Tod deines Freundes Heinz Kröger. Seine Rascal-Romane sollen jetzt verfilmt werden. Ein guter Bekannter von mir führt Regie. Hast du daran gedacht, eventuell aus den Recherchen von Heinz für seinen neuen Thriller selbst ein Buch zu machen, sozusagen in seinem Namen? Wie du mir bei unserem letzten Filmabend erzählt hast, wart ihr ziemlich eng miteinander, und er hat dir viele Details anvertraut.«

Ich zuckte zusammen. Nun kam auch noch Sebastian mit dieser Idee!»Nein«, antwortete ich,»die Situation ist zu undurchsichtig. Es haben sich neue Details ergeben, und der Fall, auf dem Heinz' Buch basieren sollte, wird vielleicht neu aufgerollt. Es wäre zu früh für einen Krimi, und außerdem gibt es Berufenere als mich, True Crime zu schreiben. Jetzt kommt erst einmal ›Der Tote im Wüstenschloss‹ heraus, und ich gehe auf jeden Fall zu der Premierenlesung.«

Sebastian ließ nicht locker.»Der Fall von dem Ermordeten im Wüstenschloss ist zwar offiziell ad acta gelegt. Täter unbekannt, nachdem die Ehefrau und ihr Sohn freigesprochen wurden. Aber auch da gibt es viele offene Fragen. Heinz alias Winston Stevens hat sicherlich daraus einen Krimi mit schlüssigem Ende gemacht. Also weniger True Crime als Fiktion.«

»Ja, er präsentiert am Ende einen Täter, doch er hatte einige Bauchschmerzen bei dieser Lösung, da er nach wie vor glaubte, die zweite Ehefrau und ihr Sohn seien zumindest mitschuldig.«

»Realität und Fiktion haben ihre eigenen Regeln«, meinte Sebastians Freund Ludger.»Und bei Romanverfilmungen siegt das Drehbuch über das Original, bei Heinz siegt die Fiktion über die Fakten.«

Nachdenklich kam ich gegen Mitternacht in meine Wohnung. Der Augustvollmond leuchtete in mein Wohnzimmer. Eigentlich verspürte ich keine große Lust, meine Mails zu checken. Nur drei waren während meiner Abwesenheit eingetroffen. Eine Werbung für Kosmetikprodukte, eine Mail des Museums, für das ich den Katalog erstellte, und eine Mail von Hilde Klein, Hannemanns Schwester.

Ich habe zu meiner Erleichterung und gleichzeitig voll Kummer erfahren, dass der Tote im Vulkan nicht Markus ist. Gern hätte ich mit diesem traurigen Kapitel abgeschlossen. Erstaunt habe ich vernommen, dass erneut ein Suchtrupp losgeschickt wird. Ich kann mir beim besten Willen nicht vorstellen, warum man hofft, Markus nach vier Jahren zu finden. Das Gebiet um Katla ist viel zu weitläufig, und Thingvellir ist auch kein kleiner Park. Das erscheint mir hirnrissig. Der Täter ist längst über alle Berge, das Motiv bleibt im Dunkeln. Und letztlich ist es mir egal, da ich mir sicher bin, dass Markus tot ist. Nichts wird sich daran ändern. Natürlich wäre es im Sinne von Moral und Gerechtigkeit, wenn sein Mörder bestraft werden könnte. Doch reale Fälle sind keine Fernsehkrimis.
Ich würde Sie gern bald privat treffen. Ich habe ein Anliegen, das ich mit Ihnen besprechen möchte. Schreiben Sie mir bitte, wann Sie Zeit haben. Herzlich Hilde Klein

Für eine Antwort war es heute Abend zu spät. Ich war gespannt, was für ein »Anliegen« Hilde Klein hatte. Für den Rest der Woche sah mein Terminkalender recht leer aus. Ich beschloss, Hilde möglichst bald zu besuchen. Am Donnerstag, wenn möglich.

Am Freitag plante ich, nach Köln zu fahren, um meine Mutter zu beglücken. Seit sie in der Nähe ihres Hauses eine neue Konditorei entdeckt hatte, gab es bei ihr stets eine wunderbare Auswahl an Kuchen statt ihres einstigen tiefgefrorenen Apfelkuchens, den sie über Jahre hin meistens halb aufgetaut serviert hatte. Sie zog diese Torten sogar den Backkünsten ihrer Pflegerin vor, deren Käsekuchen unübertroffen war.

Der nächste Tag begann sonnig. Hilde Kleins Reaktion auf meinen Vorschlag, sie am Donnerstag zu treffen, war ein herzliches »Sehr schön. Um sechzehn Uhr zum Tee?«. Und dann schrieb mir Richard und fragte, ob wir uns in Köln sehen könnten. Er müsse ein paar Tage länger dortbleiben. »Wir schneiden gerade die Abendshow von ›Gutes für Geld‹. Das zieht sich hin. Aber ich hoffe, Du hast am Samstagabend Lust auf ein Essen bei unserem Italiener.«

Ich antwortete nicht sofort, auch wenn ich mich über seine Nachricht freute. Es war ein wenig kindisch, doch sollte er ruhig etwas zappeln!

Entspannt und gut gelaunt kaufte ich dringend nötige Lebensmittel ein, was ich mit dem Fahrrad erledigte. Als ich nach Hause kam, stand Schumann vor der Tür. Mich durchfuhr es eiskalt. Das konnte nichts Gutes bedeuten.

Er kam mir entgegen, nahm mir zwei meiner vier prall gefüllten Einkaufsbeutel ab und sagte, kaum hatten wir meine Einkäufe in der Küche abgelegt: »Anna, es gibt eine wichtige neue Information! Deshalb bin ich persönlich vorbeigekommen.«

»Was ist passiert? Hat die Polizei den Mörder von Heinz?«

Schumann schüttelte den Kopf. »Ich sollte es zwar nicht laut sagen, aber ich bin mir nicht sicher, ob wir den Täter jemals finden werden. Nein, es geht um den Toten im Vulkan. Dank Interpol kennen wir jetzt seine Identität. Er heißt Brendan Sullivan, verschwand vor vier Jahren aus Irland, wo er zuvor eine Haftstrafe wegen schwerer Körperverletzung abgesessen hatte. Er war gerade zwei Monate zuvor aus der Haft entlassen worden.«

Schumann setzte sich auf einen meiner vier Küchenstühle, die alle wackelten. Es war nicht einfach, die Balance zu halten. Er kommentierte diesen Zustand nicht, sondern fuhr fort:

»Brendan kam eines Abends nicht zu seiner Freundin Ruby zurück, bei der er sich einquartiert hatte, und ließ nie wieder von sich hören. Sie meldete ihn erst nach fünf Tagen als vermisst, weil er wohl öfter nach der Arbeit irgendwo versackt und oft ein bis zwei Tage bei Kumpels untergetaucht war. Auf Nachfrage der Polizei in Dublin hatten ihn aber seine Freunde länger nicht mehr gesehen. Allerdings gibt es wohl noch ein paar Typen, die Brendan aus der Haft kannte und die mit ihm zusammen entlassen worden sind. Mein Kollege, Chief Inspector O'Malley, hat sich dahintergeklemmt. Das ist jetzt ein Dreiländerfall geworden. Island, Irland, Deutschland, wegen der Annahme, dass auch der Fall Hannemann irgendetwas mit Sullivan zu tun haben könnte. Allerdings ist das bisher nur eine sehr vage Vermutung.«

Er sah sich in meiner Küche um. »Hast du Schokolade?« Ich kramte eine Tafel aus den Tiefen meines Küchenschranks. Zufrieden lächelnd fuhr Schumann nach dem ersten Bissen fort:

»Fingerabdrücken, Zahnstatus und DNA zufolge ist der Tote eindeutig Brendan Sullivan. Seine Leiche hat laut Analysen vier Jahre im Vulkan gelegen, er verschwand also zur selben Zeit wie Hannemann. Aber was hatte er auf Island zu suchen, und wie landete er als Toter im Krater? Wo war er in der Zeit zwischen seinem Abtauchen und seinem Tod? Der Fall wird immer vertrackter!«

Spurensuche

Die Nachricht über die Identität des Toten im Vulkan machte schnell die Runde. Deirdre rief mich an. »Ich habe in unseren Boulevardnachrichten gesehen, dass man den Toten auf Island als einen gewissen Brendan Sullivan identifiziert hat. Und der hat in Kilmainham Gaol, im Dubliner Gefängnis, eingesessen. Du wirst es nicht glauben, Anna, aber es gibt keine Zufälle. Die Freundin dieses Ex-Sträflings, Ruby Costello, arbeitete insgesamt acht Jahre bei meiner verstorbenen Cousine als Putzhilfe. Auch nachdem ihr Freund bei Nacht und Nebel verschwunden war. Ich habe sie nicht übernommen, weil sie andeutete, sie habe einen besseren Job in Aussicht und würde demnächst an Geld kommen. Erben, wie sie mir sagte. Ich glaubte ihr zwar nicht, aber da sie mir ohnehin unsympathisch war, ziemlich frech und naseweis, entließ ich sie in Frieden.«

Deirdre lachte. »Sie war schon eine Type, diese Ruby. Aber jetzt habe ich meine Mrs Cooper, über fünfzig, seriös und sehr gläubig. Sie wohnt hier um die Ecke, übernimmt gelegentlich das Babysitten und geht mit den Kindern öfter in die Kirche, um Kerzen für ihren verstorbenen Mann anzuzünden. Dein Patenkind nennt sie Auntie Maggie.«

Deirdre zu stoppen, wenn »*the gift of the gab*« sie überkam, der sehr irische Redestrom, war schwer. Aber es gelang mir, sie zu unterbrechen, ehe sie mir sämtliche weiteren Tugenden von Mrs Maggie Cooper aufzählte. »Hast du denn ihren Freund Brendan mal gesehen, als du bei deiner Cousine zu Besuch warst?«

»Ja, das habe ich. Er tauchte hier auf, als ich im Garten meiner Cousine ihre schönen Rosen bewunderte, stellte sich höflich als Rubys Freund Brendan vor und holte sie mit einem ramponierten Ford ab. Er sah gut aus, sehr groß, mit dunklen Haaren und blauen Augen, aber einem furchtbar schadhaften Gebiss. Wenn er nicht lächelte, wirkte er attraktiv. Vier Wochen später, erzählte mir meine Cousine, heulte sich Ruby bei ihr die Seele aus dem Leib. Brendan war fünf Nächte zuvor nicht nach Hause gekommen und seitdem einfach weg. Angeblich, sagte Dramaqueen Ruby, wollte er im Monat darauf einen neuen Job annehmen und sich mit ihr verloben. Tja, und jetzt taucht der Bursche als Skelett in einem Krater auf Island auf.« Sie schnappte nach Luft.

Ich wollte etwas sagen. Vergebens.

»Die Polizei hat Ruby schon vernommen und einige seiner Kumpels, die mit ihm regelmäßig im Pub waren«, fuhr Deirdre unbeirrt fort. »Das sind harmlose Burschen. Die Polizei sollte lieber mal mit Kevin O'Brian sprechen. Ruby sagte meiner Cousine damals, dass Brendans bester Freund mit ihm zusammen wegen eines Überfalls auf ein Handygeschäft eingesessen hatte und gleichzeitig mit ihm entlassen wurde. Sie mochte diesen Kevin offenbar nicht, aber der hatte eine Menge Kohle, sagt unsere Ruby. Und er habe sie angebaggert.«

»Du solltest mit deinem Wissen zu Chief Inspector O'Malley gehen«, schlug ich vor.

Deirdre kicherte. »Zu dem? Nee, das ist ein ziemlicher Dünnbrettbohrer, nicht zu vergleichen mit deinem Hans Schumann. Ich kenne ihn von früher. Er war mit Davids älterem Bruder Max in einer Klasse. Furchtbar ehrgeizig und furchtbar eitel.«

»Ich werde Schumann den Tipp mit Kevin weiterleiten. Er kann das mit O'Malley absprechen. Eventuell haben sie Kevin längst im Visier. Das muss Schumann checken. Seit er nach mehreren Englischkursen an der Volkshochschule selbst passabel Englisch spricht, liebt er es, seine Kenntnisse unter Beweis zu stellen. Mich braucht er nicht mehr als Übersetzerin.«

»Na, da bin ich aber gespannt. O'Malley spricht Englisch mit einem Wahnsinnsakzent, Westküste, Sligo. Ob Schumann das verstehen kann?« Sie lachte laut auf.

Nach einigen Sekunden sagte sie: »O'Malley kannte auch Eamon und Desmond recht gut. Sein Vater war Mitglied der IRA, bis er 1995 festgenommen und für zehn Jahre inhaftiert wurde. Er ist vor vier Jahren gestorben. Das soll keine Vorurteile wecken, doch sollte sich Schumann vielleicht nicht nur allein auf

Paddy O'Malley konzentrieren. Erinnerst du dich noch an Finn McCoole? Der ist integer. Er hat damals diese Verwicklungen um die gestohlenen Druidenmasken recherchiert. McCoole sollte Schumann und seine isländischen Kollegen unterstützen.« Ich erinnerte mich sehr gut an den freundlichen und zugleich resoluten Inspector. Das alles lag kaum fünf Jahre zurück.

Deirdre holte tief Luft. »Ich habe kürzlich, durch deine Frage angeregt, John Blackville möglichst unauffällig gefragt, ob er je wieder etwas von Desmond gehört hat. Er protestierte nach meinem Geschmack zu lautstark gegen diese, wie er es formulierte, Unterstellung. Er will nichts mehr mit Desmond und dessen Organisation zu tun haben. Trotzdem bin ich wieder verunsichert, ob es damals in der Bibliothek Desmond war oder doch eher ein Doppelgänger.«

Sie seufzte. »Merkwürdigerweise würde ich ihn gern wiedersehen, auch wenn immer noch ungeklärt ist, ob er in den Tod seines Bruders verwickelt war. Du hast hautnah mitbekommen, dass Eamon damals eine führende Rolle in der Organisation spielte, die hinter den Masken als Symbol irischer Geschichte und Identität her war. Er starb in dieser Burgruine am Steinhuder Meer. Desmond wurde dabei schwer verletzt und reiste nach seiner Entlassung aus dem Krankenhaus in Hannover zurück nach Dublin. Wenig später verschwand er. Das Gerücht verbreitete sich, ihm wäre Eamons Tod nicht ungelegen gekommen. Ob er selbst Hand an Eamon gelegt hat, konnte McCoole nie klären, zumal Desmond ja selbst fast gestorben wäre, um dich zu retten. Er stand als Held und als Opfer da. Doch ganz unschuldig wird er nicht gewesen sein.«

Das entsprach auch meiner Vermutung. Seltsamerweise oder besser traurigerweise hatte ich Desmond seit damals im Verdacht, sich für jene Geheimorganisation aktiv zu interessieren, die auf weitgehend gewaltlose Art versuchte, Irland wiederzuvereinigen. Die Basis dafür sollte die kulturelle Identität Gesamt-Irlands sein. »Freiheit und Vaterland« hieß diese Organisation. Einige ihrer Mitglieder waren damals allerdings nicht vor Gewalttaten zurückgeschreckt, was dem ursprünglichen Tenor der Gruppierung widersprach. Einheit ohne Terror, lautete die Devise.

Desmond hatte mir damals einen Abschiedsgruß hinterlassen und war abgetaucht. Ich fühlte mich verletzt, abserviert. Es wäre wahrscheinlich nie etwas aus Desmond und mir geworden, zumal Richard dann doch die wichtigere Rolle in meinem Privatleben spielte. Trotzdem empfand ich Desmonds Art, sich mir zu entziehen, als kränkend.

Finn McCoole hatte es bald aufgegeben, die Zusammenhänge zwischen den einzelnen Ereignissen rund um jene mysteriösen Druidenmasken zu erforschen, und auch die Umstände von Eamons Tod blieben ungeklärt. War McCoole wirklich so integer und objektiv, wie Deirdre glaubte? Er hatte den Fall recht schnell nicht weiterverfolgt. Doch vielleicht war mein Misstrauen völlig unberechtigt, und McCoole war der bessere Polizist als O'Malley, um weitere Nachforschungen zu Brendan Sullivan anzustellen. Ich würde Schumann Deirdres Vorschlag, McCoole ins Boot zu holen, weitergeben.

Ich musste das gar nicht tun. Wenig später trudelte eine Nachricht von Schumann auf meinem Handy ein: »Liebe Anna, Finn McCoole hat sich bei mir mit Infos zu Sullivan gemeldet. McCoole kennen wir noch von unserem irischen Fall mit diesen Druidenmasken vor fünf Jahren. Sympathischer Bursche. O'Malley hat McCoole den Fall übergeben. Darüber bin nicht traurig. Bis bald, Hans in Eile«.

Als ich diese kargen Sätze las, ging mir einmal mehr die Frage durch den Kopf, wie wir früher ohne digitale Hilfsmittel leben und komplizierte Fälle gelöst werden konnten. Ohne all diese Entwicklungen in der Forensik und die Möglichkeiten, Handys zu orten und mit Hilfe von Kameras Tatorte zu sichten. Im Stillen sehnte ich mich manchmal nach den alten Zeiten.

Die Detektive früherer Kriminalautoren wie Adam Dalgliesh von P. D. James, Lord Peter Wimsey von Dorothy Sayers, Inspector Grant von Josephine Tey oder Albert Campion von Margery Allingham mussten ohne diese Hilfsmittel arbeiten und lösten am Ende doch alle Fälle zur Zufriedenheit ihrer Leser.

Mortimer Rascal, der Protagonist in Winston Stevens' Krimis, war zwar ein moderner Polizist, verließ sich aber, wie einst Sherlock Holmes oder Pater Brown, auf seine Instinkte und den gesunden Menschenverstand. Zumal er auf den weiten Mooren von Yorkshire, wo er Verbrechen aufklärte, auch nicht immer Netzverbindung hatte.

In einem der Romane ging ihm bei einer Verfolgungsjagd durchs Moor das Benzin aus, weil der gesuchte Mörder die Benzinleitung manipuliert hatte. Rascal landete im Nirgendwo. Er ließ seinen Wagen stehen und ging zu Fuß weiter, und als er in einem Gasthaus im fiktiven Dorf Little Bricklestone eine Pause einlegte, traf er just den Verdächtigen und löste den Fall auf seine unvergleichliche Art. Diesen Roman mit dem schönen Titel »Die Phantome von Bricklestone Moor« mochte ich besonders. Ach, Heinz, wer soll dich ersetzen, dachte ich wehmütig. Und wieder überrollte mich eine Welle des Zorns beim Gedanken an seinen Mörder. Und Unverständnis, dass es mit diesem Fall nicht voranging. So jedenfalls schien es mir. Aber vielleicht war Schumann der Lösung bereits wesentlich näher, als er es mir verraten wollte. Das nervte mich.

Was hatte McCoole über Sullivan herausgefunden? Ich scrollte in meinem Handy-Telefonbuch und stieß auf McCooles private Nummer. Sollte ich ihn anrufen? Welchen Grund könnte ich ihm nach so langer Zeit dafür nennen? McCoole kannte mich zwar, doch das reichte sicherlich nicht, um ihm Einzelheiten zu Sullivan zu entlocken. Deirdre war ihm, wie sie erzählt hatte, in den vergangenen fünf Jahren einige Male über den Weg gelaufen. Sie sprach eher distanziert über ihn. Befreundet waren sie jedenfalls nicht. So schwankte ich zwischen Neugierde und Scheu, mich nach dieser langen Pause bei McCoole zu melden.

Wie so oft bei mir siegte die Neugierde. Doch zunächst rief ich Deirdre an. Sie klang ein wenig gehetzt. Kein Wunder als Mutter von zwei kleinen, lebhaften Kindern!

Sie antwortete aber auf meine Frage bereitwillig. »Nein, ich habe seit Längerem gar keinen Kontakt mehr zu McCoole. Zuletzt habe ich ihn vor einem Jahr zufällig in der Trinity Library getroffen. Er sei privat auf der Suche nach einem Buch. Das war's. Er ist inzwischen, laut Medien, die Karriereleiter ein Stück hinaufgestiegen und Superintendent, ein enger Vertrauter des Commissioner. Man munkelt, McCoole würde demnächst ein Deputy des Commissioner werden. Sehr rasche Karriere, und wenn man weiteren Gerüchten Glauben schenkt, dann hat das private Hintergründe. Mehr weiß ich nicht. Aber er gilt nach wie vor als tüchtig und angenehm im Umgang mit seinen Mitarbeitern.«

Ich verriet Deirdre meine Überlegung, McCoole anzusprechen. »Weißt du, mein Freund Heinz ist vielleicht auch wegen seiner Recherchen zu Hannemanns Verschwinden umgebracht worden. Deshalb interessiert mich alles, was damit zu tun haben könnte. Und mein Bauchgefühl, welches du, Deirdre, meinen sechsten Sinn nennst, sagt mir, dass es einen Zusammenhang zwischen dem Toten im Krater und dem verschwundenen Hannemann gibt.«

Deirdre hörte aufmerksam zu. »Dann versuch es doch einfach mal. McCoole mochte dich damals. Vielleicht hast du Glück, und er beantwortet deine Frage nach diesem Sullivan.«

Ich hörte, wie sie einen Schluck irgendeines Getränks zu sich nahm. Dann fügte sie hinzu:»Ich schreibe dir demnächst ausführlicher. Blackville möchte plötzlich mit David und mir zusammenarbeiten und tut so, als wäre nichts geschehen. Ich traue ihm nicht. Aber mehr in meiner Mail. Ich muss mich beeilen. Die Pflicht ruft!«

Es dauerte eine Weile, bis ich meinen Mut zusammennahm und McCooles Handynummer wählte. Als nach fünfmaligem Klingeln niemand antwortete, wollte ich gerade auflegen. Doch da ertönte seine Stimme, die ich selbst nach fünf Jahren wiedererkannte. Finn McCooles Bariton war einzigartig warm und kraftvoll zugleich. »Hallo?«, fragte er. »Wer ist da?«

Meine Stimme bebte leicht, als ich erwiderte:»Finn, erinnern Sie sich an mich? Hier ist Anna, Anna Bentorp.«

»Anna? Mein Gott, das ist Jahre her! Natürlich habe ich Sie nicht vergessen! Wie geht es Ihnen? Alles okay? Wie wunderbar,

Ihre Stimme zu hören! Waren Sie bei Deirdres Vortrag Anfang August in Dublin?«

Ich stammelte, von seiner Reaktion überrascht: »Danke, alles bestens. Ja, ich war kurz in Dublin zu Deirdres Abend und habe bei ihr in Malahide gewohnt.«

»Und Sie haben sich nicht bei mir gemeldet!« McCoole lachte freundlich. »Vor Ihrem nächsten Besuch müssen Sie mich bitte rechtzeitig informieren. Ich lade Sie dann in ein sensationelles neues Restaurant ein, ›The Druids' Circle‹. Beste irische Küche – und das ist kein Widerspruch in sich.«

Ich hatte McCoole als einen charmanten Mann in Erinnerung, aber nicht so temperamentvoll. Der Name des Restaurants »Der Druidenkreis« ließ mich für den Bruchteil einer Sekunde stutzen, aber ich schob dieses Gefühl von mir. »Danke, sehr gerne, Finn. Aber es geht heute um etwas anderes. Ich möchte mich gleich schon im Vorfeld entschuldigen.«

Finn unterbrach mich. »Lassen Sie mich raten! Sie sind wieder an einem Fall? Was hat der mit Irland zu tun? Sie leben doch in Niedersachsen und, wie ich hörte, auch in meiner deutschen Lieblingsstadt Köln, in der es eine Menge irischer Pubs gibt.« Wieder lachte er.

»Sie haben mich durchschaut.« Ich überwand meine Verlegenheit und erzählte Finn McCoole so knapp wie möglich von meiner Freundschaft zu Heinz Kröger alias Winston Stevens, dessen Bücher auch ins Englische übertragen worden waren, von Hannemann, auf dessen Spuren sich Heinz begeben hatte und vielleicht getötet worden war, und von meinem Interesse an dem Toten im Vulkan.

Als ich atemlos innehielt, hörte ich Finn laut schnauben. »Aha, daher weht der Wind«, sagte er. »Ich kann mir denken, was Sie wissen möchten. Mehr Informationen zu Brendan Sullivan. Habe ich recht?«

Etwas nervös antwortete ich: »Genau darum geht es. Ich wüsste gerne mehr über diesen Mann. Und da dachte ich, dass ich lieber direkt zur Quelle gehe, als auf Schumanns spärliche Informationen zu warten. Könnten Sie mir denn etwas verraten?«

Meine Stimme klang flehend, was mich selbst irritierte. Rasch fügte ich hinzu: »Nichts konnte bisher geklärt werden, weder Hannemanns Verschwinden noch Motiv und Täter im Fall von Heinz Kröger. Das macht mich kirre.«

Finn schien ein Lachen zu unterdrücken. Auf jeden Fall prustete er. »Hat Ihr Freund Hans Schumann, mein ehrenwerter Kollege, Sie nicht mal Miss Marple genannt?« Er genoss die Situation offenbar.

»Ja«, hauchte ich, verlegen wie ein Teenager, dessen Eltern sein geheimes Tagebuch entdeckt hatten.

Jetzt drang das Lachen deutlich an mein Ohr. »Okay, Anna, weil Sie es sind und ich Sie mag. Sie waren uns damals beim Aufspüren der Druidenmasken und der Aufdeckung der Aktivitäten dieses modernen Geheimbundes von Eamon Casey und diesem Schurken Malachi eine große Hilfe.« Er räusperte sich. »Was ich Ihnen zu Brendan Sullivan sagen kann, ist nicht sensationell. Trotzdem verraten Sie bitte nicht meinem geschätzten Kollegen Hans Schumann, dass ich zum *informer* geworden bin.«

»Das verspreche ich Ihnen«, sagte ich rasch.

Er holte tief Luft und begann. »Gut, dann zu Brendan Sullivan. Der Junge stammt aus einer recht ordentlichen Familie, Vater Klempner, Mutter Friseurin, beide Eltern verstorben. Brendan war der Jüngste von fünf Geschwistern. Seine drei Schwestern und sein Bruder leben aber alle in Schottland und hatten wenig mit Brendan zu tun, zumal er sich früh einer Jugendbande anschloss. Kleinere Delikte wie Fahrraddiebstähle und Schokoladen- und Zigarettenklau, dann mit sechzehn waren es Bierflaschen. Er wurde mehrfach auf frischer Tat ertappt und musste etliche Sozialstunden ableisten. Seine Mutter starb, als er siebzehn war, der Vater ein Jahr später. Da waren die Geschwister schon weg aus Dublin, und Brendan wohnte bei einer Tante in Bray, begann dort eine Lehre als Elektriker, brach diese ab und quartierte sich bei einem Freund in Dublin ein. Gemeinsam gründeten sie eine Bande, die in Geschäften auf Raubzug ging. Dieser Freund und er wurden geschnappt, der Freund namens Mike Keagan entkam und tauchte unter, aber Brendan wurde zu vier Jahren Gefängnis verurteilt. Er hatte den Inhaber eines Handyladens niedergeschlagen und schwer verletzt.«

Finns Festnetztelefon läutete. »Da muss ich rangehen!«, sagte er, murmelte irgendetwas und wandte sich dann wieder mir zu: »Meine Assistentin hat mir gesagt, dass Brendans Tante Alma Higgins gerade gekommen ist. Mit ihr muss ich leider auch noch sprechen.«

»Kein Problem, dann können wir vielleicht später –«

»Um es kurz zu machen«, unterbrach er mich. »Im Knast hat Brendan sich radikalisiert. Er sprach davon, der IRA beizutreten, und nannte das Karfreitagsabkommen ›Bullshit‹. Sein bester Kumpel im Gefängnis, mit dem er die Zelle teilte, war ein gewisser Kevin O'Brian, der wegen Verbreitung rechter Hetzparolen und wegen Körperverletzung einsaß. Die beiden wurden gleichzeitig entlassen. Brendan zog zu seiner alten Freundin Ruby Costello und fand einen Job bei der Gepäckausgabe am Flughafen. Die meisten Abende verbrachte er im Pub zusammen mit Kevin. Dann verschwand Brendan, und Kevin, der seit geraumer Zeit versucht, ein ehrbareres Leben mit Frau und Baby zu führen, verriet uns, dass Brendan ihm damals etwas von einer großen Chance erzählt habe. Er sei von einem ebenfalls früheren Mithäftling angesprochen worden, der ihm einen gut bezahlten Job angeboten habe. Was das für ein Job war, hat Brendan nicht verraten, und wer dieser Mithäftling war, ist auch unbekannt.«

McCoole wurde wieder unterbrochen. »Ja, ich komme in zwei Minuten. Bieten Sie der alten Dame einen Tee an!« An mich gewandt, fuhr er fort: »Kevin gab an, dass Brendan dick auftrug und damit prahlte, für einige Zeit ins Ausland zu reisen. Dafür brauchte er einen Pass, den ihm ein alter Kumpel beschaffen wollte. Das war vor vier Jahren, im Juni. Danach hat Kevin von Brendan nichts mehr gesehen und gehört. Auch Ruby konnte uns nicht mehr dazu sagen. Ob Tante Alma mehr weiß, werde ich gleich erfahren. Die Suche nach Brendan wurde nach einem Monat eingestellt. Die Gefängnisverwaltung konnte uns den Namen des obskuren Mithäftlings nicht verraten, vermerkte, es könnte ein Bursche namens Greg Kelly gewesen sein, der acht Jahre wegen eines Raubüberfalls gesessen hat.«

Eine weitere Unterbrechung. »Ja, es dauert nur noch eine Minute«, sagte McCoole und sprach mich wieder an. »Die Einreisebehörden in Island haben den Namen Brendan Sullivan nicht registriert, doch am 12. Juni jenes Jahres soll eine kleine Reisegruppe aus Irland in Keflavík gelandet sein. Auf einen jungen Mann dieser Gruppe trifft die Beschreibung von Brendan zu. Wir haben ältere Fotos von ihm aus der Haftzeit. Aber auf dem Pass stand der Name Connor Fergus. Er reiste offenbar mit drei weiteren Männern zusammen. Einer davon, erinnerte sich der Beamte an der Passkontrolle, schien das Sagen zu haben, ein stattlicher, sehr gut gekleideter Mann mittleren Alters mit gutem Englisch. Wenn diese vier alle unter falschem Namen eingereist sind, werden wir ihrer schwerlich habhaft werden. Die anderen Mitglieder der Touristentruppe aus Irland haben wir ermittelt. Drei seriöse Geschäftsleute aus Cork und ein Freundespaar aus Tipperary, offenbar bekannte Reiseautoren.«

Finn schwieg für einen Moment. Dann sagte er: »Das ist alles, was ich Ihnen verraten kann. Wir versuchen zu ergründen, was Sullivan alias Connor Fergus nach Island geführt hat und vor allem, ob dieser Job, von dem er Kevin O'Brian erzählte, damit zu tun hatte. Und wer waren die anderen drei, insbesondere der ›stattliche, gut gekleidete Mann‹? Sie sehen, liebe Anna, wir stehen ganz am Anfang der Spurensuche. Aber vielleicht nützen uns ja Ihre grauen Zellen auch bei der Lösung dieses Falls, liebe Miss Marple.«

Ehe ich auch ihn korrigieren konnte, dass die grauen Zellen das Markenzeichen von Hercule Poirot waren und nicht von Miss Marple, und andeuten konnte, dass ich keinen Ehrgeiz verspürte, schon wieder mit Agatha Christies altjüngferlicher, wenn auch cleverer Amateurdetektivin verglichen zu werden, verabschiedete sich Finn McCoole mit einem herzlichen »Slán«, zu Deutsch »Tschüss«.

Hannemanns Haus

Das Wetter war gut, und ich brauchte Bewegung. Also schwang ich mich auf mein Fahrrad und radelte los. Das Haus, in dem Hilde Klein in einem der schöneren Stadtteile von Hannover lebte, war zwar kleiner, als ich angenommen hatte, aber schmuck. Im Vergleich zu den Villen in der Nachbarschaft aus dem ausgehenden 19. Jahrhundert wirkte es eher schlicht. Pastellgrün gestrichen mit einer Eingangstür in passendem Dunkelgrün und ebensolchen Fensterläden. An der Tür kein Namensschild. Ich drückte kräftig auf die Klingel, die einen hellen Glockenton von sich gab. Es wurde sofort geöffnet. Nicht von Hilde Klein, sondern von einer jungen Frau mit dunklen Augen und einem attraktiven Lächeln. »Ich bin mit Frau Dr. Klein verabredet«, sagte ich mit fragendem Unterton.

Die junge Frau nickte. »Ja, ich bringe Sie zu ihr. Sie sitzt im Wintergarten. Ich bin Rosalia, ihre Haushilfe.« Sie fügte hinzu: »Falls es Sie interessiert, woher ich stamme: Mein Vater ist aus Apulien eingewandert, ich bin hier geboren.«

Diese Aussage überraschte mich. Mein Gesichtsausdruck verriet mich.

Sie lächelte. »Ich will nur vorbeugen, dass Sie nicht Frau Klein danach fragen. Fast alle ihre Besucher wollen wissen, woher ich komme. Das nervt. Also verrate ich es lieber gleich. Und ich arbeite seit fünf Jahren in diesem Haus. Nebenbei studiere ich Nordistik und Literatur.«

Noch immer etwas verwirrt von dieser unorthodoxen Begrüßung, folgte ich Rosalia in den Wintergarten. Hilde Klein saß in einem gemütlichen Sessel und nippte an einer Kaffeetasse. Durch das Panoramafenster blickte man auf den Garten mit seinen gepflegten Beeten, auf denen fast nur Rosen in verschiedenen Farben blühten, einem Apfelbaum mit den ersten rötlich angehauchten Früchten und einem leise plätschernden kleinen Springbrunnen. Eine Idylle mitten in der Stadt.

Hilde Klein reichte mir ihre Hand und sagte: »Entschuldigen Sie bitte, dass ich nicht aufstehe. Aber ich hatte gestern einen Hexenschuss und bin ein wenig unbeweglich.« Sie wandte sich an Rosalia, die hinter mir stand. »Bitte, Rosalia, Kaffee und Kekse für unseren Gast.«

Die junge Frau nickte und verschwand. Ich setzte mich auf den zweiten Sessel gegenüber Hilde Klein und sah hinaus. Schade, dachte ich, dass wir nicht auf der Terrasse sitzen. Im Wintergarten war es allerdings angenehm kühl.

Durch den Garten strich eine schwarze Katze. Hilde Klein lächelte. »Das ist mein Kater Filou, schon fünfzehn Jahre alt, doch immer noch gut aufgelegt. Eines der raren Geschenke meines Bruders.«

Sie wirkte auf einmal wehmütig. »Wir waren nie sehr eng als Geschwister, aber er behielt sein Zimmer in meinem Haus, da er noch öfter zu Vorträgen herkam und Freunde aus seiner Schulzeit besuchte. Diese Freunde trafen sich alle drei Monate. In den letzten Jahren vor seiner fatalen Reise nach Island schien diese Verbindung nicht mehr so innig zu sein. Markus kam seltener, und wenn, nur an Wochenenden. Sein Zimmer bewohnte er weiterhin, aber meistens traf er sich mit Silvius Petersen, einem alten Kollegen, der inzwischen nach Göttingen gegangen ist, in einer Kneipe, und gelegentlich kam seine Ex-Frau Beate vorbei.«

Rosalia näherte sich mit einem Tablett und stellte geräuschlos das Geschirr und einen Teller mit Gebäck auf den kleinen Beistelltisch. Ebenso geräuschlos ging sie wieder fort.

Hilde Klein blickte ihr nach. »Die Frau ist ein Goldstück. Sie kannte Markus auch noch. Nach seinem Verschwinden hat sie sein Zimmer gründlich sauber gemacht, seine Kleider aussortiert und seine Arbeitsunterlagen sorgsam in einer Kommode abgelegt. Sie schreibt gerade ihre Masterarbeit an der Uni Hannover zum Thema ›Griechische Sagengestalten und ihre nordischen Verwandten‹. Markus hat sie damals auf diese Idee gebracht. Er hat vor einigen Jahren einen großartigen Artikel im ›Nordic Magazine‹ zu irischen Sagenfiguren und ihren Verwandten in der nordischen Mythologie veröffentlicht. Das Material benutzt Rosalia als Quelle. Petersen berät sie.«

Sie nahm sich einen Schokoladenkeks und betrachtete ihn nachdenklich, ehe sie hineinbiss. »Silvius Petersen war immer ein wenig neidisch auf Markus. Die beiden kannten sich seit ihrem Studium in Bonn und später in Berlin. Markus heiratete Beate Karlsson, hinter der Petersen her war. Die Ehe hielt zwar nur zehn Jahre, aber Beate zeigte sich nie an Petersen interessiert.«

Hilde Klein wischte sich einen Kekskrümel aus dem Mundwinkel. »Das ist aber letztlich Klatsch und Tratsch und hat gewiss nichts mit Markus' Verschwinden zu tun. Außerdem waren sie trotz aller Rivalität befreundet. Beate hat inzwischen wieder geheiratet, heißt aber nach wie vor Karlsson. Sie haben sicher von diesem tragischen Kriminalfall in ihrer Familie gehört. Ihr Cousin Erwin wurde tot in einem jordanischen Wüstenschloss aufgefunden. Verdächtigt wurden seine zweite Ehefrau Karin und ihr Sohn Michael aus ihrer ersten Ehe. Aus Mangel an Beweisen wurden die beiden freigesprochen.«

Hilde Klein nahm sich einen zweiten Keks, während ich schweigend Kaffee trank. Sehr stark und für mich nur mit viel Milch genießbar.

»Ja«, plauderte sie weiter, »das Gerücht besagt, Erwins Frau habe einen Liebhaber gehabt, der in ihrem Auftrag Erwin ermordete. Aber es gab keine Beweise, und Karin hat sich längere Zeit nicht mit einem anderen Mann gezeigt, dann aber Erwins Partner geheiratet. Die Ehe hielt keine anderthalb Jahre. Dass es einen Lover gab, ist bisher nicht bewiesen. Ihr Sohn Michael studiert inzwischen Betriebswirtschaft, ein verwöhnter Bengel, der laut Beate seinen Stiefvater gehasst hat. Wie Sie sicher wissen, hat Heinz Kröger diese Geschichte als Basis für seinen Roman ›Der Tote im Wüstenschloss‹ genommen, aber in der Realität fehlten Indizien und jede Spur des wahren Täters.«

Und wieder wanderte ein Keks in ihren grellrot geschminkten Mund. »Ich hätte gern gewusst, wie Kröger den Fall meines Bruders als True Crime aufarbeiten wollte. Da gibt es noch weniger solide Spuren. Deshalb bedauere ich, dass er mir nicht mehr von seinen neueren Erkenntnissen erzählen konnte.«

Hilde Klein sah auf ihre Armbanduhr, ein wertvolles Fabrikat, nicht wie meine preiswerte Allerwelts-Uhr. »Genug des Vorgeplänkels. Ich möchte Sie nicht mehr allzu lange aufhalten«, sagte sie.

Dass ich bisher kein einziges Wort gesprochen hatte, war ihr wohl gar nicht aufgefallen. Eine seltsame Frau, fand ich, und mir nicht wirklich sympathisch. Ich versuchte etwas zu sagen, doch über ein »Alles sehr tragisch« kam ich nicht hinaus. Mein Gegenüber, das just den vierten Keks anknabberte, ließ sich nicht unterbrechen.

»Ich hatte vor, Heinz Kröger einige Unterlagen zur Verfügung zu stellen, die mein Bruder hiergelassen hat. Rosalia wollte alles im Altpapier entsorgen, aber ich habe das verhindert. Wenn Sie möchten, können Sie einen Blick darauf werfen und entscheiden, was von Interesse ist. Das meiste sind Stichworte für seine diversen Vorträge über nordische Gottheiten und mystische Wesen. Nicht uninteressant. Silvius Petersen hätte das Material gewiss gerne, und auch Bernd Zabel, der frühere Assistent von Markus, würde damit sicherlich etwas anfangen können. Vor einigen Tagen rief mich ein gewisser Jochen Gelling an, der behauptete, er solle als Nachfolger von Heinz Kröger das Buch zu Ende schreiben.«

Sie spülte den Keks mit einem großen Schluck Kaffee hinunter. »Doch ich durchschaue den Burschen. Er war auf der Beerdigung von Heinz und hat mich da schon genervt. Ich kenne seinen Verleger Gebhard Steinholz gut, der vor Jahren mein Sachbuch ›Haut unter der Sonne‹ veröffentlich hat. Also habe ich Steinholz angerufen. Er meinte, dass Gelling sich schon lange als Nachfolger von Kröger geriert, aber es bestehe keine Chance, dass er Krögers Erbe antritt. ›Jochen Gelling wird nach seinem nächsten Westerwald-Krimi unseren Verlag verlassen‹, hat Steinholz mir anvertraut. Lange Rede, kurzer Sinn: Rosalia führt Sie jetzt in das Zimmer meines Bruders, und Sie schauen, ob es etwas unter seinem Papierkram gibt, was Sie interessiert.«

Sie hielt inne, dann sagte sie schmunzelnd: »Ich glaube, Steinholz würde sich freuen, wenn Sie das Buch von Heinz beenden. Da ich ihn schätze, sollten Sie sich das überlegen. Vielleicht inspiriert Sie dieser Papierkram.«

Gern hätte ich sie gefragt, warum sie den Nachlass ihres Bruders nicht lieber der Polizei übergeben wollte. Aber ich verzichtete auf die Frage. Ohnehin schien Hilde Klein wenig erpicht zu sein, andere Menschen zu Wort kommen zu lassen. Hildes Buch »Haut unter der Sonne« hatte ich zufällig vor gut zehn Jahren gelesen, ein Überraschungserfolg. Ihr zweites Sachbuch »Auf Haut gebaut« hatte ordentliche Kritiken, doch weitaus weniger Käufer. Schicksal vieler Autoren, vor allem von Amateuren, die einen Überraschungserfolg verbuchen, jedoch danach mit ihrem ersten Erfolg nicht mehr Schritt halten können. Hilde Klein schien nicht darunter zu leiden. Zwei Bücher, eine erfolgreiche Laufbahn an der Medizinischen Hochschule, ein nettes Haus – sie wirkte zufrieden, und auch der Tod ihres Bruders überschattete nicht ihr Leben. Jedenfalls kam es mir so vor.

Rosalia zeigte mir Hannemanns Zimmer und wies auf eine Eichenkommode. »Darin liegen mehrere Stapel mit Notizen und Entwürfen für Vorträge. Darunter sind auch einige Versuche für die Synopsis eines Buches, das Hannemann schreiben wollte. Das Buch ging in Richtung meiner Masterarbeit, also zu griechischen Sagenfiguren und nordischen Göttern. Aber ich kann das Material leider nicht verwenden. Zu speziell. Viel Spaß.«

Ich dankte und setzte mich erst einmal auf das breite Bett unter dem Fenster. Auch wenn Hilde Klein ihren Bruder längst zu den Toten zählte, hatte sie sein Zimmer über die Jahre offenbar kaum verändert. Gut, im Schrank hingen keine Kleidungsstücke mehr. Doch auf dem Kirschholz-Schreibtisch stand eine alte Reiseschreibmaschine. Daneben ein Stapel Papier, ein Becher mit Kugelschreibern und Bleistiften, ein Lexikon Isländisch-Deutsch, ein weiteres Lexikon auf Englisch über »Gods and Myths from the North« und, zu meiner Überraschung, ein Fernrohr.

Im Bücherschrank zahlreiche Werke in mehreren Sprachen über Sagen und Mythen, dazu einige Romane, auch Werke isländischer, irischer und amerikanischer Autoren. Am liebsten hätte ich mich auf den großen Schaukelstuhl gesetzt, der in einer Ecke des Raums stand, und in Ruhe die Bücher angeschaut. Sagen und Mythen interessieren mich seit meiner Kindheit. Meine Großmutter hatte meinen Kopf damit vollgestopft. Wenn sie zu Besuch kam, erzählte sie stundenlang. Vielleicht konnte ich ein anderes Mal, falls Hilde Klein es erlaubte, in den Büchern stöbern.

Ich zog die erste Schublade der Kommode auf. Darin lagen zahlreiche lose Blätter und einige Aktendeckel. Auf den Blättern erkannte ich Zahlen, hingekritzelte Wörter, Ausrufezeichen und einige Namen, die mir unbekannt waren. Dazwischen kleine Zeichnungen von Häusern, Pferden und abstrakten Figuren. Ähnliches hatte ich früher während längerer Telefonate gemacht. Damals noch meist am Festnetz, Hörer am Ohr, Bleistift in der Hand. Hannemanns Zeichnungen von Pferden zeugten von erstaunlichem Talent.

Die meisten seiner Aufzeichnungen vermochte ich nicht zu entziffern. Die Zahlen waren womöglich Telefonnummern, mit denen ich nichts anfangen konnte. Ich legte die Blätter auf die Kommode und widmete mich dem ersten Aktendeckel. Darin befanden sich abgeheftete Seiten. »Vortrag 18. Mai 2015«, stand auf dem ersten Blatt. Ich überflog den Text. Es war die Einführung zu einer Abhandlung über Thors Kampf mit der Midgardschlange, die Schlacht zwischen Göttern und Riesen, Ragnarök und schließlich die Wiederkehr der neuen Welt, die aus den Ruinen der untergegangenen Erde erwuchs. Ein faszinierendes Thema, doch für meine Suche nach Erkenntnissen über Hannemanns Leben nicht zielführend.

Auch die nächsten drei Aktendeckel enthielten Skizzen, Stichworte und halb fertige Passagen zu Vorträgen, die Hannemann zwischen 2015 und 2018 gehalten hatte. Der fünfte Aktendeckel fesselte meine Aufmerksamkeit. Darin lagen etliche Seiten auf Englisch mit deutschen Randbemerkungen, die von Hannemann zu stammen schienen. Es ging um einen Essay zu irischen Sagengestalten und ihren »Verwandten« in der nordischen Mythologie. Der Essay trug den Titel »Irish Sagas and their Nordic Brethren«. Rosalias Masterarbeit hatte einen ähnlichen Titel.

Die Anmerkungen dazu ließen mich stutzen. Da stand unter anderem »so okay«, »etwas ändern«, »durch Namen ergänzen« und »besser recherchieren«. War dies eine Doktorarbeit, die Hannemann betreute? Es stand kein Datum dabei.

Ich blätterte rasch weiter und gelangte zu Seite zehn, der letzten Seite. Und da stand unter der letzten Zeile ein Name: John Elliott Blackville. Was hatte dieser Aufsatz von John Blackville in den Unterlagen von Markus Hannemann zu suchen? Die beiden kannten sich durch ihre Arbeit zu ähnlichen Themen. Wie ich wusste, war Hannemann als Kongressteilnehmer und Referent am Trinity gewesen.

Im Aktendeckel lag noch ein zweites Manuskript. »Entwurf zu einem Aufsatz für das ›Nordic Magazine‹, Ausgabe 3/2018«. Ich begann zu lesen und stellte schon nach wenigen Zeilen fest, dass dies wortgetreu dem Text von John Blackville entsprach. Hatte Hannemann als Übersetzer für seinen Kollegen gearbeitet? Unter dem Text prangte allerdings Hannemanns Name. An dem Manuskript klebte ein Zettel mit der Notiz: »1.200 Euro erhalten«.

Den Essay würde ich in Ruhe zu Hause lesen. Ich legte ihn beiseite. Ein dunkler Verdacht keimte in mir. Sollte Markus Hannemann einen Aufsatz seines irischen Kollegen schamlos abgeschrieben haben? Und gehofft haben, dass ihm niemand auf die Schliche kommt? Das musste ich später checken.

In der zweiten Schublade fand ich mehrere Schachteln mit Visitenkarten. Darunter solche von Hochschullehrern, Vereinsvorsitzenden, Bibliotekaren und Ärzten. Aber auch viele offensichtlich private Adressen, über etliche Jahre gesammelt. Auf manchen Karten standen weder Handynummern noch E-Mail-Adressen. Sie sahen uralt aus.

Ich wollte die Schachteln wieder zurück in die Schublade stellen, als sich eine Visitenkarte wie durch Magie aus dem Haufen löste und aus der Schachtel rutschte. Ich legte sie zurück. Doch da stach mir der Name darauf ins Auge. Das konnte nicht wahr sein, aber da stand es schwarz auf weiß:

Desmond Casey, 1345 Grafton Street, Dublin.
Mobile: +353 23671290. Mail: dm.casey@gmail.ie

In der Grafton Street hatte Desmond damals sein Büro gehabt. Was er genau beruflich machte, erfuhr ich nie. Seine Handynummer erkannte ich. Ich steckte die Karte ein. Konnte es sein, dass Hannemann engeren Kontakt mit Desmond gehabt hatte? Vielleicht hatte er ihn in Dublin durch Blackville kennengelernt.

Desmonds Wissen über alte irische Geschichte war phänomenal, für Hannemann sicherlich eine informative Quelle. Seltsam und unheimlich, dass ausgerechnet diese drei Menschen eine Verbindung hatten. Nach meiner Erfahrung gibt es keine Zufälle. Wie gut war Hannemann mit der Arbeit seines Kollegen Blackville vertraut gewesen? Wenn Hannemann und Desmond sich gekannt hatten, mussten sie sich vor mindestens vier Jahren getroffen haben. Der Fall der Druidenmasken, in den Desmond involviert war, lag fünf Jahre zurück, Hannemanns Verschwinden erfolgte im Jahr darauf. Ich fühlte mich benommen. Der verschollene Professor kam mir immer mysteriöser vor.

Die Aufsätze packte ich ein, die Schachteln stopfte ich wieder in die Kommode und warf dann einen Blick auf den Inhalt der dritten Schublade. Die quoll fast über von Landkarten, alten Atlanten und Reisebroschüren. Zwei Landkarten fielen mir ins Auge: eine von Island mit diversen kleinen roten Kreisen, eine zweite von der irischen Ostküste, ebenfalls mit kleinen roten Kreisen. Ich steckte die Landkarten zu den Aufsätzen in meine geräumige Handtasche und blätterte flüchtig in einigen Broschüren. Artikel über die Anden, die Alpen, das Mittelmeer, das schottische Hochland und das Teufelsmoor, aber nichts zu Irland oder Island.

Einen Artikel riss ich aus dem Magazin heraus, weil er mich

persönlich interessierte. In ihm ging es um das Brester Moor, in dem ich vor bald acht Jahren meine unheimlichen Begegnungen mit sagenumwobenen Moorbewohnern und weniger gruselige Begegnungen mit Schumann und Richard hatte.

Als ich mit meiner Beute die Treppe hinunterstieg, kam mir Rosalia entgegen. »Frau Dr. Klein musste zu einem Termin«, sagte sie mit ihrer sanften Stimme, »sie lässt Sie grüßen und würde sich über ein Wiedersehen freuen.« Sie verschwand in Richtung Küche.

Einige Minuten später machte ich mich auf den Heimweg, schon sehr gespannt auf Blackvilles Essay und das eindeutige Plagiat von Hannemann.

Ich radelte auf meinem Heimweg am Maschsee entlang und überlegte, ob ich anstatt eines Mittagessens lieber nur ein Eis essen sollte. Da entdeckte ich in einem Restaurant am Ufer zwei Menschen im Gespräch vertieft: Es waren Hans Schumann und Finn McCoole, den ich nach all den Jahren sofort wiedererkannte. Groß, schlank und mit einem kantigen Gesicht. Was hatte er hier verloren?

Ich schwang mich vom Rad und betrat mit Herzklopfen die Terrasse des Restaurants. Beide sprangen auf, begrüßten mich überschwänglich und setzten sich rasch wieder. Sie wirkten verlegen, was mich amüsierte und befremdete.

McCooles Geständnis

»Nein, was für eine schöne Überraschung!«, rief Schumann mit
übertriebener Herzlichkeit.

»Endlich sehe ich Sie mal wieder!«, ergänzte McCoole mit
ebenso gekünstelter Freude.

Schumann rückte einen Stuhl zurecht. »Setz dich zu uns!
Was möchtest du essen?«

Mein verkrampftes Lächeln ließ meine Wangenmuskeln
brennen. »Danke, nur etwas trinken«, erwiderte ich und sah
auf ihre Teller. McCoole kämpfte gerade mit den Resten einer
großen Portion Tagliatelle mit Lachs, Schumann hatte das letzte
Stück seiner Lasagne an den Tellerrand geschoben. Beide tranken Bier.

Ein Kellner eilte herbei, und ich bestellte Wasser und einen
Kaffee. Eigentlich verspürte ich Hunger, aber ich unterdrückte
dieses Gefühl. Ich war nicht in der Stimmung, mit den Herren
Polizisten gemütlich zu lunchen.

Der Kellner stellte das Wasser und den Kaffee vor mir auf den
Tisch. Auf der Untertasse lag ein Keks, den ich dankbar in den
Mund schob. Von den Schokoladenplätzchen bei Hilde Klein
hatte ich kein einziges bekommen. Die Hausherrin dagegen
verzehrte mindestens sechs, während sie mit vollem Mund wie
ein Wasserfall auf mich einredete.

Verlegenes Schweigen folgte, das ich brach. »Finn, was führt
Sie nach Hannover? Wir haben erst kürzlich telefoniert. Da
haben Sie mir nichts von Ihrer Absicht erzählt, hierherzukom-
men.«

»Ach so, ihr habt also telefoniert?«, ließ Schumann sich vernehmen. »Das ist ja interessant!«

McCoole errötete. Er sah genauso gut aus wie vor fünf Jahren, sogar besser. Seine grauen Schläfen standen ihm. Er räusperte sich. »Lieber Hans, Anna hat mich angerufen. Wir kennen
uns, wie du weißt, seit den Ereignissen am Steinhuder Meer bei

diesem kleinen Kloster Warnstedt. Sie hat mich nach Sullivan gefragt.«

Schumann starrte mich zornig an. »So, unsere liebe Anna spielt wieder Detektivin! Hast du mir nicht lang und breit erklärt, deine Miss-Marple-Zeit sei vorüber?«

Gekränkt schnauzte ich: »Du sagst mir kaum etwas! Ich war mit Heinz befreundet, und er hat mich in diese Geschichte hineingezogen. Er ist bei seinen Ermittlungen umgekommen, wahrscheinlich, weil er jemandem dabei empfindlich auf die Füße getreten ist. Und natürlich interessiert mich dieser Tote im Vulkan!«

Schumann grummelte: »Dein ehrenwerter Freund Heinz hätte lieber Ranulf Eriksson über seine tiefgründigen Erkenntnisse informieren sollen, als in irgendwelche Hornissennester zu stechen und Superman zu spielen. Er hat mich nur einmal kurz angerufen, zwei Tage vor seinem Tod, einen Tag vor seinem Ausflug nach Grímsey. Da berichtete er von einer bahnbrechenden Information, die er mir persönlich weitergeben wolle. Sie habe nichts mit Hannemann zu tun, sei aber wahrscheinlich der Schlüssel zur Lösung eines noch älteren Falls. Mehr verriet er nicht. Mir tut es sehr leid, dass Heinz ermordet wurde. Aber so kommen wir nicht weiter. Und dein Einmischen hilft schon gar nicht.«

Im Grunde hatte Schumann recht, doch ich akzeptierte seine Ablehnung nicht. Ehe ich zurückfauchen konnte, intervenierte McCoole. Schumann und ich hatten Deutsch geredet, und dem Tenor unseres Austauschs vermochte McCoole durchaus zu folgen. Mit seinem warmen Bariton brachte er eine beruhigende Note in unseren hitzigen Disput. Zum ersten Mal fühlte ich Dankbarkeit über Schumanns frisch erworbene Englischkenntnisse. Endlich musste ich nicht wie früher als Übersetzerin fungieren.

»Ihr Lieben, was soll diese Aufregung? Ich verstehe Anna gut. Heinz Kröger war ein Freund. Allerdings hätte er trotz all seiner angeblichen Erkenntnisse diese True-Crime-Geschichte auf allzu vielen Thesen und Fragezeichen aufbauen müssen. Als

Heinz sich auf die Rückreise machte, wusste er noch nichts von dem Toten im Vulkan. Wir alle dachten bei der ersten Meldung zu dem Fund, es sei Hannemann. Von Brendan Sullivan ahnte niemand etwas.« McCoole trank einen großen Schluck Bier.

Schumann starrte verdrossen hinaus auf das glitzernde graugrüne Wasser des Maschsees, auf dem sich etliche Segelboote tummelten. Für einen Donnerstagmittag waren erstaunlich viele Segler unterwegs. Der Wetterbericht kündigte für den späteren Abend ein Gewitter an, doch noch strahlte die Augustsonne von einem fast wolkenlosen Himmel.

Ich wurde unwillig. »Können Sie mir bitte eine Antwort auf meine Frage geben? Was führt Sie aus Irland nach Hannover, wenn doch die Morde in Island geschehen sind?«

McCoole wischte sich den Schaum vom Mund und sagte: »Ich bin nach Hannover gekommen, weil es einige Querverbindungen gibt. Zu den Hintergründen von Sullivans Tod hätten wir gerne gewusst, ob Heinz Kröger darüber etwas herausgefunden hat. Es gibt etliche Unklarheiten, die eventuell zu Hannemann führen. Vielleicht können uns Hannemanns Schwester und Ex-Frau weiterhelfen. Deshalb werde ich vor Ort einige Gespräche führen, ganz inoffiziell und mit Unterstützung der hiesigen Polizei.«

»Gibt es denn schon konkrete Hinweise, dass Sullivan und Hannemann sich kannten?« Ich sah McCoole überrascht an.

»Anna, Sie wissen, dass ich nicht berechtigt bin, Sie in den Stand polizeilicher Ermittlungen einzuweihen.« McCoole lächelte bei seinem vergeblichen Versuch, mich streng anzusehen. Schumann grinste, ich lachte laut los.

»Nun sagen Sie es schon!«, rief ich. »Ich bin doch längst involviert, auch wenn Hans recht hat, dass ich eigentlich meine Karriere als Amateur-Detektivin an den Nagel hängen wollte.«

Der irische Superintendent leerte sein Bierglas und winkte dem Kellner, der ihm innerhalb weniger Augenblicke ein zweites Glas servierte.

»Nun gut«, sagte McCoole nach einem Schluck, der eine dicke Schaumschicht auf seiner Oberlippe hinterließ. »Es ist uns gelungen, mit Hilfe der isländischen Behörden einiges zu klären, obgleich dies vier Jahre zurückliegt. Brendan Sullivan kam mit drei weiteren Männern nach Island, von denen wir inzwischen zwei identifizieren konnten. Alle unter falschem Namen. Bruce Gillian alias Steve McInnes und Eric Shaun alias Ken Hewitt. Bruce war damals dreißig Jahre alt, Eric fünfunddreißig. Bruce Gillian hat wegen bewaffnetem Raubüberfall sieben Jahre im Gefängnis verbracht, Eric vier Jahre wegen schwerem Diebstahl und Körperverletzung. Beide wurden ein paar Wochen vor Brendan entlassen, lebten bei ihren Familien in Howth und Nord-Dublin und verschwanden zur selben Zeit wie Brendan. Beide kamen im Spätsommer des Jahres zurück nach Irland, sprachen nach Angaben von Familienmitgliedern aber nie darüber, wo sie gewesen waren. Bruce Gillian starb bei einem Autounfall im März 2021, Eric verließ Dublin im Mai 2022, um, laut Angaben seiner Mutter, seine irischen Cousins in Brooklyn zu besuchen. Er ist nie bei ihnen angekommen. Aber man fand weder seine Leiche noch irgendwelche Spuren von ihm. Angeblich landete er in Newark am 15. Mai, mietete einen Wagen und wurde nicht mehr gesehen. Auch das Auto blieb unauffindbar.«

»Glauben Sie, dass beide vielleicht als Mitwisser oder Mittäter eines Verbrechens aus dem Weg geräumt wurden?« Ich fühlte mich wie Jekyll und Hyde – zwei Personen in einer. Auf der einen Seite die emsige Kunsthistorikerin, die Kataloge erstellte, Vorträge hielt und alle zwei Monate im Landesmuseum in Hannover den Wert von Gemälden beurteilte, die ihre Besitzer auf Dachböden und in Kellern fanden, erbten oder auf Flohmärkten erstanden. Auf der anderen Seite steckte in mir diese manchmal schwer zu ertragende Neugierde, die mein Interesse an Kriminalfällen und Geheimnissen befeuerte – mein Miss-Marple-Syndrom, das gerade trotz all meiner guten Absichten wieder einmal die Oberhand gewann.

Schumann ahnte, was in mir vorging, und schmunzelte, McCoole nickte wohlwollend. »Gar nicht so dumm«, meinte er. Und es klang nicht herablassend.

In diesem Moment trat der Kellner wieder an unseren Tisch. »Möchten die Herrschaften einen Nachtisch?«

Schumann sah zu mir herüber. »Ich wette, die Dame hätte gern ein großes Eis!« Wo er recht hatte, hatte er recht.

Der Kellner verschwand und kehrte recht schnell mit einem prächtigen Eisbecher wieder, auf dessen Spitze ein Schirmchen prangte. Dieser verführerische Anblick lenkte mich jedoch nicht von meiner Frage ab. »Noch einmal. Glauben Sie, dass Bruce und Eric beseitigt wurden, weil sie zu viel wussten?«

»Nein, nicht unbedingt. Bruce war wohl in einen selbst verschuldeten Verkehrsunfall auf der Straße nach Belfast verwickelt. Er hatte eins Komma acht Promille im Blut und raste in einen Lastwagen, der ohne Licht auf dem Standstreifen parkte. Bei Eric dagegen sind wir uns nicht sicher. Sein Cousin Donal in Brooklyn gab zu Protokoll, dass Eric bei einem Telefonat einige Tage zuvor besorgt gewirkt hätte. Er bat Donal, niemandem im Vorfeld von seinem geplanten Besuch zu erzählen. Nach der Landung meldete er sich bei Donal und sagte ihm, er müsse noch einen kleinen Schlenker nach Williamsburg machen, würde aber am frühen Abend bei ihm sein. Er tauchte nicht auf. Und seither wissen wir nicht, was geschehen ist.«

McCoole blätterte in der Speisekarte und entschied sich für Pannacotta, Schumann für einen doppelten Espresso.

»Donal, der in Brooklyn einen irischen Pub betreibt«, fuhr McCoole fort, »hatte seit seiner Emigration vor zwanzig Jahren kaum Kontakt mit Eric und war erstaunt, als der sich plötzlich meldete. Er gab an, nicht zu wissen, wen sein Cousin in Williamsburg besuchen wollte. Eric nannte weder Namen noch Adresse. Wir wissen nur, dass Eric erhebliche Spielschulden hatte, denen er sich zu entziehen versuchte. Sein Verschwinden hat wahrscheinlich nichts mit Island zu tun.«

Der Kellner stellte die Pannacotta schwungvoll vor McCoole auf den Tisch, Schumanns doppelter Espresso folgte. Ich aß mich durch das Rieseneis wie die Figuren im Märchen vom Schlaraffenland durch den Hirsebrei.

McCoole vernichtete sein Dessert in null Komma nix und

berichtete weiter: »So viel zu Eric und Bruce. Den dritten Mann haben wir bis jetzt noch nicht identifiziert. Er reiste unter dem Namen Seamus O'Neill ein, ein typisch irischer Allerweltsname. Die vier Männer wurden offenbar am Flughafen abgeholt oder sind mit dem Bus nach Reykjavík gefahren. Jedenfalls haben sie kein Auto gemietet. Drei Tage später reisten drei wieder aus, einer fehlte. Das war Brendan Sullivan, wie wir heute wissen. Die drei Männer hatten aber bei der isländischen Polizei keine Vermisstenanzeige aufgegeben. Damals hat das niemand weiter beachtet.«

McCoole winkte dem Kellner und bestellte einen Espresso macchiato. Dann sagte er: »Ruby Costello, Brendans Freundin, hatte ihren Lover schon nach Kurzem abgeschrieben. Immerhin hatte sie ihn damals als ›abgängig‹ gemeldet, dann aber nicht nachgehakt. Die Nachricht vom Leichenfund nach so langer Zeit berührt sie nur am Rande, da sie inzwischen längst einen neuen Freund hat und ein Baby erwartet. Sie konnte nicht mehr zu Protokoll geben als damals bei ihrer Vermisstenanzeige, als Brendan offenbar mit falscher Identität nach Island gereist war.«

McCoole legte den Löffel mit einem Klirren auf den leeren Nachtischteller. »Sullivans Tante Alma war auch keine große Hilfe, behauptete aber, ihr Neffe habe ihr bei seinem letzten Besuch von einer Chance berichtet, an Geld zu kommen. Er müsse deshalb für eine Woche ins Ausland verreisen und würde mit einer beträchtlichen Summe Cash zurückkommen. Doch auch sie hat nie wieder von ihm gehört, meldete ihn ebenfalls als vermisst, etwa eine Woche nach Ruby, und das war's.«

»Der dritte Mann, oder besser der vierte, ist also noch nicht identifiziert worden?« Ich hatte meinen »Eisberg« verspeist und sah McCoole erwartungsvoll an.

»Sagte ich doch schon. Wir haben keinerlei Hinweise auf ihn, nur eine vage Beschreibung. Und das liegt vier Jahre zurück.« McCoole wirkte ein wenig unwirsch.

»Und keinen Verdacht, wer der große Unbekannte gewesen sein könnte?«, nervte ich weiter.

»Nein, es kommen seit zwanzig Jahren immer mehr Touristen nach Island, sodass er genauso gut einer von vielen hätte sein können. Vielleicht war er das auch. Und seither ist so viel Zeit vergangen, dass man den ›Dritten Mann‹ sicher nicht mehr finden wird.«

»Aber ein Unfall war Sullivans Tod doch nicht?« Immerhin wusste ich von der Schädelverletzung.

McCoole antwortete offen: »Eindeutig Tod durch Fremdeinwirken. Der isländische Gerichtsmediziner schließt aus der Verletzung am Hinterkopf auf einen Schlag. Zusätzlich hatte Sullivan sich bei einem Sturz das Genick gebrochen. Da war er aber schon tot. Man ist auch dabei, den Mantel des Toten unter die Lupe zu nehmen, ob daran irgendwelche Spuren zu finden sind, fremde Haare, Fingerabdrücke, Stofffasern, die nicht vom Toten stammen. Ein kleines spannendes Indiz hat der Rechtsmediziner bereits entdeckt.«

Was das war, führte McCoole nicht aus. Schlag auf den Kopf und Genickbruch – ein Overkill, wie ich ihn schon einmal erlebt hatte. Im Jahr davor, als ein deutscher Journalist auf Kreta ermordet wurde. Ich fröstelte.

McCoole stand auf. »Ich habe jetzt eine Verabredung mit Hilde Klein.«

Schumann erklärte: »Finn hat es nicht verraten, aber er sucht eine Verbindung zwischen Sullivan und dem Professor, dessen Hoteladresse und Handynummer Sullivan auf einem Zettel in seiner Manteltasche hatte. Diesen Zettel hat der Gerichtsmediziner vor drei Tagen zufällig gefunden. Er klebte an einem Honigbonbon in der Tasche fest.«

Ich starrte ihn an. Ein Honigbonbon mit Zettel als Indiz! Das war fast schon komisch. McCoole sah nicht sehr glücklich aus, dass Schumann dieses Detail verraten hatte.

»Ich weiß nur, dass Hannemann John Blackville, seinen irischen Kollegen am Trinity, kannte«, sagte ich.

McCoole zog die Augenbrauen hoch. »Woher wissen Sie das?«

»Deirdre deutete mal an, dass sie Markus Hannemanns Vortrag über ›Irische Götter und nordische Sagen‹ vor acht

Jahren im Trinity gehört hat. Die einleitenden Worte sprach John Blackville.«Von dem Aufsatz, den ich in Hannemanns Unterlagen gefunden hatte, sagte ich nichts.

McCoole setzte sich wieder. Er wirkte auf einmal sehr müde. Sein Blick schweifte über den See. Ein Optimist trieb kieloben auf den Wellen, und ein Jugendlicher schrie laut um Hilfe.

»Der See ist nicht tief«, erklärte Schumann,»doch es gibt hier unangenehme Fallwinde. Keine Angst, der Knabe muss nicht lange im See strampeln.«

Schon drei Minuten später erreichte ein größeres Schiff den Jungen, und ein Mann mit Kapitänsmütze zog ihn aus dem Wasser. Schumann lachte.»Als ich vor Jahren in Hannover mit meiner Mutter zu Besuch bei ihrer Schwester, meiner Tante Heidi, war, bin ich mit meinem Cousin Wolf in so ein Boot gestiegen, und ich fiel gleich nach dem Loslegen in die kühlen Fluten. Meine Lust am Segeln war damit für immer vorbei.«

McCoole riss sich von der Szene auf dem See los.»Ich möchte ein Geständnis ablegen«, sagte er plötzlich.

Schumann und ich starrten ihn an. Eine Beichte?

Der Superintendent kratzte sich verlegen an der Nase.»Also, es geht um die Vergangenheit. Sie beide sind vor fünf Jahren in den Fall der Druidenmasken involviert gewesen. Das war ein sehr komplexer Fall mit etlichen Verdächtigen und mehreren tragischen Todesfällen. Eamon Casey galt als einer der führenden Köpfe der Geheimorganisation ›Saoirse agus Athartha‹, Freiheit und Vaterland, die sich ohne Terror für ein vereintes Irland starkmachen will. Leider gab es dann doch mehrere Tote. Wir dachten damals, dieser Geheimbund sei zerstört, seine Mitglieder nicht mehr aktiv, nachdem einige Anführer entweder tot, verhaftet oder geflüchtet waren. Aber das war ein Irrtum.«

Mich überkam ein unangenehmes Kribbeln. McCoole sah mich direkt an.»Desmond Casey hat nach seiner Entlassung aus der hannoverschen Klinik die Führung übernommen. Keiner ahnte dies, da Desmond sich stets gegen solche Aktivitäten ausgesprochen hatte. Sein Ziel war und ist es, dass die Organisation ohne Gewalt der Wiedervereinigung Irlands den Weg ebnen soll. Er gilt noch immer als der Kopf dieses Unternehmens, das aber in den vergangenen drei Jahren nicht in der Öffentlichkeit von sich reden gemacht hat. Es hieß sogar, Desmond sei tot. Doch das stimmt nicht. Ein Vertrauensmann von uns aus Boston hat uns informiert, dass Desmond lebt. Er ist vor einiger Zeit in die USA emigriert, und da er in Boston geboren wurde, kann er mühelos zwischen den USA und Irland hin- und herreisen.«

Ich musste es endlich wissen. Der Mann im dunklen Mantel, der mich bis zu Deirdres Haus verfolgte und den ich bei Deirdres Vortrag gesehen zu haben glaubte, tauchte vor meinem inneren Auge auf. »War er in letzter Zeit in Irland?«

»Das wissen wir nicht. John Blackville kennt Desmond gut, behauptet aber, er habe schon lange keine Verbindung mehr zu ihm. Ich weiß, dass bei dem Vortrag von Hannemann im Trinity vor acht Jahren Desmond und Eamon als Zuhörer dabei waren. Ich im Übrigen auch. Und ich vermute, dass Desmond und Hannemann danach locker in Kontakt blieben. Es mag sein, dass ich bei Hilde Klein dazu Beweismaterial finde. Weitere Details kann ich nicht verraten.«

Ich konnte nicht an mich halten. »Ich bin mir sicher, dass die beiden Kontakt hatten.« Die Visitenkarte aus der Kommode in Hannemanns Zimmer brannte mir zwischen den Fingern, als ich sie aus meiner Jackentasche fischte. »Diese Karte lag in Hannemanns Zimmer im Hause seiner Schwester. Sie hat mir erlaubt, in seinen Papieren zu stöbern. Was genau sie von mir erwartet, ist mir unklar. Aber sie hofft seltsamerweise, ich könnte Heinz' Arbeit fortsetzen, sein Buch zu Ende schreiben, das auf Hannemanns Fall basiert. Das werde ich aber garantiert nicht tun!«

Die beiden Männer starrten auf die kleine Karte. »Na gut«, meinte Schumann, »ich sammle auch Visitenkarten. Das hat nicht immer etwas zu sagen. Man legt sie oft irgendwohin und vergisst sie. Du, Anna, hast doch bestimmt Dutzende dieser Kärtchen bekommen, ohne sie je wieder anzuschauen, ge- schweige denn sie zu benutzen. Und deine Visitenkarten schwirren sicherlich auch in aller Welt herum, die meisten davon sind sicher längst im Papierkorb gelandet.«

Das stimmte. Karten nach jedem Vortrag, bei Vernissagen, Feiern, Museumsbesuchen, Reisen. Ich hatte sogar einmal eine Karte von Desmond besessen, sie aber bei einer Aufräumaktion weggeworfen.

Schumann und ich schwiegen und warteten ab, was McCoole noch zu sagen hatte. Er lächelte krampfhaft. »Gut möglich, dass die beiden nach ihrem Treffen in Dublin Kontakt hielten. Desmond ist eine faszinierende Person. Als er mich vor fünf Jahren fragte, ob ich seine Organisation unterstützen möchte, habe ich mich darauf eingelassen. Meine Eltern stammen aus Belfast, Katholiken in protestantischem Umfeld. Sie sind 1980 in den Süden gezogen. Da war ich acht Jahre alt. Und ich spüre noch immer die Angst, die ich als Kind auf meinem Schulweg hatte. Es waren furchtbare Zeiten der Gewalt. In Malahide haben wir uns sicher gefühlt. Desmonds Idee, eine friedliche Wiedervereinigung zu unterstützen, überzeugte mich. Ich habe ihm alle seine hochfliegenden Gedanken und Absichten geglaubt.«

McCoole fuhr sich mit einer fahrigen Geste übers Gesicht. »Jetzt zweifele ich nicht zum ersten Mal an meiner Gutgläubigkeit. Denn wenn Sullivan für Desmond gearbeitet haben sollte, wie wir aus Bemerkungen seines früheren Kumpels Kevin ableiten konnten, dann wäre das ein Alarmzeichen. Weder Sullivan noch Bruce und Eric waren friedliche Zeitgenossen, meist auf Krawall aus, gewaltbereit. Obwohl Kevin meinte, Brendan habe im Gefängnis eine Broschüre gelesen, in der es um die gewaltlose Wiedervereinigung Irlands durch Besinnung auf die kulturellen Werte und Traditionen ging, und sei davon überzeugt gewesen. Und seine radikalen Thesen seien nur Imponiergehabe gewesen. Ich glaube, er hat sich nach der Haft von Desmonds Leuten anwerben lassen. Desmonds Vereinigung hat mehr Mitglieder, als wir wissen. Ich bezweifele inzwischen, dass sie gegen jede Form der Gewalt für ihre Zwecke ist.« McCoole wirkte zerknirscht.

»Und Sie haben sich tatsächlich von Desmond einlullen lassen?« Ich fühlte Enttäuschung. Finn McCoole, ein ehrbarer

Polizist, der im Fall der geheimnisumwobenen Druidenmasken vor fünf Jahren die deutschen Ermittler unterstützt hatte, ein Mitläufer von Desmonds Organisation?

McCoole wurde blass. »Ja, eine Zeit lang habe ich das. Wie ich sagte, hat mich, den Jungen aus Belfast, Desmonds Idee für eine friedliche Lösung überzeugt. Doch das ist längst vorbei, da ich nicht mehr glaube, dass Desmonds ›Freiheit und Vaterland‹ sich von jeglicher Gewalt fernhält. Ein Informant hat mir gesteckt, Bruce sei Desmonds rechte Hand gewesen. Doch leider können wir Bruce nicht mehr befragen. Ich bin mir sicher, dass der geheimnisvolle Seamus O'Neill in Wahrheit Desmond Casey war, der aus welchem Grund auch immer vor vier Jahren nach Island reiste und meiner Ansicht nach dort Markus Hannemann traf. Ich möchte das Rätsel um Brendan Sullivans Tod aufklären helfen. Und dazu beitragen, Hannemanns Fall zu lösen.«

Als er wenig später ein Taxi rief, um zu Hilde Klein zu fahren, sah ich ihm nachdenklich hinterher. Schumann wandte sich mir zu. »Ich hoffe, dass McCoole mich tatsächlich über seine Befragungen hier informiert. Er hat zwar um Unterstützung vor Ort gebeten, ist aber nicht in offiziellem Auftrag hier und bekannt dafür, ein Eigenbrötler zu sein. O'Malley hat mich gewarnt. Ganz traue ich ihm nicht über den Weg.«

Schumann hatte mir aus der Seele gesprochen.

Hannemanns Betrug

Die Nachricht trudelte am Abend ein, als die ersten schweren Donnerschläge ertönten und Blitze die dunklen Wolken zerteilten. Gerade hatte ich es mir gemütlich gemacht, kurz mit einem überraschend liebevollen Richard telefoniert, um mit ihm die Uhrzeit für unser geplantes Abendessen beim Italiener in Köln festzulegen, da ertönte das Handyzeichen für eingegangene Nachrichten.

Schumann schrieb mir:»McCoole verletzt im Krankenhaus. Überfall bei Hilde Klein. Sie ist ebenfalls verletzt. Ich komme bei Dir vorbei.«

McCoole und Hilde Klein Opfer eines Überfalls? Ich konnte es nicht fassen. Den Aktendeckel aus der Kommode in Hannemanns früherem Zimmer, dessen Inhalt ich mir als Abendlektüre vorgenommen hatte, legte ich auf meinen Schreibtisch und wartete auf Schumann.

Kurz nach der »Tagesschau« klingelte es an meiner Wohnungstür. Schumann wirkte verstört und nervös. Er bat mich als Erstes um ein Glas Wein. »Ich bin mit einem Taxi gekommen«, beruhigte er mich. »Ich brauche das jetzt. Und du vielleicht auch, wenn du hörst, was passiert ist.«

Ich trinke nie allein, habe aber immer einige Flaschen Weißwein im Kühlschrank und aktuell eine uralte Flasche Rotwein im Regal, ein Geschenk von Harald Frostauer. Von ihm hatte ich seit seinem Kommentar zum Toten im Vulkan nichts mehr gehört, ging mir durch den Kopf, als ich den Wein aus dem Kühlschrank holte. Ich vermutete, er würde sich schon wieder melden, wenn er spannende Nachrichten hatte.

Ich stellte ein gut gefülltes Glas mit Grauem Burgunder vor meinen Gast und nahm auch ein Glas. Er saß auf dem Sofa und schien gedanklich weit weg zu sein. Mit leicht zitternder Hand griff er nach dem Glas und kippte es wie ein Verdurstender hinunter.

»Du lieber Himmel«, entfuhr es mir. »Was ist denn passiert?«
Schumann setzte das Glas ab. Ich goss nach. Diesmal hielt er
sich zurück. »Danke, Anna. Das war nötig. Du erinnerst dich,
McCoole ist gegen vierzehn Uhr in ein Taxi gestiegen, um Hilde
Klein zu besuchen. Gegen sechzehn Uhr wurde bei uns im
Präsidium der Notruf getätigt. Eine aufgeregte Frauenstimme
rief: ›Schnell, kommen Sie zum Haus von Frau Dr. Hilde Klein.
112 habe ich auch schon benachrichtigt.‹ Sie haspelte die Adresse
herunter, war aber nicht in der Lage zu erklären, was geschehen
war. Claudius Gerstorff und ich sind sofort losgefahren.«

Schumann schien sich langsam zu entspannen. »Der Krankenwagen stand bereits vor der Tür, daneben eine völlig auf-
gelöste junge Frau, die Anruferin, eine gewisse Rosalia Buonanotte, offenbar Hilde Kleins Mädchen für alles. Sie stammelte
etwas von Blutlachen und zerbrochenem Geschirr. Der Notarzt
und die beiden Sanitäter hatten McCoole und Hilde Klein erst-
versorgt. McCoole war bewusstlos, Hilde Klein konnte mir
noch zuflüstern, ein maskierter Mann sei gegen fünfzehn Uhr
über die offene Terrassentür eingedrungen und habe zuerst
McCoole, der mit dem Rücken zum Garten saß, mit einem
Gegenstand auf den Kopf geschlagen und dann ihr, die McCoole
gegenübersaß, ebenfalls einen Schlag versetzt. Sie vermochte
über das Aussehen des Einbrechers kaum Angaben zu machen.
Mittelgroß, schlank, schwarz angezogen, Maske vor dem Gesicht, Augenfarbe in der Eile nicht erkennbar. ›Wie in den Kri-
minalfilmen im Fernsehen‹, scherzte sie sogar noch, ehe der
Krankenwagen abfuhr.«

Schumann nippte an seinem Glas. »Offenbar hatte Rosalia
heute ihren freien Tag, kam aber früher als gedacht zurück, weil
sie das ferne Donnergrummeln hörte und einen Regenmantel
holen wollte. Sie fand McCoole auf dem Boden mit einer stark
blutenden Wunde am Hinterkopf, Frau Klein hing zusammen-
gesunken im Sessel. Sie war nur kurz ohne Bewusstsein. Rosalia
hat sofort die 112 gewählt, nachdem sie sich überzeugt hatte,
dass McCoole noch lebte und Hilde Klein nicht schwer verletzt
war. Deshalb sind ihre Fingerabdrücke auf dem Hals von beiden

zu finden. Die Tatwaffe ist verschwunden. Schneyders vermutet, es könnte eine schwere Taschenlampe gewesen sein. Als wir dann das Haus durchsucht haben, kamen wir in Hannemanns altes Zimmer. Eindeutig an den Bücherregalen zu erkennen. Und dort herrschte Chaos. Die Schubladen aus der Kommode gerissen, auf dem Boden Papiere, dazwischen lagen Bücher. Der Einbrecher hat anscheinend etwas gesucht. Ob er es gefunden hat, ist unklar.«

Was hatte der Einbrecher in der alten Eichenkommode gesucht? Dokumente, die ich übersehen hatte? Ich hatte die drei Schubladen zwar nicht sehr gründlich durchforstet, doch war mir außer diesem Essay von Blackville und der deutschen Version von Hannemann nichts aufgefallen. Hatte der Eindringling diesen Artikel im Auge gehabt, einen Beweis, dass Hannemanns Beitrag für das »Nordic Magazine« damals ein Plagiat war? Oder befanden sich weitere wichtige Unterlagen in der Kommode?

Sicherlich kein Testament, wie in vielen Krimis. Hannemanns Gesamtvermögen war längst aufgeteilt zwischen seiner Schwester Hilde und seiner Ex-Frau Beate. Das Haus gehörte ohnehin Hilde, und alles andere schien geklärt. Das wusste ich von Heinz, der mir sagte, dass er selten ein so klar verständliches Testament gesehen habe: »Ich durfte mir das Dokument anschauen, da Hilde Klein darauf bestand, dass zwischen ihr, ihrem Bruder und ihrer Schwägerin nie Zwist wegen Geldangelegenheiten herrschte. Diese Harmonie wirkte ein wenig gekünstelt, doch real.«

Also, was hatte der Einbrecher erhofft? Oder waren es Bücher, die er stehlen wollte? »Fehlen Bücher?«, fragte ich Schumann.

»Das können wir noch nicht sagen. Hilde Klein kann morgen das Krankenhaus wieder verlassen. Sie bleibt zur Beobachtung über Nacht. Die Frau hat einen Schädel aus Eisen, nur eine dicke Beule. Doch da sie benommen war, konnte sie nicht aufstehen und fiel, wie sie sagte, in eine Art Trance. Den Täter hat sie nicht mehr gesehen. Er ist den Spuren zufolge durch die Haustür entkommen. Sie wird uns morgen sagen können, ob er etwas mitgenommen hat.«

»Und wie geht es McCoole?«

»Platzwunde, reichlicher Blutverlust. Er wird einige Tage im Krankenhaus bleiben müssen.« Schumann schmunzelte plötzlich. »Du glaubst es nicht, aber McCoole liegt im Nebenzimmer des Raumes, in dem sein Freund Desmond vor einigen Jahren zehn Tage zubrachte. Er ist wieder bei Bewusstsein, hat einen Brummschädel, wie er mir vorhin sagte, ehe er einschlief.«

McCoole tat mir leid. »Ich fahre zwar morgen nach Köln, werde ihn aber vorher kurz besuchen«, erklärte ich.

Schumann ging es nach dem Wein sichtlich besser. »Rosalia Buonanotte ist bei einer Freundin untergebracht worden. Es war ein heftiger Schock für sie. Das Haus ist versiegelt. Hilde Klein weigert sich, in den nächsten Tagen in einem Hotel zu wohnen. Ab morgen Nachmittag lassen wir sie zurück ins Haus.«

Er leerte sein Glas, seufzte zufrieden, sagte dann aber: »Ich verstehe nicht, wieso der Kerl am helllichten Tag in das Haus marschiert. Er muss Wind davon bekommen haben, dass Hilde Klein normalerweise am Donnerstagnachmittag ab fünfzehn Uhr Gymnastik in einem Studio in Waldheim hat, und ab achtzehn Uhr trifft sie sich mit zwei Freundinnen, früheren Kolleginnen, auf einen Schoppen in der Stadt. Eine Tradition, die sie heute wegen McCoole aussetzte. Und Rosalia hat jeden Donnerstag von vierzehn bis zwanzig Uhr frei. Wusste unser Mann davon? Hat er Hilde Klein über längere Zeit beobachtet?«

»Und ausgerechnet heute war die berühmte Ausnahme von der Regel«, bemerkte ich.

»Ja, am Vormittag traf sie dich, um zwölf Uhr dreißig war sie beim Arzt, gegen vierzehn Uhr wieder zu Hause, da McCoole sich für vierzehn Uhr dreißig angesagt hatte. Rosalia hat das Haus, wie sie sagt, um vierzehn Uhr verlassen, genau in dem Moment, als Hilde zurückkam. Sie hatte ein Tablett mit Eistee und Gebäck bereitgestellt, ehe sie fortging.« Schumann lehnte sich kurz im Sessel zurück, rappelte sich dann aber auf und sagte: »Danke für den Wein. Ich muss los.«

Das Gewitter verstummte allmählich, das dumpfe Grollen verklang. Dafür schlugen dicke Regentropfen gegen meine Fensterscheiben. Schumann stellte das Weinglas auf meinen Küchentisch und umarmte mich.

»Es sind harte Zeiten«, sagte er. »Diese beiden Fälle kosten mich mehr Nerven als mancher andere Fall in den letzten Jahren. Nirgendwo ein richtiger Ansatzpunkt, alles verwaschen und wirr. Iren, die auf Island einen Toten zurücklassen, ein deutscher Krimi-Autor, der in der Blauen Lagune umkommt, ein irischer Ermittler, der hier auftaucht und im Krankenhaus landet, und ein Einbrecher, der bei hellem Tageslicht in ein Haus eindringt. Ich frage dich, Anna, glaubst du, dass das alles zusammenhängt? Oder sind das zwei unabhängige Fälle? Und wo könnte dieser vertrackte Hannemann abgeblieben sein? Was hatte er mit Desmond zu schaffen? Wie und warum starb Brendan Sullivan?«

Ich fühlte Empathie mit ihm. »Hans, du hast bisher alle Fälle gelöst. Du wirst auch diesen knacken.« Ganz überzeugt war ich zwar nicht von meinen Worten, doch ich mochte Schumann und hatte das Bedürfnis, ihn aufzurichten.

Er fuhr sich durchs Haar. »Lieb von dir, Anna. Aber die Realität sieht anders aus. Kein Licht am Ende des Tunnels. Vor allem verzweifele ich langsam in der Mordsache Heinz. Zu dumm, dass er mir nicht mehr erzählen konnte, was er entdeckt hat. Insbesondere beschäftigt mich seine Bemerkung zu einem anderen Altfall. Was hat er damit gemeint?« Er drückte die Nummer einer Taxi-App und schlüpfte in seinen Regenmantel.

Ich hielt ihn an der Tür auf. »Ich habe heute eine Einladung zur Premierenlesung von ›Der Tote im Wüstenschloss‹ in meiner Post gefunden. Klas Bermann liest die Texte, eine mir unbekannte Dame vom Verlag moderiert. Beginn neunzehn Uhr dreißig in der Markuskirche in der List. Möchtest du mich am Dienstag begleiten?«

»Und Richard? Ich hoffe, ihr versöhnt euch bald wieder. Sollte er nicht lieber mit dir dahin?« Schumann zeigte wenig Begeisterung.

»Erstens interessiert sich Richard nicht für solche Veranstaltungen. Zweitens, falls er dann wieder in Hannover ist, könnten wir auch zu dritt hingehen.« Ich zögerte einen Moment. »Weißt du, Hans, ich möchte gerne sehen, wer zu dieser Lesung kommt, außer dem üblichen Publikum. Das könnte interessant werden.« Schumanns Gesichtsausdruck veränderte sich schlagartig. »Das ist ein guter Aspekt. Okay, du kannst auf mich zählen.« Mit einem erleichterten Seufzer schloss ich die Tür hinter ihm. Mit Schumann an meiner Seite würde ich diese Lesung durchstehen. Klas Bermann war ein hervorragender Sprecher. Aber dennoch: Ohne den Autor würde es nicht dasselbe sein.

Ehe ich mich meinen allzu melancholischen Gedanken hingab, beschloss ich, den Rest des Abends Blackvilles Originalessay zu lesen. Es ging dabei um einen Vergleich zwischen den Helden irischer Sagen und Heldengestalten in nordischen Mythen. Manches ähnelt sich zwischen den keltischen Sagen und den nordischen Mythen, und Blackvilles Sprache gefiel mir. Leicht, flüssig, unterhaltsam. Bei einem Absatz hielt ich den Atem an. Da stand:

Bei meinen Recherchen in der Nationalbibliothek in Reykjavík bin ich auf ein großartiges Meisterwerk eines mir bis dato unbekannten Mönchs aus dem 11. Jahrhundert gestoßen. Corran stammte wahrscheinlich aus der Gegend des heutigen Malahide und kam als Junge in ein isländisches Kloster nicht weit von der Siedlung Reykjavík. Er scheint um 1070 zurück nach Irland gegangen zu sein. Viel mehr konnte ich über ihn nicht in Erfahrung bringen. Er lebte mehrere Jahrzehnte auf Island und verfasste dort sein Werk über Götter und Fabelwesen.

Das Buch hat begnadet schöne Illustrationen. Ohne zu übertreiben, halte ich es unserem »Book of Kells« für ebenbürtig. Insbesondere liebte Corran Sagen über Riesen, die im Innersten der Berge hausen, gewaltige Kerle, verwandt mit den norwegischen Trollen. Sie lassen die Erde beben und das Feuer in den Vulkanen glühen, wenn sie, wie der antike Gott Vesuvius oder Hephaistos, ihre Schwerter schmieden. Und manchmal lodert das Feuer aus ihrer Schmiede über den Rand der Vulkane, und die glühende Lava wälzt sich die Hänge hinunter. Im gewaltigen Kampf der Götter gegen die Riesen, im Ragnarök, ringen beide um die Herrschaft.

Thor, dem dieses Werk ein ganzes Kapitel widmet, gelingt es, die Midgardschlange zu besiegen. Kaum hat er sich neun Schritte von der toten Schlange entfernt, stirbt er jedoch an ihrem Gift. Odin tritt gegen den Fenriswolf an, der ihn verschlingt. Odins Sohn Vidar rächt den Vater: Er steigt dem Fenriswolf mit seinem ledernen Stiefel ins Maul, reißt sein Maul entzwei und ersticht ihn durch den Rachen. Loki, der Gott der Intrigen, der einst den lebensfrohen Baldur, Symbol für das wiedererwachte Leben im Frühling, erschlug, kämpft gegen Heimdall, den Wächter Asgards. Sie töten sich gegenseitig. Schließlich schleudert Surt ein Feuer über die ganze Welt, das alles in einem Weltenbrand zerstört. Doch nach dem Untergang der alten Welt versammeln sich die Asen, die zwölf Götter des nordischen Olymp. Es entsteht der Ausgleich zwischen Ordnung und Chaos, und der wiedergeborene Allvater erschafft eine bessere Welt.

Diesen Mythos kennt man, und sogar Hollywood greift ihn in Filmen wie ›Avengers‹ auf. Doch Corran ergänzt diese Sagen durch Legenden von Elfen und Drachen, von allerlei Fabelwesen, wie sie in modernen Fantasyromanen auftauchen. Er könnte Vorläufer von Tolkien und Rawlings sein. Das Buch steht zwar in der Nationalbibliothek von Reykjavík. Aber eigentlich sollte es in Dublin neben dem »Book of Kells« aufbewahrt werden. Dort würde es Beachtung finden, die es in Island leider nicht bekommt.

Dann also kannte Blackville Corrans Buch schon lange. Sein Essay war 2014 in einer kleinen Zeitschrift mit dem Titel »The Irish« erschienen. Es wunderte mich nach dieser Lektüre nicht, dass er zur Ergänzung seiner spärlichen Kenntnisse über den Schöpfer des illuminierten Werkes Bradleys Buch besitzen wollte.

Und dann begann ich Hannemanns Aufsatz zu lesen. Fast wortwörtlich, ohne jegliche Angaben von Quellen und Hinweise auf Zitate, hatte er Blackvilles Artikel, der vier Jahre zuvor erschienen war, abgeschrieben. Das »Nordic Magazine« wurde in Berlin gedruckt und viermal im Jahr publiziert. Ein sehr renommiertes Fachblatt mit einer beachtlichen Auflage. Ich war erstaunt, dass niemand Hannemanns kühnes Plagiat bemerkt hatte. Blackville beherrschte kein Deutsch, und wahrscheinlich gab es kaum jemanden, der »The Irish« und das »Nordic Magazine« parallel las. Hannemanns Artikel war ein dreister Betrug. Er hatte schlicht und ergreifend Blackvilles Abhandlung ins Deutsche übersetzt und unter seinem Namen publiziert. Und auf diese Weise hatte er von Corrans Buch erfahren. War da der Entschluss in ihm gereift, dieses Meisterwerk zu stehlen?

Seine Reise nach Island mochte sogar nur ein Vorwand gewesen sein, das Buch zu entwenden. Aus welchem Grund auch immer. Ich ahnte nicht, was es wert war. Doch sicherlich einige Millionen Euro. Richard, den ich in Köln treffen wollte, würde hier weiterhelfen können. Er hatte aus früherer Zeit immer noch Verbindungen zum Schwarzmarkt. Ich fragte ihn nicht, welcher Art diese waren. Aber auch Schumann hatte schon davon profitiert. Ein weiterer Quell für Informationen war mein Besserwisser Harald Frostauer.

Ich überlegte, was für spannende Erkenntnisse über Hannemanns unlautere Aktivitäten noch in der Kommode lagerten, die ich übersehen hatte. Das wollte ich gern noch einmal genauer überprüfen. Doch derzeit kam ich nicht in das Haus, und Hilde Klein musste erst einmal herausfinden, ob der Einbrecher etwas mitgenommen hatte, ehe das Haus freigegeben wurde.

Am nächsten Tag würde ich Schumann diesen Aufsatz von Blackville und Hannemanns Plagiat übergeben. Auch das konnte eine wichtige Spur sein. Zumindest den Charakter des ehrenwerten Professors betreffend, vielleicht auch hinsichtlich eines Mordmotivs, oder schlug meine Phantasie wieder Kapriolen?

Mein Besuch bei McCoole am nächsten Morgen vor meiner Abfahrt nach Köln dauerte nur wenige Minuten. Er sah sehr bleich aus. Den Eindruck verstärkte der dicke weiße Verband um seinen Kopf. Trotzdem lächelte er tapfer, und mit einem Hauch von Selbstironie sagte er: »Jetzt kann ich aus Erfahrung sprechen, wenn ich Opfer von Überfällen interviewe.« Er richtete sich in seinem Bett auf. »Hat man herausgefunden, was dieser Kerl wollte?«

»Der Einbrecher hat irgendwelche Unterlagen in Hannemanns Zimmer gesucht. Hilde Klein wird heute entlassen und der Polizei bei der Frage nach eventuell gestohlenen Gegenständen helfen.«

McCoole schloss die Augen. »Gut, dass ihr nicht viel passiert ist. Ich darf am Dienstag wieder raus. Dann werde ich Hannemanns Ex-Frau besuchen. Hilde Klein konnte mir nur wenig über ihren Bruder sagen. Und es kam ja nicht mehr dazu, dass ich mich in seinem Zimmer umsehen durfte.«

»Sie sollten sich lieber schonen und nicht durch die Gegend fahren«, bemerkte ich.

Er schmunzelte. »Jetzt sind Sie auch noch Mutter Teresa!«

Mit dem Versprechen, ihn nach meiner Rückkehr aus Köln wiederzusehen, verabschiedete ich mich. Auf dem Weg zum Bahnhof machte ich den Schlenker über das Polizeipräsidium und lieferte den Aktendeckel mit Blackvilles Aufsatz und Hannemanns Plagiat für Schumann ab.

Kaum saß ich im Zug, klingelte mein Handy. Es war Harald Frostauer, der sich nach langer Zeit meldete. Er ließ mir keine Gelegenheit, mich nach seinem Befinden zu erkundigen, sondern platzte heraus: »Anna, wir müssen uns dringend treffen. Ehe ich Schumann verrate, was ich herausgefunden habe, möchte ich es dir aus alter Freundschaft sagen. Es geht um Heinz und ein potenzielles Mordmotiv.«

Und bevor ich antworten konnte, beendete er den Anruf.

Verdächtigungen

Der Premierenabend für »Der Tote im Wüstenschloss« war
gekommen. Ich hatte drei anstrengende Tage in Köln mit viel
Obsttorte bei meiner Mutter und Aufräumarbeiten in meinem
Haus hinter mir.

Der Mann meiner italienischen Haushilfe, die einmal in der
Woche kam, um das Haus in Schuss zu halten, pflegte meinen
kleinen Garten, ölte meinen Gartentisch und die dazu passenden
Stühle, pflanzte Hortensien in Kübeln und beschnitt meinen
wild wuchernden Rhododendron. Der Garten war für mich
wie ein grünes Wohnzimmer, in dem ich jede freie Minute verbrachte.

Meine Mutter hielt mir einen langen Vortrag, ich solle das
Haus einer Familie mit Kindern vermieten und während meiner
Köln-Aufenthalte in ihrer Einliegerwohnung übernachten. »Im
nächsten Jahr ziehe ich in ein Heim mit betreutem Wohnen«,
verkündete sie, kaum dass ich an ihrem Wohnzimmertisch saß
und sie mir ein dickes Stück Pflaumenkuchen »natürlich mit
Sahne« auf den Teller häufte.

»Aber, Mama, willst du wirklich das Haus aufgeben?« Ich
war schockiert.

»Ist ja nur gemietet«, konterte sie.

»Und was ist dann mit deinem Angebot, in der Einliegerwohnung zu nächtigen?«

»Na ja, vielleicht warte ich ein Jahr länger«, lenkte sie ein.
»Aber mit einundneunzig wird es dann wirklich Zeit für mich.
Carola ist ja jetzt auch nach Hameln übersiedelt. Sie hat eine
schöne Drei-Zimmer-Wohnung in einem Seniorenheim. Teuer,
aber *comme il faut*.«

Mutters alte Freundin Carola von Rödelshausen war einige
Jahre älter als meine Mutter und bisher Herrin auf einem schö-
nen kleinen Weserrenaissance-Schloss gewesen. Jetzt hatte ihr
Sohn Georg zusammen mit seiner zweiten Frau das Steuer über-

nommen. Die alte Baronin hatte mit einem Anflug von Wehmut erklärt, die vielen Treppen im Schloss seien ihr zu mühsam geworden. »Und ich möchte unser Treppenhaus nicht durch einen Treppenlift verschandeln.« Sie war offenbar immer noch putzmunter und kommandierte das Personal in der Einrichtung herum.

Nach dem zweiten Stück Obsttorte erklärte meine Mutter, eigentlich sei sie in ihrem Haus glücklich. »Ich habe eine nette Pflegerin, gute Freunde und diese Konditorei in meiner Nähe.« Weshalb sollte sie umziehen? Allerdings beobachtete ich mit Sorge, wie schwer es ihr fiel, länger als eine halbe Stunde einem Gespräch zu folgen. Sie wurde schnell müde, und da half selbst der nachmittägliche Tee nicht.

Das Essen mit Richard verlief freundschaftlich und entspannt. Beim Dessert fragte er plötzlich: »Anna, würdest du mich heiraten?«

Ich verschluckte mich fast an meinem Obstsalat. »Was?«

»Wir kennen uns jetzt acht Jahre und haben gemeinsam viel erlebt. Ich habe in diesen letzten Wochen unserer Auszeit erkannt, wie viel du mir bedeutest. Was sagst du?«

Sein treuherziger Blick erinnerte mich einmal mehr an den Kater in den Animationsfilmen »Shrek«. Ich musste lachen.

Richard sah mich gekränkt an. »Was gibt es da zu lachen?«

Ich nahm seine Hand. »Lieber Freund, heiraten ist nichts mehr für mich. Und ich bezweifle, dass es gut für unsere Beziehung wäre. Lass uns einfach öfter zusammen sein, gemeinsam schöne und auch weniger schöne Dinge durchstehen wie bisher. Wir sind Mitte fünfzig. Da läuft es auch ohne Ehevertrag gut.«

Er wirkte zerknirscht. »Ich weiß, dass ich mich nicht immer gut verhalten und dich verletzt habe. Aber ich möchte dich wirklich heiraten. Das habe ich nicht mal eben so dahingesagt.«

Am Ende schlossen wir einen Kompromiss. Erst einmal keine Heirat, aber die Möglichkeit blieb im Raum. Natürlich fühlte ich mich von seinem Antrag geschmeichelt und gerührt. Dass ich wild entschlossen war, Richard auf keinen Fall zu ehelichen, sagte ich nicht laut. Ich mochte ihn sehr, doch er war mir zu unzuverlässig und zu egozentrisch, als dass ich ihn ständig um mich haben wollte.

An diesem Abend ging er nicht in sein Hotel zurück, und am nächsten Morgen verließ er pfeifend mein Kölner Haus. Er versprach mir, mich zur Buchpremiere von »Der Tote im Wüstenschoss« zu begleiten. »Klas Bermann wird das schon rocken«, meinte er. Er kannte den Schauspieler persönlich, den er als Gast in die Show »Gutes für Geld« eingeladen und der dort einen Barockspiegel für viel Geld verkauft hatte.

Richard wollte am Nachmittag nach Hannover zurückfahren. »Am Montag kommen Handwerker. Mein Laden muss leider gründlich saniert werden«, sagte er. Mit seiner Show »Gutes für Geld« sei nun alles in trockenen Tüchern. Vier neue Experten und ein größerer Schwerpunkt auf Gemälde. Viermal im Jahr eine Abendsendung zur Primetime, aufgezeichnet im Brühler Schloss. Richard war auch deshalb gut aufgelegt. Mit einem so entspannten Menschen ließ sich bestens auskommen.

Ich war ebenfalls vergnügt und freute mich auf knapp zwei weitere Kölner Tage. An diesem Wochenende stand ein Konzertbesuch in der Philharmonie an, Hornkonzerte mit dem großartigen Felix Klieser, und am Sonntag wollte ich ein paar Besuche bei Kölner Bekannten absolvieren und ins Ludwig-Museum gehen.

Die Sonne schien, und ich fühlte mich frei und sorglos. Aber dann fiel mir Harald Frostauers Anruf ein. Ich hatte ihn völlig vergessen. Der Gedanke, mit ihm zu sprechen, reizte mich wenig. Doch oft genug hatte er bei den letzten Fällen wichtige Tipps beigesteuert und sich tief in die Höhle des Löwen begeben.

Ich hatte seine Nummer unter »Nudnik« gespeichert. Nicht sehr nett von mir, aber so fand ich ihn unter all den anderen Nummern auf meinem Handy schneller.

Er meldete sich sofort. »Na endlich! Ziemlich unhöflich von dir, mich nicht gleich zurückzurufen! Immerhin habe ich wichtige Informationen für dich.«

Ich seufzte innerlich. Wenn das schon wieder so losging! »Tut mir leid«, beschwichtigte ich ihn. »Es ging nicht früher. Meine Mutter hatte dieses Mal Priorität.« Tatsächlich beruhigte ihn diese Entschuldigung. Harald mochte meine Mutter und fragte deshalb auch sofort nach ihrem Wohlergehen.

»Alles wunderbar. Den Schwächeanfall hat sie gut weggesteckt. Ich konnte sie überreden, noch einige Zeit in ihrem Haus zu wohnen. Der tägliche Gang zu ihrer Konditorei um die Ecke tut ihr gut. Der gefrorene Apfelkuchen bleibt im Tiefkühlschrank.«

Harald lachte. »Das ist die beste Nachricht!«

Seit wann besaß er Humor? Es geschahen noch Zeichen und Wunder.

Dann wurde er aber sofort ernst. »Anna, ich komme am nächsten Dienstag natürlich zur Buchpremiere vom ›Wüstenschloss‹. Eine Gelegenheit, meine Theorie zu überprüfen. Aber ich verrate dir schon im Voraus, dass ich sicher zu wissen glaube, wer Heinz ermordet hat.«

»Wie das? Hast du auf eigene Faust recherchiert?«

Er kicherte. »In der Tat! Ich habe mich für drei Tage nach Spiekeroog zurückgezogen, um in Ruhe darüber nachzudenken, wer Heinz aus welchem Grund getötet haben könnte.«

Kunstpause. Ich drängte ihn nicht.

»Ich bin zu einem Ergebnis gekommen. Wer hätte ein Motiv, Heinz zu beseitigen? Am Ende seiner Recherchen zu Hannemanns Verschwinden?«

Wieder eine Kunstpause. Ich wurde nun doch ungeduldig.

»Mir fällt dazu nur ein, dass er etwas über den Fall entdeckt hat, das ihm gefährlich wurde. Er hat seine Nase zu tief in den Fall gesteckt oder etwas in der Art.«

Haralds Kichern drang schmerzlich an mein Ohr. Schon oft hatte ich ihn gebeten, dieses Kichern zu unterlassen. Es half nichts. Er kicherte weiter.

»Ja, das wäre möglich«, sagte er. »Doch meine Theorie geht in eine andere Richtung. Ich habe zufällig vor Kurzem ein Interview mit Jochen Gelling auf diesem Podcast ›Der achtsame Leser‹ gehört. Das war kurz vor der Beerdigung von Heinz in

Cuxhaven. Da sagte er fast wörtlich: ›Die Basis für einen echt spannenden True-Crime-Fall ist der Tod von Winston Stevens. Da wird ein prominenter Krimi-Autor während seiner Recherchen für ein neues Buch ermordet, und die Polizei tappt im Dunkeln. Das ist der Stoff, aus dem wahre True-Crime-Bücher entstehen.‹ Wenig später sagte er: ›Ich werde demnächst das Erbe von Heinz Kröger antreten und die Reihe fortsetzen, und ich weiß schon, welchen Fall ich als ersten bearbeiten werde.‹ Was meinst du dazu?«

»Und? Macht das Jochen Gelling verdächtig?« Ich musste lachen. »Der ist ein armer Tropf, und gewiss wird sein Verlag ihn nicht mit der Fortsetzung der Reihe betrauen, falls sie überhaupt vorhaben weiterzumachen.«

»Da irrst du dich! Zufällig kenne ich die Agentin von Heinz, diese Sisi Alford, recht gut. Ich habe sie einige Tage nach dem Begräbnis angerufen und sehr direkt gefragt, ob der Verlag Jochen Gelling als den Nachfolger von Heinz in Betracht zieht. Ich musste ihr viel Honig um den Bart schmieren, ehe sie damit herausrückte, Gelling habe eine interessante Synopsis eingereicht. Arbeitstitel ›Tod in der Blauen Lagune‹. Offenbar möchte er nicht mehr unbedingt den zweiten Band zu Hannemann schreiben, der ›Tod im Felsen‹ heißen sollte, sondern sein eigenes Ding drehen.«

Ich reagierte verwundert. »›Tod im Felsen‹? Sollte so der nächste Band von Heinz heißen? Seltsamer Titel. Ich hätte ihm eher zu ›Tod im Reich der Riesen‹ geraten. Und du meinst, Jochen Gelling würde den Tod von Heinz in seinem Buch verarbeiten?«

»Sisi sagte mir, in Gellings Synopsis wären einige erstaunlich präzise Angaben zum Tod von Heinz. Gelling nennt ihn Carl Möller, Künstlername Brad Carry, und schildert, dass ein berühmter Autor auf der Suche nach dem Mörder seines Freundes, Professor Hallwege, auf Island in die Falle einer isländischen Mafia gerät, die Hallwege ermordet hat. Hallwege wusste vom Versteck eines Wikingerschatzes in Thingvellir und wurde von der Mafia erpresst, das Versteck preiszugeben. Als er sich weigerte und trotz des delikaten Geheimnisses, mit dem ihn die Gangster erpressten, drohte, zur Polizei zu gehen, ließen sie ihn töten und die Leiche in einer Felsspalte verschwinden. Carl Möller alias Brad Carry legt sich mit dem Boss dieses Clans an, indem er behauptet, den Mörder Hallweges zu kennen, und er stirbt, ehe er das Rätsel endgültig löst. So weit die Story von Gelling.«

Ich musste wieder lachen. »Das ist eine großartige Geschichte und meilenweit von True Crime entfernt. Fehlt nur, dass Gelling noch seine Westerwälder Ermittlerin Emma Tragegut nach Island einfliegen lässt. Und wegen dieses albernen Plots, glaubst du, soll Gelling zum Mörder geworden sein? Motiv: Wie werde ich Nachfolger eines Bestsellerautors und helfe etwas nach, indem ich selbst zum Mörder werde und daraus einen völlig idiotischen Pseudo-True-Crime-Fall bastele? Also, Harald, dein Spürsinn in Ehren. Aber das ist gequirlter Mist. Entschuldige meine Ausdrucksweise. Gellings Buchidee ist hirnrissig genug. Meinst du wirklich, dass der Verleger Steinholz darin eine Fortsetzung dieser Reihe sieht? Vielleicht veröffentlicht er das als Satire!«

Harald klang beleidigt. »Du urteilst, wie so oft, voreilig. Was würdest du sagen, wenn ich herausgefunden hätte, dass Jochen Gelling in Island war, und zwar mehrere Tage genau in der Woche, als Heinz auf Recherchereise ging?«

Jetzt hatte er mich. »Wie bist du an diese Information gekommen? Und stimmt das überhaupt? Gelling in Island, als Heinz da war? Das glaube ich nicht.«

Harald schnaubte verächtlich. »Oh, du Kleingläubige! Meine Quellen funktionieren bestens. Jochen Gelling ist einen Tag nach Heinz in Reykjavík angekommen und einen Tag nach dem Tod seines geschätzten Kollegen wieder zurückgeflogen. Laut Sisi Alford hat er angeblich versucht, Heinz zu überreden, mit ihm gemeinsam an ›Tod im Felsen‹ zu arbeiten und ihm bei seinen Ermittlungen zu helfen. Aber Heinz wollte seine Arbeit nicht teilen, schon gar nicht mit diesem Neidhammel Gelling. Und so ist er ihm aus dem Weg gegangen. Gelling muss maßlos enttäuscht und wütend gewesen sein. Er hat meiner Quelle anvertraut, dass keiner der isländischen Interviewpartner mit ihm sprechen wollte, da Heinz bereits alles abgegrast hatte. Der gute Gelling ist dann frustriert abgezogen.«

Haralds Stimme wurde leiser. Er flüsterte fast: »Und ich glaube, aus seinem Frust und Ärger heraus hat er ihn ermordet. Er hatte ein Motiv, und er hatte die Gelegenheit.«

»Hast du irgendwelche Beweise? Selbst wenn Gelling zur selben Zeit wie Heinz auf Island war, ist er doch nicht automatisch der Mörder. Und auch wenn er wütend auf Heinz war, wird er ihn nicht getötet haben. Aus solchen lächerlichen Gründen bringt man niemanden um. Was hat er davon? Er wird Heinz nicht beerben! Das muss er doch gewusst haben, statt sich wie bei der Beerdigung einzubilden, Steinholz warte nur auf ihn.«

Ich hörte Haralds enttäuschte Reaktion. »Morde sind schon aus weitaus nichtigeren Gründen geschehen. Du willst Beweise? Na ja, irgendjemand könnte Gelling mit Heinz an der Blauen Lagune gesehen haben. Schumann müsste seinen isländischen Kollegen nur ein Foto von Gelling schicken. Dann würde ihn sicher jemand erkennen. Ich sehe schon, du bist stur. Ich werde mich an Schumann wenden. Ich bin gespannt, wer alles zu dieser Lesung am Dienstag kommt und ob Jochen Gelling da ist.«

»Du willst ihm doch nicht ins Gesicht sagen, dass du ihn für einen Mörder hältst?« Leider traute ich Harald solche Dummheiten zu. Sein Übereifer führte manches Mal zu peinlichen Situationen.

Er knurrte als Antwort: »Anna, ich bin enttäuscht von dir. Wir sehen uns am Dienstag.«

Schumann rief mich am Montagabend an. Da war ich aus Köln zurück und studierte erneut die beiden Aufsätze von Blackville und Hannemann. Was für eine Chuzpe Hannemann besessen hatte, den Aufsatz von Blackville wortwörtlich zu übersetzen und als sein Werk zu deklarieren!

»Wie war Köln?«, fragte Schumann kurz angebunden.

»Schön, alles in Ordnung. Und was gibt es hier Neues?«

»Hilde Klein ist wieder zu Hause. Wir haben leider keine brauchbaren Spuren, die zum Täter führen. Er trug Handschuhe. Laut Hilde Klein fehlen zwei Bücher mit Beiträgen über mythologische Figuren der Antike, darunter auch Aufsätze von Hannemann. Aber sonst nichts.«

»Bücher? Das erinnert mich an den Einbruch bei Deirdre vor zwei Monaten.« Die Parallele irritierte mich. Gingen neuerdings Bücherdiebe um? Dieses Mal aber war der Einbrecher radikal vorgegangen und hatte McCoole und Hilde Klein niedergeschlagen. McCoole sollte am nächsten Tag entlassen werden.

Ich fragte Schumann, ob es möglich wäre, Hilde Kleins Haus zu betreten.

»Ja, du kannst wieder hin. Was möchtest du da? Hilde mit Blumen beglücken?« Schumann klang skeptisch.

»So ähnlich«, antwortete ich.

Am nächsten Morgen stand ich wieder vor Hildes Haus. Rosalia begrüßte mich freundlich, wenn auch wesentlich zurückhaltender als beim vorigen Mal. Hilde Klein zeigte sich entzückt über den großen Blumenstrauß, den ich mitgebracht hatte, und bat Rosalia, Kaffee zu bereiten.

Hilde Klein sah wieder recht munter aus, trug aber noch einen Verband am Kopf. »Mir geht es besser als dem armen Iren«, meinte sie. Es klang bei ihr wie »dem armen Irren«. Ich musste schmunzeln. Wir tranken in gemütlichem Schweigen Kaffee, und dann fragte ich sie, ob ich noch einmal einen Blick in Hannemanns Kommode werfen dürfte.

»Die Polizei hat alles gründlich durchforstet«, sagte sie. »Es fehlen, so wie ich das überblicken kann, nur zwei Bücher. Eigenartig! Sie haben die umherfliegenden Papiere zurück in die Kommode gestopft. Schauen Sie ruhig nach. Das Chaos ist weitgehend beseitigt. Mir ist nicht klar, warum der Kerl diese Bücher und sonst nichts gestohlen hat. Eher langweilige akademische Aufsätze über die Antike und Vergleiche mit anderen Mythologien. Aber nicht unterhaltsam aufbereitet, sondern strohtrocken. Da mein Bruder für beide Bücher jeweils einen

Beitrag verfasst hat, habe ich aus Höflichkeit versucht, sie zu lesen. Aber das ist nichts für Laien wie mich.«

Sie lachte. »Ich hatte ihm vor Jahren empfohlen, ein Buch über Krankheiten in den Mythen zu schreiben. Der arme Prometheus, dem ständig ein Adler an der Leber herumknabbert, oder Thor, der durch das Gift der Midgardschlange stirbt. Das wäre von medizinischer Seite ein spannendes Thema, oder auch die legendäre Achillesferse. Aber leider zeigte der gute Markus dafür zunächst wenig Interesse. Seltsamerweise hat er aber ein Jahr später einer seiner Doktorandinnen genau dieses Thema gegeben: ›Kranke Helden – Medizin und Mythos‹. Was daraus wurde, weiß ich nicht. Es wurde wohl bisher nicht veröffentlicht, und Markus verschwand im Jahr darauf.«

Ich hörte schweigend zu, bewunderte erneut, wie Hilde Klein gleichzeitig plaudern und Schokoladenkekse futtern konnte. Und dann endlich ließ sie mich in Hannemanns Zimmer.

Die Bücher standen zum Teil schief in den Regalen, auf dem Schreibtisch lagen einige Aktendeckel, und die Schubladen der Eichenkommode waren nicht ordentlich geschlossen. Ich zog die unterste heraus. Was suchte ich eigentlich? Vielleicht einen weiteren Beweis dafür, wie unsauber Hannemann gearbeitet und sich der Ideen und Texte anderer Autoren bedient hatte? Das gab nur Aufklärung über seinen Charakter, aber war gewiss kein Mordmotiv. Gellings hanebüchene Geschichte von der rachsüchtigen Mafia klang da schon überzeugender. Ich hatte mir einen ähnlich albernen Plot erdacht.

Bei dieser zweiten Durchsicht entdeckte ich nichts, was verdächtig erschien. Der Inhalt der obersten Schublade war genauso ordentlich wie beim letzten Mal, und die zweite Schublade klemmte. Ich rüttelte sie heftig und zog sie ganz heraus. Sie schien kürzer als die beiden anderen zu sein.

Ich spähte in die Öffnung und klopfte gegen die Rückwand. Es klang hohl. Mit meiner Handy-Taschenlampe leuchtete ich ins Dunkle und sah, dass das Brett an der Rückseite leicht verrutscht wirkte. Kühn griff ich hinein, ruckelte an dem Brett und hielt es wenige Sekunden später in der Hand. Dahinter befand sich eine kleine Nische, aus der ein Manuskript purzelte. Ich nahm es in die Hand. »Entwurf zu einer Doktorarbeit WS 2017/18«, stand auf dem Deckblatt, aber leider kein Name. Der Titel ließ mich erstarren: »Medizin und Mythos – die Leiden der großen Sagenhelden«.

Das Manuskript umfasste dreißig Seiten, war offenbar eine Synopsis mit Quellenangaben und einigen Zitaten. Das gab es doch nicht! Warum hatte Hannemann sie so raffiniert versteckt? Das musste der Entwurf zu der Arbeit der Doktorandin Hannemanns sein. Hilde Klein hatte gesagt, die Arbeit sei nie veröffentlich worden.

Mich überkam ein Verdacht: Hannemann hatte diese Arbeit in Auftrag gegeben, um aus der Synopsis Ideen für einen eigenen Essay oder sogar für eine größere Publikation zu gewinnen. Ich nahm an, dass er den Auftrag zu der Arbeit zurückgezogen hatte, als er diesen Text in der Hand hielt. Es hätte mehrere Jahre gedauert, bis die Arbeit fertig gewesen wäre. Zu lang für Hannemann. Aber dieser Entwurf diente ihm als Steinbruch für einen eigenen Text.

Wahrscheinlich hätte er mit der Veröffentlichung gewartet. Selbst wenn die Doktorandin sich beschwert und die Synopsis vorgelegt hätte, hätte sie gewiss nicht viel gegen den renommierten Professor ausrichten können. Und der hätte sich darauf berufen, er habe diese Idee selbst gehabt und sie gemeinsam mit seinen Studenten erarbeiten wollen, dann aber durch eigene Forschungsergebnisse natürlich erweitert und ergänzt. Ideen fielen nicht unter Copyright.

Was für ein bösartiger Typ, dachte ich. Er wäre sicher damit durchgekommen, wie auch mit seinem Plagiat des Artikels von John Blackville.

Ich steckte das Manuskript in meine große Tasche. Mich drängte es, dieses Haus zu verlassen. Ich fühlte mich unwohl.

Hilde Klein saß auf der Terrasse. Sie sah erschöpft aus, und ich winkte ihr zum Abschied. »Kommen Sie jederzeit wieder!«, rief sie mir zu.

Ich nickte nur, radelte nach Hause und beschloss, das Manuskript erst am nächsten Tag zu lesen – nach der Buchpremiere von »Der Tote im Wüstenschloss.« Ein Abend, auf den ich mich freute und den ich zugleich fürchtete. Ich wünschte nur, ich wäre der Lösung des Rätsels um den Tod von Heinz und um das Verschwinden Hannemanns näher gekommen. Aber es schien, als hätte mich mein sechster Sinn verlassen.

Der Tote im Wüstenschloss

Alle waren gekommen. Der Verleger Gebhard Steinholz, der Lektor Otto Reiners, die Agentin Sisi Alford, Heinz' Ex-Frau Christl Thiedemann mit ihrem Immobilienmakler, Hilde Klein, Hannemanns Ex-Frau Beate Karlsson, Silke Gerjets, die Haushälterin von Heinz, der Gerichtsmediziner Schneyders, der einstige Chefermittler Günter Schneider, der gleich an der Kirchentür Hans Schumann herzlich die Hand schüttelte, und viele mehr.

Auch Finn McCoole stand plötzlich vor mir. Er trug einen dicken Verband. »Sie sehen noch etwas bleich aus!«, rutschte mir heraus.

»Mir geht es gut. Ich lasse mir dieses Event nicht entgehen, und ich fühle mich durchaus fit genug, um zuzuhören«, sagte er. Er setzte sich rasch in eine der mittleren Reihen. Hilde Klein gesellte sich zu ihm.

Steinholz begrüßte mich und führte mich nach vorn zur ersten Sitzreihe. Dort saßen bereits mehrere Gäste, darunter Bernd Zabel. Er nickte mir zu. Richard und Schumann hatten in der Reihe hinter mir Platz genommen.

Schumann flüsterte: »Neben Bernd Zabel sitzt Silvius Petersen, der frühere hannoversche Kollege von Hannemann, jetzt in Göttingen. Wie man hört, hatte er gehofft, Hannemanns Nachfolger in Münster zu werden. Und der gut aussehende Typ in der Reihe hinter uns, der mir gerade auf die Schulter geklopft hat, ist mein isländischer Kollege Ranulf Eriksson. Ist heute Mittag angereist. Der Fall des Toten im Wüstenschloss interessiert ihn nicht weiter, aber der Tod von Heinz ist sein Fall. Er will ein paar Tage bleiben, und wir arbeiten zusammen. Netter Bursche!«

Eriksson lächelte mir zu. Groß, blond, blauäugig, Mitte vierzig. Ich mochte ihn auf Anhieb.

Die Kulturkirche füllte sich rasch. Etwa vierhundert Zuhörer wurden erwartet, hatte mir Richard verraten, der den Buchhändler kannte, mit dem der Steinholz-Verlag gemeinsam diese Lesung organisiert hatte. Nach Gelling sah ich mich vergeblich um. Zwei andere Autorenkollegen von Heinz erkannte ich einige Reihen hinter mir. Christian Fabricius schrieb Krimis, in denen eine Kommissarin namens Elena Orleg die Hauptperson war, und Henning Kendlers Romane spielten alle im Umland von Bremen. Beide Autoren veröffentlichten im Steinholz-Verlag. Interessierten sie sich auch für die Nachfolge von Heinz und die Option, die True-Crime-Reihe zu übernehmen?

Um Punkt zwanzig Uhr trat Gebhard Steinholz nach vorn in den Altarraum, wo die Mikrofone standen, und hielt eine kurze, sehr emotionale Einführung zu »Winston Stevens«, seinem Freund Heinz Kröger. »Er war unser Star-Autor, und wir sind dankbar, dass wir posthum noch diesen einen Roman veröffentlichen können. Winston, du wirst uns fehlen!«

Der Lektor Otto Reiners folgte, berichtete von der Arbeit an dem Buch und erwähnte, dass Heinz als Nächstes den Fall Hannemann in Angriff genommen hatte. »›Tod im Felsen‹ sollte im kommenden Jahr erscheinen, und auch schon ein drittes Buch liegt als Synopsis vor. Ursprünglich wollte Heinz ein Buch mit dem Titel ›Die Todeshöhle‹ schreiben, fand aber dann, wie er uns sagte, ein noch spannenderes Thema. ›Die Masken des Todes‹ greift ein Ereignis auf, das vor allem am Steinhuder Meer und in Irland spielt.«

Mir wurde flau. Das war die Geschichte, in deren Mittelpunkt der irische Geheimbund um Malachi McLaughlin, einen eiskalten Killer, und Eamon Casey, den Bruder von Desmond, stand. Damals war McCoole nach Hannover gereist, um bei der Aufdeckung der Tatumstände zu helfen. Gern hätte ich jetzt sein Gesicht gesehen.

Der Fall hatte viel Aufsehen erregt, und es gab dafür genügend Zeitzeugen, auch Schumann, Richard, Deirdre und ich gehörten dazu. Viel Fiktion hätte er nicht einbauen können, die Fakten lagen klar auf der Hand. Mir lag diese Geschichte immer noch im Magen, und ich war froh, dass damals am Ende alles glimpflich verlief. Die Druidenmasken, um die es dabei ging, hatten ihren Platz im Dubliner National Museum gefunden. Wie gut, dass dieses Buch ungeschrieben bleibt, dachte ich. Auch wenn das dem Tod von Heinz geschuldet war.

Nach dem Lektor begrüßte der Buchhändler das Publikum und sprach davon, wie geehrt er sei, dass er die Premierenlesung ausrichten dürfe. Dann rief er Klas Bermann und die Moderatorin nach vorne. Stürmischer Applaus. In dem Moment krachte die schwere Eingangstür der Kirche. Ein später Gast.

Ich drehte mich um und erkannte Jochen Gelling, der zu einem Sitzplatz hastete. Sein Sitznachbar war zu meinem Erstaunen niemand anderer als unser Reiseleiter aus Jordanien, Ansgar Meyers. Da er selbst öfter Reisegruppen in Jordanien führte, war es logisch, dass ihn das Buch interessierte.

Meyers hatte mit Heinz vor drei Monaten über diesen Fall gesprochen. Aus einem Gespräch mit ihm wusste ich, dass er privat in Hamburg lebte. Ich plante, ihn nach der Veranstaltung anzusprechen und über seine Islanderfahrungen zu befragen. Wann war er zuletzt dort? Als Reiseleiter in Island und Jordanien – gegensätzlicher ging es kaum.

Das Licht in der Kirche wurde heruntergefahren, und die Moderatorin gab eine kurze Einführung zur Biografie von Heinz Kröger alias Winston Stevens. Er habe nach dem Erfolg seiner Mortimer-Rascal-Serie vorgehabt, fünf Romane zu veröffentlichen, die auf wahren Fällen basierten, und danach wieder zu seinem beliebten Protagonisten zurückzukehren.

»Er wollte Mortimer doch noch nicht in Pension schicken. Der bisher letzte Roman mit ihm endet offen. Mortimer Rascal heiratet und möchte nur noch seinen Hobbys nachgehen. Da aber die Synopsis für ›Die Tote im Brontë-Haus‹ schon lange vorliegt, sollte Rascal eindeutig zurückkehren. Er übersiedelt auch nicht nach Cornwall oder Essex, wie Heinz mal verkündete.«

Beifall in der Kirche. »Mit Winston Stevens zusammen ist auch sein Held gestorben.« Ein lang gezogener Seufzer im Saal.

»Nun aber zu unserem Sprecher heute Abend, Klas Bermann,

bekannt aus Film und Fernsehen, vor allem aus der Reihe ›Tote verraten viel‹, in der er den Gerichtsmediziner Daniel Bittermann verkörpert. Er wird in der Verfilmung der Rascal-Romane für das Fernsehen, die im Herbst beginnt, die Rolle des Mortimer Rascal spielen.«

Donnernder Applaus.

Es wurde ein unterhaltsamer Abend, selbst wenn ich unterschiedlichen Gefühlsschwankungen ausgesetzt war. Ich vermisste Heinz, genoss aber die Lesung. Klas Bermann hatte das Publikum fest im Griff.

Die Moderatorin stellte nur wenige Fragen und leitete zu den jeweiligen Kapiteln ein. Ihre wichtigste Frage lautete: »Wie fühlt man sich als Sprecher, wenn man das Buch eines ermordeten Bestsellerautors vorstellt, zumal Sie demnächst auch noch die Figur seines berühmten Ermittlers verkörpern?«

Bermanns Antwort bekam ich nicht mit, da mich ein Geräusch störte. Ich sah mich um und erblickte Gelling, der sich aus der Bank drängte und zum Eingang strebte. Andere Zuhörer wandten ebenfalls verärgert ihre Köpfe. Ansgar Meyers dagegen blieb regungslos sitzen und schien voll konzentriert zu sein. Was trieb diesen nervigen Gelling dazu, mitten während der Veranstaltung zu verschwinden? Hielt er nicht aus, dass sein verstorbener Kollege und Konkurrent geehrt wurde? Das hätte er sich vor der Lesung überlegen können!

Bermann las insgesamt vier Kapitel aus dem Buch. Die Entdeckung der Leiche in dem leicht verfallenen Gemäuer am Rand der Wüste, erste Ermittlungen in Jordanien, bei denen ein deutscher Polizeihauptkommissar gemeinsam mit dem Reiseleiter alias Detektiv zusammenarbeitet, das Verhör der Ehefrau und ihres Sohnes und zu guter Letzt ein Kapitel über die Spurensuche im Umfeld des Ermordeten, die zunächst zu keinem Ergebnis führt.

Heinz hatte zwar alle Namen geändert und präsentierte zum Schluss einen Täter, der in Wahrheit nicht existierte. Aber die Parallelen zum Fall des toten Erwin Karlsson waren deutlich zu erkennen.

Schumann zeigte sich wenig begeistert. Er sah grimmig aus und flüsterte mir zu: »Schreiben kann er ja, aber seine Thesen sind reichlich an den Haaren herbeigezogen und die Handlung, trotz vieler fiktiver Einschübe, nicht gerade schmeichelhaft für die Polizei. Günter Schneider wirkt unglücklich.«

Ich raunte zurück: »Ist doch eigentlich ein typischer Winston-Stevens-Krimi. Ähnlichkeiten mit lebenden oder toten Personen zwar nicht zufällig, aber dennoch sehr stark fiktiv verändert.«

»Na, ich wäre gespannt gewesen, wie er den Plot um Hannemann halbwegs plausibel aufzieht, wo doch noch nicht einmal dessen Leiche gefunden wurde.«

So leise ich es vermochte, antwortete ich: »Er hätte sicher die Leiche eines fiktiven Hannemann finden lassen, egal, ob auf Grímsey oder in einer Gebirgshöhle. Wer allerdings der Mörder und was sein Motiv hätte sein sollen, ist mir rätselhaft.«

»Du kannst Ranulf später fragen, ob er inzwischen mehr weiß. Die Suche ist nicht abgeschlossen. Ein Team ist weiterhin im Umfeld von Katla. Es gibt mehrere Eishöhlen, die untersucht werden. Ranulf bleibt noch einige Tage hier.«

Hinter uns zischte jemand wütend: »Würden Sie jetzt bitte still sein? Sie stören!« Es war Sisi Alford, die nicht zu Unrecht heftig auf unser Getuschel reagierte.

Als ich mich entschuldigend zu ihr umdrehte, entdeckte ich Harald Frostauer ein Stück weiter hinten. Er zwinkerte mir zu. Mal sehen, ob er sich nach der Veranstaltung Schumann krallen und ihm seine Theorie über den Mordgesellen Gelling mitteilen würde. Ich schmunzelte bei dem Gedanken an Schumanns Reaktion. Er mochte Harald zwar, hielt ihn aber für durchgeknallt. »Ein Irrer mit brillanten Ideen«, so beschrieb er ihn.

Die Veranstaltung endete nach genau neunzig Minuten. Der Beifall wollte nicht enden. Am Büchertisch drängten sich die Kauffreudigen. Zwar mussten sie auf die Signatur des Autors verzichten, aber viele baten Klas Bermann, das Buch zu signieren.

Gebhard Steinholz steuerte auf mich zu und überreichte mir das Buch mit feuchten Augen.

»Was für eine würdige Premiere«, sagte ich und schüttelte die Hand des offensichtlich gerührten Verlegers.

Er nickte und erwiderte: »Das Buch ist schon jetzt auf den Bestsellerlisten unter den ersten fünf. Aber ich wäre glücklicher, wenn Heinz noch lebte und das Buch meinetwegen auf Platz zehn rangierte.«

Der Verlag lud zu einem Umtrunk ein. Es gab Wein, Orangensaft und Wasser. Sogar Schnittchen wurden serviert. Ich gesellte mich zu Richard, der mit Gerichtsmediziner Schneyders plauderte, während Schumann zu seinem Kollegen Schneider ging.

Schneyders verabschiedete sich. »Zu viel zu tun und zu wenig Schlaf«, entschuldigte er sich.

»Gibt es denn Neues von Heinz?«, wagte ich zu fragen.

»Sie wissen, dass ich darauf nicht antworten darf. Doch Mord ist Mord ist Mord.« Mit einem Lächeln schritt er davon.

Richard zeigte sich beeindruckt. »Heinz konnte schreiben, das muss man ihm lassen. Schade um das zweite Buch.« Er warf einen Blick auf die anderen Gäste. »Entschuldigung, da drüben steht eine Kundin von mir. Ich sag ihr mal Hallo.« Und weg war er, der Mann, der mir gerade erst einen Heiratsantrag gemacht hatte.

Mit einem Glas Weißwein bewaffnet bahnte ich mir einen Weg durch die Menge. Alle quatschten durcheinander, der Lärmpegel war hoch. Hilde Klein stand in einer Ecke und redete mit McCoole und Christl Thiedemann. McCoole wirkte müde. Als er mich sah, löste er sich aus der Gruppe und fing mich ab.

»Ich werde jetzt in mein Hotel fahren«, sagte er. »Ein interessanter Abend, aber für einen Polizisten etwas enttäuschend. Denn der wahre Mörder von Erwin Karlsson konnte bis heute nicht überführt werden. Der Täter, den Heinz am Ende des Buchs präsentiert, wirkt nicht wirklich überzeugend. Trotzdem, ein spannendes Buch.«

»Haben Sie denn genügend verstanden?«

McCoole grinste breit. »Liebe Anna, Schumann hat in den vergangenen Jahren erstaunlich gut Englisch gelernt, und ich nehme seit vier Jahren Deutschunterricht. Ich verstehe viel, Sprechen ist eine andere Sache. Lassen Sie uns morgen weiterreden. Ich treffe Hannemanns Ex-Frau übermorgen und davor den Ex-Assistenten Bernd Zabel. Viel erhoffe ich mir nicht, aber vielleicht geben sie mir Tipps für meine Ermittlungen. Schumann sucht weiter nach dem Einbrecher bei Hilde Klein. Da tut sich bisher nicht viel.«

Zu der Gruppe um Hilde Klein hatten sich Heinz' Haushilfe Silke Gerjets und Otto Reiners gesellt. Silke Gerjets ging auf mich zu und sagte leise: »Vor einigen Tagen habe ich den Koffer und die Reisetasche von Herrn Kröger zugestellt bekommen.« Sie schluckte.

»Im Koffer lag ein kleines blaues Notizheft. Er hatte solche Hefte immer dabei, um rasch irgendwelche Beobachtungen oder Anregungen hineinzuschreiben. In seinem Schreibtisch habe ich in der untersten Schublade ein weiteres Notizheft entdeckt. Das könnte Sie interessieren. Ich habe nur einen Blick hineingeworfen. Es stehen, glaube ich, ein paar Namen und Daten darin. Nur der Name Hannemann fiel mir bei dem kurzen Blick auf. Leider habe ich die beiden Hefte in der Eile vergessen mitzunehmen. Ich schicke sie Ihnen zu. Ist das okay?« Sie blickte mich fragend an.

»Wäre das nicht eher etwas für die Polizei?«, erwiderte ich. »Vor allem, wenn da etwas zum Fall Hannemann stehen sollte.«

Silke Gerjets schüttelte den Kopf. »Nein, das scheint mir alles zu vage. Nur ein paar Namen, aber eher Randnotizen. Wie gesagt, ich habe sie nur durchgeblättert. Die Polizei kann sicher nichts damit anfangen. Aber Sie waren über Herrn Krögers Aktivitäten informiert. Er hätte es bestimmt geschätzt, wenn Sie sich diese Hefte durchsehen. Für mich sind Sie eine Art Nachlassverwalterin von Herrn Kröger.«

Sie lächelte wehmütig. »Ich bin noch etwa drei Wochen in Cuxhaven«, fuhr sie fort. »Dann ziehe ich zu meiner Familie nach Leer. Meine Wohnung habe ich zu Ende September gekündigt. Falls Sie vorbeikommen und sich ein Erinnerungsstück aussuchen möchten, sagen Sie mir Bescheid. Ende der übernächsten Woche wird alles ausgeräumt. Das Testament ist verlesen worden, wer was erbt, ist auch geklärt. Mir hat Herr Kröger zwanzigtausend Euro vermacht.« Sie wischte sich eine Träne aus dem Augenwinkel.

Ich dankte der freundlichen Frau. »Falls ich es zeitlich schaffe, könnte ich am Samstag kommen. Dann hole ich die beiden Notizhefte und suche mir gerne ein Souvenir aus. Ich melde mich. Ihre Handynummer habe ich ja. Alles Gute Ihnen!«

Silke Gerjets nickte und ging zurück zu der Gruppe, bei der inzwischen auch Zabel und Sisi Alford standen, emsig vertieft in ein Gespräch, von dem ich auf die Distanz und bei dem Lärmpegel nur Worte wie »Fiktion«, »Phantasie«, »dichterische Freiheit« und »Verleumdung« mitbekam.

Ich hatte keine Lust dazuzustoßen und machte mich auf die Suche nach Harald Frostauer. Ich wollte ihm wenigstens Hallo sagen. Wie ich geahnt hatte, redete er intensiv auf Schumann ein. Der blickte eher ungläubig drein und zuckte mit den Achseln. Lieber nicht einmischen, dachte ich.

Eine Stimme hinter mir riss mich aus meinen Überlegungen, wie Harald Schumann wohl von seiner Theorie zu überzeugen versuchte. Ansgar Meyers stand mit einem breiten Grinsen da. »Was für eine nette Überraschung!«, flötete ich.

Er lachte. »In der Tat eine Überraschung! Doch da ich das leider nur kurze Vergnügen hatte, Heinz Kröger im Wüstenschloss zu treffen, wollte ich mir diese Veranstaltung nicht entgehen lassen. Den Fall vom Toten im Wüstenschloss kennt fast jeder. Er war in jedem Revolverblatt breit ausgewalzt. Interessant, was Kröger daraus gemacht hat. Es musste wahrscheinlich am Ende im Gegensatz zur Realität einen überführten Täter geben, sonst ist die Leserschaft unzufrieden.« Er lachte wieder.

So richtig sympathisch war er mir nicht. Auf der Jordanienreise hatte ich seine Bildung und seine Erläuterungen zu Land und Leuten sehr anregend gefunden. Bei den gemeinsamen

Abendessen in unseren Hotels unterhielt er sich lieber mit den jüngeren Damen in unserer Gruppe als mit mir. Nur einmal fragte er mich nach meinen früheren Abenteuern, von denen er irgendwie Wind bekommen hatte. Insbesondere die Geschichte vom gestohlenen Gemälde von Paolo Uccello schien ihn zu interessieren. Dazu sagte ich wenig. Ich hatte ein Buch über meine Abenteuer geschrieben. Darauf wies ich ihn hin. Meyers trank Rotwein und wirkte auf mich ein wenig angeheitert. Ich nutzte die Gelegenheit und fragte ihn:»Ich wusste gar nicht, dass Sie auch Reiseleiter auf Island waren. Wann war das denn?«

Irrte ich mich, oder verfinsterte sich sein Gesicht für den Bruchteil einer Sekunde? Doch er fing sich schnell.»Ja, vor acht Jahren bin ich für eine Kollegin eingesprungen. An sich sind meine Länder Marokko, Israel und Jordanien, manchmal Sizilien und Zypern. Ich mag Island sehr, war auch privat zweimal dort. Es zieht mich jedoch mehr in die Wärme. Und mit der Kultur der Mittelmeerländer kenne ich mich besser aus als mit nordischen Gepflogenheiten. Dieser Gammelhai Hákarl, der als Traditionsgericht gilt, erfüllt mich mit Grausen.« Er war geschickt ausgewichen und hatte wenig preisgegeben. Aber letztlich ging mich seine Biografie nichts an.

Er blickte auf seine Armbanduhr.»Ich muss mich verabschieden. Mein Zug nach Berlin fährt in einer halben Stunde. Drei Tage in der Hauptstadt, dann Hamburg und danach eine Woche Zypern. Es wäre schön, wenn Sie auch wieder mal mit dabei wären. Ende September steht Sizilien an und Mitte Oktober Marokko. Überlegen Sie es sich.« Er grinste.»Island vielleicht im nächsten Jahr.« Und damit verließ er mich.

Ich blickte mich nach Jochen Gelling um. Seit er mitten während der Lesung aufgestanden war und die Kirche verlassen hatte, schien er wie vom Erdboden verschluckt. Harald gesellte sich zu mir.

»Hast du Schumann überzeugen können? Gelling der Mörder aus Frust und falschem Ehrgeiz?« Ich konnte ein Lächeln nicht unterdrücken.

Harald schüttelte den Kopf. »Dein Freund Schumann ist genauso verbohrt wie du. Aber wartet es nur ab. Jochen Gelling ist unser Mann!«

Er sah sich um. »Wo steckt er bloß? Geht einfach weg und kommt nicht wieder? Sicherlich hat er gespürt, dass sich etwas gegen ihn zusammenbraut. Vor der Lesung hat er nur wenige Minuten mit dem Verleger geredet und ist dann noch mal weggegangen. Das habe ich jedenfalls beobachtet. Und dann ist er zu spät zur Veranstaltung gekommen. Sehr merkwürdiges Betragen!« Harald war merklich empört. »Dein Richard flirtet nun auch schon eine halbe Stunde mit dieser Rothaarigen«, fügte er mit hämischem Unterton hinzu.

Er war und blieb eifersüchtig auf Richard, obgleich meine Beziehung zu Harald Frostauer nie etwas anderes sein würde als eine harmlose Freundschaft.

Ich reagierte ärgerlich. »Lass Richard aus dem Spiel. Das geht dich nichts an. Und dass Schumann an deiner These zweifelt, überrascht mich nicht!« Musste Harald, der so nett sein konnte, immer wieder zur Nervensäge mutieren?

»So«, sagte ich, »ich bin müde und gehe nach Hause. Ich werde heute noch mit dem Buch von Heinz anfangen. In Erinnerung an ihn.« Insgeheim hätte ich gern noch mit Ranulf Eriksson gesprochen, der mit Schumann zusammenstand und Bier trank. Aber ich fühlte mich plötzlich völlig erledigt, vor allem emotional.

Ich ließ Harald stehen, drehte mich auch nicht mehr zu Schumann und Richard um, der tatsächlich immer noch angeregt mit seiner »Kundin« plauderte, und marschierte in Richtung Kirchentür.

Die wurde jäh aufgestoßen. Ein völlig verstörter Otto Reiners stürmte herein. »Er ist tot!«, rief der Lektor mit sich überschlagender Stimme. »Er liegt draußen auf dem Parkplatz. Ich bin über ihn gestolpert, als ich zu meinem Auto wollte! Er rührt sich nicht.«

Schumann eilte sofort zu Reiners. »Von wem sprechen Sie? Wer soll tot sein?«

»Soll?«, schrie der Lektor von Winston Stevens in den Kirchenraum. »Er ist tot! Jochen Gelling!« Reiners kollabierte. Schumann fing ihn auf und setzte ihn auf eine Kirchenbank.

Tiefes Schweigen senkte sich über die letzten Gäste der Premierenlesung von »Der Tote im Wüstenschloss«.

Fortsetzung folgt ...

Jochen Gelling war erstochen worden. Von vorn angegriffen, Stich direkt ins Herz, rückwärts gestolpert und gestürzt. Zusätzlich Schädelbruch. Die Tatwaffe war nicht auffindbar. McCoole erklärte mir am nächsten Tag im Vertrauen, es sei nach Schneyders Aussage ein Schraubenzieher oder ein ähnliches Werkzeug mit kantiger Spitze gewesen.

McCoole war überraschend am Vormittag bei mir aufgetaucht, nachdem Schumann die meisten Gäste am Morgen ins Präsidium beordert und zu ihrem Alibi befragt hatte. Mich ließ er dabei aus.

»Jochen Gelling war, wie der Gerichtsmediziner sagte, erst knapp eine halbe Stunde tot, als er gefunden wurde«, erklärte McCoole. »Schumann hatte gestern noch die Zuschauer befragt, die in Gellings Nähe saßen. Bisher hat das wenig gebracht. Alle hatten ein Alibi, keinem ist etwas aufgefallen.«

Ich servierte McCoole einen Tee. Er trug noch immer einen Verband, sah aber weniger blass aus. »Heute schone ich mich«, verkündete er nach dem ersten Schluck. »Aber morgen besuche ich Frau Karlsson. Hilde Klein hat mich gebeten, am Freitag vorbeizukommen. Sie hat sich an etwas erinnert, wie sie mir am Telefon zu verstehen gab. Aber heute und morgen möchte sie ihre Ruhe haben. Es geht ihr nicht gut.«

McCoole sah sich in meinem Wohnzimmer um. Er lächelte, als sein Blick auf meine drei Dubliner Stiche an der Wand über dem Esstisch fiel. »Gut ausgewählt«, bemerkte er.

Ich nickte. Schöne Erinnerungen!

Mir ging diese bittere Ironie durch den Kopf. Harald Frostauer verdächtigte Jochen Gelling, Heinz ermordet zu haben, und nun war Gelling selbst Opfer eines Verbrechens geworden. Wie ich Harald kannte, wäre das kein Grund für ihn, Gelling zu entlasten. »Mörder trifft Mörder.« So ähnlich würde mein allwissender »Halb-Freund« denken.

Vielleicht aber war Gelling das Zufallsopfer eines Überfalls. Brieftasche und Handy fehlten, wie McCoole fröhlich aus dem Nähkästchen plauderte. Der Parkplatz lag ein Stück hinter der Kirche und wurde von einer einsamen Laterne beleuchtet. Was aber hatte Jochen Gelling dorthin verschlagen? Er besaß kein Auto, war mit dem Zug aus Hamburg angereist und wollte am nächsten Tag einige Bekannte in Hannover besuchen. Das jedenfalls hatte er Otto Reiners erzählt, der Schumann davon berichtete.

Der Lektor verriet Schumann auch, dass Gelling plante, ihm eine Synopsis für ein True-Crime-Buch zu zeigen. Es wäre eine Überraschung, hätte Gelling angekündigt. »Dagegen sei das Geschreibsel von Heinz Kröger langweiliger Märchenkram«, hatte Otto Reiners die Aussage von Gelling zitiert.

Dies alles berichtete mir McCoole. »Finn, Sie verraten mir eine ganze Menge Interna!«, sagte ich erstaunt.

Er zeigte sein jungenhaftes Grinsen. »Ach, wissen Sie, Anna, Sie gehören für mich zu Schumanns Team. Ich mag nicht, wie Sie behandelt werden. Immer nur Informationshäppchen und diese Floskeln: ›Ganz im Vertrauen‹ oder ›Eigentlich darfst du das gar nicht wissen‹. Sie haben schon bei sieben Fällen geholfen. Sie kannten Heinz gut, und Gelling ist für Sie auch kein Unbekannter. Was soll also dieses Theater.«

Er schloss für einen Moment die Augen. Man sah ihm an, dass er den Überfall im Haus von Hilde Klein noch nicht verkraftet hatte. Ich goss ihm Tee nach, und er griff fast gierig nach dem Becher.

»Irgendetwas zu dem Einbruch bei Hilde Klein?«, fragte ich.

McCoole schüttelte vorsichtig den Kopf. »Nein, leider nicht. Es gibt vor allem keine Zeugen. Hilde lebt in einer sehr ruhigen Wohngegend, und der Maskierte ist von hinten über den Garten eingedrungen. Nein, keine brauchbaren Anhaltspunkte. Hilde Klein hat zwar Anzeige gegen unbekannt gestellt, doch es wurden nur zwei Bücher entwendet. Kein großer Fall, wäre da nicht die Körperverletzung.«

Er griff sich an den Kopf. »Mein Schädel hat nicht mehr so

stark gebrummt seit den Zeiten, da ich glaubte, ein talentierter Boxer zu sein«, gestand er schmunzelnd.

Die nächsten zehn Minuten plauderten wir über andere Themen. Mühsam verkniff ich mir, McCoole nach Desmond zu fragen. Ich vermutete aber, er würde einer konkreten Antwort ausweichen. Es gab sicher noch einen Rest von Loyalität, die McCoole, einst Anhänger des charismatischen Desmond, diesem Mann gegenüber verspürte.

McCoole stellte den Becher ab und stand ein wenig schwankend auf. Er griff in seine Hosentasche und holte ein Pillendöschen heraus. »Zeit fürs Schmerzmittel«, sagte er mit einem halbherzigen Lächeln. »Ich komme vor meiner Rückreise bei Ihnen vorbei. Und beim nächsten Dublin-Besuch führe ich Sie, wie gesagt, in dieses neue Restaurant.«

Als er mit etwas unsicheren Schritten meine Wohnung verließ, dachte ich, wie seltsam es sei, dass derzeit in Hannover gleich zwei Ermittler aus anderen Ländern recherchierten. Ranulf Eriksson aus Island, Finn McCoole aus Irland. Im selben Fall. Alle schienen im Dunkeln herumzutappen bei ihrem Bemühen, die Verbindung zwischen den zwei Todesfällen aufzudecken. Der Tote im Vulkan und der Tote in der Blauen Lagune. Und dazwischen Hannemann, der beide Fälle meiner Meinung nach verband.

Hätte Heinz sich nicht in den Kopf gesetzt, aus dem Verschwinden des Professors vor vier Jahren einen Roman zu machen, wäre niemand auf die Idee gekommen, erneut nach dem Verschollenen zu suchen. Auf die sterblichen Überreste von Brendan Sullivan wäre man sicherlich ohnehin gestoßen, als der Krater vor Kurzem wieder dem Tourismus zugänglich gemacht wurde. Ob das gereicht hätte, um die Ermittlungen zum verschollenen Professor wiederzubeleben?

Der Tod von Jochen Gelling erschütterte mich. Zwar kannte ich ihn kaum. Aber er wirkte harmlos, wenn auch penetrant. Wer sollte ein Interesse haben, ihn umzubringen? Es musste ein Raubmord sein!

Die Frage blieb, was er auf dem dunklen Parkplatz verloren

hatte, ob er vielleicht jemanden treffen wollte und dabei zum Zufallsopfer wurde. Nur lose Enden, dachte ich. Doch bisher war keiner der Fälle, in die ich involviert war, leicht zu lösen gewesen. Jedes Mal schwer entwirrbare gordische Knoten. Und jetzt?

War Gelling tatsächlich Opfer eines Überfalls mit tödlichem Ausgang? Ich wettete, dass die Tatwaffe im Gegensatz zu dem, was stets in Fernsehkrimis gang und gäbe ist, nicht auftauchen würde. Durch Hannover fließt die Leine, in der gesamten Stadt standen Hunderte Mülltonnen und Container. Und in der stark bewaldeten Eilenriede im Südteil der Stadt ließ sich gewiss auch ein Mordinstrument entsorgen. Falls Schneyders recht hatte mit seiner Vermutung von einem Schraubenzieher als Tatwaffe, hatte der Täter ihn womöglich längst gesäubert und in einem Werkzeugkasten verstaut.

In den Medien standen unter der Schlagzeile »Prominenter Kriminalautor tot aufgefunden« verschiedene, zum Teil krude Theorien zum Tod von Gelling. Das schwankte zwischen Raubmord, Totschlag und Mord aus bisher unbekannten Motiven. Eine Gazette spekulierte, Gelling sei Krögers Konkurrent gewesen und habe aus Protest gegen die Veranstaltung die Lesung vorzeitig verlassen und sei einem Junkie in die Quere gekommen. In einem anderen Artikel munkelte der Reporter, ein Fan von Heinz Kröger sei mit Gelling wegen dessen gelegentlich geäußerter Abneigung gegen den erfolgreicheren Autor in Streit geraten, und dieser Fan habe Gelling im Zorn erschlagen. Keiner erwähnte den Schraubenzieher als mögliche Tatwaffe. Diese Information war wohl noch nicht durchgesickert.

Ich wusste trotz McCooles Offenheit kaum mehr als die Journalisten. Gellings Leichnam befand sich in der Gerichtsmedizin. Schumann hielt sich bedeckt. Bei meinem Versuch, ihn anzurufen, antwortete nur seine Mailbox. Mein nächster Versuch, mich mit jemandem auszutauschen, galt Richard. Er gab mir zu verstehen, er müsse sich um einen Rohrbruch in seinem Geschäft kümmern.

»Endlich sind die Handwerker da«, sagte er. »Der Rohrbruch

liegt schon eine Woche zurück. Ich rufe dich später an. Wenn du einen Kommentar von mir zu Gelling möchtest, dann kann ich dazu nicht viel sagen. Ich habe ihn gestern das erste Mal gesehen, und ich fand ihn nicht sehr sympathisch. Von sich selbst überzeugt. Eines allerdings fiel mir auf. Er kam ja verspätet zur Veranstaltung und setzte sich neben Meyers. Ich hatte mich umgedreht, um zu sehen, wer stört. Er tuschelte intensiv mit Ansgar Meyers.«

»Und?«, fragte ich, als Richard verstummte.

»Na ja, es schien, als ob sich die beiden kennen. Meyers rückte allerdings demonstrativ ein Stückchen von Gelling weg und schien wenig erfreut über seinen Sitznachbarn, der wiederum finster aussah. Das hat sicher nichts zu bedeuten. Aber Schumann sollte Meyers fragen, ob er Gelling kannte. So, und jetzt ruft mich die Pflicht!«

Ich beschloss, ausnahmsweise geduldig zu sein und zu warten, bis sich Schumann bei mir meldete. Statt mich ständig mit den Ereignissen vom Vorabend zu beschäftigen, las ich weiter in dem Buch von Heinz. Es war spannend, doch mich ärgerte, dass er gegen Ende einen Täter erfand, der nicht wirklich zur Handlung passte. An den Haaren herbeigezogen. Der wahre Fall war nicht abgeschlossen. Heinz hätte das Ende offenlassen müssen. Doch das lag ihm nicht. Genau wie ich in meinen imaginären Geschichten fügte Heinz am Schluss immer alle Puzzleteile zusammen.

»Das unterscheidet die Fiktion von der Realität«, sagte er einmal. »Meine Leser erwarten ein Ende, bei dem alle Rätsel gelöst sind.« Wen hätte er in seinem nächsten Buch »Tod im Felsen« zum Mörder »erkoren«?

Ich legte das Buch weg und nahm mir zum x-ten Mal seine von mir ausgedruckten Notizen vor. Schumann schien nicht an dem Notebook interessiert zu sein. Es lag in meiner Schreibtischschublade. Der Tod von Gelling hatte ohnehin alles andere erst einmal in den Schatten gestellt.

Von Heinz wusste ich, dass Gelling unverheiratet war und als Adoptivkind bei einer Lehrerfamilie in der Nähe von Hamburg aufwuchs. Studium der Germanistik und Soziologie in Berlin, Abschluss mit dem Magister, einige Jahre als Lektor bei einem Berliner Verlag, dann 2008 sein Romandebüt »Die Toten von Puderbach«, sein erster Westerwald-Krimi. Warum ausgerechnet der Westerwald zum Schauplatz seiner Krimis wurde, schilderte er in einem Interview: »Ich habe dort Wanderferien verbracht und mich in die herbe Landschaft verliebt.« Verliebt hatte er sich auch in eine Bäckerin, die zum Vorbild für seine Protagonistin, die Bäckersehefrau und Polizistin Emma Tragegut, wurde. Aber die »echte« Bäckersfrau hatte seine Liebe wohl nicht erwidert.

Die ersten vier Romane verkauften sich recht ordentlich. Danach war es für Gelling nur noch mäßig gelaufen. Deshalb seine Hoffnung, in die Fußstapfen von Heinz treten zu können. Und nun dieses tragische Ende!

Ich setzte mich an meinen Schreibtisch, und um mich abzulenken, begann ich an meinem nächsten Vortrag zu arbeiten. Gegen sechzehn Uhr rief mich Schumann an.

»Anna«, sagte er ohne langes Vorgeplänkel, »wir müssen reden. McCoole hat mir gestanden, dass er dir Informationen weitergegeben hat. Eigentlich sollte ich sauer auf ihn sein. Aber ich brauche deine Hilfe.«

Eine Stunde später saß er in meinem Wohnzimmer, rührte mehrere Löffel Zucker in seine Teetasse und holte aus seiner Aktentasche ein Spiralheft. »Das haben wir in Jochen Gellings Hotelzimmer gefunden. Handy und iPad weg, die Brieftasche wurde leer von spielenden Kindern am Ufer der Leine im Gebüsch entdeckt. Ein Vater war dabei und hat die Brieftasche bei uns abgegeben. Aber darin ist nichts mehr, weder Geld noch Karten. Nur eine Visitenkarte mit seinen Daten steckte im Seitenfach. Im Hotelzimmer lag sein halb ausgepackter Koffer und im Schrank dieses Spiralheft.« Er reichte es mir.

»Warum soll ich mir das Heft ansehen?«, fragte ich skeptisch.

»Darin sind Anmerkungen zu einem von ihm offensichtlich geplanten Buch, mit denen wir wenig anfangen können. Du hast auf dem Gebiet mehr Erfahrung. Gelling führte etwas im

Schilde. Er war, wie wir jetzt wissen, ungefähr zur selben Zeit wie Heinz Kröger auf Island. Deshalb hat dein schräger Freund Harald Frostauer ihn als Mörder von Heinz verdächtigt. Motiv: Neid und Konkurrenzkampf. Frostauer hat mir das gestern Abend auf seine melodramatische Art erzählt. Ich hielt seine Theorie für albern und allzu weit hergeholt. Er war wütend auf mich und erklärte, er werde auf eigene Faust Beweise für seinen Verdacht erbringen.« Schumann schüttelte den Kopf.

»Eine Stunde später hat Otto Reiners die Leiche von Gelling auf dem Parkplatz entdeckt. Frostauer kam zu mir und sagte, er glaube nach wie vor an Gellings Täterschaft. Aber ich müsse mich mit der Aufklärung beeilen, damit aus Heinz, wie er es so schön formulierte, kein ›Altfall‹ wird.«

Fragend blickte Schumann sich jetzt um. »Hast du Kekse?«

Zu den Leidenschaften von Hans Schumann zählten Kuchen, Kekse und Schokolade. Vor zwei Jahren hatte er verzweifelt versucht, dieser »Sucht«, wie er es nannte, abzuschwören. Er hielt genau drei Tage durch. Deshalb schätzte ihn auch meine Mutter besonders. Denn jedes Mal, wenn er sie in Köln besuchte, verzehrte er mit Inbrunst ihren nie ganz aufgetauten Apfelkuchen und seit einiger Zeit die opulenten Tortenstücke, die sie bei dem Konditor in ihrer Nähe erstand.

Ich kramte mein letztes Paket mit Keksen aus der Tiefe meines Vorratsschranks, und Schumanns Miene hellte sich auf. »Du solltest mal Hilde Klein erleben«, sagte ich. »Die futtert in kürzester Zeit doppelt so viele Kekse wie du.«

»Wetten, dass ich sie schlagen würde?«, nuschelte Schumann mit vollem Mund.

Nach der ersten Runde Tee und zwei weiteren Keksen sagte er: »Nur kurz zu deiner Information, ehe McCoole dich wieder mit Fakten füttert. Gelling starb laut Schneyders gegen zweiundzwanzig Uhr. Reiners fand den Toten eine halbe Stunde später. Eine frische Leiche sozusagen. Tatwaffe scheint tatsächlich ein Schraubenzieher zu sein. Ein Stoß direkt ins Herz, sehr treffsicher. Gelling war sofort tot. Die Wunde am Hinterkopf wäre wohl nicht tödlich gewesen. Da sein Handy und der Inhalt seiner Brieftasche am Tatort fehlten, liegt Raubmord nahe. Die leere Brieftasche befindet sich in unserer Asservatenkammer, das Handy dagegen ist spurlos verschwunden, und in seinem Hotelzimmer fanden wir nur dieses Heft, kein iPad oder Laptop.«

Ich fragte:»Sah das Zimmer so aus, als sei es durchwühlt worden?«

»Nein, alles akkurat. Im Schrank hing ein Jackett, im Koffer lagen zwei Pullover, drei Hemden und zwei Hosen, sehr ordentlich gefaltet. Im Wäschefach des Schranks fanden wir ein paar rote Socken und ein T-Shirt, darunter lag das Heft. Kein sehr geschicktes Versteck.«

Hatte Gelling Angst vor jemandem? Ich äußerte das.»Meinst du, Hans, er hat damit gerechnet, dass jemand an seinen Sachen interessiert ist? Vielleicht fühlte er sich verfolgt. Heinz schrieb mir aus Island, er glaube, beobachtet zu werden. Gelling könnte Ähnliches gefühlt haben.«

»Verfolgungswahn zweier Krimiautoren?« Schumann steckte Keks Nummer drei in den Mund.

»Beide wurden ermordet!«, fuhr ich ihn an.

Er lächelte verlegen. »Du hast recht. Wir wissen nur nicht, wer der jeweilige Verfolger gewesen sein könnte.«

Ich sprang auf.»Ich gebe dir das Notebook von Heinz. Er hat alles gelöscht, außer die wenigen Seiten, die an mich gerichtet waren. Viel Neues erfährt man nicht. Doch eure IT-Spezialisten können die anderen Dateien sicher wiederherstellen.«

Schumann nahm das Notebook dankend entgegen und legte es neben sich auf den Fußboden.»Was Gelling betrifft«, kam er zurück zum Thema,»konnten wir feststellen, dass sein Handy zuletzt gegen einundzwanzig Uhr dreißig eingeloggt war. Da war er laut Aussage seines Sitznachbarn Ansgar Meyers nicht mehr bei der Veranstaltung, die um diese Zeit zu Ende ging, gefolgt von dem Empfang. Meyers erklärte mir, Gelling sei sehr plötzlich um kurz nach einundzwanzig Uhr aufgestanden und weggegangen.«

Ich bestätigte das.

»Klas Bermann sagte uns, er sei um kurz nach zweiundzwanzig Uhr aufgebrochen, nachdem er etwa fünfzig Bücher signiert hatte. Sein Auto stand auf dem Parkplatz rechts vorne, in der Nähe der Einfahrt. Ihm ist nichts aufgefallen. Allerdings gab er zu, zu müde gewesen zu sein, um seine Umwelt wahrzunehmen. Ein Hundebesitzer, der seinen Waldemar, einen Foxterrier, Gassi führte und an der Kirche vorbeikam, hat sich bei uns gemeldet und ausgesagt, er habe kurz vor zweiundzwanzig Uhr auf dem Parkplatz ein dumpfes Geräusch vernommen. Als ob etwas zu Boden fiele. Doch Waldemar war unruhig und zerrte an der Leine. Deshalb ist der gute Mann umgekehrt und in die andere Richtung gegangen. ›Wer kann denn ahnen, dass da jemand auf dem Parkplatz bei der Kirche umgebracht wird?‹, lautete seine Entschuldigung. Er habe nichts weiter gehört. Kein Röcheln, keine Autotür, keine Schritte. Mehr Zeugen haben wir bisher nicht.«

»Sehr mager«, kommentierte ich. »Ich sehe mir gleich dieses obskure Heft von Gelling an«, versprach ich Schumann, der gerade den sechsten Keks verputzte. Er ließ mir einen Anstandskeks auf dem Teller, den er zu mir schob.

»Eine Bitte«, sagte er, »sprich nicht mit McCoole über diese Sache. Es geht ihn nichts an, da es nicht sein Fall ist. Er befragt morgen die Witwe von Hannemann beziehungsweise die Ex-Frau. Danach fährt er nach Münster, um mit Hannemanns früherer Sekretärin Swantje Ross zu sprechen, die wir auch schon befragt haben. Sie arbeitet jetzt für Zabel. Viel wird er von der Dame nicht erfahren. Ein Eisberg strahlt mehr Wärme aus als Madame Ross. Ich habe mit ihr telefoniert und dachte, mein Ohr friert ab. Leider wird er mit eher leeren Händen nach Dublin zurückreisen. Das Geheimnis von Brendan Sullivans Tod im Vulkan bleibt erst einmal ungelöst.«

»Hat denn wenigstens Ranulf Erfolg bei seinen Befragungen gehabt?«

»Nein, er fliegt früher als geplant zurück. Er will noch eine letzte Suchaktion nach Hannemann starten. Angeblich hat ein Bauer etwas gesehen, das relevant für den Fall sein könnte. Ranulf will möglichst bald mit diesem Mann sprechen. Er wollte heute eigentlich Gelling interviewen. Auf seiner Agenda steht außerdem Ansgar Meyers, den ich auch auf meiner Liste habe. Meyers war mehrfach auf Island, zum Beispiel 2016, 2020 und vor wenigen Wochen. Sein Aufenthalt überschneidet sich mit dem von Gelling und Kröger. Freiwillig ist er mit dieser Auskunft nicht herausgerückt. Wir wissen es von Silke Gerjets, die von einem Telefonat mit Kröger zwei Tage vor seinem Tod berichtete. Kröger habe ihr lachend erzählt, Meyers sei ihm über den Weg gelaufen, angeblich auf Recherchereise für einen Reiseführer zu all den Ländern, in denen er gearbeitet hat. Und auch Gelling, sagte Heinz Kröger, sei ihm begegnet, der ihm eine Co-Autorenschaft anbot. Kröger hat wohl energisch abgelehnt und Gelling gebeten, ihn nicht länger zu belästigen. So weit unsere Informationen.«

Der letzte Keks wanderte in meinen Mund. »Ich fahre morgen nach Cuxhaven. Ursprünglich war Samstag in der Planung, aber da kann ich nicht. Ich besuche Silke Gerjets, die mir irgendwelche alten Notizhefte von Heinz schicken wollte. Ich hole sie lieber selbst ab. Und ich soll mir noch ein Erinnerungsstück an Heinz aussuchen.«

»Falls du etwas Spannendes entdeckst, sagst du mir das bitte! Keine Alleingänge!« Schumann sah mich gespielt streng an.

»Ich vermute, dass in diesen Heften nichts Erhellendes steht«, antwortete ich. »Aber klar! Wenn sich etwas ergibt. Und Gellings Notizen werde ich zu entschlüsseln versuchen. Wirklich eigenartig, das Heft unter einem T-Shirt im Schrank zu verstecken.«

Als Schumann gegangen war, blätterte ich in Gellings Heft. Es umfasste nicht mehr als zwanzig Seiten und sah aus, als seien mehrere herausgerissen worden. Die restlichen Seiten bedeckte ein wildes Durcheinander von Stichworten, Daten ohne nähere Angaben, Abkürzungen. Doch dann stieß ich auf Halbsätze, die meine Aufmerksamkeit fesselten:

14. Juli 2016 Meyers Island – Karin Karlsson? Nachfragen bei Reiseunternehmen Tourismo

17. Juni 2017 Jordanien? Erwin K., Karin K.?
Krögers Buch unvollständig? Fiktion, nicht belegt. Täter frei
erfunden.
Interview mit Meyers – verdächtig?
Zum Fall Hannemann:
H. Island 2018, 2019, 2020 Recherchen, Zabel befragen
Frage zu Buch an Bibliothekarin Birgit Gunnardottir und an
Prof. Sigrún Alvardottir
Zabel? Petersen, Mauritz Levander (Kunsthändler, London?)
Hannemann in internationalen Schwarzhandel verstrickt?

Interessante Theorien, dachte ich. Wer war Mauritz Levander,
dessen Name an Harry-Potter-Romane erinnerte? Da konnte
sicher Richard weiterhelfen.

Es folgten etliche leere Seiten. Und dann auf der vorletzten
Seite:

Meyers – Erwin Karlsson? Kröger – Meyers? Vielleicht Schu-
mann informieren. Frage auch an Petersen, Reinhardt, früher
Kollege in Hannover. Beide nicht Freunde von H., da Rivalen.

Das war alles. Aber diese wenigen Worte ließen viele Interpre-
tationen zu. Glaubte Gelling, Ansgar Meyers sei in den Tod im
Wüstenschloss verstrickt? Und Meyers hätte Heinz ermordet,
der ihm auf die Schliche gekommen war? Der gute Gelling hatte
sich offensichtlich in seinem Eifer, ebenfalls True-Crime-Bücher
zu schreiben, auf beide Fälle eingelassen, die sein Konkurrent
Heinz Kröger bereits bearbeitet hatte. Und wollte den Mord
im Wüstenschloss neu recherchieren.

Auch das Verschwinden von Hannemann sah er in einem
anderen Licht als Heinz. Deshalb sein Angebot, dieses Buch
gemeinsam zu schreiben. Vielleicht hatte Heinz den Wald vor
lauter Bäumen nicht mehr gesehen, und Gelling hätte ihm tatsächlich neue Anregungen geben können. Der Hinweis auf
»Meyers Island – Karin Karlsson« schien interessant. Hatten
die beiden sich damals in Island getroffen?

Die wenigen Stichworte von Gelling ließen viel Raum für phantastische Spekulationen. Ich musste bald mit Schumann sprechen. Doch sein Handy war ausgeschaltet, und im Präsidium meldete sich nur Gerstorff, distanziert wie immer.

»Nein, tut mir leid. Der Polizeihauptkommissar ist derzeit nicht erreichbar, Frau Bentorp. Ich werde ihm mitteilen, dass Sie angerufen haben. Aber es wird eine Weile dauern, bis ich ihn sehe.«

Verärgert legte ich auf und vermisste einmal mehr Schumanns früheren Assistenten Hartmut Brink.

Den Rest des Tages verbrachte ich damit, Richard mehrere Nachrichten auf seine Mailbox zu sprechen und ihn zu fragen, ob er einen Mauritz Levander kannte. Keiner rief zurück. Selbst McCoole und Harald Frostauer waren wie vom Winde verweht. Leicht angesäuert setzte ich mich an meinen Computer und schrieb weiter an meinem Vortrag.

Als mein Handy klingelte, ergriff ich es voll froher Erwartung. Endlich Schumanns Rückruf! Aber es war Silke Gerjets. »Schön, dass Sie morgen schon kommen, Frau Bentorp«, sagte sie. »Ich wollte Sie nur informieren, dass ich am Nachmittag eine kleine Wattwanderung vorhabe. Aber gegen achtzehn Uhr müsste ich wieder zurück sein. Ich erwarte Sie dann!«

Wenig später meldete sich Richard. »Du hast nach Mauritz Levander gefragt. Der ist vor wenigen Wochen mit neunundsechzig Jahren einem Herzinfarkt erlegen. Er war Spezialist für mittelalterliche Kunst. Kurator in Oxford. Integer. Nichts mit illegalen Geschäften.«

Damit war das Thema abgehakt. Ich versuchte Silke Gerjets noch einmal zu erreichen. Ich spürte eine tiefe Unruhe. Deirdre nannte dieses Symptom den »sechsten Sinn«. Sie als Irin hatte damit kein Problem. Doch Silke Gerjets warnen zu wollen war wahrscheinlich vergebliche Liebesmüh.

Ebbe und Flut

Ich saß vor einem kleinen Café in der Nähe des Hauses von Heinz Kröger in Cuxhaven. Vom Meer kam ein milder Wind. Seit fast zwei Stunden wartete ich auf Silke Gerjets. Laut einer kurzen Nachricht an mich war sie gegen sechzehn Uhr zu ihrer Wattwanderung aufgebrochen. Gegen siebzehn Uhr versuchte ich sie zu erreichen, um ihr zu sagen, dass ich im Café Möwe und nicht vor Krögers Haus auf sie wartete.

Da ich selbst noch keine Wattwanderung mitgemacht hatte, hatte ich keine Ahnung, von wo aus sie losmarschiert war. Von Duhnen aus ergab Sinn, aber allein hatte sie sicher nur ein kleines Stück ins Watt gehen und rechtzeitig zurückkommen wollen. Die Flut sollte heute gegen zweiundzwanzig Uhr einsetzen.

Nach zwei Kannen Tee und einem saftigen Stück Pflaumenkuchen wurde ich unruhig. Silke Gerjets hatte sich mit mir um achtzehn Uhr verabredet, also lange vor Einsetzen der Flut, aber nun war sie schon eine halbe Stunde zu spät. Nicht einmal ihre Mailbox sprang an. Vielleicht war sie doch weiter gewandert als ursprünglich geplant und hatte keinen Empfang. Die Zeit rückte vor. Ich wollte heute Abend zurück nach Hannover. McCoole würde am nächsten Tag zum Brunch kommen, ehe er über Münster nach Dublin zurückreiste. Und für den frühen Nachmittag hatten sich Schumann und Ranulf Eriksson zum Tee angesagt. Eriksson plante, abends nach Hamburg zu fahren und von dort am nächsten Vormittag zurück nach Reykjavík zu fliegen.

Das adrette ehemalige Kapitänshaus von Heinz lag zwischen den Ortsteilen Sahlenburg und Duhnen. Nicht weit vom Wattenmeer-Besucherzentrum. Vielleicht war Silke längst wieder zurück und erwartete mich. Gegen Viertel vor sieben zahlte ich daher und machte mich auf den zehnminütigen Weg zum Haus. Die Sonne schien von einem leuchtend blauen Himmel, über den einige Schleierwolken zogen. Ein perfekter Tag.

Das Haus sah sehr friedlich aus. Und sehr still. Auch nach mehrfachem Klingeln tat sich nichts. Ich versuchte mein Glück erneut auf dem Handy. Aber wieder kein Erfolg. Keine Antwort, keine Mailbox. Enttäuscht drehte ich mich um und ging zu meinem kleinen roten Auto, das ich am Nachmittag in der Nähe geparkt hatte. In diesem Moment machte es »Ping«, und eine Nachricht flackerte auf: »Entschuldigung. Ich habe mich in der Zeit vertan. Ich bin zu tief ins Watt gegangen, und da habe ich unsere Verabredung vergessen. Ich melde mich wieder. Silke Gerjets«. Die Absende-Uhrzeit der Nachricht war neunzehn Uhr fünf.

Verärgert versuchte ich daraufhin einmal mehr, Silke anzurufen. Aber ihr Handy war offensichtlich entweder ausgeschaltet, oder sie befand sich in einem Funkloch. Ich drehte mich zum Haus um. Warum gab Silke Gerjets mir erst jetzt Bescheid? Spätestens achtzehn Uhr, hatte sie gesagt.

Die Sonne näherte sich, umhüllt von einem Mantel aus Orange und Purpurrot, dem Horizont, und bald würde die Flut kommen. Was sollte diese Pseudo-Entschuldigung, sie habe sich in der Zeit vertan? Sie kannte das Watt und hätte ihren Spaziergang genau planen können. Oder hatte sie gar keinen Wattspaziergang unternommen, sondern war durch einen anderen Termin aufgehalten worden? Vielleicht wollte sie mich gar nicht treffen. Hatte sie es sich anders überlegt? Aber das hätte ihr früher einfallen können.

Ich stand hilflos neben meinem Auto. Aus dem Nachbarhaus kam eine ältere Frau. Sie sah mich und rief: »Falls Sie Frau Gerjets suchen, die müsste eigentlich im Haus sein. Sie sagte mir heute Morgen, dass sie heute am späten Nachmittag Besuch erwartet.«

»Sie wollte doch einen Wattspaziergang machen«, bemerkte ich.

»Ach so, ja. Aber nur für anderthalb Stunden. Silke liebt das Watt und verbringt halbe Tage im Watt-Museum, da sie jetzt mehr Zeit hat. Und ehe sie demnächst Cuxhaven verlässt.«

»Hat Sie Ihnen gegenüber erwähnt, ob sie heute noch andere Termine hatte?«

Die Dame schüttelte nur den Kopf, hob grüßend die Hand und verschwand wieder in ihrem Haus.

Jetzt war ich noch ratloser. Unentschlossen sah ich auf die Uhr. Sollte ich warten? Aber ich fuhr nicht gern bei Dunkelheit Auto. Lieber die verbleibende Helligkeit nutzen, die würde bis Bremen anhalten. Die Autobahn nach Hannover war mir vertraut. Seufzend setzte ich mich in meinen kleinen Roten und fuhr los.

Die Sonne versank hinter mir, und ich hatte Mühe, mich auf die Fahrt zu konzentrieren. Die Entfernung zwischen Cuxhaven und Hannover beträgt rund zweihundertdreißig Kilometer. Mein ältliches Auto brauchte für diese Strecke etwas mehr als drei Stunden. Ich bin keine großartige Autofahrerin, immer auf Vorsicht getrimmt. Deshalb drosselte ich die Geschwindigkeit. Meine Ankunftszeit wurde mit dreiundzwanzig Uhr fünfunddreißig berechnet. Immerhin noch vor Mitternacht.

Auf dem Beifahrersitz lag mein Handy. Es trudelten zwei Nachrichten ein. Und ein Anruf, den ich ignorierte. Kurz hinter Bremen hielt ich auf einem Parkplatz, um mein Handy zu checken. Die Dämmerung verwandelte sich allmählich in Dunkelheit.

Die SMS stammten beide von Schumann. »Muss dringend mit dir sprechen« und »Wo steckst du denn?«.

Der Anruf stammte nicht, wie ich gehofft hatte, von Silke Gerjets, sondern von meiner Mutter. Sie hatte auf die Mailbox gesprochen und klang verärgert. »Melde dich bitte! Ein Immobilienmakler hat schon mehrfach bei mir angerufen und nach dir gefragt. Er möchte dein Haus anschauen. Er hätte einen Käufer dafür.«

In mir regte sich Ärger. Was fiel meiner Mutter ein? Hatte sie etwa herumposaunt, ich wollte mein Haus verkaufen? Sie hatte den Vorschlag gemacht, ich dachte nicht ernsthaft daran. Vielleicht würde ich das Haus an eine Familie mit Kindern vermieten, um eine Option zu haben, irgendwann selbst ganz in Köln zu leben. Der Rückruf hatte Zeit bis morgen. Bis dahin wäre mein Ärger abgeflaut.

Was aber bewegte Schumann dazu, mir am späten Abend dringliche Nachrichten zu schicken? Ich drückte seine Nummer. Mailbox. Mit knappen Worten berichtete ich von meinem vergeblichen Versuch, mich mit Silke Gerjets zu treffen. Ich sei jetzt auf dem Heimweg und gegen Mitternacht zu Hause. Dann fuhr ich in gereizter Stimmung weiter und schaltete zu meiner Beruhigung einen Klassiksender ein. Beethoven tat mir immer gut. Aber heute verfehlte sein drittes Klavierkonzert die gewohnte Wirkung, und auch der nachfolgende Haydn verbesserte meine Laune nicht.

Glücklicherweise war das Wetter gut. Der abnehmende Mond stand als schmale Sichel am Horizont, der Verkehr an diesem Donnerstag hielt sich in Grenzen. In der Hauptsache Lastwagen, die sogar ich mit meinem kleinen Roten überholte. Endlich langte ich zu Hause an, müde und enttäuscht von meiner vergeblichen Reise. Mich bewegte nur noch ein Gedanke: ins Bett zu fallen.

Doch kaum betrat ich meine Wohnung, erklangen die Cellotöne meines Handys. Es war Richard.

»Schumann hat mehrmals versucht, dich zu erreichen«, sagte er mit einem unterdrückten Gähnen. »Ich habe ihm gesagt, du hättest ein Date mit Silke Gerjets. Er rief mich am späten Nachmittag wieder an und sagte, dass weder du noch Silke seinen Anruf entgegennehmen. Als ich ihn fragte, was denn so dringend sei, antwortete er nicht, sondern beendete den Anruf. Ziemlich unhöflich, der gute Mann. So kenne ich ihn nicht.«

Ebenfalls gähnend erwiderte ich: »Es war frustrierend. Silke hat mich versetzt. Angeblich hat sie sich in der Zeit vertan und mich vergessen. Die Wanderung hat länger gedauert als geplant, schreibt sie. Ich bin etwas sauer. Schumann kann warten, ich muss ins Bett.«

»Gut, dann bis morgen! Denk dran, dass wir zum Geburtstag eingeladen sind.«

Das hatte ich vergessen. Irgendwo in meinem Gedächtnis hatte eine vage Erinnerung gespukt, mir den Freitagabend frei halten zu müssen. Richards alter Kumpel Roger Hartmann, mit dem zusammen er vor bald dreißig Jahren sein erstes Geschäft in Hannover eröffnet hatte, wurde sechzig. Roger war ein erfolgreicher Auktionator geworden und lebte in Braunschweig. Inzwischen arbeitete er als Experte für mehrere Auktionshäuser und akquirierte für sie Bilder in aller Welt. Er war sehr wohlhabend, zum dritten Mal verheiratet und Vater von vier Kindern aus zwei Ehen. Ich hatte ihn bisher nur dreimal getroffen und als angenehmen Menschen empfunden. Er verfügte über eine beachtliche Sammlung flämischer Maler aus dem 17. und frühen 18. Jahrhundert, die ich bei einer Einladung zum Abendessen vor drei Jahren in seiner Villa bewundert hatte.

»Okay«, sagte ich. »Ich erwarte dich gegen achtzehn Uhr morgen. Bis dahin habe ich einiges zu erledigen.«

Wenig später sank ich ins Bett. Aber ich träumte unruhig und wachte am nächsten Morgen wie gerädert auf.

Als Erstes musste ich McCoole absagen. Wir waren für elf Uhr verabredet, aber mir fiel gerade noch ein, dass ich gegen Mittag eine wichtige berufliche Verabredung hatte. Allmählich vertrottele ich, dachte ich.

McCoole reagierte sehr charmant. »Dann lass uns morgen zusammen frühstücken«, schlug er vor. »Mein Termin in Münster hat sich verschoben. Mrs Ross, Hannemanns einstige Sekretärin, trifft mich kurz in einem Café am Aasee am frühen Nachmittag. Mein Flug nach Dublin geht am nächsten Morgen von Düsseldorf. Ich übernachte am Flughafen.«

Erleichtert stimmte ich zu. Ich schrieb an Schumann, dass es mit dem Tee nichts würde, da ich eine Abendeinladung in Braunschweig hatte. Er antwortete nicht. Schade, ich hätte Ranulf Eriksson gern kennengelernt. Aber vielleicht ergab sich eine andere Gelegenheit.

Mehrmals gab ich an diesem Morgen Silkes Handynummer ein. Keine Antwort, wieder keine Mailbox. Ich wurde zusehends nervöser.

Mit meiner Mutter hatte ich ein klärendes Gespräch, die sich entschuldigte und zugab, sie habe ihrer besten Freundin Sybille gegenüber Andeutungen zu meinen Überlegungen gemacht.

»Sybille ist leider eine liebenswerte Klatschtante«, räumte meine Mutter ein. Wir schlossen Frieden, und ich versprach ihr, sie Mitte September zu besuchen.

Statt meines Brunchs mit McCoole hatte ich mittags eine Besprechung mit einem Vertreter des Frankfurter Städel Museums wegen einer Ausstellung zu »Meisterwerke vom Schwarzmarkt – gerettete Schätze«, die in zwei Jahren geplant war. Ich sollte das Vorwort und einen Epilog schreiben. Ein spannender Auftrag. Die meisten Ausstellungsobjekte lagerten bereits in Frankfurt im Magazin des Museums. Die einstigen Besitzer der über Jahre hinweg gestohlenen Objekte konnten bislang fast alle ermittelt werden und hatten zugestimmt, die Ausstellung zu unterstützen.

In der kommenden Woche hatte mich der Kurator zu einer Besichtigung eingeladen. Ich schlug vor, Richard mitzubringen. Er kannte sich in dem Metier aus. Noch immer verfügte er über lockere Kontakte zu einem dubiosen Kunsthändler in London, der zwar behauptete, aus diesem »Business« ausgestiegen zu sein, doch Richard bezweifelte das.

Sehr zufrieden kam ich in meine Wohnung zurück, und für einige Stunden vergaß ich Mord und Totschlag. Auch dass sich Silke Gerjets nicht bei mir meldete und ich sie nicht erreichte, beunruhigte mich nicht mehr. Dann war das halt so. Mich interessierte Kunst mehr als irgendwelche obskuren Notizhefte meines verstorbenen Freundes.

Ich setzte mich an meinen Schreibtisch und studierte die Liste der bisher bekannten Ausstellungsobjekte. Eine wundervolle Mischung. Gemälde der italienischen Renaissance, flämische Stillleben, Werke des Impressionismus, aber auch einige wertvolle Bücher befanden sich darunter. Ein Buchtitel fiel mir insbesondere auf. Eine illuminierte Schrift aus einem süddeutschen Kloster, entstanden um 1100. Eine Sammlung von Sagen und Legenden über Fabelwesen, kein religiöses Werk, wobei der unbekannte Schöpfer diese Schrift der Kirche und dem Kloster gewidmet hatte. Ein ungewöhnliches Werk, das vor Jahren aus dem Besitz eines Privatsammlers gestohlen worden war. Zehn

Jahre später wurde es bei einer Razzia bei einem suspekten Kunsthändler in München entdeckt.

Der glückliche Besitzer der Schrift hatte längst die Hoffnung aufgegeben, das Buch je wiederzusehen. Er verkaufte es drei Jahre nach der Wiederentdeckung an einen anderen Sammler. Und das war ausgerechnet Roger Hartmann, unser Gastgeber am heutigen Abend! Er würde sein Werk erst kurz vor der Ausstellung nach Frankfurt schicken, hatte er dem Kurator geschrieben. Es gibt keinen Zufall, dachte ich einmal mehr. Vielleicht durfte ich das Buch sehen, falls Hartmann es in seinem Haus aufbewahrte.

Ich durfte es sehen. Roger Hartmanns elegante Villa, umgeben von einem großen Garten mit mächtigen Rhododendronbüschen und zahlreichen Rosenbeeten, erstrahlte an diesem Spätsommerabend im Glanz vieler Lichter. Obgleich es noch hell war, leuchtete das Haus wie ein überdimensionaler Weihnachtsbaum. Den Weg vom kleinen Parkplatz im vorderen Teil des Gartens zur Villa säumten Fackeln, zwischen denen Zitronenbäumchen standen.

Hartmann selbst, charmant und vollendet höflich, begrüßte Richard mit einer freundschaftlichen Umarmung und mich ebenfalls herzlich. Seine dritte Frau Alice stand neben ihm und lächelte ein wenig distanziert. Sie war Mitte vierzig, ehemalige Lektorin eines großen Verlages und wirkte unterkühlt. Eine schöne, selbstbewusste Frau.

Der Abend verlief wie so viele Einladungen dieser Art. Zwanzig Gäste saßen an zwei Tischen, ich neben Roger und einem Mann mit auffallend blauen Augen, den ich nach seinen ersten Sätzen an seiner sonoren Stimme erkannte: Alex Mermann, ein bekannter Fernsehmoderator, der vor allem in Kultursendungen und gelegentlich als Gast in Talkshows auftrat.

Mermann erwies sich als gebildeter und humorvoller Tischnachbar. Er kannte sich in der Kunstgeschichte ebenso gut aus wie in der Literatur und im Film, und er befragte mich ausführlich zu meinen »Abenteuern«, von denen Roger ihm erzählt hatte. Insbesondere meine Erlebnisse mit dem gestohlenen Uccello und dem verschollenen Film des Exil-Regisseurs Leopold Welfenstein interessierten ihn. Ich fühlte mich geschmeichelt. Kurz vor dem Dessert fragte er mich nach den Druidenmasken. »Die Kelten haben es mir angetan«, erklärte er, »Irland fasziniert mich wegen seiner uralten Geschichte und den vielen noch vom Heidentum geprägten Traditionen, die ins Christentum integriert wurden.«

Nach dem Essen – es gab Hummercremesuppe, Antipasti, Filet mit Rosmarinkartoffeln und zarten Böhnchen und zum Nachtisch Trüffeleis mit einer Fruchtsoße – wagte ich endlich, Roger, den ich nach dem zweiten Glas Wein duzte, zu fragen, ob er das Buch des unbekannten Mönchs zufällig im Haus hatte.

Er lachte und sagte: »Zufällig ja. Ich werde es in der nächsten Woche neu versichern lassen und dann wohl in einem Safe unterbringen, bis es nach Frankfurt geht. Stimmt es, dass du das Vorwort zum Katalog schreibst?«

Ich nickte.

»Dann zeige ich es dir doppelt so gerne. Vor drei Jahren hatte man mir auch ein weiteres illuminiertes Buch angeboten. Aus privater Hand. Seltsamerweise war ich mir nicht sicher, ob dieses Angebot einen, sagen wir mal, soliden Hintergrund hatte. Der Verkäufer verlangte dafür fünfzigtausend Euro und schickte mir ein paar Fotos von den Illuminationen. Wunderschön! Fabelwesen, nordische Gottheiten, Thor, der seinen Hammer schwingt, die Midgardschlange, die aus einem Vulkan heraus Feuer spuckt.«

Ich unterbrach ihn fast rüde: »Hieß dieses Werk zufällig ›Das Buch von Thor‹?«

Roger blickte mich überrascht an. »Den Titel hat mir der Verkäufer nicht genannt, nur erwähnt, das Buch sei von einem irischen Mönch geschaffen worden und dem legendären ›Book of Kells‹ ebenbürtig. Schon wollte ich den Deal eingehen, da rief mich der potenzielle Verkäufer an und erzählte mir kleinlaut, bei einer genaueren Prüfung des Buches habe ein Experte festgestellt, dass es sich um ein meisterhaftes Faksimile handele. Das echte Buch gilt als verschollen.«

Mir stockte der Atem. Erneut dachte ich an das Wort meiner Mutter: Zufälle gibt es nicht. Da hatte jemand Roger eindeutig ein Faksimile von Corrans Buch andrehen wollen, doch im letzten Moment gekniffen. Vielleicht, weil er gerade erst selbst erkannt hatte, dass dies nicht das Original war. »Weißt du noch den Namen des Verkäufers?«, fragte ich.

»Nein, ich habe das verdrängt, und wir haben nur telefoniert. Die Fotos habe ich leider gelöscht. Dann hat man mir dieses Meisterwerk angeboten, das vor langer Zeit aus der Privatbibliothek von Professor Arnulf Kühne gestohlen, auf dem Schwarzmarkt angeboten und dann bei einer Razzia sichergestellt wurde. Der frühere Besitzer hatte es seiner Universität vermachen wollen, es wegen Erbstreitereien aber lieber verkauft.«

Alex Mermann hatte sich inzwischen von mir verabschiedet. Er müsse leider zu dieser späten Stunde ein Telefonat führen. »Beruflich.« Alice begleitete ihn in die Bibliothek, »der ruhigste Raum im Haus«, wie sie sagte.

Roger führte mich durch das geräumige Wohnzimmer und hielt vor einer Tür. »Mein Arbeitszimmer, selbst für Alice tabu«, sagte er. Er zog einen Schlüssel aus seiner Jackentasche und steckte ihn in das Schloss der dicken Eichentür. »So, hinter dieser Tür liegt mein Schatz.«

Auf einem Pult lag das Buch. Eine Seite war aufgeschlagen, wie das auch beim »Book of Kells« üblich ist. Alle paar Wochen wird eine andere Seite aus einem der vier Evangelien gezeigt. Mit Religion aber hatte Rogers anonymes Buch nichts zu tun. Das Bild auf der zur Schau gestellten Seite zeigte eine dramatische Jagdszene mit Wildschweinen und einem Fuchs. Prunkvolle Farben, sehr detailliert gemalt.

Fasziniert trat ich näher. »Und man weiß wirklich nicht, wer dieses Buch erschaffen hat?«

Roger strich sanft über die illuminierte Seite. »Nein, angeblich soll dies auch ein irischer Mönch gewesen sein, der im Kloster Sankt Lukas im heutigen Bayern gelebt hat. Es existiert seit dem späten 16. Jahrhundert nicht mehr. Was an Kostbarkeiten aus diesem Kloster nach einem verheerenden Brand gerettet wurde, ist in alle Welt verstreut. Zwei mittelalterliche Bücher befinden sich in New York, das Altarsilber liegt im Louvre, und drei Bilder aus der Frührenaissance werden im Magazin des British Museum aufbewahrt. Und dieses Wunderwerk des frühen Mittelalters ist bei mir gelandet. Sieh es dir in aller Ruhe an, mach gern Fotos, die du für dein Vorwort im geplanten Katalog nutzen kannst.«

Roger verließ mich, um sich um die anderen Gäste zu kümmern. Vorsichtig blätterte ich in dem Buch. Ein Bild war farbenfroher und schöner als das nächste. Ich vergaß im wahrsten Sinn des Wortes Zeit und Raum.

Als ich ein Geräusch hinter mir hörte, dachte ich, es sei Roger. Ich drehte mich halb um. Aber weiter kam ich nicht. Die Welt um mich versank in einem schwarzen Meer.

Und täglich grüßt das Murmeltier

»Sie ist wieder da!« Eine Stimme dröhnte an mein Ohr. Natürlich bin ich da, dachte ich und öffnete die Augen. Ich lag auf einem Sofa, unter meinem Kopf ein dickes Kissen. Neben mir stand Richard mit besorgtem Gesicht, hinter ihm ein sehr blasser Roger. Richard seufzte erleichtert. »Es ist nicht das erste Mal, dass du mir einen Schrecken einjagst. Aber jedes Mal habe ich Panik. Hoffentlich hört das irgendwann mal auf«, sagte er mit leicht vorwurfsvoller Stimme. »Erinnerst du dich daran, was geschehen ist?«

Ein energisch wirkender Mann drängte Richard beiseite, ehe ich antworten konnte. »Lassen Sie mich die junge Dame anschauen. Ich bin Arzt!«, verkündete er lautstark.

»Mir geht es gut«, murmelte ich.

»Sie haben eine tüchtige Beule am Hinterkopf. Schwindel, Übelkeit?« Der »Arzt« zückte eine kleine Taschenlampe und leuchtete mir in die Augen.

»Nein, nur etwas Kopfschmerzen«, antwortete ich.

»Aha, dann wohl keine Gehirnerschütterung. Sie haben Glück gehabt. Schlag auf den Hinterkopf, wie es aussieht, und Sie sind auf den dicken Teppich gefallen und haben sich nicht weiter verletzt.« Der Mann klang zufrieden. »Ach übrigens, ich heiße Martin Dobrowski und bin Internist«, fügte er hinzu. »Und auch Gast bei Roger.«

Ich erinnerte mich vage, ihn am zweiten Tisch sitzen gesehen zu haben.

Schlag auf den Kopf? Nicht schon wieder! Ich kam mir vor wie eine Figur aus einer der zahllosen Soko-Serien, in denen meist die oder der auf eigene Faust Ermittelnde niedergeschlagen wird. Es wirkte wie ein Klischee.

Wie oft mir das in den vergangenen Jahren passiert war, konnte ich kaum mehr zählen. Meine Mutter hatte mich mal »Eisenschädel« genannt, da ich bisher meist mit einer Beule davongekommen war. Als Kind war ich öfter mit dem Fahrrad gestürzt, zweimal vom Baum gefallen, hatte aber immer nur Beulen und blaue Flecken eingeheimst. Und nun musste seit einiger Zeit immer wieder mein Schädel dran glauben. Richard hatte recht. Hoffentlich hörte das endlich auf!

Ich tastete mein Gesicht ab. Nichts weiter zu spüren. Die Beule am Hinterkopf brummte vor sich hin. Es war wie verhext. Schlag auf den Kopf, kurze Zeit weggedriftet, dann wieder zurück aus den Tiefen der Ohnmacht und umstanden von freundlichen Helfern. Wie gesagt, nicht das erste Mal.

Dobrowski reichte mir eine Tablette und ein Glas Wasser. »Es wird Ihnen rasch wieder besser gehen«, meinte er mit väterlich tröstender Stimme.

Richards Blick hätte man als eifersüchtig interpretieren können. Er räusperte sich. »Bitte bleib noch liegen!«, sagte er und strich mir sanft über den lädierten Kopf.

Zu viele Köche verderben bekanntlich den Brei. Ich wartete nicht ab, bis noch einer der umstehenden Männer mir einen guten Rat gab. Also rappelte ich mich hoch in eine sitzende Position. »Was ist denn genau passiert?« Meine Stimme klang wie zersplittertes Glas. In meiner nebulösen Erinnerung tauchte das Buch auf, dann ein leises Geräusch und dann plötzliche Dunkelheit.

Roger trat an das Sofa. »Anna, jemand hat dich niedergeschlagen, als du dir das Buch angeschaut hast. Und«, er schluckte, »dieser Jemand hat das Buch gestohlen und ist damit entkommen. Wir haben dich vor zehn Minuten auf dem Boden meines Arbeitszimmers liegend aufgefunden, als Richard dich suchte. Aber da war das Buch weg, und du hattest dort sicherlich bereits eine Viertelstunde gelegen.«

»Das kann doch nicht wahr sein!« Ich reagierte heftig, zuckte aber zusammen, da mein Hinterkopf unangenehme Signale sandte.

Martin Dobrowski reichte mir eine zweite Tablette und noch ein Glas Wasser. »Runter damit!«, befahl er. »Das ist nur Magnesium. Hilft aber auch.«

Brav gehorchte ich. Die Pille blieb mir fast im Hals stecken. Ich hustete und fragte bestürzt: »Wer soll das Buch gestohlen haben? Doch sicher keiner der Gäste?«

Roger lachte bitter. »Die Polizei ist gerade eingetroffen und stellt erste Ermittlungen an. Einige der Gäste sind bereits fort, sind aber über jeden Verdacht erhaben. Wahrscheinlich wird die Polizei sie trotzdem morgen verhören.«

Neben ihm stand seine Frau. Sie hielt seine Hand und hatte Tränen in den Augen, gewiss nicht meinetwegen, sondern wegen des geraubten Schatzes.

In diesem Moment betrat ein auffallend breitschultriger Mann den Raum. Er überragte alle Anwesenden, sogar Richard, der nicht zu den Kleinsten seiner Zunft zählte. Aus dem gewaltigen Körper drang eine weiche Stimme, beileibe kein Bass, eher Tenor. »Kriminalhauptkommissar Eugen Kemna. Es hat einen Überfall gegeben?« Der Mann kam wenigstens gleich zur Sache.

»Ja, Frau Bentorp wurde niedergeschlagen, und ein kostbares Buch ist gestohlen worden.«

Rogers knappe Antwort ließ den Riesen überrascht eine Augenbraue heben. »Könnten Sie den Vorfall bitte genauer schildern?«, fragte er und zückte einen kleinen schwarzen Block.

»Anna, bist du fit genug, dem Herrn Kriminalhauptkommissar zu antworten?« Roger sah erschöpft aus. Ich wunderte mich, dass ein so hochrangiger Gesetzesvertreter sich für diesen Fall interessierte. Doch meine Verwunderung fand rasch eine Antwort.

Alex Mermann, dem ich vor gut einer Stunde »Adieu« gesagt hatte, tauchte auf einmal wieder auf. Mit einem strahlenden Lächeln eilte er auf Kemna zu und ergriff dessen Hand. »Wunderbar, Eugen, dass du selbst gekommen bist! Ich habe im Kommissariat angerufen, die Adresse genannt und auch meinen Namen, doch nicht erwartet, dass du selbst kommst, zumal um diese Stunde.« Er errötete leicht.

Kemna erwiderte: »Wenn du anrufst, Alex, muss es um eine wichtige Angelegenheit gehen, und dann noch diese Adresse!

Ich war sowieso im Büro, um endlich ein paar liegen gebliebene Formulare auszufüllen.«

Er wandte sich an Roger. »Herr Hartmann, ich habe mir gleich gedacht, dass mein alter Freund Alex sich nur meldet, wenn etwas Ernstes passiert ist. Er und ich sind zusammen in Hildesheim in die Schule gegangen.«

Alex nickte. »Eugen war Klassenbester, und ich wurde von meinen Eltern auf ein irisches Internat geschickt, um endlich Englisch zu lernen. Das war 1985. Zwei Jahre Drill. Es hat geholfen!« Eugen Kemna und er schüttelten sich ausgiebig die Hände.

»Aber nun zur Sache«, sagte Kemna und wandte sich an mich. »Bitte erzählen Sie mir, an was Sie sich erinnern.«

Richard und Mermann verließen den Raum, Alice Hartmann folgte ihnen, und nur Roger blieb zurück. Martin Dobrowski hinterließ eine Schachtel mit Schmerztabletten und verschwand ebenfalls.

Meine Erinnerung kehrte schlagartig zurück. Die schönen Bilder, das leise Tappen hinter mir, die Dunkelheit. Kemna machte sich Notizen und strich sich dabei mehrmals durch seine graue Haarmähne. Er murmelte: »Junge, Junge, was für eine Geschichte!« Dann bat er um Rogers Meinung.

Der arme Mann schilderte mit leicht bebender Stimme das Schicksal des Buches und seinen Weg vom geraubten Meisterwerk über den Schwarzmarkt, bis es in seinen Besitz gekommen war.

»Wir haben es natürlich versichert, doch der ideelle Wert liegt weit über dem materiellen«, fügte er hinzu, als Kemna fragte, wie viele tausend Euro Roger dafür gezahlt habe. »Das Buch sollte in zwei Jahren in einer Ausstellung im Frankfurter Städel gezeigt werden, die Frau Bentorp mit betreut.«

Er wirkte verstört und sagte mit leiser Stimme: »Ich bin nicht ganz schuldlos, dass der Dieb ins Haus gekommen ist. Heute Nachmittag habe ich das Zimmer mit dem Buch gelüftet und wohl vergessen, das Fenster zu schließen. Es war halb offen, als wir Anna fanden.«

»Damit ist das Rätsel gelöst, wie sich der Dieb Zutritt zu dem Raum verschafft hat«, kommentierte Kemna trocken.

Rogers Befragung zog sich hin. Mir fielen die Augen zu. Die alte Standuhr in der Eingangshalle der Villa schlug zwölf Mal. Mitternacht. Das Schmerzmittel wirkte, ich entspannte mich. Als ich aufwachte, hörte ich vor dem Fenster Tauben gurren, eine Amsel trällerte, ein Hund bellte in der Nähe. Die Zeiger der Standuhr standen kurz vor der Sieben: Ich hatte fast sieben Stunden auf dem Sofa geschlafen, zugedeckt mit einer Kaschmirwolldecke.

Die Tür öffnete sich, und Richard kam herein. Er sah erstaunlich frisch aus. »Roger hat mir netterweise sein Gästezimmer angeboten«, sagte er und trat mit einem Becher Kaffee an mein Sofa. »Kemna hat für heute Morgen die Spurensicherung geordert, und heute Vormittag sind die Gäste, der Cateringservice und wir beide ins Präsidium einbestellt. Da wird deine Aussage noch mal protokolliert. Wenn du fit genug bist. Ich hoffe aber, dass wir gegen Mittag zurück nach Hannover können. Gegen sechzehn Uhr treffe ich einen Architekten, der mit mir die Pläne für den Umbau meines Geschäfts besprechen möchte.«

Richard hatte im vergangenen Winter einen Laden im Nebenhaus seines Stammgeschäfts in der Nähe der hannoverschen Marktkirche gekauft. Die Ladenbesitzer, die viele Jahren einen Handel mit Stoffen betrieben hatten, waren im Pensionsalter und fanden keinen Nachfolger für ihr Geschäft. Richard erwarb es zu einem guten Preis. Zwar lief es mit dem Verkauf von älteren Möbeln nicht mehr so gut, aber Stiche, kleinere Bilder und Schmuck brachten immer noch Geld ein. Und die Stoffe wollte Richard übernehmen. Seit einiger Zeit arbeitete ein Polsterer für ihn.

Ich trank dankbar den Kaffee und versuchte mich frisch zu machen. Die Beule pochte, und ich schluckte ein weiteres Schmerzmittel. Verdammter Dieb!

Die Spurensicherung traf ein. Doch es gab nichts, was auf den Täter hinwies. Er hatte offensichtlich Handschuhe getragen und war tatsächlich durch das halb offene Fenster in Rogers

»Schatzraum« eingestiegen, lautlos wie eine Katze. Vor dem Fenster fand man Spuren von Sneakers, Größe 44, ein paar zerknickte Blumen und zertretenes Gras.

»Eine bodenlose Frechheit, während eines Abendessens in ein Haus einzusteigen, in dem es von Gästen wimmelt«, erregte sich Alice Hartmann.

Wir saßen zusammen am Frühstückstisch im inzwischen wieder ordentlich aufgeräumten Esszimmer, vor mir ein Humpen mit Kaffee. Alice sah wie aus dem Ei gepellt aus: weiße, weit geschnittene Hose, eine weiße Leinenbluse und ein lässig über die Schulter geworfener hellblauer Pullover. Perfekt geschminkt und gekämmt. Ich dagegen wirkte wie aus dem Sumpf gezogen. Total zerknitterte Kleidung, trotz mehrfachem vorsichtigem Bürsten um meine dicke Beule herum wirre Haare, ungeschminkt und bleich. Allerdings verspürte ich Hunger und verzehrte mit Genuss ein dick mit Himbeermarmelade bestrichenes Rosinenbrötchen. Alice knabberte an einer Scheibe Mango.

Nicht nur eine Frechheit, dachte ich, sondern geradezu tollkühn. Aber der Dieb wusste genau, in welchem Zimmer das Buch lag. Er kannte sich entweder in der Villa aus oder hatte einen Komplizen. Dennoch war es sehr gewagt, am Abend während eines Dinners auf Beutezug zu gehen.

Kemna hatte die Vermutung geäußert, dass der Dieb annahm, alle Gäste tummelten sich im vorderen Teil des Hauses. Wer aber wusste von dem Buch und zudem, wo es aufbewahrt wurde? Jemand, der zum Haushalt gehörte? Ein Vertrauter der Familie? Da lag gewiss ein Plan zugrunde, wobei man nicht mit mir gerechnet hatte. Ich hätte durch meine Anwesenheit fast den Raub verhindert. Aber nur fast. Meine Beule sprach Bände.

Kemna empfing uns eine Stunde später im Präsidium. Ich wiederholte meine Aussage vom gestrigen Abend. Kemnas Frage, ob ich irgendetwas hinzufügen könnte, was mir vielleicht jetzt erst wieder eingefallen sei, verneinte ich. Zu sehr war ich in den

Anblick der Abbildungen versunken gewesen, um außer den leisen Geräuschen etwas Verdächtiges wahrzunehmen.

Richard gab seine Meinung zum Besten. »Wenn Sie mich fragen, so wird das Buch bald erneut auf dem Schwarzmarkt landen und dann im Kabinett eines anonymen Privatsammlers. Als Roger das Buch damals erworben hat, stand darüber ein kleiner Artikel in der Zeitschrift ›Der Sammler‹. Nur etwa zwanzig Zeilen. Das könnte gewisse Begehrlichkeiten geweckt haben.«

Kemna sah ihn nachdenklich an. »Sie könnten recht haben. Nur, wer steckt hinter dem Diebstahl? Und gibt es eventuell dafür einen Auftraggeber, der sich nicht exponieren wollte? Wir befragen gleich die vier Mitarbeiter des Cateringservices, eine renommierte Firma aus Goslar. Drei Männer, eine junge Frau. Nicht dass ich sie verdächtige, doch vielleicht hat einer von ihnen etwas Sachdienliches beobachtet.«

Ich erinnerte mich an mein letztes Abenteuer in der Maremma. Da war auch jemand in die Villa, in der ich einige Tage wohnte, eingebrochen und hatte mehrere Objekte gestohlen. Der Dieb wurde gefasst und gestand, von einem Unbekannten angesprochen worden zu sein und den Einbruch gegen gutes Geld gemacht zu haben. Ein Auftraggeber, der später entlarvt wurde. Ich konnte mir aber schwerlich vorstellen, in einem der Gäste von Roger einen Drahtzieher für den Diebstahl zu vermuten. Er kannte sie alle seit Jahren.

Als ich nach einer intensiven halben Stunde mit Kemna und Richard an die frische Luft trat, sah ich Roger im Gespräch mit Alex Mermann. Alice Hartmann stand daneben und beobachtete die beiden Männer. Mich beschlich ein seltsames Gefühl. Anfangs hatte ich Alice zwar distanziert, aber recht sympathisch gefunden. Doch jetzt empfand ich ihren knallroten Lippenstift, ihr ganzes makelloses Aussehen als übertrieben. Sie schien umgeben von einer Aura der Kälte.

Sie nickte mir zu und wandte sich dann an ihren Mann. Er reichte ihr seine Autoschlüssel, sie stieg in den Porsche SUV und drückte aufs Gas. Mermann starrte dem Wagen mit einem undefinierbaren Ausdruck hinterher, Roger ging ins Präsidium.

Rasch versuchte ich, das komische Unbehagen beiseitezuschieben. Ich immer mit meiner Skepsis! Was eigentlich dachte ich in diesem Moment? Glaubte ich an eine mögliche Affäre zwischen Alice und Alex? Woher stammte diese Idee? Lag das an Alex Mermanns Blick oder an der Art, wie Alice ihn kaum beachtet hatte, obgleich er ein enger Freund ihres Mannes war? Was auch immer, es ging mich nichts an.

Mermann kam auf mich zu. Er lächelte und sagte: »Viel hatte ich Eugen Kemna nicht zu sagen. Ich mag ihn. Er war allerdings damals neidisch auf mich, weil ich zwei Jahre auf dieser irischen Schule sein durfte. St. Michael's. Schönes altes Gebäude, Schlafsäle mit acht lauten Jungs, heimwehkranken Teenagern, die am Wochenende zu viel Bier im nächsten Pub in sich hineinschütteten. Aber es hat sich gelohnt. Ich habe seit jenen Jahren wunderbare Freunde in Irland, die ich jedes zweite Jahr besuche.«

Er sah mich direkt an. »Sie lieben das Land auch, wie ich weiß. Nun ja, in den nächsten Tagen geht es wieder nach Dublin. Treffen mit alten Schulfreunden und einigen Lehrern. Ich habe 1987 mein Leaving gemacht, vor mehr als dreißig Jahren. Jedes Mal, wenn ich in Dublin bin, lade ich meinen liebsten Lehrer zum Essen ein, der gar nicht so viel älter ist als ich.«

Versonnen blinzelte er in die fahle Sonne. »John Blackville war der beste Lehrer, den ich je hatte. So, und jetzt muss ich nach Hause. Morgen fahre ich nach Berlin, eine Talkshow produzieren. Cheerio!« Damit eilte er davon.

Völlig perplex blickte ich ihm nach. Alex Mermann kannte John Blackville! Und er war auf St. Michael's gewesen, auf der Schule, auf der auch Finn McCoole gewesen war, allerdings einige Jahre später. Mein Kopf brummte wieder. Das musste ich alles erst einmal verdauen. Kannte Mermann McCoole? Gern hätte ich ihn das gefragt, aber er düste schon mit seinem schicken Wagen davon.

Inzwischen trudelten einige der anderen Gäste vom gestrigen

Abend ein, um sich Kemnas Fragen zu stellen. Ich hatte Anzeige gegen unbekannt wegen Körperverletzung erstattet, mit wenig Hoffnung auf Erfolg. Richard war unruhig, da die Zeit wegen seines Termins drängte.

Roger Hartmann verabschiedete sich von uns vor dem Präsidium. Er wirkte um Jahre gealtert. »Das Buch war für mich ein kostbarer Schatz«, sagte er. »Ich hoffe sehr, dass es gefunden wird, ehe es auf Nimmerwiedersehen verschwindet. Es ist mit zwei Millionen Euro versichert, doch, wie ich sagte, liegt der ideelle Wert weit höher.«

Er wandte sich mir zu. »Nicht nur wegen deiner Beule, liebe Anna, tut mir das alles sehr leid. Für dich bleibt der Abend gestern gewiss in keiner angenehmen Erinnerung. Auch wenn du in deinem Vorwort zum Katalog das Buch nun als verschollen erwähnen musst, konntest du es wenigstens anschauen.«

Er nahm meine Hand. »Ich hoffe auf ein baldiges Wiedersehen unter besseren Umständen. Nächste Woche muss ich in die USA zu einem Meeting in Chicago. Leider kommt Alice nicht mit. Aber ich reise meist allein.«

Er lächelte wehmütig, riss sich dann aber zusammen und fügte hinzu: »Kemna ist ein tüchtiger Polizist. Vielleicht löst er diesen Fall im Gegensatz zu der Geschichte um den Diebstahl eines Gemäldes von Jack Butler Yeats, Bruder des berühmten Schriftstellers William Butler Yeats. Ein Freund von mir hatte das Bild mit dem Titel ›Mystische Landschaft‹ auf einer Londoner Auktion vor zwei Jahren für anderthalb Millionen Euro erstanden. Vor einem Jahr wurde es gestohlen, zusammen mit einer Lenbach-Zeichnung. Seither fehlt jede Spur davon, und auf dem Schwarzmarkt wurden diese Bilder bisher nicht angeboten. Ich weiß das aus sicherer Quelle.«

Er sah Richard an. »Du kannst dich ja auch umhören, wegen des Yeats und wegen meines Buches.« Mit diesen Worten ging er zu einem Wagen, der zu meiner Überraschung im Vergleich zu Alice' Auto bescheiden wirkte.

Richard grinste, als er mein Staunen bemerkte. »Lass dich nicht täuschen. Roger besitzt fünf Autos, eines für jedes Wetter.

Und drei Oldtimer, die zusammen mehr als eine Million Euro wert sind.«

Als ich in Richards Wagen einstieg, einen recht alten Mercedes, aber leider nicht alt genug, um als Oldtimer zu gelten, dachte ich, wie sonderbar das doch war: erst ein Bild von Yeats, jetzt das Buch eines irischen Mönchs. Hatte es jemand auf irische Kunst abgesehen? Der Lenbach war dabei sicher nur eine Ablenkung. Auf der Fahrt nach Hannover grübelte ich nach, ob es Zusammenhänge zwischen den Diebstählen gab. Ich hörte in meiner Geistesabwesenheit nicht, was Richard sagte. Er kniff mich plötzlich.

»Wach auf, wir sind gleich da. Kemna wird übrigens noch mal auf dich zukommen, um deine Expertenmeinung zum Buch zu erfragen. Wie mir scheint, hat er wohl zwei Verdächtige, doch genau wie dein Freund Schumann sagt er nicht viel.«

Als sei mit der Erwähnung von Schumanns Namen ein Stichwort gefallen, meldete sich mein Handy mit Schumanns Namen auf dem Display. Ich nahm den Anruf entgegen.

»Anna, wo bist du? Es hat eine dramatische Entwicklung gegeben. Silke Gerjets ist heute Morgen tot aufgefunden worden. Im Watt, in der Nähe des Wattenmeer-Besucherzentrums. Ertrunken, wie der Gerichtsmediziner nach der ersten Untersuchung meint. Aber es gibt einige Ungereimtheiten. Wir müssen uns dringend sehen.«

Geschockt starrte ich auf mein Handy, dem Überbringer so vieler schlechter Nachrichten. Gleichzeitig dachte ich mit einem Hauch von Selbstmitleid: »Täglich grüßt das Murmeltier.«

Wieder steckte ich bis zum Hals in einem Fall, der immer skurrilere Formen annahm.

Die Tote im Watt

Am frühen Morgen hatte ein Spaziergänger Silke Gerjets' Leiche auf einer Sandbank in der Nähe des Wattenmeer-Besucherzentrums entdeckt. Der Mann glaubte zunächst, ein Bündel alter Kleider wäre dort achtlos entsorgt worden. Als er näher trat, sah er zwei Hände im Schlick verkrallt und alarmierte sofort die Polizei. Hans Schumann erfuhr dies schon kurze Zeit später von seinem Cuxhavener Kollegen Holger Jansen. Man hatte die Tote in die Gerichtsmedizin nach Hamburg gebracht. Die Ergebnisse standen noch aus. So viel verriet Schumann mir, als er einmal mehr an meinem Küchentisch sitzend Kaffee trank.

Mir fiel es schwer, auf Schumanns Nachricht angemessen zu reagieren. Er war am frühen Nachmittag vorbeigekommen. »Immer nur diese Anrufe auf Handy nerven mich«, erklärte er seinen Besuch.

Ich spürte einen dicken Kloß im Hals. Mühsam sagte ich: »Das ist furchtbar und erschreckend. Dann ist sie wahrscheinlich schon vor zwei Tagen umgekommen, als ich sie in Cuxhaven besuchen wollte. Aber sie hat mir doch am frühen Abend eine Nachricht geschickt. Hat man ihr Handy gefunden?«

Es überraschte mich nicht, als Schumann verneinte. »Sie trug eine Regenjacke, feste Schuhe und eine Mütze. Aber Jansen hat kein Handy entdeckt. Er ist jetzt mit der Spusi in Krögers Haus.«

»Sag ihm bitte, dass Silke mir zwei kleine blaue Notizhefte von Heinz geben wollte. Vielleicht finden sie die Hefte. War es denn ein Unfall?«

Manchmal stellt man Fragen, deren Antwort man ahnt. Bei einem Unfall hätte man ihr Handy gefunden. Doch ich wollte sichergehen. Der Gedanke an einen möglichen Mord erschien mir im Zusammenhang mit einer älteren Frau wie Silke Gerjets absurd.

Schumann hüstelte verlegen. »Mehr Informationen bekommst du nicht von mir. Aber Jansen möchte dich gerne sprechen. Entweder am Telefon oder in Cuxhaven vor Ort.«

»Mir geht es nicht gut«, antwortete ich. »Du weißt noch nichts davon, aber ich bin gestern Abend im Haus von Richards Freund Roger Hartmann niedergeschlagen worden, und ein kostbares mittelalterliches Buch wurde gestohlen. Frag deinen Braunschweiger Kollegen Eugen Kemna. Er ist der leitende Ermittler.«

»Nicht schon wieder!«, rief Schumann. »Das gibt es doch nicht! Du scheinst ein Magnet für Raubüberfälle zu sein. Letztes Jahr bei diesem Fall mit dem verschollenen Diskos von Phaistos, davor bei dieser Geschichte mit dem mysteriösen Film, nun das! Dein Kopf muss viel aushalten.«

»Vielen Dank für deine so ehrliche Empathie«, knurrte ich. »Mein Schädel brummt, das Buch, das ich in meinem Vorwort zum Katalog über wiedergefundene Schätze vom Schwarzmarkt beschreiben wollte, ist weg. Roger Hartmann scheint deswegen verzweifelt zu sein, und du machst dumme Bemerkungen!«

Wie meistens knickte Schumann ein. »Sorry, aber es ist schon merkwürdig, wie du immer zum Opfer irgendwelcher Ganoven wirst! Ja, das ist echt übel, was Roger Hartmann und dir passiert ist. Ehrlich gesagt habe ich es heute früh erfahren. Auch ein Grund, weshalb ich persönlich vorbeigekommen bin. Ich wollte sehen, wie du das verkraftet hast. Mein Kollege arbeitet emsig an dem Fall. Kemna gilt als tüchtig und ehrgeizig. Er hat gute Beziehungen zu den Oberen der Stadt.«

»Und er kennt diesen Promi-Moderator Alex Mermann, der mit McCoole auf derselben Schule in Dublin war«, unterbrach ich ihn.

»Alte Seilschaften«, erwiderte Schumann. Dagegen war er allergisch. Zu meinem Erstaunen wollte er aber keine genaueren Einzelheiten wissen. Selbst der Name McCoole führte zu keinem Kommentar.

Ich schluckte rasch eine weitere Tablette. Es brachte nichts, als Märtyrerin dazustehen.

Mein Schweigen irritierte Schumann. »Was ist nun? Was soll ich Jansen ausrichten?«

Langsam wich mein Kopfschmerz. Ich konnte wieder etwas klarer denken. »Sag mir lieber, was man bisher über Silke Gerjets' Tod weiß«, drängte ich.

»Nicht viel«, gab er zu. »Überrascht von der Flut, ertrunken, heute Morgen gefunden. Wahrscheinlich schon länger tot.« Er stoppte. »So, mehr erfährst du von mir nicht. Ich werde Jansen sagen, er soll mit dir direkt Verbindung aufnehmen. Hast du diese SMS noch, die angeblich Silke dir geschickt hat?«

Ich hatte sie gespeichert.

Eine halbe Stunde später rief mich Schumanns Cuxhavener Kollege Holger Jansen an. Eine freundliche Stimme. Er machte keine langen Vorreden.

»Es tut mir leid, Frau Bentorp, Sie zu stören. Schumann hat mir von dem unerfreulichen Erlebnis gestern Abend erzählt. Keine Lappalie. Der Verlust für Herrn Hartmann ist schlimm. Zum Glück wurden Sie dabei, wie ich hörte, nicht schwer verletzt. Ich muss Sie leider behelligen, da Sie offenbar eine Nachricht vom Handy von Frau Gerjets bekommen haben, als sie nach Verlautbarung der Gerichtsmedizin bereits tot war.« Er legte eine kurze Pause ein.

»Sie muss zwischen sechzehn und achtzehn Uhr am Donnerstag gestorben sein. Nicht ertrunken, wie angenommen, da die Flut noch nicht eingesetzt hatte. Ich verrate Ihnen unter Vorbehalt die wahre Todesursache: Schlag auf den Hinterkopf. Sie war schon tot, als sie nach Einsetzen der Flut an dem Abend ins Wasser geworfen wurde. Wo genau das passiert ist, wissen wir nicht. Aber die Strömung hat sie ein Stück ins Meer hinausgezogen, und sie ist in der Nacht zum Samstag wieder ans Ufer zurückgetrieben worden.«

Er wartete auf eine Reaktion von mir. Als ich nichts sagte, fuhr er fort: »Wir würden gerne mit Ihnen sprechen. Ich könnte morgen zu Ihnen nach Hannover kommen.«

»Wäre es möglich, dass ich in Cuxhaven ins Haus von Heinz Kröger darf?«, fragte ich. »Silke Gerjets wollte mir ein paar

Notizhefte von Heinz übergeben. Sie hat sie unter anderem in den Sachen gefunden, die von Island nach Cuxhaven geschickt wurden.«

Jansen erwiderte:»Wir haben auf Schumanns Bitte hin nach diesen Heften gesucht. Allerdings liegt so viel Krimskrams in dem Haus herum, da Frau Gerjets noch mit Auf- und Ausräumen beschäftigt war. Einige Räume sind fast leer, in anderen stapeln sich Kartons. Wenn es Ihnen lieber ist, dann kommen Sie hierher. Sie sind herzlich willkommen. Wir bringen Sie in einem netten kleinen Hotel unter.«

Eugen Kemna meldete sich nicht mehr, und so kam es, dass ich am nächsten Morgen trotz leichter Kopfschmerzen um kurz nach acht Uhr in einem direkten Zug nach Bremerhaven-Lehe saß und dort in den Zug nach Cuxhaven umstieg. Gegen zwölf Uhr erreichte ich mein Ziel. Am Bahnhof stand ein hoch aufgeschossener Mann mittleren Alters mit hellblondem Haar, hellblauen Augen und auffallend vielen Sommersprossen in einem breiten Gesicht mit Lachfalten. Holger Jansen sah wie das Klischee eines ostfriesischen Fischers aus.

Er begrüßte mich freundlich und fuhr mich in ein kleines Hotel am Rand von Duhnen.»Ich hole Sie in einer halben Stunde ab«, beschied er mir.»Wir können unser Gespräch auch in Krögers Haus führen.«

Jansen stand nach genau einer halben Stunde pünktlich in der Lobby des Hotels, bot mir aber an, in einem nahe gelegenen Café erst einmal Kaffee zu trinken, was ich dankbar annahm. Mein Kopf schmerzte nicht mehr, aber ich fühlte mich schlapp.

Die Sonne schien, und Jansen taute nach der ersten Tasse Kaffee regelrecht auf. Er stammte aus Jever, wie er mir erzählte, hatte viele Jahre in Wilhelmshaven gelebt und war vor vier Jahren nach Cuxhaven übergesiedelt. Seine Frau arbeitete zwei Tage pro Woche in der Stadtbibliothek, und ihr Sohn studierte im zweiten Semester Jura in Berlin. Ein kleiner Kaffeeklatsch, der auf mich entspannend wirkte. Jansen verzehrte zwei Stücke

Käsekuchen und gestand mir, dass Kuchen eines seiner Laster sei. Das »Laster« teilte er mit Schumann.

Heinz Krögers Haus lag still im mittäglichen Licht. Mich überlief ein Schauder. Vor wenigen Tagen hatte ich genau dieses seltsame Gefühl einer unnatürlichen Stille empfunden, als ich vor dem Haus stand und auf Silke Gerjets wartete. Ein Polizeiband flatterte vor der versiegelten Haustür.

Jansen durchbrach das Polizeisiegel und schloss die Tür auf. »Wir haben im Haus keinen Hinweis gefunden, dass Silke Gerjets dort getötet wurde. Kein Blut, keine Anzeichen von Gewalt. Die Tür war nicht aufgebrochen. Alle Fenster unversehrt.«

Er führte mich in das kleine Wohnzimmer, in dem noch einige Möbel standen. Ich bildete mir ein, den Geist von Heinz in diesen vier Wänden zu spüren. Suchend blickte ich mich um. Alles perfekt aufgeräumt, aber ohne Leben. Silke hatte die Bilder abgenommen und an die Wände gelehnt. Das Porzellan in dem holländischen Geschirrschrank fehlte, und die meisten Kissen und den Nippes wie die Sammlung von Porzellantieren, die auf der Kommode stand, hatte sie wahrscheinlich in Kartons verpackt, genau wie die Bücher aus den nunmehr gähnend leeren Regalen. Im Eingangsbereich standen an die zwanzig übereinandergestapelte Umzugskartons.

Ein Haus ohne Seele. Das würde sich mit den neuen Besitzern wieder ändern. Silke wäre in wenigen Wochen zu ihrer Tochter nach Leer gezogen, um ein neues Kapitel ihres Lebens zu beginnen. Doch nun lag sie tot in der Gerichtsmedizin in Hamburg. Ein leiser Zorn überkam mich. Wer hatte Interesse daran, diese Frau zu ermorden?

Ich setzte mich in einen Sessel mit Blick auf den Garten. Jansen zückte sein Handy. »Ich nehme Ihre Antworten auf«, erklärte er.

Mit knappen Worten berichtete ich von Silkes Ansinnen, mir zwei Notizhefte von Heinz auszuhändigen. »Sie hatte die Hoffnung, dass ich sein Werk fortführe«, versuchte ich zu erklären. »Dieses Buch zum Fall Hannemann. Da Fakten fehlen, wäre es weitgehend Fiktion geworden, basierend auf dem wenigen, was man über das Verschwinden des Professors weiß. Dazu zählt auch die Theorie, Hannemann habe ein wertvolles frühmittelalterliches Buch in Reykjavík gestohlen. Bisher wurde das nicht eindeutig bewiesen. Das Buch ist ebenso verschwunden wie Hannemann.«

»Was hat das mit Ihnen zu tun?«, unterbrach mich Jansen. Mein Kopf pochte wieder. Ich kniff die Augen für einen Moment zu und rieb mir die Nasenwurzel. Theoretisch sollte das Abhilfe schaffen. Nur theoretisch, wie ich merkte. Ich bemühte mich um Konzentration. Wie konnte ich Jansen meine Rolle in diesem Fall verdeutlichen?

»Heinz hatte mich mit ins Boot geholt. Deshalb weiß ich eine Menge über seine Recherchen und über seine These, Hannemann sei nicht verunglückt, sondern ermordet worden. Silke Gerjets konnte mit den Notizheften nichts anfangen, wie sie mir sagte. Nur einige Namen, Abkürzungen, Daten. Sie wollte diese Notizen ursprünglich im Altpapier entsorgen, dachte dann aber, sie würden mir nützen. Wie auch immer.«

Jansen kaute nachdenklich am Bügel einer Lesebrille. »Und warum sind Sie hierhergefahren? Hätte Silke Ihnen diese Hefte nicht zuschicken können?«, fragte er.

»Das war der Plan. Doch dann fiel ihr ein, dass ich mir ein Andenken an Heinz aussuchen sollte, irgendetwas, das mir gefiel. Sie wollte mich durchs Haus führen und Objekte zeigen, die noch frei verfügbar waren. Das hörte sich gut an.«

Ich schilderte Jansen, wie ich in einem Café gesessen hatte, während Silke noch ihren Wattspaziergang unternahm. »Nur für eine Stunde, höchstens anderthalb, meinte sie, wäre sie unterwegs. So gegen achtzehn Uhr wollten wir uns treffen. Eine knappe Stunde hatte ich dafür eingeplant, da ich nicht gerne bei Dunkelheit Auto fahre und nach Hannover zurückwollte.«

»Ziemlicher Aufwand für ein Stückchen Erinnerung an Heinz Kröger«, meinte Jansen. Ich ließ mich nicht beirren und erzählte ihm, wie ich auf Silkes Rückkehr gewartet und sie mir dann eine SMS geschickt hatte mit der Entschuldigung, dass sie sich verspäten würde.

Jansen betrachtete die angebliche Nachricht von Silke auf meinem Handy und schüttelte traurig den Kopf. »Zu der Uhrzeit war sie schon tot«, sagte er. »Das jedenfalls meint die Rechtsmedizin.«

Er stand auf und stellte sich an die Schiebetür zur Terrasse. »Ihr Mörder muss diese Nachricht geschickt und dann ihr Handy entsorgt haben. Ich glaube nicht, dass wir es je wiederfinden werden. Das Meer ist groß, das Handy klein.« Das klang poetisch.

Seine Stimme wurde plötzlich rau. »Eine Nachbarin hat ausgesagt, dass sie am frühen Abend einen Mann an der Haustür gesehen habe. Er hat geklingelt und ist nach etwa fünf Minuten wieder gegangen. Hat Frau Gerjets Ihnen gegenüber verlautbart, dass sie weitere Besucher erwartete, vielleicht Freunde von Heinz, die ebenfalls ein Andenken aussuchen durften?«

»Nein, davon weiß ich nichts«, erwiderte ich überrascht.

»Konnte die Nachbarin denn den Mann beschreiben?«

»Vage. Mittelgroß, nicht mehr ganz jung. Sein Auto hatte er weiter unten an der Straße geparkt, ein dunkelblauer Wagen, dessen Marke die Nachbarin nicht erkennen konnte, geschweige denn das Nummernschild.«

Jansen schaltete die Aufnahmefunktion aus. »Sehen Sie mal, ob Sie diese obskuren Hefte finden können. Ich gebe Ihnen eine Stunde. Dann muss ich zurück in mein Büro. Und wenn Sie schon mal hier sind, dann wählen Sie sich auch ein Souvenir aus.« Er lächelte. »Ich telefoniere in aller Ruhe im Wohnzimmer, während Sie durchs Haus gehen.«

Das ließ ich mir nicht zweimal sagen und marschierte los. Das Schlafzimmer im ersten Stock war mein erstes Ziel. Da stand nur noch ein Bett ohne Matratze. Kein Schrank, keine Kommode, kein Bücherregal. Enttäuscht zog ich weiter. Silke Gerjets' Schlafzimmer war vollgestopft mit Möbeln, Kleider lagen auf dem Bett, ein dicker Teddybär starrte mich an. Ich vermutete, sie hatte vorgehabt, ihr eigenes Zimmer erst ganz zum Schluss auszuräumen. Sie hatte in den letzten Wochen fast nur in Krögers Haus und kaum in ihrer eigenen Wohnung geschlafen. Sie sah sich als die Hüterin dieses Hauses. Arme Silke Gerjets!

Das Gästezimmer neben Silkes Schlafzimmer war gähnend leer. Nur die dunkelblauen Vorhänge hingen an den Fenstern. Dieser Anblick deprimierte mich, und ich stieg wieder die Treppe hinunter. Unten befand sich das Arbeitszimmer von Heinz. Ebenfalls leer geräumt bis auf seinen Schreibtisch, ein hässliches Monster aus der Zeit um 1900, und ein Bücherregal ohne Bücher. Auf dem Boden lag ein marokkanischer Teppich, den ich aus Erzählungen meines Freundes kannte. »Den Preis dafür habe ich dermaßen heruntergehandelt, dass mir der Verkäufer anbot, bei ihm ins Geschäft einzusteigen. Ich hätte das Händler-Gen«, hatte Heinz damals lachend erzählt.

»Da haben wir bereits gesucht.« Jansen stand plötzlich hinter mir. Ich erschrak. Tief in Erinnerungen versunken, hatte ich sein Kommen nicht bemerkt. »Nichts gefunden. Es sei denn, es gibt hier einen Tresor im Fußboden unter diesem Teppich. Denn dort haben wir nicht nachgeschaut.« Er lachte. »Teppichtresor wäre mal etwas Neues!«

Er drehte sich um und ließ mich allein in dem Zimmer zurück. Es war Heinz zuzutrauen, unter seinem geliebten Teppich ein Versteck eingerichtet zu haben. Ich schob den Teppich beiseite. Darunter lagen nur Fusseln, kein Hinweis auf ein Versteck.

Frustriert blickte ich mich in dem kleinen Raum um. Mühsam öffnete ich die Schubladen des Schreib-Monsters, die alle hakten. Auch hier nichts. Hatte Silke die Hefte auf ihren Gang ins Watt mitgenommen? Vielleicht hatte ihr Mörder es auf diese Hefte abgesehen.

Als Dauerleserin von Krimis hatte ich plötzlich eine Assoziation. Was wäre, wenn Silke in diesen Aufzeichnungen entgegen ihrer Beteuerung mir gegenüber einen verdächtigen Namen entdeckt hatte? Sollte Silke versucht haben, diese Notizen an denjenigen zu verkaufen oder ihn gar zu erpressen?

Zwar vermochte ich mir die zarte ältere Frau nicht als raffinierte Erpresserin vorzustellen. Aber alles war möglich. Wer konnte das sein? Jemand, den sie bei der Premierenlesung angesprochen und dem sie davon erzählt hatte? Ich wurde unruhig. Sollte ich Jansen von meiner Theorie erzählen?

Der alte Schreibtischstuhl, auf den ich mich nachdenklich setzte, quietschte lautstark. Er war gut gepolstert, hatte aber einen langen, tiefen Riss im Leder der Rückenlehne. Gedankenverloren fuhr ich mit der Hand darüber und zuckte zusammen. In dem Riss steckte etwas. Behutsam bohrte ich in dem spröden Material und bekam etwas zu fassen. Ein heftiger Ruck, durch den das Leder aufplatzte, und ich hielt ein kleines blaues Heft in der Hand. Ich starrte das unscheinbare Heftchen an. Warum hatte Silke eines der Hefte in dem Schreibtischstuhl versteckt? Oder war dies ein drittes Heft, von dem sie nichts wusste?

In diesem Augenblick kam Jansen ins Zimmer. »Frau Bentorp, ich muss jetzt leider früher als geplant zurück in meine Dienststelle. Der Bericht aus Hamburg ist überraschend schnell eingetroffen. Wir kennen jetzt die genaue Todesursache und den Todeszeitpunkt. Der Mann, den die Nachbarin am Abend des Todes von Silke Gerjets am Haus gesehen hat, ist nach wie vor nicht identifiziert. Und inzwischen haben wir eine Information, die ich Ihnen streng vertraulich gebe. Am frühen Nachmittag wurde offenbar ein weiterer Mann in der Nähe des Hauses gesehen. Auch er hat wohl geklingelt, und als niemand öffnete, ist er unverrichteter Dinge abgezogen. Unser Zeuge, ein Herr, der drei Häuser entfernt wohnt, sagte aus, dass dieser Mann um die Mitte vierzig gewesen sein muss. Und er erinnerte sich an das Auto. Ein schwarzer Golf mit Kennzeichen HH für Hamburg. Wir gehen diesem Hinweis nach.« Jansen sah mich direkt an. »Sagt Ihnen das etwas?«

Eigentlich hätte ich meinen Schreibsessel-Fund Holger Jansen übergeben müssen, eigentlich hätte ich ihm von meinem Verdacht der Erpressung erzählen müssen, eigentlich hätte ich ihm sagen sollen, dass Ansgar Meyers einen schwarzen Golf fuhr. Ich tat nichts dergleichen, sondern schüttelte den Kopf.

Ich bin mir manchmal selbst ein Rätsel. Vielleicht handelte ich aus der Überlegung heraus, dass ich damit möglicherweise Gerüchte und falsche Verdächtigungen in die Welt setzte, vielleicht aber wollte ich trotz meiner guten Vorsätze einmal mehr Detektivin spielen. Ich weiß es nicht.

Jansen wandte sich zum Gehen. »Bitte suchen Sie sich rasch noch dieses Erinnerungsstück aus. Und, gibt es einen Teppich-Tresor?«

Ich verneinte.

Er grinste. »Schade, das wäre ein originelles Versteck gewesen. Meiner Theorie nach hatte Silke die Hefte bei sich, als sie ins Watt ging und ihrem Mörder in die Arme lief.«

Jansen wirkte plötzlich sehr ernst. »Ich verrate Ihnen jetzt meine ein wenig unorthodoxe Meinung. Silke Gerjets hatte einen Verdacht, dass diese Hefte für jemanden wichtig sein könnten. Wahrscheinlich hat sie in ihrer direkten Art mehreren Menschen davon erzählt, nicht ahnend, dass diese Hefte Dynamit sein könnten.«

Er dachte einen Augenblick nach. »Was aber noch wahrscheinlicher ist: dass sie diese Notizen gar nicht mehr Ihnen geben wollte, sondern sie zu Geld machen. Ich gebe zu, ein ungewöhnliches Verhalten für eine ältere Frau, die nur noch davon träumte, ihre restlichen Jahre friedlich bei ihrer Tochter in Leer zu verbringen. Doch die Versuchung war zu groß. Und deshalb wären Sie, liebe Frau Bentorp, leer ausgegangen. Silke hätte Ihnen weisgemacht, dass sie diese Hefte entsorgt hat. So aber hat sie wahrscheinlich ihrem Mörder Tür und Tor geöffnet.«

Ich verschwieg, dass ich eine ganz ähnliche These für realistisch hielt.

Mit diesen Worten verließ er den Raum und rief mir über die Schulter zu: »In zehn Minuten Abfahrt! Ich nehme Sie zu Ihrem Hotel mit.«

»Ich könnte doch heute wieder nach Hause fahren«, warf ich ein.

»Nein, wir brauchen Sie noch. Es gibt da ein paar Punkte, die ich mit Ihnen gemeinsam klären möchte. Das hat mit den Recherchen von Heinz Kröger zu tun. Überraschend hat Ranulf Eriksson sich bei uns angekündigt, der längst auf dem Heimweg nach Reykjavík sein sollte. Doch offenbar hat ihn Hannemanns Schwester, die er abschließend besuchte, auf eine Spur gebracht. Sie, liebe Frau Bentorp, sind, wie er mir am Telefon sagte, wegen eines Details wichtig. Stichwort: Desmond Casey, den Sie von früher kennen.«

Mir wurde schummerig zumute. In aller Eile griff ich mir den nächstbesten Gegenstand als Andenken an Heinz. Das Flaschenschiff auf der Kommode im Flur war zwar hübsch, aber wäre unter anderen Umständen nicht meine erste Wahl gewesen. Doch ich wollte nur noch weg aus diesem Haus, das mich an eine Grabkammer erinnerte.

Die Vergangenheit lebt

Ranulf Eriksson begrüßte mich im Büro von Holger Jansen wie eine alte Bekannte. Er sprach fließend Deutsch, da er, wie er mir sofort erklärte, in Bonn zur Schule gegangen war. Sein Vater Erik Haraldson hatte dort sieben Jahre in der isländischen Botschaft gewirkt. »Pressearbeit und Kultur und einiges mehr. Als die Botschaft nach Berlin übersiedelte, ging er nach Island zurück und hat Bücher über isländische Geschichte geschrieben.« Eriksson warf mir einen bedeutsamen Blick zu. »Zum Beispiel über historische Ereignisse und Familiendramen im 11. Jahrhundert. Da ging es in einer Geschichte um einen blutigen Zwist in einer Familie, deren Oberhaupt Oláfur ein beliebter Patriarch war, sein Sohn Knut allgemein verhasst. Sehr dramatisch mit viel Mord und Totschlag. ›Das Zeitalter der Raben‹ war 2004 ein Bestseller. Mein Vater erwähnt in seinem 2010 erschienenen Buch ›Das Zeitalter der Mönche‹ das legendäre ›Buch von Thor‹. Sein Buch wurde in zehn Sprachen übersetzt, auch ins Deutsche. Markus Hannemann hat es gekannt, und nicht nur er. Er hat, wie mir seine isländische Kollegin, Professorin Sigrún Alvardottir, erzählte, lange mit ihr über dieses Werk gesprochen. Der Mönch war über Jahrzehnte unbekannt.« Hier stockte der isländische Kommissar.

»Ja, und wer kannte es noch?«, fragte ich neugierig.

Eriksson seufzte. »Wir glauben, dass ein gewisser Kreis von Anhängern alter Traditionen das Buch meines Vaters gelesen hat.« Wieder pausierte er.

Meine Ungeduld ließ mich nachhaken. »Wer genau soll das sein? Welcher Kreis?«

»Unsere irischen Kollegen haben uns Informationen geschickt, weil Island in der Vorstellung dieser Leute eine wichtige Rolle spielt, insbesondere wegen der uralten historischen Verbindungen. Wir vermuten, dass diese Männer in der Rückbesinnung auf alte irische Werte versuchen, möglichst ohne Gewalt eine Wiedervereinigung Irlands zu erreichen.«

Eriksson trank einen Schluck Wasser. Jansens Assistentin Frauke Engelbrecht hatte dankenswerterweise Getränke bereitgestellt.

»Diese Organisation hat nichts mit der klassischen IRA gemein. Zu ihren Zielen gehört es, weltweit Artefakte zu finden, die das Bewusstsein einer kulturellen Identität stärken, und sie setzen dafür auch weniger lautere Mittel ein, indem sie Objekte auf dem Schwarzmarkt erstehen. Um an eigenes Kapital zu gelangen, verkaufen sie, wie die Recherchen der irischen Ermittler ergeben haben, auch gelegentlich Artefakte, die ihnen zugespielt wurden, ihnen jedoch verzichtbar erscheinen. Darunter war letztens eine Statuette des heiligen Georg, die aus dem 18. Jahrhundert stammt und einem anglo-irischen Gutsbesitzer in County Meath gehörte.«

Er zog einen Notizblock aus seiner Tasche. »Wir haben einen Informanten, der uns auf dieses Kunstwerk hingewiesen hat. Ein privater Sammler hat es für rund einhunderttausend Pfund erstanden. Der heilige Georg war drei Monate zuvor aus einem Privatmuseum in Galway gestohlen worden, wo die Figur seit vielen Jahren als Leihgabe der ursprünglichen Besitzer stand.«

Er blätterte in seinem Block. »Das Kunstwerk konnte inzwischen konfisziert und ins Museum zurückgebracht werden. Das Buch, das Ihrem Bekannten Roger Hartmann vorgestern entwendet wurde, hat man ebenfalls vor einigen Jahren auf dem Schwarzmarkt zu einem hohen Preis verkauft. Wir wissen, dass damals die Summe für den Verkauf auf eine Bank geflossen ist, bei der die Organisation ›Freiheit und Vaterland‹ ein Konto besitzt. Inhaber des Kontos soll ein gewisser Mathew Murdoch gewesen sein, ein unbescholtener Neurochirurg irischer Abstammung aus Boston, der es tatsächlich zu erheblichem Wohlstand gebracht hat, seine Einkünfte jedoch stets legal anzeigte. Er ist 2022 an Corona gestorben. Sein Konto bei der Bank auf den Cayman Islands besteht weiter.«

»Wenn diese Organisation Kunstwerke hortet, die auf irische

Traditionen verweisen, warum verkauft sie dann solche Werke, und was hat sie mit den Objekten vor, die sie behält? Will sie damit ein Museum einrichten? Welchem Zweck dient das alles?« Ich fand das Vorgehen unlogisch.

»Darüber wissen wir noch zu wenig«, erwiderte Eriksson. »McCoole und zwei weitere seiner Kollegen in Dublin bilden eine Sondereinheit, um Details zu erfahren. Die Vermutung lautet, dass die Kunstwerke, die eng mit der irischen Vergangenheit zu tun haben, gesammelt und später für Mitglieder der Gruppe wie in einem Tempel oder einer Kirche ausgestellt werden. Andere Kunstwerke sollen Geld in die Kasse bringen. Das sind dann Artefakte, die durchs Raster fallen. Wie der heilige Georg als Werk eines französischen Künstlers aus dem 18. Jahrhundert. Warum das Buch, das Ihr Bekannter Roger Hartmann erstanden hat, ursprünglich auf dem Schwarzmarkt gelandet ist, bleibt ein Rätsel. Es ist in der Tat das Werk eines irischen Mönchs und würde somit genau zu der Sammlung der Gruppe passen.«

Eriksson steckte seinen Notizblock wieder ein. Ich verstand nicht, weshalb die Ermittler dank dieser Informationen nicht eingriffen.

»Kann man gegen diese Organisation denn nicht vorgehen?« Mir war klar, wer dahinterstand. Wie in den Romanen von Harry Potter der Name von Lord Voldemort nicht genannt wird, traute ich mich nicht, den Namen auszusprechen, der mir seit einigen Wochen im Kopf herumspukte.

Eriksson schüttelte den Kopf. »Ich habe mich lange mit Finn McCoole darüber unterhalten. Er gibt offen zu, eine Zeit lang selbst Anhänger dieser Vereinigung gewesen zu sein. Das ist Vergangenheit. Deshalb arbeitet er jetzt für die Sondereinheit und ist auch mit dem Fall des Toten im Vulkan befasst. Die Organisation agiert im Dunkeln, und diese Schwarzmarktgeschäfte kann man ihr nicht beweisen. Wir haben bislang nur die Angaben des Informanten, dessen Aussagen nicht als Beweis vor Gericht gelten würden. Die Mitglieder von ›Freiheit und Vaterland‹ gehen mit ihrer Organisation nicht hausieren, benehmen sich unauffällig, führen eine gutbürgerliche Existenz und sind deshalb anonym. Die Zahl der Mitglieder ist unbekannt, ihre Namen auch. Allein der Tote im Vulkan hat uns auf eine Spur geführt. Denn Brendan Sullivan gehörte eindeutig dazu. Es gibt einige Männer, die McCoole im Visier hat. Doch es ist keine Straftat, Mitglied in einem leicht esoterisch angehauchten Club zu sein, der Traditionen pflegt und alte Zeiten beschwört.«

Er goss sich ein weiteres Glas Wasser ein. »Allerdings wissen wir, wer der Kopf der Organisation ist. Es wird Sie nicht überraschen, Anna, wenn ich Ihnen sage, dass dies Desmond Casey ist, der nach dem Tod seines Bruders Eamon diese Funktion übernommen hat. Mehrmals sollte er befragt werden, ist aber schwer zu fassen. Er wechselt ständig seinen Aufenthaltsort. Mal sind es die USA, dann Irland, Island oder ein völlig anderer Ort.«

Ich musste unwillkürlich lächeln. Desmonds Umtriebigkeit erinnerte mich an einen uralten Film mit Leslie Howard und Merle Oberon aus dem Jahr 1934 mit dem deutschen Titel »Das scharlachrote Siegel«. Einer der Lieblingsfilme meiner Mutter. Der titelgebende Held des Dramas nach dem 1905 erschienenen Roman von Baronesse Emmuska Orczy hilft während der Französischen Revolution Adligen, der Guillotine zu entkommen. Er führt ein Doppelleben, und in einem Lied über diesen großen Unbekannten heißt es: *»They seek him here, they seek him there / Those Frenchies seek him everywhere. / Is he in heaven or is he in hell / That elusive Scarlet Pimpernel?«*

Die Ungewissheit über den Aufenthaltsort von Desmond erinnerte mich an diesen Vers vom »schwer fassbaren« Pimpernel, der genauso gut im Himmel wie in der Hölle sein konnte.

Eriksson bemerkte mein Lächeln. »Sie kennen Desmond. Trauen Sie ihm einen Mord zu? Ganz konkret gefragt: Könnte er Markus Hannemann getötet haben? Wir wissen inzwischen, dass er vor vier Jahren gemeinsam mit anderen Iren, darunter dem unglückseligen Brendan, in Island war. Wir haben mit neuen Methoden die alten Aufnahmen vom Flughafen ausgewertet.«

Als ich nicht sofort antwortete, setzte er nach. »Ich weiß,

Desmond ist ein entfernter Cousin Ihrer Freundin Deirdre. McCoole hat uns dazu reichlich mit Informationen versorgt. Nochmals die Frage: Wäre Desmond in der Lage, einen Menschen kaltblütig zu ermorden?« Ich spürte meinen alten Zorn in mir aufsteigen. Zorn, weil Desmond damals sang- und klanglos verschwunden war, und Zorn auf mich selbst, weil ich mich von ihm bezirzen ließ, ausgenutzt wurde und Richard seinetwegen fast verlassen hätte. Ich hatte auf Desmonds Charme und gutes Aussehen wie ein Teenager reagiert.

»Nein, ich halte Desmond nicht für gewalttätig. Es gab zwar im Fall des Todes seines Bruders Eamon einige offene Fragen. Aber sollte Desmond daran beteiligt gewesen sein, dann war es sicherlich ein Unfall.« Ich hörte mir selbst zu und fragte mich, ob ich mir etwas vormachte.

Eriksson schien mir zu glauben. Er nickte. »Hannemanns Schwester, Hilde Klein, hat mir einige interessante Informationen gegeben. Sie erzählte mir, dass sich ihr Bruder vor dem Jahr seiner fatalen Islandreise längere Zeit in Dublin aufgehalten und sich dort öfter mit einem von Hannemann verehrten Professor getroffen habe. Hilde Klein wunderte sich, dass ihr Bruder in den höchsten Tönen von diesem Mann sprach. Ansonsten sei ihr Bruder ein Misanthrop gewesen, oft unfreundlich ihr gegenüber, unhöflich zu seinem Assistenten Zabel, arrogant gegenüber seinem Kollegen Silvius Petersen. Kurz nach seiner Rückkehr war er dann nach Island geflogen, um in der dortigen Nationalbibliothek die Handschriften mittelalterlicher Mönche anzuschauen und darüber eventuell einen Essay für das ›Nordic Magazine‹ zu schreiben. Sein neuer irischer Freund hatte ihn auf die Idee gebracht.«

»Entschuldigen Sie, wenn ich Sie unterbreche. Dieser neue irische Freund ist meines Erachtens Professor John Blackville, mit dessen Werken Hannemann gewiss noch vor einem ersten persönlichen Treffen vertraut war. Die beiden verbindet ihr Wissen um nordische Mythen und keltische Traditionen. Blackville kennt auch Desmond, der hierin auch ein Experte ist.

Ich glaube, Desmond hat Hannemann schon länger gekannt.«
Und wieder sah ich die Gestalt im dunklen Mantel vor mir. Ich
zweifelte nicht mehr daran, dass es Desmond gewesen war.
Eriksson nickte wieder zustimmend. »Hilde Klein behauptet,
ihr Bruder sei besessen gewesen von diesem Buch eines irischen
Mönchs, der um 1040 in einem kleinen Kloster auf Island gelebt
hat. Sie wusste den Titel nicht, meint aber, dass ihr Bruder ihr
bei einem Besuch vor vier Jahren gestanden habe, er würde das
Werk am liebsten stehlen. Nicht, um es zu verhökern, sondern
um es selbst zu behalten.«

Er wandte sich an Frauke Engelbrecht, die gerade ins Zimmer
trat, gefolgt von Holger Jansen. »Wäre es möglich, einen Kaffee
zu bekommen?«

Jansens Assistentin, eine gestandene Frau von etwa vierzig
Jahren, errötete erstaunlicherweise bis unter die Haarwurzeln
und huschte hinaus. »Sofort«, hauchte sie. Ich musste zugeben,
dass Ranulf Eriksson attraktiv war. Aber diese Reaktion schien
mir übertrieben. Nun gut, ich war keine vierzig mehr.

Jansen gesellte sich zu uns. Er schwieg. Eriksson nahm den
Faden wieder auf.

»Diese Verbindung zwischen Blackville, Hannemann und
sicherlich auch Desmond wirft neue Fragen auf. Desmond und
seine Gefolgsleute, darunter Brendan Sullivan, befanden sich
zur selben Zeit auf Island wie Hannemann. Haben sie sich dort
getroffen? Hat Hannemann das Buch entwendet und Desmond
ausgehändigt, oder liegt es in einem Versteck in Deutschland
oder irgendwo in Island? Hat der Diebstahl des Buches aus der
Sammlung Hartmann auch damit zu tun? Steckt Desmonds
Organisation dahinter? Das sind alles Fragen, die zusammenhängen. McCoole ist wieder zurück in Dublin und nimmt sich
Blackville vor, der leugnet, Desmond in letzter Zeit gesehen
zu haben.« Er sah mich fragend an. »Wann sind Sie eigentlich
Desmond Casey zuletzt begegnet?«

Ehe ich antworten konnte, kam Frauke Engelbrecht zurück
ins Büro und stellte ein Tablett auf Jansens Schreibtisch. Der
Anblick der großen Kaffeekanne zauberte ein Strahlen auf

Erikssons Gesicht. Frauke Engelbrecht lächelte ihn an. Da lag etwas in der Luft, denn Eriksson bedankte sich fast überschwänglich bei ihr. Eine hübsche Frau, dachte ich, als sie mit leichtem Schritt das Büro verließ. Lächeln stand ihr gut.

Jansen zerbrach diese Stimmung. »Viele Fragen, bisher zu wenige befriedigende Antworten. Das Phantom von Hannemann scheint immer noch im Raum zu schweben. Leider stehen wir erneut vor einem Rätsel. Denn Silke Gerjets' Tod könnte auch damit zusammenhängen.«

Er warf mir einen kurzen Blick zu. »Was ich jetzt mit Kommissar Eriksson besprechen muss, schließt Sie leider aus. Wir sehen uns später. Ich habe einen Tisch im Restaurant Helgoland reserviert. Für fünf Personen. Schumann kommt mit seinem Assistenten dazu.«

Ich erhob mich. Eriksson hielt mich sanft am Ärmel fest. »Meine Frage haben Sie nicht beantwortet: Wann haben Sie Desmond Casey zuletzt gesehen? Hat er in letzter Zeit versucht, mit Ihnen in Kontakt zu treten?«

»Nein«, erwiderte ich. Das war nur die halbe Wahrheit, falls er das Phantom gewesen sein sollte. Der vollen Wahrheit entsprach, dass er nicht versucht hatte, mit mir unmittelbar in Kontakt zu treten.

Ich verließ rasch den Raum, bevor Ranulf Eriksson eine konkretere Antwort von mir verlangte. Im Vorraum saß Frauke Engelbrecht und studierte ihren Computer. Sie blickte auf, als ich näher trat. Ich nutzte meine Chance. »Weiß man, wer die Männer waren, die vor dem Kröger-Haus gesehen wurden?«

Sie lächelte freundlich, wenn auch ein wenig distanziert. »Darauf darf ich Ihnen keine Antwort geben«, sagte sie.

Ich musste wohl sehr betreten geschaut haben, als sie plötzlich einlenkte. »Sie sind mit Hans Schumann befreundet, bei dem ich vor zehn Jahren in Meppen im Vorzimmer saß. Ehe er nach Stade wechselte. Ein toller Chef, sogar liebenswerter als Holger Jansen.«

Sie sah sich um. Außer mir war niemand im Raum, und durch die geschlossene Tür zu Jansens Büro drangen gedämpfte Stimmen. Sosehr ich meine Ohren spitzte, ich vernahm nur Wortfetzen wie »Watt« und »schwerer Gegenstand«. Dann klingelte nebenan ein Handy, das Gespräch der beiden Männer verstummte.

Frauke Engelbrecht klickte auf ihre Tastatur und sagte: »Verraten Sie mich bitte nicht. Der Mann, der am Nachmittag da war, ist inzwischen identifiziert worden. Ein gewisser Ansgar Meyers aus Hamburg. Er ist für morgen einbestellt. Er hatte noch nicht von Silkes Tod gehört. Behauptet er jedenfalls. Schumann bleibt heute Nacht auch hier. Er will Meyers ebenfalls befragen.«

Sie nieste und zückte ein blütenweißes Taschentuch. »Mehr kann und darf ich Ihnen nicht sagen. Aber ich habe das Gefühl, dieser Fall ähnelt einem Kraken mit ganz vielen Armen, die sich in alle möglichen Richtungen erstrecken. Unheimlich!«

Da gab ich ihr recht. Mein Kommentar unterblieb, da nun auch mein Handy klingelte. Deirdres Nummer auf dem Display.

Ihre Stimme überschlug sich fast. »Anna, schau sofort ins Internet unter ›Irish News‹. Du wirst nicht fassen, was dort steht. Ich melde mich später. Ich muss jetzt ganz schnell zu David nach Dublin.« Und schon hatte sie dieses einseitige Gespräch beendet.

Ich folgte ihrer Aufforderung und stieß im Internet auf einen kurzen Artikel, der mir fast den Boden unter den Füßen wegzog:

Malahide, 30. August

Sean McGuire, Besitzer der McGuire-Farm, meldete sich gestern am frühen Morgen bei der örtlichen Polizei. Er habe in der Nacht zuvor auf einem seiner Felder in der Nähe der spärlichen Überreste einer frühmittelalterlichen Kapelle Lichter gesehen und Stimmen gehört. Als die Garda anrückte, entdeckte sie ein tiefes Loch im Boden. Daneben lagen drei Goldstücke. Die Autospuren in unmittelbarer Nachbarschaft stammten eindeutig von einem SUV. Von den Schatzgräbern keine weitere Spur.

Der aus Dublin herbeigerufene Experte für archäologische Grabungen und mittelalterliche Relikte in dieser Region, Pater Rafael Troy, zugleich auch Experte für mittelalterliche Buchkunst und Restaurator am Trinity College, bestätigte, dass hier illegale Schatzsucher am Werk gewesen seien. Die Goldstücke stammten seiner Meinung nach aus dem ausgehenden 10. Jahrhundert. Er nahm sie auf Bitten der lokalen Garda zur weiteren Untersuchung mit nach Dublin.

Dies wäre nicht der erste Schatzfund in der Gegend von Malahide. Vor fünf Jahren fand Sean McGuires Nachbar Michael O'Flanahan auf einem seiner Maisfelder Münzen aus dem 17. Jahrhundert, die nach Meinung der Fachleute ein dort ansässiger Bauer vor Cromwells Truppen retten wollte. Der Fund war damals gemeldet worden und liegt im National Museum in Dublin. Diesmal aber handelt es sich eindeutig um illegale Schatzgräber. Ein Rätsel ist, wie die Diebe diesen Ort gefunden haben. Die Polizei befragt Anwohner, ob ihnen in den vergangenen Wochen Rutengänger aufgefallen seien. Pater Troy sagte aus, dass laut einer alten Legende in dieser Gegend einst der Hof eines ehemaligen Mönchs gelegen habe, der um 1070 aus Island gekommen sei und dem Gerücht nach einen Wikingerschatz bei sich hatte. Es heißt, der einstige Mönch sei wahrscheinlich 1084 ermordet worden. Professor John Elliott B. vom Trinity College leitet derzeit ein Forschungsprojekt zu diesem Thema.

Ich holte tief Luft. Ein seltsames Gefühl von Hilflosigkeit bemächtigte sich meiner. Und voll dunkler Ahnungen. Die Schatten der Vergangenheit hatten mich eingeholt. Plötzlich passte alles zusammen. Die fehlenden Seiten aus Sean Bradleys Buch beschrieben die Felder und die Gegend rund um Corrans Hof und auch die Ruine der Kirche, die schon zu Corrans Lebzeiten vor mehr als eintausend Jahren nicht mehr benutzt wurde. Hier also hatte er einst den Schatz aus Island versteckt. Immer mit der Absicht, wie er geschrieben hatte, dieses kostbare Gut seines alten Freundes Oláfur wieder zurück nach Island zu bringen. Der Dieb des Buches von Sean Bradley hatte nur diese wenigen Seiten mit Corrans verdeckten Hinweisen benötigt, um das Versteck des Schatzes zu finden.

Der Verdacht lag nahe, dass hinter dem Diebstahl des Buches von Bradley und dem Schatzfund Desmond Casey steckte. Dieser Schatz war sicher viele Hunderttausende Euro wert, für Desmonds Organisation ein wahrer Goldregen.

Welche Rolle spielte dabei diese angedachte Verbindung zwischen Desmond und Hannemann? War sie relevant oder ein Zufall? »Zufall ist ein Wort ohne Sinn; nichts kann ohne Ursache existieren«, sagte einst Voltaire. Darin war ich mit dem französischen Philosophen der Aufklärung einer Meinung.

Das blaue Heft

Ehe ich das Büro von Holger Jansen verließ, leitete ich den Artikel an Eriksson, Schumann, Richard und Jansen weiter. Richard reagierte sofort mit einer, für seine Verhältnisse, langen Nachricht:

»Das ist ja unglaublich! Danke für den Artikel. Wenn das wirklich der Schatz sein sollte, den dein Mönch versteckt hat, ist das eine Sensation. Aber auch abgesehen davon wäre es eine Wahnsinnsgeschichte. Dass immer noch längst verbuddelte Schätze entdeckt werden, kommt öfter vor, als man denkt. Erinnere dich an den Moormann, unser erstes gemeinsames Abenteuer. Übrigens gibt es eine heiße Spur im Fall von Rogers Buch. Kemna hat bisher keine Details genannt, aber Roger hat mich informiert. Lass uns heute am späten Abend telefonieren oder morgen früh.«

In meinem Hotelzimmer holte ich das kleine Heft aus meiner Tasche. Weshalb hatte Heinz es in diesem schäbigen Bürostuhl versteckt? Was war Besonderes an diesem Heftchen? Silke Gerjets hatte offenbar nichts davon gewusst. Sie sprach bei der Lesung in Hannover nur von zwei Notizheften. Oder hatte sie das Heft gefunden, es bewusst nicht erwähnt und versteckt?

Ich blätterte durch das Heft. DIN-A7, ein kleines, handliches Format, gut für jede Jackentasche geeignet. Auf den ersten Seiten fand ich einige Wörter, fast unleserlich, die sich auf isländische Orte bezogen. Die meisten davon waren durchgestrichen. Übrig geblieben waren Reykjavík, Grímsey, Thingvellir, Hekla, Mýrdalsjökull bei Katla und Ísafjörður. Waren das Orte, die Heinz als »Tatorte« in Betracht gezogen hatte?

Grímsey hatte er zum Schluss abgehakt. Ohne ein ortskundiges Team wäre es völlig unmöglich, all diese Gletscher, Vulkanregionen und wilden Landschaften zu durchforsten. Hatte Heinz Ranulf Eriksson darauf hingewiesen? Ich konnte mir vorstellen, dass ansässige Polzisten nicht gerade begeistert von der Einmischung eines Fremden waren, aber Heinz wäre das egal gewesen. Einmal auf einer Spur, hatte er sich in einen menschlichen Bluthund verwandelt.

Auf den nächsten Seiten standen Daten. Hannemann war im Juni angeblich zu seiner Wanderung aufgebrochen. Grímsey liegt sehr weit im Norden. Vielleicht zu weit entfernt von Reykjavík, gute acht Stunden Fahrt quer durchs Land, satte vierhundertachtzig Kilometer. Heinz glaubte, dass Hannemann in Wahrheit näher bei der Hauptstadt wandern wollte, obgleich man auf Grímsey Utensilien des Verschollenen entdeckt hatte.

»Alles nur eine Täuschung«, stand in dem Heft neben dem Stichwort Grímsey auf Seite zwanzig. »Motiv, Tatzeit, Tatort«, hatte er darunter notiert. Und dann folgten mehrere Kürzel: B., P., M. und R. Darunter stand: »Alle vor Ort, Forschung, Recherche, Kongress?«

Wer verbarg sich um Himmels willen hinter B., P., M. und R.? Ich blätterte weiter: »Meyers befragen. Reinhardt Nachfolger? Wo war Petersen? Alibi? Wo ist das Buch? Ranulf Eriksson um Suchtrupp in den Eishöhlen von Katla bitten. Sigrún glaubt, Buch früher gestohlen. Bibliothekarin eingeweiht? Ich muss mit B. sprechen. Er kannte H. am besten. H.s Schwester anrufen. Anna auf Desmond ansprechen.«

M. war demnach Meyers, R. Professor Reinhardt, den ich flüchtig bei der Lesung in Hannover wahrgenommen hatte. Offiziell hielt er den Lehrstuhl für Nordistik in Berlin, war aber derzeit an einem größeren Forschungsprojekt beteiligt und deshalb beurlaubt. Ein kleiner Mann mit einem Kugelbauch, unauffällig und einst Hannemanns enger Mitarbeiter in Münster, danach kurz in Göttingen und jetzt seit zwei Semestern an der Humboldt. Dies wusste ich von Schumann, in dessen Nähe der Professor in Hannover wohnte. Reinhardt war nur zwei Tage in der Woche in Berlin. Witwer, kinderlos, Katzenliebhaber.

P. stand für Silvius Petersen. Ihm war ich mehrmals begegnet. Er hatte gemeinsam mit Hannemann gearbeitet und war eine Zeit lang als dessen Nachfolger gehandelt worden, hatte die Stelle nicht bekommen und kümmerte sich an der Universität seit drei Semestern hauptsächlich um moderne Skandinavistik und weniger um alte Mythen. Er hielt zwischendurch in Göttingen Seminare. Er hatte auf mich leicht grimmig gewirkt, galt als fähiger Lehrer, war zum dritten Mal verheiratet und hatte aus den zwei früheren Ehen vier Kinder. Das wusste ich, weil es um ihn vor zwei Jahren einigen Tratsch gegeben hatte. Seine dritte Frau Sylvie war seine Doktorandin gewesen, fast fünfundzwanzig Jahre jünger. Ich hatte Verbindungen zur Uni Hannover und hörte dadurch so manchen Klatsch. Das meiste rauschte an mir vorbei. Silvius Petersen dagegen interessierte mich aufgrund seiner Verbindung zu Hannemann. Waren alle diese Männer damals zusammen in Island gewesen? Bei einem Kongress? Was hatte Ansgar Meyers dort zu suchen? War er auf der Insel, um sich Anregungen für neue Touren als Reiseleiter zu verschaffen, obwohl er doch laut seiner Aussage Island nicht so sehr liebte? Und war B. das Kürzel für Bernd Zabel, Hannemanns langjährigen Assistenten und nun sein Nachfolger an der Universität Münster?

Mich ärgerte, dass Heinz seine Rückschlüsse aus den Recherchen nicht in diesem Heft notiert hatte. Nur Andeutungen. Aus diesen mageren Worten ergab sich kein brauchbarer Hinweis auf Hannemanns Schicksal.

Enttäuscht wollte ich das Heft weglegen, als es mir aus der Hand glitt und zu Boden fiel. Es landete auf der aufgeschlagenen letzten Seite. Ich hob es auf. Und las:

Meiner Meinung nach wurde Hannemann wegen des »Buchs von Thor« getötet. Hatte er es bei sich? Wann hat er es entwendet? Wer wollte es unbedingt haben und hat deshalb keinen Mord gescheut? Wo ist es jetzt? Schwarzmarkt? Richard B. um Hilfe bitten. Die Bibliothekarin Birgit Gunnardottir weiß mehr, als sie mir sagt. Hatte wohl engeren Kontakt zu H. Nachhaken! Grímsey out. Eher Thingvellir. Katla-Höhlen Option.

Alles drehte sich laut Beobachtungen von Heinz um dieses mysteriöse Buch von Corran. Offensichtlich hatte er seine Recherchen dazu noch nicht abgeschlossen, als er sich auf den Heimweg machte. Diese wenigen Zeilen zusammen mit den Informationen, die er mir auf dem iPad hatte zukommen lassen, halfen zwar nicht, das Rätsel zu lösen, lieferten jedoch einige Anregungen.

Bei den Ortsnamen, die Heinz aufgeschrieben hatte, fehlte der Vulkankrater, in den wir damals gemeinsam mit Hannemann eingefahren waren. Heinz war wohl nicht auf die Idee gekommen, den Krater als Tatort in Betracht zu ziehen. Als er vor Ort war, stand die Wiedereröffnung noch im Raum, und Brendan Sullivans Leiche wurde erst nach Heinz' Ermordung entdeckt.

Mich interessierte am meisten die Erwähnung von Ansgar Meyers. Irgendetwas störte mich an dem Mann. In Jordanien hatte er einen guten Job als Reiseleiter gemacht. Aufmerksam, höflich, gebildet, freundlich und effektiv. Ich hatte ihm danach eine sehr gute Bewertung gegeben. Im tiefsten Inneren empfand ich ihn als zu glatt. Er schmeichelte den jüngeren Frauen in der Gruppe, machte den älteren Damen Komplimente und behandelte einige der mitreisenden Herren wie alte Kumpel. Das alles war mir aber erst nachträglich aufgestoßen.

Mich wunderte, dass er überall auftauchte. Island, Hannover, Jordanien. Alles harmlos? Heinz schien ihn nicht gemocht zu haben. Das hatte ich bei unserem Treffen im Wüstenschloss gespürt. Was hatte er gegen Meyers? Instinkt? Konkurrenzdenken?

Der fiktive Reiseleiter in Heinz' Roman »Der Tote im Wüstenschloss« ähnelte Meyers ein wenig, war jedoch als verdeckter Ermittler ein Held mit nur wenigen Schattenseiten. Wie sein englischer Kollege Mortimer Rascal aus den Winston-Stevens-Krimis.

Was mich irritierte, war die immer wiederkehrende Erwähnung von Desmond, der jahrelang aus meinem Blickfeld, wenn auch nicht vollständig aus meinen Gedanken verschwunden war. Was wusste Heinz über ihn, außer das, was er durch meine Schilderungen der Ereignisse vor einigen Jahren erfahren hatte, in deren Mittelpunkt die kostbaren Druidenmasken standen? Immerhin hatte Heinz angeblich geplant, sein nächstes True-Crime-Buch auf dieser Story aufzubauen. Das war Schnee von gestern.

Ich wollte das Heft in meinen Koffer legen, steckte es dann einer Eingebung folgend in meine Handtasche. Unruhig wanderte ich durch mein Zimmer. Draußen schien eine blasse Spätsommersonne, die mich zu einem Spaziergang verlockte. Mein Kopf schmerzte nicht mehr, die Beule war nur noch haselnussgroß, und ich freute mich auf das Abendessen. Die arme Frauke Engelbrecht wäre gewiss gern dabei gewesen. Ich kannte den isländischen Kommissar zu wenig, wusste aber von Schumann, dass er eine Frau und zwei Kinder hatte. Das musste nichts heißen. Falls ihm Frauke gefiel, die Single war, konnte sich ja selbst für diese wenigen Stunden etwas ergeben. Ich schmunzelte bei der Vorstellung von Cuxhaven als Hotspot für Kurzzeit-Erotik.

Rasch verdrängte ich diese albernen Gedanken und brach auf in Richtung Meer. Von Weitem hörte ich das gleichmäßige Rauschen. Die Flut hatte vor drei Stunden eingesetzt. Das Sonnenlicht brach sich auf den Wellen, am Strand lagerten etliche Sonnenhungrige, und auch zahlreiche Spaziergänger nutzten diesen Nachmittag. Wie gut ich alle verstand, die diese warmen Sonnenmomente genossen. Ich selbst bin nirgendwo glücklicher als am Meer.

Meine Schuhe nahm ich in die Hand und watete knöcheltief in die Nordsee, deren Wassertemperatur bei um die zwanzig Grad lag. Nichts im Vergleich zum Mittelmeer in der Maremma oder auf Kreta, wohin es mich immer wieder zog. Dafür erfrischend, und es roch intensiv nach Salz und Sonne. Ich stand am Meeressaum und schloss die Augen. Ein Gefühl absoluten Glücks überflutete mich. Alle Geheimnisse und offenen Fragen zu den Mordermittlungen lösten sich aus meinen Gedanken und flogen davon. Nichts zählte außer diesem Augenblick im Sonnenlicht am Strand von Duhnen. Ein vollkommener Tag.

Eine winzige Welle haftete sich auf einmal an meinen linken Fuß. Nonsens, dachte ich, Wellen kleben nicht fest. Unwillig schüttelte ich den Fuß. Aber die Welle ließ nicht locker. Genervt bückte ich mich und zog ein weiches Papierbündel aus dem Wasser. Ich war neugierig und versuchte die Seiten voneinander zu lösen. Die Worte auf den aufgeweichten Blättern waren zum großen Teil verwischt. In dem Wust fand ich zwischen den Seiten blaue Pappreste, die in meinen Fingern zerfielen. Dieses Knäuel war eindeutig der Rest eines Notizheftes.

Ich konnte und wollte zunächst nicht glauben, was mir das Meer bescherte: Dies musste eines der Notizhefte von Heinz sein. Mit dem nassen Papierknäuel in der einen und meinen Schuhen in der anderen Hand machte ich mich auf den Weg zur Polizei-Inspektionsstelle in der Kammerstraße, wo Holger Jansen sein Büro hatte.

Als ich am Eingang nach ihm fragte, beschied mir ein freundlicher Polizist, der einen erstaunten Blick auf meine nackten Füße warf, Jansen habe einen Termin »wegen dieser Dame im Watt«. In diesem Augenblick tauchte seine Assistentin Frauke Engelbrecht auf.

»Ach, Frau Bentorp! Sie hier? Jansen ist bei der Wasserschutzpolizei. Was kann ich für Sie tun?« Ihre Wangen waren gerötet, ihre Haare zerzaust.

»Spaziergang?«, fragte ich sie.

Wieder errötete sie. »Ja, verlängerte Mittagspause«, erwiderte sie hastig.

Nachtigall, ick hör dir trapsen, dachte ich und grinste. Glücklicherweise bemerkte sie es nicht.

»Ich habe dies hier am Strand gefunden.« Ich hielt ihr das nasse Bündel hin. »Herr Jansen sollte das so schnell wie möglich bekommen. Es könnte von Silke Gerjets stammen, eines der beiden verschwundenen Notizhefte.«

»Ich rufe Kommissar Jansen sofort an. Setzen Sie sich doch in mein Zimmer«, erwiderte Frauke mit einem leicht angeekelten Blick auf das Papierknäuel, das mir das Meer an den Fuß gespült hatte.

Kaum eine halbe Stunde später hastete Holger Jansen in das Vorzimmer seines Büros. Er besah sich rasch meinen Fund, rief, ohne mich zu grüßen, eine Nummer an und bat um sofortige Begutachtung »eines wichtigen Beweisstücks im Fall Silke Gerjets«.

Die junge Dame, die das »Beweisstück« zehn Minuten später abholte, hatte es eilig. »Sie hören von uns so bald wie möglich«, versicherte sie, ohne die Miene zu verziehen.

»Nicht dass ich glaube, dass dieses nasse Papier uns weiterhilft. Aber wir müssen versuchen, das Beste daraus zu machen«, sagte Jansen. »Es scheint in der Tat eines der zwei Notizhefte zu sein, die Silke Gerjets aus bisher unerfindlichen Gründen mit auf ihren Spaziergang genommen hat.«

Er wandte sich an seine Assistentin. »Ich bin jetzt noch mal kurz weg. Polizeihauptkommissar Hans Schumann kommt gegen achtzehn Uhr dreißig hierher. Wir gehen dann sofort zum Essen.«

Ich konnte meine Neugierde nicht länger zügeln. »Gibt es Neuigkeiten von der Gerichtsmedizin wegen Silke?«

Jansen sah mich streng an. »Sind Sie jetzt die Miss Marple von Cuxhaven?« Mir schoss die Röte ins Gesicht. Woher kannte Jansen meinen Spitznamen?

Er bemerkte meine Verlegenheit und grinste. »Schumann und ich hatten auf unserer Islandreise viele Gelegenheiten zu einem freundschaftlichen Plausch. Gut, ich ziehe Sie ein Stück weit ins Vertrauen. Die Todesursache war der berühmte Schlag mit einem stumpfen Gegenstand. Nicht auf den Hinterkopf, sondern gegen die Schläfe. Ihr Schläfenbein ist zertrümmert. Ein geringer Trost ist, dass sie nichts gespürt haben wird. Wir vermuten, sie kannte ihren Mörder. Keinerlei Anzeichen von Abwehrverletzungen. Falls DNA oder andere Spuren an ihrem Körper waren, hat das Meer sie fortgespült. Es kann sein, dass sie mit dem Täter gemeinsam ins Watt spaziert ist. Dort hat er dann zugeschlagen. Tatwaffe unbekannt.«

Ich focht einen inneren Kampf aus. Sollte ich Jansen das kleine Heft aus Krögers Haus geben oder es lieber Schumann anvertrauen? Meine Entscheidung fiel zugunsten von Schumann. Vor dem Essen würde ich ihn abfangen und ihm das Heft aushändigen.

Außerdem interessierte mich brennend, ob er im Fall Jochen Gelling weitergekommen war. Und natürlich hätte ich allzu gern mehr zum Braunschweiger Bücherraub erfahren. Meine Außenseiterrolle behagte mir nicht. Ich musste mir eingestehen, dass ich lieber, wie bei den früheren Fällen, mit im Boot saß. Alle meine Vorsätze, mich nie wieder zu engagieren, waren »Geschwätz von gestern«, wie es einst Kanzler Adenauer formulierte.

Als ich in mein Hotelzimmer kam, überfiel mich ein Gefühl der Anspannung. Deirdre bescheinigte mir einmal, einen sechsten Sinn zu besitzen. Ich sah mich um, fand aber auch bei genauerer Inspektion keine Anzeichen, dass jemand während meiner Abwesenheit in meinem Zimmer gewesen war. Der Koffer stand an derselben Stelle wie vor meinem Spaziergang, oder nicht? Sah es nicht aus, als habe ihn jemand ein Stückchen weitergeschoben? Ich war mir unsicher.

Da ich nur eine Nacht blieb, hatte ich nichts in den Schrank gehängt. Ich öffnete ihn und guckte kurz hinein. Da hingen nur einige leere Bügel, die beiden Schubladen für Wäsche waren geschlossen.

An der Rezeption fragte ich die junge Frau mit dem Namensschild »Antje Klüsen«, ob sich jemand nach mir erkundigt habe oder ob jemand in meinem Zimmer gewesen sei.

»Ja, die Dore hat vor einer Stunde frische Handtücher in Ihr Zimmer gelegt. Erkundigt hat sich niemand nach Ihnen. Erwarten Sie Besuch?«

Ich litt eindeutig an Verfolgungswahn. Trotzdem konnte ich meine Unruhe nicht abstreifen. Ich dankte Antje und trat hinaus ins Sonnenlicht. Meine Stimmung von heute Nachmittag am Meer war verflogen. Der Alltag hatte mich wieder.

Pünktlich erreichte ich das verabredete Restaurant und traf dort auf Schumann und seinen Assistenten Claudius Gerstorff. Die beiden saßen vor einem Glas Bier. Schumann begrüßte mich herzlich, Gerstorff zurückhaltend. Und wieder stieg in mir die Sehnsucht nach Hartmut Brink auf, Schumanns langjährigem Assistenten, den es nach Oldenburg verschlagen hatte. Brink war ein tüchtiger und vor allem hilfsbereiter Mensch. Gerstorff wirkte dagegen unterkühlt und fast arrogant.

Ich setzte mich neben Schumann, bestellte Wasser und ein Glas Lugana und wandte mich an meinen alten Freund. »Ich habe etwas für dich«, sagte ich und schob ihm das Notizheft zu. »Was ist das denn?«, fragte er überrascht.

Kurz berichtete ich ihm von meinem Fund im Bürostuhl in Heinz' Arbeitszimmer. »Hat er es dort versteckt oder Silke Gerjets? An einem so sonderbaren Ort?«, wunderte sich Schumann. »Falls sie es war, hatte sie vielleicht Angst vor einem Eindringling, der es auf dieses Heft abgesehen haben könnte. Sie wollte dir zwei Hefte übergeben. Ist dies eines davon?«

»Na ja, ein Notizheft ist heute Nachmittag am Ufer aufgetaucht«, informierte ich Schumann und berichtete von dem Papierknäuel, das an meinen Fuß gespült worden war.

»Du meine Güte«, entfuhr es ihm. »Wenn das nicht höchst bemerkenswert ist! Du lustwandelst am Strand von Duhnen, und dieses obskure Heft taucht ausgerechnet aus den Wellen auf, wenn du deine Füße ins Wasser tunkst.«

Er leerte sein Bierglas. »Da fällt mir ein Zitat meiner Mutter ein. Einer ihrer Lieblingsschauspieler war Heinz Rühmann, und dessen Worte ›Ich glaube, je älter ich werde, an Schicksal, nicht an Zufälle‹ gehörten zu ihren liebsten Sprüchen. Wie recht der gute Rühmann doch hatte!« Schumann lachte laut, Gerstorff sah eher pikiert aus.

Ich lächelte. Schumanns Mutter, die allerdings schon vor einigen Jahren verstorben war, erinnerte mich an meine eigene Mutter mit ihrem Hang zu Aphorismen.

»Jansen hat das Knäuel in ein Labor geschickt. Ich glaube nicht, dass man aus diesem feuchten Wirrwarr irgendwelche Schlüsse ziehen kann. Die Notizen von Heinz werden sich im Wasser aufgelöst haben«, gab ich zu bedenken. »Aber diesem kleinen Heft könntest du einige interessante Hinweise entnehmen.«

Schumann nickte und steckte es ein. Wenig später kam Jansen gemeinsam mit Ranulf Eriksson an unseren Tisch.

Der Isländer schüttelte Schumann ausgiebig die Hand. Dann

sagte er: »Lieber Hans, es kann sein, dass du bald nach Reykjavík kommen musst. Es scheint einige neue Entwicklungen zu geben, sowohl was die Ermittlungen zu Markus Hannemann als auch die zu Heinz Kröger betrifft. Wir haben endlich ein paar sachdienliche Hinweise bekommen.«

»Sehr gerne! Ich stehe bereit«, verkündete Schumann.

In diesem Augenblick reifte der Entschluss in mir, auf eigene Kosten nach Island zu reisen. In den nächsten zwei Wochen stand nicht viel an. Mein Vorwort zu dem Katalog fürs Städel hatte Zeit, Vorträge sollte ich erst wieder im Oktober halten, und falls ich mich doch überreden lassen würde, in die literarischen Fußstapfen von Heinz zu treten und den Fall Hannemann als Grundlage für ein Buch zu benutzen, müsste ich vor Ort recherchieren. Alles logische Gründe, die ich mir einredete, um nach Island zu fliegen.

Das Essen verlief mit angenehmen Gesprächen. Alle drei Herren erzählten Anekdoten aus dem Alltag ihrer Ermittlungen, vermieden aber, über die aktuellen Fälle zu reden. Nur Gerstorff schwieg und schaufelte das Essen in sich hinein.

Am späteren Abend räusperte sich Schumann vernehmlich. »Wir haben Hinweise im Fall Gelling, und Kemna hat mich informiert, dass es eine heiße Spur zum geraubten Buch in Braunschweig gibt. Es kann sein, dass dieser Fall bald gelöst ist. Was Gelling betrifft, hat sich ein Zeuge gemeldet. Doch mehr kann ich nicht sagen, Laien anwesend«, fügte er mit Blick auf mich hinzu.

»Da ich beim Diebstahl des Buchs direkt involviert war, kannst du mir dazu ruhig Input geben«, sagte ich mit beleidigter Miene.

»Da hat sie recht«, sprang mir Eriksson zur Seite.

Schumann fühlte sich in die Enge getrieben. Das hasste er. »Okay. Also, das Buch ist bereits auf dem Schwarzmarkt angeboten worden. Das ging erstaunlich schnell. Ein Informant von uns, den wir dank der Vermittlung von Annas Freund Richard Bernhard gefunden haben, meint, der Verkäufer brauche dringend Geld, da er keinen Tag gewartet hat, um das Buch im

Darknet anzupreisen. Und es ist Kemna gelungen, eine Falle zu stellen.«

Schumann wischte seinen Mund mit einer großen Serviette ab. »Es gibt ein Fake-Angebot für das Buch über zweihundertfünfzigtausend Euro. Mal sehen, ob der Dieb anbeißt.« Er lehnte sich lächelnd zurück.

Jansen winkte die Kellnerin herbei und bestellte eine weitere Flasche Lugana. Offenbar waren alle, außer Schumann und Gerstorff, Weintrinker. Dann fragte er: »Was ist mit dem gestohlenen Yeats-Gemälde geschehen?«

Schumann zuckte mit den Achseln. »Nicht auffindbar, nicht auf dem Schwarzmarkt gelandet, auch kein Art-Napping-Fall. Da steckt etwas anderes dahinter als hinter dem Raub dieses Buches. Wir kommen in dem Fall nicht weiter. Aber bei dem Buch geht es um schnelles Geld. Roger Hartmann hatte das Buch für zwei Millionen Euro versichert. Was der Dieb verlangt, sind im Vergleich dazu Peanuts. Das spricht für die These von der Geldnot des Anbieters. Hartmann hat erklärt, er wolle das Buch unbedingt zurück. Der ideelle Wert sei durch keine Versicherungssumme zu begleichen.«

Schumann rieb sich die Nase, immer ein Zeichen, dass er einen Gedanken abwog. »Kemna hat mir gegenüber verlautbart, es wundere ihn, dass Hartmanns Frau ihren Mann drängt, lieber das Buch aufzugeben und das Geld der Versicherung zu nehmen. Kemna kann sich keinen Reim darauf machen und gestand mir eine gewisse Aversion gegen Alice Hartmann.«

Kurz danach löste sich die Runde auf. Jansen brach gegen zweiundzwanzig Uhr auf und teilte Schumann mit, Meyers werde am nächsten Morgen gegen elf Uhr erwartet. Eriksson folgte ihm wenige Minuten später. Gerstorff murmelte, er sei müde, und so blieben Schumann und ich zurück.

»Ich sehe mir deinen Fund aus dem Bürostuhl heute Nacht an«, versprach Schumann. »Jeder Tipp ist wichtig. Wir stehen inzwischen vor fünf Morden. Ich zähle Sullivan dazu und auch Hannemann, selbst wenn wir noch keine Leiche haben.«

»Gibt es in irgendeinem dieser Fälle Verdächtige? Mir scheint, ihr tappt völlig im Dunkeln.« Ich klang schroffer, als ich beabsichtigt hatte.

Schumann ging darüber hinweg. »Im Fall Gelling«, antwortete er, »ist jetzt ein Mann zu uns gekommen, der eine wichtige Aussage gemacht hat. Zu der Zeit, als der Autor auf den Parkplatz ging, um, unserer Meinung nach, jemanden zu treffen, hat der Zeuge einen Mann gesehen, der aus der Kirche kam und direkt auf Gelling zusteuerte. Die beiden sollen eine Auseinandersetzung gehabt haben, meint dieser Zeuge. Er sah aber nicht mehr, was danach geschah, da sein Handy klingelte und die beiden Männer in seine Richtung blickten. Er ist schnell weggegangen.« Er schwieg.

»Ja, und?« Schumann konnte mich rasend machen mit seinem ewigen Stocken mitten in seiner Rede. »Jetzt sag schon, auf wen die Beschreibung zutrifft, die der Zeuge euch gegeben hat!«

Schumann wirkte alles andere als glücklich, als er sagte: »Es war Otto Reiners, der Lektor, der eine halbe Stunde später den Toten angeblich überraschend gefunden hat. Und dieser Mann, den unser Zeuge recht gut beschreiben konnte, hielt eine große Taschenlampe in der Hand. Ich werde morgen direkt nach dem Gespräch mit Meyers nach Hannover zurückfahren. Ich nehme dich gerne mit. Wir erwarten Reiners morgen Nachmittag zur Vernehmung.«

In dem Moment rief McCoole an und sagte das geplante gemeinsame Frühstück für Samstag ab. Er habe aus dringlichen Gründen schon an diesem Tag vorzeitig nach Dublin zurückreisen müssen. Sein Rendezvous mit »Mrs Ross« wollte er per Zoom machen. Er entschuldigte sich überschwänglich und versprach mir, unser Treffen bald nachzuholen. Seltsamerweise fühlte ich keine Enttäuschung. Mir spukten zu viele Gedanken im Kopf herum.

Der Schatz von Malahide

Nach dem Restaurantbesuch hielt mich am späten Abend ein langes Telefonat vom Schlafen ab. In Irland gehen die Uhren anders. Als Deirdre anrief, war es bei mir schon kurz vor Mitternacht, bei ihr eine Stunde früher. Sie hatte sich inzwischen wieder beruhigt und klang nicht mehr so atemlos wie am Vormittag. »Was sagst du zu dieser Geschichte mit dem Schatzfund?«, kam sie gleich zum Punkt.

Ich antwortete: »Ich bin fassungslos! Dann hätte Corran tatsächlich vor mehr als eintausend Jahren Oláfurs Schatz auf seinem Feld vergraben, und seine Mörder haben das Gold damals nicht gefunden. Das ist sensationell! Man liest gelegentlich von solchen Funden, letztens bei Glendalough war es eine kleine Truhe, gefüllt mit Altargegenständen aus der Zeit um 1640. Die beiden Rutengänger, junge Männer aus Dublin, haben ihren Fund abgeliefert und dafür fünfhundert Euro kassiert. Das habe ich hier im Fernsehen in ›Terra X‹ gesehen. In Deutschland kommt so etwas auch vor. Im Nachbargarten meines Kölner Hauses wurde vor Kurzem eine Marienstatue aus dem Spätmittelalter entdeckt. Wahrscheinlich vor den Franzosen versteckt, die unter Napoleon Köln besetzt hatten.«

Deirdre war nicht mehr zu bremsen. »Wenn das Oláfurs Schatz ist, dann ist der Entdecker auf eine Goldader gestoßen. Natürlich sind hier alle aufgescheucht, vor allem im National Museum. Denn diese Grabung war illegal, und außer den drei Goldstücken, die Pater Troy als Münzen aus dem 10. Jahrhundert identifiziert hat, ist nichts von dem Schatz am Fundort geblieben. Da gibt es nur noch ein tiefes Loch, halbherzig wieder zugeschüttet, Reifenspuren, sonst nichts. McCoole ist wieder zurück aus Deutschland und war heute mit zwei Kollegen in Malahide. Der Fundort liegt Luftlinie nur knapp anderthalb Kilometer von unserem Haus entfernt. Er kam auch bei uns vorbei. Eher ein Höflichkeitsbesuch, denn ich konnte ihm nicht helfen, habe ihm aber geraten, sich mit Blackville zu unterhalten. McCoole sollte die Stellen lesen, die auf den Schatz hinweisen. Ich habe nicht an diesen Schatz geglaubt. Vielmehr habe ich vermutet, er wurde damals nach Corrans Tod von Kjells gedungenen Mördern entdeckt und zurück nach Island gebracht. Wahrscheinlich hat Corran im Angesicht der Lebensgefahr, in der er schwebte, den Schatz ausgebuddelt und an einem anderen Ort wieder eingegraben.«

Sie sprudelte über vor Begeisterung. »Wenn ich richtiggehe, dann hat er seinem alten Freund Athelred nicht mehr getraut und ein neues Versteck gesucht, von dem Athelred nichts wusste. Ich glaube, Corran hat an einer Stelle eine diesbezügliche Andeutung gemacht. Ich muss das noch mal nachlesen.«

Ich versuchte eine Frage dazwischenzuschieben. »Ahnst du, wer dahintersteckt?«

Die Antwort überraschte mich nicht. »Desmond Casey«, sagte Deirdre ohne jeden Zweifel. »Ich bin mir sicher, dass er schon länger in der Gegend war, Wind vom Bradley-Buch bekommen hat, den Einbruch inszenierte und nun zugeschlagen hat. Beweise habe ich nicht, und McCoole war zu lange ein Mitläufer von Desmond, um dies ins Kalkül zu ziehen. Er wird irgendeinen anderen Verdächtigen auftischen, dessen er nicht habhaft wird, und den Fall rasch ad acta legen.«

»Du hältst offenbar nicht viel von McCoole«, meinte ich.

»Ach, weißt du, es nervt mich, dass er derzeit den geläuterten Cop spielt. Mal sehen, ob er das wirklich ist. Ich traue niemandem, der sich mit Desmonds Organisation eingelassen hat, auch wenn er jetzt behauptet, sich davon gelöst zu haben«, erwiderte Deirdre.

Was Desmond mit dem Schatz bezweckte, war klar. Damit floss nach dem Verkauf übers Darknet viel Geld in seine Kassen. An mir nagte nicht der geringste Zweifel, dass er hinter dieser Aktion steckte.

Deirdre unterbrach meine Gedanken. »Ich würde gerne John Blackville dazu befragen. Was sagt er dazu? Im Nachhinein überläuft mich ein Schauer, wenn ich daran denke, dass

Desmond gewiss länger in unserer Gegend war und das Terrain abgesucht hat. Diese gestohlenen Buchseiten waren seine Schatzkarte. Auf einer, erinnere ich mich vage, beschreibt Corran eines seiner kleineren Felder in der Nähe der Kirchenruine sehr ausführlich und erwähnt einen Felsen, der wie ein Hase geformt ist. Er nannte das Feld ›Hasenfeld‹. Desmond ist schlau. Er wird dieser Beschreibung gefolgt sein. Ein Wunder ist, dass es Reste dieser Ruine nach mehr als eintausend Jahren immer noch gibt, auch den Felsen. McGuire baut auf dem Feld Raps an. Stell dir vor, in eintausend Jahren hat sich hier fast nichts verändert.« Deirdre lachte. »Typisch für Irland!«

»Könnten aber nicht doch ganz normale Rutengänger den Schatz aufgespürt haben?« Ich spielte den Advocatus Diaboli. Deirdre schnaubte. »Das glaubst du nicht wirklich!« Sie sagte laut, was ich gedacht hatte: »Alles passt zusammen. Der Diebstahl des Buches, die herausgerissenen Seiten, der Fundort. Desmond kennt dieses Haus, und er hat, wie auch immer, von dem Buch erfahren. Da er garantiert von Corrans ›Buch von Thor‹ wusste, hat er es vielleicht selbst aus der isländischen Bibliothek geholt, sozusagen als Rettungsaktion für ein irisches Meisterwerk. Da dieser Hannemann mit Sicherheit längst tot ist, kann man ihm posthum den Diebstahl von Corrans Buch in die Schuhe schieben. Es ist mit ihm zusammen verschwunden. Was auch immer geschehen ist, so hat Desmond jetzt den Schatz, vielleicht auch das Buch.«

Ich sagte: »Dann steht es unter Umständen in seinem privaten Bücherregal. Denn bisher ist es angeblich nicht in den üblichen Schwarzmarktforen aufgetaucht. Schumann setzt seit geraumer Zeit einen Informanten ein, der noch mehr Verbindungen zum Schwarzmarkt hat als Richard. Vor drei Tagen wurde bei Richards Freund Roger Hartmann das Werk eines irischen Mönchs gestohlen, das schon einmal als verschollen galt, wieder auftauchte und jetzt erneut gestohlen wurde. Es scheint aber, dass man in diesem Fall dem Täter dicht auf den Fersen ist. Von Corrans Buch allerdings gibt es bisher keine Spur.«

Deirdre verabschiedete sich mit der Bitte, ich möge bald wieder zu Besuch kommen. »Jetzt, wo dieser Schatz im wahrsten Sinn vom Acker ist, wird Desmond auch nicht mehr hier herumschnüffeln. Du solltest bald kommen.« Sie hielt inne. »Große Neuigkeit – wir erwarten im März Kind Nummer drei.« Meine Glückwünsche gingen im Rauschen unserer plötzlich gestörten Verbindung unter. Ich spürte einen leisen Stich in meiner Seele. Nicht zum ersten Mal bedauerte ich, selbst keine Kinder zu haben. Das Gefühl verschwand zwar rasch wieder, doch hinterließ es auch diesmal einen leicht bitteren Nachgeschmack.

Die Nachricht vom »Schatz von Malahide« hatte am nächsten Morgen auch die deutschen Medien erreicht. »Indiana Jones in Irland«, übertitelte ein Boulevardblatt den Artikel mit der Beschreibung des Fundes, der »aus den irischen Wikingerzeiten stammt und nach Aussage von Experten Hunderttausende Euro wert ist. Internationale Mafia im Verdacht!«.

Woher hatten sie denn diese Angaben? Ich staunte immer wieder über die grenzenlose Phantasie mancher Medien. Kein Mensch wusste, wie groß der Fund war, ob er nur aus Münzen oder auch kostbaren Objekten wie Schmuck und Tafelgeschirr aus Edelmetall bestand, wer hinter diesem Schatzfund stand und wo er hingeraten war.

Pater Troy wurde als Pater T. (67), »der weltweit berühmte Experte für frühmittelalterliche Kunst«, zitiert: »Der größte Wikingerschatz, der je gefunden wurde.« Weiter erklärte er: »Es gibt gewisse Hinweise, dass in dieser Gegend einst ein ehemaliger Mönch gelebt hat. Er soll dem Gerücht nach aus Island mit dem Gold eines Wikingerfürsten zurück nach Irland gekommen sein, das er auf seinen Feldern vergraben hat.« Offenbar kannte Troy Bradleys Buch.

Eine weitere Zeitung berichtete, dass, wie der Dubliner Kommissar Finn M. (48) bestätigte, bisher jede Spur des Schatzes und seiner »Räuber« fehlte. Finn McCoole erläuterte in dem Bericht: »Es besteht die Verpflichtung, solche Entdeckungen zu melden. Hierbei handelt es sich eindeutig um illegale Rutengänger, die sich daran bereichern wollen und deshalb polizeilich gesucht werden.« Der gute McCoole ahnte, wie Deirdre ihm unterstellte, sicherlich längst, wer dahintersteckte.

Deirdre schrieb mir eine Nachricht, sie und Blackville seien vorgeladen worden. Sie hatte sich gemeldet und McCoole auf den Diebstahl des Buches von Bradley hingewiesen, dessen Kopie im Besitz von Blackville beziehungsweise des Trinity College war. Angeblich wusste McCoole davon, wollte aber Einzelheiten.

Ich schickte Schumann und Richard einige der im Internet gefundenen Berichte zum »Schatz von Malahide«. Schumann antwortete sofort: »Danke! Sehr interessant. Ich treffe jetzt Meyers zusammen mit Jansen. Abfahrt nach Hannover um zwölf Uhr. Treffpunkt bei der Polizeidienststelle, falls du mitfahren möchtest. Otto Reiners kommt auch nach Hannover. Treffen gegen sechzehn Uhr.«

Als Deirdre mich eine Stunde später anrief, war ich nicht überrascht, als sie mir mitteilte, die Chancen, den Schatz und seine Räuber zu finden, seien laut McCoole minimal.

»Er schien wenig Interesse daran zu haben. Die sind längst über alle Berge, behauptet er. Falls Desmond dahintersteht, wird McCoole den Teufel tun, seinen einstigen Helden zu verfolgen. Ich recherchiere gerade mit Hilfe eines isländischen Bekannten, ob Oláfur noch Nachfahren hat. Es wäre möglich, über die gut geführten Abstammungslisten des Landes einen Stammbaum zu finden. Und dann gäbe es jemanden, der ein Anrecht auf den Schatz hat! Ansonsten hat Island einen Anspruch darauf. Der Schatz stammt von dort.«

»Ob Corran noch entfernte Nachkommen hat, werden wir gewiss nicht erfahren«, meinte ich.

Deirdre erwiderte: »Wir könnten es versuchen. Alte Kirchenbücher, historische Aufzeichnungen aus der Gegend von Malahide, Archive von Klöstern. Allerdings hat Irland viele Kämpfe und Aufstände seit dem 12. Jahrhundert überstanden, Cromwells Truppen und William von Oraniens Schlacht an der

Boyne im Juli 1690, all die Unruhen vom 18. Jahrhundert bis in die zwanziger Jahre des 20. Jahrhunderts – da ist viel verloren gegangen. Und Bradleys Buch gibt dazu keine Auskunft. Er hat leider die Familiengeschichte von Corran nicht verfolgt.« Sie lachte. »Vielleicht stamme ich von diesem Ex-Mönch ab. Immerhin wohnt ein Teil meiner Familie seit Jahrhunderten in der Gegend von Malahide. Dann könnte ich theoretisch einen Pflichtteil verlangen, wenn das Gold wieder auftaucht.« Ehe sie auflegte, gratulierte ich ihr ausführlicher zum erwarteten Nachwuchs. Vergnügt sagte sie: »David ist außer sich vor Freude. Es wird ein Mädchen. Es soll nach seiner früh verstorbenen Großmutter Siobhan heißen. Aber der Arbeitstitel lautet Sweetheart. Albern, aber das entspricht Davids freudiger Erwartung.«

Um Punkt zwölf erreichte ich die Polizeidienststelle in Cuxhaven. Dort stand bereits Schumanns Wagen mit Claudius Gerstorff am Steuer. Er grüßte knapp und lud meinen Mini-Koffer in den Kofferraum. Schweigend saßen wir im Auto. Eine Viertelstunde später kamen Jansen, Schumann und Eriksson heraus.

Eriksson umarmte mich und sagte: »Ich muss mich sputen. Mein Direktflug nach Reykjavík wurde abgesagt. Ich fliege über Kopenhagen. Netterweise bringt mich ein Mitarbeiter von Jansen nach Fuhlsbüttel. Von dort Flug nach Kopenhagen und heute Abend weiter nach Keflavík. Morgen früh setzen wir die Ermittlungen im Fall Kröger fort und stellen ein neues Team zusammen, das sich noch einmal mit der Region um Katla befasst. Es hat sich da etwas ergeben.«

Er rieb sich die Stirn. »Für isländische Verhältnisse reichlich viel Mord. Normalerweise haben wir auf unsere Einwohnerzahl bezogen eine sehr niedrige Mordrate. Und jetzt gleich drei Fälle auf einmal. Bei Hannemann sind wir noch nicht sicher, ob er zu den Toten zählt. Ich glaube es allerdings. Dann wäre er ein Altfall, und dazu Brendan Sullivan als ein zweiter Altfall, an dem wir auch noch arbeiten.« Er wandte sich an Jansen und

Schumann.»Wir sehen uns dann in Island!«Mit diesen Worten stieg er in einen Polizeiwagen, der rasant losbretterte. Oben am Fenster entdeckte ich Frauke Engelbrecht, die zu uns heruntersah. Armes Mädchen! Ob sich der attraktive Isländer nach seiner Rückkehr zu seiner Familie bei ihr melden würde, stand in den Sternen und konnte mir letztlich egal sein. Trotzdem tat sie mir leid.

Jansen schüttelte mir herzlich die Hand.»Bis bald«, sagte er. Er sah meinen fragenden Blick.»Schumann kann Ihnen nachher vielleicht etwas zu Meyers berichten. Natürlich nur in einem gewissen Rahmen.«

Er schmunzelte und senkte die Stimme:»Am besten ohne Zuhörer.« Dabei sah er hinüber zu Gerstorff, der mit den Fingern ungeduldig aufs Lenkrad trommelte und demonstrativ auf seine Armbanduhr blickte. Schumann verstand seinen Kollegen, grinste und stieg schwungvoll ins Auto.

Ich winkte Jansen zu, der mir zuflüsterte:»Zu Ihrer Information: Leider konnten wir dem Papierknäuel nichts entnehmen. Alles verklebt, verwischt und keinerlei Spuren. Aber danke für Ihre Hilfe. Ich melde mich bald.«

Kurz hinter Cuxhaven schlief ich ein und wachte erst bei der Autobahnabfahrt nach Hannover wieder auf. Gerstorff hielt kurz bei meinem Wohnhaus an, nickte zum Abschied, während Schumann mich fest in die Arme nahm.

»Ich halte dich auf dem Laufenden«, sagte er zu meiner Überraschung.»Du bist so sehr involviert, dass ich dich im Vertrauen auf deine absolute Diskretion in einige Fakten und Erkenntnisse einweihe.« Er stieg wieder ein, öffnete das Wagenfenster auf der Beifahrerseite und rief:»Auf geht's! Bin gespannt, was Otto Reiners zu sagen hat! Mach's gut.«

Ich setzte mich mit einer Tasse Tee an meinen Schreibtisch und recherchierte Flugverbindungen nach Island und nette, erschwingliche Hotels. Island ist teuer, aber das sollte mich nicht davon abhalten, selbst auf Spurensuche zu gehen. Plötzlich reizte mich die Idee, das Buch über Hannemann doch zu schreiben. Heinz hatte mir Informationen zugespielt, die sich durchaus als Ausgangsbasis dafür eigneten. Ob ich allerdings die Figur seines Ex-Ermittlers und Reiseleiters weiterhin einsetzen oder sie durch eine Protagonistin ersetzen würde, musste ich mir überlegen. Ich sollte mit dem Verleger sprechen und herausfinden, ob er mir das Unterfangen wirklich zutraute. Es wäre eine Herausforderung.

Behutsam packte ich das Flaschenschiff aus, das ich aus dem Haus in Cuxhaven mitgenommen hatte, und stellte es auf meine Kommode. Eigentlich keine schlechte Wahl, dachte ich. Ein hübsches Objekt und eine passende Erinnerung an Heinz, der die See geliebt hatte. Lange Zeit betrachtete ich den eleganten Teeclipper in der Flasche. Teeclipper waren einst die schnellsten Segler ihrer Epoche gewesen. Einer meiner Urgroßonkel war Kapitän eines holländischen Teeclippers gewesen und in einer stürmischen Nacht in der Bucht von Biskaya mit Mann und Maus untergegangen.

Das Klingeln meines Handys riss mich aus meiner Reise in die Vergangenheit. Es war Richard.

»Anna, du wirst es nicht glauben. Die Falle ist zugeschnappt. Hinter dem Diebstahl des Buches bei Roger Hartmann steckt ...« Hier machte er eine Kunstpause. Als er fortfuhr, glaubte ich ein mühsam unterdrücktes Lachen in seiner Stimme zu vernehmen. »Dahinter steckt kein anderer als Alex Mermann.« Noch eine Kunstpause.

Dann platzte es aus Richard heraus: »Es ist eine Geschichte wie aus einem Skandalblatt: Mermann hat seit drei Monaten eine Affäre mit Alice Hartmann, und offenbar brauchte er dringend Geld, um ihren Ansprüchen zu genügen. Er hat davon geträumt, dass sie Roger für ihn verlässt. Mehr dazu wirst du sicherlich von Schumann erfahren. Der arme Kemna ist erschüttert, und Roger hat Alice aus dem Haus geworfen. Angeblich wusste sie nichts von Mermanns absurder Idee, das Buch zu stehlen und von dem Geld dafür ein neues Leben mit ihr zu beginnen. Er hat schon eine Anleihe für ein Häuschen auf Menorca getätigt. Ist das nicht schräg?«

Er fügte mit einem lauten Lachen hinzu: »Was habe ich für

ein Glück, dass du so bescheiden bist! Wer weiß, was ich alles stehlen würde, um dich zu erfreuen.« Mit diesem ambivalenten Kompliment legte er auf. Und ich dachte einmal mehr, dass in dieser Welt der menschliche Wahnsinn längst Alltag war. Ausgerechnet der Fernsehmoderator Alex Mermann als liebeskranker Dieb. Bei der Vorstellung musste auch ich laut lachen. Wenigstens ein Fall war hiermit gelöst.

... müssen Männer mit Bärten sein

Wozu brauchte ich Informationen von Schumann und Richard, wenn man fast alles kurz nach dem Ereignis im Internet lesen konnte! Die rot leuchtende Schlagzeile eines auch in digitaler Form erfolgreichen Boulevardblattes schrie es in die Welt hinaus:

Bekannter Moderator wegen Diebstahls verhaftet! Alex M. (52) wurde von der Braunschweiger Polizei eines schweren Diebstahls überführt. Alex M. hatte in der vergangenen Woche während einer Einladung im Haus des renommierten Kunstexperten und Sammlers Roger H. (60) ein wertvolles Buch entwendet, das ein unbekannter irischer Mönch um 1100 geschaffen hat. Dabei wurde einer der Gäste, die Kunsthistorikerin Anna B. (55), niedergeschlagen und leicht verletzt. Mehr auf Seite 3.

Den Artikel, der sich auf Seite drei vor allem über Details über M.s Affäre mit Alice H. (46) ausließ, hatte eine gewisse Britta Ebert verfasst. Offenbar besaß sie einen guten Kontakt zur Braunschweiger Polizeibehörde. Ich war ihr schon einmal begegnet, als sie mich vor einigen Jahren zu den Ereignissen am Steinhuder Meer rund um das Kloster Warnstedt und die Druidenmasken befragte. Dieser alte Fall schien mich seit Kurzem regelrecht zu verfolgen.

Damals hatte ich ihr nichts gesagt, da Schumann die Einzelheiten in Absprache mit seinen Dubliner Kollegen unter Verschluss hielt. Ich erinnerte mich an eine quirlige Frau Anfang vierzig, die in mir »eine wichtige Zeugin« sah und belästigte, bis Schumann einschritt und sie verwarnte. Seitdem hatte ich nichts weiter von ihr gehört, nur gelegentlich ihre reißerischen Artikel gelesen.

Kaum hatte ich den Artikel überflogen, klingelte mein Handy. Eine unbekannte Nummer. »Hier Britta Ebert«, ertönte eine markant raue Frauenstimme, der man den Konsum zahlreicher Zigaretten anhörte. »Frau Bentorp?«

»Ja«, antwortete ich zögernd.

»Entschuldigen Sie die Störung. Hätten Sie Zeit, mir ein Interview zu dieser Geschichte mit dem gestohlenen Buch zu geben? Sie sind bei dem Diebstahl immerhin verletzt worden.« Britta Ebert klang sehr entschlossen.

»Das muss ich erst mit Kommissar Kemna klären«, sagte ich ausweichend.

»Dann hoffe ich, Sie können das schnell erledigen.« Britta Ebert wirkte ungeduldig. »Diese Geschichte klingt interessant für unsere Leser.« Sie lachte. »Sie scheinen die Veranlagung zu haben, in Verbrechen zu schliddern. Nach den Ereignissen um Kloster Warnstedt haben Sie einiges mitgemacht. Ich denke da an den geraubten Uccello, diese Affäre um den Film aus den dreißiger Jahren und zuletzt dieses Abenteuer mit dem Diskos von Phaistos. Gerne würde ich ein längeres Gespräch mit Ihnen führen.«

Ihre fordernde Art ärgerte mich. »Ich sagte bereits, dass ich dies erst mit Kommissar Kemna klären möchte. Aber eigentlich lautet meine Antwort jetzt schon Nein. Falls ich doch noch zu einem Interview bereit sein sollte, melde ich mich. Ihre Nummer sehe ich auf dem Display.«

Damit beendete ich das Gespräch mit dem festen Entschluss, Frau Ebert kein Wort zu den Ereignissen im Hause Hartmann zu erzählen. Ich versuchte Schumann anzurufen. »Diese Nummer ist vorübergehend nicht erreichbar«, tutete mir ins Ohr.

Auf seinem Festnetzapparat meldete sich Gerstorff. »Der Chef ist in Braunschweig«, verkündete er knapp.

»Wann erwarten Sie ihn zurück?«

Auf diese simple Frage antwortete der liebenswerte Assistent: »Bald.«

»Könnten Sie sich bitte präziser fassen?«

Gerstorff bequemte sich zu einer etwas genaueren Antwort: »Kemna hat ihn gebeten, bei der Vernehmung Mermanns dabei zu sein.«

»Das klingt doch besser. Wie lief es mit Otto Reiners?«, wagte ich zu fragen.

»Kein Kommentar.« Und er legte auf. Ich war versucht, in Oldenburg anzurufen und Hartmut Brink zu bitten, sofort nach Hannover zurückzukommen und Gerstorff in die Wüste zu schicken.

Es war Holger Jansen, der mich aus meiner miesen Stimmung rettete. Ich fragte ihn nicht nach seinem Gespräch mit Ansgar Meyers, weil ich eine Abfuhr fürchtete.

Zu meiner Überraschung begann Jansen aber mit den Worten: »Gut, dass ich Sie erreiche. Wir haben mit Meyers gesprochen, wie Sie wissen. Er hat zunächst versucht, sich herauszuwinden. Dann aber gab er zu, am Nachmittag gegen sechzehn Uhr nach Cuxhaven gekommen und direkt zum Haus von Kröger weitergefahren zu sein. Auf sein Klingeln und Rufen habe ihm niemand geöffnet. Die Nachbarin, die Ihnen auch begegnet ist, kam aus ihrem Haus und informierte Meyers, Silke Gerjets sei kurz zuvor zu einem Spaziergang ins Watt aufgebrochen. Die Nachbarin erzählte Meyers, Silke habe auf ihre Frage, ob sie allein ins Watt wollte, geantwortet: ›Nein, ich treffe einen Bekannten.‹«

»Weshalb war Meyers in Cuxhaven?«

»Immer langsam«, sagte Jansen. »Meyers kam unserer Frage nur sehr zögerlich nach. Warum erzähle ich Ihnen das? Weil es um diese Notizhefte geht, die Silke Gerjets Ihnen geben wollte. Meyers behauptete, Silke Gerjets habe ihm gesagt, sie sei im Besitz eines Notizheftes, das ihn interessieren könnte. Darin seien Beobachtungen zu spannenden Schauplätzen in Island, die ihm bei der Vorbereitung seiner nächsten Tour nützen würden. Silke Gerjets habe dieses Heft entdeckt und es ihm angeboten. Er sollte einhundert Euro dafür zahlen.«

Jansen trank laut hörbar aus einem Glas, das er klirrend abstellte. »Entschuldigung, ich habe Durst. Es ist hier heute sehr warm. Nun gut. Meyers druckste herum, ehe er gestand, dass er vorhatte, das Heft eventuell zu kaufen. Er sei neugierig gewesen. Wörtlich sagte er: ›Heinz Kröger war ein verkappter

Reiseschriftsteller. In all seinen Büchern schildert er Land und Leute sehr ausführlich. Deshalb konnte ich mir vorstellen, dass seine Anmerkungen zu Island für mich nützlich sein würden.‹ Als Silke Gerjets ihm nicht öffnete und seine Anrufe auf der Mailbox landeten, so Meyers, sei er direkt zurück nach Hamburg gefahren, wo er gegen neunzehn Uhr angekommen sein will.«

»Glauben Sie ihm?«, fragte ich.

»Ich bin mir sicher, dass er Silke nicht ermordet hat«, antwortete Jansen mit einem leichten Zögern. »Die Nachbarin hat bereits bestätigt, dass Silke vor Meyers' Ankunft weggegangen ist und Meyers kurz nach sechzehn Uhr wieder verschwand. Das Zeitfenster ist zu klein. Und er hat gegen achtzehn Uhr kurz vor Hamburg getankt. Er konnte eine Quittung vorlegen.«

Jansen zögerte erneut.

»Aber?«, hakte ich nach.

»Irgendetwas stimmt an dieser Geschichte nicht. Ich merke, wenn jemand etwas verheimlicht oder nur die halbe Wahrheit sagt. Hinter dem Besuch von Meyers in Cuxhaven steckt eine andere Sache. Ich werde mich gleich mit Schumann kurzschließen. Schade, dass dieses Bündel nasser Papiere uns nicht mehr weiterhilft. Vielleicht war es das Notizheft mit den angeblichen Darstellungen isländischer Hotspots. Dass Meyers im kommenden Jahr zwei Studienreisen nach Island begleiten wird, Anfang Mai und Mitte August, haben wir verifiziert. Und dazwischen eine Reise nach Jordanien Ende Mai und im Juli eine Tour nach Norwegen. Seltsame Mischung. Er scheint ein gefragter Reiseleiter zu sein. Wir haben ihn nach Hause geschickt, ihn aber gebeten, sich zu unserer Verfügung zu halten.«

Mir gegenüber hatte Meyers so getan, als sei Island für ihn uninteressant. Zu kalt. Er verheimlichte etwas. Da war ich mir ebenfalls sicher.

Jansen trank wieder. Er rülpste leise und sagte: »Sorry, zu viel Kohlensäure. Zu Ihrer Information: Ranulf Eriksson hat sich schon gemeldet. Es gibt Neuigkeiten zu dem Fall Heinz Kröger und zu Hannemann. Leider bin ich nicht befugt, mehr darüber zu verraten. Fragen Sie Schumann. Vielleicht bricht er leichter die Regularien als ich verknöcherter Alt-Polizist.« Er lachte. »Eines noch: Am kommenden Freitag fliegen Schumann und ich nach Island. Ranulf hat gefragt, ob Frauke zur Unterstützung mitkommen könnte. Das geht leider nicht. Da hat es wohl gefunkt. Wie ich hörte, lebt Ranulf in Scheidung. Kein Wunder, wenn er in Frauke zumindest eine hübsche Abwechslung sieht.«

Als Jansen sich mit einem herzlichen »Bis die Tage« verabschiedete, fiel mir ein alter Shanty ein, den mein Vater vor vielen Jahren gerne sang:

Alle, die mit uns auf Kaperfahrt fahren, / müssen Männer mit Bärten sein. / Jan und Hein und Klaas und Pit, / die haben Bärte, die haben Bärte, / Jan und Hein und Klaas und Pit, / die haben Bärte, die fahren mit.

Mein Vater hatte dieses Lied umgedichtet und gesungen: »Alle, die mit uns nach Island fahren, müssen Männer mit Bärten sein.« Als zweite Strophe hatte er in dichterischer Freiheit die Strophe eines anderen Seemannsliedes drangehängt:

Wer will mit uns nach Island zieh'n? / Den Kabeljau zu fangen und zu fischen nach Verlangen? / Nach Island nach Island nach Island zieh'n. / Nach dreiunddreißig Fahrten sind wir noch nicht müd.

Ich dachte selten an meinen Vater, der in Berlin in einem Heim für betreutes Wohnen lebte, nachdem ihn seine zweite, sehr viel jüngere Ehefrau auf Mallorca hatte sitzen lassen. Er hatte sein Haus in der Nähe von Alcúdia verkauft und konnte sich mit dem Geld eine kleine Wohnung in einer schönen Senioren-Residenz leisten.

Auf einmal spürte ich eine leise Sehnsucht nach meiner Kindheit und nach meinem Vater mit seinem wohltemperierten Bariton und den Volksliedern, die er gern und oft zum Besten gab. Meine Mutter erzählte Märchen, mein Vater sang. Und dann war eines Tages alles vorbei. Keine Märchen mehr, keine Lieder. Kein Vater mehr und eine für längere Zeit traurige Mutter. Ich schüttelte diese Erinnerungen ab. Zwar trug ich keinen Bart, dennoch würde ich nach Island ziehen. Selbst wenn Schumann und Jansen nicht begeistert waren. Miss Marple vom Vulkan – das konnte mein neuer Spitzname sein.

Wie so oft riss mich das Handyklingeln aus meinen Gedanken. Schumann. Auch er hielt nicht lange hinterm Zaun mit seinen Neuigkeiten.

»Nur zu deiner Information und nicht zum Weiterplappern gedacht: Otto Reiners wollte an dem Abend mit Jochen Gelling ein paar klärende Sätze sprechen. Er folgte Gelling auf den Parkplatz. Es kam zu einer Auseinandersetzung, weil Gelling den Lektor beschuldigte, ihn beim Verleger madiggemacht zu haben. Reiners sagt aus, er sei wutschnaubend zurück in die Kirche gerannt. ›Da war Gelling quicklebendig‹, behauptet er.«

Ich hatte mir Reiners auch nicht als Mörder vorstellen können. »Das war's? Sonst nichts Verdächtiges?«

Schumann antwortete: »Reiners meint, er habe im Schatten der Bäume in der Nähe der Kirche eine Gestalt gesehen, die er wegen der Dunkelheit nicht deutlich erkennen konnte, eine schemenhafte Figur. Reiners hat sich nicht weiter darum gekümmert, hielt es für unwichtig, wie er aussagte, und ging in die Kirche zurück. Zornig berichtete er seinem Verleger, dass Gelling ihn beleidigt habe. Der Verleger soll daraufhin geantwortet haben: ›Kein Problem. Machen Sie sich keinen Kopf. Gelling ist out.‹ Wir haben dies überprüft. Gebhard Steinholz bestätigt diese Aussage. Er meinte, für ihn sei das Thema Gelling als Autor seines Verlages, geschweige denn Nachfolger von Kröger, längst kein Thema mehr gewesen.«

»Warum sollte Reiners Gelling ermordet haben? Was wäre sein Motiv? Eher hätte Gelling dem Lektor zu Leibe rücken können. Wenn es stimmt, was Reiners sagt, dann lauerte jemand im Schatten der Kirche. Vielleicht Gellings eigentliche Verabredung?«

Selbst wenn Reiners wütend auf Gelling war, traute ich ihm nicht zu, ihn im Affekt getötet zu haben. Woher sollte er die Tatwaffe haben? Wenn Schneyders sich nicht irrte, war das ein Schraubenzieher. So etwas trägt man nicht aus Jux mit sich herum.

Ich gebe zu, dass man sich leicht in Menschen täuscht. Vor allem ich bin ein Musterbeispiel dafür, Menschen zu verkennen. Wie meine liebe Mutter im Hinblick auf meine vielen Irrläufer einmal kommentierte, indem sie ein jüdisches Sprichwort zitierte: »Man weiß bei Menschen niemals, wo in ihnen der Engel aufhört und der Teufel anfängt.« Und dabei sah sie mich leicht spöttisch an. Dennoch hielt ich Otto Reiners nicht für fähig, einen Menschen zu töten und später angesichts der Leiche Entsetzen vorzutäuschen.

Schumann stimmte mir zu. »Reiners gilt nicht mehr als Verdächtiger. In diesem Fall stecken wir leider fest. Wir wissen nicht einmal, ob Gellings Mörder sich unter dem Publikum bei der Lesung befand oder von außerhalb kam. Gellings Handy ist weg, auf seinem Laptop im Hotel haben wir mehrere Entwürfe für neue Bücher gefunden. Seine Mails waren gelöscht, doch daran arbeitet unsere Technik. Jemand war nach seinem Tod in seinem Hotelzimmer und hat sich an dem Laptop zu schaffen gemacht. Merkwürdig, dass der Täter es nicht mitgenommen hat. Den Hotelschlüssel muss er dem toten Gelling aus der Tasche gezogen haben. Ein kaltblütiger Verbrecher. Wir waren knapp vierzig Minuten nach der Entdeckung der Leiche in seinem Hotel. Der Portier behauptete, keine verdächtige Gestalt im Hotel gesehen zu haben. Das heißt aber nichts. Er hatte zwischen zweiundzwanzig und dreiundzwanzig Uhr eine Pause, die er auf dem Hof des Hotels verbrachte.«

»Das ist frustrierend«, sagte ich mitfühlend. »Und die Sache mit Mermann?«

Schumann unterdrückte deutlich hörbar ein Lachen. »Das ist eine völlig bescheuerte Geschichte. Ich erzähle sie dir, weil du durch deine Beule darin involviert bist.« Das Lachen platzte aus ihm heraus.

»Also, Alex Mermann hat seit mehreren Monaten eine Affäre mit der schönen Alice. Die Dame ist reichlich verwöhnt. Da kommt unser guter Alex nicht mit, zumal sich herausstellte, dass er hoch verschuldet ist. Er hatte vor einiger Zeit von einem Bekannten, dessen Namen er tapfer verschweigt, erfahren, wie gut bezahlt illuminierte Bücher seien. Da lag es für ihn in seiner verqueren Logik nahe, die Einladung bei seinem alten Freund Roger Hartmann zu nutzen, um das Buch zu stehlen. Er hätte, wäre alles nach Plan gegangen, ein erkleckliches Sümmchen dafür bekommen, genug, wie er glaubte, um seine Schulden zu begleichen. Sein Ziel war es, wie er sagt, nicht im biederen Niedersachsen zu verweilen, sondern mit Alice nach Menorca zu ziehen.«

»Hat Mermann wirklich geglaubt, Alice würde seinetwegen Roger Hartmann verlassen? Das klingt fast schon pubertär.«

Schumann konnte sich kaum beruhigen. So sehr amüsierte ihn diese »Amour fou«: »Bei der Vernehmung bedauerte er ausdrücklich, dass er dich niedergeschlagen hat, weil du zwischen ihm und dem Objekt seiner Begierde standest. Er spielte den reuigen Sünder. Das Buch hat er unter seinem Mantel aus dem Haus getragen, wobei ihn niemand beachtet, geschweige denn beobachtet hat. Und wenig später bot er es auf dem Schwarzmarkt an, wo dann die Falle zuschnappte. Er erklärte uns, Roger hätte keinen materiellen Verlust erlitten. Das Buch ist sehr gut versichert. Wörtlich sagte er: ›Warum regt sich Roger so auf? Mit dem Geld von der Versicherung hätte er sich doch etwas schönes Neues leisten können!‹ Das Ideelle zählt für Alex Mermann nicht.«

»Weshalb hat er alles bereitwillig gestanden?«, wunderte ich mich.

Schumanns Schadenfreude war deutlich zu hören. »Als er am nächsten Morgen seiner Geliebten von dem Coup berichtete, reagierte sie wenig erfreut. Sie wies ihn zurück und erklärte ihm, sie werde Roger nicht verlassen. Für sie sei diese Affäre eine hübsche Abwechslung gewesen, mehr nicht. Auf keinen Fall wollte sie involviert werden. Und du, liebe Anna, hast ihr mit deiner fetten Beule leidgetan. Alice ist nicht gänzlich herzlos. Wie Mermann geglaubt haben kann, dass Alice Roger verlässt, um mit einem Dünnbrettbohrer wie ihm durchzubrennen, ist völlig unverständlich. Sie hat Mermann gedroht, wenn er nicht zur Polizei geht, würde sie es tun. Tja, da war die ewige Liebe rasch vorbei. Und der Traum vom großen Geld ist ebenfalls zerplatzt. Er hat nicht versucht zu leugnen und wirkte überzeugend geknickt, weil Alice ihn, wie er sagt, verraten hat.«

»Wie aus einem Groschenroman«, meinte ich.

Schuman antwortete: »Wie wahr! Kemna, der mit Mermann befreundet ist, hat zunächst Roger verdächtigt, das Buch selbst entwendet zu haben, um die Versicherungssumme einzukassieren. Das wäre ihm lieber gewesen, als in diesem Ausmaß von Mermann enttäuscht zu werden. Was nun folgt, geht uns nichts mehr an. Roger, hörte ich, trennt sich von Alice, das Buch bekommt er in Bälde zurück, Mermann wird sich wegen schwerem Diebstahl und Körperverletzung vor Gericht verantworten müssen, deine Beule ist fast verheilt, also alles wird gut.«

»Finde ich nicht«, erwiderte ich. »Wäre es nicht interessant zu erfahren, wer dieser Bekannte von Mermann ist, der ihm den Tipp mit dem hohen Verkaufswert des Buches gegeben hat?«

»Da hast du recht. Ich werde Kemna bitten, Mermann dazu noch einmal zu befragen.« Schumann schwieg einige Sekunden. Dann sagte er: »Übrigens wird Gerstorff uns verlassen. Hartmut Brink möchte zurück nach Hannover. Er ist zwar in Oldenburg auf der Karriereleiter ein Stück hochgeklettert, wird mir aber ab Oktober wieder zur Seite stehen.«

»Manchmal werden Träume wahr«, entfuhr es mir.

»Und, Anna, noch etwas. Ich fliege in wenigen Tagen nach Reykjavík. Zusammen mit Jansen. Es scheint neue Spuren im Fall Heinz Kröger und Hannemann zu geben. Gerstorff bleibt hier und kümmert sich um den Fall Gelling, zusammen mit meinem sehr tüchtigen Kollegen Wolfram Ebersbach. Ich werde sicher eine gute Woche fort sein.«

Am liebsten hätte ich ihm mein Vorhaben verraten, auch nach Island zu reisen. Aber zuvor wollte ich noch einmal zu Hilde Klein. Mir ging eine Frage durch den Kopf, die zu vage war, um Schumann davon zu erzählen. Und was Meyers betraf, spukte ein Gedanke in mir. Dazu musste ich Beate Karlsson, die Ex-Frau von Hannemann, befragen.

In dem kleinen Notizheft von Heinz war ich auf einen Eintrag gestoßen, den ich zunächst überlesen hatte. Das Heft befand sich zwar in Schumanns Händen, aber den Eintrag hatte ich mir gemerkt: »Meyers – Karin Karlsson? Beate fragen. Island – Jordanien – seltsame Verbindung.«

Beide Damen waren bereit, sich mit mir zu treffen. Und so brach ich am nächsten Morgen nach Bremen auf und stellte mein Handy auf Flugmodus. Als ich mich dem Haus von Beate Karlsson näherte, überkam mich das Gefühl, beobachtet zu werden. Ich verdrängte das Gefühl rasch. Manchmal bildete ich mir Dinge ein, sah Gefahren, wo keine existierten, tappte dafür in manche Falle und stolperte über meine nicht geniale Menschenkenntnis.

Ich drehte mich nur kurz um, um mich abzusichern. Aber außer einem Mann mit Hut, der in die entgegengesetzte Richtung ging, sah ich niemanden. Ich beeilte mich dennoch, Beates Haus zu erreichen. Einbildung hin oder her, meine leise Furcht war real.

Licht im Dunkel

Bei meiner Suche nach einem Hotel in Reykjavík war ich, gelinde gesagt, erstaunt über die Preise. Island gilt mit Recht als teuer. Am Ende gelang es mir, in einem kleinen Hotel das letzte Einzelzimmer zu ergattern und für vier Nächte zu buchen. Da ich vor meiner Abreise einen Tag nach Schumanns Abflug keinen Kontakt zu ihm hatte, wusste ich nicht, wo er untergekommen war. Er meldete sich trotz mehrerer Anläufe meinerseits nicht bei mir. Sein Assistent Gerstorff, der glücklicherweise bald nach Goslar wechseln würde, hatte mir auf meine Frage nach Schumanns Unterkunft, wie nicht anders zu erwarten, knurrig zu verstehen gegeben, er dürfe mir darüber keine Auskunft geben. Schumann wäre die nächsten fünf Tage auf Island.

Richard war wenig beglückt über meinen Plan, auf eigene Faust Recherchen vor Ort anzustellen. Ich erzählte ihm, was halbwegs der Wahrheit entsprach, Steinholz habe mir angeboten, die Arbeit von Heinz an dem Buch über Hannemann fortzusetzen. Noch hatte ich keinen Vertrag mit dem Verlag. Inzwischen reizte mich der Gedanke immer mehr, den Fall Hannemann als True Crime zu verarbeiten. Ich hatte noch ein Ass im Ärmel. »Ich möchte mir selbst ein Bild von den Schauplätzen machen«, beruhigte ich Richard. »Ich halte mich von Schumann und Eriksson fern.«

Ich war mir sicher, dass Richard mir diese Begründung nicht abnahm, aber er kannte mich zu gut, um meine Reisepläne zu verhindern. Seufzend wünschte er mir alles Gute und versprach mir, nachzukommen, bot mir an, ein »ordentliches Zimmer« im besten Hotel der Stadt über das Wochenende vom 14. September zu mieten. »Dann sollten wir in den Krater einfahren«, sagte er. »Diese Felswände mit ihren Jackson-Pollack-Farben möchte ich gerne wiedersehen.«

Am Abend vor meiner Abreise rief plötzlich Harald Frostauer an. Er hatte sich rargemacht, und seit der Premierenlesung des Romans von Heinz war er wieder einmal abgetaucht. Dass sein Verdächtiger selbst ermordet worden war, schien ihn weniger zu stören, als dass Schumann ihm seine Theorie nicht abgenommen hatte. Harald neigte dazu, beleidigt zu sein. Meist nahm ich ihm das aber nicht ab.

Er ging nicht auf seine Blamage ein, sondern verkündete ohne weitere Vorreden: »Anna, ich habe ein bisschen recherchiert. Dieser Ansgar Meyers mag in Jordanien der ideale Reiseleiter gewesen sein. Doch seine Weste ist keinesfalls rein. Verstrickt in Kunstschmuggel vor gut dreizehn Jahren, als er in Ägypten Grabungsobjekte außer Landes gebracht hat. Dort hat er für ein kleines Touristikunternehmen gearbeitet, das aber nicht mehr existiert. Er war mit dem damaligen Chefarchäologen befreundet und hat diese Beziehung ausgenutzt. Man hat Meyers mit einigen kleinen Funden aus der Grabung in der Ramses-Stadt erwischt. Er darf seither nicht mehr nach Ägypten einreisen. Er kam damals glimpflich davon. Geldstrafe. Das war 2011.«

»Was hat er danach gemacht?«

Harald kicherte, eine seiner unangenehmeren Gewohnheiten. »Er hat nach einer Pause seinen alten Beruf wieder aufgenommen. Er scheint problemlos, wahrscheinlich dank guter Beziehungen, wieder einen Job bei einem Reiseunternehmen gefunden zu haben. Da er gut aussieht und charmant ist, hat er sehr geschickt bei einigen seiner Reisen die eine oder andere hübsche, vor allem aber wohlhabende Single-Reisende umgarnt.«

Er machte eine Kunstpause. »Und jetzt kommt's. Vor sieben Jahren war er in Island, mit einer kleinen, exquisiten Gruppe. Teuerste Hotels, Ausflüge an Orte, die für größere Reisegruppen gewöhnlich nicht zugänglich sind, das volle Programm. Mit von der Partie war, höre und staune, Karin Karlsson! Ohne Gatten Erwin und ohne Muttersöhnchen Michael, genannt Mike. Kannst du erraten, meine Teure, was passiert ist?«

Nächste Kunstpause. Mit seinem nervigen Kichern fügte er hinzu: »Da haben sich zwei gefunden. Karin und Ansgar wurden ein Liebespaar, natürlich ohne Erwins Wissen. Sie war wohl auch noch mit Meyers zusammen, als sie diesen Christian

Frieling geheiratet hat, den Partner von Erwin. Längst sind die beiden wieder geschieden, wie ich hörte. Ob sie mit Meyers noch immer eine Affäre hat, weiß ich leider nicht.«

Er hüstelte. »Na ja, und dann war da diese Sache mit seinen illegal organisierten Ausflügen in den Vulkan. Als das aufflog, musste er gehen. Aber er hat sich gut berappelt, und sein jetziger Arbeitgeber Tourismo hält wohl große Stücke auf ihn. Er bekommt, wie ich hörte, stets gute Beurteilungen.«

»Woher hast du diese Informationen?« Ich war immer wieder erstaunt, wie er an solche Details herankam.

Er kicherte. »Ich verrate meine Quellen nicht. So viel darfst du wissen: Ich habe über einen alten Bekannten bei einer Hamburger Detektei ein paar Hinweise zu Ansgar Meyers erhalten. Ich wollte eigentlich nur eine Bestätigung für meine irrationale Abneigung gegen ihn bekommen. Er erscheint mir zu glatt, zu schön, zu kühl zu sein. Zudem hatte ich ihn während der Premierenlesung eher zufällig im Visier und bemerkte seine auffallende Nervosität. Dieser Bekannte von mir hatte einige Informationen zu Meyers. Und zwar wegen eines Vorfalls vor acht Jahren. Er hatte den Auftrag, Meyers zu beschatten. Sein Auftraggeber war ein Hamburger Großwarenhändler, dessen Frau Yvonne mit dem guten Meyers, den sie auf einer Reise in Marokko kennengelernt hatte, ein Techtelmechtel unterhielt. So kam eines zum anderen. Von dieser Affäre mit Karin Karlsson erfuhr mein Detektiv-Bekannter von einem Kollegen, der Karin nach ihrer Hochzeit mit Frieling beobachten sollte. Frieling war der Auftraggeber. Nun ja, sie sind geschieden, und sie lebt in Saus und Braus.«

Ich war schockiert, weniger wegen Karin Karlssons umtriebigem Liebesleben, sondern eher, weil Haralds Bekannter fröhlich intime Dinge ausplauderte, die unter Verschluss sein sollten. Interessant war allerdings die Beziehung von Karin Karlsson zu Meyers. Das nämlich bestätigte, was mir Hannemanns Ex-Frau Beate Karlsson am Tag zuvor erzählt hatte. Ich hatte sie gefragt, ob sie sich vorstellen könnte, dass Karin mit Meyers intim geworden sei.

Beate lachte lauf auf. »Das wäre für mich keine Überraschung. Ich kannte Karin schon, als sie noch unverheiratet war und Karin Evers hieß. Als Studentin in Berlin. Eine, die nichts anbrennen ließ. Ihre jeweiligen Freunde hatten nichts zu lachen. Karin war immer untreu. Durch mich hat sie nach ihrer Trennung von ihrem ersten Mann meinen Cousin Erwin kennengelernt. Erwin war ein lieber Mann, sehr großzügig. Das hielt Karin nicht davon ab, sich selbst treu zu bleiben.« Sie lachte bei dem Wort »treu«.

»Mal war es der Chauffeur ihres Mannes, dann ein Kunde, der über Erwins Firma eine Wohnung in Düsseldorf erwarb, dann wieder einer der Trauzeugen bei ihrer ersten Eheschließung mit einem Teppichgroßhändler, der sich wegen ihrer Affären von ihr scheiden ließ. Erwin wollte die Seitensprünge seiner Frau nicht wahrhaben. Er war leider zu sehr verliebt und akzeptierte alles, solange Karin nur bei ihm blieb. Eine Scheidung kam für ihn nicht in Frage.«

Wir hatten auf der Terrasse ihres schönen Hauses bei Bremen gesessen. »Von Meyers weiß ich nicht«, fuhr sie fort. »Aber es könnte sein. Markus hat Karin ein paarmal getroffen. Ich vermag zwar nur wenig Schmeichelhaftes über ihn zu sagen. Wir führten eine turbulente, disharmonische Ehe, die knapp vier Jahre hielt. Doch Markus war ein guter Menschenkenner, was ihn nicht immer davon abhielt, falsche Freunde zu haben. Er traute Karin von Anfang an nicht und hat meinen Cousin Erwin vor der Hochzeit gewarnt. Das half nichts.«

»Was ist aus Karin geworden? Bei dem Prozess ist sie damals mit einem blauen Auge davongekommen«, warf ich ein.

»Jetzt lebt sie abwechselnd in ihrer Villa in Dahlem und in ihrem Haus auf Gran Canaria, und ihr verwöhntes Söhnchen Mike studiert im frohen Wechsel Jura, BWL, Kunstgeschichte und Germanistik. Er ist inzwischen dreißig und möchte nunmehr Arzt werden. Aber das wird er nicht schaffen. An Geld mangelt es ihm nicht. Er fährt einen Porsche, besitzt eine Penthouse-Wohnung, die er vermietet, weil er es vorzieht, bei Mutti in der Villa zu wohnen. Dank Erwins ererbtem Reichtum und

Frielings monatlichen Überweisungen geht es ihnen finanziell blendend.«

Über ihren Ex-Mann Hannemann erzählte Beate mir weniger als über Karin. Ja, er habe einmal Ärger gehabt, als er beschuldigt wurde, »aus fremden Quellen zu schöpfen«. Eine seiner Studentinnen behauptete, er habe sich aus ihrer Doktorarbeit bedient, die er aber damals als »ungenügend« abgelehnt hatte. »Sie beging wenig später Selbstmord. Das kostete ihn beinahe seinen Lehrauftrag in Münster. Zu der Zeit waren wir bereits getrennt. Deshalb habe ich das alles nicht mehr genau mitbekommen. Soweit ich mich erinnere, wurde er rehabilitiert. Diese Studentin, Sophia, so hieß es, habe an Depressionen gelitten und deshalb Suizid begangen. Markus trage keinerlei Schuld an ihrem Tod. Und der Plagiatsvorwurf endete im Nichts. Anderthalb Jahre nach diesem Vorfall verschwand Markus spurlos.«

Ein aufschlussreiches Gespräch. Davon berichtete ich Harald nicht. Er hätte daraus wieder seine eigenwilligen Schlüsse gezogen.

Stattdessen sagte ich: »Ich werde Schumann auf deine detektivischen Erkenntnisse hinweisen. Heinz hätte sich diebisch gefreut, wenn herauskäme, dass Meyers Erwin ermordet hat. Er mochte ihn auf Anhieb nicht und machte in Jordanien bei unserem Treffen im Wüstenschloss eine Bemerkung dazu. Meyers hätte ein Motiv gehabt. Mord aus Leidenschaft. Als Witwe wäre Karin frei für ihn.«

Harald erwiderte: »Diese Überlegung liegt nahe. Das Geld ist dabei sicher auch nicht unattraktiv. Und vielleicht ist er auch der Mörder von Heinz, der ihm auf die Schliche gekommen ist. Meyers war in Island, als Heinz dort recherchiert hat. Ich bin gespannt, was Schumann ausgräbt. Auch über Hannemann. Aus anderen Quellen habe ich gehört, dass er einen guten Ruf als Experte auf seinem Fachgebiet hatte, charakterlich jedoch als skrupellos galt. Ich versuche mehr zu erfahren.«

Legte Harald einmal los, konnte ihn nichts mehr bremsen. Er hätte Privatdetektiv werden sollen, anstatt diese albernen Bücher zu schreiben, die ihn gut beschäftigten, jedoch nicht seinen Lebensunterhalt finanzierten. Glücklicherweise hatte er vor einigen Jahren geerbt.

Zu allem Überfluss fuhr er fort: »Vielleicht könnte ich statt des toten Gelling das True-Crime-Buch über Hannemann schreiben, am liebsten zusammen mit dir, meine liebe Freundin.«

Kommt gar nicht in Frage, dachte ich und erzählte ihm deshalb auch nicht von meinem zweiten Gespräch, nämlich mit Hilde Klein. Ich hatte sie gestern sehr direkt auf die Unterlagen aus der Kommode angesprochen. In mir keimte der Verdacht, dass genau diese Beweise für Hannemanns Plagiate und für den Missbrauch fremder Recherchen ein Grund für jenen seltsamen, ungeklärten Einbruch in Hilde Kleins Haus gewesen sein könnten. Jemand, der ein Hühnchen mit Hannemann zu rupfen hatte. Und jetzt diese Unterlagen an sich bringen wollte, weil sie ihm gefährlich werden könnten.

Hilde Klein wirkte sehr viel zarter als bei meinen früheren Besuchen. Geradezu geschrumpft. Sie hockte in dem großen Sessel in ihrem Wohnzimmer. Im Garten blühten Spätsommerrosen, Astern und Dahlien. Auf dem Tisch vor ihr stand ein Tablett mit Teegeschirr. Ihre Haushilfe Rosalia Buonanotte servierte schweigend den Tee.

»Sie verlässt mich leider zum Jahresende«, klagte Hilde Klein und blickte die junge Frau vorwurfsvoll an. »Sie möchte in Berlin weiterstudieren und sich ab dem kommenden Sommersemester ganz darauf konzentrieren. Rosalia wird mir sehr fehlen.«

Ich verstand sie gut. Rosalia lächelte mich an und verließ das Wohnzimmer. Ehe Hilde Klein wieder mit ihrer Keksorgie begann – auf dem Teller lag wie immer Schokoladengebäck –, sagte ich: »Frau Dr. Klein, ich möchte Sie nicht beleidigen. Doch es scheint, dass Ihr Bruder gerne gewildert hat.«

»Wie meinen Sie das?« Ihre Stimme klang schneidend.

»Nun, den Unterlagen zufolge, die ich mitnehmen durfte, hat er sich mit fremden Federn geschmückt. Einen Artikel seines Kollegen Blackville, der in einer irischen Fachzeitschrift erschienen ist, hat er für ein größeres Magazin als seine eigene Arbeit ausgegeben, und dann dieser Fall mit der Studentin Sophia. Ich habe dazu etwas in der Kommode gefunden. Er hat sich offensichtlich ihrer Recherchen bedient, aber offiziell ihre Arbeit abgelehnt.«

Hilde Klein unterbrach mich. »Sie meinen diese Sophia Zimmermann? Das war eine bodenlose Unverschämtheit, meinem Bruder die Schuld an dem Suizid der jungen Frau anlasten zu wollen! Das Mädchen war bipolar und neigte zu Depressionen. Ich verwehre mich energisch gegen Ihre Unterstellung! Und was heißt hier ›wildern‹? Mein Bruder wird professionelle Gründe gehabt haben, ihre Doktorarbeit nicht zu akzeptieren. Was wollen Sie mit diesen längst verjährten Ereignissen? Mein Bruder ist tot!«

Die zarte Frau hatte sich in eine Furie verwandelt. »Zu dieser Geschichte mit dem Artikel von Blackville – er hatte meinem Bruder die Rechte daran übertragen. Mein Bruder hat nichts Falsches getan. Die beiden kannten sich gut und hätten sicher weiter zusammengearbeitet, wäre Markus nicht verschwunden!«

Plötzlich sackte sie zusammen. Das Feuer in ihren Augen erlosch. Sie führte mit zitternder Hand die Teetasse zum Mund, stellte sie dann mit einem tiefen Seufzer auf den Tisch zurück. »Entschuldigen Sie bitte meinen Ausbruch«, sagte sie. »Ich reagiere manchmal allzu empfindlich auf Anschuldigungen gegen meinen Bruder. Er kann sich selbst nicht mehr verteidigen, und ich möchte nicht, dass sein Ruf posthum leidet.«

Sie schöpfte tief Luft und fuhr mit gedämpfter Stimme fort: »Ich muss aber gestehen, dass Sie leider nicht ganz unrecht haben. Ich habe davon nichts mitbekommen, hatte auch nichts mit seiner Arbeit zu tun. An ein Ereignis erinnere ich mich noch. Einige Wochen vor seinem Aufbruch nach Island kam ein jüngerer Mann hier vorbei, der ihn dringend sprechen wollte. Die beiden gingen ins Arbeitszimmer. Bald wurde es laut, und ich hörte, wie der Besucher rief: ›Sie kommen nicht mit allem davon! Ihr Artikel im Magazin ›Kulturreisen‹ stammt eindeutig von mir. Sie haben ganze Teile aus meinem Reisebericht über ›Das Geheimnis der Vulkane‹ aus der Fachzeitschrift ›Neue Wege im Tourismus‹ benutzt. Den Titel haben Sie zu ›Durchs Feuer ins Eis‹ geändert, es ist aber mein Bericht! Durch Zufall habe ich das entdeckt. Sie schulden mir eine Erklärung!‹ Danach hörte ich nur noch Gemurmel. Ich zog mich zurück. Von alldem wollte ich nichts wissen. Mein Bruder hütete seine Geheimnisse akribisch. Ich war selten eingeweiht.«

Die alte Dame sank erschöpft gegen die Rücklehne ihres Sessels. »Ich hatte ihn gelegentlich im Verdacht, sich bei anderen zu bedienen. Er zog sich dann in sein Arbeitszimmer zurück, angeblich zu Recherchezwecken. Und als er nicht mehr wiederkam, habe ich das alles verdrängt. Glauben Sie, dass das irgendetwas mit seinem Tod zu tun hat? Das kann doch kein Motiv für einen Mord sein.« Ihre Stimme brach.

Besänftigend legte ich meine Hand auf ihren Arm. »Vielleicht wird das Rätsel nie gelöst werden. Und vielleicht ist er trotz gegenteiliger Vermutungen wirklich verunglückt, was schlimm genug ist.« Sehr tröstlich klang meine Bemerkung nicht.

Hilde Klein wischte sich ein paar Tränen aus den Augenwinkeln. »Wir werden sehen«, sagte sie tapfer.

Ich stand auf. Sie hielt mich am Ärmel fest. »Der Mann, der damals bei uns war, den habe ich unlängst wiedergesehen. Er war bei der Lesung in der Kirche dabei, recht gut aussehend, Mitte bis Ende vierzig. Seinen Namen weiß ich leider nicht.«

Ich erkannte ihn aber. Es musste Ansgar Meyers sein. Zu ihm führten immer mehr Spuren. War er ein mehrfacher Mörder? Hatte er tatsächlich Erwin Karlsson auf dem Gewissen? Und Heinz? Im Fall von Silke Gerjets besaß er für die Tatzeit ein Alibi. Doch nun tauchte er auch noch im Zusammenhang mit Hannemann auf, der ihn offensichtlich genauso ausgenutzt hatte wie Blackville und diese Sophia Zimmermann.

Sollte ich Schumann von meinen Treffen mit Hannemanns Ex-Frau Beate Karlsson und mit Hilde Klein erzählen? Welche Folgerungen würde er daraus ziehen können? Diese Fälle schienen eng miteinander verknüpft. Dass Meyers Brendan Sullivan in den Schlund des Kraters gestoßen haben könnte, erschien mir allerdings an den Haaren herbeigezogen. Auch ein ungeklärter Mord. Ich hoffte, dass die Ermittlungen auf Island bald an Tempo gewinnen würden. Inzwischen waren sechs Morde ungelöst.

Als ich am nächsten Tag in meinem kleinen Hotel in Reykjavík eingecheckt und meinen Koffer ausgepackt hatte, klingelte mein Handy. Schumanns Stimme klang erstaunlich freundlich. »Wenn du meinst, du kannst Alleingänge unternehmen, irrst du dich, meine Liebe! Wie gut, dass Richard vernünftig genug war, mir Bescheid zu geben. Was du treibst, ist unverantwortlich, doch nicht überraschend.«

Er räusperte sich auf Schumann'sche Art, sehr laut und lange. »Okay, jetzt bist du hier, und deshalb treffen wir uns morgen. Am Nachmittag bricht noch mal ein Team zu den Gletscherfeldern bei Katla auf. Wir haben einen Hinweis bekommen. Da du eine Freundin von Heinz warst, sage ich dir etwas, das du wie immer nicht ausplaudern darfst: Ein Zeuge hat sich gemeldet. Ein Geschäftsmann aus Hamburg, der oft auf Island zu tun hat und ansonsten international unterwegs ist. Er ist seit einer Woche zurück in Reykjavík und hat erst jetzt von dem Mord an Heinz gehört. Er war an der Blauen Lagune an dem Tag, an dem Heinz starb. Ihm war Heinz aufgefallen, denn er saß an einem Tisch in dem Café am Ufer und unterhielt sich sehr intensiv mit einem Mann, den unser Zeuge von einer früheren Begegnung persönlich kannte. Die beiden hatten sich in einem Hotel an der Bar zufällig kennengelernt und einige Gläser Bier zusammen getrunken. Dreimal darfst du raten, wer das ist.«

Ehe ich antworten konnte, verriet Schumann es mir: »Unser Freund Ansgar Meyers war mit Heinz kurz vor dessen Tod zusammen. Das war's dann wohl für unseren Herrn Reiseleiter. Der Haftbefehl geht morgen raus.«

Echo der Vergangenheit

Ich berichtete Schumann am nächsten Vormittag in dem netten Café in der Stadtmitte von meinen Gesprächen mit Beate Karlsson und Hilde Klein und von Haralds Anruf. Mir blieb keine andere Wahl. Mein schlechtes Gewissen trieb mich dazu und gleichzeitig der Drang, Schumann zu beweisen, dass ich eine wichtige Rolle bei der Lösung all dieser Rätsel spielte. Wie nach einer Beichte, zu der ich als Jugendliche zuletzt gegangen war, fühlte ich mich hinterher erleichtert, wartete aber vergeblich auf die Absolution. Schumann hörte sich alles geduldig an, rümpfte bei meiner Wiedergabe von Haralds Auskünften leicht die Nase und nickte.

»Dieser ehrenwerte Professor war beileibe nicht ehrenwert. Ich werde Nachforschungen zu dem Selbstmord von Sophia Zimmermann in Auftrag geben. Dieses Drama wurde damals unter den Teppich gekehrt. Da müssen wir nachfassen.«

Er nickte wieder. »Die Details zu Ansgar Meyers wundern mich nicht. Dass er vor zehn Jahren Kunstgegenstände aus Ägypten geschmuggelt hat, wusste ich bereits. Danach schien er Mister Saubermann zu sein. Allerdings ist dieses Island-Intermezzo auch kein Ruhmesblatt. Daran scheint keiner mehr zu denken. Er war beliebt bei allen Gruppen, die er geführt hat. Hochgelobt, weil gebildet, kommunikativ, ein Frauenversteher. Nun, Meyers hat zu hoch gepokert. Er wurde heute Morgen in Gewahrsam genommen. Die Hamburger Kollegen vernehmen ihn. Stück für Stück setzt sich das Puzzle zusammen. Am Nachmittag habe ich ein Zoom-Date mit den beiden Kommissaren, die mich über das Ergebnis der Befragung informieren.«

Genüsslich trank Schumann seinen Kaffee. Er gab keine weiteren Kommentare zu meiner Islandreise ab, fragte mich freundlich, welche Pläne ich für den Nachmittag hätte, und lud mich zu meiner Überraschung für den Abend in Reykjavíks berühmtes Konzerthaus Harpa ein. Ranulf Eriksson hatte ihm

Tickets für eine Show mit dem vielversprechenden Titel »How to become Icelandic in 60 minutes« besorgt, ein Comedy-Event auf Englisch. Ich nahm dankend an.

»Jetzt habe ich dir von allen meinen Nachforschungen erzählt. Du könntest mir im Gegenzug deine Erkenntnisse vermitteln«, forderte ich Schumann auf.

»Das denkst du dir so einfach!« Er stopfte rasch ein Stückchen Kuchen in den Mund. Das gab ihm zwanzig Sekunden Zeit, über seine nächste Antwort nachzudenken. Er schluckte.

»Okay, du steckst schon tief genug in der Geschichte drin. Du weißt, nichts an andere weitergeben und, vor allem, keine albernen Alleingänge mehr oder Brainstorming mit Harald! Du solltest lernen, ein besserer Teamspieler zu sein. Und zwar mit mir! Du hast in den vergangenen Jahren bewiesen, wie gut du kombinieren kannst. Deine Menschenkenntnis hinkt ein wenig, dein Bauchgefühl trügt dich selten. Wenn ich ehrlich bin, warst du eine große Hilfe. ›Miss Marple‹ ist längst ein Ehren- und kein Spitzname mehr.«

Nach dieser komplizierten Vorrede, die halb Anerkennung, halb Tadel war, kam er zur Sache. »Es ist sehr wahrscheinlich, dass Meyers Erwin Karlsson getötet hat. Wir, und nicht nur Harald, haben unsere Quellen. Meyers hat tatsächlich ein Jahr vor Karlssons Tod eine Affäre mit Karin Karlsson begonnen. Als die Karlssons in Jordanien waren, leitete Meyers eine Tour. Er war also vor Ort und könnte Erwin als lästigen Rivalen beseitigt haben. Als Heinz hier recherchiert hat, war Meyers auch auf Island, um Anregungen für seine Touren zu sammeln. Kann sein, dass Heinz ihn hier getroffen hat und mit seinen Recherche-Ergebnissen konfrontierte oder Bemerkungen fallen ließ, die Meyers in Panik versetzten. Deshalb ermordete er ihn. Das wäre möglich. Gelling war dann der Nächste auf der Liste, weil er etwas über Meyers' dunkle Seiten erfahren hat und ihn unter Druck setzte. Mit tödlichen Folgen für Gelling. Für die Tatzeit bei Silke Gerjets weist Meyers ein Alibi vor. Und er wird kaum Brendan Sullivan und Markus Hannemann auf dem Gewissen haben, außer dessen Ex-Frau Beate hat ihm von Meyers' Affäre mit Karin Karlsson, der Frau ihres Cousins, erzählt, und Hannemann erpresste ihn. Einiges passt zusammen, anderes nicht. Auf jeden Fall glaube ich nicht, dass Meyers für alle Morde als Täter in Frage kommt.«

Er legte seine Kuchengabel ordentlich auf den Teller. »Es wäre ein Coup, nach sechs Jahren den Tod im Wüstenschloss aufzuklären. Da auf Meyers damals nicht der geringste Verdacht fiel und er nicht einmal als Zeuge im ursprünglichen Prozess auftauchte, müsste der Fall, falls er der Täter ist, neu aufgerollt werden. Sollte Karin ihn zum Mord angestiftet haben, wird auch sie nicht um eine weitere Anklage herumkommen, obgleich sie beim ersten Mal von jeglichem Verdacht freigesprochen wurde. Sehen wir mal, was mir die Kollegen heute Nachmittag berichten. Dich nehme ich jetzt mit zu der Bibliotheksleiterin Birgit Gunnardottir. Sie wollte mir etwas zeigen. Ich habe dich gerne dabei als Expertin in Sachen Bücher und Kunst.«

Schumann schob seinen Stuhl zurück. »Siehst du, meine Liebe, du bist wie immer nützlich. Ranulf wird verstehen, dass du hier bist. Er hätte gerne Frauke eingeladen. Das muss warten.« Er grinste und nahm meinen Arm.

Ein kühler Wind kam vom Meer und zerriss die Wolken über Reykjavík. Das Licht wirkte fahl, der Sommer war eindeutig vorüber.

Birgit Gunnardottir begrüßte uns herzlich im Foyer der Bibliothek, eine schlanke Frau mit aschblondem Haar und grünblauen Augen hinter großen Brillengläsern. Ich schätzte sie auf Ende fünfzig. Sie sprach hervorragend Deutsch. Auf meine Frage, wo sie Deutsch gelernt habe, antwortete sie: »Schule, Goethe-Institut und später drei Jahre Studium in Freiburg.«

Sie führte uns in ihr Arbeitszimmer, einen gemütlichen Raum mit vielen Büchern. Wir setzten uns an einen Tisch, auf dem ein Teller mit Keksen und ein Tablett mit Kaffee und Tassen standen. Mein Magen knurrte, Kekse allein würden das Geräusch kaum dämpfen. Schumann bediente sich sofort. Birgit schmunzelte, sagte nichts und holte stattdessen ein Paket von ihrem Schreibtisch. Eindeutig ein Buch.

»Dieses Paket ist gestern in der Bibliothek abgegeben worden. Der Pförtner erinnert sich nur vage an einen eleganten Herrn in einem beigen Mantel. Ich habe einen Blick auf den Inhalt geworfen. Eine Sensation!«

Sie wickelte das Buch aus. Ich erstarrte. Das konnte nicht sein!

Birgit lächelte, als sie mein Staunen bemerkte. »Doch, das ist es. ›Das Buch von Thor‹. Allein der Einband ist einmalig! Sehen Sie die herrlichen Farben, mit denen Thor und sein tödlicher Gegner, die Midgardschlange, illuminiert sind! Und erst die anderen Abbildungen! Elfen, Götter, Riesen, Drachen. Ein Meisterwerk!«

Ich holte Luft. »Woher kommt das denn plötzlich? Es gilt doch seit etlichen Jahren als verschollen!«

Birgit schüttelte den Kopf. »Ich muss Sie enttäuschen. Dies ist nicht das Original aus unserer Bibliothek. Es ist ein Faksimile. Sehr gut gemacht. Geradezu täuschend nah am Original. Schauen Sie es sich in Ruhe an. Ein kleines Anschreiben lag dabei, das ich Herrn Schumann zeigen möchte.«

Während ich mit einem Gefühl von Aufregung und Neugierde in dem Buch zu blättern begann, studierte Schumann den Zettel, den ihm Birgit Gunnardottir überreichte.

»Anna, das musst du lesen«, sagte er nach einer Weile und drückte mir das Papier in die Hand. Die Nachricht war auf Englisch:

Nach langer Überlegung habe ich mich entschlossen, der Bibliothek das Faksimile des legendären »Buchs von Thor« zu schenken. Das wahre Buch ist verschollen und wird es vielleicht für immer bleiben. Ich hatte dieses Faksimile mehrere Jahre in meinem Besitz und gestehe, erst vor Kurzem erkannt zu haben, dass es sich hierbei nicht um das Original handelt.

Weshalb ich diese Nachahmung besaß und was für eine Geschichte dahintersteht, möchte ich nicht enthüllen. Mein Ziel war, das originale Meisterwerk der Schrift des irischen Mönchs Corran als Erbe irischer Tradition an einem sicheren Ort aufzu-

bewahren, wo ihm alle Ehre und Ehrfurcht entgegengebracht worden wäre. Ein Faksimile ist aber nur das Abbild des Originals, das zu verehren mir absurd erscheint. Deshalb ist die Zeit gekommen, mich der Realität zu stellen und dieses Exemplar jenen zu überlassen, die es als Platzhalter für das echte Buch aufbewahren sollen.

Eines noch: Brendan Sullivan war mein Assistent. Was zu seinem Tod führte, ist auch mir ein Rätsel. Sein Mörder ist bisher nicht gefasst worden. Die Geschehnisse jener Nacht vor vier Jahren würde ich gerne erläutern, allein schon, um mich vom Verdacht zu befreien, ich könnte mit dem Verschwinden von Markus Hannemann zu tun haben. Aber das muss warten. Ich kannte ihn und seine Geheimnisse, aber ich bin nicht schuld an seinem Schicksal.

Dublin, im September 2024
Desmond Casey

Desmonds Namen traf mich wie ein Schlag.

Schumann sah mich mit einem seltsamen Ausdruck an. »Schlimm für dich?«, fragte er dann und nahm den Zettel wieder an sich.

Ich starrte auf das Faksimile und murmelte: »Was bezweckt Desmond damit? Er hat offenbar den Schatz bei Malahide gefunden, auf den Corran an irgendeiner Stelle seines Buchs hinweist, genauso wie in dem Kapitel über seine Felder. Vielleicht braucht er deshalb das Buch nicht mehr. Hat Desmond tatsächlich erst jetzt bemerkt, dass er, auf welchem Weg auch immer, nicht das Original bekommen hat? Wer hat es ihm gegeben? Die Frage besteht nach wie vor, wo ist das Original?«

»Derjenige, der es gestohlen hat, und das war meiner Meinung nach Hannemann, hat damals aus bestimmten Gründen diese Kopie anfertigen lassen. Ich wüsste gerne, wieso und wo.« Schumann blickte die Bibliothekarin fragend an.

Sie antwortete: »Es gibt in der Stadt zwei Werkstätten, die berühmt sind für ihre Kunstreproduktionen. Eine davon arbeitet für unser Museum, die andere hat auch für uns einige originalgetreue Wiedergaben von seltenen Büchern geschaffen, die wir nicht mehr in unseren Lesesälen stehen lassen möchten. Corrans Werk sollte ebenfalls durch ein Faksimile ersetzt werden. Wir hätten das Original des ›Buchs von Thor‹ nur noch zu seltenen Gelegenheiten gezeigt und ausgewählten Wissenschaftlern zur Verfügung gestellt. Aber dann war das Buch plötzlich fort, ehe wir unser Vorhaben umsetzen konnten.«

Sie lachte. »Jetzt haben wir ein würdiges Faksimile, aber leider nicht das Original.« Sie betrachtete das Buch liebevoll und fügte hinzu: »Ich bin diesem Desmond Casey dankbar. Und ich glaube ihm, dass er die Nachahmung längere Zeit nicht als solche erkannt hat und nicht ahnt, wo sich das Original befindet.«

Sie wandte sich an mich. »Sie scheinen den Mann zu kennen. Weshalb war er so versessen darauf, das Buch zu besitzen? Ist er ein Sammler? Was bedeuten diese Sätze, er wolle das Buch an einem sicheren Ort aufbewahren, da es ein Erbstück irischer Tradition sei? Das klingt nicht nach einem Schwarzhändler.«

Es fiel mir nicht leicht, der Bibliothekarin von Desmond zu erzählen. Als ich damit fertig war, nahm sie meine Hand.

»Wie seltsam dieses Echo aus der Vergangenheit klingt. Doch Vergangenheit ist nichts als ein Wort. Wir Isländer sehen, ähnlich wie unsere keltischen Verwandten, die Zeit nicht linear, sondern wie eine Spirale. Dieser Desmond scheint auf zwei Zeitebenen zu leben. Ich bin mir inzwischen auch sicher, dass Markus Hannemann das Original entwendet und dieses Faksimile anfertigen lassen hat. Ich werde dazu recherchieren.« Sie nahm das Buch in die Hände und betrachtete es. »Welches Verbrechen damit verknüpft ist, muss die Polizei herausfinden. Ich werde den Vorstand der Bibliothek zusammentrommeln und ihnen das Geschenk von Desmond Casey präsentieren. Wahrscheinlich sickert diese Neuigkeit an die Medien durch. Das wird noch aufregend!«

Als wir die Bibliothek verließen, sagte Schumann: »Es wäre ein Zeichen von Mut, wenn Desmond bereit wäre, Rede und Antwort zu stehen. Weshalb und woher hat er dieses Faksimile?

Welche Rolle spielt Hannemann dabei? Wie kommt Desmonds sogenannter Assistent Brendan Sullivan ins Spiel? Und immer noch steht im Mittelpunkt das ungelöste Rätsel um Hannemanns Geschick und um das mysteriöse Buch. Ich bringe dich in dein Hotel und hole dich rechtzeitig zur Comedy-Show ab. Vielleicht weiß Deirdre etwas, das wir bisher nicht ergründen konnten. Ruf sie bitte an. Ich muss gleich wegen Meyers mit Hamburg zoomen.«

Wir traten in die kleine Lobby meines Hotels, als die ersten Regentropfen herunterprasselten. Schumanns Handy klingelte. Sein Gesicht verzog sich nach einer halben Minute zu einem breiten Lächeln. Der Anruf zog sich hin. Schumann sagte lange nichts, sondern lauschte angespannt. Zum Schluss rief er:»Großartig! Ich melde mich später wie verabredet. Das sind erfreuliche Entwicklungen!«

Er steckte das Handy weg.»Anna, Ansgar Meyers hat gestanden. Er ist zusammengebrochen und stammelte, alles habe keinen Sinn mehr. Dahinter steckt die für ihn traurige Tatsache, dass ihm Karin Karlsson vor einigen Wochen endgültig den Laufpass gegeben hat. Um sie ganz für sich zu haben, wurde er zum Mörder. Erwin verweigerte die Scheidung. Meyers lockte Erwin in das Wüstenschloss, weil er ihm angeblich ohne den üblichen Touristenrummel einige erotische Fresken in dem Schloss zeigen wollte. Er tötete ihn, zerrte ihn hinter eine zerfallene Mauer und fuhr nach Amman zurück. Er kam rechtzeitig zum Frühstück mit seiner Reisegruppe ins Hotel, mit der er am selben Tag zurück nach Deutschland flog. Er behauptet, Karin habe nichts von seinem Vorhaben gewusst. Wir nehmen an, er will sie selbst jetzt noch schützen. Zwar kam sie beim ersten Prozess davon, aber es könnte eine neue Anklage wegen Beihilfe zum Mord, Anstiftung zum Mord oder Ähnlichem gegen sie ins Feld geführt werden. Für ihn sieht es weniger gut aus. Er ist bereits in U-Haft.«

Schumanns Lächeln verflog.»Damit ist der Fall Erwin Karlsson geklärt. Aber Meyers behauptet steif und fest, keinen der anderen Toten auf dem Gewissen zu haben.«

Er wirkte plötzlich nachdenklich. »Heinz war sich immer sicher, dass der Tod des realen Erwin kein Raubüberfall in der Wüste war, sondern ein geplanter Mord. Respekt, er war ein schlauer Bursche.«

Er nahm mich kurz in die Arme. Dann sagte er: »Ich glaube Ansgar Meyers, wenn er die anderen Morde leugnet. Er ist kein Killer, sondern ein Täter aus Leidenschaft. Wir müssen der Zeugenaussage noch einmal nachgehen, nach der Heinz und Meyers gemeinsam an der Blauen Lagune gesehen wurden. Dass Meyers Heinz getroffen hat, mag sein, aber ihn getötet? Kaum. All das macht den Mord an Erwin Karlsson um keinen Deut entschuldbarer, und Meyers wird seine Strafe bekommen. Aber der Mörder von Heinz Kröger und wahrscheinlich auch von Gelling und Silke Gerjets läuft noch frei herum.«

Tod im Gletscher

Desmonds »Geschenk« an die Bibliothek und sein Schreiben
lasteten mir auf der Seele. Nach all den Jahren tauchte er in meinem Leben wieder auf wie ein Springteufel. Seit meinem Besuch
bei Deirdre schien er mich wie ein Geist zu verfolgen. Warum
hatte ich das Gefühl, diese Aktion mit dem Faksimile richtete
sich irgendwie vor allem an mich? Was bezweckte er damit?
Während ich neben Schumann im Harpa saß und mich über
die Show amüsierte, flogen meine Gedanken ständig hin und
her. Schumann hatte recht: Es wäre ein mutiger Akt von Desmond, sich den Fragen im Zusammenhang mit dem Toten im
Vulkan, dem »Buch von Thor« und der Rolle von Markus Hannemann in diesem Drama zu stellen.
Ich hatte vergeblich versucht, Deirdre zu erreichen. Mailbox
auf dem Handy, und unter ihrer Festnetznummer meldete sich
die dünne Stimme eines Mädchens, das sich als Irmgard aus
Kiel vorstellte, Deirdres neues Au-pair-Mädchen. Sie taute auf,
als ich sie auf Deutsch ansprach. »Die Chefin ist in Galway«,
sagte sie. »Morgen Mittag ist sie wieder zurück. Sie besucht
eine Tante. Herr David ist mitgefahren. Die Kinder sind bei
mir geblieben.«
Nach der vergnüglichen Show zum Thema, wie man in
sechzig Minuten Isländer wird, lud mich Schumann zum Essen
ein. Die langen Tage des nordischen Sommers waren vorüber.
Gegen einundzwanzig Uhr ging das Tageslicht über in eine
graue Dämmerung. Der Wind hatte aufgefrischt. Erste Regentropfen platschten auf meinen unbedeckten Kopf. Rasch riss
ich die Tür zu dem kleinen Restaurant auf, das sich auf Mit-
telmeerküche spezialisiert hatte; also gab es kein Hákarl, das
fermentierte Fleisch des Grönlandhais. Dieses uralte Gericht
wurde unlängst von einem Online-Forum zur unbeliebtesten
Speise Europas gewählt, gefolgt von »Devilled Kidneys« aus
England und dem russischen Fischsalat Indigirka. Bei aller Liebe

zu Island war ich froh, in diesem Lokal Pasta essen zu können. Schumann bestellte eine Flasche Weißwein, einen Vernaccia di San Gimignano, und für uns beide zur Vorspeise eine Platte mit Antipasti misti.

Er füllte unsere Gläser. »Ich halte mein Versprechen, Anna«, sagte er fast feierlich. »Ich kann dir nicht alle Details über Meyers und Erwin Karlsson erzählen. Doch so viel solltest du wissen: Meyers hat sein Geständnis nicht widerrufen. Einer der besten Anwälte Hamburgs wird ihn vertreten. Da Meyers Karlsson eindeutig aus niedrigen Beweggründen getötet hat, steht ihm eine lebenslange Haft bevor. Wegen guter Führung vielleicht frühere Entlassung, aber mindestens acht bis zehn Jahre Gefängnis. Karin muss ebenfalls mit einer Anklage rechnen, wobei Meyers nach wie vor behauptet, er habe aus eigenem Antrieb gehandelt. Er tut mir beinahe leid. Offenbar kommt er von dieser Frau nicht los. Sie hat sich von ihm abgewendet, er verteidigt sie weiterhin, obwohl der Staatsanwalt glaubt, sie sei der Motor für Meyers' Tat gewesen und habe ihn dazu ermutigt. Da Karlsson eine Scheidung strikt ablehnte, sie aber diese Ehe längst satthatte, kann Meyers ein ideales Instrument für ihre Pläne, sich von Karlsson zu befreien, gewesen sein.«

Das Ganze hatte den Anstrich eines Shakespeare-Dramas. Wie töricht kann ein Mensch sein, Liebe hin oder her? »Was ist mit den anderen Morden?«, fragte ich.

»Da hat sich tatsächlich etwas ergeben. Meyers leugnet weiterhin jegliche Beteiligung. Heinz und er hätten sich getroffen, doch Heinz habe ihm gesagt, er sei mit jemandem verabredet und deshalb in Eile. Heinz hat mit keinem Wort, so Meyers, einen Verdacht gegen ihn geäußert, sondern ihn nach dem Gletscherfeld bei Katla ausgefragt. Für Heinz, so Meyers, sei der Mord im Wüstenschloss nicht mehr relevant gewesen. Er hatte das Buch fertig und interessierte sich nur noch für den Fall Hannemann. Der hiesige Reiseführer Thorinn Björnson hatte ihm schon Tipps gegeben, die Heinz nicht reichten. Meyers empfahl ihm nach eigenen Angaben neben Katla auch Orte im Osten Islands.«

Ein junger Kellner mit knallgrünen Augen und wilden roten Locken servierte unsere Vorspeise. Ich bestellte Saltimbocca, Schumann Hackbällchen Toskana mit Mozzarella überbacken. Eine Weile genossen wir unser Essen schweigend.

Schumann goss Wein nach und sagte: »Das Rätsel um den Tod von Erwin Karlsson scheint damit gelöst zu sein. Aber in den Fall bin ich nur hineingerutscht, weil Meyers in den Verdacht geriet, an den anderen Verbrechen beteiligt zu sein. Jetzt bleiben für mich fünf weitere Morde übrig. Ein ganz schöner Happen! Und dann diese seltsame Botschaft von Desmond Casey. Warum schickt er gerade jetzt das Faksimile an die Bibliothek? Was treibt diesen Mann an? Ich habe McCoole eine Mail geschickt und warte auf seine Antwort. Er weiß vielleicht mehr.«

Schumann trank einen großen Schluck Wein. »Der Bibliotheksausschuss hat übrigens beschlossen, das Faksimile tatsächlich als ›Platzhalter‹ in die Bibliothek zu stellen, immer noch in der Hoffnung, das echte Buch würde wieder auftauchen. Wer hat Desmond das Faksimile gegeben und ihn glauben lassen, dies sei der echte Corran?«

»Konnte Richard da helfen?«, fragte ich.

»Er hat einen seiner früheren Kontakte zum Schwarzmarkt gebeten, Nachforschungen anzustellen. Bisher negative Ergebnisse. Das Buch ist nirgendwo registriert. Falls Hannemann es entwendet hat, und da bin ich mir ziemlich sicher, ist es entweder mit ihm verschwunden oder längst bei einem anonymen Sammler gelandet. Hannemanns Konten zeigen allerdings keine größeren Bewegungen in den letzten Wochen vor seinem Tod. Wobei wir nicht auf den Caymans nach weiteren Geldanlagen des Professors gesucht haben.« Schumann lachte, wurde aber schnell wieder ernst. »Natürlich könnte es auch Hannemanns Mörder an sich genommen und verkauft haben, ohne Zwischenhandel.«

»Weitere Theorien zum Tod von Gelling und Silke?«, fragte ich und blickte begehrlich auf den Teller mit dem dampfenden Saltimbocca, den der rothaarige Kellner vor mich stellte.

»Eine Theorie haben wir«, erwiderte Schumann und stieß seine Gabel in ein toskanisches Hackbällchen. »Mit einem Wort: Erpressung.«

Schweigen, nur zufriedenes Kauen.

»Und?« Musste mein Freund mich immer auf die Folter spannen!

»Anna«, sagte er mit einem zufriedenen Ausdruck im Gesicht, nachdem er die Hälfte seiner Hackbällchen verzehrt hatte. »Du bist gefordert. Was sagen dir deine grauen Zellen?« Er grinste. »Ja, ich weiß, die gehören zur Konkurrenz, zum schnurrbärtigen Poirot. Also, lass hören!«

Es tat wohl, dass ein Kommissar meine Meinung schätzte. Ich legte mein Besteck beiseite.

»Wir sind ja nicht einmal sicher, dass Hannemann ein Mordopfer ist. Aber wenn, was könnte das Motiv dafür sein? Konkurrenzstreit unter Experten? Habgier? Rache? Bei der Ermordung von Gelling und Silke Gerjets halte ich Erpressung für den logischen Grund. Silke muss etwas in den ominösen Notizheften von Heinz entdeckt haben, das sie zu Geld machen wollte. Sie hat auch versucht, Meyers Geld aus der Tasche zu ziehen.«

Schumann schlug sich an die Stirn. »Na klar! Laut Meyers erster Aussage in Cuxhaven war er bereit, für eines der Hefte einhundert Euro springen zu lassen. Falls Silke Gerjets ihn aber erpressen wollte, hat sie sicher sehr viel mehr Geld gefordert. Dazu müssen wir Meyers noch mal befragen. Und Jochen Gelling?«

Ich lehnte mich in meinem Stuhl zurück. Das Saltimbocca schmeckte köstlich. Ich brauchte eine Pause, ehe ich weiteressen konnte.

»Gelling? Es kann sein, dass er bei seinen eigenen Recherchen in Island auf eine Sache gestoßen ist, deren Bedeutung ihm erst nach seiner Rückkehr deutlich wurde. Auch er wollte jemanden erpressen. Da Gelling nach der Lesung in der Kirche ermordet wurde, saß der Täter entweder im Publikum und wartete auf seine Chance, oder er hatte sich unabhängig davon mit Gelling auf dem Parkplatz verabredet. Du siehst, Hans, ich komme nicht weiter.«

»Wen verdächtigst du insgeheim?« Schumann musterte mich mit Interesse.

Schnell ein Stückchen Saltimbocca, ehe ich antwortete: »Im Fall Gelling konnten alle Befragten ein Alibi vorweisen. Doch einer könnte gelogen haben. Zu viele Menschen in der Kirche, da fällt mancher durchs Raster. Und wenn der Mörder nicht im Publikum saß, wird es natürlich wesentlich komplizierter.«

Ich trank einen Schluck Wein. »Bei Heinz und Silke verdächtige ich Silvius Petersen, Hannemanns größten Konkurrenten, und Eberhardt Reinhardt, den ihr noch gar nicht unter die Lupe genommen habt. Beide Professoren hätten auch ein Motiv, Hannemann loswerden zu wollen. Ich habe über Reinhardt erfahren, dass er sich mehrmals zeitgleich mit Hannemann für verschiedene Forschungsprojekte beworben hat. Hannemann blieb stets der Sieger. Reinhardt ist eng mit Petersen befreundet, der mit Hannemann oft Streit über wissenschaftliche Fragen hatte. Hilde Klein hat mir berichtet, die beiden seien einst enge Freunde und später erbitterte Gegner gewesen, und Petersen habe Hannemann Plagiarismus vorgeworfen. Hannemann drohte ihm daraufhin mit einer Verleumdungsklage. Ein Motiv wäre tief sitzender Groll oder Hass.«

Schumann lächelte. »Fast schade, dass Meyers in all diesen Fällen ein Alibi vorweisen kann. Eberhard Reinhardt werden wir checken. Silvius Petersen war damals zusammen mit Hannemann in Island. Hannemann wurde in die deutsche Botschaft eingeladen, Petersen nicht. Er käme in Frage. Neid, Kränkung, das Gefühl mangelnder Anerkennung, Zorn auf den Kollegen, dessen charakterliche Mängel seinen Erfolg nicht mindern. Ich hielt eine Weile Thorinn Björnson für den Mörder von Hannemann. Er ist ein seltsamer Kauz mit einigen Geheimnissen. Ranulf nimmt ihn sich noch einmal vor. Es gibt nach wie vor Unklarheiten.«

Schumann holte sein Handy aus der Jackentasche. »Das Ding vibriert schon seit einer halben Stunde immer wieder. Da muss ich rangehen. Ist das okay?«

Ich nickte. Was sollte ich dagegen sagen? Pflicht ist Pflicht. Bei Schumann, zurzeit Single mit Hund, konnte man davon ausgehen, dass es kein privater Anruf war.

Er lauschte dem Anrufer, trank zwischendurch einen Schluck Wein, sagte kurz: »Aha, das ist eine wichtige Information.« Etwas später: »Bleibt dran!« Und zum Schluss: »Das wäre das ultimative Motiv.«

»Was habt ihr herausgefunden?« Ich vergaß die Dessertkarte, die der Kellner auf den Tisch gelegt hatte.

Schumann antwortete nicht gleich. »Wir sollten aufbrechen. Der Suchtrupp ist noch in den Gletscherfeldern bei Katla zugange. Ein Schäfer hat sich vor drei Stunden gemeldet. Spät, aber immerhin. Er hat vor einigen Wochen einen Mann gesehen, der über das Gletscherfeld des Mýrdalsjökull lief. So etwas fällt auf. Die Katla ist einer der aktivsten Vulkane dieser Feuerinsel und liegt unter dem Gletscherschild des Mýrdalsjökull. Gefährliche Gegend, Eishöhlen und tiefe Spalten. Der letzte große Ausbruch war 1918. Doch Vulkanologen rechnen damit, dass ein größerer Ausbruch bevorsteht. Die kleineren Eruptionen fallen oft nicht auf, da sie unter dem dicken Eismantel geschehen und unbedeutsame Gletscherläufe verursachen.« Schumann klang fast wie Harald Frostauer.

Der freundliche Kellner räumte unsere Teller ab. Sehnsüchtig blickte ich dem Saltimbocca nach, von dem ich nur ein Drittel gegessen hatte.

Schumann schien den emsigen Kellner gar nicht zu bemerken. Er rieb mit einem Finger über den Rand seines Weinglases. »Dieser Schäfer hat sich über den Eiswanderer gewundert, ihn als verrückten Touristen, ›Engländer oder Amerikaner‹, abgetan und ist erst durch das Auftauchen unseres Suchtrupps alarmiert worden. Der Schäfer, Haldur Grimson, hat das Team auf eine Spur gebracht, die es morgen verfolgen wird. Vielleicht war es nur ein ›verrückter Tourist‹ oder aber jemand, der, durch die neuerliche Suchaktion alarmiert, eine Spur verwischen wollte. Der potenzielle Täter.«

»Das klingt alles spannend. Aber dein ziemlich einseitiges

Gespräch am Handy bezog sich auf eine andere Sache«, nervte ich Schumann, der dem Kellner zuwinkte.

»Dessert?«, fragte er mich.

Unwillig erwiderte ich: »Ja, gerne ein Eis. Jetzt beantworte bitte meine Frage und lenke nicht immer ab!«

Schumann schmunzelte. »Hartnäckig wie immer! Wenn ich ehrlich sein soll, und das versuche ich meistens zu sein, war es dein Freund, Nervensäge Harald Frostauer, der uns darauf gestoßen hat. Er hat mir gestern eine Nachricht geschickt, in der er fragt, ob der Suizid von Sophia Zimmermann in Münster gründlich untersucht wurde. Da es eindeutig schien, dass die junge Frau sich wegen ihrer Depression traurigerweise selbst das Leben genommen hatte, und keinerlei Hinweise auf Fremdeinwirkung vorlagen, gab es keine weitere Untersuchung. Haralds Frage machte mich neugierig, und Gerstorff ist der Sache nachgegangen. Er hat mich gerade angerufen. Selbst wenn du ihn nicht magst, ist er ein kluger Kopf.«

Schwungvoll platzierte der Kellner den Nachtisch vor uns auf dem Tisch. Für mich einen Eisbecher, für Schumann Tiramisu.

»Auf Haralds Anraten habt ihr Sophia Zimmermanns Suizid aufgegriffen?« Ich konnte es nicht fassen. Schumann hielt Harald für einen lästigen Besserwisser, folgte aber plötzlich dessen Hinweisen.

»Ja, du kennst meine Meinung zu Harald. Aber manchmal ist er sehr nützlich. Und jetzt kommt es. Hannemanns wissenschaftliche Hilfsassistentin vor fünf Jahren war ebenjene Sophia Zimmermann, ein brillantes Mädchen, wie alle einheitlich aussagten. Die Quelle für ihre Depressionen war, wie es scheint, dass Hannemann ihre bei ihm eingereichte Doktorarbeit abgelehnt hat. In einem großen Beitrag für ein Magazin soll er dann Teile dieser Arbeit verwendet haben. Ihre Beschwerden nutzten nichts. Die Original-Doktorarbeit war nicht mehr aufzufinden. Sie legte als Beweis für ihre Vorwürfe eine Kopie ihrer Arbeit vor, die Hannemann im Gegenzug als dreiste Abschrift seiner Veröffentlichungen über nordische und keltische Mythen bezeichnete. Er saß am längeren Hebel und stellte sie als rachsüchtige Studentin dar, die ihn zu erpressen versuchte. Ihm glaubte man, ihr nicht. Sophia zog sich immer mehr zurück, und laut Aussage ihrer Mutter schmiss sie ihr Studium, arbeitete einige Wochen als Aushilfe in einer Pfarrbücherei und beendete ihr Leben mit gerade mal achtundzwanzig Jahren.«

Also hatte ich mit meiner Vermutung recht gehabt, dass der Entwurf, den ich im Geheimfach der Kommode entdeckt hatte, die Synopsis für Sophias Arbeit war. Ich berichtete Schumann davon und fragte:»Was habt ihr noch über diesen skandalösen Fall herausgefunden? Glaubt Harald, dass hier ein Zusammenhang mit dem Tod von Hannemann besteht?«

Schumann antwortete:»Oh ja! Das könnte dem Fall Hannemann eine völlig neue Wendung verleihen. Denn wir haben herausgefunden –« Das Klingeln seines Handys unterbrach ihn rüde. Schumann verdrehte die Augen, nahm das Gespräch aber an. Er erstarrte. Dann stammelte er:»Mein Gott, was für eine Sensation! Das ist der pure Wahnsinn. Ich komme sofort zu dir, Ranulf!«

Er sprang auf.»Du musst erst mal die Rechnung begleichen. Ich gebe dir das Geld morgen zurück. Ich muss ins Präsidium. Ein kleiner Teil des Suchtrupps hat auf dem Rückweg heute am frühen Abend eine sensationelle Entdeckung gemacht. Du wirst es kaum glauben. Die Männer passierten eine der vielen Eishöhlen von Katla, zu denen der Zutritt verboten ist. Einer der Hunde schlug an. Die Männer folgten dem Tier in die kleine Eishöhle. Kurzum: An der Hinterwand der Höhle fanden sie eine in Leinensäcke gehüllte Leiche. Und jetzt stehen wir vor der großen Frage: Ist dieser Tote im Gletscher der verschollene Markus Hannemann?«

Er stürmte aus dem Restaurant und ließ mich mit der Rechnung und offenem Mund zurück.

Die Ereignisse überschlugen sich. Meyers' Verhaftung wegen des Vorwurfs des Mordes an Erwin Karlsson, das Auftauchen des Faksimiles des gestohlenen Buches, Desmonds Geständnis und nun als absoluter Gipfel der Ereignisse der Fund der Leiche in der Eishöhle im Gletschergebiet der Katla. Die Leiche lag inzwischen in der Rechtsmedizin.

»Sie war tiefgefroren«, berichtete mir Schumann am nächsten Morgen telefonisch. »Gut erhalten, besser als der legendäre Ötzi. Nach den ersten forensischen Untersuchungen besteht kein Zweifel, dass es Markus Hannemann ist. Dieser Fundort wirft erneut eine Fülle von Fragen auf. Grímsey war der falsche Ort. Die dort entdeckten Objekte aus Hannemanns Besitz dienten, wie Ranulf annimmt, der Irreführung. Nach der Obduktion werden wir die genaue Todesursache und den ungefähren Todeszeitpunkt wissen. Dass er nicht Opfer eines Unfalls wurde, beweisen die Leinensäcke, in die er sorgfältig eingewickelt war.«

Im Hintergrund klingelte ein Telefon. Schumann unterbrach seine Ausführungen, rief »Komme gleich« und wandte sich unserem Gespräch wieder zu. »Hannemann wurde eindeutig ermordet und in der Eishöhle deponiert. Der eigentliche Tatort ist unklar. Auf jeden Fall war er schon tot, als er in der Höhle abgelegt wurde. Die isländischen Ermittler fanden Schleifspuren im Eis und neben der Leiche eine Stelle, auf der ein Gegenstand gelegen haben muss, der erst kürzlich entfernt wurde. Der Mann, den der Schäfer auf dem Gletscherfeld gesehen hat, könnte der Mörder gewesen sein. Vielleicht hat er Angst bekommen, dass ihn dieser Gegenstand bei der Entdeckung der Leiche verraten könnte. Er hat ihn mitgenommen.«

Die Nachricht vom Toten im Gletscher hatte bereits die Medien erreicht. Online und in den Zeitungen prangten Überschriften wie »Ötzi in Island«, »Eisleiche bei Katla«, »Es war

Mord!« und als Breaking News heute Morgen: »Der Tote im Gletscher identifiziert«. Das war alles rasend schnell gegangen.

Hilde Klein sollte aus Deutschland eingeflogen werden, um die Identität ihres Bruders zu verifizieren. Sie wurde am späten Nachmittag erwartet. Beate Karlsson hatte sich geweigert, nach Island zu fliegen. Sie sei zu erschüttert über den Verdacht, Ansgar Meyers sei der Mörder ihres Cousins Erwin. Das machte ihr mehr zu schaffen als die Entdeckung ihres toten Ex-Mannes in der Eishöhle. »Meine ehemalige Schwägerin ist besser für die Identifizierung geeignet als ich«, erklärte sie kategorisch.

Schumann war zu beschäftigt, um sich länger mit mir zu befassen. Er hatte seinen angefangenen Satz vom gestrigen Abend zu Sophia Zimmermann auch jetzt nicht zu Ende geführt, vertröstete mich auf den frühen Abend und beendete unser einseitiges Gespräch hastig.

Ich versuchte erneut, Deirdre zu erreichen, um ihr von Desmonds »Geschenk« zu berichten. Sie war gerade aus Galway zurückgekehrt und reagierte fassungslos. Zunächst auf die Nachricht von Desmonds seltsamer Botschaft und das Faksimile, dann auf die Entdeckung des toten Markus Hannemann. »Ist es tatsächlich der verschollene Professor? Hat die Polizei denn schon eine Ahnung, wer das getan hat?«, fragte sie.

»Die Leiche liegt noch in der Gerichtsmedizin«, antwortete ich. »Es ist eindeutig Hannemann. Durch die Eiseskälte in der Höhle, in der er lag, ist seine Leiche gut erhalten. Auch die Kleidung weist kaum Schäden auf. Mehr hat mir Schumann nicht verraten. Was könnte Desmond damit zu tun haben?«

»Glaubst du, er ist der Mörder?«

»Dein entfernter Cousin? Nein, aber er steckt meines Erachtens in der Sache mit drin.«

Deirdre verarbeitete diese Informationen einige Sekunden und sagte: »Ich wollte dir berichten, dass Pater Troy inzwischen den Schatz von Malahide als Oláfurs Gold identifiziert hat. Zusammen mit einem isländischen Kollegen konnte er das Alter der Goldstücke feststellen, und ein befreundeter Geologe hat mit Hilfe von Erdproben herausgefunden, dass diese Grube im Acker vor mehr als tausend Jahren ausgehoben wurde. Blackville hat ihm seine Kopie von Bradleys Buch für seine Recherchen zur Verfügung gestellt. Mein Original rücke ich nicht mehr heraus!« Sie lachte leise. »Kein Zweifel, es ist Corrans Vermächtnis. Blackville wurde von McCoole befragt, ob er irgendetwas zu Desmonds Verwicklung in diese Geschichte weiß. Blackville streitet es ab. Aber McCoole traut ihm nicht. Er lässt ihn beobachten. Oláfurs Schatz gehört streng genommen dem isländischen Staat und sollte dorthin zurück. Aber das scheint aussichtslos. Wer immer der Schatzräuber war, er hat ganze Arbeit geleistet. Für mich zweifellos Desmond, wenn es nicht Blackville war.«

»Woher weißt du das alles?«

Deirdre lachte wieder. »Mein lieber Mann hat Beziehungen zu den Medien, und eine Dame, die ihn sehr mag, ist stets gut informiert. Bei einem Glas Guinness plaudert sie gerne.«

Sie versprach mir, sich weiter umzuhören. »Ich vermute, Desmond ist nicht mehr in Irland. Den Schatz wird er dank seiner guten internationalen Verbindungen zu Geld machen. Sein Netzwerk ist groß.«

Wie viel Oláfurs Schatz wert war, konnte bisher niemand schätzen. Moira Flannery, Deirdres geschwätzige Reporterin, hatte in ihrem Blatt den Wert mit vier Millionen Euro beziffert, eine völlig aus der Luft gegriffene Zahl, wenn auch, laut Pater Troy, nicht ganz unrealistisch.

Richard informierte mich kurze Zeit später, er werde am nächsten Tag, früher als geplant, nach Island fliegen, und Harald Frostauer rief an und erzählte mir in einem seiner üblichen Monologe von seiner Unterstützung Schumanns im Fall der verstorbenen Studentin.

»Hat er dir von Sophia Zimmermann berichtet, Hannemanns Doktorandin? Deren Arbeit der edle Professor rücksichtslos für seine eigenen Artikel benutzt hat? Ich verrate es dir, weil dein Ermittler-Freund es sicher nicht mit Hannemanns Tod in Verbindung bringt: Hannemanns Kollege Silvius Petersen war Sophias Patenonkel! Dieser harmlos wirkende Mann könnte aus Groll zum Mörder geworden sein. Denn er hat gewiss in Hannemann den Schuldigen für den Suizid seiner geliebten Patentochter gesehen.«

War es das, was Schumann mir in dem Moment zu sagen versucht hatte, als sein Handy klingelte und er von der Entdeckung im Gletscherfeld erfuhr? Ich dankte Harald für diese Information.

Aber falls Petersen Hannemann aus Wut über dessen schamloses Verhalten gegenüber seiner Patentochter ermordet hatte, hieß das noch lange nicht, dass er auch der Mörder von Heinz, Gelling und Silke war. Die Polizei hatte, wie Harald mir zum Abschluss seines Anrufs flüsternd mitteilte, Petersen unter Mordverdacht festgenommen, als er gerade dabei war, seinen Koffer für eine Reise zu einer Konferenz zum Thema nordische Heldensagen in Oslo zu packen. Und wie sich herausstellte, war er vor drei Wochen in Island gewesen. Dort hatte er für einen Beitrag in einer Anthologie mit dem Titel »Das Tal der Riesen« recherchiert. War er der einsame Wanderer auf dem Gletscherfeld, den der Schäfer Haldur Grimson spätabends beobachtet hatte?

Petersen ging auf die sechzig zu. Ich sah ihn nicht bei rasch sinkender Dunkelheit in der Gegend von Katla umherstreifen, und ich traute ihm auch nicht zu, eine Leiche über ein Eisfeld zu der Höhle geschleppt zu haben. Ich hatte ihn bei der Lesung in Hannover flüchtig gesehen, und er wirkte nicht gerade wie ein Herkules.

Meine Gedanken wurden durch einen Anruf von Birgit Gunnardottir unterbrochen. Sie bat mich, zu ihr in die Bibliothek zu kommen. Sie habe eine seltsame Entdeckung gemacht.

Sie empfing mich wie einen lieben Gast, schenkte mir Kaffee ein und sagte dann: »Ich habe mir das Faksimile genau angeschaut. Wunderbar, dem Original täuschend ähnlich. Doch dann habe ich etwas entdeckt. Auf einem der Bilder sind drei bösartige Zauberwesen und ein Drache abgebildet. Ich kenne das Bild aus der Originalfassung. Sehr beeindruckend. Der Drache steht in diesem Fall für gute Mächte und tritt den Kampf gegen die drei Dämonen an. Ich mag diese Abbildung sehr. Umso erstaunter war ich, als ich mir die Version im Faksimile anschaute. Aber sehen Sie selbst!«

Sie legte das Buch vor mir auf den Tisch und schlug die betreffende Seite auf. Mir verschlug es den Atem: Die Gesichter der drei Zauberwesen ähnelten Desmond, Blackville und einer dritten Person, die ich nicht zuzuordnen wusste.

Birgit reagierte auf meine Verwirrung.»Ja, da sehen Sie, was mich irritiert. Derjenige, der dieses Faksimile in Auftrag gegeben hat – und ich zweifele nicht, dass es Hannemann war –, wollte vielleicht mit dieser Veränderung des Originals etwas bewirken. Desmond Casey muss das gesehen und daran erkannt haben, dass dieses so authentisch wirkende Buch nicht das Original sein kann. Sicherlich nicht erst kürzlich, wie er behauptet. Aber warum hat Hannemann diese krasse Änderung angeordnet? Ein böser Streich? Eine Drohung, eine Botschaft? Wir haben die Werkstätte gefunden, in der das Faksimile hergestellt wurde. Der Inhaber ist ein Deutscher, der schon seit vielen Jahren hier lebt. Er kommt gleich her. Ich möchte Sie als Expertin dabeihaben.«

Walter Burggraf, gebürtig aus Erfurt, lebte seit fast dreißig Jahren auf Island. Er war Mitte sechzig, ein großer Mann mit einer kräftigen Statur, einem glatt rasierten Kopf und milchblauen Augen hinter dicken Brillengläsern. Sein fester Händedruck schmerzte.

Burggraf, hatte mir Birgit erzählt, war 1995 nach Island gekommen, wollte eigentlich nur einen Wanderurlaub machen, verliebte sich jedoch in die Landschaft und in seine isländische Tourenbegleiterin, die er ein Jahr später heiratete. Er siedelte sich mit ihr in Reykjavík an. Zu Hause hatte er eine kleine Kunstproduktionswerkstatt zusammen mit seinem Bruder betrieben. Burggraf trat sie an seinen Bruder ab und eröffnete 1999 in Reykjavík eine neue Werkstatt.

Er trug eine dicke Aktentasche bei sich.»Alles Unterlagen zu den beiden Faksimiles«, sagte er.

»Zwei Faksimiles? Ich dachte, es gibt nur dieses eine Exemplar«, bemerkte Birgit überrascht.

Burggraf schüttelte den Kopf. »Nein, der Auftraggeber hat zwei bestellt. Bei einem der beiden wünschte er eine kleine Veränderung. Er legte mir drei Fotos vor und verlangte, dass ich die drei Gesichter der Erdgeister im Kampf mit dem Drachen nach diesen Vorlagen abändere. Ich weigerte mich zunächst, doch er bot mir einhundertfünfzigtausend Kronen mehr dafür. Das sind rund eintausend Euro. Das Buch, das er mir für meine Arbeit daließ, beeindruckte mich sehr. Die Fotos holte er zusammen mit den Faksimiles wieder ab. Leider habe ich keine Kopien gemacht.«

Er rückte seine Brille zurecht. »Auf meine Frage, ob er die Faksimiles für sich selbst haben wollte, verneinte er und erklärte, sie seien als Geschenk für die Bibliothek gedacht, um das Original zu schonen. Das könne nur zu besonderen Anlässen aus dem Archiv hervorgeholt werden. Er wolle anonym bleiben und habe sich das Original kurz ausgeliehen, um es als Vorlage für sein Geschenk zu benutzen. Ich habe nicht weiter nachgebohrt, obwohl es mir sonderbar vorkam, dass die Bibliothek ihm das Meisterwerk ausgeliehen haben könnte.«

Burggraf öffnete seine Aktentasche. »Hier sehen Sie die Entwürfe. Insgesamt kostete ihn der Auftrag neunhunderttausend isländische Kronen, das sind sechstausend Euro. Ich schaffte es, beide Faksimiles in Rekordzeit fertigzustellen. Der Kunde zeigte sich zufrieden. Nachher ärgerte es mich, dass ich keine weiteren Nachforschungen angestellt hatte. Als ich diesen Auftrag erhielt, steckten wir in einer Krise und waren für jede Bestellung dankbar. Inzwischen geht es uns wieder gut. Doch vor vier Jahren bedeuteten diese neunhunderttausend Kronen unsere Rettung.«

»Ist dies eines der beiden Faksimiles?«, fragte Birgit. Sie hatte das Buch auf den Tisch gelegt.

Walter Burggrafs Augen leuchteten auf. Er hob es vom Tisch. »Ja, das muss die Fassung mit den veränderten Dämonengesichtern sein!« Er strich sanft über den Buchdeckel. »Ich habe sie markiert.« Er deutete auf ein winziges »W« in der linken unteren Ecke des Buchdeckels, nur erkennbar, wenn man davon wusste oder sehr genau hinschaute.

»Wie gesagt, mir kam das damals merkwürdig vor. Das andere Faksimile ist die genaue Kopie des Originals.« Er blickte um sich. »Haben Sie die andere Kopie nie erhalten?«

»Nein«, erwiderte Birgit. »Leider haben wir lange keines der beiden Faksimiles bekommen. Dies kam gestern als Gabe des Mannes, der diese Fassung besaß und sie uns geschickt hat.« Sie nahm Burggraf das Buch aus den Händen und fragte: »Wer war denn dieser Kunde?«

»Es war ein Professor aus Münster. Zufällig hat mein Sohn Emil bei ihm an der dortigen Universität in seinen beiden ersten Semestern Vorlesungen zum Thema nordische Mythen gehört. Er hieß Markus Hannemann. Sein Assistent, der eine Zeit lang ebenfalls Vorlesungen hielt, ist bei Weitem nicht so charismatisch. Emil ist deshalb nach Berlin gegangen. Markus Hannemann war eine absolute Koryphäe. Dieser Bernd Zabel kann ihm nicht das Wasser reichen. Das jedenfalls behauptet mein Sohn.«

Dass Hannemann hinter dem Auftrag an Walter Burggraf steckte, kam nicht überraschend. Während Burggraf und Birgit sich unterhielten und sie seine mitgebrachten Vorstudien zum Faksimile betrachtete, beschloss ich, auf eigene Faust zu recherchieren und dabei über meinen Schatten zu springen. Ich musste mit Desmond Kontakt aufnehmen.

Mein Handy meldete sich in dem Moment, als ich überlegte, wer mir bei meinem Vorhaben helfen könnte. Zu meinem Erstaunen erschien auf dem Display McCooles Name.

»Anna«, trompetete er, ehe ich etwas sagen konnte. »Ich bin auf dem Weg nach Island. Es gibt Neuigkeiten im Fall von Brendan Sullivan. Und vielleicht kann ich bei der Aufklärung des Todes von Hannemann ein bisschen helfen. Ich weiß, dass seine Leiche entdeckt wurde. Heute Abend bin ich da und wohne im Hotel Snorre. Ich melde mich später wieder!«

Er beendete das Gespräch abrupt.

Wieder klingelte es. Diesmal Schumann. »Anna, eine spannende Entwicklung! Du bist gerade bei Birgit Gunnardottir zusammen mit Walter Burggraf, wie sie mir vorhin gesagt hat. Stell dir vor, was ich von Ranulf erfahren habe! Diese Spur neben dem Toten in der Höhle stammt offensichtlich von einem viereckigen Gegenstand, sehr wahrscheinlich von einem Buch. Nach Ranulfs Ansicht war dies das legendäre ›Buch von Thor‹. Hannemann wurde nach Aussage der Spurensicherung mitsamt dem Buch in dieser Eishöhle abgelegt. Es war ebenfalls in Sackleinen verpackt, von dem noch winzige Reste am gefrorenen Höhlenboden klebten. Und der Mann auf dem Gletscherfeld, den der Schäfer Haldur Grimson gesehen haben will, war Ranulfs Meinung nach auf dem Weg zur Höhle, um das Buch vor Entdeckung der Leiche an sich zu nehmen. Das muss Hannemanns Mörder gewesen sein!«

Abgründe

Wenn ich jetzt, mehr als drei Monate nach den Ereignissen an jenem Septembertag, auf diesen Tag zurückblicke, wird mir immer noch flau im Magen. Manches, was an dem Tag geschah, habe ich verdrängt, anderes ist deutlich in meinem Gedächtnis geblieben. Und einige der Geschehnisse sehe ich in einem neuen Licht, seitdem ich vor wenigen Tagen einen Brief erhalten habe. Einen Brief, der mich zugleich erfreut und betrübt hat. Aber dazu später.

An jenem Freitag, dem 6. September, fing alles harmlos an. Im Rückblick vielleicht doch nicht harmlos. McCoole hatte mich am Abend zuvor kontaktiert. Ich nutzte meine Chance und fragte ihn nach Desmond. Er reagierte unwillig.

»Warum glauben eigentlich alle, dass ich mit ihm in Verbindung stehe? Desmond verrät niemandem, was er treibt. Er lebt versteckt. Aber vielleicht hat Blackville trotz seiner Proteste Kontakt zu ihm. Sie waren einst sehr enge Freunde.«

Diese Antwort brachte mich nicht weiter. Schumann, Eriksson und McCoole waren zum Abendessen verabredet, was mich nicht störte, da Richard, wie versprochen, am späten Donnerstagabend eintraf. Er plante, am nächsten Tag mit mir einen Ausflug zum wiedereröffneten Vulkan zu unternehmen, »als Erinnerung an damals«, an jenen Besuch im Kraterinneren, als Hannemann mit von der Partie war. Ein wenig graute mir davor, doch inzwischen reizte mich der Gedanke. Schaurig schön ist es im Bauch des Berges.

Schumann rief mich am nächsten Morgen sehr früh an und berichtete, Silvius Petersen gebe zu, einen tiefen Groll gegen Hannemann empfunden zu haben, leugne jedoch vehement, dessen Mörder zu sein. Er bemerkte, dass er nicht der Einzige aus Hannemanns Umfeld gewesen sei, der den Professor ablehnte, ja verabscheute.

»Petersen sagte, dass er Hannemann für schuldig am Tod

seines geliebten Patenkindes hält und ihn auch deshalb hasste. Selbst Hannemanns Schwester, so Petersen, mochte ihren Bruder nicht sonderlich, und ebenso verspürten seine früheren Kollegen Eberhardt Reinhardt und Aki Stefansson nur Abneigung.«

»Glaubst du ihm?«, schob ich dazwischen.

»Ich glaube ihm«, sagte Schumann. »Zumal ich nach wie vor überzeugt bin, dass Hannemanns Mörder auch verantwortlich ist für den Tod von Jochen Gelling, Silke Gerjets und Heinz Kröger. Und vielleicht auch für das tragische Ende Brendan Sullivans im Schlund des Kraters.«

Ich bohrte noch einmal nach. »Und ihr seid sicher, dass Meyers nicht Heinz auf dem Gewissen hat?«

»Im Fall von Heinz Kröger waren wir uns zunächst unsicher. Der Zeuge, der noch einmal befragt wurde, gab an, Meyers habe Heinz am Tisch sitzend zurückgelassen. Das heißt zwar nicht, dass er ihm nicht vielleicht doch die Beruhigungstropfen verabreichte. Doch die Kameras am Flughafen zeigen ihn, wie er zum Gate für den früheren Flug über Kopenhagen nach Hamburg eilt. Heinz starb deutlich später, war stark gedopt und wurde unter Wasser gedrückt, bis er ertrank. Das hat die Gerichtsmedizin herausgefunden. Der Mörder war also vor Ort. Für die anderen Morde hat Meyers ein Alibi.«

Der Ausflug zum Vulkan, den Richard für uns buchen wollte, war vom späten Vormittag auf den Nachmittag verlegt worden. Eine private Reisegruppe hatte den früheren Termin für sich reserviert. Für mich kein Problem. Nach dem Frühstück zog ich zu einem kleinen Bummel in die Stadt. Ich beschloss, zur Kringlan Mall zu gehen, wo es zahlreiche Geschäfte und einige in meinem Reiseführer empfohlene Lokale gab. Richard blieb im Hotel, um in Ruhe mit einigen Kunden zu telefonieren. »Da ich früher als geplant hergereist bin«, erklärte er, »muss ich einiges heute Vormittag erledigen.« Shopping interessierte ihn ohnehin nicht. Dabei störte er mich nur. Es war erst kurz nach zehn Uhr, zwei Stunden früher als in Deutschland. Mein Handy stellte ich auf lautlos.

Die große Kringlan erinnerte mich an die Mall of America

in Bloomington in Minnesota. Dutzende von Geschäften, viele verlockende Cafés. Ich trottete gemächlich von einem Geschäft zum nächsten, ging in einen Laden mit Strickwaren hinein, kam mit einem kobaltblauen Pullover wieder heraus und sah mich, durstig von meinem Einkauf, nach einem Café um. Als ich um eine Ecke bog, erstarrte ich. Mein Herz klopfte wie verrückt, und Schweiß trat mir auf die Stirn. Nur etwa zwanzig Meter von mir entfernt entdeckte ich den Mann, der mich seit Wochen in Traum und Wirklichkeit verfolgte: Desmond Casey.

Er hatte sich seit den Ereignissen am Steinhuder Meer kaum verändert. In seinen dunklen Haaren zeigten sich ein paar graue Strähnen mehr, was ihn sogar noch attraktiver aussehen ließ. Er stand vor einem Café und sah auf seine Armbanduhr. Um nicht bemerkt zu werden, betrat ich schnell den nächstbesten Laden, der isländische Delikatessen feilbot, und verharrte regungslos. Glücklicherweise waren die beiden Verkäuferinnen mit anderen Kunden beschäftigt, sodass mich niemand ansprach.

Vorsichtig spähte ich um die Ecke in Richtung Café und zuckte zurück. Denn wie aus dem Nichts tauchte Finn McCoole auf und steuerte auf Desmond zu. Aus dem Schatten eines anderen Ladens löste sich eine dritte Gestalt. John Blackville trat auf die beiden anderen zu. Ich war fassungslos. Was passierte hier gerade? Eine Verschwörung?

Dass Desmond mit Blackville gut bekannt war, wusste ich. Trotzdem fragte ich mich, was der Professor des Trinity College in Island zu suchen hatte. Ein Rendezvous mit Desmond, fern von Dublin? Warum war McCoole dabei? Verhaften konnte er Desmond auf isländischem Territorium nicht, falls er dies überhaupt plante.

Die drei Männer setzten sich im Café an einen Tisch. Ich versuchte unauffällig, ein Stückchen näher zu rücken. Bruchstücke ihres Gesprächs drangen an meine Ohren. »… kommt er?«, sagte Desmond. »… Erpressung«, hörte ich McCoole sagen. »… Mörder von …«, warf Blackville ein. Dann redete Desmond länger mit den beiden anderen. Aber zu meinem Nachteil sprach er Gälisch. Ich fing einige Wortfetzen auf, verstand aber nur drei Worte: »Mann«, »Tag« und »heute«. Weiter reichten meine Sprachkenntnisse nicht. Als Hobby hatte ich vor einiger Zeit an der Universität in Hannover einen Sprachkurs absolviert – mit geringem Erfolg.

McCoole zückte sein Handy und tätigte einen Anruf. Zwar auf Englisch, aber auch hier waren nur wenige Worte verständlich. »Treffen«, »Uhrzeit« und »warten«.

Als er sein Handy einsteckte, sagte er ein paar Sätze zu den beiden Männern, stand auf und verließ das Café. Er ging geradewegs in meine Richtung. Ich machte einen großen Schritt rückwärts und landete fast in den Armen einer der beiden Verkäuferinnen. Sie lächelte und sagte auf Englisch: »*Are you okay? You look quite pale.*«

Ich schüttelte den Kopf. »*Everything's okay. I just saw a man I don't want to meet.*«

Jetzt lächelte sie noch strahlender. »*Oh, I understand. Well, then stay here as long as you wish.*«

Zum Dank für ihre Freundlichkeit kaufte ich einen Karton mit einem Skúfukaka, dem isländischen Schokoladenkuchen. Den würde ich Schleckermaul Schumann schenken.

McCoole lief zügig an dem Geschäft vorbei. Als ich wenig später um die Ecke spähte, sah ich, wie Blackville intensiv auf Desmond einredete, der mit den Achseln zuckte, aufstand und seinen Stuhl nach hinten schob. Blackville blieb sitzen, Desmond warf einen Schein auf den Tisch und ging. Er kam gleichfalls an dem Laden vorbei und strebte dem Ausgang der Mall zu.

Jetzt oder nie, dachte ich. Das war meine einmalige Chance, ihn zu konfrontieren. Ich wartete einige Sekunden, sah hinüber zu Blackville, der hinter einer Zeitung verschwand, und folgte Desmond todesmutig. Auch wenn ich mich vor der Begegnung mit ihm fürchtete, trieb mich der Wunsch an, diese Ungewissheit aus der Welt zu schaffen. Er würde mich schon nicht massakrieren.

Was für ein törichter Gedanke!

Kurz vor dem Ausgang der Mall beschleunigte ich meine Schritte und rief, ehe er auf der Straße verschwand: »Desmond!« Er blieb abrupt stehen und drehte sich langsam um. Den Ausdruck auf seinem Gesicht werde ich nie vergessen, eine Mischung aus Überraschung, Freude und Ärger. »Anna! Was machst du hier?«

Er kam auf mich zu, und ehe ich mich versah, umarmte er mich. Eine Flutwelle von Gefühlen brach über mich herein. »Du verdammter Schuft!«, murmelte ich, als er sich von mir löste. »Was treibst du für Spielchen!«

Und dann platzte alles aus mir heraus, ohne Rücksicht auf Verluste: »Der Schatz von Malahide, das Faksimile von Corrans Buch, das du so großzügig der Bibliothek überlassen hast, der Diebstahl von Bradleys Buch. Du steckst hinter alldem! Und du bist der Schatzräuber von Malahide.«

Er blickte mich erstaunt an.

»Ja, Desmond, ich weiß auch, dass du irgendwie in den Tod von Markus Hannemann involviert bist.« All das sprudelte aus mir heraus. Ich spürte Wut, Bitterkeit und gleichzeitig diese verdammte Anziehung, die dieser Schurke auf mich ausübte.

Desmond sah mich mit einem seltsamen Blick an. »Anna, ich habe dich nie vergessen, und es tut mir leid, dass ich damals sang- und klanglos verschwunden bin. Du ahnst, was mich weggetrieben hat. Ich möchte nicht darüber sprechen. Doch ich schulde dir etwas. In Malahide bin ich dir gefolgt und wollte mit dir reden. Du warst verängstigt, weshalb ich dich nicht vor Deirdres Tür angesprochen habe.« Er strich mir eine Haarsträhne aus der Stirn. »Später, im Trinity College, waren zu viele Menschen anwesend. Ich weiß, dass Schumann und Ranulf Eriksson auf der Suche nach Hannemanns Mörder sind, der meiner Überzeugung nach auch Brendan Sullivan getötet hat. Ich habe Hannemann nicht ermordet. Doch ich ahne, wer es war. Gib mir bis heute Abend Zeit. In den nächsten Stunden klärt sich alles auf!«

In mir brannten zu viele Fragen. »Wie bist du an dieses Faksimile gekommen? Du hast sicher gesehen, dass Hannemann die Gesichter der drei Erddämonen durch deines, Blackvilles und das eines Dritten ersetzen ließ. Kein Wunder, wenn du es auf Dauer nicht behalten und lieber als großzügiger Wohltäter auftreten wolltest.«

Desmonds Lachen schnitt mir das Wort ab. »Ach ja, dieser sonderbare Einfall von Hannemann! Ich wusste sehr bald, dass er mir nicht das gewünschte Buch, nicht einmal eine dem Original getreu nachempfundene Kopie gegeben hat. Dennoch mochte ich das Faksimile gerade wegen dieses albernen Streichs. Dass er mich als Dämon darstellen ließ, schmeichelte mir. In den Augen einiger Leute trifft diese Charakterisierung zu. Ich werde dir später genauer darüber berichten, aber nun habe ich einen wichtigen Termin. Ich melde mich bei dir, versprochen. Deine Handynummer wird sich nicht geändert haben. Du sollst die Wahrheit erfahren, allein schon, weil ich in deinen Augen nicht als Mörder dastehen möchte.«

Da ich ihm nicht verraten wollte, dass ich ihn mit Blackville und McCoole zusammen beobachtet hatte, biss ich mir auf die Zunge und unterdrückte die Frage nach McCooles Rolle in diesem Spiel. Desmond gab mir einen Kuss auf die Wange und eilte davon.

Seelisch erschöpft und von meinen widersprüchlichen Empfindungen überwältigt, kehrte ich ins Hotel zurück. Richard hatte mir einen Zettel dagelassen. »Bin mit Schumann und Eriksson verabredet. Es geht um meinen Informanten zum Thema Schwarzhandel. Übrigens, Petersen ist wieder auf freiem Fuß. Das weiß ich natürlich nicht von Schumann, dem großen Geheimniskrämer. Petersens Tochter Margit, die bei ›Gutes für Geld‹ einmal eine angebliche Zeichnung von Lenbach verkaufen wollte, hat mich informiert. Diese Zeichnung war eine raffinierte Fälschung. Sie hat mir nie vergessen, dass ich sie vor dem harschen Expertenurteil in der Show bewahrt habe. PS: Wir sollten uns um fünfzehn Uhr am Hotel treffen. Die Reise zum Mittelpunkt der Erde beginnt um sechzehn Uhr dreißig.«

Als ich mein Handy aus der Tasche zog, sah ich, dass Schumann versuchte hatte, mich anzurufen. Mein Rückrufversuch landete auf seiner Mailbox. Auch gut, dachte ich.

Aus purer Neugierde wählte ich McCooles Nummer. Ich erreichte ihn beim dritten Anlauf. Er klang freundlich und höflich wie immer. »Haben Sie Zeit, mit mir zu lunchen?«, fragte ich ihn mit unschuldiger Stimme.

Er antwortete: »Das wäre sehr schön, Anna. Aber ich habe einen Termin und bin schon spät dran.«

»Wie schade! Richard ist unterwegs, Hans auch. Ich fühle mich etwas verloren«, säuselte ich und fand mich höchst lächerlich.

»Anna, das tut mir leid. Ich treffe mich nachher mit Ranulf Eriksson wegen einer neuen Spur im Fall Brendan Sullivan. Jetzt aber möchte ich mir den Tatort im Vulkan noch mal anschauen. Ich mische mich deshalb unter ein paar Touristen, die eine private Führung unter der Aufsicht von Thorinn Björnson gebucht haben, den Sie ja auch kennen. In drei Stunden bin ich zurück. Dann lade ich Sie gerne zum Tee ein.«

Er war also auf dem Weg zum Vulkan, den ich heute Nachmittag mit Richard besuchen wollte. Mit leicht resigniertem Unterton sagte ich: »Schade, dann eben später.«

Meine fatale Neugier war geweckt. Er heckte irgendetwas aus, und Desmond und Blackville steckten mit ihm unter einer Decke. Ohne viel nachzudenken oder Schumann zu informieren, beschloss ich, der Sache auf den Grund zu gehen. Die Alarmglocken in meinem Gehirn schaltete ich auf stumm.

Zehn Minuten später saß ich in einem Taxi zum Vulkan. Vor einigen Jahren waren wir über den felsigen Untergrund dorthin gewandert. Aber das dauerte mir zu lange und war recht mühsam. Ich folgte meinem Instinkt, der mich ahnen ließ, dass es außer McCoole und Gefährten keine »Privatkunden« bei dieser Führung gab. McCooles Erklärung stimmte hinten und vorne nicht. Und welche Rolle spielte Thorinn dabei?

Eine kurze Nachricht von Schumann tauchte auf. Er bat mich, vorsichtig zu sein. Es gebe einige neue Erkenntnisse. Ich sollte ihn so bald wie möglich anrufen. Darauf antwortete ich ihm, ich hätte etwas vor und würde mich später melden.

Richard schrieb ich, ich würde ihn um sechzehn Uhr vor dem Kiosk beim Vulkan treffen. Ich wartete nicht auf ihre Antworten, sondern warf mich mit der mir eigenen Unvernunft ins Abenteuer, in der Hoffnung, einmal mehr tatkräftig an der Lösung dieser Fälle mitzuwirken. Doch wie sagte schon unser großer Dichter Goethe: »Aus Vorsatz hast du nie, aus Leichtsinn stets gefehlt.« Man sollte gelegentlich auf die Dichter hören!

Sterben im Vulkan

Schumann und Eriksson waren nicht müßig gewesen. Als ich viel später in eine Decke gehüllt mit einem dampfenden Becher Tee zwischen Schumann und Richard saß, in Tränen aufgelöst und vollgestopft mit Schmerzmitteln, sagte Schumann ganz sanft zu mir:

»Während du deine eigenen Wege gegangen bist, haben Ranulf, Jansen und ich Befragungen durchgeführt, Akten gesichtet, Dokumente durchforstet. Davon durfte ich dir nichts erzählen. Ich hatte dich schon in zu viele Details eingeweiht. Jetzt bedauere ich, dass du geglaubt hast, du müsstest uns unterstützen, indem du mal wieder auf eigene Faust ermittelst. Ich hätte dir zumindest sagen sollen, wie Hannemann gestorben ist. Er wurde durch einen Schlag auf den Hinterkopf getötet und dann in dieser Eishöhle deponiert. Der Gerichtsmediziner vermutet, die Mordwaffe sei ein schwerer Gegenstand, wahrscheinlich eine große Taschenlampe gewesen. Es befanden sich winzige schwarze Metallsplitter in dem Loch am Hinterkopf.«

Schumann rückte die Decke um meine Schultern zurecht. »Ich will dich nicht mit den forensischen Details langweilen. Der Todeszeitpunkt lässt sich nur ungefähr bestimmen. Aber er fällt wohl auf den Tag von Hannemanns Verschwinden oder einen Tag später. Wir waren schon sehr nahe an unserem Mörder dran, den wir seit einiger Zeit im Visier hatten. Aber er ist uns mehrmals entwischt. Doch nun haben wir ihn. Er hat eindeutig Sullivan, Hannemann, Heinz, Gelling und Silke Gerjets getötet. Sein erstes Motiv war Hass, das letzte war Panik.«

Er sah mich voller Mitgefühl an. »Hättest du nicht versucht, einmal mehr Miss Marple zu spielen, wäre dir viel erspart geblieben. Ich habe versucht, dich zu erreichen und dir zu sagen, wer höchstwahrscheinlich der Täter ist. Doch du warst wie vom Erdboden verschluckt.« Was auch stimmte. Denn im Inneren eines Kraters existiert die Außenwelt nicht mehr.

Mehr sagte Schumann nicht. Ich blieb stumm. Zwei Sanitäter luden mich in einen Rettungswagen, um mich nach Reykjavík zu transportieren. Richard verharrte an meiner Seite und hielt schweigend meine Hand. Es war früher Abend. Regenwolken türmten sich am Himmel auf, über das Lavafeld um den Vulkan blies ein kalter Wind, und in der Dämmerung blinkten die Lichter der Polizeiwagen und des zweiten Rettungswagens. Der Notarzt stand mit zwei Sanitätern zusammen, eine Rechtsmedizinerin war vor Ort, zudem zwei Bergsteiger, die in den Krater hinabgestiegen waren. Aber für zwei Menschen kamen sie zu spät. Der Vulkan hatte weitere Opfer gefordert. Düster und zugleich majestätisch lag er unter dem wolkenschweren Himmel. Ein schlafender Riese.

Doch zurück zum Mittag dieses Septembertages. Die Fahrt zum Vulkan dauerte eine halbe Stunde. Der Taxifahrer setzte mich fünfhundert Meter vor meinem Ziel ab. Er gab mir zu verstehen, dass er mit seinem Auto, das kein Geländewagen war, nicht näher an das Ziel heranfahren könne. Ich stieg aus und wurde beinahe von dem heftigen Wind umgeweht. Der kobaltblaue Pullover aus dem Shopping-Center erwies sich als guter Kauf. Er schützte mich vor dem schneidenden Wind, mein Regenmantel vor der feuchten Nässe.

Mühsam suchte ich meinen Weg über die steinerne Wüste. Im Dunst entdeckte ich in der Nähe des Kiosks auf halbem Weg zum Kratereingang mehrere Gestalten. Ich duckte mich. Weit und breit kein Felsen oder Strauch, hinter dem ich mich verbergen konnte. Die Männer waren ins Gespräch vertieft und sahen nicht in meine Richtung. Ich beschloss, mich ihnen auf allen vieren ein Stückchen zu nähern.

Ich erkannte Desmond und McCoole, der dritte Mann stand mit dem Rücken zu mir und trug eine Kapuze. Zu seinen Füßen lag ein Paket, das Desmond aufhob, wobei er auf den Mann einredete. Der Wind wehte bruchstückhaft Worte zu mir herüber, ähnlich wie im Café in der Kringlan. »Zu teuer …«, »… das Original?« und »… Hannemann« war, was ich verstand.

Der Mann mit der Kapuze gestikulierte wild. Da packten ihn Desmond und McCoole und zogen ihn in Richtung Kratereingang. Er wehrte sich, schlug um sich, riss sich los und zückte plötzlich eine Pistole. Jedenfalls hielt ich den Gegenstand in seiner Hand dafür. Desmond und McCoole wichen zurück. Und ich beging eine große Dummheit, nicht die erste in meinem Leben. Entsetzt darüber, dass dieser Mann eine Waffe auf Desmond und McCoole richtete, stand ich jäh auf. Ein Stein löste sich zu meinen Füßen und rollte polternd davon. Dieses Geräusch ließ die drei Männer zusammenzucken. Desmond und McCoole starrten zu mir herüber, der Dritte hatte die Kapuze so weit ins Gesicht gezogen, dass ich nur seine Umrisse, aber nicht sein Gesicht sehen konnte.

»Anna!«, entfuhr es Desmond. McCoole löste sich aus der Erstarrung und kam in großen Sätzen auf mich zu. Der Kapuzenmann ließ die Waffe fallen und lief mit langen Schritten über das Lavafeld davon. McCoole hob die Pistole auf und packte mich mit eisernem Griff. Ich erkannte ihn kaum wieder. Sein sonst immer freundliches Gesicht wirkte grimmig. »Anna Bentorp, was sage ich denn dazu! Sie können es wohl nicht lassen, Detektivin zu spielen!« Auch seine Stimme klang anders, hart und rau.

»Lassen Sie mich los!«, keuchte ich. Aber er zog mich auf Desmond zu. Je mehr ich zappelte, desto fester wurde sein Griff.

Desmond stand da wie vom Donner gerührt und starrte uns an. Schließlich fand er seine Stimme wieder. »Finn, was ist mit dir? Lass sofort Anna los! Was soll das?«

McCoole lachte. »Desmond, du bist so ein selbstverliebter Idiot! Deine Zeit als selbst ernannter Chef von ›Freiheit und Vaterland‹ ist um! Hast du wirklich geglaubt, dass ich dir all die Jahre aus Idealismus beigestanden habe? Ich habe auf meine Chance gewartet. Mein kleines Schauspiel, dass ich der Organisation abgeschworen habe, hat für die Außenwelt prima funktioniert. Alle sind darauf hereingefallen. Doch jetzt ist Schluss mit dieser Farce.«

Ich trat ihm gegen das Schienbein, was er mit einem kalten

Lächeln registrierte. Als Reaktion umklammerte er meinen Arm noch fester.

»Dieses ›Buch von Thor‹ wird uns eine stattliche Summe einbringen. Du hast den Schatz von Malahide widerrechtlich in deinen Besitz gebracht. Und ich habe dir dabei geholfen. Alles für unsere gute Sache, hast du gesagt. Aber wo ist der Schatz abgeblieben?«

Desmond löste sich aus seinem Schock. Er lächelte. »Der Schatz geht zurück nach Island. Ich habe nur einen Bruchteil einbehalten, als eine Art Finderlohn. Mir liegt mehr an dem Buch als an dem Gold! Ich will es aufbewahren, nicht verkaufen.«

Finn McCoole sah sich um. »Gleich kommt unser Vulkanführer. Wir werden gemeinsam in den Krater einfahren.« Er wandte sich mir zu. »Ursprünglich sollte das eine Hommage an Brendan Sullivan sein. Hat jedenfalls Desmond geglaubt. Eine Art Salut. Aber daraus wird jetzt etwas anderes, meine Liebe. Sie wollten heute ohnehin in den Vulkan, wie mir der gutgläubige Richard verraten hat. Wenn Thorinn auftaucht, versuchen Sie nicht zu entkommen. Das könnte ungemütlich werden.«

McCoole blickte auf seine Uhr. »Wir werden ohne John starten. Die Zeit rennt uns davon.« Er stieß mich vorwärts.

In diesem Augenblick tauchte Thorinn Björnson auf, seit unserem letzten Treffen äußerlich unverändert und wie damals selbstbewusst grinsend. Er grüßte uns betont freundlich und sagte: »Auf geht's!«

McCoole hielt noch immer meinen Arm fest und flüsterte mir zu: »Lächeln!« Desmond bewegte sich steif voran, McCoole hatte ihm das Paket abgenommen und hielt es unter seinen anderen Arm geklemmt. Thorinn öffnete die Schranke zum Aufzug und drückte auf einen Knopf. Der Aufzug setzte sich knarrend in Bewegung.

Wir fuhren hinunter in den Krater. Das Licht einiger Lampen erleuchtete die farbenfrohen Wände und ließen die Lavafelsen im Krater wie Edelmetall funkeln. Eigentlich wunderschön, doch dafür hatte ich in diesem Moment keinen Blick.

Thorinn ließ uns aussteigen und sagte zu McCoole: »Wie abgemacht schicke ich Ihnen in einer halben Stunde den Aufzug hinunter. Die nächste Krater-Tour ist gegen sechzehn Uhr dreißig. Bitte nicht zu nah an die Felsenkanten gehen. Dahinter geht es steil in die Tiefe. Es besteht leider der Verdacht, dass der Riese im Vulkan langsam erwacht. Wir werden den Zugang zum Krater wohl ab Oktober wieder für Touristen sperren müssen. Deshalb freuen Sie sich über diese letzte Gelegenheit!«

Ich versuchte verzweifelt, Kontakt mit Thorinn aufzunehmen, blinzelte, zog Grimassen, warf ihm Blicke zu. Doch er ignorierte mich, und wenige Minuten später fuhr er mit dem Aufzug wieder zurück ans Tageslicht. Desmond und ich standen nebeneinander. Beide wie traumatisiert.

»So, ihr Lieben! Das Buch nehme ich nachher mit. Es gehört jetzt mir. All die Jahre hat es neben dem toten Hannemann in der Höhle nur darauf gewartet, endlich gefunden zu werden.« McCoole legte das Paket mit dem Buch auf einen Felsvorsprung.

»Dieses Buch hat eine wahre Odyssee hinter sich«, fuhr er fort. Seine Augen glänzten fiebrig in dem matten Licht der wenigen Lampen. »Ich habe mich schon seit einigen Jahren mit dem ›Buch von Thor‹ beschäftigt. John Blackville hatte durch seinen Kollegen Markus Hannemann von diesem Meistwerk des irischen Mönchs erfahren. Hannemann entdeckte das Buch in der Bibliothek von Reykjavík. Du, Desmond, und deine Vertrauten hatten vor, das Buch als Erbe irischer Buchkunst zu hüten. Ihr habt Hannemann erpresst, von dessen Plagiaten und anderen Betrügereien Hannemanns früherer Kollege Silvius Petersen gegenüber Blackville sprach. Da entstand der Plan, Hannemann unter Druck zu setzen, das Buch zu stehlen.«

McCoole sah mich an. »Das wissen Sie wahrscheinlich alles gar nicht. Petersen hegte einen Groll gegen seinen Kollegen Hannemann, der ihn oft genug gedemütigt hat und Schuld trug an dem Suizid von Petersens Patentochter. Das hat mir die gute Hilde Klein erzählt. Hannemann hat auch Blackville gelinkt, der Petersen schätzt. Hannemann sollte das Buch abliefern und dafür als ›Gegenleistung‹ die Beweise für seine Betrügereien ausgehändigt bekommen. Ein Mitarbeiter von Hannemann hatte sie zusammengestellt und an Blackville weitergereicht.«

McCooles trockenes Lachen hallte von den Felswänden wider. »Aber Hannemann hat alle hereingelegt. Er hat zwei Faksimiles in Auftrag gegeben, und eines davon übergab er Desmond und seinen Männern statt des Originals. Sie haben es erst später anhand der Dämonenporträts als Faksimile erkannt. Was für ein Schock!«

McCoole schmunzelte. »Desmond, du wolltest Hannemann nicht töten, sondern nur für ein paar Stunden ruhigstellen, bis du und deine Helfer Island wieder verlassen hattet. Aber da ging einiges schief. Ich habe sehr gründlich nachforschen müssen, um herauszufinden, was damals geschehen ist. Brendan Sullivan hatte den Auftrag, den bewusstlosen Hannemann in den Krater zu bringen, abzulegen und zu verschwinden. Er sollte Thorinn Björnson informieren. Thorinn hat damals sehr viel Schweigegeld kassiert, wie heute auch wieder. Er ist ein Ganove. Einige Stunden später sollte er mit einer letzten Touristengruppe in den Krater kommen und Hannemann ›zufällig‹ finden und befreien. Wenige Tage darauf würde der Vulkan für Besucher gesperrt werden. Thorinn hätte sicher nicht geplaudert. Um es für die Polizei wie einen Raubüberfall aussehen zu lassen, sollte Sullivan Hannemann die Brieftasche und das Handy abnehmen. Aber weder Hannemann noch Sullivan waren in dem Krater, als Thorinn mit der Reisegruppe dort ankam. Als Thorinn am nächsten Tag von Hannemanns Verschwinden bei einer angeblichen Wandertour hörte, schwieg er. Er glaubte, Hannemann sei in den Abgrund gestürzt, und redete sich ein, es sei ein Unfall gewesen. Sullivan sei entkommen, nahm er an. Das hat er mir gestanden. Das Material zu Hannemanns Verfehlungen hat Thorinn verbrannt, die Tasche ins Meer geworfen. Was für ein Schock, als der Tote im Vulkan entdeckt wurde. Thorinn hat später, um sich zu schützen, durch seine Falschaussagen die Arbeit der Ermittler behindert. Nicht Hannemann war dort gestorben, wie er geglaubt hatte, sondern Brendan Sullivan.«

McCoole hielt einen Augenblick inne. »Ich kenne den Mann,

der das getan hat. Er war Hannemann gefolgt, rettete ihn und stieß Brendan in die Tiefe.«

Mir wurde schwindelig. »Woher wissen Sie das alles?«, fragte ich mit zitternder Stimme.

»Weil der Mann, der Hannemann zunächst gerettet und dann ermordet hat, Desmond heute Corrans Original gegen eine stattliche Summe Geld geben wollte. Das Buch lag all die Jahre in der Eishöhle. Aber genug der Erklärungen. Anna, ich glaube leider, wir müssen uns von Ihnen und Desmond trennen. Desmond, du warst mein Freund, doch jetzt ist meine Zeit gekommen, deine Nachfolge anzutreten. Schade, dass John Blackville nicht aufgetaucht ist. Ich nehme an, er hat kalte Füße bekommen. Denn eigentlich hat er die Verhandlungen wegen des Buches mit dem Mörder geführt.«

Er lachte. »Es wird John sehr schmerzen, zu erfahren, dass du, Desmond, zusammen mit Anna im Krater verunglückt bist. Aus eigennützigen Gründen wird er nicht weiter nachforschen. Er war und ist ein nützlicher Trottel!«

»Und was ist mit Thorinn?«, flüsterte ich mit trockener Kehle.

McCoole grinste. »Thorinn? Wenn ich recht habe, wird er den heutigen Tag nicht überleben. Sein reuiges Gewissen wird ihn dazu treiben, sich von dieser Welt zu verabschieden. Details behalte ich für mich. Das hat nichts mit Ihnen zu tun, Anna. Sie konnten nicht abwarten, bis Ihre Gruppe auftaucht, sind leichtfertig allein in den Vulkan eingefahren und dabei leider verunglückt. Ein böser Sturz! Nach Desmond wird niemand fragen. Er neigt dazu, vom Erdboden zu verschwinden, und er galt sogar schon als tot. Dieser Vulkan ist sehr gefräßig. Ich werde einige Ermittlungen führen, die im Sande verlaufen werden.« Er lachte wieder.

McCoole hatte eine perfekte Maske getragen. Ich bin keine gute Menschenkennerin, aber in seinem Fall hatte ich sogar ein leises Misstrauen gespürt, das ich »aus Mangel an Beweisen« beiseitegeschoben hatte.

Desmonds Augen blitzten vor Zorn. Wütend knurrte er:

»Du wirst nicht damit durchkommen. Bilde dir das nicht ein. Du kannst nicht jeden ermorden, der dir in die Quere kommt. Auch dir unterlaufen Fehler.«

McCoole wirkte ungerührt. »Ich habe lange Zeit alle getäuscht und im Stillen geplant. Keiner kann mir etwas nachweisen. Du, Desmond, wirst im tiefsten Abgrund des Vulkans landen.« Er zog die Pistole heraus. »Und wenn du weg bist, dann stirbt Anna leider auch. Schade, Anna, Sie mochte ich immer sehr.«

Was dann geschah, liegt für mich wie in einem Nebel. Desmond stürzte sich auf McCoole, die beiden kämpften miteinander, ein Schuss löste sich, ich stolperte und prallte mit dem Kopf und meiner rechten Schulter gegen einen Felsen. Grelle Lichter flammten auf, Stimmen ertönten, noch ein Schuss und ein dumpfer Schlag. Mir schwanden die Sinne.

Ich kam zu Bewusstsein, als mir jemand mit einer Taschenlampe in die Augen leuchtete. Über mir grauer Himmel. Erleichtert seufzte ich auf. Ich war nicht mehr im Krater. Zwei Sanitäter standen neben mir. Einer legte mir eine Decke um die Schultern. Der andere reichte mir einen Becher Tee. Um mich herum Polzisten, ein Rettungswagen, ein Notarztfahrzeug und dazu Schumann, Eriksson, Richard und zu meinem Erstaunen ein aschfahler John Blackville.

Schumann trat zu mir, legte seine Hand auf meine linke Schulter. »Gott sei Dank hat Blackville uns informiert, dass Desmond Casey hier zusammen mit Finn McCoole von Hannemanns Mörder das ›Buch von Thor‹ bekommen sollte. Desmond, der schon lange einen Verdacht hatte, wer seinen Gehilfen Brendan Sullivan getötet hat, hat gemeinsam mit Blackville diesem Mörder eine Falle stellen wollen.« Selten hatte ich Schumann so grimmig dreinblicken sehen wie in diesem Moment.

»Was Desmond nicht wusste, war, dass Finn McCoole ein Verräter ist und seit geraumer Zeit den Plan hegte, Desmond zu beseitigen, die Führung der Organisation zu übernehmen und für das ›Buch von Thor‹ viel Geld einzuheimsen. McCoole hat seinen Deutschlandbesuch genutzt, um durch Aussagen von Hilde Klein und Beate Karlsson Details zu Hannemann zu erfahren und gleichzeitig unsere Ermittlungen zu verfolgen. Blackville hatte nach dem Treffen heute Vormittag mit McCoole und Desmond aber plötzlich ein ungutes Gefühl und hat Eriksson über diesen Plan informiert.«

Trotz meiner Schmerzen murmelte ich: »Dann war meine Menschenkenntnis ausnahmsweise nicht schlecht. Ich habe McCoole nie getraut.«

Schumann lächelte. »Du bist ein Phänomen. Wie wunderbar, dass du lebend aus dem Krater herausgekommen bist.« Er wurde schlagartig ernst. »Aber leider sind zwei Menschen gestorben.«

Mir wurde wieder schwindelig. Eine dumpfe Ahnung erfasste mich. »Wer?«, fragte ich.

Schumann nahm meine Hand. »Desmond hat mit McCoole gekämpft, sicher auch, um dich zu retten. Als wir in den Krater kamen, lagst du bewusstlos auf dem Boden. McCoole hat noch die Waffe abgefeuert, ehe er und Desmond über den Felsenrand in die Tiefe stürzten. Anna, es tut mir leid. Aber Desmond ist tot.«

Geständnisse

Ich wachte am nächsten Morgen in einem Krankenhausbett auf. An den Wänden hingen Abbildungen isländischer Landschaften. Durch das Fenster quälten sich blasse Sonnenstrahlen. An meinem Bett saß Richard mit müden Augen. Schumann stand am Fußende. Ich war benommen, doch schmerzfrei. Als ich die beiden Männer sah, überfiel mich die Erinnerung. Desmond tot!

Vor meinem inneren Auge sah ich McCoole und Desmond miteinander ringen, hörte den Schuss, der von den Felswänden widerhallte, und dann nur noch vage Schemen. Mein Herz zog sich zusammen. Desmond hatte mich einmal mehr gerettet und diesmal mit seinem eigenen Leben dafür bezahlt. Damals am Steinhuder Meer war er verletzt davongekommen. Mir schossen Tränen in die Augen.

Schumann reichte mir ein Papiertüchlein und sagte: »Ich werde dir später alles erzählen. Nur eines: John Blackville hat uns leider erst angerufen, als Desmond zum Vulkan aufbrach. Trotz aller Bemühungen waren wir nicht schnell genug vor Ort. Wir mussten um einige Elfenhügel herumfahren, was uns aufgehalten hat.«

Er reichte mir ein zweites Papiertuch und fuhr fort: »Thorinn wurde inzwischen verhaftet. Er gibt zu, von McCoole ein beachtliches Schweigegeld erhalten zu haben. Er sollte die Männer in den Vulkan fahren und danach verschwinden. McCoole habe ihm gedroht, seine Betrügereien aufzudecken, wenn er nicht mitspielte. Das Geld hat ihn zusätzlich verführt. Gerade läuft seine dritte Scheidung. Es wird zu einer Anklage gegen ihn unter anderem wegen Behinderung der Polizeiarbeit im Fall von Hannemann und Heinz kommen, dazu wegen Falschaussagen, Annahme von Bestechungsgeldern und Mitwisserschaft bei einem Tötungsdelikt. Aber er ist nur ein kleiner Fisch. Wer hätte gedacht, dass Finn McCoole ein so übler Typ war, der im Hintergrund die Strippen zog! Er hat uns alle hinters Licht geführt, nicht nur Desmond verraten, sondern Blackvilles Vertrauen missbraucht und uns alle ausgenutzt. Allerdings ist er nicht unser gesuchter Mörder.«

Was Schumann mir noch berichtete, verschwamm in meinem Gedächtnis. Mir fielen die Augen zu. Ich träumte von Desmond und erwachte, als mein Handy klingelte. Nicht ganz korrekt in einem Krankenhaus.

Es war Deirdre. Richard hatte sie über Desmonds Tod informiert. Sie klang, als habe sie geweint. »Ich mochte ihn trotz seiner Fehler«, gestand sie. »Auch wenn er Sean Bradleys Buch stehlen ließ und den Schatz von Malahide illegal an sich nahm. Doch er hatte Charme, und dich mochte er sehr, Anna. Er hat dir das Leben gerettet.«

Auch Harald Frostauer meldete sich. Richard hatte ihm von meinem Abenteuer berichtet. Er überschüttete mich mit guten Wünschen und Beteuerungen, wie sehr er mich verehre. »Immer segelst du knapp am Abgrund entlang«, sagte er vorwurfsvoll und ähnelte dabei meiner Mutter, die kurz nach Deirdre angerufen hatte und freundlich, aber mit ernstem Unterton eine ihrer Weisheiten zum Besten gab: »In der Bärenhöhle sucht man nicht nach Honig.« Ein kluges deutsches Sprichwort. Ich versprach ihr, dies in Zukunft zu beherzigen.

Ehe Harald mich mit Fragen zum Stand der Dinge überhäufte, sagte ich: »Du hast Schumann wieder einmal sehr geholfen, wie er mir andeutete. Ich werde heute mit ihm sprechen, um mehr zu erfahren. Aber erst, wenn ich nicht mehr so benebelt bin. Ich nehme starke Schmerzmittel.«

»Ach, du Ärmste! Dann bis später.«

Im Grunde ging es mir nicht schlecht, doch besaß ich nicht die Kraft, mit Harald länger zu telefonieren. Er glich einem Springbrunnen, den man nicht abstellen konnte.

Den Rest des Tages döste ich. Ein- oder zweimal nahm ich Richard wahr. Er saß treu neben meinem Bett und ahnte nicht, wie sehr mich Desmonds Tod berührte. Immer wieder kehrten meine Gedanken zu den Ereignissen des vergangenen Tages zurück. Ich hörte den Schuss, versank im Dunkeln und hoffte jedes Mal beim Auftauchen, Desmond hätte auf wundersame Weise überlebt.

Am frühen Abend besuchte mich Ranulf Eriksson. An seiner Seite die verlegen lächelnde Frauke Engelbrecht. Eriksson bemerkte meinen überraschten Blick. »Etwas Gutes hat dieser Kriminalfall doch«, sagte er grinsend. »Frauke und ich hätten uns nicht getroffen. Jetzt macht sie hier zwei Wochen Ferien und lernt Land und Leute und meine merkwürdige Familie kennen.«

Ich gratulierte den beiden. Was mich allerdings mehr bewegte, war die Frage, ob sie den Mörder gefasst hatten. Bisher hatte ich nur vage Andeutungen gehört, wobei ich ahnte, wer es war.

Eriksson lächelte. »Morgen früh kommt Schumann vorbei. Dann sind die Vernehmungen beendet. Er wird es Ihnen erzählen. Ja, wir haben den Mörder von Hannemann gefasst, und er hat gestanden. Es ist am Ende alles sehr schnell gegangen. Das ist auch Desmond und Blackville geschuldet, die ihm eine Falle gestellt haben. Leider nicht ganz mit dem erhofften Erfolg. Dass McCoole seit Langem seine Intrigen gesponnen hat, um an Geld und Macht zu kommen, hat keiner von uns geahnt. Er hat den Konvertiten überzeugend gespielt.«

Am nächsten Tag, dem Sonntag, kam Schumann erst gegen Mittag. Ich lag wie auf glühenden Kohlen. Am Montag sollte ich entlassen werden. Die geprellte Schulter und anderen Hämatome würden mich noch einige Wochen begleiten, die leichte Gehirnerschütterung heilte rasch, kein Grund also, mich länger in der Klinik zu behalten. Eine der Krankenschwestern hatte mir eine isländische Zeitung gebracht, deren Überschrift ich mit ihrer Hilfe enträtselte: »Tote im Vulkan. Mörderischer Kampf im Krater«.

Mit meinem Handy konnte ich nur telefonieren, in der Klinik hatte ich kein Internet. Einen Fernseher gab es nicht in meinem Zimmer, und so fühlte ich mich von der Außenwelt abgeschnitten. Aber dann endlich erschien mein Freund Schumann zusammen mit Jansen und Eriksson, diesmal ohne weibliche Begleitung.«

Ich setzte mich mühsam im Bett auf und sagte:»So, Hans, jetzt möchte ich alles wissen. Ich habe den Mörder am Freitag nur von hinten gesehen und mit Regenmantel und tief ins Gesicht gezogener Kapuze nicht erkannt. Also, leg los.«

»Vorweg – wir wissen jetzt, wer der dritte Dämon in dem Faksimile sein soll. McCoole. Vielleicht hatte Hannemann einen Instinkt, dass McCoole nicht der ist, der er vorgibt zu sein.«

Schumann rückte einen Stuhl an mein Bett.

»Tatsächlich hat dein Freund Harald uns das Motiv für den Mord an Hannemann geliefert«, begann er.»Dieser alte Besserwisser hat herausgefunden, dass die Doktorandin Sophia Zimmermann nicht nur die Patentochter von Silvius Petersen war, sondern ...«

Hier machte er eine seiner irritierenden Kunstpausen.

»... sondern auch die Verlobte von Hannemanns damaligem Assistenten Bernd Zabel. Wir hatten ihn schon länger im Verdacht, weil das eine oder andere Alibi von ihm nicht stimmig war und jemand ihn an Silkes Todestag im Watt gesehen hatte. Ein Zeuge, der sich nichts dabei dachte und Jansen erst vor zwei Tagen von seiner Beobachtung in Kenntnis setzte. Angeblich befand Zabel sich zu dieser Zeit auf dem Weg nach Münster, kam aber erst nachts an. Zufällig war er in Island, als Heinz ermordet wurde, und ein Besucher der Lesung in Hannover, der sich leider spät meldete, sah Zabel vom Parkplatz zurück in die Kirche eilen, als der Empfang nach der Lesung begann. Da war Gelling bereits tot. Die Tatwaffe, gestand er, liegt in der Leine. Ein Schraubenzieher, wie Schneyders diagnostizierte.«

Zabel, dieser unauffällige Mann, mit dem ich einige freundliche Worte vor der Lesung gewechselt, ein Mensch, den Hannemann zutiefst verletzt hatte. Ich war erschüttert.

Schumann fuhr fort:»Zabel hat sich in unserer Vernehmung alles von der Seele geredet. Es war nicht schwer, ihn aufgrund der Beweise zu einem Geständnis zu bewegen.« Er zog sein kleines schwarzes Notizbuch aus der Tasche.

»Kurz vorweg: Er hat sehr bedauert, dass du, liebe Anna, in diese Sache verwickelt und von McCoole fast umgebracht wurdest. Er war selbst überrascht, als er ihn am Freitag zusammen mit Desmond am Krater traf. Genau wie wir hat er McCoole für einen ehrlichen, engagierten und vor allem gebildeten Ermittler gehalten. McCoole führte mit ihm bei einer Begegnung kurz vor der Lesung in Hannover ein intensives Gespräch über irische Literatur, was Zabel beeindruckte.«

Jansen und Eriksson sagten im Duett: »Jetzt komm zur Sache, Hans! Anna hält es nicht mehr lange aus, wenn du so weitschweifig um den heißen Brei herumredest.«

Ich lächelte ihnen dankbar zu.

Schumann gab sich einen Ruck. »Nun gut! In Zabel kochte der Hass auf Hannemann, den er für schuldig am Tod seiner Verlobten hielt, immer stärker hoch. Mehrmals, so sagte er uns, habe er seinen Professor fast getötet. Einmal wollte er ihn nachts überfahren, ein anderes Mal einen Raubmord in dessen Haus in Hannover vortäuschen. Aber Hilde Klein wäre dann eventuell zum Kollateralschaden geworden. Als die Islandreise anstand, auf der er Hannemann begleitete, sprach ihn Blackville an. Die beiden kannten sich gut. Er verriet Zabel, dass Hannemann an dem ›Buch von Thor‹ interessiert sei. Was Zabel nicht wusste, war, dass Hannemann bereits zuvor das Buch heimlich entliehen hatte, um die Faksimiles in Auftrag zu geben. Hannemann kam während dieses Islandbesuchs, bei dem du, Anna, ihn flüchtig getroffen hast, auf Zabel zu und sagte ihm, er sei in Schwierigkeiten. Er werde erpresst. Und da reifte in Zabel endgültig der Plan, Hannemann zu töten.«

Schumann angelte sich eine Flasche Wasser von meinem Nachttisch und trank in langen Zügen. Er wischte Tropfen von seinem Kinn und fuhr fort: »Hannemann hatte sich mit Desmond und seinen Begleitern für die Übergabe des von ihm gestohlenen Buches am Vulkan verabredet. Desmond besaß belastendes Material zu Hannemanns Plagiarismus, dafür, dass er sich mit fremden Federn schmückte. Doch Hannemann hatte nicht das echte Buch dabei, sondern das Faksimile mit den verfälschten Gesichtern der Dämonen. Das sollte ein böser Streich sein und auch eine Verhöhnung Desmonds. Zabel ist sich sicher, dass Desmond nicht vorhatte, Hannemann zu ermorden, sondern er nahm ihm das Buch ab und befahl Brendan Sullivan, den gefesselten Hannemann in den Krater zu bringen.«

»Und wie sollte es weitergehen?«, fragte ich.

»Thorinn Björnson war bestochen worden und sollte Hannemann zwei Stunden später befreien. Desmond hatte ihm eine Tasche gegeben, in der sich das verräterische Material befand. Thorinn sollte diese Tasche Hannemann überreichen. Er war als Reiseführer eingesetzt und hätte den Professor sozusagen zufällig im Krater entdeckt. Doch der Plan ging schief. Sullivan gelang es zwar, Hannemann zu fesseln und mit Hilfe des Aufzugs hinunterzuschaffen, aber Hannemann wehrte sich so heftig, dass die beiden auf den Boden stürzten und immer mehr auf den Abgrund zurollten. In dem Moment tauchte Zabel auf, der seinem Chef gefolgt war, überwältigte Sullivan und befreite Hannemann. Und der bestand darauf, den jungen Iren in die Tiefe zu stürzen. Zabel behauptet, Hannemann habe ihn geradezu gezwungen, Sullivan zu töten. Zabel begleitete Hannemann anschließend in sein Hotel und half ihm beim Packen, da er tatsächlich zu einer Wanderung aufbrechen wollte, in dem sicheren Glauben, Desmond erfolgreich getäuscht zu haben.«

Schumanns Redefluss wurde unterbrochen, als eine Krankenschwester hereinhuschte und mir ein Schmerzmittel verabreichte. Ungeduldig nahm er den Faden wieder auf.

»Zabel bot Hannemann an, ihn mit dem Mietwagen zu seinem Wandergebiet zu bringen, was übrigens Hannemann in letzter Minute zu Thingvellir änderte. Grímsey hatte er gestrichen. Zabel aber fuhr in Richtung Katla, lockte Hannemann auf einem abgelegenen Rastplatz aus dem Auto und erschlug ihn mit einer schweren Taschenlampe. Er wickelte ihn in mitgebrachte Leinensäcke und machte sich mit der Leiche an Bord auf den Weg ins Gletschergebiet. Als der Wagen nicht mehr weiterkam, zerrte er den Toten aus dem Auto und schleppte ihn samt Buch ungefähr fünfhundert Meter bis zu den ersten Höhlen. Ein beachtlicher Kraftakt. Das ›Buch von Thor‹ deponierte er neben dem Toten.«

»Er selbst war nicht daran interessiert?«, fragte ich.

»›Ich wollte dieses Buch loswerden‹, gab Zabel zu Protokoll. ›Für mich war es ein Symbol für Hannemanns Gier und Selbstsucht, die meiner geliebten Sophia das Leben kosteten.‹ Er fuhr danach mit Hannemanns Mietwagen nach Norden, um eine falsche Spur zu legen, ließ das Auto auf dem Parkplatz der Fähre nach Grímsey stehen, nachdem er ein paar von Hannemanns Sachen auf Grímsey deponiert hatte, und fuhr mit dem Bus zurück nach Reykjavík. Niemand hatte ihn vermisst.«

»Warum hat Zabel Hannemann nicht im Krater umgebracht? Dann hätte jeder geglaubt, Sullivan sei der Mörder und bei seinem Tötungsversssuch zusammen mit Hannemann abgestürzt. Und letztlich hätte Desmond die Schuld daran getragen. Warum hat Zabel Hannemann erst befreit und dann getötet?« Ich war ein wenig verwirrt.

Schumann trank wieder einen großen Schluck. »Gute Frage. Zabel gab zu, sein ursprünglicher Plan sei genau dies gewesen. Aber dann wollte er das Buch haben, um es gemeinsam mit Hannemann zu vernichten. Und das echte Buch hatte Hannemann in seinem Hotelzimmer gut versteckt. Und so hat er den verhassten Professor erst später getötet und zusammen mit dem Buch in die Eishöhle geschleppt. Erst vor wenigen Tagen wurde ihm bewusst, welchen Trumpf er mit Corrans echtem Werk in der Hand hatte. Und so holte er das Buch aus der Höhle, um es Desmond zu verkaufen. Wir dachten, er habe das Buch aus der Höhle geholt, um damit Spuren zu beseitigen. Aber nein. Es ging Zabel plötzlich nur noch um den schnöden Mammon. Blackville trat als Vermittler auf. Zabel ahnte wie alle anderen nichts von McCooles Machenschaften.«

Das leuchtete mir ein.

Schumann setzte erneut an. »Alles andere ist rasch erzählt. Heinz Kröger ist bei seinen Recherchen zum Verschwinden von Hannemann Bernd Zabel zu dicht auf den Fersen gewesen. Er hatte herausgefunden, dass Zabel zwei Tage nach Hannemanns Verschwinden die Insel überstürzt verlassen und sein Forschungsprojekt abgebrochen hatte. Dem wollte er nachgehen. Zabel entzog sich ihm, als Heinz ihn bereits im Hotel in Reykjavík ansprechen wollte, erklärte sich aber bereit, ihn auf dem Weg zum Flughafen zu treffen. An dem Tag seines Todes sprach Heinz zunächst mit Meyers über mögliche Tatorte und Verstecke auf der Insel. Zabel überhörte das Gespräch. Er saß im Café ganz in der Nähe. Als Meyers gegangen war, gesellte er sich zu Heinz. Er vermutete, Heinz könnte ihm gefährlich werden, mischte ihm das Beruhigungsmittel in den Tee, als Heinz kurz auf Toilette ging, begleitete ihn zur Lagune und tauchte den schon Halbbewusstlosen so lange unter Wasser, bis er ertrank. Zabel flog wenige Stunden später nach Deutschland, allerdings über London, um nicht Meyers in die Arme zu laufen.«

Mir stiegen Tränen in die Augen, der arme Heinz. Und in mir brodelte die Wut auf Zabel, diesen eiskalten Mörder.

»Zabel wäre möglicherweise mit dem Mord an Heinz davongekommen, wenn Jochen Gelling ihn nicht an dem Abend in der Kirche erkannt hätte. Gelling war zeitgleich mit Heinz in Island, sah Zabel mehrmals im gemeinsamen Hotel und in der Bibliothek. Gelling flog gemeinsam mit Meyers von Keflavík zurück nach Deutschland. Den Flug hatte Heinz ursprünglich auch gebucht. Gelling wählte die Route zum Flughafen vorbei an der Lagune und meinte, aus der Ferne Heinz in einem Café zu sehen. Zusammen mit einem ihm unbekannten Mann. In der Kirche glaubte er, in Zabel diesen Fremden zu erkennen. Er fragte ihn vor der Lesung, ob er an besagtem Tag in der Nähe der Blauen Lagune gewesen sei. Zabel geriet in Panik und sagte Gelling, sie sollten nach Ende der Lesung auf dem Parkplatz miteinander sprechen.«

»Deshalb hat Gelling die Lesung bereits früher verlassen«, wurde mir klar.

»Ja, er machte einen kleinen Spaziergang und traf sich dann mit Zabel. Es ist nicht einmal sicher, dass Gelling ihn tatsächlich nach Heinz fragen wollte. Der Verdacht liegt aber nahe, dass Gelling vorhatte, Zabel zu erpressen. Deshalb ging Zabel kein

Risiko ein und erstach ihn mit einem Schraubenzieher. Den hatte er zufällig noch bei sich wegen einer Reparatur an seinem Wagen. Die schwere Taschenlampe, die er beim Einbruch bei Hilde Klein bei sich hatte und die schon die Mordwaffe im Fall Hannemann war, hat er übrigens erst vor Kurzem im Aasee in Münster versenkt. Er hat bei Hilde Klein vergebens nach Dokumenten gesucht, die ihn mit Sophia in Verbindung gebracht hätten. Er fand aber nichts, weil du, Anna, die Plagiate bereits mitgenommen hattest.«

Mir brummte der Schädel. Nie hätte ich Bernd Zabel für einen mehrfachen Mörder gehalten.

»Zabel war gut darin, den Verdacht auf andere zu lenken. Petersen, Meyers oder Reinhardt. Silke Gerjets erpresste ihn dummerweise mit den Notizheften, die sie eigentlich dir, Anna, übergeben wollte. Beim Durchblättern muss sie auf verfängliche Notizen zu Zabel gestoßen sein. Zabel verabredete sich mit ihr zu einem kleinen Wattspaziergang und bot ihr fünftausend Euro für die Hefte. Sie trafen sich beim Watt-Besucherzentrum, marschierten los, und ein Stück vom Ufer entfernt gab ihm Silke die Hefte, er ihr das Geld. Wenig später entledigte Zabel sich seiner Erpresserin mit einem Schlag auf den Kopf. Tatwaffe war wiederum die ominöse Taschenlampe. Silke stürzte in einen Priel und ertrank.«

Schumann seufzte. »Sie war nur bewusstlos gewesen. Das Geld steckte er wieder ein, eines der beiden Hefte fiel ihm aus der Hand in einen der Priele. Er ließ es liegen, nahm das andere Heft mit und entdeckte später zu seinem Entsetzen, dass es nur Zeichnungen und Zahlen, aber nichts über ihn enthielt. Das musste in dem anderen Heft gestanden haben, das du, Anna, als durchnässtes Knäuel am Ufer gefunden hast. Wir haben Zabel gegenüber behauptet, dank forensischer Mittel in den nassen Resten an mehreren Stellen seinen Namen entziffert zu haben. Glatt gelogen. Ich sagte dir, Anna, was bei Zabel als Hass begann, endete in Panik.«

Er seufzte noch einmal. »Seltsamerweise spüre ich wenig Empathie für Hannemann, der skrupellos mit anderen Menschen umging, sie ausnutzte und die arme Sophia Zimmermann in den Suizid trieb. Dennoch, Mord bleibt Mord, und um Heinz trauere ich. Um Gelling und Silke Gerjets tut es mir auch bitter leid.«

»Aber Meyers wollte Silke Gerjets doch angeblich auch ein Heft abkaufen?«

»Ja, die gute Silke Gerjets war durchtriebener, als wir gedacht haben«, sagte Schumann. »Sie hätte Meyers für ein paar hundert Euro mehr, als er uns als Summe genannt hat, ein belangloses Notizheft gegeben, in dem Heinz Kröger einige Stichworte zu seinem Wüstenschloss-Buch aufgeschrieben hatte, Meyers aber nie erwähnt wurde. Doch Zabel war der dickere Brocken.«

Richard sah mich liebevoll an. »Traurig, dass dein Freund Heinz Opfer seiner Recherchen wurde!«

Sicherlich trauerte ich um Heinz, aber mehr noch um Desmond. »Du hast von einer Falle gesprochen, die Desmond gestellt hat?«

Schumann nickte. »Desmonds Plan war, den Mörder von Brendan Sullivan zu überführen. Schon lange verdächtigte er Zabel, involviert zu sein. Er holte Blackville mit ins Boot. Dieser bat Zabel, mit dem er stets ein kollegiales Verhältnis pflegte, ihm zu helfen. Er sei auf der Suche nach dem Original des ›Buchs von Thor‹ und hoffe, dass Zabel als früherer Assistent von Hannemann ihm einen Tipp geben könnte. Ein interessierter Sammler wolle das Buch kaufen. Zabel schlug das Treffen am Vulkan vor und versprach, das Original mitzubringen, das, seiner Aussage nach, kürzlich unter Hannemanns Nachlass entdeckt worden sei. Er holte das Buch aus der Eishöhle. Blackville buchte die private Tour, McCoole kam dazu, weil er angeblich erst kurz zuvor mit Desmond wieder Kontakt aufgenommen hatte. In Wahrheit war er ihm stets auf der Fährte geblieben, wusste auch, dass Desmond der Entdecker des Schatzes von Malahide war. Wie gesagt, keiner ahnte von McCooles Doppelspiel.«

Wieder huschte eine Krankenschwester ins Zimmer und maß meinen Blutdruck. Dann erst konnte Schumann weiterberichten.

»Desmond hoffte, Zabel zu einem Geständnis zu zwingen.

Das Buch wollte er ihm abnehmen und ihn zunächst laufen lassen, allerdings nur so lange, bis Desmond Island verlassen hatte. Dann würde er Zabel der Polizei melden. Doch McCooles eigene Absichten durchkreuzten Desmonds Vorhaben. Blackville ahnte nichts Gutes, als McCoole plötzlich in Reykjavík auftauchte, und beschloss deshalb, uns zu alarmieren. Zabel konnte zwar entkommen, wurde aber am Freitagabend hier am Flughafen verhaftet und legte gestern sein umfängliches Geständnis ab.«

Das »Buch von Thor« war allerdings erneut verschwunden. Wie Ranulf Eriksson vermutete, zusammen mit McCoole und Desmond in den Schlund des Riesen gestürzt. Das eine Faksimile lag in Reykjavík, das zweite hatte Hannemann in einer seiner wenigen großen Gesten Trinity College vermacht. Dort war es mit Hilfe von Blackville kurz vor Hannemanns Verschwinden der Bibliothek übergeben worden. Bisher hatte man es wenig beachtet, nun aber bekam es einen ganz anderen Stellenwert. Immerhin ein schwacher Trost.

Zusammen mit Richard, Schumann und Jansen verließ ich eine Woche später die Insel aus Eis und Feuer. Den Krater hatte man nach eingehenden vulkanologischen Untersuchungen vorsichtshalber für die Öffentlichkeit geschlossen. In ungefähr fünfzig Metern Tiefe stieß man auf McCooles Leiche. Desmond dagegen musste ein gutes Stück tiefer gefallen sein. Seine Leiche und das Buch fand man nicht. Die Suche endete mit der Bergung von McCoole.

Zabel sollte demnächst an Deutschland ausgeliefert werden. Blackville kehrte unbehelligt nach Dublin zurück, wo er Anfang Oktober im Rahmen einer Trauerfeier eine bewegende Trauerrede auf Desmond hielt. Ich war dabei und wünschte, Desmond würde wie einst Sherlock Holmes nach seinem angeblichen Tod im Reichenbachfall wieder auftauchen. Aber da unterscheiden sich Fiktion und Fakten.

Mitte Oktober hörte ich von Birgit Gunnardottir, ein bekannter Kunsthändler habe im Auftrag seines verstorbenen Klienten Desmond Casey den Goldschatz von Oláfur zurück nach Island überführt. Desmond hatte dies schon lange vor seiner Schatzsuche in Malahide geplant. »Dem isländischen Volk mit Respekt und in Freundschaft«, stand auf dem der Transportkiste beigefügten Schreiben. »PS: Ich habe mir erlaubt, einen Finderlohn einzubehalten. Dreißig Goldstücke sehe ich als gerechtfertigt an.«

Keiner wusste, wo Desmond den »Finderlohn« versteckt hatte. Ich lachte über diese Idee. Er war ein geistiger Verwandter meines Lieblingsschurken Long John Silver aus Stevensons »Die Schatzinsel«. Ich würde ihn nie vergessen.

Das Leben ging weiter. Richard und ich verschoben unsere geplante Neuseelandreise auf das kommende Jahr, da mich Gebhard Steinholz bat, das Buch zum Hannemann-Mord im Sinn von Heinz weiterzuentwickeln. Ich habe zugesagt. Doch meine Hauptfigur ist kein zum Reiseleiter mutierter Ex-Polizist, sondern eine Kunstexpertin mit detektivischem Spürsinn, die gemeinsam mit einem liebenswerten Kommissar, einem mit allen Wassern gewaschenen Spezialisten für Schwarzmarktgeschäfte und einem Besserwisser mit literarischen Ambitionen »wahre« Fälle zu lösen versucht.

»Tod im Vulkan« soll im nächsten Jahr erscheinen. Mein Lektor Otto Reiners ist genauso gespannt wie ich.

Mit Hilde Klein habe ich mich ein paarmal getroffen. Sie gab zu, dass sie sich nie Illusionen über ihren Bruder gemacht habe, aber es war ihr peinlich, dies einzugestehen. »Allerdings erscheint mir die Vorstellung von Zabel als Rachegott, der nicht wie Thor mit dem Hammer, sondern mit einer Taschenlampe zuschlägt, fast schon absurd«, sagte sie. Trotz ihres Kummers musste sie bei dieser Vorstellung lächeln.

Beate Karlsson kommentierte den Tod ihres Ex-Mannes mit kargen Worten und drückte vielmehr ihr Bedauern über den Tod der anderen Opfer aus. »Markus Hannemann ist meine Vergangenheit, die ich gerne vergessen möchte.«

Ich konnte es nachvollziehen. Beate und ich trafen uns nicht wieder.

Epilog

Draußen jagte ein Eisregenschauer den nächsten. Das Jahr ging mit unfreundlichem Wetter seinem Ende entgegen. In meinem Wohnzimmer stand ein hübscher Weihnachtsbaum. Meine Mutter hatte mit Richard und mir gefeiert, Schumann und Harald stießen Heiligabend zum Essen dazu, und unter dem Baum prangte ein großartiges Geschenk an mich von Birgit Gunnardottir im Auftrag der Bibliotheksgesellschaft, ein offizielles Geschenk mit Anschreiben, unter anderem initiiert von Ranulf Eriksson, der frisch mit Frauke Engelbrecht verlobt war: ein Faksimile des »Buchs von Thor«, ohne die entstellten Dämonenfratzen. »Das Originalbuch hat der Riese im Berg verschlungen«, kommentierte Birgit.

Dass Oláfurs verloren geglaubter Schatz wieder zurück auf der Insel war, hatte viel Genugtuung ausgelöst. Im nächsten Herbst sollte eine Ausstellung unter dem Motto »Der Schatz von Malahide«« in Reykjavík gezeigt werden. Die entfernten Nachfahren Oláfurs verzichteten auf eine Entschädigung. Ein Familienanwalt erklärte, man sei dankbar, dass dieses Kulturgut wieder »zu Hause« sei.

Auf der letzten Seite des Faksimiles hatte Birgit den Hinweis auf das Versteck des inzwischen geborgenen Schatzes entdeckt: das Bild einer Kirchenruine und eines Hügels, der entfernt einem Hasen glich.

Ein harmonisches Weihnachten. Deirdre rief mich an und berichtete von Blackvilles Rücktritt von all seinen Funktionen. »Er lässt sich als Privatgelehrter nieder. Inzwischen verstehen wir uns recht gut mit ihm. Er trauert noch immer um Desmond.«

Am 27. Dezember klingelte der Postbote bei mir. Üblicherweise steckte er die Post, meistens Rechnungen, in den Briefkasten. An diesem Tag aber kam er mir auf der Treppe entgegen. »Schöne Weihnachten!«, rief er und drückte mir ein Kuvert in die Hand. »Falls Sie diese amerikanischen Briefmarken nicht behalten möchten, nehme ich sie gerne!«, sagte er und verschwand im Zwielicht grauer Regenschauer.

Im Wohnzimmer saßen Richard und meine Mutter ins Gespräch vertieft. Sie hatte sich damit abgefunden, dass ich Richard nicht heiraten würde. Trotzdem sah sie in ihm einen Schwiegersohn. Ich zog mich mit dem Umschlag in mein Schlafzimmer zurück.

Shelter Island, Suffolk County, State of New York, im Dezember

Liebe Anna,

ich bin nicht tot! Wenn Du dieses Schreiben von mir erhältst, werde ich weitergezogen sein, selbst wenn ich liebend gerne länger an diesem schönen Ort verweilen würde. Es ist mehr als drei Monate her, dass ich in der Tiefe des Vulkans verschwunden bin. Mit Recht halten mich alle für tot. Und so soll es bleiben. Nur Dir möchte ich Rechenschaft ablegen mit der Bitte, dieses Geheimnis zu bewahren. Es ist ein Wunder, dass ich überlebt habe.

Wie hätte ich auch den Sturz in den Schlund dieses gefräßigen Riesen überstehen sollen? McCoole prallte vor meinen Augen mit dem Genick auf den Felsenvorsprung. Er muss sofort tot gewesen sein.

Aber ich hatte Glück. Oder nenne es ein Wunder. Beim Sturz über die Felskante verhakte sich mein Gürtel in einer kleinen Spalte. Dadurch wurde mein Fall abgebremst. Ich konnte mich für einige Sekunden an der rauen Wand halten. Und da sah ich etwas am Felsen, das mir Hoffnung gab: Offenbar hatten die Vulkanologen bei ihren Untersuchungen vor einigen Monaten Seile an der Wand befestigt und vor Ort gelassen. Ich griff trotz heftiger Schmerzen im Oberarm, wo mich McCooles Kugel gestreift hatte, nach einem der Seile und klammerte mich daran fest. Durch mein Gewicht rutschte ich zunächst ein Stückchen tiefer und landete auf einem Vorsprung unterhalb von McCoole. Und da lag das Paket mit dem »Buch von Thor«, das ich an mich gerissen hatte und das mir bei unserem Kampf entglitten war.

Ich schob es unter meine Windjacke und begann mich an dem Seil bis wenige Meter unterhalb der Kante hinaufzuhangeln. In dem Krater wimmelte es von Polizisten und Sanitätern. Ich verharrte im Schatten eines Überhangs, bis der Trubel abflaute. Als es nach zwei Stunden endlich ruhig wurde, schob ich mich sehr qualvoll über den Felsenrand und landete auf dem Kraterboden. Nur noch wenige Lampen erleuchteten das Innere dieses Felsendoms. Der Aufzug parkte oben, ich saß unten fest. Die Wände des Kraters sind nur für erfahrene Kletterer bezwingbar. In meiner Verzweiflung kramte ich mein Handy hervor, das wunderbarerweise ebenfalls den Sturz überlebt hatte. Zu meinem Glück gelang mir eine schwache Verbindung nach außen. Hätten die Suchkräfte meine Handynummer gewählt, hätte mich wohl das schwache Klingeln verraten.

Ich erreichte John Blackville, der erst nicht glauben wollte, dass ich noch lebte. Eine Stunde später holte er mich bei inzwischen stockfinsterer Nacht aus meinem Gefängnis. Ich bat ihn, niemandem davon zu erzählen. Ich galt als tot und beschloss, dies als neue Chance zu nutzen. Blackville brachte mich für einige Tage in einem abgelegenen Häuschen im Norden von Reykjavík unter, das er von einer Bäuerin mietete. Sie war an mir nicht interessiert, sondern nur am Geld. Wie einst Corran vor mehr als eintausend Jahren verließ ich Island in einem kleinen Schiff. Der Fischer nahm mich ohne weitere Fragen mit.

Die Überfahrt nach Irland dauerte drei Tage. Blackville holte mich in der Nähe von Malahide ab und ließ mich in seinem Ferienhaus bei Howth wohnen, bis ich wieder vollkommen hergestellt war. Dank meiner Verbindungen als Kopf von »Freiheit und Vaterland« gelang es mir, mit neuer Identität in die USA zu reisen. Details erspare ich Dir. Seit sechs Wochen lebe ich in dieser herrlichen Gegend nördlich von New York. Nach Weihnachten verlasse ich diesen Ort. Ich versuche einen neuen Anfang. Natürlich bleibt die Vergangenheit in mir stets gegenwärtig. Ich werde ihr nicht nachtrauern, wobei ich in der Rückschau manches bereue. Doch wie sagte Shakespeare schon *so weise?* »*Auf Dinge, die nicht mehr zu ändern sind, muss auch kein Blick zurück mehr fallen! Was getan ist, ist getan und bleibt's.*«

An Dich, Anna, denke ich allerdings mit einem Bedauern um vertane Chancen. Ich hoffe, Du vergibst mir. Vielleicht führt uns das Schicksal eines Tages wieder zusammen. Und wenn nicht, verzeih mir den Kummer, den ich Dir zugefügt habe.

Dank des von mir einbehaltenen Finderlohns für den Schatz von Malahide kann ich gut leben. Meine Organisation kommt auch ohne mich klar. Ich träume zwar immer noch von einem gewaltlos wiedervereinigten Irland. Aber meine Rolle ist ausgespielt.

Und noch eines: Das wahre »Buch von Thor«, mit dem diese Geschichte ihren Anfang nahm, liegt vor mir auf dem Tisch. Ich werde es behüten und mit mir tragen bis an mein Ende. Und dann soll es heimkehren – entweder nach Island oder nach Irland. Das gestohlene Gemälde von Yeats wird demnächst anonym an seinen Besitzer zurückgeschickt werden. Mehr verrate ich nicht dazu. Dahinter steckt ein etwas törichter Versuch eines Mitglieds meiner Organisation, das Bild für Irland zu stehlen.

Sei umarmt und versichert, dass ich Dich immer im Herzen halte. Ich hoffe, Du gehst Deinen Weg weiter. Nur einen liebevollen Rat gebe ich Dir: Bitte lass andere in die Fußstapfen von Miss Marple treten. Du solltest Dich schöneren Dingen widmen als der Jagd nach Verbrechern.

Für immer Desmond.

In dem Brief befand sich eine einzelne Goldmünze. Während ich an dem Buch über den Tod im Vulkan schreibe, liegt sie auf meinem Schreibtisch. Ich halte sie oft in meiner Hand und betrachte sie, dankbar, dass Desmond nicht im tiefen Abgrund des unersättlichen Vulkans gestorben ist. Dankbar und wehmütig zugleich.

Zu seinem Shakespeare-Zitat passt ein chinesisches Sprichwort, das meine zitatenfreudige Mutter gern benutzt: »Das

Vergangene ist keine Sorge mehr wert; dem Kommenden soll man sich zuwenden.« Doch für mich gilt eher das Wort meines Lieblingsschriftstellers Stefan Zweig: »Wer die Vergangenheit nicht versteht, versteht nichts wirklich.«

Ich werde noch lange brauchen, bis ich meine Vergangenheit und auch Desmonds Rolle darin verstehen werde. Wenn ich irgendwann in der Gegenwart ankomme, werde ich eine faire Chance für die Zukunft haben. Doch dafür nehme ich mir alle Zeit der Welt.

Nachwort

Vor zwölf Jahren habe ich gemeinsam mit meiner zweitältesten Tochter Island besucht. Es war Juli, die Zeit der langen Tage. Während eines Ausflugs, den meine Tochter auf einem »Isländer« unternahm, unterhielt ich mich mit der Bäuerin, die neben der Landwirtschaft Islandponys züchtete und an Touristen vermietete. Es waren spannende zwei Stunden, in denen die Ponybesitzerin aus dem reichen Schatz isländischer Folklore schöpfte. Schon immer hatten mich nordische Mythen und Märchen fasziniert. Und dass es auf dieser »Insel aus Feuer und Eis« Elfenhügel gibt, die unter staatlichem Schutz stehen, finde ich gerade in unserer heutigen Zeit liebenswert. Unser Besuch in Island dauerte nur fünf Tage, war aber intensiv und erfüllt mit schönen Erlebnissen. Zu den weiteren Höhepunkten gehörte der Besuch eines Kraters, in den man mit einem recht wackeligen Aufzug gelangte. Beim Verlassen dieser Holzkiste kam man in einer völlig anderen Welt an. Die Wände des Kraters dieses angeblich erloschenen Vulkans sahen in ihrer abstrakten Farbenpracht aus wie Gemälde von Jackson Pollock.

Ich fühlte mich ein wenig unsicher, da hinter den zackigen Rändern des Kraterbodens die Unterwelt zu lauern schien. Ein tiefer Abgrund ohne Boden. Das erinnerte mich an einen meiner Lieblingsfilme meiner Jugendzeit: »Die Reise zum Mittelpunkt der Erde« nach dem Roman von Jules Verne mit James Mason und Pat Boone in den Hauptrollen. Einige Szenen wurden, wie später bei vielen großen Hollywoodproduktionen, in Island gedreht. Die Geschichte handelt von einem bunt zusammengewürfelten Team, bestehend aus einem schottischen Professor, seinem Assistenten, einer attraktiven Frau, einem isländischen Guide und der Gans Gertrud, das in einen isländischen Vulkan hinabsteigt und auf seiner abenteuerlichen Reise in das versunkene Atlantis gerät. Am Ende spuckt der Vulkan Stromboli den Professor und seine Begleiter wieder aus. Nur Gertrud kehrt nicht mehr an die Erdoberfläche zurück. Ein Film, der in mir damals den Wunsch weckte, nach Island zu reisen, ein Traum, den ich fast fünfzig Jahre später verwirklichte.

Die Idee für dieses letzte Buch mit Anna Bentorp kam mir aber erst einige Jahre später, als ich eines Nachts auf Sizilien den Ätna Feuer spucken sah und mich an den Besuch im isländischen Vulkan erinnerte. Es dauerte noch einige Zeit und mehrere Bücher, bis ich mich daranmachen konnte, diese Eindrücke umzusetzen. Wichtig war für mich bei diesem Buch der Wunsch, eine meiner Lieblingsfiguren aus einem der früheren Romane zurück ins Spiel zu holen. Ich hatte das Gefühl, dass die Geschichte von Desmond – einer der Protagonisten aus »Der Fluch der Kelten« und ein sehr ambivalenter Charakter – nicht zu Ende erzählt war. Und so taucht er in »Der Tote im Vulkan« wieder auf, und er stürzt Anna in emotionale Wirrungen.

Natürlich ist dieser Roman, auch wenn eigene Beobachtungen und Erfahrungen wie zum Beispiel die Schilderung einer Leseveranstaltung ihre realen Wurzeln haben, Fiktion. Das »Buch von Thor« meines fiktiven Mönchs Corran ist beeinflusst von den wunderschönen illuminierten Handschriften irischer Mönche, darunter das »Book of Kells«, die zwischen dem 8. und dem 10. Jahrhundert entstanden sind. Da irische Mönche in der Frühgeschichte des Christentums in Island einigen Einfluss besaßen und die Wikinger von der Grünen Insel etliche Bewohner als Sklaven, aber auch als Ehefrauen mitbrachten, lag es nahe, diese Brücke zwischen den Kulturen zu bauen: ein irischer Mönch, der in Island ein illuminiertes Meisterwerk schafft und es nach Irland mitnimmt, als er aus Island fliehen muss, und das Jahrhunderte später zum Objekt der Begierde ganz unterschiedlicher Menschen wird. Zwar habe ich für das Buch recherchiert und historische Fakten und »echte« Schauplätze verwendet, aber viele Orte, Figuren und Ereignisse sind meiner Phantasie entsprungen. Fiktion hat eigene Regeln, und so mögen mir Experten verzeihen, wenn in dieser Geschichte Fakten oft nur als Trigger für die Handlung dienen, sich dann aber den Gesetzen der Fiktion unterordnen.

Was hoffentlich in meiner Geschichte zum Ausdruck kommt, sind meine große Zuneigung zu Irland und meine Faszination für isländische Landschaften und Sagas. Daran trägt meine holländische Großmutter »Schuld«, die fließend Norwegisch sprach, da sie lange in der Nähe von Oslo lebte, und eine Quelle für irische und nordische Mythen war. Ihr verdanke ich unendlich viele Interessen und geistige Anregungen, genauso wie meiner Mutter, ebenfalls eine beeindruckende Geschichtenerzählerin mit umfassender Bildung, und meinem Vater, der mir als Historiker geschichtliche Zusammenhänge unterhaltsam nahebrachte. Allen drei danke ich heute noch für die Einführung in die bunte Welt aus Literatur und Geschichte.

Mit diesem achten Band verabschiede ich mich von Anna, die mich fast zehn Jahre begleitet hat. In dieser Zeit musste sie sehr viele Abenteuer überstehen: im Moor, im Ith, am Steinhuder Meer, in der Eifel, in Köln, aber auch in Schottland, auf Kreta, in der Maremma und in Irland. Sie geht von nun an ohne mich weiter durch ihr Leben, das in Zukunft hoffentlich ruhiger und weniger gefährlich sein wird. Ich werde sie vermissen. Auch Richard, Annas nicht immer zuverlässiger Dauerfreund, wird mir fehlen und Hans Schumann, der integre Ermittler. Und Nudnik Harald Frostauer hat mir mit seiner Besserwisserei an manchen Stellen beim Schreiben geholfen. Seine Begabung für Recherche hätte ich auch gerne! Eine Nebenfigur, die mir sehr am Herzen liegt, ist Annas Mutter, die stets mit einem Zitat bei der Hand ist und mit köstlichen Kuchen aufwartet. Mögen sie alle noch lange leben!

Da Irland in »Der Tote im Vulkan« ein wichtiger Schauplatz ist, steht am Ende dieses kleinen Nachworts einer der vielen schönen irischen Segenswünsche, gerichtet an meine Familie, Freunde und natürlich an meine Leserinnen und Leser:

»Mögen Zeichen an der Straße Deines Lebens sein, die Dir sagen, wohin Du auf dem Wege bist. Und mögest Du die Kraft haben, die Richtung zu ändern, wenn Du die alte Straße nicht mehr gehen kannst.«

Dank

Eine lange Reise geht mit diesem achten und letzten Band der Abenteuer von Anna zu Ende. Mein Dank gilt meinen treuen Reisebegleitern. Zuallererst Hejo Emons, der uns leider 2023 verlassen hat. Er gab mir die Chance, Anna auf diese Reise zu schicken. Ich vermisse diesen klugen, allem Neuen aufgeschlossenen Verleger, der ein guter Freund war.

Danken möchte ich allen Mitarbeitern des Emons Verlages: meinen Lektorinnen Hilla Czinczoll und Stefanie Rahnfeld. Christel Steinmetz für ihre Geduld, Dominic Hettgen, der mich von Anfang an unterstützt hat, Nina Schäfer für ihre phantasiereichen Buchcover und vielen mehr, die als »Geburtshelfer« von Büchern hinter den Kulissen wirken.

Ein großer Dank geht an meine Familie, die hinter mir steht und mir das Wichtigste in meinem Leben bedeutet. Dazu zählen neben meinem Mann und meinen sechs Kindern natürlich auch meine Schwiegertöchter und Schwiegersöhne, meine wunderbaren Enkelkinder und meine Schwester.

Schreiben ist laut manchen Autoren ein einsames Unterfangen. Ich sehe das anders. Es ist ein besonderes Privileg, Geschichten erzählen zu dürfen, da es die Chance bedeutet, die eigene Phantasie in Worte umzusetzen und das Wagnis einzugehen, andere Menschen einzuladen, diese Phantasien mit mir zu teilen. Deshalb danke ich allen, die sich nicht gescheut haben, sich mit mir auf diese Reise zu begeben.

Allen diesen Menschen wünsche ich, dass »sie im Leben immer drei Willkommen finden: in einem Garten im Sommer, beim Herdfeuer im Winter und im Herzen ihrer Freunde ein Leben lang«. Und dass sie alle, ob im Sommer oder Winter, immer Zeit für die magische Welt der Bücher haben werden.

Weitere Bücher von Margarete von Schwarzkopf im Überblick
Alle Titel sind auch als eBook erhältlich.

Der Moormann
ISBN 978-3-7408-0215-8

Schattenhöhle
ISBN 978-3-7408-0440-4

Der Fluch der Kelten
ISBN 978-3-7408-0688-0

Der Meister und der Mörder
ISBN 978-3-7408-0958-4

Das doppelte Grab
ISBN 978-3-7408-1237-9

Das Geheimnis des dunklen Hauses
ISBN 978-3-7408-1575-2

Der Stein des Todes
ISBN 978-3-7408-1952-1

www.emons-verlag.de